ANTONIA MICHAELIS

# Mr. Widows
# Katzenverleih

Roman

Besuchen Sie uns im Internet:
www.knaur.de

Wenn Ihnen dieser Roman gefallen hat und Sie auf der Suche sind nach ähnlichen Büchern, schreiben Sie uns unter Angabe des Titels »Mr. Widows Katzenverleih« an: frauen@droemer-knaur.de

Originalausgabe Oktober 2017
© 2017 Knaur Verlag
Ein Imprint der Verlagsgruppe
Droemer Knaur GmbH & Co. KG, München
Alle Rechte vorbehalten. Das Werk darf – auch teilweise – nur mit Genehmigung des Verlags wiedergegeben werden.
Redaktion: Martina Vogl
Covergestaltung: Sabine Kwauka
Coverabbildungen: shutterstock / AKaiser; shutterstock / Krasovski Dmitri / Paladin 12
Illustrationen im Innenteil: Hein-Nouwens / shutterstock.com
Satz: Sandra Hacke
Druck und Bindung: CPI books GmbH, Leck
ISBN 978-3-426-65430-9

2 4 5 3 1

*Für
die Katzen meines Lebens:*

den Kater Murr, der meine Babyzeit begleitete und immer dann essen wollte, wenn ich gefüttert wurde (alle vier Stunden), weshalb er vermutlich der dickste Kater der Welt war,

die Katze Mauzi, die emanzipiert nachts die Kater verprügelte,

Micki, der sich am Teppichboden ständig elektrisch auflud und beim Streicheln im Dunkeln, wenn er auf meinem Bett schlief, knisterte und Funken sprühte,

Pfaff, der schnurren konnte wie die gleichnamige Nähmaschine,

Moritz, den ich als Minikätzchen an einem Waldparkplatz fand und bei zwanzig Grad minus einfing, woraufhin er sich hinter der Abdeckung des Autoradios verkroch (die Leute, die auf dem Parkplatz hielten und die ich bat, mir zu helfen, dachten alle, ich wollte sie überfallen – wer glaubt schon den Satz: »Können Sie mir helfen, ich habe eine Katze im Radio?«), und den ich dann vierzehn Stunden im Zug zu meinen Eltern transportierte, woraufhin die gesamte Deutsche Bahn einen Allergieanfall bekam,

Max, der in jüngeren Jahren aussah wie eine Kegelrobbe (weniger Robbe, mehr Kegel),

Ginger, die mich in Indien besaß und die lieber Hundefutter fraß (was exakt das Gleiche war wie Katzenfutter: Reis vom Vortag, nur eben im Hundenapf),

die winzige Katze Cat, der ich in Ghana diente,

den Piratenkater, den wir mit der Ruine übernahmen,
die heute unser Haus ist,

den Kater Zopf, der dauernd davor bewahrt werden
musste, in die heiße Bratpfanne auf dem Herd zu
springen,

Krümel, die im Zimmer unserer Tochter ihre Jungen
zur Welt brachte und später auf geheimnisvolle Weise
verschwand,

Weißchen, die sozialste Katze der Welt, die zu unserem
Baby raste, sobald es weinte, um es zu trösten (und die
einen tragischen Tod fand, als sie ihren überfahrenen
Neffen Keks auf der vielbefahrenen Straße wiederzu-
beleben versuchte),

Saba, die nach Berlin ausgewandert wurde und sich
heute damit beschäftigt, verloren zu gehen und von
ihren Menschen bei der Polizei oder beim Fundbüro
abgeholt zu werden,

Schneewittchen, der Gurken frisst und bei dessen Ge-
burt Alva sich sicher war, er wäre ein Mädchen,
und seine Gattin Zwerg, der er am Futternapf immer
den Vortritt lässt.

# 0

 Stellen Sie sich einen Winterabend vor. Einen Winterabend in einer Großstadt.«

Er sah mich an, als prüfte er, was ich mir vorstellte, als könnte er es durch meine Augen sehen. »Drinnen ein Kaminfeuer. Behaglichkeit. Ein altes Haus, in dem die Balken knarzen und die Mäuse unter den Dielen umherhuschen. Nein, streichen Sie die Mäuse wieder. Natürlich gab es keine Mäuse. Da waren zu viele Katzen. Ein Haus voller Katzen. Katzen auf jedem Treppenabsatz, jedem Sessel, man tritt leicht auf sie oder setzt sich auf eine, stellen Sie sich das vor. Und dann draußen dieser Abend: unwirtlich, unfreundlich, ungemütlich, alle Arten von *un*. Eisregen. Scharfe Böen, die um Hausecken fegen und Müll und Unrat mit sich tragen. Autos mit überfrorenen Scheiben. Kein Abend, an dem man hinausgeht, vor allem nicht in einer Stadt wie jener. Ein Abend voller heulender Schatten und Geister, ein Dickens-Abend. Irgendwann Anfang Januar, also keine Hoffnung auf Adventsstimmung in den Straßen. Nur noch Fetzen von alter Dekoration im Wind, trostlos. Werfen Sie noch ein wenig Hagel mit in den Topf, dann haben Sie ungefähr das Bild.«

»Danke«, sagte ich und sah sehnsüchtig zu dem leider sehr kleinen Ofen hinüber. »Ich habe es. Sehr anheimelnd.«

Er lachte. »Sie frieren ja! Sie zittern! Gut. Und nun stellen Sie sich einen Hinterhof vor. Irgendwo in der Stadt. Großstadt, sagte ich das schon? Die schlechte Sorte. Da ist eine Art Durchgang zur Straße, zwischen den Häusern, und durch diesen Durchgang kommt eine Gestalt. Beim Näherkommen sehen wir, dass es ein alter Herr ist, der sich schwer auf einen Stock stützt: ein schöner Spazierstock, aufwendig mit Schnitzereien verziert, aber in diesem Moment mehr ein Gehstock, eine Krücke. Der alte Herr hat ein steifes Bein, er zieht es hinter sich her wie einen Fremdkörper, mehr noch wie ein Gewicht an einer Kette. Das ist natürlich wieder sehr dickens, das steife Bein. Aber so ist es nun einmal, das ist die Situation, die wir haben. Als der Bewegungsmelder den alten Herrn und sein steifes Bein erfasst, fällt der fahle Schein einer alten Lampe auf den alten Herrn. Er kämpft sich Schritt für Schritt vorwärts, halb geduckt, stemmt sich gegen die stärker werdenden Böen, die den Abend zerreißen, und versucht, mit einem Arm sein Jackett zuzuhalten, dessen Knöpfe er nicht geschlossen hat: ein schwarzes Jackett, oder eine Anzugjacke, sehr klassisch. Darunter trägt er ein weißes Hemd und eine altmodische kastanienbraune Seidenweste mit einem Muster aus kleinen goldenen Lilien. Eine weitere Bö reißt das Einstecktuch aus der Westentasche, blütenweiß segelt es durch die Luft und wird vom Wind die Straße entlang entführt, reiht sich in den Tanz der Papiere und Plastiktüten, Blätter und Äste.

Der alte Herr hält kurz inne, hebt den Kopf mit dem silbergrauen Haar, kneift die Augen hinter seiner randlosen Brille zusammen und lauscht.

Da ist ein Geräusch im beginnenden Sturm, ein feines, zartes, klägliches Geräusch: das Miauen winziger, neugeborener Katzen. Es ist kaum auszumachen jetzt, zuvor war es lauter. Als der Wind noch nicht so stark war. Als die Kätzchen noch mehr Kraft hatten, um zu rufen.

Es war so stark oder die Ohren des alten Herrn so fein, dass er es vom Fenster im ersten Stock aus gehört hat, zwei Häuser weiter.

Der alte Herr findet das Geräusch wieder und folgt ihm unbeirrt durch den Hof, und dann sieht er, woher es kommt:

aus einer der drei großen metallenen Mülltonnen. Diese Mülltonnen, Sie wissen schon, deren Deckel man mit Mühe aufschieben und nur mit einem ohrenbetäubenden Knall wieder schließen kann: archaische Relikte einer längst vergangenen Abfallkultur, in der die Leute offenbar vor allem große Möbel und kleinere Dinosaurier wegwarfen, so dass man riesige Tonnen brauchte.

Jetzt steht der alte Herr vor der Tonne, aus der das Rufen der Kätzchen dringt.

Er hebt den Spazierstock und hakt ihn zwischen Tonne und Deckel, um Letzteren aufzuhebeln. Ohne Stock ist der Deckel zu schwer für den alten Herrn.

Ungefähr in diesem Moment setzt der Hagel ein, den ich eingangs erwähnte. Sehr grobkörniger, sehr unangenehmer Hagel. Irgendwo in einem behaglichen Zimmer knistert ein Kaminfeuer, aber das Zimmer scheint in diesem Moment sehr weit weg.«

Er hielt inne und trank einen Schluck Tee. Das Café, in dem wir saßen, hatte sehr guten Tee. Es war die Sorte Café, in dem sich Reisende treffen, Weltreisende oder Kontinentreisende, Langstreckenreisende, die sich aufwärmen müssen in der Gesellschaft anderer Reisender. Gewöhnlich sind die Reisenden jung. Etwas abgerissen. Selten sind es alte Herren mit Westen. Das Café lag in den Bergen von Darjeeling, nahe einer Wanderstrecke für Trekkingfans, man konnte in den Hinterräumen ein Bett für die Nacht mieten; und ich schlief in diesen Tagen, der Kälte und des Ungeziefers wegen, meistens in meinen Kleidern.

»Sie haben ja ganz blaue Lippen, nur vom Zuhören!«, sagte der ältere Herr. »Wollen Sie meine Geschichte immer noch hören? Den Grund dafür, dass ich hier bin?«

»Natürlich«, sagte ich. Vielleicht sagte ich es nur, weil ich den Tag totschlagen musste, diesen Regentag, diesen Nebeltag, an dem man nicht einmal die angeblich so erstaunlich grünen Teeplantagen sah, in deren Mitte der schlammige kleine Ort lag.

»Übrigens ziehe ich Earl Grey sowieso vor«, sagte der ältere Herr, als hätte er meine Gedanken gelesen. »Aber wenn Sie die Geschichte wirklich hören wollen, dann erzählen wir besser durch die Augen von jemand anderem.« Er streichelte nachdenklich den Knauf seines Spazierstocks. »Wir wechseln die Perspektive. Denn Sie sind jung, und ich bin alt, und wie soll ich Sie dies alles durch meine Augen erleben lassen? Wechseln wir die Perspektive, junge Frau. Bleiben wir nur noch kurz, ganz kurz, bei dem alten Herrn ...

Er öffnete die Mülltonne, und ein Stück Licht von der Hoflampe fiel hinein.

Möglicherweise würde man es nie wieder herausfischen können.

Das Licht fiel auf einen ganzen Wurf junger Kätzchen, fünf oder sechs an der Zahl. Sie reckten ihre winzigen rosa Nasen hungrig und zitternd in die Luft und schrien und klagten der Welt ihr Leid. ›Wer‹, flüsterte der alte Herr, ›wirft denn neugeborene Katzen weg?‹

Aber er wusste, dass es vorkam, immer wieder.

Er beugte sich noch ein wenig weiter über die Tonne, um hineingreifen zu können. Und da sah er, dass noch jemand in der Tonne saß. Besser gesagt: Die kleinen Katzen saßen *auf* diesem Jemand. Auf seinem Schoß. Nein. Ihrem Schoß.

Es war eine gepflegte junge Frau mit kurzem schwarzem Haar, kleinen hellblauen Perlenohrringen und dunkel getuschten Wimpern. Jetzt sah sie zu dem alten Herrn empor und blinzelte ins Licht. ›Guten Tag‹, sagte der alte Herr und streckte die Hand aus. ›Widow mein Name. Archibald Widow.‹

Die junge Frau schüttelte seine Hand vorsichtig, als könnte sie bei einer zu heftigen Berührung zu Staub zerfallen, weil er schon so alt war.

›Sie werden erfrieren‹, sagte die junge Frau.

›Ich?‹

›Nein, die Katzen.‹ Sie wies auf die winzigen Wesen in ihrem Schoß. ›Erfrieren oder verhungern. Es ist schrecklich.‹

›Sind Sie ... wegen der Katzen ... in der Tonne?‹ Die junge Frau schüttelte den Kopf. ›Das war Zufall. Wir haben uns hier getroffen. Ich bin in die Tonne gestiegen, weil es hier windstill ist. Wärmer als draußen, wenn Sie verstehen.‹

Mr. Widow sah jetzt, dass neben ihr in der Tonne ein kleiner gelber Koffer auf den Zeitungen, zerknüllten Zetteln, kaputten Glühbirnen und Bananenschalen lag. Die Frau bemerkte seinen Blick.

›Mein Gepäck‹, sagte sie erklärend.

›Sie haben ... Gepäck mit in diese Mülltonne genommen?‹, erkundigte sich Mr. Widow.

Die junge Frau zuckte die Schultern. ›Ich hatte es bei mir. Aber die Kätzchen ...‹

›Sie werden weder erfrieren noch verhungern‹, sagte Mr. Widow. ›Seien Sie unbesorgt. Ich bin wegen der Kätzchen hier. Um sie zu holen. In meinem Haus gibt es so viele Katzen, da machen ein paar mehr auch nichts mehr aus. Man könnte sagen: Ich sammle sie. Wenn Sie so freundlich wären, sie mir zu reichen?‹

Die junge Frau nickte und gab Mr. Widow Katze um Katze, die er in den Taschen seines schwarzen Jacketts verstaute. Sie hatten aufgehört zu klagen – als wüssten sie genau, dass ihnen jetzt nichts Schlimmes mehr geschehen konnte und Dinge wie Wärme und Milch nicht mehr lange auf sich warten lassen würden.

›Und Sie?‹, fragte Mr. Widow. ›Bleiben Sie in der Tonne?‹

›Nun, ich ... ich habe ehrlich gesagt im Moment keinen Platz zum Schlafen.‹

›Sie werden auch erfrieren‹, sagte Mr. Widow und streckte die Hand noch einmal in die Tonne. ›Kommen Sie. Sie können bei mir übernachten.‹

›Sind Sie sicher?‹

›Nicht ganz‹, sagte Mr. Widow ehrlich. ›Möglicherweise träume ich nur. Ich finde sonst selten junge Frauen in Mülltonnen. Aber falls Sie echt sind, sollten Sie wirklich jetzt aussteigen. Ich habe ein Gästezimmer, es ist warm dort, und ich werde Sie nicht nachts überfallen, denn ich bin über achtzig Jahre alt und zu bequem für Überfälle.‹

›Danke, ich … ich weiß nicht, ob ich das annehmen kann …‹

Aber sie stand bereits neben ihm, zitternd, blaulippig. Ihr Mantel war viel zu dünn für einen so kalten Abend, und ihre Beine steckten in einem kaum vorhandenen Hauch von Strumpfhosen unter einem kurzen Rock. ›Könnten Sie meinen Arm nehmen?‹, fragte Mr. Widow. ›Das Bein macht es nicht mehr, und es ist recht unbequem mit dem Stock.‹

›Natürlich.‹

Wir sehen die beiden zurückhumpeln, durch den Durchgang zur Straße, den Hinterhof und die Mülltonnen verlassen. Der Wind zerzaust ihre Kleider, ihr Haar, ihre Worte.

›Wie heißen Sie?‹, hören wir den alten Herrn noch fragen, ehe sie um die Ecke biegen.

Die junge Frau zögert. Als wäre sie sich nicht ganz im Klaren über ihren Namen.

›Nancy‹, sagt sie schließlich.«

»Und hier ist also die Person, durch deren Augen wir ab jetzt die Geschichte erleben?«, fragte ich.

»Richtig, hier ist sie«, sagte Mr. Widow mit einem leisen Lächeln und schnippte ein Katzenhaar von seinem Ärmelaufschlag. »Und hier ist der erste Satz der eigentlichen Geschichte: *Nancy wusste nicht, ob es richtig war, mitzugehen.*«

# 1

Nancy wusste nicht, ob es richtig war, mitzugehen. Womöglich wäre es besser gewesen, in der Tonne sitzen zu bleiben und den Morgen abzuwarten, womöglich lieferte sie sich gerade einem Psychopathen aus, der nachts Mülltonnen nach Katzen und Frauen durchsuchte. Aber es war zu kalt, um darüber lange nachzudenken.

Sie hatte sich kurzzeitig gefragt, ob sie erfrieren würde. Wie das wäre.

Irgendwo hatte sie gelesen, dass einem ganz am Ende wieder warm wurde, durch einen Fehler in der Informationsübertragung, irgendwas mit den Nervenenden.

Es wäre womöglich in Ordnung gewesen.

An diesem Tag hatte ihr Leben ohnehin seine Bedeutung verloren. Nach dem, was geschehen war, war sie nach Hause gegangen, hatte ihre Hände gewaschen, geschrubbt eher, sich um ihr Haar gekümmert, sich umgezogen und ihren Koffer gepackt. Aber es hatte sich angefühlt, als packe sie den Koffer für eine sehr endgültige, letzte Reise. Oder für einen hübschen kleinen Sarg auf einem der eiskalten Stadtfriedhöfe, wo ordentlich aufgeräumte Leichen unter Tannengestecken und Plastikblumen vor sich hin faulten.

*Sie werden dich finden. Bestimmt. Egal, wie weit du wegläufst.*

Ja, ihr Leben war beendet.

Aber als der alte Herr in der goldgemusterten Weste die Tonne geöffnet hatte, hatte sie begriffen, dass ein neues begann.

Nancy war kein so schlechter Name.

Nancy … Müller. Warum nicht. Nancy Müller, Weltreisende, achtundzwanzig Jahre und sieben Monate alt, im Besitz von einem Koffer, drei Kilo Kleidern, die sie nie mehr tragen würde, und keinem Cent. Das Alter und die Besitzbeschreibung stimmten.

Die Böen fegten jetzt Hände voll scharfer Hagelkörner über den dunklen Gehsteig, und Nancy war dem alten Herrn, den sie untergehakt hatte, so nahe, dass sie ihn roch. Es war kein unangenehmer Geruch: eine Mischung aus Pfefferminz, Bergamotte, Sahnebonbons und Kaminfeuer, oder möglicherweise entsprangen diese Assoziationen ihrem Wunschdenken.

Die Katzen in Mr. Widows Taschen waren jetzt ganz still. Sie atmeten denselben Duft ein, dachte Nancy. Sie wussten, dass sie gerettet wurden. Nancy hatte ihnen nicht helfen können, hatte nur den Windschutz der Mülltonne mit ihnen geteilt, aber dieser alte Herr konnte helfen. Er war ein Heiliger der Januarnacht, und am liebsten hätte Nancy sich ebenfalls klein gemacht und wäre in seine Tasche gekrochen.

Gleichzeitig fühlte er sich neben ihr so zerbrechlich an, so unstet auf den Beinen, dass sie Angst hatte, er könnte fallen und wie Glas in tausend Stücke zerspringen, sobald sie seinen Arm losließ. Sie war sich unsicher, wer wen beschützte, sie ihn oder er sie, aber auf den wenigen Metern vom Eingang des Hofs bis zu Mr. Widows Haus bildeten sie eine seltsame Einheit.

Mr. Widows Haus.

Da stand es, sich in den nicht ganz dunklen Großstadthimmel erhebend.

Sie hatten an der Gartenpforte haltgemacht, die Mr. Widow jetzt öffnete, und einen Moment sah Nancy es nur an.

Ein Haus mit einer Gartenpforte, mitten in der Stadt! Der Gartenweg dahinter war nicht länger als zwei Meter, aber immerhin. Im Sommer blühten hier vielleicht bunte Blumen, und an den Sträuchern winkten grüne Blätter in einer sanften Brise. Jetzt zierten nur ein paar rote Hagebutten die winterlich kahlen Äste wie absichtlich darin aufgehängte Glasperlen.

Das Haus besaß zwei Stockwerke, und es war alt. Älter als Mr. Widow. Vielleicht hundert oder zweihundert Jahre – aber Nancy war nicht gut mit solchen Schätzungen. Vielleicht war es auch schon tausend Jahre alt, oder eine Million, vielleicht stand es seit Anbeginn der Zeit hier und wachte über die Nacht.

Sein spitzes Schindeldach ragte stolz in die Höhe, doch als Nancy die Bauten zur Linken und Rechten des Hauses betrachtete, musste sie unwillkürlich über den Stolz des Hauses lächeln. Es war, verglichen mit ihnen, winzig. Links saß der grobe, riesige Klotz eines Bürokomplexes, rechts hing ein drohendes Bauwerk von acht oder neun Stockwerken in der Nacht, die irgendein Firmenname zierte. Die ganze Straße – die ganze Stadt – bestand aus Häusern, die mindestens vier Stockwerke besaßen: alte hässliche Nachkriegsbausünden und neue Bauwerke mit Glasfassaden (genauso hässlich).

Mr. Widows Haus dazwischen war wie eine Erinnerung. Ein Stückchen Nostalgie.

Es war verwunderlich, dass niemand es abgerissen und etwas Größeres, Teureres an seine Stelle gebaut hatte.

»Das liegt daran, dass es uns gehört«, sagte Mr. Widow mit einem zufriedenen Lächeln, und Nancy zuckte zusammen. Offenbar hatte sie laut gedacht.

»Uns?«, fragte sie verwirrt.

»Mir und den Katzen«, antwortete Mr. Widow. »Kommen Sie jetzt. Es wird nicht wärmer hier draußen.«

Er schloss die Pforte mit einem leisen Klicken hinter ihr, und Nancy schluckte. Es war, als schlösse sich das Tor zu einer anderen Welt. Einer Welt aus Vergangenheit, Pfefferminzgeruch und Hemdkragen. Sie wusste nicht, ob sie hineinpasste.

Aber als Mr. Widow auch die Haustür aufschloss und diese zweite Tür hinter Nancy ins Schloss fiel, spürte sie plötzlich nur noch eine große Erleichterung. Sie lehnte sich an die Wand in dem vollgestopften kleinen Vorflur, lehnte einen Augenblick lang zwischen verschiedenen Gehstöcken, Angelhaken, Billardqueues und Mänteln an Haken und atmete tief durch.

Weiter als in eine andere Welt konnte man wirklich nicht weglaufen.

Sie war zum ersten Mal in den letzten acht Stunden – vielleicht zum ersten Mal überhaupt – sicher.

Später würde Nancy denken, dass in Mr. Widows Haus ein ganz eigenes Licht existierte. Es war gelb. Dunkelgelb. Und warm. Es war eine Art Licht, die man auf der Haut fühlen konnte, ein wenig wie Sonne im Sommer an einem Strand. In diesem Licht lagen die Katzen. Sie lagen überall – auf dem Sofa, auf den Sesseln, auf den verschiedenen Tischen und Tischchen, auf den Kommoden, sie badeten in dem Licht und ließen es auf ihrem Fell spielen.

Zuerst dachte Nancy, es ginge vom Kamin aus, wo ein Feuer knisterte, aber das stimmte nicht, denn das Licht war auch dort, wo der Schein des Kamins nicht hinfiel, und schließlich musste sie einsehen, dass es von sich selbst ausging. Es barg ein Geheimnis – wie die Augen der Katzen, die Nancy alle ansahen.

Sie stand in der Tür zu Mr. Widows Wohnzimmer, den dünnen Mantel über dem Arm, auf Socken; ihre nassen Schuhe hatten sie im Flur ausgezogen.

»Sind das ... alles Ihre Katzen?«, fragte sie.

»O nein«, sagte Mister Widow. »Keine davon gehört mir.«

»Aber ...?«

»Sie gehören alle sich selbst. Wir leben nur zusammen.«

»Eine ... große WG«, sagte Nancy und lächelte. Und, als sie Mr. Widows verständnislosen Blick sah: »Wohngemeinschaft.«

Mr. Widow zuckte die Schultern. »Zu meinen Zeiten nannte man es Familie.«

Er ging an Nancy vorbei und füllte die Kätzchen aus seinen Taschen in einen Bastkorb auf dem Sofa um, der mit einer weichen Decke ausgelegt war. »Dann werde ich mal die Milch aufwärmen«, sagte er dann, so als fände er jeden Abend eine Handvoll Kätzchen, und verschwand, um in der Küche mit Geschirr zu klappern.

Nancy setzte sich neben den Bastkorb und begann, die winzigen Kätzchen mit dem Zeigefinger zu streicheln. Es waren acht, acht kleine, hilflose Wesen, die jetzt auf der Decke die Zitzen ihrer Mutter suchten und wenig effektiv begannen, an den Fusseln im Stoff zu saugen. Eines saugte an der Pfote seines Nachbarn.

Dann spürte Nancy etwas Warmes neben sich und sah auf. Und erschrak beinahe. Das Warme war ein riesiger grauer Kater, der sich an sie schmiegte. Aber auch alle anderen Katzen hatten ihre Plätze verlassen und waren zum Sofa herübergekommen, sie saßen auf den Kissen, der Rücken- und Armlehne, auf dem Boden davor und dem Fenstersims dahinter, von wo aus sie durch einen Wald aus Topfpflanzen spähten. Es waren dreißig oder vierzig Katzen in allen Farben: schwarz, gold, silber, rot, braun, gelb, weiß ... Beinahe verwunderte es Nancy, dass es keine grünen Katzen gab. Ihre juwelengleichen Augen musterten abwechselnd Nancy und die Kätzchen, und die eine oder andere streckte sich und zeigte ihre Krallen, ein wenig wie ein höflicher Mörder, der ganz nonchalant mit seinem Messer spielt, um seine Macht zu demonstrieren.

Die schönste von ihnen, eine schlanke schwarze, deren Pelz beinahe blau schimmerte, saß ganz oben auf der Lehne und sah auf Nancy herab.

*Du bist ihm also zugelaufen, ja,* sagte ihr Blick. *Du bist keine Katze.*

»Das ist mir aufgefallen«, sagte Nancy. »Ich ... bleibe nicht lang. Nur diese Nacht.«

*Ach ja?,* fragte die Blauschwarze lautlos. *Mir sieht es aus, als würde es dir hier gefallen. Als würdest du dich gerne ... einnisten. Es könnte sein, dass wir etwas dagegen haben.*

Sie sprang von der Sofalehne auf Nancys Schulter, strich schnurrend um ihren Nacken herum zur anderen Schulter, kratzte kurz und wie aus Versehen einmal über Nancys Hals und landete dann auf ihrem Schoß.

Nancy saß stocksteif da. Es war vermutlich lächerlich, aber sie wagte nicht, sich zu rühren.

Die Blauschwarze begann, sich ohne Eile auf Nancys Schoß zu putzen. Dann schoss sie einen weiteren vernichtenden Blick auf Nancy ab.

*Du hast einen Blutfleck auf der Bluse,* bemerkte sie und putzte sich weiter.

*Hast du gejagt?,* fragte eine gelbe Katze zu Nancys Füßen. Keine von ihnen sprach laut, keine von ihnen sprach wirklich. Vermutlich war es nur Nancys müdes, durchgefrorenes Hirn, das sie die Sätze hören ließ.

»Ich ... das war Nasenbluten«, flüsterte sie.

*Sie hat eine Nase gejagt!,* sagte eine kleine, dicke braune Katze. *Hast du sie erlegt?*

*Dummkopf,* sagte die Blauschwarze. *Schwachsinn. Hör mal, du. Du hast auch Blut an deinen Händen.*

Nancy sah ihre Hände an. Sie waren vollkommen sauber.

Dann sah sie an ihrer Bluse hinunter und erinnerte sich, dass sie sich umgezogen hatte. Diese Bluse besaß keinen Fleck. Die andere hatte einen besessen. Aber die andere hatte sie in einen Mülleimer gestopft. Woher wusste die blauschwarze Katze ...?

*Wir wissen alles,* sagte die blauschwarze Katze mit einem unhörbaren Lachen. Dann endlich sprang sie von Nancys Schoß, um um Mr. Widows Beine zu streichen, denn in diesem Moment kam Mr. Widow endlich mit der aufgewärmten Milch wieder.

Er lächelte Nancy zu und streichelte die Blauschwarze flüchtig. »Ich sehe, Sie haben sich schon mit der Königin von Saba angefreundet«, sagte er. »Möchten Sie mir erzählen, warum Sie keinen Platz zum Übernachten haben?«

Er begann, die Kätzchen, eins nach dem anderen, geduldig mit einer kleinen Flasche zu füttern, an der sie gierig saugten. »Ich ... ich mache eine Art Weltreise«, erklärte Nancy. »Das Dumme ist, meine Handtasche mit dem Portemonnaie ist mir gestohlen worden. Heute früh. Sämtliche Karten, der Ausweis, mein letztes Bargeld, das Handy ...« Sie zuckte die Schultern. »Bis ich das alles wiederhabe, kann es dauern.«

»Hm«, sagte Mr. Widow, und sie fragte sich, ob er ihr glaubte. »Ich dachte immer, nur jüngere Leute machen Weltreisen. Leute mit achtzehn. Ehe sie wissen, was sie mit dem Leben tun wollen.«

»Hm«, sagte Nancy.

»Haben Sie Hunger? Da sind noch ein paar Gurkenschnittchen vom Tee. Und da ist auch noch Tee vom Tee. Ein durchaus annehmbarer Earl Grey.«

Daher, dachte Nancy, der Bergamottegeruch. Sie hatte immer gefunden, dass Earl Grey nach Parfum schmeckte. In diesem Moment war eine Tasse warmes Parfum das Beste, was sie sich vorstellen konnte.

Eine halbe Stunde später saß sie vor einem Porzellanteller mit Schnittchen und hielt genau solch eine Tasse in der Hand, eine weiße Tasse mit rosa-goldenem Rand. Der Kamin taute das Eis in ihr, und die Katzen hatten sich zurückgezogen. Selbst die Königin von Saba lag jetzt ruhig an ihrem Platz auf dem Bücherschrank, in der schmalen Ritze zwischen Schrank und Decke. Es war wahrscheinlich unbequem, aber es war unleugbar der höchste Punkt im Raum, der Punkt, von dem aus man auf alle anderen herabsehen konnte.

»Warum ... haben Sie so viele Katzen?«, fragte sie vorsichtig.

»Wie gesagt, ich habe sie nicht«, entgegnete Mr. Widow aufgeräumt und warf einen stolzen Blick zu den satten, schlafenden Kätzchen im Korb hinüber. »Ich finde sie manchmal, aber ich habe sie nicht. Wenn Sie es genau wissen wollen ... ich verleihe.«

Er verschränkte die Arme vor seiner goldbewesteten Brust, als hätte er nun alles sehr zufriedenstellend erklärt.

»Sie ... verleihen?«

»Ja. Die Katzen.« Er runzelte die Stirn und sah sie an. »Haben Sie noch nie von einem Katzenverleih gehört?«

»Ich ... Nein. Ehrlich gesagt nicht.«

»Nun, das liegt daran«, sagte Mr. Widow hochzufrieden, »dass es bis auf meinen keinen gibt. Dies ist die erste und einzige Katzenvermietung Deutschlands. Auch wenn sie von einem komischen alten Engländer geführt wird.« Er lachte ein warmes, gelbes, leicht zerknittertes Lachen. »Haben Sie das Schild an der Tür nicht gesehen? *Mr. Widows Katzenverleih?*

Ich vermiete die Katzen tage- und stundenweise. Manchmal für länger. So viele Leute in dieser Stadt hätten gern eine Katze und können keine haben! Und eine Menge Leute ...« – er senkte seine Stimme zu einem verschwörerischen

Flüstern – »... brauchen eine Katze, ohne es zu wissen. Ich meine, ich zwinge natürlich keine Katze dazu, mit irgendwem mitzugehen. Die Katzen suchen sich das selber aus, wenn der Entleiher zum ersten Mal herkommt. Katzen kann man sowieso zu nichts zwingen.« Er trank einen Schluck Tee und sah noch immer sehr zufrieden mit sich aus. Aber dann bewölkte sich seine Stirn. »Eigentlich liefere ich auch Katzen frei Haus. Aber in letzter Zeit fällt es mir ein bisschen schwer, alles alleine hinzubekommen. Mit dem Bein und allem. Niemand wird wirklich jünger. Ich ...« Er unterbrach sich. »Sehen Sie sich das an. Sie tut es schon wieder.«

Nancy folgte seinem Blick. Eine große Katze mit karamellfarbenen Streifen hatte sich in den Bastkorb gelegt, auf die Kätzchen. Allerdings sehr behutsam und so, dass alle acht Köpfchen unter ihrem weichen weißen Bauchfell hervorlugten.

»Das ist die Tibbytigerin«, erklärte Mr. Widow. »Sie hat auf einem Bauernhof gewohnt, ehe sie in die Stadt kam. Lange Geschichte. Hühner, Enten, Gänse ... Die Umstellung auf Autos, Lärm und Abgase ist ihr mental nicht bekommen.« Er seufzte. »Na ja, immerhin hält sie die Kleinen warm. War bei den letzten, die ich gefunden habe, auch so.«

»Aber ... was tut sie da?«, fragte Nancy.

»Sie brütet«, sagte Mr. Widow.

Nachts wachte Nancy auf und wusste nicht, wo sie sich befand.

Sie tastete nach dem gewohnten Körper neben sich, doch da war nichts. Nicht einmal Platz. Da war nur die Wand und eine rauhe, ungewohnte Tapete.

Sie lag einen Moment ganz still und sah an die Decke, an der ein Muster aus Ästen und wenigen Blättern spielte wie ein Musikstück. Das Licht, das die Schatten an die Decke malte, war das eines fahlen Mondes, und sie setzte sich auf und fand sich in einem sehr kleinen Raum wieder. Bis auf das Bett befanden sich darin ein Stuhl, eine von der Wand klappbare Schreibtischplatte und ein schmaler, hoher altmodischer Schrank aus dunklem Holz. Zwischen Bett und Fenster war nicht mehr als ein Meter Platz. Eine Tür, die schmaler war als die eigentliche Zimmertür, führte hinüber in ein ebenso winziges Bad; sie erinnerte sich jetzt, das Ganze war eine Art Einliegerwohnung, im wahrsten Sinne des Wortes, denn der Einlieger konnte nicht viel darin tun als das, was sie gerade tat: liegen.

Die Erinnerung an die Katzen, Mr. Widow und die Mülltonne rieselte in umgekehrter chronologischer Reihenfolge zu ihr zurück, wie Sand, den man zuvor fortgeschoben hat. Danach kam die Erinnerung an das, was früher am Tag geschehen war, und sie schloss die Augen. Aber es nützt nichts, die Augen zu schließen vor einer Erinnerung.

Sie dachte an Kai. An seine Hände auf ihrer Haut. An seine Lippen. An die ganze verdammte Vergangenheit.

Auch er lag irgendwo allein.

Sie stand auf und tappte zum Fenster, das nach hinten hinaussah, zu Mr. Widows Garten. Der Garten war ebenso eingequetscht zwischen den größeren Gebäuden wie das Haus – und genauso eigensinnig. Die alten Bäume standen fest verwurzelt dort. Wir stehen hier schon hundert Jahre, schienen sie zu sagen, wir weichen nicht, nur weil ein Ding aus Stahl und Glas, aus Beton und Kälte seinen Schatten auf uns wirft.

Der Sturm hatte sich gelegt, nur eine sachte Brise war geblieben. Auf einem der Bäume schaukelte, von der Brise angestoßen, eine Katze wie ein großer schlafloser Vogel. Ihre brennenden gelben Augen waren auf Nancy gerichtet. Es war die Blauschwarze, die Königin von Saba.

*Ich weiß alles,* sagte sie durch die Scheibe.

Drinnen im Zimmer lauerten die Erinnerungen noch immer in den Schatten, zusammen mit den unbekannten Wesen der Nacht.

Nancy kroch mit rasendem Herzen zurück ins Bett und zog die Decke über sich. Etwas lag darauf, etwas Schweres. Sie setzte sich noch einmal auf und sah, dass es eine Katze war. Die kleine braune, die gefragt hatte, ob sie eine Nase gejagt hatte.

Sie sagte nichts, schnurrte nur und zuckte ab und zu im Traum mit den Pfoten.

Da fühlte Nancy, wie ihr Herz gleichmäßiger schlug, und sie schmiegte sich an die Katze und spürte ihre Wärme. Diese hier hatte sich Nancy ausgesucht, um bei ihr zu schlafen, diese hier hatte nichts gegen sie. Diese hier vertraute ihr. Sie vertraute ihr, wie das Baby in ihrem Bauch es tat, von dem noch keiner wusste außer ihr selbst. Nancy lächelte und sank wieder hinab in den Schlaf, in wirre Träume, die sie später vergaß.

# 2

Das Haus war still, als sie aufwachte.
Ein Sonnenstrahl stahl sich durchs Fenster und
nistete auf ihrem Bett, und sie fing ihn mit der Hand und
ließ das Licht durch ihre Finger rinnen wie warmes Wasser.
»Nancy«, flüsterte sie. »Guten Morgen, Nancy. Wie geht
es weiter mit deiner Weltreise?«

Die kleine braune Katze lag nicht mehr auf ihrem Bett,
doch die Tür war noch immer geschlossen. Hatte die Katze
die Tür selbst geöffnet, indem sie auf die Klinke gesprungen
war? Aber wer hatte die Tür wieder geschlossen?

*Sie werden dich finden. Egal, wie weit du wegläufst.*

Unsinn, keiner von ihnen war hier.

Sie stellte sich in dem winzigen Bad unter die Dusche (wobei sie erst über die Kloschüssel klettern musste, um die
Duschtür von der anderen Seite öffnen zu können), drehte
das Wasser auf eiskalt und rubbelte danach ihre Haut ab, bis
sie rot und wieder warm war. Im Spiegel sah ihr eine junge
Frau mit kurzem schwarzem Haar entgegen, die sie noch
nicht kannte. Pechschwarz, beinahe blauschwarz war das
Haar, wie das Fell der Königin von Saba. Die alles wusste.

Die Frau im Spiegel war eigentlich gar nicht so jung. Sie
sah älter aus als achtundzwanzig, ihr Gesicht voller Schatten. Sie puderte die Schatten weg. Dann tuschte sie ihre
Wimpern, trug einen Hauch von blassrosa Lippenstift auf
und kletterte über die Kloschüssel zurück zur Badezimmertür. Möglicherweise war das Bad früher ein begehbarer
Kleiderschrank gewesen.

Im Schlafzimmer trat sie ans Fenster, öffnete es weit und
ließ die eiskalte Luft des Wintermorgens über ihren nackten

Körper fluten wie eine Welle. Sie beobachtete, wie sich Gänsehaut auf ihren Armen und Beinen bildete, wie sich all die winzigen blonden Härchen aufstellten, als könnten sie mit genügend Anstrengung zu einem Fell werden wie das der Katzen und sie wärmen.

Beinahe fühlte sie das schmerzhafte Ziehen in ihrer Haut, den Wunsch ihres Körpers, sich zu verwandeln.

Sie fragte sich, ob es einmal möglich gewesen war. Ehe die Menschen begonnen hatten, vernünftig zu sein und Städte mit zehnstöckigen Bauten aus Glas und Stahl zu bauen. Auto zu fahren. Die Stille durch Dauerlärm und die Luft durch eine Mischung aus Gestank und Parfum abzutöten. Vielleicht hatte es davor eine Zeit gegeben, in der die Menschen sich verwandelten.

»Nein, natürlich nicht«, sagte sie laut und stützte die Arme aufs Fensterbrett. »Kai hätte gesagt, ich soll aufhören, solchen Unsinn zusammenzuträumen. Unsinn bringt einen nirgendwo hin. Es ist wichtig, klar und geradeaus zu denken und seinen Körper in Schuss zu halten. *Mens sana in corpore sano.* Ein gesunder Geist wohnt in einem gesunden Körper.«

Kai hatte die Griechen und Römer und ihre Statuen immer bewundert, diese muskulösen weißen Gliedmaßen, diese absolute Kontrolle. Mit ihrer Philosophie hatte er es nicht so, und wenn er Diogenes begegnet wäre, hätte er höchstwahrscheinlich versucht, sich mit ihm über Tennis zu unterhalten.

Es war ihm immer wichtig gewesen, dass die Frau an seiner Seite schön war. Schön und gut durchtrainiert, schlank, perfekt. Er hatte das Fitnessstudio, das Solarium und die Maniküre bezahlt, den Friseur, den Inhalt ihres Kleiderschranks.

Sie sah an sich herab, nackt, schutzlos, verwundbar. Und glücklich – für den Moment.

Draußen breitete sich der Garten unter dem Fenster aus wie eine eigene kleine Welt zwischen den hoch aufragenden Häuserwänden an allen Seiten. Er war noch schöner als bei Nacht. Die alten Bäume hatten sich glitzernde Kleider aus Rauhreif angezogen, und das Eis auf dem kleinen Teich funkelte, als wäre ein Stück der Sonne herabgesegelt und dort liegen geblieben. Gefrorene Wassertropfen hingen wie Juwelen im braunen Winterschilf am Ufer. Die Überreste hoher Blütenstauden standen im Gras wie Inseln, ihre feinen Ästchen und Samenkapseln bildeten Muster wie geheimnisvolle Schriftzeichen.

Tiefrote Hagebutten strahlten in der Hecke zur Linken, winzige goldgelbe Wildäpfel zierten einen Baum wie Weihnachtsschmuck. An einem anderen hing eine Hollywoodschaukel aus schnörkeligem weißem Schmiedeeisen, an einem weiteren Baum kleine silberne Fische, die sich fröhlich im Wind drehten.

Moment.

*Fische?*

Nancy beugte sich aus dem Fenster und kniff die Augen zusammen. Tatsächlich. Jemand, vermutlich Mr. Widow, hatte Ölsardinen an Bindfäden in die Äste gehängt. Darunter saß ein übergewichtiger roter Kater und versuchte, sie zu fangen. Er erwischte einen, arbeitete eine Weile daran, ihn von dem Bindfaden zu lösen, schaffte es schließlich und fraß ihn samt Schwanz. Dann machte er sich an den nächsten Fisch.

Am Teich, halb verborgen im Schilf, entdeckte Nancy jetzt zwei weiße Katzen, Rauhreifkatzen, perfekt getarnt. Die Feuchtigkeit in ihrem Fell ließ sie aussehen, als habe ein Kind sie mit Glitter aus seiner Bastelschublade bestäubt. Die beiden Glitzerkatzen beobachteten den fetten roten Kater und wie er sich mit den Fischen abmühte; sie schienen leise zu lachen.

Und dann sah Nancy Mr. Widow. Er stand in seinem dunklen Jackett neben der dunklen Silhouette eines Dings, dass einem Grabstein glich, hielt sich an dem Stein fest und versuchte, mit seinem Gehstock ein Vogelhaus zu angeln, das an einer langen Kette von einem Ast hing. Als es ihm gelang, zog er es heran, holte eine Handvoll Vogelfutter aus seiner Tasche, füllte das Haus und ließ es zurückschwingen. Danach wandte er den Kopf und sah zu Nancy herüber.

Nancy hob den Arm und winkte.

Mr. Widow winkte zurück.

»Guten Morgen!«, rief er. »Warum sind Sie nackt?«

»Ich ... äh«, sagte Nancy, denn das hatte sie vergessen. Sie schloss rasch das Fenster und öffnete den Koffer. Ganz oben lagen ein T-Shirt und eine sackartige Trainingshose, die sie am Vortag in einem Discounter gekauft hatte. Alles andere war nutzlos. Als sie den Koffer gepackt hatte, war sie zu konfus gewesen, um daran zu denken, dass es nutzlos war. Niemand durfte sie in den alten Sachen sehen; sie würde sie in die Kleidersammlung stecken.

Sie schlüpfte in das T-Shirt und merkte, dass sie ein großes Kindershirt erwischt hatte. Es war unauffällig hellblau, aber auf der Vorderseite prangte ein riesiger grinsender grüner Frosch, der durch eine Nerd-Brille schielte und eine Colaflasche auf dem Kopf balancierte. Verdammt. Die Hose war froschlos und grau, jedoch mehrere Nummern zu groß. Eventuell war es eine Männerhose. Eine Hose für adipöse Männer. Nancy besah sich die drei Gürtel im Koffer: Es waren durchweg auffällige, glitzerige oder lederige breite Dinger. Kai hatte Gürtel sexy gefunden (vor allem ohne Hosen). Nancy löste die goldene Vorhangkordel vom Vorhang und fädelte sie durch die Schlaufen der Trainingshose. Dann zog sie die Turnschuhe an, die ebenfalls vom Discounter stammten – sie waren grün und passten also immerhin zum Frosch. Und schließlich verließ sie mit einem resignierten Seufzen das Zimmer.

Sie fand Mr. Widow im unteren Stockwerk in der Küche, wo er eben dabei war, umständlich die Tür zu einer Art Veranda zu schließen.

Nancy half ihm, und er ließ sich auf einen Küchenstuhl sinken.

»Es wird verdammt noch mal alles nicht leichter«, murmelte Mr. Widow. »Dieser Stock ist einem dauernd im Weg. Und das Bein ... und der Rücken ... Sie sehen ein Wrack vor sich. Ich kann Ihnen ein Frühstück anbieten, mit Speck und Eiern und frischem Kaffee und gebutterten Scones. Wenn Sie es machen.«

Eine halbe Stunde später saßen Nancy, Mr. Widow und an die dreißig Katzen in der Küche und frühstückten – Speck und Eier und frischen Kaffee und gebutterte Scones. Wobei es sich bei Scones um eine Art nach nichts schmeckender, stählerner kleiner Brötchen handelte, die Mr. Widow selbst gebacken hatte (Nancy fragte sich, wann. Letzte Woche? Letztes Jahr?) und die Nancy nur aufschnitt. Alles andere hatte sie gemacht, während Mr. Widow auf seinem Stuhl gesessen und sie dirigiert hatte.

Er blühte sichtlich auf, während er dirigierte. *Im dritten Fach von unten ist der Speck ... nein, nicht dahin die Teller für die Katzen! Vier müssen auf den Tisch, einer auf den Schrank, für die Königin von Saba, der Rest auf den Fußboden ... Die kleineren Katzen bekommen keinen Milchkaffee! Da hinten, die große grüne Schale ist für den blinden Timothy, die findet er am ehesten.*

Am Ende saß der blinde Timothy, ein großer schwarzer Koloss, *in* seiner Futterschüssel, acht statt vier Katzen wollten auf dem Tisch frühstücken, und die Speckpackung wanderte ganz alleine durchs Wohnzimmer, assistiert nur von den vier Beinen und dem fleißigen Maul eines hellgelben Kätzchens mit eingeknicktem Ohr. Mr. Widow fütterte die Katzenbabys mit Milch, den Korb auf dem Schoß haltend, während die Tibbytigerin zum Ausgleich auf den noch nicht gespiegelten Eiern auf der Anrichte saß, besessen von ihrem Wunsch, zu brüten.

Nancy fühlte sich etwas erschöpft, als sie ihren eigenen Milchkaffee trank. Es war nicht sehr viel Milch darin, für die Menschen war nur wenig übrig geblieben.

Mr. Widow würde einkaufen müssen.

»Wozu sind eigentlich die Fische draußen im Baum?«, erkundigte sie sich.

»Oh, das ist das Fitnessprogramm für den fetten Fridolin.« Mr. Widow lächelte. »Er liebt nichts so sehr wie Sardinen, und damit er sich bewegt, habe ich sie in den Baum gebunden. Sonst liegt er nur den ganzen Tag auf dem Teppich und döst, und der Arzt hat gesagt, er braucht Sport. Senkt die Blutfettwerte.«

»*Mens sana in katzore sano*«, murmelte Nancy so leise, dass Mr. Widow es nicht hörte.

Er glättete seine Weste, heute eine taubenblau gemusterte, entfernte ein wenig Ei und eine sehr kleine Katze aus seiner Krawatte und nickte zu dem Frosch auf Nancys Bauch hin. »Hübsches T-Shirt übrigens. Ich bin nicht auf dem Laufenden, was die heutige Mode angeht. Möchten Sie noch Orangenmarmelade?«

»Nein, danke«, sagte Nancy, da die Orangenmarmelade genauso ungenießbar war wie die Scones (allerdings bitterer). Sie nahm das große durchsichtige Glas mit dem Müsli und füllte ihre Schüssel zum zweiten Mal, um es mit Joghurt zu verrühren. Es war kein richtiges Müsli, sondern irgendeine Sorte von Kleinstgebäck in Blumenform, aber es schmeckte ähnlich wie das Gesundheitsmüsli, das Kai so geliebt hatte. Müsli zum Frühstück war ein Stück

Gewohnheit. Niemand kann ganz ohne Gewohnheiten leben.

»Wohin reisen Sie als Nächstes?«, fragte Mr. Widow.

»Ich ... habe mich noch nicht entschieden«, antwortete Nancy ausweichend. »Vielleicht sollte ich in der Stadt bleiben, bis sich die Sache mit der neuen Kreditkarte geklärt hat. An irgendeine Adresse müssen sie die ja schicken.«

Mr. Widow nickte und musterte sie nachdenklich durch seine randlose Brille.

Sie fragte sich, ob er ahnte, dass die Weltreise eine Lüge war.

Nach einer Weile griff er hinter sich, wo der Kühlschrank stand, und pflückte ein Stück Zeitung ab, das mit einem Magneten daran befestigt gewesen war. Er legte die Zeitung vor Nancy. Es war eine Seite mit Inseraten, und Mr. Widow hatte einen roten Kringel um eines davon gemacht.

Nancy las:

*Suche Haushaltshilfe für Haushalt mit 40 Katzen,*
*Nichtraucher, 24 Stunden, 7 Tage.*
*Schönes Gästezimmer mit Bad vorhanden, 7 qm.*
*Wg. körperlicher Beeinträchtigung*
*Hilfe rund um die Uhr eventuell erforderlich.*
*Gute Bezahlung.*

Darunter standen Mr. Widows Name und eine Telefonnummer.

»Es hat sich niemand gemeldet, was?«, fragte Nancy und sah auf.

»Nein«, sagte Mr. Widow. »Seit einem halben Jahr nicht. Der Text steht jede Woche einmal in der Zeitung.«

»Vielleicht liegt es daran, dass es klingt, als wären die Katzen behindert«, sagte Nancy.

»Hm«, sagte Mr. Widow.

»Und die sieben Quadratmeter sind gelogen.«

»Nein. Nicht, wenn man den Stauraum unter dem Bett und die Fläche auf dem Bett einzeln zählt.«

»Vierundzwanzig Stunden, sieben Tage«, murmelte Nancy.

»Hm«, sagte Mr. Widow wieder. Eine der Katzen, eine hellgraue, nahm gerade auf seinem Kopf Platz. Mr. Widow schob ihren Schwanz beiseite, der ihm vor die Augen hing. »Wir gehen jetzt nicht raus, Pelzmütze! Später. Sie tut das immer, wissen Sie«, erklärte er. »Könnten Sie sie wegnehmen, bitte?«

Nancy lächelte, stand auf und nahm die Katze, die eingeschlafen war und schlaff in ihren Armen hing. »Wohin …?«

Mr. Widow zeigte auf ein Regalbrett neben der Tür. »Auf die Hutablage natürlich«, sagte er. »Also … was sagen Sie? Für eine Woche? Bis Ihre Kreditkarte kommt? Diese Adresse ist so gut wie irgendeine andere, um Kreditkarten dort hinzuschicken.«

»Bieten Sie mir gerade einen Job an?«, fragte Nancy.

»Hm«, sagte Mr. Widow zum dritten Mal.

Nancy schwieg einen Moment. In ihrem Herzen zersprang ein kleines glückliches Feuerwerk. Ja, sagte jemand dort, das ist es. Genau das. Du bleibst einfach eine Weile hier, bis du dir darüber im Klaren bist, was du tun wirst … Hier wird dich niemand finden. Es wird anstrengend, es wird stressig, du wirst wenig Privatsphäre haben, und möglicherweise ist der alte Mann verrückt, *aber* sie werden dich nicht finden.

Und du brauchst das Geld.

Dringend.

*Glaub nicht, du kannst die Chefin hier werden,* sagte die Königin von Saba vom Küchenschrank aus, wo sie über allen anderen thronte. Nancy sah zu ihr empor und schüttelte leicht den Kopf. *Natürlich nicht. Ich bleibe auch nicht für ewig. Eine Woche, vielleicht zwei. Dann bist du mich wieder los.*

*Wollen wir hoffen, dass du dein Wort hältst,* sagte die Königin lautlos. *Sonst werde ich persönlich dafür sorgen, dass du durch die Hölle gehst. Vergiss nicht: Ich weiß, wer du bist. Wer du warst. Woher du kommst. Und was du getan hast.*

»Warum glauben Sie, dass ich für den Job geeignet bin?«, fragte Nancy.

»Weil Sie mit den Katzen umgehen können«, sagte Mr. Widow. »Die kleine Braune, die auf ihrer Schulter sitzt, hat sich in Sie verliebt.«

Nancy hatte nicht einmal gemerkt, dass die Braune auf ihrer Schulter saß. Schuldbewusst streichelte sie sie. Sie sah aus wie Milchkaffee auf vier Pfoten.

»Sie heißt Milchkaffee auf vier Pfoten«, sagte Mr. Widow. »Aber wir nennen Sie nur Latte ... Was ich sagen wollte, ist, Sie passen einfach zu den Katzen.« Er nickte zu Nancys leerer Müslischale hin: »Immerhin haben Sie zum Frühstück zwei Schüsseln Katzenfutter mit Joghurt gegessen.«

So kam es, dass Nancy an jenem Tag neben Mr. Widow im Garten stand und dabei zusah, wie er einen Einkaufszettel schrieb. In der Hand hielt sie eine Plastiktüte mit dem Inhalt ihres Koffers. Sie würde die Kleider auf dem Weg zum Einkaufen irgendwo unauffällig entsorgen, nur den zu dünnen, zu kurzen schwarzen Mantel, ein Relikt aus ihrer Vergangenheit, musste sie noch eine Weile behalten. Beim Discounter hatte es keine Mäntel gegeben. Vielleicht konnte sie den Mantel heute verlieren und Mr. Widow bitten, ihr eine Jacke zu leihen ... oder das Fell einer Katze borgen, die es gerade nicht brauchte ...

Mr. Widow benutzte als Unterlage für den Einkaufszettel das Ding, das aussah wie ein Grabstein. Darauf stand: IN EWIGEM GEDENKEN AN MEINE GELIEBTE ANGE-LIKA (2.4.1947–29.2.1990), und offenbar *war* es ein Grabstein.

»Warum«, fragte Nancy nach einer Weile, »schreiben Sie den Einkaufszettel im Garten? Wäre es drinnen am Tisch nicht bequemer?«

»Schon«, sagte Mr. Widow mit einem Seufzen und fuhr sich durch das schüttere silbergraue Haar. »Aber es ist nun mal so, dass ich mich ohne Angelika schlecht auf Einkaufs-listen konzentrieren kann. Früher hat sie die Listen ge-macht, wenn Sie verstehen. Wenn ich hier draußen schreibe, habe ich das Gefühl, sie würde mir über die Schulter sehen und verbessern, was ich schreibe.«

»Das ist … gruselig«, sagte Nancy.

Mr. Widow nickte. »Ja. Und deshalb gebe ich mir beson-ders viel Mühe, nichts zu vergessen.«

Er reichte ihr den Zettel, und sie sah ihn eine Weile an. Seine Frau, dachte sie, hätte überhaupt keine Chance ge-habt, ihm über die Schulter zu sehen und irgendetwas zu verbessern. Mr. Widows Schrift war winzig und komplett unleserlich. Sie glich einer hübschen, altmodischen Borte an Gardinen.

Er sah, wie sie sich abmühte, und seufzte.

»Ja, ja, Sie können das nicht lesen«, knurrte er. »Ich weiß schon. Die Leute heutzutage lesen nur noch Computer-schrift. Geben Sie schon her, ich lese vor, Sie können es noch mal notieren.« Er schob Nancy einen zweiten Zettel und seinen Stift hin. »Zwanzig Liter Milch, ein ganzer Schin-ken, sieben Packungen Eier …«

Sie schrieb eifrig mit, und jetzt hatte sie das Gefühl, die verstorbene Angelika sähe *ihr* über die Schulter.

»Ach, und vor den Einkäufen wäre noch eine Katze abzuliefern«, sagte Mr. Widow. »Am besten schreiben Sie die Adresse auf. Neumannstraße zwanzig, Bushaltestelle ehemalige Frohsinnstraße, es ist nicht schwer zu finden.«

»Moment«, sagte Nancy. »Ich liefere eine *Katze* ab?«

»Oh, ich dachte, wenn Sie schon unterwegs sind …«, sagte Mr. Widow leichthin. »Ich meine, ich weiß, das sollte nicht Teil Ihres Jobs als Haushaltshilfe sein, aber … eine Kundin von mir hat gestern noch spät angerufen, sie hat einen Anfall von Rheumatismus und kann das Haus nicht verlassen. Heute ist Dienstag, und dienstags leiht sie immer für vier Stunden eine Katze aus. Es ist eine sehr alte Dame, und Sie wissen ja, wie alte Leute sind. Abhängig von Gewohnheiten.«

»Ich … bringe ihr eine Katze vorbei? Wie? In einem Katzenkorb mit Luftlöchern?«

Mr. Widow warf ihr einen entsetzten Blick zu. »Um Gottes willen, nein! Möchten Sie in einem Ding transportiert werden, in dem Sie sich gerade einmal umdrehen können?«

»Na ja«, murmelte Nancy, »ich möchte vielleicht nicht darin transportiert werden, aber ich habe in so einem Ding geduscht …«

»Sie bringen die Katze einfach so bei der Dame vorbei, wie man ein Kind irgendwo vorbeibringen würde«, sagte Mr. Widow mit einem Anflug von Strenge in der Stimme, als verdächtige er Nancy, die Katze heimlich in einen Katzenkorb zu stecken, den sie in ihrem Koffer mitgebracht hatte.

»Der Ort, an den ich muss … ist nicht zu weit weg, oder?«, fragte Nancy. Sie war bereit, so ziemlich alles zu tun, um eine Weile bei Mr. Widow und seinen Katzen unterzutauchen. Alles, außer aufzutauchen.

»Ach, der Laden ist gleich an der nächsten Ecke«, sagte Mr. Widow zu ihrer Beruhigung. »Wirklich, nur die Straße rechts vom Haus runter, dann sind Sie da. Die Dame, die

34

die Katze haben möchte, wohnt allerdings ein wenig weiter weg. Na, für Sie sollte das kein Problem sein, denke ich. Verglichen mit einer Weltreise.«

»Wo liegt denn diese ... Neumannstraße?« Sie würde nicht quer durch die Stadt fahren, wo sie überall gesehen werden konnte. Zudem mit einer Katze im Arm, auffälliger ging es nicht. Nein, sie würde das nicht tun, auf gar keinen Fall.

»Ich gebe Ihnen einen Stadtplan mit. Es ist ganz leicht zu finden«, sagte Mr. Widow mit einem entwaffnenden Lächeln. »Sie müssen nur einmal quer durch die Stadt.«

Die Straße, an deren Ende der S-Bahnhof lag, war endlos. Sie lag nur fünf Minuten entfernt von der stillen Straße, in der Mr. Widow wohnte, und doch wie aus einer anderen Welt: lauter, schneller, voller.

Und so ungefähr alle Leute, die dort unterwegs waren, starrten Nancy an. Sie spürte ihre Blicke wie Brennnesseln auf nackter Haut. Irgendjemand hier würde sie erkennen. Irgendjemand hier wusste zufällig, wer sie war, und sagte es weiter, oder einer von ihnen war ihr, zufallsfrei, gestern Abend bis in diese Gegend gefolgt und folgte ihr noch immer, registrierte jeden ihrer Schritte.

Nein, sagte sie sich dann, dass die Leute sie anstarrten, lag lediglich an dem Frosch mit der Colaflasche auf dem Kopf, der unter ihrem zu dünnen Mantel hervorlugte, der einen schönen und schön kalten, viel zu weiten Ausschnitt hatte. Womöglich lag das mit dem Anstarren auch an der Tatsache, dass sie außer dem Frosch noch eine Katze trug, und zwar im Arm. Eine weiße Katze mit schwarzen Flecken und einer hübschen tiefrosa Nase. Sie hieß Kuh, und sie war die älteste Katze in Mr. Widows Sammlung. Mrs. Widow hatte sie damals noch gefunden, vor zwanzig Jahren, als winzig kleines Kälbchen. Verzeihung, Kätzchen.

Dass Kuh so alt war, war ein Vorteil, sie hing einfach auf Nancys Arm, froh, getragen zu werden und nicht selbst laufen zu müssen. Sie wünschte nur, die Leute würden aufhören zu starren.

Kurz vor der S-Bahn-Haltestelle duckte sie sich in einen winzigen Laden, der Tabak, Postkarten und Sonnenbrillen verkaufte, suchte die größte aus, ein verspiegeltes Monster, und bezahlte es mit dem letzten Kleingeld aus ihrem Portemonnaie. Dann suchte sie einen Mülleimer für das Portemonnaie – warum hatte sie das nicht gestern schon getan, als sie das Handy entsorgt hatte? Dieses angeblich gestohlene Portemonnaie mit dem angeblich gestohlenen Ausweis ...

Sie warf einen letzten Blick auf die Person, die ihr von den Karten im Portemonnaie entgegenblickte: eine junge Frau mit roten Lippen, schulterlangen goldenen Locken und groß geschminkten Augen, Lidschatten, Mascara (keine Wimperntusche). Nur auf dem biometrischen Ausweisfoto war sie ungeschminkt, aber auch das sah Nancy Müller nicht im Geringsten ähnlich, da biometrische Fotos einem niemals ähnlich sahen.

Sie versenkte das Portemonnaie zwischen Bananenschalen, leeren Bierdosen und zusammengeknüllten Taschentüchern und atmete tief durch. Niemand aus ihrer alten Welt würde sie jetzt noch erkennen.

Und dann näherte sich jemand von hinten – und umarmte sie.

»Ich wusste, dass ich dich hier finde«, sagte die Stimme eines Mannes. »Was zum Teufel hast du dir dabei gedacht, einfach abzuhauen? Ich habe dich gestern den ganzen Tag gesucht.«

Wenn man auf Befehl ohnmächtig werden könnte. Wie Leute in Büchern und Filmen. Einfach umkippen. Aussteigen. Dem Rest der Welt das Handeln überlassen.

Nancy versuchte es. Sie hielt die Luft an und redete sich ein, dass ihr schwarz vor Augen wurde, aber es half nichts. Und da drehte sie sich um.

Der Umarmende ließ sie los, und sie blinzelte verwundert. Vor ihr stand ein Mann, den sie noch nie gesehen hatte. Ein untersetzter Mann in einem braun-rot gemusterten Wollpullover, den er, dem Aussehen nach zu urteilen, möglicherweise selbst gestrickt hatte. Er hatte wirres, schütteres braunes Haar und blinzelte sie durch eine kleine runde Brille an.

Aber *er* hatte sie nicht umarmt.

Der, der das getan hatte, war ein großer grauer Wolfshund. Jetzt stellte er sich wieder auf die Hinterbeine, plazierte die Pfoten auf Nancys Schultern und leckte mit seiner riesigen Zunge einmal quer über ihr Gesicht.

»Lass das! Aus!«, rief der Mann. »Entschuldigen Sie. Er ist manchmal etwas stürmisch.«

Nancy wischte sich die Hundespucke mit dem Ärmel von der Wange und merkte, dass sie zitterte. Der Mann nahm den Hund an die Leine. Dann warf er einen Blick auf die Katze.

»Das erklärt es natürlich.«

»Das ist Kuh«, murmelte Nancy und sah zu der Katze, die unbeeindruckt auf ihrem Arm hing. Möglicherweise war sie blind und schwerhörig und hatte den Hund gar nicht bemerkt.

»Kuh«, wiederholte der Mann. »Sieht aber aus wie eine Katze.«

»Ich … warum haben Sie gesagt, Sie hätten mich den ganzen Tag gesucht?«, fragte Nancy, ihre Stimme plötzlich seltsam heiser. »Ich … kenne Sie überhaupt nicht.«

»Ich meinte den Hund.« Er grinste. »Er ist mir gestern entwischt. *Wären* Sie denn gerne den ganzen Tag gesucht worden?«

37

»Nein«, erwiderte sie, vielleicht etwas zu rasch. »Aber es gibt auch keinen Grund, mich zu suchen. Für niemanden. Ich bin nur eine ganz normale, langweilige Person, die nie etwas erlebt und die ... Also ich meine, es lohnt sich nicht. Jemand, der mich findet, würde sich zu Tode langweilen.«

»Es ist nett, dass Sie mich davor warnen wollen, Sie zu suchen«, sagte der Mann etwas verwirrt. »Aber ich hatte es eigentlich gar nicht vor.«

Er nickte noch einmal freundlich, drehte sich um und verschwand, samt Hund, die Straße entlang. Die Katze namens Kuh drehte sich in Nancys Arm und sah zu ihr empor. In ihren doch nicht so blinden Augen stand eindeutig die Frage geschrieben, ob Nancy noch richtig tickte.

»Okay, okay«, murmelte Nancy. »Das war ein ... irgendwie komisches Gespräch. Aber ich bin nervös. Das musst du doch verstehen. Ich meine, er hatte einen Hund!«

*Ach, dieses große graue Ding?*, fragten die Augen der Katze angeekelt. *Ich dachte, es wäre ein Wildschwein oder irgend so was, was aus dem Zoo entlaufen ist. Da vorne ist die S-Bahn. Steigen wir da heute noch ein? Ich habe nicht den ganzen Tag Zeit, auf deinem Arm herumzuhängen.*

In der S-Bahn waren verdammt viele Menschen. Es war, als hätten sie sich alle verabredet, an diesem speziellen Tag S-Bahn zu fahren und Nancy zu beobachten.

Sie fand einen Sitzplatz, was an ein Wunder grenzte, und eigentlich wollte sie stehen bleiben, um fluchtfähiger und unauffälliger zu sein, aber ihre Arme wurden langsam lahm. Kuh hatte in ihrem langen Leben einige Pfunde angesammelt. So setzte Nancy sich, drapierte die Katze wie ein geflecktes Fell über ihre Knie und hielt die alte Zeitung, die auf dem Sitz gelegen hatte, halb vor ihr Gesicht, als wäre sie ganz darin versunken. Sie schloss die Augen und sah die junge Frau vor sich, die auf ihrer Krankenversicherungs-

karte abgebildet war, die nun im Müll lag. Sie sah, wie diese
junge Frau in der S-Bahn stand, die rot nachgezogenen Lippen lächelten, das figurbetonte, kurze schwarze Kleid fiel
am Saum in perfekten Falten um ihre Oberschenkel, sie
warf den Kopf mit den goldblonden Locken zurück und
lachte das leise, zufriedene Lachen einer schnurrenden Tigerin. An ihrer Seite stand ein gutaussehender Mann, groß,
schlank, durchtrainiert, teure Lederjacke, teure Uhr. Da waren noch zwei, drei andere Männer, Männer, die sie hofier-
ten. Und dann stieg sie aus, alleine. Die Männer sahen ihr
nach, sie wussten, sie würde anrufen, wenn sie auf den Plan
treten mussten. Natürlich waren sie meistens eher Auto gefahren, die verschiedensten Autos.

Das letzte war weiß gewesen. Ein weißer Mercedes mit
beigefarbenen Sitzen. Nancy hatte es gemocht, es hatte
etwas so ... Sauberes an sich gehabt. Vielleicht hatte sie
gehofft, dass Kai sich änderte. Dass alles sich änderte. Aber
es war dumm gewesen, das zu glauben, nur weil jemand ein
spießiges weißes Auto kaufte.

»Sag mal«, fragte eine Kinderstimme neben ihr. »Warum
liest du die Zeitung eigentlich verkehrtrum?«

Nancy fuhr zusammen und öffnete die Augen. Die Stimme gehörte einem übergewichtigen Mädchen mit einer
Colaflasche in einer und einem glupschäugigen lila Plüsch-
horror in der anderen Hand.

»Ich ... das ist ... ich mache das immer so«, sagte sie.
»Ich übe, auf dem Kopf zu lesen.«

»Aber du stehst doch gar nicht auf dem Kopf«, sagte das
Mädchen und gurgelte mit einem Schluck Cola.

»Ich nicht, aber die Colaflasche«, sagte Nancy und stand
auf. Zum Glück war die nächste Haltestelle ihre.

»Häh?«, machte das Mädchen.

»Sie steht auf dem Kopf von dem Frosch«, erklärte
Nancy. »Auf meinem T-Shirt.«

Dann nahm sie die Katze Kuh und machte, dass sie aus der S-Bahn kam. Sie musste aufhören, mit fremden Leuten unsinnige Gespräche zu führen. Sie hatte das früher nie getan, es war wie ein Virus, der sie gepackt hatte, seit sie in die Mülltonne gestiegen war, um dem Winterwind zu entkommen. Die Person mit den goldenen Haaren und den roten Lippen hatte immer zu allen Leuten die richtigen Dinge gesagt. Die Dinge, die Kai von ihr erwartete.

Die alte Dame, zu der sie Kuh brachte, Frau von Siegen, lebte im fünfzehnten Stockwerk eines Bauwerks mit polierter Vorderfront, einer Überwachungskamera und drei lebensgroßen Topfpalmen im Eingangsbereich. Nancy fragte sich, ob die Kamera die Topfpalmen bewachte, die sonst entlaufen wären, denn sie war genau auf diese gerichtet. Oder vielleicht versteckten sich Einbrecher überdurchschnittlich oft in den Palmen.

Sie war schon in solchen Gebäuden gewesen, mehr als einmal. Die schnurrende Tigerin in Schwarz hätte ihre hochhackigen Schuhe ausgezogen, wäre auf irgendetwas Greifbares geklettert und hätte von der Seite her einen Kaugummi vor die Kameralinse geklebt.

Doch sie war Nancy Müller. Sie lächelte die Kamera an wie ein Schulmädchen, adjustierte ihre Frisur vor dem spähenden Auge wie vor einem Spiegel und streichelte die Katze, noch immer lächelnd.

Dann betrat sie den gläsernen Fahrstuhl.

*Eispalast.* Das war das Wort, das sie dachte, während sie lautlos nach oben glitt, *dies ist ein Eispalast*. Einer von vielen in dieser Stadt, einer von vielen auf dem Globus. Ein Palast aus Kälte und Sterilität, in dem man in perfekter Sicherheit lebt, in dem alle Flächen abwaschbar sind wie das Leben und das Geld, das die Menschen in den Eispalästen in siebenstelligen Summen verdienen.

»Es wäre wunderbar«, flüsterte sie, »so viel Geld zu haben.« Sie flüsterte, weil vielleicht eine weitere Kamera sie filmte, sie aufnahm, sie dokumentierte. »Aber was, wenn man erfriert?«

Die Katze Kuh hatte ihr Fell aufgeplustert wie ein Spatz sein Gefieder. *Katzen erfrieren nicht,* sagte ihr Schnurren.

Ja, dies war ein Eispalast, und die alte Dame, die die Tür öffnete, war selbstverständlich die Eiskönigin, nein, eine Kaiserin – eine Kaiserin aus Schnee. Ihr Haar war schneeweiß und schäumte in einer komplizierten Dauerwelle über ihren Kopf, an den Schläfen zurückgehalten mit dezenten silbernen Spangen, auf denen winzige Diamanten glitzerten, ihr Gesicht perfekt und genauso dezent geschminkt, ihr Körper eine schlanke, fast jugendliche Silhouette vor der leichten Helligkeit im Hintergrund der Wohnung. Nancy schluckte trotz ihrer Erwartungen. Nie hatte sie eine so würdevolle, so schöne Frau gesehen. Auch wenn sie offensichtlich weit über achtzig war.

»Oh«, sagte die alte Dame überrascht, und der Laut wirkte aus ihrem Mund wie das Zitat eines Dichters. Wohlklingend, ausgefeilt. »Sie bringen die Katze. Das ist nett. Arbeiten Sie neuerdings bei Mr. Widow? Kommen Sie doch herein.«

Nancy folgte der Schneekaiserin. Sie bewegte sich sehr langsam, man sah, dass sie Schmerzen hatte: Das Rheuma, das Mr. Widow erwähnt hatte. Doch ihre Langsamkeit und ihre Schmerzen ließen ihre Würde nur noch wachsen. Das Wohnzimmer, in das sie Nancy führte, war so groß wie ein mittlerer Tennisplatz. An den Wänden hing Kunst: Zeichnungen und Skizzen offenbar berühmter Künstler, schwarzweiß, kleinformatig, irgendwie edel. Auf dem Beistelltischchen waren Winterrosen in einer Vase drapiert, vollendete zartrosa Blüten mit geschwungenen

Blättern. Nancy hätte schwören können, sie wären gefroren.

Die Wand gegenüber der Wohnzimmertür war komplett aus Glas wie der Fahrstuhl, und darunter breitete sich die Stadt aus, als besäße die Schneekaiserin sie ganz allein. Vor der Glaswand stand ein überdimensionales weißes Sofa. Darauf setzte sich die alte Dame jetzt, vorsichtig, auch das Setzen geschah in Zeitlupe. Sie schloss kurz die Augen, in einer stillen Kommunikation mit ihren schmerzenden Gelenken, nahm dann das Buch, das auf dem Sofa gelegen hatte, und schlug es auf.

»Und Sie sind …?«, fragte sie.

»Nancy. Nancy Müller.« Der Name klang dumm und gewöhnlich, wie ein Fleck auf dem makellos weißen Plüschteppich. Nancy setzte die Katze Kuh ab, die sofort aufs Sofa sprang. »Gabriele von Siegen«, sagte die Schneekaiserin. »Aber das wissen Sie ja von Mr. Widow.« Sie streckte ihre blasse, hagere Hand aus, und Nancy schüttelte sie vorsichtig.

»Wozu brauchen Sie denn die Katze?«

Die alte Dame streichelte Kuh, die zu schnurren begann und sich auf dem riesigen Sofa ausstreckte. Als wäre sie eine unendlich lange Katze; eine Katze, die immer länger werden konnte wie das Tuch, das der Zauberer aus dem Ärmel zieht.

»Ich lese ihr vor«, sagte die Schneekönigin. »Im Moment sind wir bei *Wind in den Weiden*.«

»Ach«, sagte Nancy.

»Sie werden denken, dass ich alles habe, was irgendjemand brauchen könnte«, sagte die alte Dame leise. »Aber ich habe niemanden, dem ich vorlesen kann. Früher hatte ich jemanden. Wir borgten uns Bücher in der Leihbücherei, jede zweite Woche ein neues, und ich las ihm vor, bis er mit dem Kopf in meinem Schoß einschlief …« Ihr Blick glitt durch Nancy hindurch in die Vergangenheit, während ihre

Finger das Fell der Katze streichelten.»Ich streichelte sein Haar«, fuhr sie fort,»bis ich ebenfalls einschlief. Und wir träumten die Geschichten weiter, jeder auf seine Art.« Sie zuckte die Schultern und sog die Luft scharf ein, auch das Schulterzucken bereitete ihr Schmerzen.»Reich geheiratet und geerbt habe ich erst später.«

»Aber wo ist der Mann, dem sie vorgelesen haben?«, fragte Nancy.

»Es war kein Mann«, sagte Frau von Siegen.»Es war ein kleiner Junge. Mein kleiner Junge. Mein Sohn. Er hatte keinen Vater ... Den Mann mit dem Geld habe ich erst später geheiratet. Damals, in den Vorlesetagen, bin ich noch um fünf Uhr aufgestanden, um das Geld für mich und meinen Zuhörer zu verdienen. Ich war sehr jung. Lange her.« Sie seufzte.

»Und wo ...?«

»Er hatte mit zehn Jahren einen ziemlich schrecklichen Unfall.«

»Und Sie ... Sie hatten danach keine Kinder mehr? Mit dem ... dem reichen Mann?«

Die alte Dame schüttelte den Kopf.»Aber das ist unwichtig. So unwichtig wie der Mann. Inzwischen bin ich ganz allein, das ist der Fluch einer zu gesunden Lebensweise ... man überlebt alle anderen.« Sie lachte leise.»Na, wichtig ist nur, dass ich jetzt wieder jemanden habe, der mir zuhört.« Sie kraulte die Katze Kuh unterm Kinn.»Nach so langer Zeit.«

Sie griff in eine Pralinenschale auf dem Beistelltischchen und fütterte die Katze Kuh mit einer der Pralinen.

»Gehen Sie doch eine Weile spazieren, Nancy. Zwei oder drei Stunden. Besser drei. Dann können Sie Kuh wieder abholen. Es gibt auch ein nettes Café an der Ecke. Die Sandwiches dort sind ganz annehmbar, solange man sie mit Champagner herunterspült.«

43

Eine Stunde später saß Nancy völlig durchgefroren in dem Café an der Ecke und umklammerte mit beiden Händen eine Suppenschüssel. Die Straßen draußen waren kalt wie Eiszapfen, Windschneisen, Häuserschluchten. Und der Himmel über den Wolkenkratzern zu klar für Schnee.

Nancy würde die Suppe von Mr. Widows Einkaufsgeld bezahlen; sie hatte das nicht tun wollen, denn Nancy Müller war zweihundertprozentig ehrlich, anders als die Person mit dem roten Lippenstift es gewesen war. Aber es war einfach zu kalt. Und vermutlich hatte Mr. Widow auch nichts gegen die Suppe.

Sie saß noch eine ganze Weile mit der leeren Suppenschüssel auf dem roten Plüschsessel, studierte die Karte, die Champagnerpreise, wieder die Karte – und schlenderte schließlich zum Zeitungsständer hinüber. Dort blieb sie stehen und starrte. Und merkte, wie ihr plötzlich heiß und kalt zugleich wurde.

Auf dem Titelbild der Lokalzeitung war das Bild einer Person, die sie kannte.

Die Person lag sehr still und rührte sich nicht, nicht nur deshalb, weil es ein Foto war. Sie würde sich nie wieder rühren. Eigentlich wirkte sie fast friedlich, denn sie lag auf dem Bett. Das Bild war schlecht, ein Handyfoto. Man konnte die dunkle Flüssigkeit nur erahnen, die das Bettzeug befleckte, da waren zu viele Schatten. Und in diesen Schatten stand jemand, ganz hinten, in der Tür, die nur einen Spaltbreit offen war. Man sah nicht mehr als einen Schemen, nein, eigentlich auch das nicht. Nur Nancy wusste, dass jemand dort stand.

Wer hatte das Foto gemacht und der Zeitung verkauft? Ein schaulustiger Nachbar, den sie nicht bemerkt hatte? Gott, warum war sie zurückgekommen? Warum?

Sie sah die leuchtende Kleidung der Sanitäter noch vor sich, seltsam knallig und fröhlich, wie Kinderspielzeug. Wie

Legomännchen. Ein Lego-Krankenwagen, ein Lego-Notarzt, Lego-Tod.

Eine Erinnerung blitzte in ihr auf – sie stand in diesem Raum, vor diesem Bett, und Kai stand hinter ihr, ganz dicht; sein warmer, lebendiger Atem kitzelte die winzigen Härchen in ihrem Nacken ...

Sie spürte den Atem noch immer. Und dann merkte sie, dass tatsächlich jemand hinter ihr stand, im Hier und Jetzt. Jemand, der größer war als sie und der nach dem Leder einer Lederjacke roch.

Kai.

Er konnte nicht hier sein. Es war unmöglich.

Sie stand vollkommen reglos. Sie spürte, dass der hinter ihr die Zeitung ansah, genau wie sie.

*Nicht umdrehen nicht umdrehen nicht umdrehen.*

Dann griff ein Männerarm an ihr vorbei, eine Hand nahm eine ganz andere Zeitung, eine ihr vollkommen unbekannte Stimme murmelte: »Sie erlauben doch«, und der Mann, samt Zeitung, war fort. Sie drehte sich endlich um. Es war nur irgendein Mann gewesen, der irgendeine Zeitung gesucht hatte, um sich die Zeit zu vertreiben, während er auf irgendetwas wartete.

Hatte er bemerkt, dass die Person, die vor ihm stand, auf dem Foto in der Zeitung war?

Ach was, sagte sie sich dann, sie war nicht auf dem Foto. Auf dem Foto war eine schöne Frau mit goldenen Locken, roten Lippen und einem engen schwarzen Kleid.

Als sie sich mit einer bunten Zeitschrift für strickende, kochende, diätende, vergangensheitslose Frauen an ihren Tisch zurückzog, wünschte sie sich kurz und schmerzhaft eine Katze, die sie hätte auf den Schoß nehmen können. Eine Katze, die alles auf ihre eigene Art sowieso wusste. Der sie nichts vorzumachen brauchte. Und die gleichzeitig das friedliche Bild der gewöhnlichen jungen Frau nicht störte, die Hochglanzbilder von Lavendelblüten und Wollschals bewunderte.

Katzen waren die perfekte Tarnung, dachte Nancy, nach außen hin weich und freundlich und beinahe ein wenig spießig. Und im Inneren sarkastisch und sehr ehrlich. Plüschige Hülle, rauher Kern.

War sie, fragte sie sich, wie die Katzen? Nancys Hülle war hübsch und weich. Aber war ihr Herz hart und rauh? Oder war vielmehr die blonde, rotlippige Hülle, die sie vorher getragen hatte, rauh gewesen, so rauh, dass man sich daran Splitter holen konnte? Aber wie oder wo war ihr Kern in diesem Fall?

Des Pudels vielzitierter Kern? Sie erinnerte sich noch gut daran, wie sie *Faust* hatten lesen müssen. Damals, mit sechzehn, kurz bevor sie die steile, glatte Rutschbahn abwärts betrat, an deren unterem Ende Kai sie Jahre später gefunden und aufgefangen hatte.

Für Kai war *Faust* ein Begriff aus dem Boxsport gewesen.

»Wer bin ich?«, flüsterte Nancy. »Im Inneren? Wer bin ich wirklich?« Und, noch leiser, kaum hörbar: »Bin ich *überhaupt?*«

Die Katze Kuh und die Kaiserin des Schnees saßen noch immer oder wieder auf dem riesigen Sofa, als Nancy die verschneite Designerwohnung im Eispalast zum zweiten Mal betrat.

Frau von Siegen hatte den Summer der Wohnungstür mittels Fernsteuerung betätigt. Sie klappte gerade das Buch zu, als Nancys Füße in dem weichen weißen Wohnzimmerteppich versanken.

»Ist es nicht ein bisschen riskant, die Tür zu öffnen, ohne zu sehen, wer davorsteht?«, fragte sie.

»Oh, nicht in meinem Alter«, sagte die alte Dame sanft. »Wenn es der Tod sein sollte, darf er hereinkommen.«

Sie erhob sich, noch immer langsam – aber sie schien nicht mehr die gleichen Schmerzen zu haben wie zuvor. Das Vorlesen hatte geholfen. Auf welche Weise auch immer.

Dann nahm sie Kuh vom Sofa, die offenbar eingeschlafen war, und hängte sie Nancy über den Unterarm wie einen Mantel. »Ich werde ihr das Ende nächste Woche erzählen müssen«, sagte sie. »Sie ist auf der letzten Seite weggenickt. Vermutlich ist sie müde vom Mäusefangen in der Nacht.«

Kuh sah nicht aus, als finge sie Mäuse. Die Mäuse starben allerhöchstens an Langeweile, während sie ihr beim langsamen Anschleichen zusahen.

»Aber zuvor hat sie sehr aufmerksam gelauscht«, sagte die alte Dame. »Sie mag dieses Buch lieber als das letzte, denke ich. Sie bewegt die Ohren immer zur Seite, wenn es spannend wird. Ich ... überweise die Katzenmiete an Mr. Widow. Wie immer. Grüßen Sie ihn.«

Nancy nickte.

»Sagen Sie ... eines noch. Dieses T-Shirt. Mit dem Frosch.«

»Ja?«, fragte Nancy vorsichtig und bereute, die Mantelknöpfe geöffnet zu haben.

»Nun, es ist ... sehr ungewöhnlich. Sicher modern. Aber wenn Sie für Mr. Widow arbeiten ... ich meine ja nur, der Katzenverleih hat so etwas ... Nostalgisches. Wenn Sie dort arbeiten, sollten Sie etwas anderes anziehen. Sonst nimmt Sie womöglich niemand ernst. Und Ihr Mantel ist sowieso viel zu dünn, er sieht mehr nach Cocktailparty aus als nach Winter. Warten Sie hier.«

Sie ging – sehr langsam – in ein Nebenzimmer und kehrte kurz darauf mit einem Arm voller Kleider zurück, die sie aufs Sofa legte. »Das hier sollte eigentlich in die Kleiderspende. Die Sachen sind von damals, als ich noch jung war ... lange her ...«

Nancy breitete eine fein bestickte weiße Bluse und einen wundervollen, weichen, taubenblauen Mantel aus und pfiff durch die Zähne. Der Stoff war weich wie Buttercreme. »Das Bad ist da links«, sagte die alte Dame. »Da gibt es einen Spiegel. Na, geben Sie mir schon die Katze und gehen Sie!«

Ihre Wangen waren rosig, es machte ihr sichtlich Spaß, dahergelaufene junge Frauen mit Frosch-T-Shirts neu einzukleiden.

Nancy zog sich vor dem riesigen Spiegel im ebenso riesigen Bad aus, zog die Bluse, eine goldbraune Samthose und ein Jackett über, das sie sich aus dem Haufen ausgesucht hatte, legte sich den Mantel über den Arm wie eine Katze, und betrachtete ihr Bild. Sie war schon wieder jemand anderer geworden. So, wie sie jetzt aussah, passte sie tatsächlich besser in den Katzenverleih; elegant und altmodisch. Die Schneekaiserin lächelte, als Nancy das Bad verließ.

»Wunderbar!«, rief sie und klatschte in die pergamentpapierartigen Hände. »Wissen Sie was? Sie sehen aus wie Mr. Widow.« Sie lachte leise und perlend. »Nur jünger und eben weiblich. Perfekt. Ich gebe Ihnen etwas für den Rest der Sachen mit, ich habe noch eine ganz annehmbare Wildledertasche, die ich nicht mehr benutze.«

Im Glassarg des Aufzugs dachte Nancy an das Baby in ihrem Bauch und fragte sich, wie lange die Kleider noch weit genug sein würden. Die Bluse war ziemlich eng. Aber der taubenblaue Mantel, in den sie sich jetzt schmiegte, würde wohl noch eine Weile halten.

Als Nancy den Cocktailparty-Mantel eine Straße weiter in eine Mülltonne stopfte, meldete sich das Handy, das Mr. Widow ihr mitgegeben hatte.

»Hat alles geklappt?«, wollte er wissen.

»Ja, wunderbar«, sagte Nancy.»Ich kümmere mich jetzt auf dem Rückweg um die Einkäufe. Kuh hat brav drei Stunden lang zugehört, wie ihr vorgelesen wurde …«

»Kaum«, meinte Mr. Widow mit einem leisen Lächeln in der Stimme.»Ich meine, sie ist zwanzig Jahre alt. Diese Katze ist seit drei Jahren völlig taub.«

»Oh«, sagte Nancy.

»Sie hat eine wirklich wechselvolle Geschichte hinter sich. Damals, als Angelika sie fand, lag sie zwischen den Milchkartons vor dem Lieferanteneingang eines Supermarkts. Milchkartons mit Bildern von schwarz-weiß gescheckten Kühen, Sie wissen schon. Und weil diese Kartons offenbar das Erste waren, was sie gesehen hatte, als sie die Augen öffnete, hat sie sich in der ersten Zeit eingebildet, ihre Mutter wäre …«

»Eine Kuh?«, fragte Nancy.

»Nein«, sagte Mr. Widow.»Ein Milchkarton. Überall, wo sie hingehen sollte, mussten wir erst eine Packung Milch vor ihr hertragen, zum Katzenklo, in den Garten, zum Tierarzt … Wenn Sie einkaufen, kaufen Sie Milchkartons mit Kuhfotos, ja? Sie kuschelt sich zum Schlafen immer noch gerne an sie.«

49

# 3

Als Nancy wieder vor dem Tor zu Mr. Widows Haus stand, war sie in Begleitung eines randvollen Einkaufswagens. Es war unmöglich gewesen, sämtliche Einkäufe in Tüten zu verstauen, und schon wieder bot sie höchstwahrscheinlich ein merkwürdiges Bild: eine junge Frau in eleganter, altmodischer Kleidung und mit riesiger Sonnenbrille, die einen Einkaufswagen vor sich herschob, wie sonst eher Obdachlose es tun – und oben auf dem Einkaufswagen, auf allen Einkäufen thronend, eine uralte schwarz-weiß gefleckte Katze.

Sie fragte sich, wie viele Leute in diesem Moment hinter den verspiegelten Fenstern ihrer Büros und Geschäftsräume standen und sie beobachteten. Vielleicht gar niemand.

Vielleicht sahen die Leute in der Welt der Büros, Zahlen und Bildschirme nicht hinaus.

Möglicherweise wussten sie nicht einmal, dass in der Straße, in der sie arbeiteten, ein altes, zweistöckiges Haus mit einem verwunschenen Garten stand, weil sie einfach daran vorbeisahen.

Nancy schob den Riegel an der schmiedeeisernen schwarzen Pforte zurück und öffnete sie, um den Einkaufswagen hindurchzumanövrieren. Sie würde ihn natürlich zurückbringen. Später.

Während sie mit der Haustür kämpfte, begann es in sanften plüschigen Flocken zu schneien, als fielen Hände voll Katzenfell vom Himmel. Und die Rosenbüsche vor Mr. Widows Haus, der Rasen, die Bäume – all das verwandelte sich, bekam einen Pelz. Die Welt wurde zu einer großen schnurrenden Katze.

»Schön«, sagte Mr. Widow, der im Vorflur stand, »dass Sie zurück sind.«

Die kleine Milchkaffeebraune kam angelaufen und rieb ihren Kopf an Nancys Knie, und während sie Dosenfutter in der Küche ablud und Milch und Brekkies in Regale sortierte, überschwemmte ein seltsames Gefühl sie wie eine warme Welle: Es war ein wenig wie nach Hause kommen.

Obwohl sie erst einen halben Tag hier lebte.

Sogar die Königin von Saba war etwas freundlicher geworden, als Nancy den Schinken an seinen Haken gehängt und dann für jede Katze ein kleines Stück davon abgesäbelt hatte.

Später saßen Mr. Widow und sie im Garten, an einem verschneiten Tisch, und tranken Tee.

Es war schon dunkel, Mr. Widow hatte eine kleine Gaslaterne auf den Tisch gestellt. Der Himmel hatte sich ausgeschneit, und Nancy saß in zwei karierte Wolldecken gewickelt da, während Mr. Widow einen alten Pelzmantel um seine Schultern geschlungen hatte, dessen Mottenlöcher mit einer unpassenden Farbe von Garn gestopft waren.

Nirgendwo lag eine Zeitung.

Nirgendwo gab es Hunde oder fremde Männer.

In den Ästen einer Birne hing eine kleine Girlande bunter Lichter, die leise hin und her schaukelte, weil zwei Katzen darin saßen. Im Haus lagen vor dem Kaminfeuer die übrigen Katzen und warteten darauf, dass die Menschen ihren merkwürdigen Frischluftfanatismus überwanden und hereinkamen.

Über Mr. Widows Gurkenschnittchen auf ihrem Porzellanteller bildete sich eine dünne Eisschicht. Nancy tunkte sie zum Auftauen in den dampfenden Tee.

Und sie dachte, dass sie glücklich war. Sie wusste nicht, warum oder wie lange dieser Zustand andauern würde, aber sie war glücklich.

Nachts schrak sie wieder hoch und wusste nicht, was sie geweckt hatte.

Auf ihrer Decke lag die Milchkaffeekatze, und über dem Garten hingen tausend Sterne. Die Schneewolken waren weitergezogen. Der weiße Pelz auf der Wiese glitzerte silbern.

Da unten gab es tausend schlaflose Augen, dachte Nancy, tausend Katzen schlichen durch den Garten und die Stadt und standen Wache an den Rändern der Zeit und der Wirklichkeit. Sie hatte davon geträumt: Tausend Katzen hielten die Vergangenheit davon ab, in die Gegenwart zu schwappen, und vielleicht die Toten davon, wieder zum Leben zu erwachen. Kein Grund also, sich zu fürchten.

Dann sah sie, dass eine Gestalt auf der Wiese stand, halb in den schneebedeckten Schilfhalmen am Teich verborgen. Sie blinzelte. Es war eine Frau.

Eine schlanke junge Frau, an deren Arm eine kleine Handtasche baumelte, genauso eine, wie Nancy sie fortgeworfen hatte. Unter dem offenen Pelzmantel trug die Frau ein kurzes schwarzes Kleid. Ihr Haar schien hell, vielleicht goldblond und ringelte sich auf ihren Schultern zu kleinen, hübschen Locken. Nancy schluckte. Sie hätte schwören können, dass die Lippen der Frau rot nachgezogen waren.

»Das ist unmöglich«, flüsterte sie.

*Natürlich*, sagte der Blick der Milchkaffeefarbenen vom Bett her. *Geh wieder schlafen.*

Am Morgen waren keine Spuren im Garten.

Sie hatte nur geträumt.

Sie kletterte übers Klo zur Dusche und stellte fest, dass eine Katze darin saß. Es war der blinde Timothy, der sich ab und an verlief, aber wie man sich so sehr verlaufen konnte, dass man auf dem Weg in die Speisekammer in der Dusche einer weitgehend fremden Person im Stockwerk darüber landete, war Nancy schleierhaft. Sie hob den großen

schwarzen Pelzkoloss hoch und setzte ihn auf den Klodeckel, damit er nicht nass wurde, und dort blieb er sitzen
und sah sie mit seinen blinden Augen an, während sie das
warme Wasser über ihren Körper laufen ließ.

»Kann es sein«, sagte sie, »dass du gar nicht blind bist,
sondern voyeuristisch veranlagt?«

Und wieder fragte sie sich, wer die Zimmertür nachts
aufgemacht hatte. Irgendwie musste Timothy hereingekommen sein.

Als sie aus der Dusche stieg, klingelte es unten an der
Haustür. Lange und durchdringend. Dann noch einmal,
länger und durchdringender. Und dann blieb derjenige, der
unten war, mit dem Fuß sozusagen auf der Klingel stehen.
Draußen musste mindestens die Welt untergehen, der
Dringlichkeit des Besuchs nach zu urteilen. Und offenbar
schaffte Mr. Widow es mit seinem steifen Bein nicht so
rasch zur Haustür.

Nancy seufzte genervt, wickelte sich in ein Handtuch
(echt englisch, mit eingewebten Rosen und irgendeinem
Sinnspruch), kletterte aus dem Bad und rannte die Treppe
hinunter. Unten riss sie die Haustür auf und stand einem
kleinen Jungen gegenüber. Sein helles Haar stand in mindestens fünf Himmelsrichtungen gleichzeitig ab, er trug gelbe Moonboots und in der Hand eine riesige Angelrute.
Nancy schätzte ihn auf ungefähr acht, wobei die Sammlung
von Dreck in seinem Gesicht und unter seinen Nägeln darauf schließen ließ, dass er älter war. Auf dem Rücken hatte
er eine ebenfalls ziemlich mitgenommene rote Schultasche
mit aufgedruckten neongrünen Dinosauriern.

»Hey«, sagte der Junge und nickte eine Art knappe Begrüßung.»Widow da?«

Es klang, als wäre Mr. Widow Müllkutscher, der Junge
sein Kollege und beide permanent von Bierdunst umnebelt.
Nancy verkniff sich ein Lachen.

»*Mr.* Widow schläft höchstwahrscheinlich noch«, sagte Nancy.»Es ist sieben Uhr morgens!«

»Eben«, sagte der Junge.»Um halb acht fängt die Schule an. Bis dahin brauche ich die Katze.«

Er drängte sich an Nancy vorbei, ging bis in die Mitte des Wohnzimmers und sah sich um, einen Arm in die Seite gestützt, während zwanzig oder dreißig Katzen ihn neugierig beobachteten.

»Immer noch so englisch hier wie letztes Mal«, stellte der Junge fest.»Allein schon die Bücherregale! Hoch wie Türme! Wer soll das alles lesen? Meine Mutter sagt, er sollte den ganzen Kram von früher endlich wegschmeißen. Sich von der Vergangenheit trennen. Sie kann gut Sachen auftrennen, sie ist Schneiderin, und Eier kann sie auch, ich meine, trennen, wenn sie kocht, also muss sie es wissen.« Dann legte er die Hände an den Mund und brüllte unvermittelt und so laut, dass der Nippes auf der Kommode klirrte: »Widow! Ich brauch 'ne Katze!«

Den Perserteppich zierte jetzt eine Reihe vollendeter nasser Stiefelabdrücke. In einigen von ihnen schmolzen kleine Klumpen von dreckigem Großstadtschnee.

In diesem Moment näherten sich Schritte, dann öffnete sich die Küchentür, und Mr. Widow, nicht noch-schlafend, sondern makellos gekleidet und mit einer Teetasse in der Hand, trat heraus.

»Schön, dass ihr euch schon ein bisschen unterhalten habt«, sagte er mit einem liebenswürdigen Lächeln, und Nancy begriff, dass er einfach keine Lust gehabt hatte, dem Jungen aufzumachen.»So, Hauke«, sagte Mr. Widow. »Und was ist los?«

»Ich brauch wieder 'ne Katze«, erklärte Hauke und schob einen Kaugummi in seinen Mund.»Ich kann diesmal sogar zahlen.« Er griff in seine Tasche, holte eine Pfefferminzbonbondose heraus und schüttete ihren Inhalt auf die nächste Kommode: eine beeindruckende Sammlung an Ein-, Zwei- und Fünfcentstücken.

»Reicht doch für einen Tag Miete, oder? Länger muss es nicht sein. Ist für die Schule.«

»Für die Schule?«

»Ja, wegen Angeln.« Hauke deutete auf die Angel.

»Ich glaube nicht, dass ich Katzen habe, die besonders gute Angler sind«, meinte Mr. Widow. »Die Goldfische im Teich hat noch keine gefangen.«

Hauke verdrehte die blauen Augen. »Die *Katze* soll doch nicht angeln. *Ich* angle doch«, sagte er. »Der Angelwettbewerb im Park drüben ist übermorgen, Eisangeln. Ich übe seit drei Wintern. Und man kann einen richtigen Pokal gewinnen. Aber wir haben da nachmittags Sport, ausgerechnet. Na ja, der Schubert ist allergisch gegen Katzen. Ich bring die Katze in der Schultasche mit, der Schubert kriegt einen von seinen Anfällen und niest und keucht und geht nach Hause, und dann kann ich zu dem Wettbewerb. Nur bitte nicht den blinden Timothy, als ich den als Überraschung für meine Tante beim achtzigsten Geburtstag geliehen hab, ist er in die Torte gefallen.«

Mr. Widow verzog das ernste Gesicht zu einem kaum merklichen Grinsen, denn genau in diesem Moment kam der große schwarze Kater die Treppe herunter. Er ging durchs Wohnzimmer, stieß an ein Tischbein, änderte die Richtung und lief auf Hauke zu. Dann setzte er sich auf Haukes Fuß. Er schien gerne auf Füßen zu sitzen.

»Sieht aber so aus, als hätte sich Timothy dich schon wieder ausgesucht«, sagte Mr. Widow. »Immerhin hat er Erfahrung mit dem Angeln. Er fällt häufiger in den Fischteich im Garten, und ich muss ihn dann rausangeln.«

Hauke hob Timothy hoch und streichelte ihn. »So ein Mist«, sagte er, aber es schien unumgänglich, dass man die Katze nahm, die von selbst zu einem kam.

55

Mr. Widow holte ein großes, ledergebundenes Buch vom Regal und trug mit einem alten Füllfederhalter in großer, schwungvoller Schrift etwas ein, dann musste Hauke unterschreiben, und schließlich hob er den blinden Timothy hoch, was ihn einige Mühe kostete bei dessen Umfang. »Eigentlich hatte ich gedacht, ich könnte die Katze in meiner Schultasche verstecken«, murmelte er.

»Tja, sieht eher so aus, als könntest du die Schultasche *in der Katze* verstecken«, sagte Mr. Widow. »Timothy könnte sie fressen, dann bräuchtest du sie nicht zu tragen.«

Hauke knurrte. »Timothy könnte mal auf Diät gesetzt werden. Meine Mutter macht gerade Salatdiät, vielleicht lass ich ihn da mitmachen. Morgen früh bring ich ihn zurück.« Er schob die Münzen auf der Kommode ein wenig in Mr. Widows Richtung. »Ihr Honorar«, erklärte er mit großer Geste. »Stimmt so.« Und dann verließ er das Haus mit dem großzügigen, huldvollen Winken eines Prinzen in gelben Moonboots.

»Tja, Hauke«, sagte Mr. Widow beim Frühstück, während er Orangenmarmelade auf ein gebuttertes Scone schmierte. »Der Vater hat eine Autowerkstatt um die Ecke. Auch so ein Relikt aus Zeiten, in denen die Häuser noch niedriger waren. Für Hauke ist die Stadt ein Dorf. Sie passt komplett in seine Jackentasche.« Er lächelte.

»Eisangeln im Park«, murmelte Nancy. »Gibt es das wirklich?«

Mr. Widow nickte und entfernte eine kleine Katze von seinem Brötchen. »Wir sind früher immer zum Zuschauen hingegangen«, sagte er. »Angelika und ich. Der Park ist nicht weit. Es ist nur ein unbedeutender kleiner Park ... Am Ufer des Sees stehen Trauerweiden, und an einer Seite wachsen Seerosen, gleich neben dem Eiskiosk. Ich weiß ja nicht, woher Sie kommen ... ob es eine Großstadt ist ... aber Seerosen auf einem Teich, hier mitten zwischen all den Häusern, das hat schon was.« Er lächelte. »Einmal hatte Angelika eine kleine Katze in der Tasche, als wir hingingen, also, im Sommer. Sie war hineingeschlüpft, ohne dass wir es gemerkt hatten. Damals hatten wir nur dreizehn Katzen, aber manchmal verloren wir trotzdem den Überblick ... Die Katze ist am See aus der Tasche gesprungen und beinahe ins Wasser gefallen. Wir standen auf der kleinen Brücke, die über einen Ausläufer des Sees führt, aber die Katze fiel nicht ins Wasser. Sie landete auf einem Seerosenblatt. Und dann hüpfte sie von Blatt zu Blatt zurück zum Ufer. Wie ein Frosch. Ich werde den Anblick nie vergessen, wir haben Tränen gelacht.« Er tupfte seine Augen ab, die tatsächlich feucht geworden waren. Sein Blick hinter der randlosen Brille bekam etwas Verschleiertes, er sah Nancy nicht mehr, er sah den Park.

»Im Winter, beim Eisangelwettkampf, haben sie damals immer heiße Maronen verkauft ... Wenn der Wettkampf vorbei war, wurden überall um den See herum Fackeln entzündet, und die Leute fuhren Schlittschuh zu Musik. Das war die Zeit, zu der man noch lernte, auf Schlittschuhen Walzer zu tanzen. Man musste nur aufpassen, dass man nicht in die Angellöcher fiel.« Er schüttelte den Kopf und rückte seinen Kragen gerade, der nicht schief war. »Keine Angst, ich fange jetzt nicht an, Ihnen stundenlang Geschichten von früher zu erzählen.«

»Aber es war eine schöne Geschichte«, flüsterte Nancy, die sich ein wenig vorgebeugt und den Kopf in die Hände gestützt hatte.

»Also, heute ist eine Menge zu tun«, sagte Mr. Widow rasch. »Mittwoch ist gewöhnlich mein Großreinemachtag. Staubsaugen, wischen, Katzenklappen ölen. Aber jetzt habe ich ja eine Haushaltshilfe«, fügte er fröhlich hinzu. »Ich werde mich also darauf beschränken, Büroarbeit zu machen, und lasse Sie schalten und walten. Ach, und da ist noch eine Katze abzuholen. Gestern hatten Sie ja keine Schwierigkeiten.« Er schlug das ledergebundene Buch auf, das jetzt zwischen Katzen und Marmeladengläsern auf dem Tisch lag.»Moritz. Er war bis heute bei Fräulein Heckenreuter. Sie hat wenig Zeit und würde sich freuen, wenn jemand vom Katzenverleih ihn holen könnte.«

»Jemand vom ...?«, wiederholte Nancy.»Bis vorgestern war es ein Einmannunternehmen. Und das ist es immer noch, oder? Ich bin bloß die Haushaltshilfe.«

»Einmannunternehmen sind heutzutage nicht mehr konkurrenzfähig«, sagte Mr. Widow.»Der Katzenverleih hat elf ständige und dreißig Außendienstmitarbeiter. Die Kunden brauchen ja nicht zu wissen, dass vierzig davon Katzen sind.«

Nancy Müller, zweiundvierzigste Mitarbeiterin von Mr. Widows Katzenverleih, an diesem Tag gekleidet in dezent hellblaue Stoffhosen, ein passendes Jackett und einen weißen Wollpullover, kam sich beinahe unauffällig vor, als sie an diesem Tag die Straße entlang zur S-Bahn-Station ging. Sie hatte den Einkaufswagen in Mr. Widows Vorgarten gelassen, sie trug keinen grinsenden Frosch auf dem Bauch, zog keinen Koffer hinter sich her und hatte keine Katze im Arm. Es war ein seltsam leichtes Gefühl.

Die geerbten Kleider der Schneekaiserin schwebten mit ihr darin an den Spiegelscheiben der Büros vorüber. Nur die grünen Turnschuhe störten noch immer etwas.

Vor dem Sonnenbrillen- und Tabakladen umarmte sie diesmal kein Hund, sie führte auch keine absurden Gespräche mit fremden Männern. Und auf den Titelseiten der Zeitungen, die die Menschen in der S-Bahn lasen, war wahlweise ein verirrter Elch auf einer Autobahn oder Erdogan. Keine Schatten in Türen. Die Dinge wurden besser.

Nancy stieg zweimal um, ohne sich nach Verfolgern umzudrehen.

Gegen zwölf Uhr stand sie vor der Tür einer kleinen Wohnung in einem achten Stock, lächelte in den Spion und klingelte bei Fräulein Heckenreuter.

Das Fräulein, das ihr öffnete, war eher ein Mädchen, vielleicht achtzehn oder neunzehn Jahre alt und in einem vollkommen derangierten Zustand. Ihr helles Haar enthielt eine Art schmierige Masse violetter Strähnen, war völlig zerzaust, die Schminke um ihre Augen herum verlaufen, und sie steckte in einem engen schwarzen Glitzer-T-Shirt, für das sie definitiv zu pummelig war, so dass der große goldene Totenkopf darauf durch ihre etwas zu prominenten Brüste Glupschaugen zu haben schien. In der einen Hand hielt das Mädchen einen Föhn, in der anderen ein Buch, und hinter ihr in der Wohnung stritten das Radio und eine CD mit irgendwie gruseligen Geigentönen um die akustische Vorherrschaft. Nancy hoffte für Kater Moritz, dass er taub war. Und dass er es schon gewesen war, bevor er hierher ausgeliehen wurde.

»Ich komme von Mr. Widows Katzenverleih …«, begann sie, und das Mädchen ließ Föhn und Buch fallen und schlug die Hände vors Gesicht.

»Oje«, murmelte sie. »Der Kater. Ich hatte völlig vergessen, dass die Woche um ist. Ich …« Sie nahm die Hände wieder vom Gesicht, wo die Schminke jetzt noch verschmierter war. »Ich versuche gerade … Kommen Sie doch herein. Eigentlich habe ich in fünf Minuten eine Vorlesung an der Uni. Aber das schaffe ich sowieso nicht mehr. Möchten Sie …« Sie warf durch eine offene Tür einen Blick in die kleine Küche, wo sich angebrochene Packungen mit Keksen, Müsliriegeln, Nudeln und Katzenfutter stapelten. »Möchten Sie eine Cola? Einen Kombucha-Chai?« Sie schüttelte eine türkisgrüne Metalldose. »Oder …«

»Danke, nichts«, sagte Nancy, fand den Knopf, um die Musik auszustellen, nahm einen Stapel Modezeitschriften von einem Hocker und setzte sich. »Ich denke, ich warte einfach hier, bis Sie sich sortiert haben, und dann geben Sie mir Moritz heraus.« Es klang, als hielte das Mädchen den Kater gefangen. Womöglich war es so. »Und dann gehen wir beide einfach, und Sie können in Ruhe tun, was auch immer Sie gerade tun wollten.«

»Ja, das Problem ist, ich tue fünf Dinge gleichzeitig«, erklärte das Mädchen, strich sich die schmierigen Haare aus dem Gesicht und öffnete die Dose, um sie auf ex zu leeren. »Moritz geht es gut. Ich brauche ihn für meinen Blog, wenn Sie verstehen. Ich mache einen Buchblog, also, eigentlich ist er über Bücher und Kosmetik, und Sie kennen sicher diese Buchbloggerinnen, die haben alle Katzen … ständig sieht man eine Katze durchs Bild laufen, aber ich schaffe das nicht, mit einer eigenen Katze hier in der kleinen Wohnung, und dann mit dem Studium, aber ohne Katze kann man einen Buchblog vergessen …« Sie stellte die Dose auf einen Stapel ungeöffneter Amazon-Kartons und winkte Nancy, ihr zu folgen.

Nancy stieg vorsichtig über das Chaos und dachte: Das hier bin ich vor fünfzehn Jahren. Aber jetzt bin ich jemand anders, ich bin die ältere, gut gekleidete Person, vor der man sich verantworten muss und die man gleichzeitig um ihr Auftreten beneidet.

In Wirklichkeit bin ich natürlich gar niemand.

Dies hier ist nichts weiter als ein laufendes hellblaues Kostüm.

»Der Blog heißt *Billys Buchgärtlein*«, erklärte das derangierte Mädchen, während es Nancy durch den Flur in ein Wohn-Schlaf-Durcheinander-Zimmer führte, in dem ein riesiges Bücherregal stand. Es war beinahe so groß wie die Bücherregale an Mr. Widows Wänden. »Oder genauer:

*Billys Buchgärtlein mit Beautyberatung.* Vielleicht haben
Sie Lust, mich zu abonnieren? Ich habe schamhaft wenige
Abonnenten. Ich schreibe immer ganz genau auf, von was
die Bücher handeln und in welchen fremden Welten sie den
Leser entführen, aber es gibt so viele Blogger ...« Sie seufz-
te und strich über die schön geordneten Rücken der dicken
Wälzer in ihrem Regal. Sie waren nach Autoren und, vor
allem, nach Farben sortiert. Nancy dachte an die Zeiten
zurück, in denen sie gelesen hatte. Damals, in der Schule.
Heimlich und immer die verkehrten Sachen.

Kai hatte nichts von Büchern gehalten. Stillsitzen und lesen war in seinen Augen eine ungesunde Freizeitbeschäfti-
gung. Er war lieber mit Nancy zum Joggen gegangen, Tennis spielen, schwimmen. Und irgendwann hatte sie aufgehört zu lesen. Mehr noch, sie hatte vollkommen vergessen,
dass es etwas war, was man tun könnte.

»Hast du die alle ... durch?«, frage sie. »Ich meine, haben Sie ...«

»Du ist okay«, sagte Billy und nickte enthusiastisch.

»Kann ich dann auch du sagen? Das macht es ... famili-
ärer, oder? Die Bücher hab ich alle echt gelesen. Und da
hinten ist mein Beauty-Parlour.« Sie zeigte auf ein zweites
Regal, das vollgestopft war mit Lippenstiften, Schminksets,
Cremedosen und Shampooflaschen. »Das Problem ist immer der Hintergrund für die YouTube-Filme.« Billy seufzte.
»Man braucht etwas Neutrales. Sonst sieht ja jeder die Un-
ordnung. Ich war gerade dabei, meine Haare neu zu machen, ehe du gekommen bist ...« Sie hob eine schmierige,
glibberige Strähne. »Noch fünf Minuten einwirken, dann
kann ich das Zeug rauswaschen. Soll silbern werden, mit
Glitzereffekt. Ist für das nächste Buch, das ich bespreche.
*Die Erinnerung des Mondlichtmädchens.* Da hat die Prota
auch silberne Haare, das ist doch echt innovativ, wenn ich
das dann habe, und Moritz sollte durchs Bild laufen, aber

Moritz ist ...« Sie sah sich suchend um. »Jetzt ist Moritz schon wieder weg. Ich fürchte, ich habe ihn ... verlegt. Wenn wir ihn finden, kann ich das Video noch abdrehen, ehe du ihn mitnimmst?«

»Von mir aus«, sagte Nancy.

»Danke«, sagte Billy. »Vielen Dank. Du bist furchtbar nett. Diese Blogsache ist wirklich wichtig für mich. Ich lerne nie jemanden kennen, so im richtigen Leben, und über den Blog ... na, da ist es einfacher, da kann ich mich so filmen, dass ich richtig gut aussehe ...« Sie verschwand im Bad, und Nancy hörte Wasser rauschen.

Gleichzeitig reckte sich ein Kopf zwischen zwei Decken hervor, die in einem zerwühlten Haufen auf dem alten Sofa beim Fenster lagen. Es war ein braun-weiß gemusterter Katzenkopf, das Weiß in der Mitte über der Nase zu einem Dreieck zulaufend, wie man es sonst bei schwarz-weißen Katzen kennt. *Ist sie weg?*, fragten die bernsteinfarbenen Augen.

»Nur vorübergehend«, sagte Nancy und kniete sich vors Sofa, um Moritz zu kraulen. »Aber sie braucht dich. Du musst einmal kurz auftauchen, ehe ich dich zu Mr. Widow mitnehmen kann. In einem Film auftauchen. Ist das nicht aufregend?«

*Überhaupt nicht*, meinte Moritz, streckte sich und kam ganz aus seinem Versteck gekrochen. *Aber die Pizza ist gut. Sie wollte erst, dass ich Katzenfutter esse. Das war natürlich Unsinn. Moment. Wer bist du überhaupt?*

»Das weiß ich nicht«, antwortete Nancy wahrheitsgemäß. »Mr. Widow hat mich in einer Mülltonne gefunden.«

Ehe sie mehr sagen konnte, ertönte ein Schrei aus dem Bad, und dann stand Billy in der Tür, besser geschminkt und mit frisch gewaschenem, *blauem* Haar. »Silbern!«, schluchzte sie. »Auf der Packung stand silbern!«

»Ich habe Moritz gefunden«, sagte Nancy. »Du kannst jetzt deinen Film drehen.«

Der Film bestand daraus, dass Billy auf dem Sofa saß, von dem sie zu diesem Zweck alle Decken, Bücher, CDs und Parfumfläschchen gefegt hatte (den Boden sah man nicht im Video), und in eine winzige Kamera lächelte, die auf einem Stativ stand. Den Hintergrund bildete das Bücherregal, der einzig aufgeräumte Ort in der Wohnung. Billy hielt das Buch mit dem Mondscheinmädchen hoch und lächelte noch mehr, schob ihre Haare von einer Seite auf die andere, lächelte in einem anderen Winkel, begrüßte ihre Leser mit einem neckischen Winken und einer Kaskade an Luftküsschen und sprach dann ausführlich darüber, wie sehr ihr das Buch gefallen hat und dass sie über seinen Inhalt nicht zu viel verraten wolle. Das Ganze war charmant durchsetzt mit Räuspern und Ähs und Blicken über die Schulter, die die Wellen ihres Haares besser zur Geltung brachten. Nach jeweils drei Sätzen lachte Billy ein merkwürdig eingeübtes Lachen und sagte: »Ach, da is' ja schon wieder mein Moritz, der liiiebt Bücher einfach!«, und jedes Mal versuchte Nancy, die sich bereit erklärt hatte, Billy zu helfen, dann den Kater zu locken, damit er über die Sofalehne lief.

Moritz hatte keine Lust, aber da auf der anderen Seite des Sofas ein Stückchen Pizza lag, ging es einigermaßen. Nancy rannte daraufhin während der nächsten drei Sätze *hinten* um die Kamera herum und legte ein Stückchen Pizza auf die andere Seite des Sofas, so dass Moritz dorthin lief.

Am Ende sprach Billy eine ganze Weile über einen weinroten Lippenstift, den sie ebenfalls in die Kamera hielt, dann verabschiedete sie sich mit weiteren Kusshändchen von ihren Fans und ließ sich der Länge nach aufs Sofa plumpsen. Und als sie jetzt lachte, klang es nicht mehr eingeübt, sondern ein bisschen traurig. »Ich hab's vermasselt, oder«, murmelte sie. »Ich vermassel es immer. Alles. Auch die Uni. Und die Videos sowieso.«

»Nein!«, sagte Nancy eilig. »Überhaupt nicht! Es war sehr … professionell.«

Sie erinnerte sich genau daran, wie es gewesen war, so alt zu sein wie Billy. Wie sehr sie sich gewünscht hatte, jemand würde etwas Nettes zu ihr sagen.

»Ja? Meinst du, es ist gut?«, flüsterte Billy. »Meinst du, es gefällt den Leuten da draußen, die meinen Kanal gucken?«

Nancy verkniff sich eine Bemerkung wie: *Welchem von beiden?*

»Es gefällt ihnen ganz sicher«, sagte sie. »Und das Blau steht dir, wirklich. Es betont …« Mein Gott, was betonte das verdammte Blau? »Den Totenkopf.«

»*Es betont den Totenkopf?*«, fragte Billy verwirrt. »Na ja, ich nehme an, das ist was Gutes …«

»Auf jeden Fall«, beteuerte Nancy. »Bei Totenköpfen kommt es sehr auf die Betonung an.«

An der Tür zögerte Billy kurz, dann umarmte sie Nancy. Nancy spürte ihren weichen, pummeligen Körper und dachte an ihren eigenen Körper mit achtzehn. Babyspeck. Oder besser: die Zeit vor Kai. Vor dem Fitnesscenter. Vor einem perfekt durchgeplanten Diätplan.

»Danke, dass du mir mit dem Video geholfen hast«, flüsterte Billy. »Danke, danke, danke.« Und dann, ganze plötzlich, fügte sie hinzu. »Ich hasse Bücher.« Es klang, als hätte sie das immer schon zu jemandem sagen wollen.

»Wie bitte?«

»Ich … Gott, sag das bloß keinem! Ich … ich hätte so gerne jemanden. Ich meine: einen Freund. Ich bin ein bisschen allein. Es ist so kalt, wenn man alleine ist … nachts vor allem. Die Decke ist nie lang genug. Und durch das

Bloggen lernt man doch Leute kennen. Irgendwann sieht mich der perfekte Typ. Zufällig. Und dann, dann steht er eines Tages vor der Tür, mitten im Schneetreiben, mit einem Blumenstrauß in der Hand ... meine Adresse steht ja im Impressum ... extra fett gedruckt, in Lila ...« Sie sah Nancy an, um deren Schultern sich ein gähnender Moritz ringelte.
»Du glaubst nicht daran, oder? Es ist Unsinn. Eine dumme Hoffnung. Es ist ...«
»... ein wunderschönes Märchen«, sagte Nancy und lächelte. »Manchmal werden Märchen ja wahr.«
Billy nickte, irgendwie tapfer. »Ja. Manchmal. Ich arbeite daran.« Sie grinste plötzlich wieder. »Und dann lese ich nie mehr in meinem Leben ein einziges verdammtes Buch!« Sie war schon fast dabei, die Tür zu schließen, da hielt sie noch einmal inne.
»Sag mal ... was für einen Duft trägst du eigentlich? Er ist wirklich außergewöhnlich.« «
Nancy schnupperte. »Pizza vier Jahreszeiten«, sagte sie dann. »Das ist der Kater, der so riecht.«

Sie ging zu Fuß zurück. Die Sonne schien, der Schnee auf den Straßen war von den Autos längst totgefahren worden, aber der auf den Hausdächern lebte noch, und sie sah ihn über sich glitzern.
Sie fühlte sich ein wenig melancholisch und dennoch ganz ruhig. Ein Märchen. Vielleicht konnte auch sie sich ihr Märchen erfinden, ihr Märchen in dieser Winterstadt.
Es würden keine Prinzen mit Blumen im Arm darin vorkommen.
Nur ein alter König, der in seinem Schloss saß und dessen Hofstaat sämtlich in Katzen verwandelt war; Diener und Zofen schnurrten zu seinen Füßen ...
Aber worin bestand das Schicksal der jungen Frau, die am Hofe des Königs Rast machte? Sie war keine Prinzessin,

so viel schien sicher. Vielleicht musste sie drei Aufgaben erfüllen, drei Rätsel lösen, drei Ungeheuer besiegen, um an ihr Ziel zu kommen? Nur – wo war das Ziel?

Der Weg zurück in Mr. Widows Straße war weiter, als sie gedacht hatte, und als sie auf dem letzten Stück einen Spielplatz fand, ging sie durch das kleine Tor und ließ sich auf die Schaukel fallen, um einen Moment lang auszuruhen. Der Spielplatz war umgeben von hohen Häuserwänden, er stand in einer Nische, genau wie Mr. Widows Garten: Oasen in der Eiswüste der Realität. Die bunten Metallstreben der Spielgeräte, rotgrünblaugelb, strahlten durch die kalte Luft wie überlebensgroßes altes Mechanikspielzeug.

Als Kind hatte Nancy eine Ente besessen, die mit großen Metallfüßen über den Boden watscheln konnte, wenn man sie mit dem Schlüssel aufzog. Sie war grün gewesen, die feinen Strukturen ihrer Federn mit Gelb eingezeichnet, der Schnabel leuchtend rot. Und wie von diesem Spielplatz war auch von der Ente die Farbe bereits abgeblättert, sie hatte sie von irgendeiner Urgroßtante geerbt. Nancy schaukelte, als wäre sie wirklich wieder ein Kind, schaukelte höher und höher in das hohe helle Himmelblau hinein, nur gehalten von den Eisenketten der Schaukel.

Wenn man Spielplatzschaukeln nicht an Ketten legen würde, dachte sie, würde vermutlich ein Großteil aller Jungen und Mädchen bis zu ihrem zehnten Lebensjahr wegfliegen – für immer zwischen den Wolken verschwinden, ohne die Notwendigkeit, erwachsen zu werden und etwas anderes zu sein als sie selbst. Und etwas anderes zu tun, als zu spielen.

Der Kater Moritz hatte sich auf das warme Metall der Rutsche gelegt, ganz oben, wo es dunkelblau gestrichen war und die Sonnenstrahlen am effektivsten sammelte.

Wenn sie ein Kind hätte bleiben können, dachte Nancy,

hätte sie nie in den Schatten hinter einer Tür gestanden, deren Bild in der Zeitung war. Sie hätte für ewig auf einer Schaukel in der Sonne gesessen und nie in jenem Flur gestanden und gefroren und sich nicht mehr rühren können. Und sie hätte niemals nachts sich selbst im Garten eines alten Herrn mit vierzig Katzen gesehen.

Sie fragte sich, ob sie verrückt wurde, und, wenn ja, wer dann verrückt wurde, Nancy oder die andere.

Dann riss ein Bellen sie aus ihren Träumen, sie fuhr auf und sah einen großen grauen Wolfshund auf die Schaukel zuschießen, der höchstwahrscheinlich mit ihr kollidieren würde, wenn sie das nächste Mal nach vorne schwang. Die grünen Turnschuhe verursachten auf dem merkwürdigen gummiartigen Spielplatzboden ein quietschendes Geräusch, als sie versuchte, die Schaukel abzubremsen. Vielleicht war es das, was den Hund dazu brachte, die Richtung zu wechseln, er rannte jetzt auf die Rutsche zu, wo Moritz döste.

Vielleicht wollte er mit ihm spielen, vielleicht plante er, ihn als Appetithappen vor dem Mittagessen zu sich zu nehmen. Moritz jedenfalls wachte auf, machte vor Schreck einen Satz und geriet in den abschüssigen Bereich der Rutsche. Er rutschte sie hinunter und landete in einer Fontäne aus aufspritzendem Sand und Schnee, dann raste er mit aufgeplustertem Schwanz quer über den kleinen Spielplatz davon und sprang – oder möglicherweise flog er – über das Spielplatztor. Und über die Straße zwischen hupenden, bremsenden Autos hindurch.

Nancy erreichte das Tor Sekunden nach dem Kater Moritz. Kostbare Sekunden, denn sie sah ihn gerade noch auf der anderen Straßenseite davonlaufen, panisch, in die verkehrte Richtung.

»Verflucht«, sagte sie. »Warte!«

Natürlich hörte der Kater sie nicht. Und wenn er sie gehört hätte, hätte er nicht gewartet.

Sie hatte es geschafft, dachte sie, an ihrem zweiten Tag bei Mr. Widow eine Katze zu verlieren, die sie vermutlich nie wieder einfangen konnte. Das war es, was passierte, wenn man die Realität vergaß und träumte.

»Was immer ich anfasse, es geht kaputt«, murmelte sie bitter.

Aber sie würde nicht einfach so aufgeben, diesmal nicht, dieser Fehler war theoretisch reparabel. Nancy rannte los. Irgendwo hinter ihr bellte der Hund und verstummte dann. Als hätte jemand ihn eingefangen und an die Leine gelegt. Sie hatte keine Zeit, sich nach dem Jemand umzudrehen.

Sie musste den Kater finden.

# 4

NANCY RANNTE.

Sie rannte, so schnell sie konnte, zwischen Passanten und Fahrrädern hindurch, weiter! Weiter! Die kalte Luft schnitt in ihren Lungen, der Asphalt des unendlichen Bürgersteigs war hart und abweisend unter ihren Füßen. Doch der Abstand zwischen ihr und dem braun-weißen Blitz in der Ferne verringerte sich nicht; es war wie einer dieser Träume, die Menschen nur in Büchern haben und in denen man bis zur Erschöpfung läuft und läuft und nirgendwo ankommt.

Das Rauschen des Verkehrs neben ihr vermischte sich in ihrem Kopf mit dem Rauschen des Bluts in ihren Ohren. Schließlich bog der braun-weiße Blitz in eine Seitenstraße, sie folgte ihm, und nach einer Weile wurden die Straßen schmaler und stiller, die Häuser älter und schäbiger, Arbeiterhäuser, drei oder vier Stockwerke hoch, Überreste einer graubraunen Vorkriegszeit, fast historisch und trotzdem hässlich. Sie schien sich in einem ehemaligen Industriegebiet zu befinden, das die Stadt bei ihrem Wachstum irgendwann verschluckt hatte. In manchen Höfen lag der Schnee vom Vortag noch unangetastet, doch sie nahm es nur aus dem Augenwinkel wahr. Fabrikschornsteine ragten irgendwo in den Himmel, ein paar räudige Spatzen flatterten auf, als sie, dem Kater folgend, um noch eine Ecke bog.

Vielleicht war es die Stille, die Moritz angezogen hatte, vielleicht war er einfach vor dem Lärm der Hauptverkehrsstraße geflohen, aber Nancy schien es, als hätte er sie in eine andere Welt geführt. Ein klappriges Fahrrad stand an eine Hauswand gelehnt. Post quoll aus einem toten Briefkasten.

Ein Auto ohne Nummernschilder stand in einer Schneewehe.

Nancy sah Moritz auf ein großes Eisentor am Ende der Gasse zuhetzen, das einen Spaltbreit offen stand. Wenn dies ein Traum war, würde das Tor sich im nächsten Moment für immer hinter dem Kater schließen … Sie versuchte, noch schneller zu rennen, übersah ein Schlagloch im schadhaften Asphalt, stolperte und schlug der Länge nach hin. Einen Moment blieb sie liegen und lauschte auf den singenden Schmerz in ihrer Schulter und dem Knie. Spürte die Kälte des Schnees durch ihre Kleidung dringen. Roch ihr eigenes Blut, vermengt mit dem Geruch nach Teer, dem Rauch von altmodischen Heizöfen – und einem Herrenparfum, das sie kannte. Eine Mischung aus altem Leder, Pfefferminzbonbons und Erinnerungen.

Kai.

Sie schüttelte den Kopf. Das war unmöglich.

Und dann sah sie auf, und jemand stand vor ihr, ragte in das Licht des blassblauen Mittagshimmels auf, sah auf sie herab. Es war nicht Kai. Es war eine junge Frau mit goldenen Locken und rot nachgezogenen Lippen, eine junge Frau in einem kurzen schwarzen Kleid, sehr eng. Sie lächelte.

»Das … das geht nicht«, wisperte Nancy und rieb sich Schnee und Dreck aus den Augen. Als sie wieder hinsah, war die junge Frau verschwunden.

Natürlich, sie hatte sie sich nur eingebildet. Aber jetzt führten Spuren die schmale Straße entlang. Die Spuren von Schuhen mit hohen Absätzen. Nancy rappelte sich auf und folgte ihnen, doch nach ein paar Metern hörten sie auf, weil hier der Schnee bereits geschmolzen war. Sie fluchte leise und ging dann auf das eiserne Tor zu, auf das die Spuren auch zugeführt hatten. Es stand noch offen.

Sie merkte, dass sie zitterte. Sie wollte nicht durch dieses Tor gehen.

Sie ging durch das Tor.

»Moritz?«, rief sie zaghaft.

Der Hof, der sich vor Nancy ausbreitete, war riesig und ebenfalls von schadhaftem Asphalt bedeckt. Ein alter weißer Lieferwagen stand dort, mit Nummernschildern, aber ohne Reifen.

Auf der anderen Seite des Hofs erhob sich eine fußballfeldgroße Lagerhalle, versehen mit ein paar verblassten, unleserlichen Schildern. Nancy ging hinüber. Auch das Tor zur Lagerhalle stand einen Spaltbreit offen, und drinnen führte über den glatten Betonboden – eine Katzenspur. Kleine, schlammige, vierzehige Abdrücke, irgendwie eigensinnig.

»Hallo?«, rief Nancy leise und betrat die Halle.

Niemand antwortete.

Es dauerte einen Moment, bis sich ihre Augen an das Dämmerlicht gewöhnt hatten, das hier herrschte. Schließlich schälten sich einzelne Umrisse aus dem sanften, grauen Halbdunkel. Die Halle war angefüllt mit Möbeln, nein, mit Staffeleien. Sie zählte einundzwanzig, auf jeder ein angefangenes Bild, das noch reichlich weiße Fläche frei ließ. An der Wand standen auf alten Kommoden und Tischen Farbdosen, Pinsel, Marmeladengläser, Limoflaschen, Werkzeugkästen, Kartons, Bücher in langen Reihen, Kaffeetassen … und tausend andere Dinge. Unter anderem drei alte Kühlschränke und eine Gefriertruhe.

Zur Linken und Rechten führte jeweils eine Eisentreppe in die Höhe zu einer im ersten Stockwerk umlaufenden, breiten Galerie. Nancy hob den Kopf. Über ihr, in der Mitte des Raums, hingen an langen Drähten seltsame Dinge von der Decke. Sie erkannte unter anderem ein Fahrrad mit Flügeln, ein riesiges aufblasbares Nilpferd mit einer Ballongondel unter dem Bauch sowie die Reifen des Autos, die zusammen mit seinem Lenkrad und zwei ausgebauten Sitzen eine Art riesiges Mobile bildeten. Sozusagen ein bewegliches Auto ohne äußere Hülle.

Die Galerie besaß ein Geländer aus zusammengestückelten Teilen: Gartenzäunen, Balkonumrandungen aus bayrisch anmutenden Holzlatten ... Nancy fand sogar die Teile eines Laufgitters.

In die vier Ecken der Galerie, wo sie breiter war, hatte jemand mit großen Spanholzplatten vier kleine Verschläge gebaut, komplett mit Fenstern. Zwischen den seltsamen Deckenkunstwerken hingen mehrere bunt gestreifte Hängematten in Höhen, in denen sie unbenutzbar waren, sowie eine Schaukel an schier unendlich langen Seilen, die jedoch auf benutzerfreundlicher Höhe. Das Ganze hatte etwas von einem verrückten Kinderspielplatz.

Nancy fühlte ein Lächeln auf ihrem Gesicht. Sie spürte, wie das Baby in ihrem Bauch einen winzigen, aufgeregten Hüpfer machte. Sie hatte das Baby bisher noch nie gespürt. Sie hatte nur gewusst, dass es da war und dass es Dinge an ihr veränderte, dass es sie Dinge fühlen und wünschen ließ, die sie vorher nicht gefühlt und gewünscht hatte. Aber jetzt hüpfte es, oder vielleicht trat oder boxte oder strickte es, was auch immer, es bewegte sich, und es mochte diesen Raum.

In dem Moment, in dem sie das dachte, ertönte ein seltsames Schnarren, und sie erschrak. Aber dann sah sie, dass es vom Dach herrührte, wo ein unsichtbarer Mechanismus mehrere Fensterluken öffnete. Schräge Sonnenstrahlen fielen herein, manche schafften es bis auf den Boden der Halle, und die Farben des Nilpferdes, der Hängematten, des roten Fahrrades wurden bunter. Gleichzeitig glaubte sie, oben zwischen den Stäben des hölzernen Galeriegeländers etwas aufblitzen zu sehen, das möglicherweise zwei bernsteinfarbene Augen waren.

Nancy begann, langsam die Treppe zur Linken hinaufzu-
steigen. Vermutlich war es falsch, alleine dort hinaufzugehen, und
auch falsch, auf die chaotische Fröhlichkeit der Umgebung
hereinzufallen. Vermutlich lebte dort oben ein Axtmörder.
Aber sie musste den Kater Moritz finden, und falls der
Axtmörder nicht zu Hause war (war dies hier ein Zuhause?), konnte sie ihn dort oben einfangen und mitnehmen,
und Mr. Widow würde nie erfahren, dass er ihr beinahe
weggelaufen wäre.

Sie betrat die Galerie mit einer gewissen Vorsicht. Auf
den ursprünglichen Metallstreben lagen Bretter aus hellem
Holz, freundlich, einladend – die typische Umgebung von
Axtmördern. Nancy ging leise bis dorthin, wo sie die Kat-
zenaugen gesehen hatte. Doch dort saß keine Katze mehr.

Sie blieb stehen. Da war ein Huschen im Raum, ein un-
sichtbares Pfotentrappeln wie von Geistern. Sie rührte sich
nicht, wandte nur den Kopf hierhin und dorthin – und dann
sah sie sie.

Die Katzen.

Sie saßen auf den verschiedenen Fahrzeugen, die von der
Decke herabhingen und sahen sie an: zwei auf den Flügeln
des Fahrrades, eine in der Gondel des Nilpferds, drei in verschiedenen Hängematten, zwei auf den Sitzen des blech-
losen Autos und eine auf der ebenfalls von oben herab-
baumelnden Hutablage.

»Moritz«, sagte sie erleichtert. »Komm von der Hutablage runter, du bist kein Hut.«

Moritz erhob sich, woraufhin das Gefährt bedrohlich zu
schaukeln begann, streckte sich, gähnte und – legte sich
wieder hin. »Okay, dir gefällt es hier«, sagte sie. »Aber wir
sollten nach Hause gehen. Und ich weiß nicht, wie ich dich
da wegholen soll. Du musst selbst springen. Ich würde sagen, jetzt.«

Weder Moritz noch die acht anderen Katzen sahen beeindruckt aus. Eine fette gelbe putzte ihre Pfote und gähnte Nancy dann mit so großem Maul an, dass es an Unhöflichkeit grenzte.

»Komm schon«, sagte Nancy noch einmal. »Der Axtmörder kann jederzeit zurück sein.«

»Axtmörder?«, fragte jemand hinter ihr, und sie fuhr herum, machte einen Schritt rückwärts und taumelte gegen das Galeriegeländer. Hier bestand es aus einzelnen Latten, aber die Latten waren nicht mehr sehr stabil, Nancy hörte eine von ihnen knirschen und brechen. Und dann fiel sie durch den freien Raum, sie wusste, sie würde sich mindestens beide Arme brechen, und das Baby würde den Sturz nicht überleben, und …

Aber sie fiel gar nicht. Jemand hielt sie im letzten Moment fest, zog sie zurück auf festen Boden.

Einen Augenblick lang stand sie mit ihrem Retter in einer seltsamen Umarmung auf der Galerie, dann machte sie sich los und starrte ihn an.

Es war ein untersetzter Mann in einem unregelmäßig gestrickten Wollpullover. Das hieß, er war eigentlich nicht untersetzt, sie hatte ihn nur beim ersten Mal dafür gehalten. Er war eigentlich eher schlank, vielleicht sogar mager, er hatte nur sehr viel an. Mindestens zwei Schichten anderer Kleidung unter dem Pullover. An den Händen trug er graue Wollhandschuhe mit abgeschnittenen Fingern.

»Sie!«, sagte Nancy verwirrt. »Warum sind Sie hier, wenn der Hund eben noch ein paar Kilometer entfernt bei einem Spielplatz war?«

»Hund?«, fragte der Mann und schüttelte den Kopf. »Ich habe keinen Hund.« Dann musterte er Nancy und setzte hinzu: »Kennen wir uns?«

»Wissen Sie nicht mehr? Gestern? Bei diesem Laden an der S-Bahn? Da waren Sie doch auch, mit dem Hund. Ein großer grauer Wolfshund. Er hat mich umarmt. Wie Sie eben.«

Sie merkte, dass es klang, als wolle sie den Mann dazu überreden, einen Hund zu besitzen.

»Ich habe acht Katzen«, sagte der Mann und deutete an Nancy vorbei in die Halle. »Keine von ihnen ist ein Hund. Und ich wüsste gerne …« Damit griff er in seine Umhängetasche und hielt das sauber abgeleckte Skelett eines ziemlich großen Fisches hoch. »Ich wüsste gerne, wer von euch das war!«, rief er in Richtung Katzen. »Der hier war *nicht* als Katzenfutter gedacht. Ich wollte ihn morgen als Besucheressen zubereiten. Das Ding war teuer, verdammt! Feinkostladen in der Markthalle! Sie liebt Lachs!«

Nancy verkniff sich ein Lachen. Deshalb war Moritz also hier hereingekommen. Es gab keinen tieferen philosophischen Grund. Er war nur zufällig in die Gegend geraten und dann dem Fischgeruch gefolgt, um sich am Festmahl der anderen Katzen zu beteiligen. Vermutlich waren sie gerade damit fertig geworden, als Nancy den Schauplatz betreten hatte.

»Wer liebt Lachs?«, fragte sie.

»Meine Mutter«, sagte der Mann im Wollpullover, ließ das Fischskelett sinken und seufzte. »Sie kommt uns genau einmal im Jahr besuchen, und sie ist nicht besonders gut auf mich zu sprechen. Ich hatte gehofft …« Er drohte den Katzen mit der Faust. »Verdammte Viecher!«

Nancy musterte den Mann noch einmal. Bis eben war sie sich sicher gewesen, dass es der von der S-Bahn-Station war, aber jetzt wurde sie zunehmend unsicherer. Männer mit Wollpullovern gab es viele. Und vielleicht hatte er einen Bruder oder einen Cousin oder einfach einen Sternzwilling … Aber seltsam war es doch.

»Wissen Sie, wie ich diesen Kater von der Hutablage kriege?«, fragte sie und dachte an Mr. Widow, der nicht erfreut wäre, wenn sie ihm sagen müsste, Moritz würde für immer auf der Hutablage eines Fremden bleiben. »Er gehört eigentlich meinem …« Sie wollte »Arbeitgeber« sagen, entschied sich dann jedoch anders. Sie war allein in dieser Halle, und der Mann vor ihr konnte immer noch ein Axtmörder oder sonst etwas Komisches sein. »Meinem Freund«, sagte sie. Damit er wusste, dass jemand sie notfalls vermissen und suchen würde.

»Sie haben schließlich acht Katzen«, fügte sie hinzu. »Sie kennen sich aus, nehme ich an?«

»Natürlich«, sagte er »Natürlich kenne ich mich aus. Miez-miez-miieez!« Und er streckte einen Wollpulloverarm über das zerbrochene Geländer und schnipste. Moritz tat etwas, das Naserümpfen sehr nahe kam. »Ko-homm, miez-miez-miez!«, schnurrte der Mann. »Schön bei Fuß!«

Nancy schüttelte den Kopf. »Sie müssen sehr seltsame Katzen haben, wenn das bei denen zieht. Ich denke, wir warten einfach. Und tun am besten so, als würden wir uns überhaupt nicht für Moritz interessieren.« Sie wandte dem Kater und allen anderen Katzen den Rücken zu und verschränkte die Arme.

»Passiert was?«, fragte sie eine Minute später.

Der Mann nickte. »Ihr Kater ist eingeschlafen.«

»Der blufft nur«, meinte Nancy.

Er lachte. »Hören Sie … wenn Sie sowieso warten … ich könnte Ihnen in der Zwischenzeit meinen Wintergarten zeigen. Vielleicht hat der Kater mehr Lust, von der Hutablage zu springen, wenn wir weg sind.«

Er nahm Nancy sanft am Arm und steuerte sie die Galerie entlang zu einer dritten Treppe, die weiter in die Höhe führte. Bisher hatte sie sie nicht bemerkt: eine Holztreppe, offenbar selbst gezimmert und ein wenig schief, die einzelnen Stufen unregelmäßig. Das rot-grün-gelb angemalte Geländer, aus einem langen, sich windenden Ast gefertigt, war eine Schlange. Nancy hörte sie leise zischen, als sie die Hand auf ihren kühlen Rücken legte.

Der Maler – denn offenbar war er das – stieg voraus und öffnete eine Luke, dann half er Nancy aufs Dach der Lagerhalle. Nancy schüttelte sich verwundert. Die Luke hatte sie nicht hinaufgeführt, sondern nach draußen, und dies war kein Dach. Es war ein Garten. Eine weite, verschneite Wiese breitete sich vor Nancys Füßen aus, durchsetzt von Birken und Rosenbüschen voller Hagebutten, ähnlich wie bei Mr. Widow. An ein paar der Büsche blühten noch Rosen, Schneerosen, Eisrosen, tiefrot, ihre Blätter vom Frost überrascht und in einer glitzernden Eisschicht gefangen. Erst auf den zweiten Blick merkte Nancy, dass die Bäume und Büsche in großen Kübeln standen. Zwischen den Ästen der Birken versteckte sich eine kleine Holzhütte.

»Das ist ... Ihr Wintergarten?«, flüsterte sie, als könnte der Garten verschwinden, wenn sie zu laut sprach.

Er nickte. »Im Moment. Im Sommer ist es natürlich ein Sommergarten. Die Hütte in der Mitte ist eine Sauna. Man kann sich danach nackt hier im Schnee wälzen ... Es hat was. Da unten liegt die ganze Stadt und ist nicht wichtig. Aber man hat sie, falls man sie braucht.« Er kratzte etwas Schnee zusammen, formte einen Schneeball und betrachtete ihn nachdenklich. »Als ich die Lagerhalle damals gekauft habe, wollten wir zu dritt hier einziehen. Drei Künstler. Die Halle war quasi nachgeschmissen. Wir wollten sie zu Ateliers und Wohnungen ausbauen ... Die anderen sind abgesprungen. Nicht von hier, ich meine, von der Idee. War ihnen auf die Dauer im Winter zu kalt. Aber wenn man die Räume klein genug hält, geht es mit den Heizöfen ...« Er trat zum Dachrand, holte aus – überlegte es sich anders und plazierte den Schneeball sorgfältig auf einer Pyramide anderer Schneebälle. »Ein Schneelicht«, erklärte er. »Innen drin steht eine Kerze. Man kann fast alles noch gebrauchen, was Leute wegwerfen. Sogar den Schnee. Und man sollte ihn nicht verschwenden. Wir kriegen nicht mehr so viel davon in nächster Zeit. Klimaerwärmung und all das ... vielleicht ist dies der letzte Schneewinter.« Er betrachtete seine Handschuhhände. »Man sollte also direkt froh sein, wenn man ein bisschen friert beim Arbeiten«, murmelte er. Dann sah er Nancy so plötzlich an, dass sie zusammenzuckte. Seine Augen hatten die Farbe von Schnee mit etwas Dreck, ein irgendwie verwaschenes Braun, als hätte jemand auch diese Farbe weggeworfen, aber er hatte Mitleid mit ihr gehabt und beschlossen, die Farbe weiter zu benutzen.

»Nehmen Sie es mir nicht übel, aber ich hatte einen Hintergedanken, als ich Sie hier heraufgeführt habe«, sagte er. *Axtmörder, Axtmörder,* sang es in Nancys Kopf. Verrückt genug war er.

»Ja?«, fragte sie vorsichtig.

»Ich ... hätte da eine Frage. Sie sind doch eine Frau.«

»Ist *das* die Frage?« Nancy hob eine Augenbraue, etwas, das sie von Kai gelernt hatte (wie alles auf der Welt, dachte sie manchmal). *Axtmörder, Axtmörder.*

»Nein, nein, die Frage ist ... wenn Sie meine Mutter wären ...«

»*Wie* bitte?«

»Wenn Sie meine Mutter wären, was würden Sie dann erwarten, falls Sie mich besuchen würden? Sie kommt morgen mit dem 16-Uhr-Zug, und bis dahin muss ich mich irgendwie darum bemühen, ihr ein Zimmer herzurichten. Letztes Mal, als sie hier war, hat sie im Hotel geschlafen, wir haben uns nur in der Stadt getroffen, aber diesmal besteht sie darauf, bei mir zu übernachten. Sie will sehen, wie ich lebe.«

»Das ist doch ... nett?«

»Hm«, sagte er. »Ich denke, sie hofft noch immer, ich würde mich ändern. Wir ... sind finanziell leider von ihr abhängig.«

Er seufzte.

»Wir … also Sie und die Katzen?«

»Ich und … ja, ja, genau. Meine Mutter mag Katzen, aber sie mag die Bilder nicht, die ich male. Und ich bezweifle, dass sie einen Sinn darin sieht, ein Auto-Mobile an die Decke einer alten, zugigen Halle zu hängen …«

»Hat es denn einen Sinn?«

»Nein.« Er lächelte. »Muss es denn? Die Sache ist, die alte Dame dreht den Geldhahn ab, wenn es ihr hier nicht gefällt. Nehme ich jedenfalls an. Und es ist wenig genug, was sie monatlich zahlt. Mit Mitte dreißig sollte man wohl auf eigenen Beinen stehen. Aber Kunst steht nie auf eigenen Beinen. Kommen Sie, ich zeige Ihnen die Hütte. Ich dachte, das wäre ein hübscher Ort für ein Gästezimmer.«

»Sie wollen, dass Ihre Mutter in der Sauna schläft?«

»Ich dachte, ich funktioniere sie um.«

»Die Mutter.« Nancy grinste.

»Nein, die Sauna natürlich.«

Er ging hinüber und öffnete die Tür der kleinen Hütte. Nancy folgte ihm und steckte ihren Kopf durch die Tür. Im Inneren befanden sich zwei Holzpritschen an der Wand. Sonst nichts. Außer dem hölzernen Fußboden und den hölzernen Wänden. »Das ist … eine Menge Holz«, sagte Nancy.

Sie stellte sich vor, wie eine alte Dame mit Dauerwelle und Rollkoffer in diese Sauna kam und feststellte, dass sie hier wohnen musste. »Meinen Sie nicht, die Treppen sind ein Problem?«

»Treppen?« Er kratzte sich am Kopf. »Hier drin sind doch gar keine Treppen«

»Ich meine, die Treppen hier herauf. Zu Ihrem … Wintergarten.«

»Oh, meine Mutter ist durchaus fit für ihr Alter. Sie ist die Sorte alte Dame, die nicht wirklich alt wird. Sie wissen schon, Ski laufen in den Anden, Safaris in Südafrika, persönlicher Fitnesscoach ... so läuft ihr Leben. Aber minus das Abenteuer. Auf den Safaris fährt gewöhnlich das Küchenpersonal eines ganzen Fünf-Sterne-Hotels mit, und beim Skilaufen ist das Après-Ski mit Cognac und Sauna wichtiger als der Sport.«

»Prima, die Sauna ist ja schon mal da«, murmelte Nancy. Sie fragte sich, warum sie dauernd reiche ältere Menschen oder deren Kinder kennenlernte. Mr. Widow, die Vorleserin, die Mutter des Malers ... Es war wie ein Fluch. Als wüsste jemand sehr genau über ihre Vergangenheit Bescheid und führte sie extra zu diesen Menschen. Nein. Sie würde diese Information vergessen. Nichts daraus machen. Sie war Nancy Müller.

Aber draußen, im Schnee, wartete jemand. Eine Person. Mit goldenen Locken. Eine Person, die auf dem Bild ihres fortgeworfenen Persos zu sehen war. Eine Person, die sich durchaus dafür interessierte, wo reiche ältere Herrschaften wohnten. Nicht nur ältere.

»Also«, sagte der Maler und krempelte tatsächlich die Ärmel des Wollpullovers auf. »Wenn Sie hier einziehen müssten. Für eine Weile. Was würden Sie sich wünschen?«

Nancy sah sich um. Es war eine Frage, die ihr noch nie jemand gestellt hatte. »Ich ... hätte gern eine Matratze. Bettzeug. Und einen hübschen kleinen Schreibtisch, vielleicht da drüben ... Hellblau. Ich stelle mir vor, der Schreibtisch wäre hellblau gestrichen. So ein Ding mit einer Menge kleiner, geheimer Schubladen und einer Ablagefläche oben. Ein Sekretär. Obendrauf müsste eine Blume stehen, in einer weißen Vase ... Eine der roten Winterrosen. Und am Fenster ... Oh. Es gibt kein Fenster.«

»Noch nicht. Wünschen Sie sich eins.«

»Gut, ich wünsche mir ein Fenster, da vorn, am Kopfende der Pritsche, damit man vom Bett aus hinausgucken kann, in die Äste der Bäume und auf die Stadt. Blaue Vorhänge mit einem kleinen Muster ... und eine winzige, altmodische Kommode da in die Ecke, um Kleider hineinzulegen.« Sie sah sich um. »Wo ist das Bad?«

»Ach ja, Bad«, murmelte der Maler. »Daran sollte ich denken. Unten gibt es ein Plumpsklo mit einer Kalkgrube, das habe ich selbst gebaut. Meinen Sie, ein Dixi-Klo würde hier oben reichen?«

»Sehen Sie Ihre Mutter auf einem Dixi-Klo?«

Er nickte eifrig. »Häufiger. In meinen Träumen. Sie trägt einen grünen Badeanzug und hat einen Drink mit Strohhalm und Ananas in der Hand, jedes Mal. Ich habe das gemalt. Es ... hat ihr nicht gefallen.«

Nancy verkniff sich ein Lachen, er war völlig ernst. »Ich wünsche mir«, sagte sie, »ein hübsches kleines Klohäuschen, das man von hier drinnen betreten kann, mit einer Klobrille aus Holz und von mir aus einer Kalkgrube, aber einer unsichtbaren. Und mit einer ganzen Armee von versteckten Duftsteinen. Ich wünsche mir eine eigene Dusche, notfalls eine Regenwasserdusche oder eine Dusche, die mit geschmolzenem Schnee betrieben wird, aber ich wünsche mir eine Dusche. Und einen Boiler, der das Wasser aufheizt.«

»Ich bin kein Klempner«, protestierte der Maler schwach. Dann nickte er. »Ist notiert. Sie haben recht. Bis morgen um vier ... Gott, ich wusste nicht, dass Frauen so viele Dinge brauchen, um glücklich zu sein.«

»Nur Frauen, die mit einer Hotelküche auf Safari gehen«, sagte Nancy, denn auf einmal tat er ihr leid; er wirkte etwas besiegt, wie er dastand, in seinen vielen Lagen von Kleidung, mit hängenden Armen und großer Sorge in seinen Schnee-mit-Erde-braunen Augen.

»Ich hatte doch gefragt«, sagte er leise, »was Sie sich wünschen.«

»Ja, ich weiß, aber darum ging es nicht«, antwortete Nancy leichthin. »Gehen wir wieder runter und sehen nach meiner Katze. Ich muss jetzt langsam los.«

Auf dem Weg die Treppe hinunter dachte sie darüber nach, was er gesagt hatte.

Was *Sie* sich wünschen.

Sie wusste es nicht. Vielleicht ein Bett, auf dem eine Frau mit goldenen Locken lag, sehr still und sehr blass und absolut tot. Vielleicht ein Bett, auf dem ein anderer Körper lag, einer, der nicht tot war, sondern lebendig, einer, dem nie etwas geschehen war und den sie nie von einem Türspalt in den Schatten aus angesehen hatte, während jemand ein Handyfoto machte.

Vielleicht ein Bett mit vierzig Katzen.

Die Hutablage war leer, genau wie das Auto-Mobile und das hängende Fahrrad.

»Verflixt«, sagte der Maler. »Es ist zu still, und man sieht keine Katzen. Das kann nichts Gutes bedeuten.« Er sah sich um. »Schei…benwischanlage«, murmelte er dann, »die Küchentür steht offen.«

Die Küche war eines der vier Eckräume auf der Galerie. Er erreichte sie mit etwas zwischen einem Hechtsprung und einem Kurzsprint, offenbar ehrlich besorgt um seine Vorräte.

Als Nancy in der Küchentür ankam, bot sich ihr ein interessantes Bild: Der Maler stand über eine Kochplatte mit einem Schmortopf gebeugt und starrte grimmig den Topf an, während sieben Katzen säuberlich aufgereiht auf einem wackeligen, selbstgebauten Tisch saßen und so taten, als könnten sie kein Wässerchen trüben. Nancy sah genau, dass sie alle damit beschäftigt waren, etwas zu Ende zu kauen, was sich in ihren unschuldigen rosa Mäulern befand.

Vorher hatte es sich offenbar in einem kleinen orangefarbenen Kühlschrank befunden, dessen Tür weit offen stand. Nancy sah darin eine Tortenplatte. Torte war keine darauf.

»Das war die Willkommenstorte für meine Mutter«, knurrte der Maler, drehte sich allerdings nicht zu ihr um.

»Na, eine hab ich gefangen. Hah!«

Nancy trat zu ihm. In dem kalten Schmortopf saß die kleinste der acht Katzen. Sie war einmal weiß gewesen, nun jedoch braun, was an der Sauce im Topf lag, und eben dabei, in aller Seelenruhe weiter große Stücke aus dem Schmorbraten zu sich zu nehmen, dem sie im Topf Gesellschaft leistete.

»Der war auch für meine Mutter gedacht ...«, knurrte der Maler und fauchte die kleine Katze an. Sie erschrak, sprang aus dem Topf und landete auf einem zusammengefalteten weißen Tischtuch, das der Maler – vermutlich für den Besuch – auf der schmalen Arbeitsplatte bereitgelegt hatte. Als die Katze es verließ, zierten hübsche braune Saucenspuren das Weiß.

»Wie bekommt man Katzen dazu, dass sie gehorchen?«, fragte der Maler und entfernte einen Spritzer Sauce aus seinem Auge.

»Gar nicht«, sagte Nancy lächelnd. »Aber wenn Sie mit acht Katzen leben, müssen Sie das doch wissen.« Sie schloss den Kühlschrank und kam sich, wie schon in der Wohnung der Buchgärtlein-Bloggerin, wieder erwachsen und weise vor. Oder wie eine Schauspielerin, die jemand Erwachsenen und Weisen spielte.

Nancy richtete sich auf und merkte, dass etwas auf ihrer Schulter saß: Moritz war zurückgekommen. Er roch nicht mehr nach Pizza Vier Jahreszeiten, sondern nach Sahnetorte.

»Ich denke, wir gehen jetzt«, sagte sie.

»Aber ... wie haben Sie das gemacht? Dass er auf Ihrer Schulter sitzt?«

»Gar nicht«, sagte sie. »Er hat das gemacht. Hätten Sie gerne Katzen auf Ihren Schultern?«

»Nein, bloß nicht, ich ... Es war reine Neugier! Ich begleite Sie noch zur Tür. Da gibt es einen Sperrmüllhaufen, den ich unbedingt besuchen muss. Vielleicht enthält er Tische oder Kommoden, die man hellblau streichen kann. Am besten enthält er einen Klempner wegen der Dusche ...«

Er scheuchte die Katzen aus der Küche, was nicht funktionierte, gab auf und folgte Nancy und Moritz bis nach unten in die Halle, wo er eine Jacke von einem Haken nahm, der einmal ein Fahrradpedal gewesen war, und sie zusätzlich über den dicken Wollpullover zog. Er schien ständig zu frieren. Vielleicht lag es daran, dass die Katzen ihm nichts zu essen übrig ließen.

Als Nancy neben ihm den Hof betrat, landeten ein schwarzer und ein gelber Blitz auf den Schultern der Jacke. Sie mussten ihnen aus der Küche gefolgt sein.

»Sehen Sie«, sagte Nancy. »Sie wollten doch Katzen auf den Schultern.«

»Nein, eben nicht! Ich ...«

Die Katzen rieben sich schnurrend an den Schläfen des Malers, und er nieste. »Ich bin allergisch gegen sie.«

»Dann sollten Sie sich besser einen Hund anschaffen.«

»Ja«, sagte der Maler mit seltsamer Wehmut in der Stimme. »Das sollte ich.«

Bei dem Sperrmüllhaufen, an dem sie ein paar Straßen weiter vorbeikamen, verabschiedete Nancy sich. Und auf einmal fiel ihr noch etwas ein.

»Ich weiß Ihren Namen gar nicht«, sagte sie. »Falls ich irgendwo damit angeben will, dass ich einen berühmten Künstler kennengelernt habe, wäre es gut, den Namen zu kennen.«

»Steht er nicht an der Tür?«

»Es gibt keine Tür. Nur ein altes Tor, das glaube ich nicht schließt, oder?«

»Richtig«, murmelte er und hob hoffnungsvoll einen eisernen Lampenständer hoch. »Hm … kein Tisch … Ron«, sagte er dann und sah kurz auf. »Ron Linden.«

»Ich bin Nancy. Müller.«

»Und welcher ist ihr Rufname?« Einen Moment starrte sie ihn nur an, dann lachte er. »Ein Witz. Also, Nancy … vielen Dank für Ihre Hilfe.« Damit wandte er sich wieder dem Lampenständer zu. »Wenn man ihn hier durchsägen würde …«, hörte sie ihn murmeln, ehe er wieder nieste. Die Katzen saßen immer noch auf ihm.

»Dann viel Glück mit dem Besuch von Frau Linden senior«, sagte Nancy.

»Oh, die gibt es nicht«, sagte Ron. »Die Dame, die mich besucht, ist Frau von Lindenthal.«

»Bitte?«

»Sie glaubt, sie würde ihren Sohn Roderick von Lindenthal besuchen. Mit mindestens einem überflüssigen H nach dem T«, fügte er hinzu. »Wenn es nach ihr ginge, wäre Roderick kein mittelloser Künstler, sondern würde auf einem reinrassigen Araber durch den gutseigenen Park reiten oder eine schneidige Segeljacht durch irgendeinen Golf steuern.«

Er drehte sich noch einmal zu ihr um. »Verstehen Sie?«

»Ja. Nein«, sagte Nancy und fand in seinen Schneeschlamm-Augen neben dem Lachen einen Funken Traurigkeit. »Viel Glück jedenfalls.«

»Grüßen Sie Ihren Freund.«

Nancy hatte eine kurze Vision davon, wie sie mit Moritz nach Hause ging, dorthin, wo ihr Zuhause gewesen war, und wie sie Kai von einem unbekannten Künstler mit Nilpferden an der Decke grüßte. Kai würde sie für verrückt erklären, sie dann in die starken Arme nehmen und küssen – und den Kater rauswerfen. Wenn er genügend Zeit dazu hätte und nicht gerade auf dem Sprung war zu irgendeiner großen Sache. Nein. Kai würde gar nichts mehr tun. Nichts, was sie anging. Zum Glück.

Der verflixte Einkaufswagen stand immer noch in Mr. Widows Vorgarten, den musste sie auch noch zurückbringen.

Mr. Widow wunderte sich, dass sie erst jetzt kam, aber er fragte nicht nach. Sie erzählte ihm die Geschichte von der Bloggerin. Die Geschichte von dem merkwürdigen Maler erzählte sie nicht.

Dann beschäftigte sie sich mit dem Abwasch und dem Staubsauger, während ihre Gedanken hartnäckig zu dem Maler zurückkehrten. Absurderweise saß er in ihrer Vorstellung hier in Mr. Widows Wohnzimmer und sah ihr beim Saugen zu. Er sah aus, als wollte er ihr dringend etwas sagen, aber jedes Mal, wenn er anfing, hob der Mann, der neben ihm auf dem Sofa saß, die Hand und brachte ihn zum Schweigen. Es war ein trainierterer und schönerer Mann. Kai.

»Sie macht das doch gut«, sagte er. »Das mit dem Haushalt. So lieb und brav. Keiner würde Verdacht schöpfen.« Schließlich zuckte der Maler die Schultern, verwandelte sich in ein Nilpferd und flog aus dem Fenster.

Nancy schüttelte den Tagtraum aus ihrem Kopf und schleifte den Staubsauger ins nächste Zimmer. Die Königin von Saba folgte ihr, um den Sauger anzufauchen. Dabei starrte sie die ganze Zeit über Nancy an, mit einer Mischung aus Hochmut und falschem Mitleid.

»Was hast du gegen das Ding?«, fragte Nancy und lachte.

*Insekten nehmen nun mal die unterste Stufe in der Hierarchie der Tiere ein,* erwiderte die Königin von Saba mit ihrem kalten Blick. *Mr. Widow habe ich den Umgang mit diesem hier verboten. Sicher überträgt es Krankheiten. Und es ist weit größer als beispielsweise eine Kakerlake.*

»Insekt?«

*Ich meine, es ist schlimm genug, sich mit blutsaugenden Insekten beschäftigen zu müssen, indem man sie im Sommer vernichtet.* Die Königin putzte eine blauschwarze Pfote. *Aber weit schlimmer ist es, sich mit einem staubsaugenden Insekt abzugeben.*

Den Rest des Nachmittags verbrachte Nancy in einem Schmuckgeschäft, wo sie für Mr. Widow Fotos von Katzen machte, die als lebende Schmuckhalter dienten. Sie saß mit Mr. Widows alter, analoger Kamera auf einem kleinen Hocker in einer Ecke und knipste Katzen beim lautlosen Spaziergang über Glasvitrinen oder durch die Schaufenster. Sämtliche dieser Katzen trugen Ketten oder Armbänder mit sich herum – Diamanten auf schwarzem Pelz, Smaragde auf rotem Fell, goldgefasste Bernsteine auf dem blauschwarzen der Königin, die sich selten verleihen ließ.

Mr. Widow hatte zu Nancy gesagt, sie solle mitgehen, es wäre doch eine gute Werbung für den Katzenverleih.

Der Laden war voll, die Leute kauften wie verrückt.

»Ach wie süß«, sagte eine reiche Dame. »Ganz herzallerliebst, die Schnuckelchen mit dem Schmuck.«

*Gott, ist dieser Klunker hässlich,* sagte die Königin von Saba. *Warum hängen Menschen sich Sachen an die Ohren, die sie am Strand aus stinkenden Tangklumpen herauswühlen? Kann man das Rote da essen?*

*Nein,* erwiderte ein gelber Tigerkater und betrachtete die Korallenkette, mit der er spielte. *Schmeckt scheußlich, ich hab's probiert. Eins von den roten Dingern hab ich dabei leider verschluckt.*

Nancy beobachtete die vielen reichen Leute und dachte an Ron, der kein Geld hatte.

Falls er nicht log. Er entsprach so exakt dem Bild des mittellosen Künstlers, dass er vielleicht nur eine Fälschung war.

Seltsam, sie wollte nicht, dass er das war. Sie wollte, sie spürte es tief in sich, dass er tatsächlich mittellos war und tatsächlich keine Bilder verkaufte. Sie wollte es sehr.

# 5

ALS SIE AN diesem Abend mit Mr. Widow vor dem Kamin saß und einen englischen Auflauf aß, den Mr. Window »Pie« nannte und der geschmacksneutral, aber dafür umso konsistenzintensiver war, sagte sie sich, dass ihre Sorgen Unsinn waren.

Sämtliche Maler und Mütter waren vollkommen gleichgültig, denn sie hatten nichts mit ihr zu tun. Sie würde weder den Maler noch seine acht Katzen jemals wiedersehen, genauso wenig wie im Übrigen die reichen Kunden des Juweliers. Und niemand kontrollierte sie. Sie begann lediglich, einen perfiden Verfolgungswahn zu entwickeln.

Draußen heulte der Wind, der sich in den Häuserschluchten gefangen hatte und keinen Ausweg fand, aber drinnen war es warm, das freundliche gelbe Licht lag über allem wie stets, und die Kommoden, Bücherregale und Sessel waren voller Katzen, wie sie bei anderen Leuten voller Staub sind.

Die Königin von Saba hatte sich auf Mr. Widows Schoß drapiert und schnurrte gnädig. Die Katze Kuh lag behaglich um ihre private Milchpackung gekringelt auf dem Beistelltischchen, Moritz hatte sich, vermutlich aus Gewohnheit von seiner Zeit bei der Buchbloggerin, ins Bücherregal einsortiert – tatsächlich unter M, aber das musste ein Zufall sein. Die Milchkaffeekatze saß auf der Sessellehne hinter Nancy und putzte Nancys Haar, als wäre auch Nancy eine Katze.

Und für einen irritierenden Moment hatte Nancy das Gefühl, es wäre wahr. Vor ihr auf dem Sessel lagen ihre Pfoten, sie sah ihren Schwanz über die Sesselkante herabhängen. Sie reckte sich, gähnte …

»Nehmen Sie doch noch von dem hervorragenden Meatpie«, sagte Mr. Widow.

Nancy zuckte zusammen – und merkte, dass sie noch
immer ein Mensch war. War sie, für Sekunden ... etwas anderes gewesen? Waren am Ende sämtliche Katzen in diesem
Wohnzimmer einmal als Menschen durch Mr. Widows Eingangstür hereingekommen? Sie würgte gehorsam etwas
Auflauf hinunter.

»Wie hat es Sie eigentlich von England hierherverschla-
gen?«, fragte Nancy, um nicht wieder in seltsame Traum-
welten abzudriften. »Und warum sind Sie nie zurückgegangen?«

»Daran sind die beiden Dinge schuld, die den Menschen
am meisten steuern«, sagte Mr. Widow und streichelte mit
dem Zeigefinger die Kätzchen, deren Korb neben seinem
Sessel stand. »Die Liebe und die Gewohnheit. Angelika und
ich, wir haben uns in Bath kennengelernt, an einem windigen Tag im Mai. Am Strand. Sie fütterte Möwen, ich fütterte Katzen. Es gibt selbst in Bath streunende Katzen zwischen den stuckverzierten Häusern und den Touristen, und
sie sind immer hungrig, denn weder Stuck noch Touristen
kann man essen. Angelika war auch eine Touristin. Ihre
Möwen und meine wilden Katzen fingen an, sich um ein
Käsesandwich zu streiten, von dem wir nicht mehr sagen
konnten, wer es geworfen hatte ... Ich habe sie dann auf
einen Tee eingeladen – Angelika, meine ich – tja, und zwei
Monate später lebte ich hier und war verheiratet. So schnell
kann es gehen.« Er lächelte, gefangen in seiner Erinnerung.
»Dann haben wir dieses Häuschen gefunden ... damals war
es allerdings noch kein Häuschen. Es war das größte Gebäude in der Straße. Die Welt hatte andere Proportionen.
Ich habe nie damit gerechnet, dass Angelika mich so früh
verlässt, aber vielleicht hatte sie ein Gespür für den richtigen Zeitpunkt. Man soll ja gehen, wenn es am schönsten

ist. Natürlich hätte ich zurückkehren können. Aber da waren die Katzen. Damals zwar nur dreizehn ... trotzdem ... und Emmi. Unsere Tochter. Irgendwie bin ich geblieben und habe schließlich den Verleih eröffnet. Ich meine, das Essen hier ist fürchterlich, ich mache meine Orangenmarmelade selbst, damit ich keine kaufen muss. Und die Scones zum Frühstück – sie sind lecker, nicht wahr? Über die Jahre bekommt man eine gewisse Routine.«

»Ja. Beeindruckend«, murmelte Nancy. »Leben Sie denn ... vom Katzenverleihen?«

»O nein.« Mr. Widow lachte. »Ich bin der stolze einzige Erbe eines unausstehlichen, steinreichen Bonbonfabrikanten. Der Katzenverleih hat humanistische Gründe.«

»Huma...nistische?«

»Aber natürlich. Menschen brauchen Katzen«, sagte Mr. Widow ernst. »Genau wie Wasser oder Luft. Die meisten Menschen heutzutage wissen es nur nicht. Katzen ändern Dinge, verstehen Sie?«

»Zum Beispiel den Inhalt des Kühlschranks«, sagte Nancy.

»Größere Dinge. Leben. Beziehungen. Zusammenhänge.« Mr. Widows wasserblaue, fältchenumrahmte Augen leuchteten jetzt, und seine Hände fuhren durch die Luft, große Zusammenhänge andeutend. Seine Wangen glühten, und das Flackern des Kaminfeuers ließ ihn aussehen wie einen seltsamen Hohepriester der Winterstadt. »Im Grundgesetz dieses Landes fehlt ein Artikel«, fuhr er feierlich fort. »*Das Recht des Menschen auf eine Katze ist unantastbar.* Katzen können sogar Krankheiten heilen, zumindest solche, die in der Seele verankert sind. Sie sind ebenso gut wie Homöopathie oder Akupunktur. Es sollte möglich sein, auf Rezept eine Katze zu bekommen.« Er lächelte zufrieden in sich hinein. »Und es ist möglich. Morgen Nachmittag werden Sie es sehen.« Er warf einen bekümmerten Blick auf

Nancys Teller. »Sie haben ja den Meatpie nicht aufgegessen. Er schmeckt genau wie damals zu Hause, ich bin direkt ein bisschen stolz auf meine Kochkünste. Und Sie sind viel zu dünn, sie brauchen etwas Fleisch auf die Knochen, junge Frau!«

»Ja, ich … ich kann einfach nicht mehr«, sagte Nancy. »Es war aber wirklich … sehr … außergewöhnlich. Was ist das Geheimnis?«

Mr. Widow lächelte verschmitzt. »Die Dosen in der Küche im untersten Regal«, sagte er. »Bestes Hühnchenragout. Was Feineres *und* Gesünderes finden Sie nicht in dieser Stadt. Selbst die Königin von Saba mag es.«

»Aber … im untersten Regal steht das Katzenfutter«, sagte Nancy.

»Eine Katze auf Rezept«, sagte der gemütliche Mann mit dem Bauch, der Nancy gegenübersaß, warf sieben Stück Zucker in seine Kaffeetasse und lachte ein behagliches, gluckerndes Lachen, während er mit dem kleinen Silberlöffel umrührte, der in seiner fleischigen Hand noch winziger wirkte. »Ja, ja, so was ist schon möglich. Ist eine der verrückten Ideen vom alten Widow.«

Er lachte wieder und zog einen kleinen Stapel vorgedruckter blassrosa Papiere aus der Jackentasche: Rezepte.

Nancy sah auf die Uhr. »Er müsste in zehn Minuten hier sein.«

Sie hatten sich zu dritt in diesem Café verabredet, Mr. Widow, Dr. Uhlenbek und Nancy, die vorher noch eine Katze in einem Buchladen abgegeben hatte, wo sie jeden Dienstag den Kunden ein Gefühl von Nostalgie und Heimeligkeit vermittelte. Die Buchhandlung hatte Thementage, der Buchhändler hatte es Nancy bei einem Ayurveda-Tee erklärt: Montags besaßen sie einen Hund, dienstags kroch eine Schildkröte durchs Schaufenster, ein Symbol für Langsamkeit und Stressfreiheit (wobei die Schildkröte, eine Leihgabe der Buchhändlertochter, sehr schnell nach Buchhändlerhänden schnappen und fauchen konnte). Der Mittwoch war den Katzenfreunden und der Donnerstag den Yogafans gewidmet, freitags gab es nur vegane Bücher, und samstags war Hausfrauentag.

»Sind samstags Bücher für Hausfrauen billiger?«, hatte Nancy gefragt.

»I wo«, hatte der Buchhändler gesagt. »Samstags sitzen drei strickende Hausfrauen auf dem Sofa. Eine vom Aussterben bedrohte Spezies. Die Leute kommen aus allen Stadtteilen, um das zu sehen.«

Nancy trank einen Schluck ihres eigenen Kaffees und las den Aufdruck auf dem Rezept, das Dr. Uhlenbek ihr hingeschoben hatte:

*1 Katze, 24-mal 7 Wochenstunden,*
*Daueranwendung*
*bei selektivem Mutismus*
*F94.0 nach ICD 10*

»Was ... äh ... bedeutet selekiver Mutismus?«, fragte Nancy.

»Dass das Kind nicht spricht. Oder – mit den meisten Leuten nicht.«

»Moment. Es geht um ein Kind?«

»Ja. Ein kleines Mädchen in diesem Fall. Elise. Sie ist sieben Jahre alt.«

»Und sie bekommt eine Katze, damit sie mit den Leuten spricht?«

Dr. Uhlenbek schob ein großes Stücke Marzipantorte in seinen Mund und nickte. »Widow kennt die Eltern. Sie hat vor einem halben Jahr aufgehört zu sprechen, einfach so. Das heißt, sie spricht mit ihren Stofftieren. Sie liest ihnen Bücher vor. Abgesehen davon – kein Wort. Die Eltern waren bei allen möglichen Ärzten. Einer der möglichen Ärzte bin ich. Ich bin kein Kinderarzt, sondern allgemeiner. Ich kenne unseren Mister Widow jetzt seit zehn Jahren, und manchmal, wenn gar nichts mehr geht, dann verschreibe ich meinen Patienten eine Katze. Es war seine Idee, wie gesagt, damals, vor zehn Jahren. Wir saßen hier im Café, das weiß ich noch ...« Er sah sich um, ließ den Blick über die kleinen runden Tische und die roten Plüschsessel und -sofas mit den altmodischen goldenen Noppen schweifen, über die hellen Spitzenvorhänge, den alten Dielenboden, die bestickten Tischdecken und die ausladende Kuchentheke. Das Café, das tatsächlich »Das Café« hieß, war eine Oase im hektischen, schneematschigen Stadtrauschen, ähnlich wie Mr. Widows Haus. Der Kaffee wurde in bauchigen weißen Porzellantassen serviert, es gab keine Selbstbedienungsschlange und keine elektronischen Bestellungsübermittlungsgeräte. Auf der Tafel neben der Tür stand in der gestochen schönen Schrift der Cafébesitzerin, einer älteren Dame mit strengem Dutt:

*To go*
*ist ein Land in Afrika.*
*Wir haben Kaffeebohnen, die von dort kommen.*
*Den Kaffee dürfen sie bei uns im Sitzen trinken.*

»Also, wir saßen hier, die Marzipantorte war dieselbe wie heute – nein, die gleiche, und ich erzählte Mister Widow von einem Patienten mit Herzproblemen, der aber rein faktisch gar nichts am Herzen hatte. Die Wartelisten bei Psychotherapeuten sind lang, und der Mann tat mir leid, ein begabter junger Pianist, der nicht mehr auftreten konnte, weil er ständig Angst hatte, sein Herz bliebe stehen ... Da sagt also Widow zu mir: ›Lebt er allein?‹ Und ich sage: ›Ja, nur er und das Klavier und sein Herz‹, und Widow sagt:

94

›Dann ist es klar‹, und ich sage: ›Was ist klar?‹ Und Widow sagt: ›Er braucht eine Katze. Ich hatte ein Herzproblem, als ich jung war‹, sagt er, ›ich saß tagelang in meiner Wohnung und lauschte auf meinen Herzschlag und hörte, wie er stolperte, und dann legte mir jemand einen Sack mit acht neugeborenen Kätzchen vor die Tür, halbtot, und das war's mit den Herzproblemen. Fläschchen aufwärmen, Kätzchen füttern, Kätzchen impfen lassen, Kätzchen bewachen, damit sie nicht die Treppe in meiner Studentenbude runterfallen ... Ich habe nie wieder meinem Herzschlag gelauscht. Verstehen Sie?‹, sagt Widow. ›Das war der Anfang der Sache zwischen den Katzen und mir, und der Anfang eines Lebens mit Sinn. Vorher hatte ich nur Geld, aber sonst nichts. Verschreiben Sie dem Pianisten eine Katze.‹ Ich fülle also ein Rezept aus, und der junge Mann bekommt seine Katze für einen Monat. Wir lassen ihn in dem Glauben, die Krankenkasse zahlt diese Krankenkatze ...« Er lachte vergnügt über seinen Witz, Marzipanstückchen versprühend. »Und Sie glauben nicht, wie schwierig das Klavierspielen für den Jungen wurde! Die Katze sprang andauernd auf die Tasten, und wenn sie das nicht tat, wollte sie komplizierte Gerichte zubereitet haben ... Es war diese Sorte Katze. Es war perfekt. Der Pianist vergaß seinen Herzschlag am ersten Tag. Er hatte genug anderes zu tun. Das war nur die erste von vielen, vielen Katzen, die ich auf Rezept verschrieben habe. Widow und ich verdienen nichts daran, natürlich, aber wir haben unseren Spaß.«

Er leerte die Kaffeetasse und musterte Nancy. »Sie glauben mir nicht.«

»Doch, doch, aber ... Stummheit?«, fragte sie. »Sie meinen, das Kind hat dann keine Zeit mehr, stumm zu sein, oder wie? Wie soll das funktionieren?«

»Oh, es ist nicht immer nur der Zeitfaktor«, sagte Dr. Uhlenbek. »Die Katzen lösen die Probleme auf ihre eigene

Art. Widow weiß schon, was er tut.« Er beugte sich ganz plötzlich vor und sagte leise.»Mr. Widow ist ein komischer Kauz, und er ist ein wunderbarer Mensch. Aber es geht ihm nicht gut. Er wird Ihnen das nicht erzählen ... Er ist sehr krank. Sein eigenes Herz ist eine Zeitbombe. Irgendwann im, sagen wir, nächsten Jahr geht es hoch, und das war's. Da helfen keine Katzen mehr. Na, mit über achtzig ist das wohl legal ... Ich weiß nicht, wie Sie zu Mr. Widow stehen. Wie Sie zu ihm gekommen sind oder warum.« Er musterte sie noch immer, und auf einmal wurde ihr unbehaglich. Dieser marzipanversprühende, ständig lachende, gemütliche Mann wusste vielleicht mehr über ihre Vergangenheit, als er zugab.»Passen Sie mir auf auf den alten Widow«, flüsterte er, und diesmal klang es beinahe bedrohlich.»Ich passe nämlich auch auf. Und ich werde ein Auge auf Sie haben.«

»Ah, da sitzen Sie und essen Torte auf meine Kosten!«, sagte jemand hinter ihnen, und Nancy fuhr herum. Da stand Mr. Widow selbst und lächelte.»Gucken Sie doch nicht so erschrocken«, meinte er, als Nancy aufsprang, um ihm auf einen Stuhl zu helfen.»Ich meinte lediglich, dass der Katzenverleih natürlich die Rechnung übernimmt.« Er wickelte seinen karierten Schal ab und schüttelte ihn, und eine ganze Schneewolke stob heraus.»Die Welt da draußen wird immer kälter«, sagte Mr. Widow halb zu der älteren Dame mit dem strengen Dutt, die neben ihrem Tisch stand. »Ich hätte gern einen Earl Grey und ein Stück Sandkuchen mit Orangenaroma.«

»Wir haben keinen Earl Grey und keinen Sandkuchen, seit zehn Jahren nicht«, erwiderte die Duttdame und verdrehte leicht die Augen.

»Ich weiß, ich weiß«, seufzte Mr. Widow.»Aber das ändert ja nichts daran, dass ich das gerne hätte. Ich nehme den vermaledeiten Friesentee und den trockensten Kuchen, den Sie haben. Vielleicht irgendwas mit Biskuit. Ihre Torten sind mir immer etwas zu ... luftig.

»Da wäre noch ein alter Spülschwamm von gestern«, sagte die Duttdame säuerlich und marschierte davon, das Tablett vor ihrem Busen wie ein Schild – oder wie eine Waffe.

»Also«, sagte Mr. Widow. »Sie haben sich bereits kennengelernt, wie ich sehe. Elise wartet auf ihre Katze. Nancy, Sie nehmen das Rezept mit und holen Elise ab. Dann können die Katzen entscheiden, welche zu ihr geht, und Sie bringen das Mädchen zurück. Die Adresse steht auf diesem Zettel ... Moment ... hier. Und keine Eltern, ja? Sie nehmen Elise *alleine* mit. Die Eltern haben da nichts zu entscheiden. Sie müssen nur hier auf diesem Papier unterschreiben ...«

Nancy las die Adresse auf dem zerknickten Zettel, der jetzt neben dem rosa Rezept lag. Mr. Widow hatte diesmal in großen Druckbuchstaben geschrieben, extra für sie. Sie waren beinahe gut lesbar.

»Aber ... da hin ist es eine halbe Weltreise!«, sagte Nancy. »Ich fürchte, zwischen den einzelnen Bushaltestellen muss man beim Umsteigen ein ganzes Ende laufen. Schafft die Kleine das?«

»Für jemanden, der auf einer *ganzen* Weltreise ist und die Stadt nicht kennt, wissen Sie erstaunlich gut Bescheid«, meinte Mr. Widow und lächelte wieder. »Aber sorgen Sie sich nicht. Sie nehmen den Firmenwagen.«

»Firmenwagen?«, fragte Nancy. »Der Katzenverleih hat einen Firmenwagen?«

»Eine Firma mit einundvierzig Mitarbeitern sollte doch einen Wagen haben«, sagte Mr. Widow.

»Zweiundvierzig, Widow«, verbesserte Dr. Uhlenbek.

»Zweiundvierzig. Nach Haushaltshilfe hört es sich jedenfalls nicht an, was die junge Dame alles macht.«

»Ja, Nancy ist wohl mein … Springer.« Mr. Widows Lächeln wurde zu einem breiten Strahlen. »Sie tut alles, was getan werden muss.«

Er legte seine faltige Hand auf Nancys Arm, und durch ihre Haut lief ein seltsames Kribbeln, etwas, als lächelte die Haut. Als lächelte ihr ganzer Körper.

*Passen Sie mir auf auf den alten Widow.*

Niemand musste ihr drohen. Sie hätte ohnehin auf ihn aufgepasst.

In diesem Moment stellte die Duttdame ein Stück Torte und eine Tasse Tee vor Mr. Widow, und Mr. Widow sagte: »Aber das ist Sahnetorte.« Gleichzeitig schoss ein schwarzer Blitz quer durchs Café auf sie zu. Der Blitz rannte gegen Mr. Widows Sessel, schüttelte sich kurz und landete mit einem Satz auf dem Tisch. In der Sahnetorte. Sekunden später stieg er von dort aus auf Mr. Widows Schoß und war kein Blitz mehr, sondern ein großer schwarzer Kater ohne Eile, der seinen Kopf behaglich schnurrend an Mr. Widows Wange rieb.

Der blinde Timothy.

»Jetzt ist es *keine* Sahnetorte mehr«, bemerkte die Duttdame, noch immer säuerlich. »Sondern trockener Biskuit.«

Damit drehte sie bei und machte Platz für Hauke. Er trug wieder, oder noch immer, Gummistiefel, hatte die gewöhnliche Matschspur und sah sich um, als überlegte er, das Café zu kaufen.

»Die Sessel sollten besser raus«, sagte er. »Abwischbare Stühle wären praktischer, wie bei McDonald's. Und die Tischdecken sehen aus wie Omas. Die haben keine Ahnung, wie man ein Café managt. Na ja, ich wollt nur sagen: Hier ist der Kater zurück.«

»Danke«, sagte Mr. Widow. »Wie viele Tage Verspätung sind das jetzt?«

»Ach, seien Sie nicht so kleinlich«, sagte Hauke leichthin. »Seien Sie lieber froh, dass ich Sie überhaupt gefunden hab hier! Bin Ihnen von der Haustür aus nachgegangen. Und den blöden Wettbewerb hab ich sowieso nicht gewonnen. Unser Lehrer hatte zwar seinen Allergieanfall, aber dann ist der Kater mit zum Park, und natürlich ist er da ins Wasser gefallen, gerade als mein Fisch anbeißen wollte. Und raten Sie, was ich dann rausgezogen hab? Den Kater selber. Er hatte sich mit der Pfote in der Angelschnur verheddert. Passiert ist ihm nichts, aber die Leute haben sich fast totgelacht. Ich glaub, das Scheißangeln lass ich jetzt sein.« Damit machte er auf dem Absatz kehrt und stapfte zurück zur Eingangstür, mehr matschige Stiefelspuren hinterlassend. An der Kuchentheke blieb er kurz stehen, nickte der Duttdame zu, brach mit den dreckigen Fingern ein Stück Schokoladencremetorte ab und steckte es in den Mund, ehe er das Café verließ.

Wenig später saß Nancy im Firmenwagen des Katzenverleihs und fühlte sich großartig. Sie thronte hoch über der Straße, denn der Wagen war ein kleiner Lieferwagen. Es kam ihr vor, als lenkte sie ein Schiff durch den Stadtverkehr.

Das Schiff besaß ein Navi, aber sie brauchte es nicht, sie kannte die Stadt wie ihre Jackentasche. Oder wie die Tasche einer Jacke einer ganz anderen Person.

Diese Person hatte hinten gesessen, bestenfalls auf dem Beifahrersitz, und sich chauffieren lassen, sich befehlen und sich abliefern lassen, aber jetzt merkte sie, wie gut sie aufgepasst hatte. Wie eine Gefangene, dachte sie, die man von Gefängnis zu Gefängnis transportiert hatte. Sie hätten mir die Augen verbinden sollen, dann hätte ich mir die Stadt nicht so gut eingeprägt. Dann wäre ich jetzt hilfloser.

Zum ersten Mal seit langem fuhr sie selbst, sie hatte Macht über das Fahrzeug, Macht über die Straßen und Richtungen. Sie würgte den Motor an drei Ampeln ab, und das Einparken vor Elises Haus war eine Katastrophe, aber immerhin überlebten Nancy *und* der Lieferwagen.

Das Haus befand sich in einem der besseren Viertel – weniger hohe Häuser, dafür Gärten mit echten Bäumen. Aber auch diese Häuser waren modern und durchdacht, energiesparend, blickdicht, hochsicherheitsgeprüft und mit ferngesteuerten Garagentoren versehen. Mein Gott, dachte Nancy. Schon wieder reiche Leute.

Sie lächelte einmal mehr einer Kamera zu. Dann klingelte sie.

Eine zierliche, wunderschöne Frau öffnete, ihr Haar fiel in glänzenden kastanienfarbenen Wellen über ihre schmalen Schultern, und ihre Augen waren perfekt geschminkt und sanft wie Sommerregen.

Nancy rückte ihren weißen Kittel mit dem Apothekerschildchen zurecht, auf dem Mr. Widow und Dr. Uhlenbek bestanden hatten.

»Ich komme wegen des Rezepts«, sagte sie.

»Aah, diese ungewöhnliche Therapie.« Die Frau lächelte unsicher. »Sie liefern die ... Katze?«

»Ja und nein«, sagte Nancy. »Ich möchte Elise gerne mitnehmen, damit sie die Katze vor Ort aussuchen kann.«

Sie erwähnte nicht, dass es die Katze war, die sich Elise aussuchte.

»Ja dann ... ich mache mich nur noch schnell fertig ...«

»Sie brauche ich nicht«, sagte Nancy bestimmt. »Nur Elise. Es ist besser, sie ist beim Katzenaussuchen allein.«

»Sie verlangen ernsthaft von mir, dass ich meine Tochter einer völlig fremden Person mitgebe? Nehmen Sie es mir nicht übel, aber ...«

Nancy seufzte. »Doktor Uhlenbek ist kein Fremder, oder? Er sitzt im Auto.«

Die Frau zögerte kurz, dann nickte sie. »Von mir aus ... Elise! Meine Güte, Mäuschen, musst du mich so erschrecken?« Sie drehte sich um und legte einen Arm um das Kind, das geisterhaft leise neben ihr aufgetaucht war: ein kleines Mädchen mit Pferdeschwanz, T-Shirt mit Pferdeaufdruck und Jeans. Es bohrte seine Zehen in den Teppichboden und sah verlegen zur Seite.

Ein ganz normales Kind, dachte Nancy, bis auf diese unheimliche Lautlosigkeit; es war, als hätte jemand den Ton unmittelbar um das Kind herum abgestellt.

»Sie müssten sie allerdings hinterher zu ihrem Vater bringen«, sagte die Mutter. »Ich schreibe Ihnen die Adresse auf. Heute ist Elises Wechseltag.«

»Wechseltag?«, echote Nancy.

»Ja, da wechselt sie ihr Zimmer. Sie ist dreieinhalb Tage die Woche bei mir und dreieinhalb Tage bei ihrem Vater. Wir leben seit einem halben Jahr getrennt. Aber wir haben eine gute Lösung gefunden, die für alle schön ist. Ziehst du die Schuhe an, Schatz? Und die Jacke?« Sie lächelte und hielt Elise eine Jacke hin, in die das Mädchen mit sichtlichem Widerwillen schlüpfte. Ein ganz normales Kind, wie gesagt.

Als Elise Nancy wenig später folgte und samt Schulranzen und kleinem Reisekoffer ins Auto stieg, sah sie natürlich, dass kein Dr. Uhlenbek darin saß. Sie hob die Augenbrauen, aber das war auch alles. Falls sie Angst hatte, von Nancy entführt zu werden, zeigte sie es nicht.

Nancy war froh, dass der Bus getönte Seitenscheiben besaß. Außen hatte Mr. Widow Türen und Kühlerhaube mit schwarzen Schatten beklebt, die über einen dunkelblauen Untergrund schlichen: Katzen bei Nacht, beschäftigt mit Geheimnissen, von denen niemand etwas ahnte. Elise hatte kurz eine von ihnen gestreichelt, ehe sie in den Bus geklettert war. Und Nancy hatte gesehen, wie sie ihre Lippen bewegte. Stumm.

Während Nancy das Nachtkatzenschiff durch die Stadt steuerte und im Radio jemand Cello spielte (Mr. Widow hörte den Klassiksender, da der Bus kein BBC empfing), kam die Sonne heraus. Sie hatten das grünere Viertel hinter sich gelassen, und Nancy beobachtete, wie sie ihre Strahlen behutsam tastend durch den Wald der Wolkenkratzer streckte, um hier und da die Straße zu erreichen. Nancy pfiff die Cellomelodie mit.

Kai hatte es gehasst, wenn sie pfiff. Kai war, tralala, nicht da.

Sie sah im Rückspiegel nach Elise, doch Elise sah ebenfalls nach hinten.

»Ist da jemand, den du kennst?«, fragte Nancy. Keine Antwort.

Nancy warf einen Blick in den Außenspiegel. Es war nichts Besonderes zu sehen, ein schwarzes und zwei silberne Autos fuhren hinter ihr, mit genügend Abstand. Aber drei Abbiegungen später fuhr eines der silbernen Autos noch immer hinter dem Nachtkatzenbus. Ein Mercedes. Nancy bog testweise in eine sehr kleine Straße ein, dann in eine weitere – der Mercedes folgte. Da waren immer andere Wagen zwischen ihnen, doch er blieb ihr auf den Fersen.

»Verdammt«, knurrte sie. »Elise? Jemand folgt uns.«

Elise reagierte nicht, sie sah nun aus dem Seitenfenster, als hätte sie sich niemals umgedreht.

»Ist das jemand von deinen Leuten? Traut mir deine Mutter doch nicht?«

Keine Regung. Elises Gesicht zeigte nicht, dass sie Nancy überhaupt gehört hatte. Nancy schluckte. Ihre Hand, die die Schaltung bediente, zitterte jetzt, und an zwei Ampeln würgte sie wieder den Wagen ab. Sie holperten einen langen Umweg zu Mr. Widows Haus, und als sie dort ankamen, war der silberne Mercedes verschwunden.

Nancy öffnete die Seitentür, und Elise kletterte heraus. Am Gartentor blieb sie einen Moment stehen, legte den Kopf in den Nacken und sah nach oben. Sie sah, was Nancy zuallererst gesehen hatte: Das ehrwürdige alte Haus, traumgleich, in seiner Lücke zwischen den hoch aufragenden Architekturalpträumen der Realität.

Elise lächelte kaum merklich.

Allerdings schien sie sich zu fragen, warum ein Einkaufswagen zwischen den Büschen stand.

Mr. Widow öffnete ihnen die Tür und nahm Elise die Jacke ab wie einer echten Dame. Er hinkte auf seinen Stock gestützt voraus ins Wohnzimmer, und zum ersten Mal fiel Nancy auf, wie schwer ihm das Gehen wirklich fiel. Aber er hatte Kakao gekocht, ganz der Gentleman und Gastgeber.

»Setz dich dort in den Sessel«, sagte er zu Elise. »So, und jetzt warten wir, welche Katze zu dir kommen möchte.«

Elise setzte sich, reagierte aber noch immer nicht. Nur ihre Augen flogen zwischen den Katzen im Raum hin und her. Da war die Katze Pelzmütze, die auf dem Kopf einer kleinen hässlichen Engelsstatue saß, da war die Milchkaffeekatze, die jetzt zu Nancy lief und sich an ihren Beinen rieb, da war die Königin von Saba, die die anderen vom höchsten Schrank aus beobachtete. Da war der kleine, flinke orange Kater Karotte, der Gemüse fraß und zwischen den orangen Stickkissen auf dem Sofa so wenig auffiel, dass sich Nancy schon einmal auf ihn gesetzt hatte. Da war die elegante Siamprinzessin, die sich stets so drapierte, als müsste sie für ein Frauenmagazin fotografiert werden – im Moment lag sie zwischen zwei Töpfen mit blassblau blühenden Blumen, deren Blütenblätter perfekt zu ihren Augen passten … Und da war, natürlich, der blinde Timothy, der gerade versuchte, durch die Wand in die Küche zu gehen, weil er die Tür verfehlt hatte. All diese Katzen und auch den

Rest sogen Elises wache Augen in sich ein, während Nancy Mr. Widow von der wunderschönen Drei-ein-halb-Tage-Mutter berichtete.

»Dreieinhalb Tage«, sagte Mr. Widow. »So, so. Weißt du, Elise, die Katzen wohnen immer hier, sieben Tage die Woche. Außer sie werden verliehen, natürlich, aber danach kommen sie wieder zurück. Jede Katze auf der Welt hat ihr Revier. Das ist wichtig; eine Katze ohne eigenes Revier wird krank. Diese vierzig Schönheiten haben sich das Haus und den Garten gut eingeteilt, jeder gehört ein spezieller Platz. Prinzessin besitzt zum Beispiel das Fensterbrett, Leopold besitzt das Geschirrregal ...« Ein gefleckter Kater sprang auf den kleinen Tisch und steckte den Kopf in die niedrige Kakaokanne, worauf man ein lautes Schlabbern hörte. »Oh, und offenbar besitzt er auch das Geschirr«, sagte Mr. Widow.

In diesem Moment raschelte es in dem Bastkorb neben dem Sofa, und die Tibbytigerin entstieg ihm mit einem würdevollen Gähnen. Dann packte sie eines der zerknautschten Kätzchen, die sie bebrütet hatte, am Nackenfell und trug es quer über den Perserteppich zu Elises Sessel. Sie ließ das Katzenkind in Elises Schoß gleiten, lief zurück zum Bastkorb und holte ein zweites. Erst als drei kleine Katzen auf Elises Knien saßen, setzte sie sich zufrieden vor den Sessel und sah Elise an.

Die Kätzchen piepten und reckten die Köpfchen suchend, und Elise warf Nancy einen hilfesuchenden Blick zu. Dies war das erste Anzeichen von Kommunikation.

»Sie haben Hunger«, sagte Nancy. »Sie kommen aus einer Mülltonne, jemand wollte sie nicht mehr haben. Eigentlich hat die Tibbytigerin sie adoptiert.«

Eine Viertelstunde später saß Elise mit der Babyflasche in der Hand da und fütterte gewissenhaft die Kätzchen, während Mr. Widow die übrigen aus dem Korb fütterte und die Tibbytigerin sie mit strengem Mutterblick beaufsichtigte. Erst als die drei Kätzchen sich satt und zufrieden auf Elise zusammenrollten, stand sie auf und sprang auf den Tisch, um zur Abwechslung die Kekse in der Keksschale auszubrüten.

Und dann saß Nancy wieder im Wagen und lenkte ihn durch das nachmittägliche Verkehrschaos. Auf der Rückbank hielt Elise drei winzige Kätzchen im Arm, ein weißes, ein schwarzes und ein graues. Eigentlich, hatte Mr. Widow gesagt, hatte er nicht geplant, die Kätzchen zu verleihen, seine vierzig erwachsenen Katzen wären wohl mehr als genug. Aber die Kätzchen hatten anders entschieden. Elises Gesicht war das eines ernsten kleinen Kindermädchens, und neben ihr lag eine große Tasche mit Milchpulver, Fläschchen, Katzenstreu und anderem Katzenwartungszubehör.

Die Wohnung ihres Vaters befand sich im achten Stock eines der Glas- und Stahlmonster in der Innenstadt, über einer Modeboutique und der Praxis eines Schönheitschirurgen.

Der Fahrstuhl hielt, doch Elise blieb noch einen Moment stehen, die schlafenden Kätzchen an sich gedrückt. Nancy trug die Tasche.

»Komm«, sagte sie. »Dein Vater wartet schon.«

Sie sah ihn durch die offene Fahrstuhltür, er stand in der Wohnungstür, ein Handy am Ohr, im Blick eine Art weidwunder Entschuldigung für das Telefonat.

»Bleiben sie dann dreieinhalb Tage bei mir?«, fragte jemand ganz leise. Nancy zuckte zusammen. Elise stand noch immer reglos neben ihr im Fahrstuhl. Sie sah Nancy nicht an. Ihre Lippen waren fest zusammengekniffen, als hätte sie niemals gesprochen.

»Dreieinhalb …?«, wiederholte Nancy. »Nein. Zwei Wochen, fürs Erste, glaube ich. Aber weißt du was, Elise, ich glaube, Mr. Widow hat eigentlich zu viele Katzen. Und er findet ständig neue. Wenn ihr euch gut versteht, die Kätzchen und du … möglicherweise können sie für immer bleiben.«

»Dreieinhalb Tage bei mir und dreieinhalb bei Mr. Widow?«, fragte die kleine, kaum hörbare Stimme neben Nancy, und sie wusste, sie durfte nicht hingucken, weil die Stimme sonst versiegte. »Damit es gerecht ist?«

»Es kommt vielleicht nicht auf Gerechtigkeit an«, sagte Nancy. »Sondern darauf, ein Zuhause zu haben.«

Und dann brachte sie Elise, die niemanden ansah, über den glatt gefliesten, blitzsauberen Flur zu ihrem Vater, der sie umarmte, und Elise zeigte keine Regung, sagte kein Wort zu ihm und keines zu Nancy. Denn Elise war stumm.

Die Sonne lag noch immer überall herum, als Nancy zurückfuhr.

Sie lag auch in Nancy. Alles würde gut werden. Elise würde wieder anfangen zu sprechen. Die Kätzchen würden es irgendwie hinbekommen. Das und alles andere. Sie würgte den Wagen nur ein einziges Mal ab und streifte einmal kurz einen Bordstein, der wirklich im Weg war. Nicht einmal der silberne Mercedes tauchte auf. Und zwischen den Häuserschluchten wartete ein alter Herr, auf den sie aufpassen würde. Wirklich aufpassen. Er brauchte sie.

Doch als sie diesmal das Widowsche Haus betrat, war etwas anders. Jemand war da.

Sie hörte Stimmen im Wohnzimmer, erstarrte und blieb stehen, um zu lauschen. Zwischen den Jacken im Flur hing ein kleiner, beinahe blinder Spiegel, und einen Moment studierte sie darin ihr Gesicht: dezent rosafarbene Lippen,

Wimperntusche, ein Lächeln umrahmt von kurzem schwarzem Haar. Darunter der Kragen einer blauen Bluse. Keinerlei Ähnlichkeit mit der Person von vor einer Woche. Niemand aus der Welt von damals würde sie erkennen.

Oder?

Eine der Stimmen aus dem Wohnzimmer war die von Mr. Widow. Die andere war jung und weiblich. Sie kam Nancy vage bekannt vor, ohne dass sie den Finger darauf legen konnte, woher.

Sie überlegte, ob es besser wäre, einen langen Spaziergang zu machen. Später wiederzukommen, wenn der Besuch fort war.

*Passen Sie mir auf auf den alten Widow.*

Sie holte tief Luft, zupfte ihren Kragen zurecht und betrat kurz darauf das Wohnzimmer.

Die beiden, die dort saßen, sahen auf. Vor dem Fenster war die Sonne gerade dabei, hinter die Häuserblocks zu sinken, nur die Wipfel der winterkahlen Bäume waren noch in goldenes Spätlicht getaucht. Mr. Widow hatte kein Licht gemacht. Bei ihm, im unwirklichen goldenen Spätlicht, saß ein Mädchen von vielleicht achtzehn oder neunzehn Jahren. Ihr langes blondes Haar war zu einem niedlichen kurzen Pferdeschwanz zusammengenommen, die enge Jacke und die enge Jeans betonten ihre sehr weiblichen Rundungen. Sie war überhaupt ziemlich rund. Ihre Kleidung bestand aus einer Art Segler-Outfit, blau-weiß, dezent und wertvoll. Dennoch hatte alles an ihr etwas Kindliches, Unausgewachsenes, etwas wie Gib-mir-einen-Lolli, etwas, das Nancy an eine Schauspielerin denken ließ, die auf einer Theaterbühne ein Kind darstellt.

»Wer ist das?«, fragte das Damenkind in einer Mischung aus Erstaunen und einem leisen Vorwurf in ihrem Ton.

Als erwartete sie, dass Mr. Widow sagte: Das ist meine Geliebte.

»Das ist Nancy«, sagte Mr. Widow, was sicher vernünftiger war, auch wenn es nicht stimmte. »Sie hilft mir mit dem Katzenverleih.«

»Gehört ihr der Einkaufswagen im Vorgarten?«, fragte Hannah, als wäre der Einkaufswagen ein unanständiger Gegenstand.

»Ich bin sozusagen auf dem Weg, ihn zurückzubringen«, sagte Nancy. »Ich hatte ihn nur geliehen. Für die vielen Dosen.«

Mr. Widow nickte. »Nancy hilft mir auch mit dem Einkaufen. Und dem Haushalt. Es ist alles nicht mehr so leicht für mich, weißt du.«

Da legte das Damenkind eine pummelige Hand auf Mr. Widows Knie. »Das wird schon wieder«, sagte es tröstend.

»Nein, Hannah, das wird leider nicht mehr«, sagte Mr. Widow und legte seine Hand auf ihre. »Ich bin über achtzig. Jünger wird man selten.«

Er beugte sich mühsam vor und knipste die kleine Lampe auf dem Beistelltisch an, auf deren Schirm die Katze Pelzmütze saß. »Nancy, das ist Hannah«, sagte er.

»Meine Enkelin. Sie wohnt mit ihrer Mutter ziemlich weit weg, aber manchmal gibt sie mir die Ehre eines Besuchs.«

»Ich wohne nicht mehr bei Mama«, sagte Hannah. »Ich studiere, Grandpa. Das weißt du doch. Ich wohne allein. Ich bin erwachsen.«

»Ach ja«, sagte Mr. Widow, klang aber nicht, als glaubte er es.

»Als wir gehört haben, dass es dir nicht gutgeht, bin ich sofort ins Auto gestiegen«, sagte Hannah. »Du brauchst keine Haushaltshilfe, Grandpa. Ich kann dir helfen. Du weißt doch, dass ich für dich da bin. Bis es dir bessergeht, bleibe ich. Ich habe ein Zimmer in einer Pension ganz in der

Nähe, du brauchst dich also nicht behelligt zu fühlen, aber ich bin da ...«

»Das ist sehr lieb, Hannah, Kind«, sagte Mr. Widow. »Aber es geht mir gar nicht schlecht ...«

Leopold, der das Geschirr besaß, landete auf der Sessellehne neben Hannahs Arm, um ihren etwas sperrigen Metallarmreif zu begutachten, den er eventuell für Geschirr hielt – und Hannah sprang auf. »Grandpa, zeigst du mir den Garten?«, fragte sie. »Ich war schon so lange nicht mehr hier ... Hängt die alte Schaukel noch im Birnbaum?«

Nancy machte einen Versuch, Mr. Widow auf die Beine zu helfen, doch Hannah war schneller.

»Lassen Sie nur, ich mach schon«, sagte sie.

Nancy blieb mit hängenden Armen stehen. »Ich werde mich dann mal ... um ... den Tee kümmern«, sagte sie lahm. »Und übrigens hat Elise mit mir geredet.«

Aber Mr. Widow zog schon seinen Mantel an, um Hannah einen dunklen, kalten Garten zu zeigen, in dem es nichts zu sehen gab. Nancy dachte daran, wie sie und Mr. Widow zusammen draußen gegessen hatten, in behagliche Decken gehüllt ... Wie es sich angefühlt hatte, zu zweit zu sein.

»Ich glaube, ich gehe ein bisschen spazieren, ehe ich den Tee mache«, sagte sie lauter. Niemand schien sie zu hören; Hannah und ihr Großvater waren schon halb durch die Terrassentür. »Es ist ein Meteorit auf den Katzenbus gefallen!«, rief Nancy.

Keine Reaktion.

Sie streichelte die Kaffeekatze, die auf ihrer Schulter saß, zog ihre Stiefel an und trat allein auf die Straße hinaus. Der Einkaufswagen sah sie vorwurfsvoll an. Sie ignorierte ihn. Sie würde jetzt ganz privat und ohne Auftrag spazieren gehen, sie war nicht nur eine Haushaltshilfe, sondern auch ein Mensch.

Sie hatte gedacht, sie würde die Lagerhalle vielleicht gar nicht wiederfinden, vor allem nicht in der Dämmerung. Doch ihre Füße gingen den Weg wie von selbst zurück. Und als sie in die richtige der schmalen, unwirklich stillen Straßen einbog, strahlten ihr schon von weitem die bunten Lichter einer Lampionkette entgegen. Er hatte das Eingangstor geschmückt: ein Willkommensgruß. Natürlich, die angekündigte Mutter musste jetzt da sein. Aber tief in ihrem Herzen, wo die sehr geheimen Wünsche wohnen, glaubte Nancy, dass er es gar nicht wirklich für die Mutter getan hatte. Dass er tief in seinem Herzen, geheimerweise gewünscht hatte, sie käme zurück.

Leise Jazzmusik drang aus dem Tor, dessen Flügel nur angelehnt waren.

Und da stand er, draußen im Hof, allein, und rauchte. Ron in seinen zu vielen Pulloverschichten. Nancys Herz machte einen ganz ungeheimen Hüpfer. Sie hatte sich geschworen, nicht zurückzukommen, aber an diesem Abend ging es einfach nicht anders.

Sie war gekommen, um sich von irgendwem gebraucht zu fühlen. Nicht so überflüssig wie im Widowschen Haushalt. Ron hatte sie gebraucht, um das Zimmer für seine Mutter zu planen. Vielleicht brauchte er sie noch immer.

»Hey«, sagte sie, legte sich die Katze etwas bequemer um und stellte sich neben ihn. »Na?«

»Hey!«, sagte Ron. Er klang überrascht. Nicht unerfreut, nur überrascht.

»Ist Ihre Mutter gut angekommen?«, fragte Nancy. »Hat es mit dem Zimmer geklappt? Das mit dem Einrichten ... ich wünschte, ich hätte Ihnen mehr helfen können ...«

»Oh, jemand hat mir geholfen«, sagte er. »Wunderbarerweise. Wissen Sie, was passiert ist? Ich wollte blaue Farbe kaufen, um den Tisch zu streichen, ganz wie Sie vorgeschlagen haben, und da habe ich jemanden kennengelernt. Ganz spontan. Sie heißt Cynthia, und sie wollte auch gerade ein Zimmer einrichten. Wir haben uns zusammengetan. Am Ende hat sie sogar Tapeten für mich gefunden, die wunderbar passen, dunkelblau mit hellblauen Blümchen. Nichts, was ich jemals gekauft hätte, aber Frauen kennen sich eben besser aus ... Es klingt verrückt, aber sie hat mir sogar geholfen, zu tapezieren. Und die Blumen zu kaufen. Sie hatte nichts zu tun. Und sie kennt einen Klempner. Ihr Cousin oder so. Es gibt also die Dusche jetzt. Meine Mutter war absolut glücklich.«

Er trat die Zigarette aus.»Ich werde mal wieder ... Die Nudeln müssten jetzt gar sein. Und Sie?«

»Ich, oh ... alles gut bei mir. Ich kam nur ... zufällig gerade in der Nähe vorbei.«

Ron streckte eine sehr vorsichtige, fast ängstliche Hand aus und fuhr der Kaffeekatze über den Kopf.

»Sie haben die Katze gewechselt.«

»Ja, heute ist Wechseltag«, murmelte Nancy.»Alles scheint seine Richtung zu wechseln.«

Lauter sagte sie:»Grüßen Sie Ihre Mutter. Und ... Cynthia.«

»Oh, Cynthia isst nicht bei uns«, erwiderte er.»Sie ist nach der Duschgeschichte einfach verschwunden. Ohne mir ihre Nummer zu geben. Ist das normal bei Frauen?«

»Kommt darauf an«, antwortete Nancy vage,»ich weiß ja nicht, wie sie sonst so ist.«

»Wunderschön«, sagte er und lachte.»Das ist eigentlich alles, was ich von ihr weiß. Sie hat diese absolut wahnsinnigen goldenen Locken, wie aus einem kitschigen alten Film, und vielleicht etwas zu rote Lippen, aber zu ihr passt es. Eine Figur wie eine Schaufensterpuppe. Sonst finde ich solche Frauen langweilig. Aber diesmal ...« Er lachte wieder, lachte über sich selbst.»Ich höre mich an wie ein verknallter Fünftklässler, was? Ich weiß nicht, was eine so schöne

Frau mit jemandem wie mir will, aber … Ich habe das Gefühl, ich sehe sie wieder.«

»Das«, sagte Nancy leise, »habe ich auch.«

Dann ging er hinein, um mit seiner Mutter in einer selbstgebauten Küche zwischen fliegenden Nilpferden Nudeln zu essen, von denen er glaubte, sie müssten gar werden wie Fleisch.

Und Nancy stand alleine in der Kälte. Nein. Nicht allein. Die Kaffeekatze war bei ihr.

»Er wird sie wiedersehen, aber das ist nicht gut«, flüsterte sie in ihr weiches, samtenes Ohr. »Und es ist auch unmöglich. Weil sie ich ist. Weil ich sie war. Weil ich weiß, was sie will.« Sie trat gegen das Hoftor. »Sie haben sich alle gegen mich verschworen, was? Wer zum Teufel saß in diesem silbernen Mercedes?«

Die Kaffeekatze sprang von ihrer Schulter.

*Komm,* sagte ihr Blick. *Gehen wir nach Hause. Man sollte Mr. Widow nicht mit dieser Enkeltochter allein lassen. Ich mag sie nicht.*

»Ach was«, flüsterte Nancy. »So ein Zufall. Du auch nicht?«

# 6

ALS NANCY UND die Kaffeekatze zurückkamen, fanden sie Mr. Widow alleine vor der Terrassentür, auf seinen Stock gestützt. Er stand ganz still und sah hinaus in den schwarzen Silhouettengarten, er selbst war nicht mehr als eine Silhouette, nur der Stadthimmel ließ seine blauviolette Helligkeit in die Winternacht tropfen. Gift, dachte Nancy, dieses Licht ist Gift. Gift, das aus Neonreklamen, Schaufensterbeleuchtungen, Autoscheinwerferlichtern sickert, aus Ampeln, Kneipenfenstern, Discolaserstrahlen, All-night-shopping-Malls ... Dieses künstliche, giftige Licht gehörte zur schnellen, hektischen Welt der Moderne und tötete nach und nach alle Vergangenheitsrelikte. Wie Mr. Widow oder die Bäume. Sie verblichen, bis sie nur noch Silhouetten waren, zweidimensional, und schließlich wurden sie eindimensional, keindimensional, wurden Erinnerung.

Mr. Widow und die Bäume würden sterben. Bald. Niemand würde mehr Katzen verleihen, niemand würde die Hektik da draußen mit einem Gehstock und dem Geheimnis pelziger Pfoten entschleunigen, und irgendwann wäre all das vergessen.

Was bliebe, wäre Stahl und Glas und Breitbandinternet und Menschen, die ihre Kinder mit dem Handy am Ohr empfingen, dreieinhalb Tage Keine-Zeit vor sich. Vielleicht wären irgendwann alle Kinder stumm.

Mr. Widow drehte sich um. »Nancy«, sagte er. Mehr nicht.

»Ist ... Ihre Enkelin nicht mehr hier?«

Er schüttelte den Kopf. »Sie hat sich ein Zimmer genommen, ein paar Straßen weiter. Sie haben ja gehört: Sie bleibt in der Nähe.« Er schüttelte noch einmal den Kopf.»Sie hat mich in ihrem Leben vielleicht zwanzig Mal besucht«, sagte er.»Und jetzt zieht sie in die Stadt und will unbedingt helfen. Was soll ich mit ihr machen? Sie ist ein liebes Mädchen. Aber ich ... verstehe sie nicht. Sie sagt, sie bewundert mich, und sie liebt die Katzen. Sie wollte all ihre Namen wissen ...«

Nancy nickte.»Haben Sie schon Tee getrunken?«

»Nein. Aber ich bin zu müde. Kinder sind anstrengend. Für mich wird sie immer ein Kind bleiben ...« Er zuckte die Schultern.»Ich werde ins Bett gehen.«

»Ich mache jetzt belegte Brote«, sagte Nancy.»Von mir aus belege ich sie mit den unsäglichen Gurkenscheiben. Aber irgendwas müssen Sie essen.«

»Sie hören sich schon an wie Hannah«, sagte Mr. Widow mit einem Seufzen.

»Nein«, sagte Nancy.»Ich höre mich nur an wie Ihre Haushaltshilfe. Ich werde dafür bezahlt, dass ich mich kümmere.«

Als sie im Bett lag, sah sie Hannahs unschuldiges plumpes Kindergesicht wieder vor sich, den blonden Pferdeschwanz, die vollen Lippen.»Hannah liebt die Katzen«, flüsterte sie. »Aha.«

Hannah war sofort aufgesprungen, als Leopold sich ihr genähert hatte, und hatte den Garten ansehen wollen, obwohl es Winter und dunkel draußen war.

Hannah, da war Nancy sich sicher, hasste Katzen.

Und sie war möglicherweise nicht hier, weil sie sich so schreckliche Sorgen um ihren Großvater machte.

In dieser Nacht wachte Nancy wieder auf und sah aus dem Fenster. Draußen, auf demselben Baum wie schon zuvor, saß eine schlanke Gestalt und lackierte ihre Fingernägel. Rot, Nancy wusste, dass es rot war. Passend zu den Lippen.

Sie machte das Fenster weit auf, beugte sich hinaus und rief: »Was machst du hier?«

Die Person im Baum blies ohne Eile auf ihre Nägel, ehe sie aufsah. »Falsch. Die Frage ist, was *du* hier machst«, antwortete sie. Sie brauchte nicht zu rufen – Nancy hörte jedes Wort klar und deutlich. Sie hörte die Worte in ihrem Kopf.

»Wer bist du?«, rief sie ärgerlich. »Cynthia? Das ist ein blöder Name, übrigens. Du hättest dir einen besseren ausdenken können.«

»Schon wieder falsch«, sagte die Frau im Baum. Sie trug natürlich ein enges schwarzes Minikleid und hatte goldene Locken. »Interessant wäre, wer du bist.«

»Das weißt du.«

»O nein«, sagte die Frau. »Das weißt du ja nicht mal selbst. Was Mr. Widow betrifft, bist du doch immer noch in Versuchung. Auch wenn du so tust, als wäre es nicht so.«

»Ich … Nein! Was tust du bei Ron? Bist du nur da, weil ich ihn mag?«

»Roderick von Lindenthal …« Es lachte leise aus dem Baum heraus. Oder nur in Nancys Erinnerung. Dieses schnurrende Lachen. Sie hatte es lange geübt, bis es Kai gefiel. »Alter Adel. Die Mutter ist ein wandelndes Bernsteinzimmer.«

»Was hast du vor?«

»Falsche Frage Nummer drei«, erwiderte die Frau im Baum. »Korrekt lautet sie: Was hat Nancy Müller vor? Sie kann hier nicht einfach herumdümpeln und hoffen, dass eine Zukunft vom Himmel fällt. Oder dass jemand sie findet. Gewisse Leute sind schon ganz nah, weißt du.«

»Der silberne Mercedes.«

»Ja, der auch. Denk immer dran: Mord verjährt nicht.«

Damit stand sie auf ihrem Ast auf, streckte sich, beinahe kätzisch, und war fort.

Am Morgen war Nancy sicher, dass sie nur geträumt hatte. Trotzdem, sie musste bei Ron vorbeigucken. In der Lagerhalle. Sie musste wissen, ob die Goldlockenfrau noch einmal aufgetaucht war. Und ob es ihm gutging. Er hatte ihr seinen Wintergarten gezeigt, vertrauensvoll wie ein Kind; er hatte sie um Hilfe gebeten, und sie konnte ihn nicht einfach Cynthia überlassen.

Das Schlimme war, dass er dem Mann auf dem Bett, dem Reglosen, dem von dem Zeitungsbild, ähnlich sah.

Sie hatte vorgehabt, zu sagen: »Nach dem Frühstück würde ich gerne einen kurzen Spaziergang machen«, um dann bei Ron vorbeizugehen.

Doch Mr. Widow sagte um einen Mund voll Toast mit Orangenmarmelade herum: »Nach dem Frühstück fahren Sie wieder eine Katze spazieren, wie es aussieht. Es hat sich unter den Kunden rumgesprochen, dass der Verleih die Katzen jetzt liefert.« Er lächelte. »Sie müssten die Katze des Schriftstellers austauschen.«

»Ist die, die er hat, kaputt?«, fragte Nancy geistesabwesend. Sie würde also später bei Ron vorbeifahren. Verdammt, aber wenn später zu spät war? Unsinn, sagte sie sich. Frauen aus Träumen jagen keine Lagerhallen in die Luft.

»Wir tauschen Sie alle zwei Wochen aus«, erklärte Mr. Widow. »Es ist so … er braucht die jeweilige Katze zur Inspiration. Und für neue Ideen muss er neue Katzen haben, verstehen Sie? Die Katze liegt auf einem hübschen runden Kissen auf seinem Fensterbrett, und er sitzt daneben am Computer. Wenn ihm gerade nichts einfällt, geht er in die Küche und macht Eier mit Speck für sich und die Katze.«

»Und wie entscheiden Sie, welche Katze er bekommt?«, fragte Nancy. »Wenn er nicht herkommt, um ausgesucht zu werden, meine ich?«

»Oh, alle Katzen wollen hin«, meinte Mr. Widow und lächelte. »Ich habe eine Liste, welche hindarf. Wir kennen den Schriftsteller schon seit Jahren. Und ehrlich gesagt ... meistens fällt ihm nichts ein.«

Sie warf dem Einkaufswagen einen kurzen Blick zu, beschloss, ihn nach der Schrifstellergeschichte zurückzubringen, und ging zur S-Bahn-Station. Mr. Widow sagte, es gäbe keine Parkplätze in der Nähe der Schriftstellerwohnung. Nancy war froh darüber, denn sie war – auch mit Katze auf dem Arm – selbst sehr viel weniger auffällig als der riesige blaue Nachtkatzenbus.

Die Katze, die sie trug, hieß Hamlet und war eine Dame. Sie schlief wohl gerne auf Mr. Widows alter Shakespeare-Gesamtausgabe, daher der Name.

Mr. Widow hatte Ophelia, Julia und alle möglichen anderen Namen an ihr ausprobiert, aber, so sagte er, sie sah nur auf, wenn er »Hamlet!« rief, was durchaus daran liegen konnte, dass sie eigentlich glaubte, er riefe »Omelett!« und es gäbe Essen.

Hamlet, karamellfarben getigert, sah sich den ganzen S-Bahn-Weg aus aufmerksamen grünen Augen um, und Nancy hatte das Gefühl, sie beobachtete jemanden. Jemanden, der ihnen durch die drei S-Bahnen folgte. Aber sie selbst entdeckte ihn nicht. Irgendwie beruhigte es sie, wie Hamlet auf ihrem Knie lag und ihre degenscharfen Krallen ab und zu aus- und wieder einfuhr. Sollte jemand sich Nancy auf unangenehme Weise nähern, würde die Katze ihn im Duell schlagen. Sie stellte sich kurz Kai vor und wie Hamlet auf ihn zuschoss, alle zehn Degen gezückt ... Natürlich würde Kai mit einem Schmiss auf der Wange noch besser aussehen. Noch ... charismatischer.

Sie sah direkt vor sich, wie er auf einer der Cocktailpartys, die er so mochte, an einem Stehtisch lehnte und das

Kerzenlicht den Schmiss beleuchtete, flackernd und abenteuerlich, und wie drei oder vier kichernde Partygeherinnen mit großen Augen fragten, woher er ihn hatte. Schwertkampf? Auseinandersetzung mit einem messerbewehrten Kleinganoven im Stadtpark, vor dem er, zufällig dort vorbeikommend, die Ehre einer Frau gerettet hatte? ... Sportunfall beim Segeln, wo er mit einem Messer versucht hatte, im Sturm ein Tau zu kappen?

Und Nancy würde hinter ihn treten und sagen: »Sportunfall beim S-Bahn-Fahren. Es war eine Katze.«

»Du?« Kai fuhr herum, die Züge seines markanten Gesichts auf unmarkante Weise entgleisend. »Was tust du hier?«

»War wohl nicht so klug, mir durch die halbe Stadt zu folgen«, sagte Nancy. »S-Bahnen und Katzen sind gefährlicher, als man annimmt. Hast du gedacht, nach unserer kleinen Begegnung verlasse ich die Stadt? Hast du gedacht, ich nehme die Beine in die Hand und renne? Ich habe keine Angst vor dir. Schon lange nicht mehr.«

Kai streckte einen Arm aus, als wollte er ihn um sie legen. Er hatte sein Gesicht jetzt wieder unter Kontrolle und lächelte charmant. »Komm, lass uns die alten Geschichten vergessen. Ich habe dich vermisst.«

»Das hast du nicht«, flüsterte Nancy. »Und grüß Cynthia, wenn du sie siehst. Sag mir, existiert sie wirklich?«

Die S-Bahn hielt mit einem Ruck, und Nancy fuhr aus ihrem Traum hoch. Sie war eingenickt, und dies war ihre Station. Sie sprang auf, schnappte sich Hamlet und stand gleich darauf auf einem zugigen Bahnsteig.

»Entschuldigung«, sagte sie zu Hamlet. »Wir kennen uns noch nicht wirklich, aber ... kann ich dich als Schal benutzen?«

Der Schriftsteller wohnte in einem Block mit wenig Glas und überhaupt keinem Stahl, es war ein braungrauer Block, an dem unmotivierter halbtoter Efeu emporkroch, aber die Kälte, die ihn umgab, war die gleiche wie die Stahl-und-Glas-Kälte.

Nancy klingelte unten, und durch die Sprechanlage fluchte jemand. Im Hintergrund schien etwas herunterzufallen.

»Ich bringe die Katze«, sagte Nancy, sehr laut und deutlich.

»Ich habe nichts zu essen bestellt«, sagte die verrauschte Männerstimme am anderen Ende der Sprechanlage. »Sie haben die falsche Wohnung erwischt.«

»Kat-ze!«, rief Nancy. »Ich sammle die alte ein und ...«

»Sammeln sie woanders«, sagte die verrauschte Stimme. »Ich habe zu tun. Ich gebe nichts.«

»Ich komme von Mr. Widow!«, rief Nancy verzweifelt.

»Wi-dow! Katzenverleih!«

»Ach so, von Mr. Widow«, sagte die Stimme. »Und warum kommen Sie nicht herein?«

»Weil die Tür zu ist.«

»Ach was«, sagte die Stimme. »Das sieht nur so aus. Die Tür schließt seit Jahren nicht mehr.«

Das dunkle, muffige Treppenhaus schluckte Nancy und Hamlet wie das Maul eines Ungeheuers. Das gummiüberzogene Geländer sah aus wie eine langsam verwesende tote Schlange, die sich nach oben in die Unendlichkeit schlängelte, die Kanten der Stufen waren teilweise schadhaft, als hätte jemand Stücke herausgebissen. Ein Hund kläffte hinter einer Wohnungstür, Kinder schrien, die Reste eines Fahrradskeletts standen angeschlossen an sich selbst auf einem Treppenabsatz.

Dann hatte sie den siebten Stock erreicht, eine Wohnungstür öffnete sich, und darin stand ein kleiner, dicker

Mann in einem gebügelten Streifenhemd, das er offenbar gerade erst übergezogen hatte. Sein fusseliges blondes Haar war leicht feucht – auch das, dachte Nancy, hatte er eben erst zu ordnen versucht.

»Kommen Sie doch herein«, sagte er mit einem breiten Lächeln. »Ich war eben ... ich steckte in einem Gedanken fest. Einem brillanten Gedanken. Ich war ganz ... versunken. Kingsley. Robert Kingsley.« Er streckte die Hand aus.

»Ich weiß. Sonst hätte ich die Klingel nicht gefunden. Ich bin Nancy«, sagte Nancy, setzte Hamlet ab und trat in die Wohnung.

Sie bestand aus einem kleinen Flur und mehreren genauso kleinen Zimmern, ein wenig ähnlich wie die Wohnung des Buchblogger-Mädchens, aber junggeselliger: keine Bilder an den Wänden, eine einzige Jacke am Jackenhaken, kein ordentliches Regal. Aus der Küche roch es angebrannt. Der Schriftsteller merkte es auch und stürzte an Nancy vorbei, um einen kleinen Gasherd auszustellen.

Darauf brutzelte in einer alten gusseisernen Pfanne ein Ei mit Speckwürfeln.

Nancy grinste.

Also wieder keine Ideen.

»Setzen Sie sich doch«, sagte Kingsley.

»Wohin?« Nancy sah sich um. Es gab keine Möbel. Und übrigens auch keine Bücher. Nur Stapel alter Zeitschriften. Da sie keine Antwort bekam, setzte sie sich auf einen Zeitschriftenstapel. Kingsley wendete das Ei-Speck-Konstrukt, warf ein Handtuch über einen anderen Zeitschriftenstapel und stellte die Pfanne darauf – und sofort landeten zwei Katzen auf den angrenzenden Stapeln: Hamlet auf einem Stapel alter GEOs und eine gelb-rot gefleckte Katze auf einem Stapel BRAVOs.

»Möchten Sie etwas Ei?«, fragte der Schriftsteller.

»Nein, äh, danke«, murmelte Nancy. Er schien ihren Blick zu bemerken und seufzte. »Sie haben sich die Wohnstatt eines Schriftstellers glamouröser vorgestellt, oder«, sagte er. »Sagen Sie es ruhig. Alles sagen das.«

Auf dem schmalen Fensterbrett balancierten mehrere Eierkartons übereinander, und sie räusperte sich und sagte: »Ich hatte mir ... mehr Bücher und weniger Eier vorgestellt. Wäre es nicht praktischer, ein Huhn zu halten?«

Kingsley nickte, den Mund voller Ei mit Speck (eine Beschreibung, die jetzt auch auf die beiden Katzen zutraf). »Ja, aber bisher hat einfach niemand einen Hühnerverleih aufgemacht in dieser Stadt«, sagte er. »Und für ein Vollzeithuhn bin ich nicht der geeignete Mensch. Überhaupt – Vollzeitbeziehungen sind schwierig. Finden Sie nicht? Die Katzen werden ja ausgetauscht ... Ich meine, ich habe nie die absolute Verantwortung. Es ist wie mit den Büchern. Ich schicke meine Helden in die Welt hinaus, aber sie kommen nicht zurück. Was sie tun, nachdem das Buch endet, ist nicht mehr meine Sache. Am Ende bleibe ich für mich, das ist wichtig. Die Freiheit des Individuums. Sie verstehen.«

»Äh ...«, sagte Nancy.

»Schön, dass Sie jetzt bei Mr. Widow arbeiten. So ist der Katzenverleih mobiler, was? Und ich muss nicht durch die ganze Stadt, um meine Katze auszutauschen, wenn ich gerade in einer kreativen Schaffensphase stecke.«

»Leben Sie vom Schreiben?«, fragte Nancy, mehr höflich als interessiert. »Was schreiben Sie denn so?«

»Frauen-Fantasy, meistens«, antwortete Kingsley. »Aber das tue ich nur nachts zwischen zwei und fünf. Tagsüber konzentriere ich mich auf die LITERATUR. Irgendwann bringe ich den GANZ GROSSEN ROMAN raus, Sie wissen schon, DEN ROMAN des Jahrhunderts.« Er grinste. »Sie werden noch von mir hören!«

»Ich merke es mir. Robert Kingsley.«

»Oh, Robert Kingsley ist nur ein Pseudonym. Engländer gehen gut, wissen Sie. Ich meine, was die Verkäuflichkeit anbelangt. Für die Belletristik ist deutsch besser. Irgendetwas Langes. Möglichst mit jüdischem Beiklang, das wirkt intellektueller ... und so einen Hauch Österreich sollte es enthalten, für die ironische Note. Was halten Sie von Wenzel Rosengold?«

»Sehr hübsch.« Was halten Sie von Nancy Müller?, dachte sie, sagte es aber nicht.

Kingsley seufzte. »Eigentlich heiße ich Max Schmidt.«

In diesem Moment sagte eine Frauenstimme: »Kingsley, Telefon für Sie!« Nancy zuckte zusammen und sah sich um, aber da war niemand. Der Schriftsteller griff in seine Tasche und holte ein Handy heraus. Er sah es einen Moment liebevoll an, während es noch einmal mit Frauenstimme flötete: »Kingsley, Telefon für Sie!«

Dann hob er ab. »Ja? ... Oh. Widow.« Er sah ein wenig enttäuscht aus. Als hätte er gehofft, die Frau mit der flötenden Stimme wäre in der Leitung. Dann gab er das Telefon an Nancy weiter. »Mister Widow sagt, sie hätten kein ... Handy?«

Nancy nickte. »Im Moment nicht. Hallo?«

»Könnten Sie auf dem Rückweg noch eine Katze abholen?«, fragte Mr. Widow. »Es ist mir gerade erst eingefallen. Zwei Straßen weiter ...« Nancy seufzte und notierte sich die Adresse auf einem Zettel, den Kingsley ihr gab. Sie würde noch später zur Lagerhalle kommen, um nach dem Rechten zu sehen. »Das ist eine ... etwas komische Geschichte«, sagte Mr. Widow, und man hörte, dass ihm die komische Geschichte gefiel. »Eine Liebesgeschichte sozusagen.«

»Zwischen einer Katze und einem Entleiher?«

»Nein.« Mr. Widow lachte. »Zwischen zwei Leuten, die

nicht wagen, miteinander zu sprechen. Sie leihen seit einem Jahr abwechselnd dieselbe Katze aus, um sich irgendwie einander nahe zu fühlen. Sie holen die Katze bei der Frau ab, und heute Nachmittag wird der Mann sie ausleihen. Sobald er erfährt, dass die Katze wieder hier ist, steht er auf der Matte, darauf verwette ich meinen Gehstock. Na, dann ...«

Nancy gab das Telefon zurück. Robert Kingsley – oder Max – war ans Küchenfenster getreten und sah an den Eierkartons vorbei hinaus auf die Stadt.

»Eine Liebesgeschichte«, murmelte Nancy. »Verrückt.«

»Die wahre Liebe gibt es nur auf dem Papier«, sagte Kingsley. »Jede Nacht wecke ich sie, und dann trieft sie aus den Worten, die ich tippe.« Er lachte. »Es ist immer die einzige, wahre, tiefe – und natürlich erste – Liebe. Zwischen feuerspeienden Drachen und geflügelten Dämonen finden sich die Liebenden und schwören sich ewige Treue ... In der Realität existiert so was nicht. Ich meine, Drachen und Dämonen möglicherweise. Liebe nicht.«

Er streichelte die beiden Katzen, die sich neben ihn aufs Fensterbrett gesetzt hatten, elegant ausbalanciert *auf* den Eiern. »Oder möglicherweise existiert die wahre Liebe, aber die Katzen sind die Einzigen, die sie kennen. Vielleicht habe ich sie deswegen gerne um mich.«

»Die Katzen kennen die ... wahre, einzige Liebe?«

Kingsley nickte. »Die wahre, einzige Liebe zu sich selbst«, sagte er. »Niemand ist so verliebt wie Katzen. Verliebt in die eigene Person. Und natürlich in Eier mit Speck. Haben Sie schon mal geliebt?«

»Ich weiß nicht ...« Sie dachte an Kai. Sie dachte an andere Menschen. Sie dachte an die stille Gestalt auf dem Bett, auf dem Foto. An das winzige neue Leben in ihrem Bauch. An Ron in seiner Lagerhalle, den sie gar nicht kannte. Sie sah auf die schief hängende Wanduhr.

»Ich sollte los.«

»Kommen Sie häufiger vorbei? Zum Katzenaustauschen? Das wäre schön. Es ist nett, sich mit Ihnen zu unterhalten. Wissen Sie, außerhalb dieser Wohnung ... bin ich ein wenig ... zurückhaltend, was Menschen angeht. Vielleicht könnte man sagen ... schüchtern.«

»Ich habe einen festen Freund«, sagte Nancy sehr schnell. Kingsley nickte. »Das ist gut«, sagte er. Er zeigte keine Enttäuschung, keinerlei Regung, er erkannte den Umstand an, das war alles. Er tat ihr leid.

Er hatte die Katzen, dachte sie, weil er einsam war.

»*Wenn ich in den Sprachen der Menschen und Engel redete, hätte aber die Liebe nicht, wäre ich dröhnendes Erz oder eine lärmende Pauke*«, sagte Kingsley gedankenverloren, während er Nancy und die gelb-rot Gefleckte zur Tür brachte. »*Und wenn ich meine ganze Habe verschenkte und wenn ich meinen Leib dem Feuer übergäbe ...*«

»Mr. Widow würde sagen«, meinte Nancy, schon halb in der Tür. »*Und wenn ich meine ganze Habe verschenkte und wenn ich meinen Leib dem Feuer übergäbe, hätte aber die Katzen nicht, nützte es mir nichts.* Sagen Sie ... Haben Mr. Widows Katzen Sie eigentlich schon zu vielen interessanten Dingen inspiriert, seit sie sie ausleihen?«

»O ja«, sagte Kingsley und streichelte Hamlet, die auf seiner Schulter Platz genommen hatte, um etwas übrig gebliebenes Eigelb aus Kingsleys Haaren zu essen. »Ich habe ganz neue Arten entdeckt, Eier mit Speck zu braten.«

Die zweite Katze, die Nancy abholen sollte, war weiß und flauschig. Sie war ehrlich gesagt beinahe so flauschig weiß, dass sie rosa wirkte. Jedenfalls war ihre Nase rosa. Sie trug ein hellblaues Halsband mit kleinen weißen Punkten und hatte hellblaue Augen, und alles an ihr sagte Kaninchen oder Handtuch, aber sehr wenig sagte Katze.

Die Kaninchenkatze saß auf dem Arm einer hübschen jungen Frau, die Nancy in der offenen Tür erwartete – in einem Hinterhof voll mit schrottreifen Fahrrädern und verkümmerten Blumenleichen vom Vorjahr.

Nancy blieb verwundert stehen.

»Das ... ist eine von Mr. Widows Katzen?«, fragte sie statt einer Begrüßung. »Sie haben sonst ... keine Halsbänder.«

Die junge Frau wurde rot (oder eigentlich auch eher rosa). Sie strich sich ihr glattes mausbraunes Haar hinter die etwas zu großen Ohren und nickte. »Das Halsband hat sie von mir«, flüsterte sie so leise, dass Nancy sie kaum hörte. »Neu. Ein Geschenk.«

»Ach«, sagte Nancy. »Sie hat sich sicher darüber gefreut.«

Die Katze sah nicht erfreut aus.

»Es hat eine kleine Tasche«, flüsterte die junge Frau und schlug die Augen nieder, als wäre eine kleine Tasche etwas Peinliches oder Illegales; als hätte sie in Wirklichkeit gesagt: »Es hat ein kleines Kondom«, oder: »Es hat eine kleine Steuerhinterziehung«. Die junge Frau sah, alles in allem, so aus, als wäre ihr alles im Leben ein wenig peinlich. Sie war so unauffällig, dass man sie kaum sah: Ihr hellgrauer Faltenrock fügte sich perfekt in den hellgrauen Wintertag, ihre altrosa Strickjacke verschmolz mit den Schatten, die dünne Silberkette um ihren Hals glitzerte wie die Feuchtigkeit auf dem Regenrohr. So sehr sie sich auch anstrengte, dachte Nancy, so unauffällig würde sie niemals werden, nicht einmal, wenn sie sich in eine hellblaue Blümchentapete wickelte.

Vielleicht gerade dann nicht, wenn sie sich in eine Tapete wickelte.

»Stimmt etwas nicht?«, fragte die Frau.

»Doch, ich ... war in Tapeten«, sagte Nancy. »Ich meine,

in Gedanken. Ich werde also die Katze samt Halsband mitnehmen. Sie leihen sie häufiger aus, sagt Mr. Widow?«

»Ja«, hauchte die junge Frau. »Ich kann mir keine eigene Katze leisten, ich studiere, wissen Sie ... Katzen sind im Unterhalt zu teuer ... aber ab und zu leihe ich Liebchen.«

»Die Katze heißt Liebchen?«

»Ja. Nein. Ich nenne sie so. Eigentlich heißt sie Hans.«

Die junge Frau seufzte und küsste die Katze noch einmal zärtlich auf den Kopf, ehe sie sie Nancy überreichte wie ein zerbrechliches Juwel. Nancy nahm sie entgegen (auf ihrer Schulter saß die gelb-rot Gefleckte; Feuerball) und wurde von einer Wolke Parfum eingehüllt.

»Grüßen Sie Mr. Widow«, sagte sie. »Er findet hoffentlich den Zettel in dem hübschen Halsband.« Sie schlug sich eine schlanke Hand mit durchsichtig lackierten Fingernägeln vor den Mund. »Ich meine, er findet hoffentlich das Halsband hübsch.«

Nancy lächelte. »Aber sicher. Ich werde ihn darauf aufmerksam machen.«

Als sie bereits über den halben Hinterhof gegangen war, drehte sie sich noch einmal um und winkte. Die unauffällige junge Frau, deren Namen Nancy nie gewusst oder wieder vergessen hatte, hob ebenfalls einen Arm zu einem Abschiedswinken. Und wie sie da so stand, mausbraun, wintergrau, voller zaghafter Hoffnung, dass jemand, der die Katze nach ihr lieh, einen Zettel fand – da umgab etwas wie ein warmes Glühen sie. Ein privater Sonnenaufgang in einem Großstadthinterhof.

Und auf einmal war Nancy beinahe neidisch. Die Liebe dieser Person war unerfüllt und würde es möglicherweise für immer bleiben. Aber sie liebte.

*Und wenn ich meinen Leib dem Feuer übergäbe, hätte aber die Liebe nicht ...*

Mr. Widow behielt recht. Er »buchte den Kater zurück«, wie er sagte, und eine Stunde später stand ein junger Mann vor der Tür.

Nancy, die mit einem Staubtuch und ihrer Ungeduld kämpfte, endlich zur Lagerhalle gehen zu können, öffnete. Der Mann war groß, schlaksig und genauso unsichtbar wie die Frau im Hinterhof. Er trug eine dicke Winterjacke, die ihm zu groß war und die wie eine Festung wirkte, nicht so sehr gegen die Kälte als vielmehr gegen die ganze Welt. »Ich ... habe gehört, Liebchen ist zurück?«, fragte er so leise, dass Nancy eigentlich mehr riet, was er sagte.

Er strich sein schulterlanges, strähniges dunkles Haar hinter ein Ohr und sah zu Boden, genau wie die Frau zuvor. »Vielleicht irre ich mich ja.«

»O nein, Sie haben völlig recht«, meinte Nancy. »Ich war nur einen Augenblick verwundert, dass Sie das wissen. Der Kater ist erst seit einer Stunde wieder da. Mr. Widow hat gesagt, er bucht ihn zurück ... ich arbeite noch nicht lange hier. Was bedeutet zurückbuchen? Hat der Katzenverleih eine Internetseite?«

Der junge Mann schüttelte den Kopf und lächelte ganz leicht. Er lächelte seine Füße an. Er stand noch immer draußen.

»Kommen Sie doch herein«, sagte Nancy etwas hilflos und wedelte ihn mit dem Staubtuch durch die Tür. Im Vorflur zog er die Schuhe aus und betrat erst dann das Haus, um sich sofort suchend umzusehen. »Liebchen!«, rief er lockend. »Liebchen-Liebchen-Liebchen! Hast du dich versteckt?«

Nancy entdeckte den weißen Kater oben auf der Gardinenstange, von wo aus er den Mann beäugte.

*Anstrengend*, sagte sein Blick zu Nancy. *Diese Leute sind* anstrengend. *Muss ich da hin? Ich heiße Hans, und ich will einen Schweinebraten, kein Halsband. Ich will nicht weiß und flauschig sein.*

Er war tatsächlich nicht mehr weiß und flauschig; er musste in der einen Stunde im Garten in mehrere Pfützen gefallen und durch ein Beet mit Kletten gestreift sein. Nancy war unklar, ob das Tarnung oder Trotzhaltung war.

»Ich weiß nicht, wo er steckt«, sagte sie. Aber dann dachte sie an das Sonnenaufgangsglühen, das die junge Frau im Hof umgeben hatte, und sie sah dem Kater Hans fest in die Augen und versuchte, ihm mit ihrem Blick etwas zu sagen, so wie er es tat. *Diese beiden Menschen brauchen dich*, sagte sie. *Das weißt du. Sie können sich nur mit deiner Hilfe finden. Sie lieben sich, verstehst du das nicht?*

*Nein*, sagte Hans und putzte eine Vorderpfote. *Katzen lieben nicht.*

*Doch*, sagte Nancy stumm. *Sich selbst. Stell dir vor, jemand würde dir verbieten, dich selbst zu lieben.*

*Unvorstellbar*, sagte Hans und putzte die andere Vorderpfote. *Ich meine, schau mich an. Ich bin schön. Man muss mich lieben. Natürlich liebe ich mich selbst.*

*Siehst du. Stell dir die beiden vor als ... eine Person. Eine Katze, die in zwei Hälften geteilt wurde. Die Hälften müssen sich wiederfinden. An deinem Halsband ist eine Nachricht. Vielleicht hört das Hin und Her ja auf, wenn der Typ hier die Nachricht liest, vielleicht können die Hälften dann wieder ein Ganzes werden.*

Der Kater seufzte – oder jedenfalls bildete Nancy sich das ein –, kletterte am Vorhang hinunter und ging mit langsamen, würdevollen Schritten auf den Besucher zu. Als brächte er ein schreckliches Opfer.

Der junge Mann kniete sich hin, fing ihn in seinen Armen auf, hob ihn hoch und drückte ihn an seine Wange. Nancy sah, wie er versuchte, die Reste des Parfums einzuatmen, die die Frau auf Hans hinterlassen hatte. Höchstwahrscheinlich roch der Kater inzwischen eher nach Pfützen und Gartenerde.

Nancy legte dem jungen Mann das große ledergebundene Buch hin, und er unterschrieb, dass er den Kater für eine Woche entleihen würde, dann schenkte er ihr ein überraschend strahlendes Abschiedslächeln und ging.

»Liebchen hat ein neues Halsband!«, rief Nancy ihm nach. »Mit einer Tasche! Nur falls sie die Taschen zu ... irgendetwas benützen möchten!«

Sie seufzte wie zuvor Hans und strich die Seite mit dem neuen Eintrag im Katzenverleihbuch glatt. Dabei fiel ihr Blick auf die Adresse des jungen Mannes. Es war beinahe die gleiche wie die der jungen Frau. Nur dass sie im Aufgang A wohnte. Bei ihm stand »Aufgang C«. Verdammt. Diese beiden hatten ihre Fahrräder vermutlich im gleichen Hof stehen und fuhren quer durch die Stadt, um eine Katze auszuleihen, die ihre einzige Verbindung war.

*Und hätte der Liebe nicht.*

»Mr. Widow?«, sagte Nancy eine halbe Stunde später, als der alte Herr die Treppe hinunterkam, mühsam, aber lächelnd, mit zwei kleinen Kätzchen in den Taschen seiner Hausjacke. »Ich werde noch einen kurzen Spaziergang machen ... Was bedeutet dieses Zurückbuchen der Katzen? Wenn Sie keine Inernetseite haben, woher wissen Leute, wann welche Katze frei ist? Woher wusste der Typ, der Hans ausleihen wollte, dass Hans wieder da war?«

»Das ist ein großes Geheimnis«, antwortete Mr. Widow und streichelte mit einem Finger die Kätzchen. »Für das Zurückbuchen habe ich, wie der Name sagt, ein eigenes Buch. Darin steht, wie lange die Katzen fort waren, das eingenommene Geld, Schäden und Reparaturen und so weiter. Aber woher die Leute wissen, was ich in dieses Buch schreibe, habe ich ehrlich gesagt nie herausgefunden.«

Es klingelte, und Mr. Widow sah auf seine Armbanduhr – die Sorte, die man noch aufziehen musste. »Himmel, das muss Hannah sein. Sie wollte mich zu einem Spaziergang abholen. Sehen Sie, ich werde auch spazieren gehen.« Er lächelte. »Wie ungewohnt. Sonst hatte ich mit dem Katzenverleih und allem nie die Zeit für Spaziergänge ... Aber jetzt gehe ich am Arm einer schönen jungen Frau spazieren. Auch wenn ich immer denke, sie wäre noch klein.« Er sah sich nach seinem Mantel um. Es klingelte noch einmal, und Nancy öffnete und stand der schönen jungen Frau gegenüber, die ein so pausbackiges Strahlen auf dem Gesicht trug wie ein blonder Weihnachtsengel. Als sie Nancy sah, stellte sie das Strahlen ein. »Ist Grandpa fertig?«, fragte sie.

»Fast!«, rief Mr. Widow und nahm seinen Stock. »Was das Zurückbuchen betrifft, ich nehme an«, sagte er zu Nancy, »es hat etwas damit zu tun, wie sehr sie warten. Je mehr jemand darauf wartet, eine bestimmte Katze auszuleihen ... je mehr jemand sich danach sehnt, desto genauer weiß er Bescheid darüber, wo sie sich befindet. In dieser Stadt ist alles rational erklärbar, berechenbar und abwischbar, wissen Sie. Und gerade deshalb muss es Dinge geben, die das nicht sind.«

Er gab Nancy die Kätzchen. »Die sollten besser drinnen bleiben, legen Sie sie in den Korb, ja?«

Damit hakte er sich bei seiner Enkeltochter ein, und die beiden wanderten davon, die Straßenschlucht entlang. Widow war einen gefühlten Meter kleiner als Hannah, und doch war es, als ginge ein Erwachsener mit einem Kind spazieren, einem Riesenkind. Dieser wippende Pferdeschwanz. Dieser leicht hüpfende Gang.

All das passte nicht zu dem vernichtenden Blick, den sie Mr. Widows Haushaltshilfe zum Abschied zugeworfen hatte.

Es schneite wieder, als Nancy durch die stillen Straßen bei der Lagerhalle wanderte. Der Neuschnee, der vor ihr auf die schadhaften Bürgersteige fiel, schluckte ihre Schritte, machte sie beinahe lautlos wie die der Katzen.

Sie fragte sich zum zweiten Mal, ob sie sich irgendwann in eine Katze verwandeln würde, wenn sie zu lange bei Mr. Widow blieb. Der Gedanke war eigentlich gar nicht so schlecht. Ein Leben zwischen Eiern mit Speck und der perfekten Liebe ... zu sich selbst.

Sie liebte sich nicht. Sie wusste nicht einmal, ob sie sich leiden konnte. Sie hätte es vielleicht sagen können, wenn sie gewusst hätte, wer sie war.

Sie war einmal ein dummes kleines Mädchen gewesen, das mit anderen auf der Straße herumhing und zu viel trank. Dann war sie zehn Jahre lang etwas gewesen, das Kai geschaffen hatte, etwas Perfektes, aber vermutlich nur äußerlich. Und seit der Nacht, in der sie in der Mülltonne gesessen hatte, war sie gar nichts mehr. Ein Vakuum.

Sie ging über den Hof vor der Lagerhalle und klopfte an die Tür, und nach einer Weile öffnete Ron ihr – eine Version von Ron, die von oben bis unten mit Farbe beschmiert war. Nancy verkniff sich ein Lachen. Er sah aus wie das absolute Klischee eines Malers.

»Sie malen«, stellte sie fest.

»Nein«, sagte er zu ihrer Überraschung.

»Nein?«

»Eigentlich bin ich dabei, die Kaffeemaschine zu reparieren. Aber die Katzen haben es geschafft, zwei offene Farbdosen vom Regal in die Maschine zu kippen, und irgendwie hat das zu einer Art Explosion geführt ... Kommen Sie doch rein.« Er fragte nicht, was sie wollte, er ging einfach wieder in die Halle, wo auf einer der Wandtische die Maschine stand, und begann, Schrauben festzuziehen und andere zu lockern, leise fluchend und murmelnd, während zwei der acht Katzen um ihn herumstrichen und maunzten.

Es war, als wäre Nancy ein Teil des Haushalts. Sie sah sich um. »Wo ist Ihre Mutter? Eigentlich bin ich vorbeigekommen, weil ich fragen wollte, ob ich ... ob ich mal das eingerichtete Wintergartenzimmer sehen darf. Weil ich gerade zufällig in der Gegend war.«

»Bitte, sehen Sie es sich an«, sagte Ron und drückte auf einen Knopf, woraufhin ihm ein Schwall rot gefärbtes Wasser ins Gesicht schoss. »Verflucht! Sie ist nicht da. Ist shoppen gegangen, in der Stadt, hat sie gesagt. Ich ...«

In diesem Moment quietschte eines der Tore, und Ron murmelte »wenn man vom Teufel spricht« und dann »Scheißkatzen«, weil eine dritte Katze ihm gerade spielerisch den Schraubenzieher aus der Hand geschlagen hatte. »Entschuldigung. Natürlich liebe ich meine Mutter, und ich liebe die Katzen, aber es ist nicht leicht ...« Er richtete sich auf und wischte sich mit dem Ärmel seines Wollpullovers mehr Farbe von der Stirn, und er sah dabei so hilflos und so verzweifelt aus, dass Nancy ihn am liebsten in den Arm genommen hätte wie ein Kind.

Sie hatte – wie seltsam! – nie in ihrem Leben ein Kind in den Arm genommen.

Doch stattdessen drehte sie sich um, und da stand Rons Mutter, die auch nicht aussah, als nähme sie dauernd Kinder in den Arm: eine annähernd kugelförmige Dame in einem silbergrauen Seidenanzug, das dauergewellte tiefschwarze Haar seitlich mit einer roten Stoffblume zurückgehalten, eine Perlenkette vom Gegenwert eines kleinen Ferraris um den Hals und einen Diamantring am Finger. Sie trug mehrere Papiertüten, die Sorte Tüten mit den eingestanzten Initialen teurer Modegeschäfte und Griffen aus goldfarbener Hanfschnur. Auf ihrem Gesicht hing ein leicht erschöpftes Lächeln, das sie zurechtrückte, ehe sie auf Nancy zukam.

»Liebes Kind«, sagte sie, und ihre Stimme war so tief wie die eines Zigarren rauchenden Seelöwen. Sie ließ alle Tüten fallen und nahm Nancys Hände in ihre. »Liebes Kind, Sie sind also Cynthia, von der mein Sohn gestern erzählt hat! Wie schön, Sie kennenzulernen. Ich habe Sie mir ganz anders vorgestellt, aber das tut wohl nichts zur Sache.«

»Ich ... nein«, stammelte Nancy. »Ich bin nicht Cynthia. Ich heiße Nancy. Ich ...«

»Roderick?«, fragte seine Mutter mit einem strengen, aber irgendwie verschmitzten Seitenblick. »Wie viele Frauen gibt es in deinem Leben?«

»Nur eine«, antwortete er schwach. »Dich, Mama.«

»Ha, ha«, sagte seine Mutter. »Das stünde jetzt auf der entsprechenden Postkarte, aber wir wollen doch bei den Tatsachen bleiben. Cynthia hat dir geholfen, dieses niedliche Dachzimmer einzurichten, und Nancy ...«

»Hat die Farben ausgesucht.«

»Sind Sie ... verwandt?« Rons Mutter drehte Nancys Gesicht ein wenig ins Licht, wie den Kopf eines Pferdes, das sie zu kaufen gedachte. »Sie sehen sich ein wenig ähnlich.«

»Ich bin nur eine Bekannte«, sagte Nancy rasch. »Und ich kam gerade vorbei und dachte ...«

»Ich jedenfalls bin Amalia«, erklärte die silberne Dame. »Amalia von Lindenthal. Ich bin eine sehr kritische Person, was die Heimstatt « – sie sah sich um – »und den Umgang meines Sohnes betrifft. Aber ich muss sagen, Sie gefallen mir.« Sie musterte Nancy, immer noch wie ein Pferd.

Nancy sah an sich hinunter. Sie trug die gebrauchten Kleider der Vorleserin, heute die taubenblauen samt gefüttertem blauem Mantel. Die langen, weiten Beine der Stoffhose verbargen zum Glück die quietschgrünen Turnschuhe.

»Nein, nicht Ihre Kleidung«, sagte Amalia. »Die Tatsache, dass drei Katzen auf Ihnen sitzen.«

»Oh«, sagte Nancy. Tatsächlich hatten zwei von Rons Katzen auf ihren Schultern und eine auf ihrem Kopf Platz genommen. »Wissen Sie, ich lebe in einem Haus mit sehr, sehr vielen Katzen«, erklärte sie dann. »Mehr als hier. Man gewöhnt sich daran, dass Katzen auf einem sitzen.«

»Mehr Katzen als hier?«, fragte Amalia, die gezupften und sorgfältig nachgezogenen Augenbrauen weit in die Höhe gezogen. »Ich finde acht ja schon eine stattliche Zahl. Früher hatte mein Sohn Angst vor Katzen. Wie gut, dass sich das geändert hat.«

Sie hob eine der Katzen auf, die sich an ihren Beinen rieb, und streichelte sie. »Meine Schönen«, sagte sie. »Ich habe euch auch etwas mitgebracht.« Sie griff in die größte Tüte und beförderte eine Handvoll bunter Samthalsbänder zutage. »Ich dachte, die gefallen euch sicher. Die Namen sind eingestickt, sie haben das vor Ort gemacht ... diese Taxifahrerin wusste wirklich gut Bescheid, wo man in dieser Stadt was bekommt.«

Ron warf einen sehnsüchtigen Blick zur nächsten Staffelei, der verriet, dass er am liebsten gerne alle anderen Lebewesen aus der Lagerhalle geschmissen hätte, um endlich zu malen.

»Ach, du Himmel, ich wollte der Fahrerin noch ein Trinkgeld geben, ich hatte eben keine Hand frei, um das Kleingeld rauszusuchen«, sagte Amalia. Sie fand eine großformatige rote Ledergeldbörse und nahm ein paar Zehneuroscheine heraus. »Liebchen, könnten Sie ihr das wohl geben? Sie wartet noch draußen«, sagte sie zu Nancy.

»Ich heiße Hans«, murmelte Nancy, ging aber gehorsam hinaus. In dem makellos sauberen hellbeigefarbenen BMW vor der Lagerhalle saß eine hübsche junge Frau und trommelte mit perfekten rot lackierten Fingernägeln auf das Lenkrad.

134

»Moment«, sagte Nancy.

Doch als hätte sie genau in diesem Moment die Geduld verloren, startete die Frau den Wagen und fuhr los. Nancy sah gerade noch einen Wirbel goldener Locken, halb verborgen unter einer grauen Wintermütze.

# 7

BLEIBEN SIE DOCH zum Kaffee« war ein Angebot, das niemand ausschlagen konnte, vor allem wenn es eine energische ältere Dame mit Dauerwelle und Diamantring am Finger aussprach. »Ich habe Kuchen mitgebracht«, sagte Frau von Lindenthal. »Da war eine wundervolle kleine Konditorei in der Stadt, sehr modern, mit einer absolut hinreißenden meterlangen Glastheke und Kuchen, oh, ein Traum. Ich sollte nicht so viel Kuchen essen, es ist sicher schlecht für die Linie, andererseits habe ich mein Leben lang auf die Linie geachtet, und nun, seht mich an, ich werde alt, es ist vielleicht die Zeit der Kuchen, die jetzt kommt. Wer schert sich noch um die Linie einer alten Frau?« Sie sah Nancy und ihren Sohn erwartungsvoll an, und beide widersprachen ihr höflich und erklärten, sie wäre kein bisschen alt, woraufhin sie zufrieden nickte.

Nancy sah das Seufzen in Rons Augen. *Das macht sie immer,* sagte sein Blick. *Und ich hasse Kuchen. Ich möchte gerne malen. Jetzt. Ich komme zu rein gar nichts, seit sie da ist.*

Es fiel Nancy erst auf, als sie oben im Wintergarten auf Klappstühlen saßen, vor Tellern mit zu viel Kuchen: *Er war wie die Katzen.* Er sprach ohne Worte. Mit den Augen.

Sie konnte ihn verstehen, ohne dass jemand etwas hörte.

Natürlich gehörte das nur zu den Dingen, die sie sich einbildete. Kai hätte gesagt, sie sei verrückt.

»Nehmen Sie doch noch ein Stück von der Orangentorte«, sagte Rons Mutter.

Es war schön, im Wintergarten zu sitzen, zwischen den Topfbäumen, und auf die Stadt hinabzusehen, über der es langsam dunkelte. Die Lichter in den Straßen blühten nacheinander auf, bis sie auf eine ganze Lichterwiese hinabsahen, lauter kleine helle Blumen strahlten von da unten zu ihnen herauf.

Ron hatte Decken über die Stühle gelegt und mehr Decken gebracht, in die sie sich eingewickelt hatten, denn es war klirrend kalt, aber der Kaffee in der großen Thermoskanne auf dem Tisch war heiß (obwohl er ein wenig nach Farbe schmeckte).

Die ehemalige Sauna hatte sich tatsächlich in etwas wie ein Gästezimmer verwandelt, Nancy hatte gestaunt. Der hellblau gestrichene Schreibtisch, die Blumen in der Vase, die eigene Dusche, das behagliche Bett ... es war alles so, wie sie es sich gewünscht hatte. Bis auf die Tapeten. Obwohl es die hübschesten geblümtesten, harmlosesten Tapeten waren, ging etwas von ihnen aus, das Nancy einen kalten Schauer über den Rücken jagte. Es war der Umstand, dass Cynthia sie hinzuerfunden hatte. Cynthia, die sich in ihr Leben mogelte und so tat, als gäbe es sie nicht. Und die vielleicht sie selber war.

Aber wie kann ich in einem Taxi davonfahren, wenn ich gleichzeitig draußen auf der Straße stehe?

Wie kann ich draußen in einem Baum sitzen und gleichzeitig drinnen am Fenster stehen?

»Kann jemand gleichzeitig an zwei Orten sein?«, fragte sie laut. »Ich meine, was denken Sie über die Relativitätstheorie?«

»Ich denke, dass dieser Orangenkuchen relativ trocken ist«, sagte Ron.

Nancy nickte nachdenklich. »Mr. Widow würde ihn lieben.«

Ron sah sie überrascht an, sagte aber nichts und spülte

den Kuchen mit einem Schluck Kaffee hinunter. Um ihn herum saßen alle acht Katzen. Er hatte vor dem trockenen Kuchen versucht, ein Stück von etwas Cremigerem zu essen, aber die Katzen hatten es ihm vom Teller geklaut, und Rons Mutter hatte diesen Streich ganz allerliebst gefunden.

»Du hast es wirklich nett hier«, sagte sie jetzt. »Ich hätte nicht gedacht, dass es so nett ist. Ich gebe zu, als ich losfuhr, hatte ich die Absicht, dich endlich nach Hause zu holen.« Sie tätschelte liebevoll Rons Wange, und hätte Nancy es nicht besser gewusst, sie hätte gedacht, die Katzen würden lachen. »Ich meine, dein altes Zimmer ist immer noch frei für dich, und das Haus ist zunehmend leer, du könntest den ganzen Westflügel für dich haben, seit Hilmar und Gernot in Amerika sind ... Selbst der Park kommt mir zu groß vor. Obwohl der Park natürlich immer schon groß war. Und dein Vater ist ... selten da. Früher bist du doch gern geritten. Jetzt stehen die Pferde den ganzen Tag auf der Weide, ungenutzt. Ich bin die Einzige, die noch reitet ... Ich hatte gehofft, ich könnte dich überzeugen.« Sie seufzte in ein großes Stück Sahnetorte hinein. »Aber jetzt, wo ich sehe, wie hübsch du es dir mit den Katzen eingerichtet hast ...« Nancy sah Rons hoffnungsvollen Blick. »... denke ich, ich werde einfach im Gegenzug etwas länger hierbleiben«, schloss seine Mutter, lehnte sich zurück und blickte sich zufrieden um. »Man kann natürlich noch einige Verbesserungen an diesem Ferienhäuschen vornehmen. Ich hätte gerne mehr Platz, es ist sicher erweiterbar? Einen größeren Schrank für Kleider bräuchte ich schon. Und ich hatte überlegt, mir Skier zu besorgen, falls es weiter schneit, man kann hier bestimmt eine Loipe rund um den Wintergarten spuren, es wäre wie in einem Fitnesscenter, nur an der gesunden frischen Luft ... Und denk dir, wie hübsch es aussehen würde, die Bäume zu beleuchten. Lauter kleine Lampions, elektrisch natürlich, die das Dach erstrahlen lassen ...«

»Mama«, sagte Ron gequält und nahm eine Katze von seinen Knien, die dabei gewesen war, seinen Milchkaffee auszutrinken. »Das alles kostet ... sehr viel Geld und Zeit. Nur für einen Besuch ...«

»Bin ich *nur* ein Besuch?«

»Mama! Da unten stehen sieben angefangene Bilder auf Staffeleien. Ich muss mich darum kümmern, dass sie fertig werden. Ich hatte eine Ausstellung geplant ...«

»So?«, fragte Frau von Lindenthal etwas pikiert. »Was malst du denn?«

»Oh, das ist ... schwer zu beschreiben. Im Moment beschäftige ich mich mit den vertikalen Ebenen von Komplementärfarben und Mandelbrotmengen.«

»Wie bitte?«, fragten Nancy und Rons Mutter (und vermutlich alle Katzen) gleichzeitig.

»In der Ausstellung geht es thematisch um die Auslotung der Tiefe zwischen gegensätzlichen Extrempolen der Wahrnehmung«, erklärte Ron.

Seine Mutter wischte das ganze Wortkonstrukt mit einer einzigen Handbewegung ihrer beringten Hand weg. »Ich finde, du solltest die *Katzen* malen«, sagte sie. »Die könntest du wenigstens verkaufen. Oder hast du in den letzten Jahren ein einziges Bild verkauft?«

»Ich ...«

»Siehst du. Katzen sind das, was zieht, glaub mir.« Sie stand auf und tupfte sich den Mund mit einem Spitzentaschentuch ab, da Ron nicht an Servietten gedacht hatte. »Ich werde mich jetzt im Internet nach einer geeigneten Baumbeleuchtung umsehen«, sagte sie. »Das Internet könnte übrigens auch schneller sein. Da müsste mal was dran gemacht werden.«

Sechs der acht Katzen strichen schnurrend um ihre Beine, als sie hinüber zu ihrem »Ferienhäuschen« ging. Zwei blieben sitzen, denn sie saßen auf Ron, in der Hoffnung auf mehr Kaffee oder mehr Torte oder nur darauf, seine Haare mehr zu zerzausen, denn eine der Katzen war dabei, ihn zu putzen.

»Wie lange ... bleibst du denn, Mama?«, rief er ihr hinterher.

»Oh, nicht ewig, natürlich. Ein, zwei Monate?« Sie schenkte ihrem Sohn ein perfektes Lächeln und streichelte die Katze, die auf ihrem Arm gelandet war und sich schnurrend an sie schmiegte. »Kommt, meine Schönen. Wir gehen in unser hübsches Ferienzimmer. Es wird größer werden, bald. Mein Sohn wollte nie zur adeligen Oberschicht gehören, wisst ihr. Er hat das immer sehr betont. Dafür ist er handwerklich sehr geschickt.«

Wenig später stand Nancy mit Ron unten in der Halle.

»Was genau bedeutet es, dass Sie sich mit der ... komplementären ... Tiefe der Gegensätze beschäftigen?«, fragte sie vorsichtig.

Ron drehte eine der Staffeleien zu ihr. »Es bedeutet«, sagte er, »dass ich fliegende Nilpferde male.« Er zeigte auf das Bild. »Lila Nilpferde.«

»Oh«, sagte Nancy.

Das Nilpferd auf dem Bild schwebte über einer gleißend hellen, schattenlosen Wüstenlandschaft, in der es bis auf ein paar Kakteen und eine einsame Tankstelle nichts gab. Armes Nilpferd, dachte Nancy, hoffentlich musste es tanken, dann konnte es wenigstens mit der Tankstelle etwas anfangen.

»Wo wird denn die Ausstellung sein?«, fragte Nancy.

»Keine Ahnung.« Er zuckte die Schultern. »Bisher habe ich noch keinen Ort. Und kein Publikum.«

Nancy wanderte an der Reihe der Staffeleien entlang und besah sich die übrigen Nilpferde, die in ihren Landschaften alle ein wenig einsam und gestrandet wirkten. Als wären sie gerne ins nächste Bild geschlüpft, um dort ein anderes Nilpferd zu finden. Aber sie waren gefangen auf ihrer Leinwand.

»Warum gerade Nilpferde?«

»Nur so«, sagte Ron. »Ich hätte Elefanten nehmen können. Nashörner. Giraffen. Aber irgendwie mag ich die Idee von fliegenden Nilpferden.« Er pflückte eine Katze von einer der Staffeleien, die gefährlich ins Wanken geraten war. »Sie haben vorhin von Mr. Widow gesprochen. Sie ... kennen ihn?«

Nancy nickte. »Ich arbeite für ihn«, sagte sie und fühlte, wie ein gewisser warmer Stolz sich in ihrer Brust breitmachte.

»Oh. Ich dachte immer, er wäre ein Einmannunternehmen.«

»Einmannunternehmen sind in der heutigen Zeit zunehmend weniger konkurrenzfähig«, sagte Nancy. »Mr. Widow hat eine ständige Angestellte und vierzig Außendienstmitarbeiter in Gleitzeit.«

Damit wollte sie sich umdrehen und gehen, weil es so ein schöner abschließender Satz war, aber Ron holte sie an der Tür ein und legte eine Hand auf ihren Arm, und so blieb sie stehen.

»Sie sind eine Frau, oder?«, flüsterte er. »Und Sie kennen sich mit Katzen aus. Bitte, ich ... ich glaube, ich brauche Ihre Hilfe.« Er lachte verlegen und zuckte die Schultern. Auf einer der Schultern saß noch immer die Katze, die versuchte, seine Haare neu zu frisieren, ein kleiner schwarzer Fellball, der durch Schulterzucken nicht abzuschütteln war. Er leckte Rons seitliche Haare gerade nach oben, was ihn aussehen ließ, als hätte er in eine Streckdose gegriffen.

»Ich verstehe die Katzen nicht«, sagte Ron. »Und ich verstehe Cynthia nicht. Ich habe Ihnen doch von ihr erzählt ... Sie ist nicht wieder aufgetaucht. Ich war mir sicher, sie würde heute unter irgendeinem Vorwand vorbeikommen ... Das tut man doch, wenn man sich für jemanden interessiert, man erfindet einen Vorwand und besucht denjenigen, oder?«

»Hm«, sagte Nancy. »Tut man das?«

»Was würden Sie an meiner Stelle tun? Um Cynthia wiederzusehen?«

»Gar nichts«, sagte Nancy. Und hätte am liebsten hinzugefügt: Ich würde hoffen, dass ich sie *nicht* wiedersehe. Stattdessen sagte sie: »Sie ist in der Nähe. Ganz bestimmt. Sie wird wieder auftauchen, wenn sie es für richtig hält. Was die Katzen betrifft ... Ich habe fast das Gefühl, dass diese Sie absichtlich ärgern?«

»Ja, sehen Sie«, sagte Ron. »Das Gefühl habe ich auch. Warum tun die Viecher das? Dieser kleine Kater zum Beispiel ...« Er nickte zu dem Fellball auf seiner Schulter hin. »Er heißt Friseuse. Die Gelbe ist eine Schwester von ihm, das ist Fritteuse, denn die frisst für ihr Leben gern Pommes. *Meine* Pommes. Von *meinem* Teller. Wenn ich sie ihr in eine Schüssel tue, frisst sie sie nicht.«

»Isst«, sagte Nancy.

»Wie bitte?«

»Katzen fressen nicht, sie essen. Vielleicht ist das Ihr Problem mit den Katzen. Sie nehmen sie nicht ernst.«

»Ich muss sie ernst nehmen?« Ron hob erstaunt die Augenbrauen.

»Ich denke.« Nancy nickte. »Zumindest so ernst wie die fliegenden Nilpferde. Wie kommt es, dass Sie acht Katzen haben und sich kein bisschen mit Katzen auskennen?«

Ron sah auf seine Füße – neben denen eine große graue Katze saß und mit seinen Schnürsenkeln spielte. Einen Schnürsenkel hatte sie schon völlig zerfasert durch ihre große Liebe zu ihm.

»Sie dürfen das niemandem sagen. Vor allem meiner Mutter nicht«, sagte Ron, ganz leise. »Ich vertraue Ihnen. Wir kennen uns ja gar nicht, aber irgendwie ... betrachte ich Sie als eine Art Freundin. Es kommt mir fast vor, als würden wir uns schon ewig kennen, und ... also Sie erzählen es niemandem?«

Nancy schüttelte den Kopf.

»Es sind nicht meine Katzen«, flüsterte Ron.

»Wie?«

»Es sind Mr. Widows Katzen. Ich habe sie vor einer Woche ausgeliehen. Weil meine Mutter Katzen liebt. Zu Hause darf sie keine halten, wegen meines Vaters, der allergisch ist, aber sie wollte immer Katzen haben. Und es hat geklappt, oder? Sie ist glücklich mit den Katzen.« Er seufzte. »Zu glücklich.«

»Lassen Sie sie doch eine Weile glücklich sein«, sagte Nancy. »Sie ist einsam.«

»Sie ist ein Feldwebel! Sie kommandiert mich herum, genau wie zu Hause die Bediensteten. Sie ...«

»Sie ist ein einsamer Feldwebel«, sagte Nancy.

Dann hob sie die graue Katze hoch und sah sie streng an.

»Lasst ihn ein bisschen verschnaufen, ja?«, sagte sie. »Er muss malen.«

*Unsinn,* sagte die graue Katze mit ihren grünen Augen. *Außerdem macht es solchen Spaß, ihn zu ärgern.*

»Mr. Widow wird das gar nicht gerne hören, wie ihr euch benehmt«, sagte Nancy. »Freiheit ist eine Sache, Unverschämtheit eine andere. Wahrhaft königliche Geschöpfe haben es nicht nötig, irgendjemanden absichtlich zu ärgern.«

Die graue Katze fauchte. *Er riecht nach Hund!,* beschwerte sie sich.

»Wahrhaft königliche Geschöpfe sehen über solche Kleinigkeiten hinweg«, sagte Nancy und setzte die Graue wieder auf den Boden.

Ron sah sie seltsam an. »Sie sprechen mit den Katzen.«
»Auch etwas, das Sie tun sollten«, sagte Nancy, lächelte noch einmal zum Abschied und schlüpfte durch das Tor nach draußen in den Winterabend. Der Schnee glitzerte unwirklich und wunderschön. Der stille Hof lag vor ihr wie ein Traum.

Sie lachte leise, als sie daran dachte, dass Ron acht Katzen geliehen hatte, die ihm jetzt auf der Nase herumtanzten. Sie fühlte sich leicht und wunderbar. Sie hatte jemandem geholfen, der ihre Hilfe gebraucht hatte oder immer noch brauchte.

Sie begann, zu lieben. Vielleicht nicht unbedingt eine andere Person. Auch nicht sich selbst. Vielleicht zunächst nur diesen stillen verschneiten Hof und das Glück, etwas Gutes zu tun.

An diesem Abend kam Mr. Widow spät nach Hause. Seine Enkelin brachte ihn bis zur Haustür. Sie hätte ihn bis ins Bett gebracht, wenn er sie nicht energisch entfernt hätte.

Er bat stattdessen Nancy, ihm die Treppe hinaufzuhelfen, und er sah so müde aus, dass sie ihm auch half, seinen Pyjama anzuziehen.

»Es war ein sehr schöner Tag mit Hannah«, sagte er leise. »Aber ich bin zu alt für lange, schöne Tage. Dieses Mädchen schafft mich noch mal.« Er lachte. »Der alte Widow muss ins Bett. Haben Sie den Katzen ihren Tee gegeben?«

Nancy hatte sich inzwischen daran gewöhnt, dass er in diesem Fall das Abendessen meinte und es eine von Mr. Widows kleinen alten englischen Gewohnheiten war, Tee dazu zu sagen. »Vor Stunden«, antwortete sie und lächelte. »Die meisten sind rausgegangen, sie haben zu arbeiten, denke ich. Wie immer in der Nacht. Der blinde Timothy schläft allerdings im Handtuchschrank in der Küche. Ich habe ihn in der Geschirrspülmaschine gefunden, er hatte sich in der Schranktür geirrt, aber jetzt ist alles gut. Die Königin von Saba ist die Einzige, die nichts gegessen hat. Sie war beleidigt, denke ich, dass nur ich im Haus war. Sie ist nach draußen gegangen, um stattdessen etwas zu jagen. Eine Maus oder – wie ich die Königin kenne – vielleicht ein kleines Reh oder ein mittelgroßes Kaninchen.« Sie lächelte, als sie die Decke um Mr. Widow feststeckte. »Schlafen Sie gut und ruhen Sie sich aus. Ihr Herz sollte noch eine Weile halten.«

Merkwürdig, dachte sie, sie hörte sich gar nicht an wie die Nancy, die vor einer Woche hergekommen war.

»Das wird es nicht«, flüsterte Mr. Widow. »Das Herz. Ich habe das Gefühl, es lässt mich bald im Stich. Manchmal frage ich mich, was dann sein wird.«

Er griff nach Nancys Hand, und eine Weile saß sie auf seiner Bettkante und ließ ihn diese Hand festhalten. »Sie sind ein liebes Mädchen«, sagte er. »Achten Sie nicht zu sehr auf das, was nachts im Garten geschieht. Es sind nur unsere Vorstellungen, die dort spazieren gehen, zusammen mit den Katzen.«

»Woher wissen Sie …«, wisperte Nancy und brach ab.

»Auch ich wache nachts auf und sehe aus dem Fenster«, sagte Mr. Widow. »Und wenn dort Träume in den Bäumen sitzen, kann einen das beunruhigen. Diese Frau mit den goldenen Locken … die gehört zu Ihren Träumen, oder? Vergessen Sie sie.«

Nancy nickte. »Ich versuche es.«

»Ich sehe oft meine Tochter. So wie sie war, bevor wir uns zerstritten haben … Jeder sieht etwas anderes. Schlafen Sie gut.«

In den nächsten Tagen war Nancy so beschäftigt, dass sie keine Zeit hatte, zu träumen. Sie hatte nicht einmal Zeit, bei Ron aufzutauchen, sie hoffte einfach, dass alles in Ordnung war.

Mr. Widow war immer noch schwach auf den Beinen, und Nancy schmiss den Haushalt komplett. Sie kochte, putzte, wusch, machte Tee und empfing ein Dutzend Entleiher in Mr. Widows Haus und sah zu, wie die Katzen sich die Menschen aussuchten, während Mr. Widow in seinem Lieblingslehnsessel lehnte und ab und zu Anweisungen gab. Sie füllte die Spalten in dem großen ledernen Buch aus und kaufte wieder ein. Sie hatte so viel zu tun, dass sie abends zu müde war, um nachts aufzuwachen und aus dem Fenster zu sehen.

Die Kaffeekatze schlief auf ihrem Bett und ließ sich die ganze Zeit über nicht verleihen, sie schien sich als Nancys Privatkatze zu betrachten.

Sie war, dachte Nancy, komplett in diesem neuen Leben als Katzenverleih-Helferin angekommen. Dies war kein Job für zwei Wochen.

Mr. Widow sagte nichts mehr über die Nur-zwei-Wochen, und Nancy sagte nichts mehr über ihre Weltreise oder darüber, ob die angebliche Bank den angeblichen Ersatz für ihre angeblich verlorene Geldkarte geschickt hatte; sie übergingen dieses Thema stillschweigend.

Und manchmal dachte sie, dass Mr. Widow alles wusste. Alles von Anfang an.

Hannah kam jeden Nachmittag, um nach ihrem Großvater zu sehen, sie warf Nancy stets argwöhnische Blicke zu, und Nancy gewöhnte sich an, nachmittags außer Haus zu sein: Sie stieg in den Nachtkatzenbus und fuhr »Lieferungen aus«, Katzen, bei denen schon klar war, an wen sie verliehen wurden. Dann begleitete die Kaffeekatze sie. Im Rückspiegel hing kein silberner Mercedes mehr. Vielleicht hatte sie sich den Mercedes eingebildet, genau wie die goldgelockte Frau?

Ungefähr eine Woche nach Nancys Begegnung mit Frau von Lindenthal ging Nancy an das altmodische Widowsche Telefon und fand eine aufgeregte, ihr unbekannte Frau in der Leitung.

»... aber jetzt versuchen sie dauernd, sich unter der Kommode zu verstecken, wo sie gar nicht hineinpassen«, sagte die Frau, die zu reden begonnen hatte, ehe Nancy irgendetwas begriff.»Und sie rennen ständig gegen die Wand neben der Badezimmertür. Elise trägt sie dann zur Tür, damit sie die Öffnung finden, aber ich begreife einfach nicht...«

»Moment«, sagte Nancy.»Elise? Sind Sie die Mutter von Elise?«

»Genau, ja«, sagte die Frau in der Leitung.»Ich bin doch richtig in der Felis-Apotheke? Wir haben von Ihnen auf Rezept drei kleine Kätzchen bekommen, das heißt, meine Tochter hat sie bekommen, und sie war zuerst bei ihrem Vater, wo die Kätzchen die Augen aufgemacht haben. Jetzt ist sie wieder seit drei Tagen bei mir, aber die Kätzchen können sich immer noch nicht orientieren...«

»Vermutlich haben sie sich an die andere Wohnung gewöhnt, und daran, wo dort die Badezimmertür ist«, sagte Nancy ratlos.

»Ja, und wenn ich sie nun mühsam umgewöhnt habe, nimmt Elise sie wieder mit zu ihrem Papa, und dann rennen sie dort gegen irgendetwas, weil sie wollen, dass alles so ist wie hier!«, rief die Frau verzweifelt.»Man kann doch die armen Tiere nicht alle dreieinhalb Tage entwurzeln und woanders hinschicken!«

»Hm«, sagte Nancy. Aber mit einem Kind geht das?, wollte sie sagen, schwieg jedoch.

»Und sprechen tut Elise immer noch nicht. Ich weiß nicht, warum Doktor Uhlenbek glaubt, sie würde damit anfangen, wenn sie sich mit Kätzchen beschäftigt. Ich meine, sie spricht mit den Kätzchen, wenn sie sie füttert. Aber nicht mit uns!«

»Haben Sie denn mal zugehört, *worüber* Elise mit den Kätzchen spricht?«

»Nein, ich ... das geht mich ja nichts an. Aber können Sie nicht vorbeikommen und die Katzen wieder abholen? Ich kann das nicht mit ansehen, wie sie gegen die Wand anrennen und piepsen, bis man ihnen den Weg zeigt ...«

»Abholen? Nein, tut mir leid«, sagte Nancy. »Das kann ich nicht. Doktor Uhlenbek hat sie für zwei Wochen verschrieben, und dann bleibt es bei zwei Wochen.«

Sie legte auf und fühlte sich einen Moment lang schlecht. Andererseits liefen kleine Katzen sicher nicht mit hundert Stundenkilometern gegen eine Wand ...

»Ist schon richtig so«, sagte Mr. Widow hinter ihr und lächelte. »Wir holen nur im äußersten Notfall Katzen früher ab. Nancy?« Er streckte sich wie eine Katze, allerdings nur mit einem Arm, da er sich mit dem anderen an der Kommode festhielt. »Ich glaube, mir geht es wieder besser. Ich fühle mich topfit. Genau richtig für einen kleinen Ausflug. Heute begleiten Sie mich in den Zoo.«

»In den ... wie?«

»In den Zoo, Sie haben schon richtig gehört«, sagte Mr. Widow und grinste. »Wir liefern eine Wildkatze aus.« Er grinste noch breiter. »Deren Wildkatze ist nämlich entlaufen.«

»Wir haben keine Wildkatzen«, sagte Nancy.

»Oh, das kommt auf den Standpunkt der Betrachtung an«, sagte Mr. Widow sanft.

Nancy fuhr den Nachtkatzenbus zum Zoo, während Mr. Widow auf dem Beifahrersitz thronte wie jemand, der es gewohnt ist, seinem Chauffeur Befehle zu erteilen. Einen Großteil der Zeit beschwerte er sich über den völlig unvernünftigen Rechtsverkehr. »Die Leute fahren hier alle auf der falschen Seite«, sagte er, »ein ganzer Kontinent von Geisterfahrern. « Sie hatten nur eine einzige Katze an Bord, einen riesigen schmutzig braunen Kater, den Nancy noch nicht persönlich kennengelernt hatte, da er sich meistens irgendwo im Garten auf der Jagd befand. Er turnte die ganze Fahrt über auf sämtlichen Sitzen der zweiten und dritten Reihe herum, ganz so, als würde er auch dort etwas jagen.

»Oh, das tut er«, sagte Mr. Widow auf Nancys Frage hin. »Er jagt seinen eigenen Schatten. Das ist so ungefähr das Einzige in seiner Umgebung, das er noch nicht erlegt hat.«

»Und wie haben Sie entschieden, dass er mit in den Zoo kommt? Konnten sich der Kater das auch aussuchen?«

»Nun, nicht ganz«, sage Mr. Widow ein wenig gequält. »Ich fühle mich auch schlecht deswegen, aber es passt einfach zu ihm. Sehen Sie ihn sich an. Diese Statur. Diese kraftvollen Sprünge. Diese Pelzfarbe. So ...«

»Braun?«, schlug Nancy vor.

Mr. Widow nickte. »Außerdem hat er bei einem Unfall seine Schwanzspitze eingebüßt. Wildkatzen haben kürzere Schwänze als Hauskatzen. Er geht auf jeden Fall als Wildkatze durch.«

»Woher haben Sie ihn?«, fragte Nancy, während sie den Bus durchs silberschwarze Blechgedränge manövrierte. »Und wie heißt er überhaupt?«

»Memphis«, sagte Mr. Widow. »Nach dem Lied *Walking in Memphis*. Seine vorige Familie hat ihn so genannt. Oder jedenfalls nehme ich das an. Sie wohnten in derselben Straße wie ich, und manchmal hörte ich sie nach ihm rufen. Damals war er ziemlich ... nun, sagen wir, er schien sehr gerne zu fressen. Es kann daher auch sein, dass sie ihn Mampfi riefen, aber Memphis ist wahrscheinlicher. Ich meine, wie hört sich das schon an – *Walking in Mampfi?*«

Er schüttelte den Kopf. »Es muss Memphis gewesen sein. Als die Familie wegzog, war alles, was blieb, ein Berg Sperrmüll am Ende der Straße; alte Tische, Stühle, Geschirr ... alles, was sie nicht mehr brauchten. Und oben auf dem Berg saß dieser fette Kater. Ein trauriger Anblick. Ich habe ihn zu mir geholt, und als er zum ersten Mal den Garten betrat, hat sich sein Leben verändert. Er begann zu jagen. Erst nur einfache Dinge wie Blätter oder Schnecken. Aber irgendwann legte er mir die erste Maus vor die Terrassentür, und von diesem Tag an war er nicht mehr aufzuhalten. Er fängt alles, mehr noch als die Königin von Saba – ich habe ihm Vögel und Briefträger verboten, aber sonst gibt es nichts, was vor ihm sicher ist. Er frisst kaum noch Katzenfutter, er ist zu stolz dazu, er frisst, was er erlegt, und was für ein prächtiger Kater er geworden ist! Die Königin von Saba würde nie fressen, was sie fängt, sie sieht das Fangen von lebenden Gegenständen wie Mäusen oder Eidechsen als Sport an, und schließlich würden wir auch keinen Tennisschläger fressen. Für Memphis ist das anders, er ist ein harter Kerl, der vor keinem Fang zurückscheut. Er verdaut alles.« Mr. Widow seufzte. »Einmal hat er einen Fußball, der durch den Garten rollte ... Lassen wir das.«

Nancy bog bei dem Schild »Zoo und Innenstadt Parkleitsystem, Plätze 200 bis 320« ab und fragte sich kurz, ob es im Zoo Nilpferde gäbe und ob sie flogen wie auf Ron Lindens merkwürdig melancholischen Bildern – und in diesem Moment sah sie ihn wieder: den silbernen Mercedes. Sie hatte sich das Kennzeichen nicht notiert, er war beim letzten Mal nicht nahe genug gewesen, und natürlich gab es Hunderte von silbernen Mercedesen, aber sie war sicher, dass es derselbe war. Er bog mit zwei Autos Abstand ebenfalls in den Parkplatz ab, doch als Nancy es geschafft hatte, den unhandlichen Katzenbus einzuparken, fand sie den Mercedes nirgendwo.

Mr. Widow bot ihr seinen Arm, ein echter Gentleman, obwohl sie es war, die ihn stützte.

Wie in jener kalten Sturmnacht vor hundert Jahren, in der er sie in einer Mülltonne gefunden hatte.

So schritten sie gemeinsam durch das Tor des Zoos.

Niemand sah den riesigen braunen Kater in der Einkaufstasche, die an Nancys Arm hing.

Der Stadtzoo im Winter war eine surreale Angelegenheit.

Eine dünne Schicht Schnee bedeckte alle Wiesen, die nassen Gehwege glänzten im fahlen Halbsonnenschein wie Flüsse zwischen den weißen Flächen, die Zäune, Volieren und Gitter glitzerten matt wie wertvoller Schmuck, doch es gab nichts dahinter – alles, was hier eingesperrt war, war eine große Leere, die Tatsache des Verlassenseins, vielleicht etwas wie ein Abschied für immer.

Die Tiere hatten sich von der Menschheit und dem Gefangensein losgesagt, hatten die Stadt verlassen, und das allein bedeutete genug: Das Ende der Menschheit sprach aus diesem Zoo.

Nancy und Mr. Widow wanderten langsam zwischen den Gehegen entlang und betrachteten sie wie Bilder einer Ausstellung.

»Ich meine, sie sind natürlich noch da, oder?«, sagte Nancy. »Die Tiere. Sie sind nur drinnen. In den Häusern.« Sie sah sich um. »Und die Menschen sind auch noch da. Sie sind nur nicht im Zoo an einem Wochentag außerhalb der Ferien, bei diesem Wetter.«

»Alles ist noch da«, sagte Mr. Widow. »Man hat nur das Gefühl, es wäre verschwunden. In letzter Zeit habe ich es häufiger. Wahrscheinlich liegt es daran, dass ich selbst beginne, zu verschwinden.«

»Tun Sie das nicht«, sagte Nancy ehrlich. »Bitte.«

»Kümmert es Sie denn so sehr?«

Sie nickte. »Wer soll dann Katzen auf Rezept liefern? Wer soll Zuhörer für Geschichten liefern und Ausreden für Eier mit Speck oder Botschafter für schüchterne Verliebte oder ... all das?«

»Die Erde dreht sich auch ohne all diese Dinge weiter«, meinte Mr. Widow und blieb mit einem Seufzen stehen. »Vielleicht ist in der Stadt gar kein Platz mehr für schüchterne Verliebte oder Geschichtenvorleser. Das ist alles ein Relikt der Vergangenheit. Die moderne Welt hat keine Zeit dafür.«

Er stützte sich schwer auf seinen Gehstock, er hatte Nancy nach dem Tor losgelassen, um alleine zu gehen, doch jetzt sah er erschöpft aus; er wirkte, als könnte der nächste Windstoß ihn davontragen. Oder als wäre er wirklich dabei, sich aufzulösen, als wären seine Umrisse schon gar nicht mehr richtig vorhanden.

Nancy legte eine Hand auf seinen Arm. »Dann muss man die Welt zwingen, sich Zeit zu nehmen«, murmelte sie, aber sie wusste, dass das ein unsinniger Satz war.

»Entschuldigung. Klinge ich wieder wie Ihre Enkelin? Die auch nicht wahrhaben kann, dass Sie alt sind?«

Mr. Widow lächelte »Nein. Hannah hat kein Problem mit der modernen Welt. Sie ist ein Teil von ihr. Und ich begreife immer noch nicht, warum sie sich um mich kümmern will. Ich habe allerdings einen Verdacht.«

»Und der ist?«

»Es wäre unfair, ihn auszusprechen, ohne etwas Genaues zu wissen. Ich meine, ich habe Hannah sehr lieb, wissen Sie? Ich kenne sie, seit sie winzig ist ... Ich wünschte, ich könnte Angelika fragen, was sie über die Sache denkt.«

»Kannte sie Hannah noch?«

Mr. Widow nickte. »Ich habe Fotos davon, wie die beiden im Garten zusammen schaukeln, Großmutter und Enkelin, da war Hannah gerade ein Jahr alt ...«

»Woran ist Ihre Frau, Entschuldigung, gestorben?«
Mr. Widow sah auf die Uhr. »Wir sollten uns nicht ver-
trödeln. Wir sind in einer halben Stunde mit dem Zoodirektor beim Wildkatzengehege verabredet. Und dieser Zoo ist
unendlich groß.« Nancy nickte und wollte weitergehen, aber etwas war
seltsam. Die Tasche, dachte sie. Die Einkaufstasche an
ihrem Arm war viel zu *leicht*.

Sie sah hinein. Die Tasche war leer.

Und als sie aufblickte, sah sie gerade noch, wie ein brau-
ner Blitz durch das Gitter vor ihnen schlüpfte und zwischen
verschneiten toten Stauden verschwand. »Memphis!«, rief
sie. »Verdammt, komm zurück!«

Mr. Widow sah sich um und wies auf ein Schild am Gitter. »Können Sie von hier aus lesen, welches Tier dort ...
theoretisch ... ist?«

»Sibirischer Tiger«, las Nancy. »Oh. Mag der sibirische
Tiger nicht Schnee und Kälte?«

Mr. Widow nickte. Sie sahen eine Weile beide konzentriert durch die Gitterstäbe. Dahinter lag ein Graben, der
den Tiger wohl davon abhalten sollte, sich dem Gitter und
den leckeren Besuchern zu sehr zu nähern, doch im Moment war der Graben logischerweise zugefroren. Die Äste
einer Trauerweide hingen über den Graben, und dazwischen bewegte sich etwas Braunes: Memphis war auf dem
Weg über das Wasser. Sie sahen ihn auf der anderen Seite
durchs weiß bestäubte Wintergras streifen, sich den Felsen
nähern, die sich in der Mitte des Tigerreichs erhoben, auf
den untersten davon springen und sich umblicken.

Und dann sah Nancy noch etwas. Sie sah den sibirischen
Tiger. Oder besser gesagt: die sibirischen Tiger. Es waren
drei. Sie waren weiß wie der Schnee, ihre schwarzen Streifen wie Schatten, und sie lagen auf den Felsen. Direkt über
Memphis.

153

»Mein Gott«, flüsterte Nancy. »*Sieht* er sie nicht? *Riecht* er sie nicht?«

»Wir sollten ihn da rausholen«, murmelte Mr. Widow. Aber ehe sie irgendetwas tun konnten, hob Memphis den Kopf und sah dem größten der Tiger in die Augen. Sie schienen ein stummes Zwiegespräch zu führen, und Nancy, die sich dicht ans Gitter presste wie ein neugieriges Kind, fühlte ihren Puls rasen.

Dann öffnete der Tiger sein gut bezahntes Maul weit – und gähnte. Und danach schloss er kurz die Augen und legte den Kopf auf die Vorderpfoten. Memphis drehte sich zu Nancy und Mr. Widow um.

*Nichts los mit diesen dicken großen Langweilern,* schien er zu sagen. *Ich habe sie gefragt, ob sie mit mir jagen, aber sie sind viel zu bequem. Sie sagen, sie kriegen ihr Futter hier frei Haus geliefert, frische Kaninchen oder Hühner, zerkleinert, geschält und entkernt, und es ist völlig unnötig, sich den Pelz beim Rennen zu verschwitzen. Hah! Die Bequemlichkeit hat sie blöd und faul gemacht. Wer ist hier der König im Revier? Ich bin der König!*

Damit schüttelte Memphis sich, sprang mit ein paar Sätzen bis zum obersten Tigerfelsen und sah einen Moment auf den Zoo hinab. Schließlich sauste er die Felsen wieder hinunter, verschwand abermals im hohen Gras, und eine Weile sah man nur sich bewegende Halmspitzen. Die Tiger folgten der Bewegung ebenfalls, träge, mit halb geschlossenen Augen.

Dann tauchte der Kater direkt am Graben wieder auf und sprang aufs Eis hinaus. Im Maul trug er eine stattliche tote Ratte.

»Memphis!«, rief Mr. Widow. »Bringst du uns diese wunderschöne Ratte her?«

*Nein,* sagte Memphis' Blick. *Wozu? Ich esse sie.*

Und er nahm mitten auf dem Eis, beobachtet von den

154

Tigern, ohne Eile seine kleine Zwischenmahlzeit ein. Schließlich verschwand er noch einmal im Gras, kehrte diesmal mit einem toten Spatzen zurück – in den Augen die pure Unschuld: *Vögel? Verboten? Ja, aber das hier ist doch nicht Ihr Garten, Widow, Alter, da wollen wir doch nicht so sein!* – und machte sich endlich auf den Weg zurück.

Als er durch das Gitter schlüpfte und auf Mr. Widows Schulter sprang, ließ er den Spatzen in seine Hand fallen. Er hatte ihn offenbar für die Menschen mitgebracht. »Sehr nett«, sagte Mr. Widow. »Wir … essen ihn später, ja?«

Er stopfte den Spatzen in die Einkaufstasche, aber Memphis selbst war nicht mehr dazu zu bewegen, in die Tasche zu steigen. Da ohnehin niemand im Zoo war, ließen sie ihm seinen Willen.

Zwar musste Nancy ihn davon abhalten, im Elefantenhaus, in das er schlüpfte, einen der Bewohner zu jagen (»Das kannst du sowieso nicht aufessen, Memphis«), aber letztlich ging alles gut. Und Nancy und Mr. Widow lachten viel auf dem Weg zum Wildkatzengehege.

»Komisch«, sagte Nancy, als sie beinahe dort waren. »Ich habe nie mit jemandem so viel gelacht.«

»Hatten Sie nie einen – wie sagt man das heutzutage – festen Freund? Mit dem sie lachen konnten?«

»Nein. Ja. Er hatte es nicht so mit Lachen. Er hat sehr auf Gesundheit geachtet und darauf, dass ich perfekt aussah. Wir sind zusammen gejoggt. Aber gelacht haben wir fast nie. Er … er hat mich sozusagen gerettet. Ich hatte eine sehr schlechte Zeit damals, da war ich sechzehn, keine Lust auf Schule, falsche Freunde, Stress mit meinen Eltern, na ja, sechzehn eben. Und irgendwie hing ich die meiste Zeit irgendwo auf der Straße rum. Zu viel Alkohol, und noch ein paar andere Sachen. Nicht mehr zur Schule gegangen, Ladendiebstähle, was man so macht. Das hat eine Weile gedauert, irgendwann war ich achtzehn und hing immer noch rum, ich weiß nicht, ich hatte die Füße irgendwo in der Luft zwischen Parkbänken, Elterngesprächen und Vollrausch ... Und dann stand Kai da. Eines Tages. Er tauchte einfach so auf, wie aus dem Nichts. Hat mich auf der Straße angesprochen, mich gefragt, ob ich mit ihm mitgehe. Gegen Geld. Dieser wahnsinnig gutaussehende Mann, älter als ich natürlich, aber nicht so sehr. Jung geblieben. Einfach ein unglaublicher Typ. Ich habe ja gesagt, ja natürlich, und: Kommt auf den Preis an, oder irgend so was Dummes. Er hat mich mit in seine Wohnung geschleppt und mir erst mal den Kopf gewaschen. Wie ich auch nur an so was denken könnte. Mit fremden Männern mitzugehen, gegen Geld. Er hat mich von der Straße weggefangen wie eine ... vielleicht wie eine Wildkatze. Und das war der Anfang der Sache mit Kai. Kein Alkohol mehr, keine Drogen, der ganze Weg zurück, und er hat aufgepasst ...«

Sie verstummte. Sie war drauf und dran gewesen, Mr. Widow die Wahrheit zu erzählen. Die ganze.

Wie erleichternd es gewesen wäre, das zu tun!

»Aber Sie haben nie mit ihm gelacht?«

Nancy zuckte die Schultern. »Egal. Es ist lange her.«

»Wo ist er jetzt? Ihr Kai? Wollte er nicht mit Ihnen auf Weltreise gehen?«

»Nein«, sagte Nancy. »Nein, ich schätze, das wollte er nicht.«

Und dann waren sie beim Wildkatzengehege, und Nancy atmete auf. Du redest dich noch um Kopf und Kragen, schalt sie sich selbst lautlos. Plötzliche Ehrlichkeitsanfälle haben schon eine Menge Leute hinter Gitter gebracht.

Die sibirischen Tiger vielleicht.

Der Zoodirektor stand neben dem Schild der Wildkatze und sah erleichtert aus, als sie kamen.

»Die Verspätung liegt an den Tigern«, erklärte Nancy.

»An den sibirischen. Unsere Wildkatze hatte … etwas mit ihnen zu klären.«

Der Direktor schloss leicht verwundert die Tür zum Innengehege auf, das einen mit Stroh bestreuten Boden und eine Menge kahler Kletteräste enthielt. *Was ist das?*, fragte Memphis' interessierter Blick. *Das Klo?*

»Nein, das ist jetzt für eine Weile dein Zuhause«, sagte Nancy sanft. »Aber das richtige Zuhause findest du draußen. Schau!«

Der Zoodirektor machte die Verbindungsklappe auf, und sie sahen gemeinsam in ein Wirrwarr aus ineinander verschlungenen Ranken und hohen Bäumen: ein Stückchen deutscher Urwald von vor fünfhundert Jahren, hoch oben überdacht wie eine Vogelvoliere. Memphis verschwand darin wie in einem Bild. Man konnte es natürlich nicht genau sagen, aber sein Rücken sah glücklich aus, als er verschwand.

»Gibt es genug da drin, das er jagen kann?«, erkundigte sich Mr. Widow. »Sonst laufen wir Gefahr, dass er einen Weg hinaus findet und im Rest des Zoos auf Jagd geht.«

»Oh, wir sorgen immer für genügend Kleintiere.« Der Direktor lächelte. »Eigentlich hatten wir gehofft, die Besucher könnten den Wildkatzen beim Jagen zusehen.«

»Es waren mehrere?«

Der Direktor nickte. »Ein Weibchen und ein Männchen.«

Nancy und Mr. Widow sahen sich an. Es war nur zu klar, warum die Katzen gegangen waren. Ein Weibchen und ein Männchen. Wer möchte schon, dass so über ihn gesprochen wird? Auch der Zoodirektor hatte offenbar ein Respektsproblem mit Katzen. Memphis würde darüber hinwegsehen. Solange er Spaß hatte.

»Sie haben aber nie gejagt«, meinte der Direktor nachdenklich. »Nun ja, wir werden alles tun, um sie zu finden und wieder einzufangen. Sobald sie zurück sind, bekommen Sie Ihre Katze wieder. Und bitte – zu niemandem ein Wort. Kein Besucher darf wissen, dass unsere Wildkatze eine zahme Hauskatze ist ...«

»Ein Kater, übrigens, allerdings ein kastrierter«, erklärte Mr. Widow. »Er heißt Memphis. Sie müssen dann nur noch hier unterschreiben ...«

Der Direktor verließ sie nach dem Treffen am Gehege, um anderswo nach dem Rechten zu sehen, und sie wanderten durch den Winterzoo zurück, ohne Memphis noch einmal gesehen zu haben.

Bei einer Bank blieb Mr. Widow stehen und stützte sich schwer darauf.

»Machen Sie sich keine Sorgen«, sagte Nancy. »Es geht dem Kater gut. Er hat nur jetzt damit zu tun, das neue Revier zu erkunden.«

»Ich mache mir keine Sorgen um den Kater«, flüsterte Mr. Widow. »Ich mache mir Sorgen darüber, wie wir zum Bus zurückkommen. Dieser Zoo ist ... zu groß.« Er holte tief Luft. »Schimpfen Sie mich einen Idioten, aber ich hätte nicht mitkommen sollen. Ich schaffe das nicht. Nicht zu Fuß. Ich ... ich muss mich einen Moment setzen. Das Herz ... der Kreislauf ... mir ist etwas ...«

Nancy half ihm auf die Bank, und auf einmal sah er aus wie ein noch viel älterer Mann, blass, in sich zusammengesunken, nicht mehr fröhlich. Schweißperlen standen auf seiner Stirn.

»Wenn ich sterbe, erbt Hannah das Haus«, wisperte er.

»Sie sterben doch nicht!«, rief Nancy. »Sie haben nur einen Schwächeanfall! Also, wenn Sie gerade dabei sind, zu sterben, dann hören Sie gefälligst auf damit!« Sie hörte ihren Feldwebelton, der nur ihrer Verzweiflung geschuldet war. »Ich kriege Sie schon irgendwie zum Wagen zurück!

Warten Sie hier!« Verdammt, dachte sie, das Handy, das er
ihr für Notfälle gegeben hatte, lag im Bus. Da lag es gut.
»Ja«, murmelte Mr. Widow. »Hier hat man doch eine
sehr schöne Aussicht auf ... das leere Giraffengehege.«
Dann schloss er die Augen.

Nancy rannte. Sie hatte irgendwo auf dem Hinweg eine
Art Kiosk gesehen ... sie rannte durch den leeren Zoo, ihr
eigenes Herz rasend, Mr. Widow durfte nichts passieren,
verflucht, es war nicht ihre Schuld, oder doch, sie hätte das
Handy einstecken müssen, sie hatte an zu viele andere Dinge gedacht: Katzen, Einkaufstaschen, Spazierstöcke, einen
silbernen Mercedes, fliegende Nilpferde ... Die Bilder und
Gedanken in ihrem Kopf rasten. Der stille Körper auf dem
Bett war wieder ganz nah, Mr. Widow durfte nicht sterben,
nicht wie der Mann auf dem Bett, sie hatte in der Tür gestanden, sie hätte niemals zurückkommen dürfen, sie hatte
ihn nicht umgebracht, sie hatte Mr. Widow nicht umgebracht, Mr. Widow lebte, aber wenn der silberne Mercedes
da war, war vielleicht auch die Goldlockenfrau irgendwo in
der Nähe ...

Da! Da war der Kiosk. Er war geschlossen. Natürlich.
Winter.

Aber es gab einen Getränkeautomaten davor, und Nancy
durchwühlte ihre Taschen nach Münzen. Sie fand welche,
halleluja!, etwas zu trinken hilft immer ... Sie hielt eine
Plastikflasche mit Limonade in der Hand. Was hatte sie
eben gedacht: Die Goldlockenfrau war in der Nähe?

Sie rannte wieder. Rannte zurück. Dort war das Giraffen-
freigelände, dort war die Bank ... Und dort hatte Mr. Widow gesessen. Genau dort. Aber er saß nicht mehr da.

Nancy kam keuchend neben der Bank zum Stehen, die
Limonadenflasche in der Hand, und starrte die leere Bank
an. So leer, dachte sie, wie die weiße Wiese hinter dem Zaun.
Verlassen. Sie sah auf.

Auf dem Weg lag noch immer dieses merkwürdige, fahle Halbsonnenlicht. Und am Ende des Weges, zwischen den Hecken, stand die Frau im schwarzen Minikleid. Als hätte sie geahnt, dass Nancy Sekunden zuvor an sie gedacht hatte. Als wäre sie nur deshalb hier. Das matte Licht glänzte auch auf ihrem Haar, und sie hob eine schlanke Hand mit rot lackierten Nägeln und winkte. Ihre Lippen, von dem gleichen Rot wie die Nägel, leuchteten durch den Tag wie eine Botschaft.

»Wo ist er?«, schrie Nancy. »Was hast du mit ihm gemacht?«

»Hier bin ich«, sagte Mr. Widow hinter Nancy, und sie fuhr herum. Er stand hinter einer niedrigen Hecke, nur wenige Meter entfernt und lächelte ein wenig verlegen. »Verzeihung, ich bin dann doch aufgestanden, weil ich mich wieder besser fühlte. Ich wollte Ihnen entgegengehen. Und dann habe ich das hier gefunden.« Er zeigte auf etwas wie einen kleinen Schuppen, und Nancy ging hinüber, ihre Knie auf einmal zitternd wie vor (oder nach?) einer Prüfung.

Die Tür des Schuppens, den Nancy zuvor nicht bemerkt hatte, stand offen, und darin waren hölzerne Bollerwagen in allen Farben abgestellt. Sie waren alle mit Ketten gesichert, aber man konnte eine Münze in das jeweilige Schloss werfen wie bei Einkaufswagen im Supermarkt, und auf diese Weise einen der Bollerwagen entleihen.

»Ich dachte, so komme ich vielleicht sicherer zurück zum Parkplatz«, sagte Mr. Widow. »Ich meine, ich kann mich nicht da reinsetzen, aber sehen Sie mal.« Er zeigte auf einen Stapel von Klappstühlen, die hinter den Bollerwagen in einer Ecke standen, verstaubt und schmutzig, vielleicht für größere Zoofeste gedacht oder einfach dort vergessen. »Wenn wir einen von denen in einen Bollerwagen stellen, könnte es gehen …«

Nancy nickte. Ihre Knie zitterten. Hatte sie sich die blonde Frau nur eingebildet?

Mr. Widow warf eine Münze ein, und Nancy befreite einen grün-roten Bollerwagen und hievte einen Stuhl hinein. Es war nicht ganz leicht, Mr. Widow *in* den Wagen *auf* den Klappstuhl zu bekommen, doch schließlich gelang es ihr. Und so zog sie wenig später einen rot-grünen Bollerwagen durch den winterlichen Zoo, in dem ein alter Herr auf einem Klappstuhl saß. Nein: thronte. Er thronte wie zuvor im Nachtkatzenbus, in der einen Hand seinen Gehstock, in der anderen die Flasche Limonade. Der Schwächeanfall schien vorbei, und die Limonade enthielt genug Flüssigkeit und Zucker, um ihn eine Weile über Wasser zu halten.

»Hey, das sollten Sie auch mal probieren!«, rief Mr. Widow. »Macht Spaß hier oben. Als unsere Tochter klein war, haben wir sie immer auf dem Schlitten herumgezogen, auf einem Berg von Kissen ... so ungefähr muss das gewesen sein. Ich wünschte, Angelika könnte mich sehen. Widow, den alten Trottel, auf einem Bollerwagen.«

Nancy lächelte. Mr. Widow würde vielleicht nicht mehr ewig leben, aber bis er damit aufhörte, schien er durchaus daran interessiert, noch eine Menge Spaß zu haben.

Als sie auf dem Rückweg an der Kamelwiese vorüberkamen, bewegten sich dort in der Ferne zwei kleine dunkle Gestalten über den Schnee. Höckerlose Gestalten. Nancy blieb stehen. Die Gestalten kamen näher, und da waren es ein Mann und ein Hund, die mit einem Stock spielten – so ausgelassen, als hätten sie bis eben in einem Gefängnis für Männer mit Hunden gesessen, angeleint und geknebelt, und wären nun glücklich, sich wieder bewegen zu dürfen. Der Mann sah etwas unförmig aus; oben herum war er eher pummelig, aber seine Beine ragten als dünne Strich aus der Masse des Oberkörpers heraus wie bei Kinderzeichnungen. Er schleuderte den Stock weit von sich, in Nancys und Mr. Widows Richtung, wo er hinter dem Zaun liegen blieb; dann rannten beide, Mann und Hund, gleichzeitig hin. Der Hund gewann die Wette. Es war ein großer schwarzer Zottelhund, und als er hechelnd hinter dem Zaun mit dem Schild *Kamel* stand, den Stock quer im Maul, da kam er Nancy sehr bekannt vor.

»Du bist kein Kamel«, stellte sie fest.

*Nö,* sagten die Augen des Hundes. Dann wirbelte er herum, um an seinem Herrchen hochzuspringen, das keuchend neben ihm zum Stehen kam. Die Unförmigkeit seines Körpers erklärte sich dadurch, dass er unter dem Wollpullover offenbar noch mehrere andere Dinge übereinander trug, eine Art Michelin-Effekt.

»Ron«, sagte Nancy erstaunt. »Was machen Sie hier? Haben Sie es geschafft, Ihre Mutter in einen *Hund* zu verwandeln?«

Er schüttelte den Kopf und lachte. »Leider nein.« Er sah sich nach allen Seiten um, als könnten irgendwo lauschende Spitzel lauern. »Wir treffen uns heimlich hier. Misty und ich. Also, Misty ist der Hund. Er wohnt im Moment bei einem Bekannten, er musste ausziehen wegen der Katzen.« Er wuschelte Misty durchs Fell, woraufhin Misty ihn umwarf und sie eine Weile miteinander durch den Schnee kugelten. Als Ron schließlich aufstand und sich den Schnee aus dem Fell – Verzeihung, dem Pullover – klopfte, sah er zum ersten Mal, seit Nancy ihn kennengelernt hatte, glücklich aus.

»Sie kennen sich?«, fragte Mr. Widow etwas erstaunt.

»Flüchtig«, sagte Nancy und spürte, wie ihr heiß wurde. Als wäre es aus irgendeinem Grund verboten, Ron zu kennen. Er gehörte nicht zur Vergangenheit. Sie durfte nicht anfangen, Dinge zu verwechseln, natürlich kannte sie Ron, es gab nichts zu verbergen.

»Ach, und gut, dass ich Sie treffe«, sagte Ron, an Mr. Widow gewandt. »Ich möchte die Katzen verlängern. Auf ... unbestimmte Zeit.«

Mr. Widow nickte. »Nancy? Wir haben das Buch doch bei uns. Sehen Sie nach, ob irgendeine der von Herrn Linden entliehenen Katzen in nächster Zeit vorgemerkt ist für einen anderen Außentermin?«

Nancy schlug das Buch auf. »Bei einem Kater namens Figaro steht Entflohungstag. Nächsten Dienstag. Sonst nichts.«

»Oh, das kann Herr Linden selbst machen, Flohmittel gibt es in der Apotheke«, meinte Mr. Widow leichthin. »Man muss es nur regelmäßig wiederholen, daher steht es im Buch.«

»Figaro?«, fragte Nancy. »Welche Ihrer Katzen heißt denn Figaro, Ron?«

»Oh, ich ... äh«, sagte Ron und sah etwas gequält aus. »Ich hatte mir nur gemerkt, dass es irgend so was in der Richtung war ... ich nenne ihn Friseuse.« Er verrenkte den Kopf ein wenig und sah auf Mr. Widows Uhr. »Ich fürchte, wir sollten demnächst los. Meine Mutter wird irgendwann vom Shoppen zurück sein. Ich frage mich, wie lange es dauert, bis sie die ganze Stadt leer gekauft hat.«

Er kletterte über den Zaun, während Misty darunter durchschlüpfte, und sie schlenderten gemeinsam den Weg entlang, Nancy, Ron, der Hund und der Bollerwagen mit dem Stuhl und Mr. Widow im Schlepptau. »Wo ist denn Ihr Freund, bei dem Sie den Hund ... geparkt haben?«, fragte Nancy.

Ron sah sich um. Dann zeigte er auf die steinerne Skulptur eines Nilpferdes vor dem Nilpferdhaus. Oben auf dem Kopf des Nilpferds saß mit übereinandergeschlagenen Beinen ein beleibter älterer Herr mit Hut und las in einem kleinen Buch. Als er aufsah, erkannte Nancy ihn.

»Doktor Uhlenbek?«, fragte sie verblüfft.

Mr. Widow nickte. »Er übernimmt bisweilen kleine Randaufgaben für mich«, sagte er.

Der alte Arzt kletterte etwas mühsam von dem Nilpferd und lächelte breit. »Als ich klein war, bin ich immer mit meiner Sandkastenliebe hier raufgestiegen«, erklärte er entschuldigend. »Das Nilpferd hatten sie damals schon. Na, dann werde ich wohl meine kleine Randaufgabe wieder an die Leine nehmen und nach Hause schleifen.« Er seufzte. »Wie lange soll das denn noch dauern? Der arme Kerl jault sich jeden Abend die Seele aus dem Leib nach Ihnen, Linden.«

»Nur noch ein paar Tage, versprochen«, sagte Ron. »Wollen wir noch eben den Nilpferden guten Tag sagen?«

Aber die Nilpferde in ihrem warmen Nilpferdhaus schliefen, sie waren nichts als graue Felsbrocken mit langsamen Atembewegungen. Ron stand lange still an der Scheibe und sah sie an.

Nancy stand neben ihm, sie hatten den Bollerwagen und die alten Herren draußen gelassen, wo sie weiter über die Vergangenheit sprachen, die noch voller steinerner Nilpferde und kletternder Kinder gewesen war.

»Früher habe ich stundenlang hier gesessen und sie gezeichnet«, sagte Ron leise. »Sie haben etwas Geheimnisvolles. Weshalb sie fliegen müssen. In meinen Bildern. Aber die meisten Menschen lachen nur darüber und nehmen die Nilpferde nicht ernst. Sie sind ernster als, sagen wir, Katzen. Katzen lachen eigentlich über so gut wie alles.« Er sah Nancy von der Seite an. »Haben Sie nicht den Eindruck?«

»Ich weiß nicht …«

»Ich glaube fast, sie machen Winterschlaf«, sagte Ron und wandte sich wieder den atmenden Steinen zu. »Oder vielleicht schläft alles nach und nach einfach ein. In der Stadt. Auf der Welt. Irgendwann ist nur die Elektronik wach. Die Ampeln springen von Grün auf Gelb auf Rot, die Computer berechnen das Datum, die S-Bahnen fahren ... aber alles Leben schläft.«

»Ich habe heute darüber nachgedacht, ob alles einfach verschwindet«, murmelte Nancy. »Es kommt wahrscheinlich auf dasselbe heraus.«

Er nickte. »Alles Lebendige wird irgendwann überflüssig. Vielleicht können die Shops in der Innenstadt oder die im Internet lernen, bei sich selber einzukaufen. Dann braucht man nicht einmal mehr Mütter, um die Wirtschaft am Laufen zu halten.« Er legte seine wie immer farbverschmierten Hände an das Glas. »Vielleicht mache ich Flugobjekte, damit die letzten Lebewesen irgendwann entkommen können.«

»Wohin entkommen?«

Er zuckte die Schultern, und eine Weile sagte keiner von ihnen etwas.

Es hatte etwas seltsam Vertrautes, so nebeneinander vor den schlafenden Nilpferden zu stehen und schweigend der Wintermelancholie nachzuhängen.

»Wie geht es denn den Nilpferden auf Ihren Bildern?«, fragte Nancy schließlich.

»Danke«, erwiderte er. »Es geht ihnen gar nicht. Ich male jetzt Katzen. Wenn ich genügend Katzen gemalt habe, geht sie vielleicht, dachte ich. Meine Mutter. Und lässt ein bisschen Geld da. Es müsste ja nur genug sein, um über den Winter zu kommen. Oder vielleicht ein winziges bisschen mehr. Ich würde Cynthia gerne zum Essen ausführen. Wenigstens ein Mal.«

»Hat sie sich denn gemeldet?«

Er nickte. »Sie hat angerufen. Und gesagt, sie würde mich gerne treffen. Von ihr aus könnten wir auch über Tapeten

sprechen, aber sie würde mich gerne sehen. Das ist ein Anfang, oder?«

Sein Grinsen war unerträglich verliebt.

»Es gibt Menschen«, sagte Nancy langsam, »die haben
es mehr auf das Geld von Leuten abgesehen als auf die
Leute selbst.«

»Reden Sie keinen Unsinn! Ich *habe* kein Geld. Nicht
einen überflüssigen Cent.«

»Noch nicht.«

»Das ist doch lächerlich!« Er klang jetzt fast verärgert.
Nein. Er *klang* verärgert. »Ich habe Cynthia nicht erzählt,
wie viel Geld meine Eltern haben oder wer sie sind; sie weiß
überhaupt nichts darüber! Nur, dass meine Mutter mich
besucht.«

Nancy schluckte. »Sie ist hier. Im Zoo.«

Ron zuckte zusammen. »Meine Mutter?«

»Nein. Cynthia. Ich habe sie gesehen.«

»Aber Sie ... Sie kennen sie nicht.«

»Sie hat goldene Locken, trägt ein schwarzes Minikleid
und schminkt sich die Lippen und die Nägel rot«, sagte
Nancy.

»Das stimmt«, sagte er, etwas verwirrt.

Nancy nickte. »Vor einer Woche ist in dieser Stadt in
einem Außenbezirk ein junger Mann tot aufgefunden
worden«, sagte sie dann ganz leise. »Sie haben vielleicht in
der Zeitung was drüber gelesen. In den letzten Wochen vor
seinem Tod wurde er häufiger mit einer Frau zusammen
gesehen, die goldene Locken und einen sehr rot geschminkten Mund hatte. Die Polizei hat sie nie gefunden.«

»Woher wissen Sie das?«

»Das hört man so. Liest, meine ich natürlich. Man liest
es. Lesen Sie nie Zeitung?«

»Ich benutze Zeitungen eigentlich nur, um Bilder zu ver-
packen«, sagte Ron und löste sich von dem Nilpferdglas.

»Und wenn ich es nicht genau wüsste, würde ich denken, Sie sind eifersüchtig. Ich glaube keinem Märchen über Cynthia und tote Männer. Sie haben eine blühende Phantasie.«

Damit verließ er das Nilpferdhaus; sie hörte ihn draußen nach Misty pfeifen.

Nancy blieb einen Moment alleine mit den melancholischen Dickhäutern. Sie ballte die Fäuste und öffnete sie wieder. Vielleicht hatte Ron Linden recht. Vielleicht hatte sie nur eine blühende Phantasie. Lindens Freundin oder Möchtegern-Freundin hatte durch einen Zufall auch blondes Haar und rote Lippen. Na und? Es gab Tausende von blonden Frauen mit rotem Mund.

Aber warum saß eine von ihnen nachts in einem Baum in Mr. Widows Garten? Und warum schlich eine zwischen Giraffengehegen und Affenhäusern umher und zog es vor, sich in Luft aufzulösen, wenn Nancy erschien?

Und dann geschah noch etwas. Etwas Seltsames.

Zunächst chauffierte Nancy nur Mr. Widow nach Hause, verschob das Zurückbringen des Einkaufswagens einmal mehr und brachte eine Katze zu dem Buchhändler, den sie bereits kannte. Diesmal bekam er Moorchen, eine schneeweiße Katze mit gelben Augen. Mr. Widow hatte Nancy erklärt, dass sie Moorchen hieß, weil er sie bei einem Ausflug in ein Moor gefunden hatte.

Der Buchhändler war gerade dabei, die Hausfrauen für den nächsten Hausfrauentag zu buchen, winkte Nancy nur zu und sagte, sie sollte die Katze irgendwo ablegen. »Hausfrauen werden auch immer teurer …«, hörte sie ihn murmeln.

Sie legte Moorchen in der Küche ab, wo auf der kleinen Anrichte ein Teller mit Schinkenbroten stand. Falls der Buchhändler die Brote für sich geschmiert hatte, dachte

Nancy, war er selber schuld. Irgendwo ablegen. Also wirklich.

Und dann, als es Abend war und sie die Katzen zum Essen rief, geschah das Merkwürdige.

Draußen vor der Terrassentür lag ein Zettel. Beschwert mit einem Stein. Nancy entfaltete ihn und las: *Zählen Sie mal Ihre Katzen. Fehlen da nicht zwei?*

Die Schrift war schön. Sehr geschwungen.

»Was zum Teufel ist das?«, fragte Mr. Widow, der neben Nancy getreten und über ihre Schulter mitgelesen hatte.

»Keine Ahnung«, sagte Nancy. »Ein Witz?«

Mr. Widow lachte, damit es ein Witz war. Sie bemühte sich, auch zu lachen.

»Hallo?«, rief Mr. Widow dann. »Ist da jemand?«

Doch niemand antwortete. Und es war auch niemand im Garten, Nancy war sich ziemlich sicher.

Sie ging in die Küche, wo die Katzen saßen und aßen. Es schienen zu wenige zu sein.

»Die Tibbytigerin und Kuh fehlen«, stellte Mr. Widow fest, als er hinter sie trat, schwer auf seinen Stock gestützt. »Und zwei von den Kätzchen aus dem neuen Wurf. Verflixt. Sehen Sie in der Speisekammer nach, Nancy, ob jemand dort die Eier bebrütet oder mit den Milchkartons schmust.«

Doch die Speisekammer war leer. Also bis auf Speisen. Die Tibbytigerin, die beiden Kätzchen und Kuh waren wirklich verschwunden. Egal, wie oft Nancy sie im Garten auch rief, niemand kam.

Aber vor der Terrassentür lag jetzt ein zweiter Zettel. Nein, sagte Nancy sich, er musste eben schon dagelegen haben, nur hatte sie ihn nicht gesehen.

*Das ist erst der Anfang,* stand darauf. *Wir haben Größeres vor. Vielleicht wäre es klug, einen Teil des großen Erbes jetzt lockerzumachen.*

»Was soll das heißen?«, fragte Mr. Widow. »Ist das ein Witz von irgendwem? Ich begreife den Zusammenhang nicht.« Er suchte nach seinem Stofftaschentuch und fand dabei etwas anderes in der Tasche seines Jacketts. Katzenhaare. Eine Weile betrachteten sie sie beide. Es waren feine, kurze Härchen wie von sehr jungen Katzen.

»Auf jeden Fall nicht von Memphis …«, meinte Mr. Widow. »Er passt überhaupt nicht in die Tasche … Mir ist fast, als hätten wir einen anderen blinden Passagier mit zum Zoo genommen. Oder zwei. Da stecken also die beiden Kätzchen, denen geht's gut.« Er zuckte die Schultern, betont sorglos. Als würde sich die ganze Sache als Scherz entpuppen, wenn er nur sorglos blieb. »Die Tibbytigerin und Kuh treiben sich sicher auch nur irgendwo herum. Wir finden sie gleich und holen sie nach Hause. Ich meine, die Tibbytigerin da draußen, allein … keiner weiß, was sie auszubrüten versucht.«

»Hoffentlich keine Erkältung«, murmelte Nancy und schlüpfte in ihren Mantel. Es war sinnlos, hinaus in die Nacht zu gehen und die Katzen zu suchen.

Seltsam, dachte sie, während sie ihre Mütze aufsetzte. Sie hatte die schöne, geschwungene Schrift auf dem Zettel sofort erkannt. Es war ihre eigene.

# 8

Als Nancy endlich ins Bett fiel, war es beinahe Mitternacht, und ihre Füße waren Eisklumpen. Es war ihr zu umständlich gewesen, noch über das Klo zu klettern und warm zu duschen, sie kroch einfach unter die Decke.

Mr. Widow und sie hatten stundenlang nach den beiden fehlenden Katzen gesucht, sie waren die ganze Umgebung abgelaufen, Mr. Widow schwer und immer schwerer auf Nancy gestützt, doch schließlich hatte er aufgegeben.

»Gehen wir nach Hause«, hörte Nancy ihn noch sagen, seine Stimme älter als sonst, alt wie Pergamentpapier aus einer Museumsvitrine. Als wäre der ganze Mr. Widow eigentlich schon lange gar nicht mehr wahr, genau wie sein Haus, die Katzen, die Bücherwände, die Gemächlichkeit und Nostalgie, die zwischen den Wänden schlummerte.

Als wäre all das nur noch ein Trugbild.

»Gehen wir nach Hause, es hat keinen Zweck.«

Sie hatte ihn bis ins Bett gebracht, hatte ihm in den Pyjama geholfen wie schon einmal, ihm ein Glas Wasser und seine Medikamente gebracht, Alte-Leute-Medikamente, kleine weiße Pillen gegen Herzbeschwerden, Atembeschwerden, Daseinsbeschwerden, die doch die Katzen nicht zurückbrachten.

»Sie sitzen jetzt irgendwo auf einem Sofa und essen Wurst und haben eine wundervolle Zeit«, sagte Nancy laut in die Stille ihres winzigen Zimmers. »Es ist nur ein dummer Streich von irgendwem, Hauke vielleicht oder dem Doktor, und morgen bringt wer-auch-immer sie zurück.«

Die Kaffeekatze schmiegte sich an ihren Hals, als wollte sie sie trösten, aber Nancy glaubte die Worte selbst nicht ganz.

»Was wird passieren, wenn Mr. Widow eines Tages wirklich verschwindet?«, flüsterte sie dann, ganz leise. »Wenn er eines Tages nicht mehr da ist? Was passiert mit dem Haus, mit den Katzen ... mit ... allem?«

»Aber das weißt du doch«, sagte eine sanfte Stimme aus der Dunkelheit heraus. »Jemand erbt den ganzen Kram. Jemand, der ihn bis zum Schluss gepflegt hat. Der dabei war, als er starb, und seine Hand hielt. So ist es immer. Und das ist der Zweck der ganzen Übung.«

Nancy lag stocksteif und starrte in die Schwärze. Sie war nicht sicher, aber am Fenster schien jemand zu stehen. Eine Frau mit blonden Locken, sie ahnte es.

»Nein«, wisperte sie.

»O doch«, sagte die sanfte Stimme. »Und dann wird es Zeit, weiterzuziehen. Eigentlich drehen wir doch nur ein Ding pro Stadt. Aber natürlich hast du recht, wenn du sagst, dass das erste hier gründlich danebengegangen ist. Wie hieß der arme Junge? Arthur ... Arthur von sonst wie, auch so ein von ...«

»Ich wollte nicht, dass er stirbt«, wisperte Nancy. »Es war ein Versehen. Es war ...«

»Sch, sch, reg dich nicht auf!«, sagte die Stimme. »Schlecht für den Teint. Dein Äußeres ist das Wichtigste, vergiss das nie! Denk daran, was Kai sagen würde.«

»Aber das mit Mr. Widow ... es war ein Zufall.«

»Ach so? Ein sehr zufälliger Zufall. Denn zufällig stand er auf Kais Liste. Ach, das erstaunt uns aber, was?« Sie lachte leise.

»Ich wusste nicht, dass er auf der Liste stand«, sagte Nancy trotzig. »Und ich erinnere mich daran, wie ich jede einzelne dieser verdammten goldenen Locken abgeschnitten und im Klo heruntergespült habe. Warum sind sie immer noch da?«

Die Kaffeekatze schmiegte sich ein wenig enger an sie. Nancy spürte, dass sie etwas sagen wollte, aber sie konnte ihre Augen nicht sehen, ihren Blick nicht deuten. »Verstehst du es?«, flüsterte sie, an die Katze gewandt. »Verstehst du, wie das möglich ist?«

»Das Verschwinden der Katzen ist nur der Anfang. Eine interessante Idee«, sagte die Stimme.

Nancy tastete nach dem Lichtschalter.

Doch es gab keinen Lichtschalter. Dort, wo er sein sollte, neben ihr an der Wand, war nichts als alte Tapete. Da begriff sie, dass sie träumte, und sie versuchte mit aller Kraft aufzuwachen.

Als es ihr gelang, fiel goldenes Wintermorgenlicht auf ihre Decke.

Niemand stand mehr am Fenster. Die Kaffeekatze war fort.

Es war sieben Uhr früh.

Das Erste, was Nancy beim Frühstück dachte, war, dass Mr. Widow schlecht aussah. Alt, älter noch als am Abend, grau und müde. Er war vor ihr aufgestanden und hatte den Tisch gedeckt, und als sie in die Küche kam, saß er mit vier Katzen auf dem Schoß und zwei auf den Schultern da und betrachtete nachdenklich ein Scone auf seinem Teller. Es war, als hätte er sich mit all den Katzen zugedeckt, um nicht zu frieren. Draußen wehte ein blasser Morgen ums Haus, rosa und blau zwischen Wolkenschlieren, eigentlich ganz hübsch. Wäre ein Nilpferd hindurchgeflogen, man hätte den Himmel malen können.

Das Zweite, was Nancy dachte, war: Es klingelt an der Haustür, und: Das ist jemand, der die Katzen gefunden hat und zurückbringt.

Ihr dritter Gedanke, während sie die Haustür öffnete, war: Hauke, und ihr vierter und fünfter: O nein, und Gummistiefel ausziehen. Aber Hauke war schon an ihr vorbeigestapft und stand im Wohnzimmer, auf dem Teppich.

»Ich leih noch mal 'ne Katze«, sagte er. »Die machen 'nen zweiten Angelwettbewerb, weil das Eis wohl dies' Jahr länger halten soll, der ist nächste Woche, und diesmal üb ich vorher richtig und gewinn. Ich brauch dieses Preisgeld. Und dazu muss nachmittags ein paarmal frei sein. Also welche Katze ist am allergensten?«

Nancy schüttelte den Kopf über das Wort und fragte sich, wo er das gelernt hatte. »Mich interessiert im Moment so ziemlich alles außer Angelwettbewerbe«, knurrte sie. »Kannst du dir nicht die Stiefel abputzen? Oder sie ausziehen?«

»Oh, 'tschuldigung«, sagte Hauke halbherzig und putzte sich die Stiefel ab – an dem Perserteppich, auf dem er stand. Dann besah er sie sich von unten, zuckte resigniert die Achseln und zog sie aus.

Während er Nancy in die Küche folgte, fragte sie sich plötzlich, ob die ganze Sache mit den Zetteln nur ein Streich war. »Hauke«, fragte sie, »hast du zufällig zwei Katzen … ausgeliehen und einen komischen Zettel geschrieben?«

Aber woher hätte Hauke gewusst, wie Nancys Schrift aussah?

»Nö«, sagte Hauke. »Morgen, Widow.« Er stellte die Gummistiefel ordentlich ab – zwischen der Orangenmarmelade und den Scones auf den Tisch. »Kann ich 'ne Katze? Ich nehm auch Timothy. Ich muss noch mal eisangeln üben und …«

In diesem Moment klingelte es erneut, doch diesmal schloss die Person, die geklingelt hatte, die Tür selbst auf und flötete ein fröhliches »Guten Morgen!« durchs Haus. Hannah.

Mr. Widow hatte ihr also einen Haustürschlüssel gegeben.

Sie wirbelte in die Küche, fröhlich wie ein Sonnenstrahl Extasy, umarmte ihren Großvater, runzelte die Stirn über die Stiefel auf dem Tisch und sagte:»Ich habe Brötchen mitgebracht. Gott, Grandpa. Du siehst furchtbar aus. Nimm doch die Katze vom Kopf.«

»Aber ich friere«, sagte Mr. Widow eigensinnig.

»Das ist Pelzmütze«, erklärte Hauke.»Sie tut das immer. Ich nehm so ein Mohnbrötchen. Und Honig. Gucken Sie, da ist Timothy schon, der will dringend angeln. Wenn wir üben, wird das schon was. Ich kann allerdings nichts bezahlen, wir machen das so, dass Sie am Gewinn beteiligt werden. Ich gewinn das Eisangeln, und Sie kriegen, sagen wir, zehn Prozent der Summe. Kann ich die Marmelade? Igitt, die schmeckt ja nach Orangen.«

Hannah hatte während Haukes Redeschwall die ganze Zeit über Mr. Widow angesehen, und jetzt legte sie ihre Hand auf seine.»Grandpa«, sagte sie noch einmal, sanft, und ignorierte Hauke.»Was ist los? Es geht dir doch nicht gut. Ist es wieder das Herz?«

»Ich … zwei Katzen fehlen«, sagte Mr. Widow.»Und wir hatten einen seltsamen Zettel im Garten. Mehrere Zettel.« Er schüttelte den Kopf.»Als hätte jemand die Katzen entführt.«

»Katzen? Entführt? Das ist doch Unsinn«, sagte Hannah. »Grandpa, bist du sicher, dass du das nicht geträumt hast?«

»In diesem Fall hätte ich es auch geträumt«, wandte Nancy ein, und Hannah fuhr herum.»Ach, hallo, Nancy«, sagte sie, als wäre ihr Nancys Anwesenheit eben erst aufgefallen. Nicht unbedingt positiv. Sie streichelte die Hand ihres Großvaters und sagte:»Ich habe darüber nachgedacht, ob es nicht besser wäre, doch zu dir zu ziehen. Was denkst du? Jetzt, wo ich dich so sehe … Mama hat angerufen und gefragt, wie es dir geht. Sie fand auch, ich sollte besser hier wohnen. Falls was ist.«

»Was soll denn sein?«, knurrte Mr. Widow. Dann räusperte er sich und sagte etwas freundlicher: »Das ist lieb von dir, Hannah-Darling, aber es ist nicht nötig. Nancy ist ja hier. Nötiger wäre es, dass du dir Gedanken darüber machst, wer meine Katzen entführt haben könnte. Du bist doch ein kluges Kind, das hast du von deiner Großmutter geerbt, Angelika ... vielleicht wirst du aus dem hier schlau.« Er holte die beiden Zettel aus der Tasche seines rot-grün karierten Morgenmantels und schob sie zu Hannah hinüber, zusammen mit dem Teller Scones. »Und nimm doch ein Scone. Ich habe sie selbst gemacht. Sie sind viel besser als alle deutschen Brötchen.«

»Vor allem mit Orangenmarmelade«, sagte Nancy mit einem aufreizenden Lächeln und schob die Marmelade ebenfalls zu Hannah.

Hannah schob beides weg. »Danke, ich versuche im Moment, mich von Vollkornprodukten zu ernähren«, murmelte sie und beugte sich über die Zettel. »Weibliche Schrift«, stellte sie fest.

Nancy versuchte, langsam und gleichmäßig zu kauen.

»Kein Kind«, sagte Hannah.

»Nee, so ordentlich schreibt kein Kind, was«, sagte Hauke und teilte sein Brötchen mit Timothy, der zuerst allerdings versuchte, die Tischdecke zu essen, auf die etwas Butter gekleckst war.

»Was denkst du, soll ich zur Polizei gehen?«, fragte Mr. Widow.

Hannah wiegte nachdenklich den Kopf mit dem hübschen blonden Zopf.

»Ich würde erst mal abwarten«, sagte sie. »Sei mir nicht böse, Grandpa, aber die Polizei nimmt Katzenentführungen möglicherweise nicht ganz ernst.«

Mr. Widow nickte grimmig. »Wir machen also weiter wie bisher und achten auf auffällige Dinge«, sagte er. »Dann haben wir heute eine Hyposensibilisierung auf Rezept auf der Liste und den Tausch der Katze Liebchen, außerdem muss Kuh zu ihrer Vorleserin ... Nein.« Er seufzte. »Du wirst jemand anderen nehmen müssen, Nancy. Vielleicht Caesar. Er ist sehr geduldig.« Er deutete auf einen langen roten Kater, der im Küchenregal lag und schlief. »Ich habe eine Liste mit Erledigungen geschrieben, hier ...«

Doch ehe Nancy auf der Liste nachsehen konnte, was sonst noch alles getan werden musste, klingelte es zum dritten Mal an diesem hektischen Morgen.

Diesmal stand ein Mann vor der Tür, der Nancy vage bekannt vorkam. Hinter ihm lugte ein kleines Mädchen hervor: Elise. Natürlich, der Mann war ihr Vater. Nancy bat beide herein, und sie folgten ihr zögernd in die Küche, wo Mr. Widow immer noch auf den zähen Resten seines selbstgebackenen Scones herumkaute und nachdenklich aussah. Elises Vater sah sich um und wirkte befremdet.

»Ich dachte, dies hier ist eine Apotheke«, sagte er anstelle einer Begrüßung.

Nancy rückte einen Stuhl für ihn und einen für Elise zurecht, und damit war die Küche ziemlich voll. Mr. Widow, noch immer gehüllt in wärmende Katzen, saß an seinem Kopfende wie ein surrealer Herrscher und sah durch seine Brille in der Runde umher.

»Sie haben doch die Kätzchen auf Rezept geliefert«, begann Elises Vater noch einmal, etwas verwirrt, als könnte er Mr. Widow dazu bringen, das Haus zu verwandeln, wenn er ihn nur von der Notwendigkeit überzeugte.

»Sie befinden sich«, erklärte Mr. Widow nicht ohne Stolz, »in Mr. Widows Katzenverleih. Und ich bin keine Apotheke, ich bin Mr. Widow. Was kann ich für Sie tun?«

Aus Elises Tasche krabbelten die drei entliehenen Kätzchen und machten es sich auf ihrem Schoß bequem. Sie folgte dem Gespräch der Erwachsenen mit stillen, großen Augen, während sie die Kätzchen streichelte.

»Die drei Kätzchen, die noch vier Tage bei meiner Tochter wohnen sollen«, sagte Elises Vater, »scheinen zunehmend verwirrt zu sein. Wir haben die neue Regelung, dass Elise nun zwei Tage bei mir, drei Tage bei ihrer Mutter und das Wochenende bei der Mutter meiner Frau verbringt, da sich das für unseren Arbeitsalltag als praktischer erwiesen hat. Und Elise hat ja immer sehr viel Spaß bei ihrer Großmutter. Wir dachten, es würde ihr helfen. Aber die Kätzchen finden jetzt in keiner der Wohnungen mehr den Weg zu ihrem Katzenklo, sie verlaufen sich andauernd, und das führt zu …« Er lachte bemüht.»… Unfällen, wenn Sie verstehen.«

»Sie scheißen auf den Teppich«, stellte Hauke zufrieden fest und leckte den Honig von seiner Brötchenhälfte.

»O ja, sehr ärgerlich«, sagte Mr. Widow.»Möchten Sie ein Scone? Ich mache sie selbst.«

»Wir werden also die Katzen hierlassen«, sagte Elises Vater.

Mr. Widow schüttelte bedauernd den Kopf.»Das ist leider nicht mit Doktor Uhlenbek abgesprochen. Insofern müssen Sie sie wieder mitnehmen. Tee?«

»Himmel!«, rief Elises Vater und sprang auf.»Ich nehme diese Katzen nicht wieder mit! Wir hatten genug Ärger mit ihnen! Ich …« Er sah sich um, räusperte sich und fuhr ruhiger fort:»Ich bin sonst ein sehr ausgeglichener Mensch. Aber ich sehe nicht ein, wie meine offenbar kranke Tochter wieder gesund werden soll, weil drei kleine Kätzchen meine Wohnung verunstalten. Sie spricht doch immer noch nicht.« Er klang jetzt traurig, und als er zu Elise trat und die Arme um sie legte, glaubte ihm Nancy seine Traurigkeit. Er wusste wirklich nicht weiter. Und er liebte seine Tochter wirklich.

»Vier Tage haben Sie noch, um herauszufinden, wo der Fehler liegt«, sagte sie tröstend.

»Fehler?«, fragte Elises Vater.

»Ja, da muss ein Fehler sein. Sonst würde Elise doch reden. Nehmen Sie die Katzen mit und gehen Sie nach Hause. Sie lösen das Rätsel. Ganz bestimmt.«

Elises Vater murmelte etwas von »keine Ahnung, wovon Sie reden«, »lauter Humbug« und »Quacksalbern«, aber er ging. Elise nahm die Kätzchen, rutschte von ihrem Stuhl und ging ihm nach, gefolgt von Hauke mit dem blinden Timothy auf dem Arm.

»Ich muss jetzt Timothy zu meinem Lehrer bringen, damit er niest«, sagte er. »Und du? Gehst du auch zur Schule?«

Elise schüttelte den Kopf.

Sie standen in der offenen Haustür, und Nancy schmeckte neuen Schnee im Wind.

»Nicht? Du Glückliche«, sagte Hauke. »Dann könntest du eigentlich mal mitkommen zum Angelnüben. Eisangeln, verstehst du, total cool. Wo wohnst du denn?«

Da öffnete Elise den Mund und sprach. »Ich weiß es nicht«, sagte sie laut und deutlich. Dann drehte sie sich um, rannte durch den kleinen Vorgarten und kletterte in den schwarzen, auf Hochglanz polierten Dienstwagen ihres Vaters.

Nancy fand den Frühstückstisch verwaist vor (bis auf zwanzig Katzen, die die Reste aßen) und Hannah und Mr. Widow im Garten. Sie standen neben dem Stein mit Angelika Widows Namen. Im Baum über ihnen sang eine Wintermeise. Mr. Widow hatte eine Hand auf Angelikas Gedenkstein gelegt.

»Ich habe wieder gezählt«, sagte er, als Nancy neben ihn trat. »Es fehlt noch eine.«

»Wie bitte?«

»Noch eine Katze. Gurke. Sie kennen sie noch nicht so gut, glaube ich, sie ist die einzige Katze, die Gurken frisst, eine vegetarische Katze. Gestern Abend war sie noch da. Und sie geht im Winter so gut wie nie heraus. Nur im Sommer, wenn es frisches Gemüse im Garten gibt, das sie jagen kann.«

Er streichelte den Gedenkstein. »Ich wünschte, Angelika wäre hier und könnte uns sagen, was wir tun sollen. Es ist alles so ... abstrus. Wer entführt schon ...« – er lächelte – »... eine Gurke?«

»Oma würde sagen, wir sollen auf die nächste Botschaft des Entführers warten«, erklärte Hannah. »Oma ist immer für vernünftige, handfeste Lösungen.«

Nancy sah Mr. Widow an. »Was möchten *Sie*, dass ich tue?«

Da klopfte Mr. Widow noch einmal liebevoll den Stein und legte ganz kurz eine Hand auf Nancys Arm. Sie spürte Hannahs giftigen Blick. »Arbeiten Sie die Liste mit den Erledigungen ab«, sagte Mr. Widow. »Ich beschäftige mich damit, zu warten. Wie Angelika sagt. Es ist immer gut, auf Angelika zu hören. Ich hätte viel häufiger auf sie hören sollen, ehe sie mich alleinelieẞ.« Er seufzte und sah Hannah an. »Du siehst ihr ähnlich, weißt du das?«

Hannah strich über ihr blondes Haar und lächelte. »Ach, Grandpa«, sagte sie und legte einen Arm um ihn. »Ich habe dich lieb.«

Im Nachtkatzenmobil dachte Nancy an diesen Satz. Sie glaubte Hannah kein Wort. Wenn Mr. Widow nicht so sicher gewirkt hätte, hätte sie vielleicht nicht einmal geglaubt, dass Hannah Hannah war.

Und sie war sich inzwischen ziemlich sicher, dass sie wusste, was Hannah hier tat.

»Du wirst einen Teufel tun und einziehen«, sagte sie leise

ins Nichts der Autoluft. »Lass mir bloß den alten Herrn in Ruhe. Ich mag ihn, ist das nicht komisch? Es war nicht mein Plan, aber ich mag ihn wirklich.«

Die »Katze zur Hyposensibilisierung auf Rezept« war in diesem Fall ein mattgrauer, samtiger Perser mit blauen Augen. Er hieß Fussel, und das sagte eigentlich schon alles. Der Perserteppich in Mr. Widows Wohnzimmer wurde eigentlich nur so genannt, weil der Perserkater Fussel sich gerne darauf aalte. Es war ein gewebter Teppich, völlig ohne Fell, aber Fussels Haare bedeckten seine dezenten braun-roten Muster zu achtzig Prozent, so dass er einem doch meist sehr flauschig vorkam.

»Hauke hätte dich mitnehmen sollen«, sagte Nancy zu Fussel und nieste, während sie versuchte, den Wagen durch den Stadtverkehr zu manövrieren. »Du bis die allergenste Katze, die ich je gesehen habe.«

*Danke,* sagte Fussels Blick bescheiden.

Die Wohnung, an die Nancy eine *Hyposens. Katz.* (so Dr. Uhlenbeks Rezept) zu liefern hatte, befand sich im zwölften Stock eines mittelmäßig modernen Blocks. Glücklicherweise gab es einen Fahrstuhl. Fussel mochte ihn allerdings nicht. Er verstreute einen ganzen Berg Haare, und Nancy nieste so sehr, dass sie Angst hatte, das Ding würde der Erschütterung nicht standhalten und steckenbleiben. *Tut mir leid,* sagte Fussels Blick. *Ist immer so, wenn ich nervös bin.*

Die Person, die gleich darauf die Tür öffnete, war noch nervöser als Fussel im Fahrstuhl. Sie sah Nancy und den Kater auf ihrem Arm und sprang sozusagen zurück in den Schutz des Flurs. An die Wand gepresst streckte sie eine Hand aus und sagte leise: »Kommen Sie doch herein, bitte. Ich … ich halte besser ein bisschen Abstand, nicht wahr, zur Sicherheit.«

Nancys Augen gewöhnten sich nur langsam an das Halbdunkel im Flur. Zwischen den Jacken und einer Kommode stand ein kleiner, schmächtiger Mann mit Halbglatze und sehr gepflegtem Schnurrbart. Seine leise Stimme hatte einen leicht arabischen Akzent, seine Worte waren ein sachter Singsang wie das Plätschern eines schmalen Bachs zwischen überhängenden grünen Zweigen.

»Darf ich Ihnen einen Tee anbieten?«, singsang er, »es gibt auch Pistaziengebäck. Im Wohnzimmer, bitte hier entlang, aber bitte ... bitte kommen Sie nicht zu nahe ... Soll ich Ihnen den Mantel abnehmen? Ach, nein, lieber nicht ... Dann folgen Sie mir doch.«

Nancy schüttelte den Kopf und folgte. Sie hatte selten ein so geschmackvoll eingerichtetes, schönes Wohnzimmer gesehen wie das, in das sie gleich darauf trat; es war voller gepflegter Grünpflanzen: kleine Bäume und hängende Töpfe, aus denen Ranken herabhingen, die im Lufthauch tanzten. Die Perserteppiche hier waren echt, auch ohne Katzenhaare, und der Tee in den zwei bunten Gläsern auf dem kleinen Beistelltisch duftete nach Jasminblüten. Nancy setzte sich auf ein bunt besticktes Kissen und setzte Fussel neben sich, und der schnurrbärtige Araber – sie hatte seinen Namen vergessen – nahm in der gegenüberliegenden Ecke des Raumes Platz. Auch dort gab es eine ganze Landschaft aus bestickten Kissen, die sich an der Wand auftürmten.

»Machen Sie ab und zu Kissenschlachten?«, erkundigte sich Nancy, da eine seltsame Stille eingetreten war.

Der Araber machte beinahe wieder einen Satz vor Schreck über ihre Frage. »Ich ... nein.« Er lächelte, vorsichtig, als könnte es schaden, zu sehr zu lächeln. »Ich habe es nur gern ein wenig weich. Verstehen Sie, da draußen ... ist alles so hart.« Er deutete zum Fenster, durch das man aber nichts sah, da eine Gardine aus weißem Stoff mit Lochstickerei es ganz verdeckte. Das Licht, das sie durchließ, war sanft und sacht wie alles in diesem Raum. »Ich kann wenig hinausgehen, weil ich so allergisch bin. Gegen die verschiedensten Dinge«, flüsterte der Araber. »Ich habe die Wohnung seit zehn Jahren nicht verlassen, bis auf den Besuch bei Doktor Uhlenbek. Allerdings stehe ich über das Handy in Kontakt mit meinen Angehörigen. Zu Hause. Sie verstehen. Nicht in Deutschland. Meine Mutter hat mich dazu gebracht, einen Arzt aufzusuchen.« Er nickte ergeben und trank einen Schluck Tee – die Tasse hielt er samt Untertasse in der Hand, da er zu weit von dem kleinen Beistelltisch entfernt saß, um sie dort abzustellen. Als er nieste, klapperte Glas gegen Glas. Fussel streckte sich schnurrend auf einem ultramarinblauen Kissen mit violetter Stickerei aus.

»Wie geht man vor, bei einer solchen Hypo... Hyposensibilisierung?«

»Das ist einfach«, antwortete Nancy. »Sie kommen der Katze – er heißt Fussel – jeden Tag ein Stückchen näher. Nur ein kleines. So setzen Sie sich dem Allergen nur in geringen Dosen aus, und am Ende kann es Ihnen nichts mehr anhab...« Sie niste wieder, diesmal dreimal hintereinander. »Soweit die Theorie. Sie kennen den *Kleinen Prinzen*? Der Fuchs sagt dem Prinzen, er müsse sehr geduldig sein und sich mit einem Abstand zu ihm ins Gras setzen, um ihn zu zähmen. Und dann solle er sich jeden Tag ein Stückchen näher setzen.«

»Ich habe vom *Kleinen Prinzen* gehört«, sagte der Araber und strich nachdenklich über seinen Schnurrbart. »Es gab im Fernsehen ein Puppenstück, glaube ich ... Aber ich wusste nicht, dass es darin um Allergien ging.«

»Doch, doch«, sagte Nancy rasch. »Der kleine Prinz ist allergisch gegen Füchse. Oder der Fuchs gegen Prinzen, das weiß ich nicht mehr so genau. Das Ganze ist die Geschichte einer Hyposensibilisierung.«

»Aha«, sagte der Araber mit seiner leisen Stimme. Dann

nieste er noch einmal, schneuzte sich in ein sehr großes, weißes Taschentuch, das möglicherweise eine Tischdecke war, und sagte lange Zeit nichts. Er sah nur den Kater Fussel an, und der Kater Fussel sah ihn an, allerdings eher desinteressiert und mit einem halben Auge. Mit dem Rest seines Gesichts schlief er.

»Ich lege eine Liste mit Einkäufen auf den Tisch«, meinte Nancy schließlich.»Katzenfutter und solche Dinge. Es wäre vielleicht klug, den Vorhang aufzuziehen, damit Sie die Liste lesen können. Und den Kater besser sehen.«

Der Araber nickte, stand auf und zog den Vorhang ungefähr einen Zentimeter weit zurück.»Das ist ... äh, ein Anfang«, sagte Nancy.

»Morgen ziehe ich ihn weiter zurück«, flüsterte der Araber.»Vielleicht.«

»Dann können Sie in zwei Wochen durchs Fenster sehen«, meinte Nancy und zuckte die Schultern. Er nickte, ängstlich.»Schon in zwei Wochen? Ich meine, stellen Sie sich vor, dann kommt ja alles einfach herein! Von draußen! Das Licht. Die Bilder. All die Allergene!«

»Aber Sie haben doch nicht immer in dieser Wohnung gelebt«, wandte Nancy ein.»Sie waren doch früher auch draußen. Im Licht. Bei den gefährlichen Allergenen.«

»Lange her«, murmelte er.»Da draußen ist zu viel Schlimmes passiert, und ich habe mich zurückgezogen. Hier kann einem nichts passieren, hier ist alles sauber und weich und gepolstert. Aber wenn meine Mutter will, dass ich hinausgehe, bitte.«

Nancy nickte und stand auf, und der Schnurrbartmann machte wieder beinahe einen Satz vor Schreck. O nein, dachte sie, es waren nicht die Katzenhaare, an die er sich gewöhnen musste. Es war die Welt. Bewegungen. Geräusche. Die ganze laute, plötzliche, beunruhigende Wirklichkeit.

Dr. Uhlenbek war ein kluger Mann.

»Dann viel Erfolg mit Fussel«, sagte sie und stieg über die Kissen der gepolsterten, sicheren Innenwelt, um zur Tür zu gelangen. »Ich hole ihn in zwei Wochen wieder ab. Sollte bis dahin Ihr Staubsauber verstopfen, müssten Sie vielleicht doch hinausgehen, um einen neuen Beutel zu kaufen. Tschüs, Fussel.«

Und sie katapultierte sich selbst mit einem Niesen nach draußen, oder so fühlte es sich jedenfalls an – hinaus in die lichtdurchflutete, allergene, harte, gefährliche Wirklichkeit.

An der Frontscheibe des Nachtkatzenbusses hing ein Zettel.

*Sucht ruhig weiter nach den verschwundenen Katzen. Es wird euch nichts nützen.*

Für einen Moment glaubte sie, in der Nähe ein Kichern zu hören.

Die Woche verging rascher als die letzte, es gab zu viel zu tun, um nachzudenken. Nancy putzte und kochte und kaufte ein und fand nicht einmal Zeit, an fliegende Nilpferde zu denken. Sie sammelte Katzen ein und verteilte Katzen wie Spielkarten überall in der Stadt. Sie steuerte den Nachtkatzenbus durch die verstopften Straßen, parkte ihn abenteuerlich im Halteverbot, im Fenster ein rotes Schild mit EILIGE KATZEN, rannte Treppenfluchten hinauf und hinunter, stieg in und aus Fahrstühlen, immer eine oder mehrere Katzen im Arm, auf der Schulter, auf dem Kopf. Einmal verlieh sie die Katze Pelzmütze für einen halben Tag an ein Hutgeschäft, dann an einen Wanderpuppenspieler.

Im Zoo, so stand es in der Zeitung, hatten die Wildkatzen Junge bekommen – endlich war es einem Tierpark gelungen, die scheuen Wesen auch in der Gefangenschaft dazu zu kriegen, dass sie Nachwuchs zeugten. Niemand ahnte, dass ihre angebliche Mutter ein kastrierter Hauskater war. Mr. Widow und Nancy lachten zusammen über den Artikel. Sie hatten es ja gewusst. Den beiden Kätzchen ging es blendend.

Doch Kuh, die Tibbytigerin und Gurke blieben verschwunden.

Am Samstag ihrer zweiten Woche kam Nancy nach Hause und fand Mr. Widow im Garten, neben Angelikas Gedenkstein, schwer auf seinen Stock gestützt. Oben auf dem Gedenkstein saß die Königin von Saba, deren schwarzer Schwanz über den Namen Angelika hin- und herschlenkerte. Im schwindenden Licht sah Nancy in ihrem Blick ein Geheimnis und in Mr. Widows Blick Ärger.

»Vier«, sagte er, ballte die freie Hand, hieb gegen den Stein und sagte dann: »Entschuldigung, Angelika-Darling.«

»Vier was?«

»Vier Katzen. Es sind zwei weitere Katzen verschwunden. Heute Morgen waren sie noch da. Sissy und Gretel. Sissy frisst nur Kaviar, möglicherweise verhungert das arme Tier bei den Entführern, und Gretel ist auf jeden Fall unglücklich ohne ihren Bruder ...«

»Der heißt Hänsel, nehme ich an?«, fragte Nancy.

»Nein«, sagte Mr. Widow irritiert. »Fischkopf. Die beiden habe ich vor dem wütenden Fischbudenbesitzer eines Jahrmarkts gerettet. Aber das ist eine andere Geschichte, jetzt sind sie weg. Ich gehe zur Polizei. Es reicht einfach. Wenn das alles ein großer Spaß sein soll, reicht es auch.«

»Ja«, sagte Nancy.

Sie sah, dass ihre Hand zitterte, die sie ebenfalls auf den Stein gelegt hatte, und nahm sie weg.

Mr. Widow streichelte die Königin von Saba. »Weißt du, wo sie sind? Hast du gesehen, wie jemand sie mitgenommen hat?«

*Natürlich,* schnurrte die Königin. *Jemand, den wir schon länger kennen.* Damit sprang sie von Angelikas Gedenkstein hinüber auf Nancys Schulter. Als wäre das eine Antwort.

»Sie lügt«, wollte Nancy sagen. »Sie kann mich nicht leiden, konnte sie von Anfang an nicht. Sie will mich bloß loswerden!«

Aber dann fiel ihr ein, dass Mr. Widow die Worte der Königin gar nicht gehört hatte. Und sie selbst eigentlich auch nicht. Und sie schwieg und streichelte die Katze, die irritiert von ihrer Schulter zu Boden sprang. Sie hatte nicht damit gerechnet, gestreichelt zu werden. Sie fauchte Nancy noch einmal kurz an, ehe sie zwischen den Büschen verschwand, um irgendein wehrloses Kleintier zu ermorden.

Nancy hörte Mr. Widow mit der Polizei telefonieren, während sie den Teetisch deckte.

»Natürlich bin ich sicher, dass sie nicht da sind«, sagte er, als sie die Gurke für die Gurkensandwiches klein schnitt. »Ich kann die Zahl vierzig doch wohl von der Zahl fünfunddreißig unterscheiden. Wie meinen Sie das, ob ich die Katzen überhaupt auseinander … Ich verbitte mir diese Unverschämtheiten! Können Sie Ihre Kinder auseinanderhalten? Wie? Sie haben nur eins? Können Sie denn das auseinanderhalten? Na also.«

Nancy legte die Gurkenscheiben auf die Toastbrotscheiben und salzte sie entschieden nicht, um die Britannität des Essens nicht mit zu viel Geschmack zu verderben (sie hatten darüber bereits eine Diskussion geführt).

»Wir kommen persönlich vorbei«, sagte Mr. Widow. »Morgen. Meine Zeugin und ich.«

Damit legte er auf oder, besser gesagt, er warf den Hörer auf die Gabel. Das war vermutlich das Gute daran, ein so altmodisches Telefon zu haben, man konnte den Hörer hinwerfen.

»Idiots«, fauchte Mr. Widow, als er sich setzte. Der Ärger schien neue Lebensgeister in ihm zu wecken.

»Bin ich die Zeugin?«, fragte Nancy. »Zeugin von was? Weder Sie noch ich haben jemanden gesehen oder gehört, wir sind nur Zeugen der Tatsache, dass jemand nicht mehr da ist. Zeugen einer Abwesenheit.«

»Richtig«, knurrte Mr. Widow. Er nahm ein Gurkensandwich, verharrte aber mit der Hand auf halbem Weg zum Mund, da das Telefon klingelte.

»Die Polizei«, sagte er. »Sie rufen zurück. Es tut ihnen leid, und sie schicken doch sofort jemanden. Scotland Yard hätte …« Nancy brachte ihm das Telefon an den Küchentisch, wobei sie über sieben Katzen steigen und ein sehr langes Kabel mitschleifen musste.

Einen Moment lang lauschte Mr. Widow in den Hörer, dann legte er abermals auf, vorsichtiger diesmal. Sein Gesicht hatte einen gequälten Ausdruck. »Hannah«, flüsterte er, als könnte sie ihn auch durch die tote Leitung noch immer hören. »Ich war mit ihr zum Essen verabredet. Jetzt. Ich hatte das völlig vergessen.« Er schüttelte den Kopf. »Sie hat recht, das Kind. Ich werde alt und ein wenig senil.« Er tupfte sich den Mund mit einer Scheibe Toast ab, merkte den Irrtum und nahm die Serviette, die immerhin eine ähnliche Form hatte. »Ich habe überhaupt keine Lust, jetzt da rauszugehen, in irgendein Restaurant. Es ist zu kalt«, sagte er, noch leiser. »Aber ich muss wohl. Sie meint es ja lieb, sie will mich einladen. Wenn Sie mich zur Tür begleiten und mir in den Mantel helfen würden?«

Es ist traurig, alleine vor einem Tisch voller Gurkensandwiches ohne Geschmack zu sitzen. Natürlich kann man sie salzen, aber so lange man den Salzstreuer auch schüttelt, es kommt kein alter Herr heraus, der einem gegenübersitzt. Katzen wären ein Ersatz, sind es jedoch nicht, wenn sie mit dem Essen fertig geworden und daher weggegangen sind. Die Katzen waren vor allem nicht mehr in der Küche, weil sie beleidigt waren. Mr. Widow hatte ihnen Hausarrest verordnet. Keine Jagden im Garten mehr. Keine Serenaden auf dem Dach. Keine Streifzüge in die angrenzenden Straßen.

Nur die Kaffeekatze saß noch bei Nancy.

*Sei nicht traurig,* schien sie zu sagen.

»Ich bin nicht traurig«, erwiderte Nancy trotzig und stand auf. Es hatte keinen Sinn, hier herumzuhängen. »Was machen wir mit dem angefangenen Abend?«

*Wir gehen in die Disco,* sagte die Kaffeekatze.

Nein, aber das hatte Nancy sich jetzt wirklich nur vorgestellt. Sie schlüpfte in den warmen taubenblauen Mantel, legte sich die Kaffeekatze um die Schultern und trat in den Winterabend, der dunkel war wie Tinte.

Vor der Tür stieß sie mit jemandem zusammen, stolperte auf den Stufen und verlor das Gleichgewicht. Die Kaffeekatze rutschte von ihren Schultern, und Nancy landete, gemeinsam mit der anderen Person, unsanft auf dem schneebedeckten, nasskalten Weg und lag einen Moment ganz still, die Augen geschlossen, nur atmend.

Die andere Person war etwas größer als sie, also nicht Mr. Widow, der zurückgekommen war, um irgendetwas zu holen, denn Mr. Widow war kleiner als Nancy. Ein Mann, dachte Nancy, die andere Person war ein Mann, so viel hatte sie gesehen oder gespürt.

Sie fühlte eine Hand auf ihrer Schulter und stellte sich tot.

Denn in diesem Moment wusste sie, mit wem sie zusammengestoßen war, sie wusste es einfach, ohne Erklärung. Vielleicht war es Chemie, ein vertrauter Geruch, unsichtbare Botenstoffe. Dies ist ein Mann, sagten die unsichtbaren

Boten, zu dem du dich hingezogen fühlst. Nach dem du dich sehnst, ohne es zuzugeben. Und jetzt ist er hier. Ganz nah.

Kai.

Die Hand lag immer noch auf ihrer Schulter. Es hatte keinen Zweck, wegzulaufen. Und keinen Zweck, sich weiter tot zu stellen.

Und seltsamerweise verspürte Nancy so etwas wie Erleichterung. Etwas wie das Gefühl von Nachhausekommen.

»Wie hast du mich gefunden?«, flüsterte sie. »Ich ... ich habe versucht, jemand anderer zu sein. Zwei Wochen lang. Ich dachte, es klappt ganz gut, aber ...«

»Ich wollte ehrlich gesagt zu Mr. Widow«, sagte die zur Hand gehörende Stimme. »Was meinen Sie mit jemand anderer zu sein?«

Nancy fuhr hoch und öffnete die Augen.

Es war nicht Kai.

Es war Ron Linden.

Er saß neben ihr im Schnee, in seinem unförmigen Wollpullover-Mehrschicht-Outfit, und sah verwirrt aus. Auf seinem Kopf saß eine Katze. Pelzmütze. Und die Tür stand einen Spaltbreit offen, Nancy war gestolpert, ehe sie sie hatte schließen können. Sie sah gerade noch, wie die vermutlich letzte Katze hinausquoll, um dem Hausarrest zu entgehen. Die Kaffeekatze war nirgends zu sehen.

»Verdammt«, murmelte Nancy. »Die Katzen! Wir müssen die Katzen wieder einfangen! Ron, ich weiß nicht, was Sie hier tun, aber – helfen Sie mir!«

Ron nickte, rappelte sich etwas mühsam auf und machte einen Satz, um einen großen gelben Kater zu packen und ins Haus zu tragen. Nancy schnappte sich die verbliebenen Minikätzchen des Mülltonnenwurfs, die unsicher durch den Schnee tapsten, und stopfte sie kurz darauf drinnen in ihren Korb, um gleich darauf wieder hinauszustürzen und eine Tigerkatze mit nur einem Ohr einzufangen, die van Gogh hieß, obwohl sie eine Dame war, und die ihr zum Dank die Krallen einmal quer übers Gesicht zog. Sie sah im Augenwinkel, wie Ron mit zwei Siamesen kämpfte, die ihm immer wieder durch die Finger glitschten, trug van Gogh hinein, rannte wieder hinaus, pflückte weitere Katzen aus einem Strauch ...

Nancy brachte sie ins Wohnzimmer und schloss die Tür, aber wenn sie neue Katzen zu den bereits gefangenen brachte, musste sie die Tür wieder öffnen, und dummerweise waren die Katzen wie Quecksilber, sie flossen sofort wieder aus dem Wohnzimmer und aus dem Haus. Schließlich ließ Nancy sich aufs Sofa fallen und gab auf.

Ron plumpste schwer atmend neben sie.

Der Schweiß lief ihm in dünnen Rinnsalen übers Gesicht und vermischte sich mit dem geschmolzenen Schnee, der von seiner Wollmütze herabtropfte, unter der ein paar sehr zerzauste Haare hervorsahen. Oben auf der Wollmütze saß noch immer die Katze Pelzmütze.

»Ich ... nehme also an, Mr. Widow ist nicht da«, keuchte er.

»Nein«, sagte Nancy. »Nehmen Sie hier drinnen doch Pelzmütze ab. Wie viele Katzen haben wir jetzt eingefangen?«

»Hundert?«, fragte Ron und legte Pelzmütze auf die Sessellehne, wo sie einen Buckel machte und sich dann hinaus in den Flur zur Hutablage begab, um sich aufzuräumen.

Nancy lachte. »Wir haben vierzig erwachsene Katzen und acht Kätzchen, minus acht große, die bei Ihnen sind, minus fünf entführte, minus Hans und die zwei kleinen und Memphis im Zoo, minus drei weitere verliehene .... minus Elises Kätzchen ... Gott ... zweiundzwanzig große und drei kleine sollten hier sein.« Sie sah sich um. »Ich sehe sieben.«

Ron seufzte. Und schließlich ging Nancy in die Küche,

öffnete eine frische Packung Schinkenscheiben, holte eine Katzenfutterdose und einen Löffel und trat so bewaffnet wieder vor die Haustür. Doch sowohl das Klappern von Dose und Löffel als auch der Katzenfutter- und der Schinkenduft verloren sich im Wind des kalten Abends, segelten auf den vereinzelten Schneeflocken davon und versickerten in der Nacht. Die Straße war lang und leer. Und hinter dem Haus im Garten war keine einzige Katze zu sehen.

Nancy kehrte zurück nach drinnen und fluchte. »Wir müssen warten, bis sie von selbst zurückkommen«, sagte sie. »Tun sie ja sonst auch. Wie sollen sie begreifen, dass sie auf einmal nicht mehr draußen herumstreunen dürfen?«

Ron nickte nur. Um seine Füße hatten sich auf dem Teppich kleine Pfützen gebildet; er saß noch immer im Sessel und rang nach Atem. Keine Kondition, dachte sie mit einem Lächeln. Kai hätte länger durchgehalten. Kai joggte jeden Tag und ging dreimal die Woche ins Fitnesscenter und einmal zum Boxen. Kai war die Art Mann, die man in der Zigarettenreklame erwartet. Ron Linden war die Art Mann, die man in Museen in einer Ecke erwartet, wo sie ihr Geld damit verdienen, auf die Bilder berühmterer Leute aufzupassen.

Aber wie er so dasaß und die nässedunkle Wollmütze ratlos in den Händen drehte, war er beinahe rührend. Kai hätte es niemals geschafft, rührend zu sein.

»Und?«, fragte Nancy. »Wie läuft es mit Ihrer Mutter?«

»Oh, schrecklich«, sagte Ron.

»Gefällt es ihr doch nicht mehr bei Ihnen?«

»Doch! Zu gut, würde ich sagen. Sie hat angefangen zu malen!« Er schüttelte den Kopf. »Sie beschlagnahmt jetzt vier der Staffeleien und behauptet, sie würde gerade verborgene Qualitäten in sich entdecken. Ich dachte immer, das bezieht sich nur auf Qualitäten, entschuldigen Sie, im Bett.«

»Und Cynthia?«

Er warf ihr einen prüfenden Blick zu. »Ich dachte, Sie hassen Cynthia. Sie wollten mich vor ihr warnen. Letztes Mal, als wir uns trafen. Im Zoo.«

»Ja, ich ... das war dumm. Tut mir leid.«

Es tat Nancy überhaupt nicht leid, aber vermutlich war es wirklich dumm gewesen. Wenn sie herausfinden wollte, wohin die ganze merkwürdige Cynthia-Geschichte lief, war es vermutlich am besten, den Mund zu halten, bis sie die Sache begriffen hatte.

»Cynthia.« Er seufzte auf die Art, auf die nur verliebte Männer, die sonst in Museumsecken sitzen, seufzen. »Sie hat wirklich etwas Geheimnisvolles. Sie hatten recht damit, dass sie von selbst wieder auftaucht; letzten Dienstag war sie einfach plötzlich da, wie selbstverständlich, und zwar mit ihrem Cousin, dem Klempner. Wir haben uns zu dritt darum gekümmert, oben bei meiner Mutter eine Badewanne zu installieren. Es war ein wirklich lustiger Tag, wir sind herumgefahren und haben Sachen im Baumarkt besorgt, und am Ende haben wir zusammen zu Abend gegessen, und der Cousin ist irgendwann gegangen. Ich meine, er kriegt seine Arbeit natürlich bezahlt ... Vielleicht sucht er dringend Jobs, keine Ahnung ...«

»Und Cynthia ist geblieben.«

Ron nickte. »Hm-hm.«

»Lassen Sie mich raten, am nächsten Morgen war sie weg. Sie sind aufgewacht, und neben Ihnen lag niemand mehr. Sie haben nur einen Zettel auf dem Kissen gefunden, auf dem stand: *Danke für den schönen Abend. Wir sehen uns bald.*«

Er starrte sie an. »Klingt, als wären Sie dabei gewesen.«

Nancy lachte, doch es klang etwas unecht. »Oh, ich habe nur geraten«, sagte sie leichthin. »Sie können die Locke ja in irgendein Bild mit einem Nilpferd kleben. Die goldblonde Locke, die Sie im Bett gefunden haben.«

»Ich ... Raten Sie das jetzt auch nur?«

»Es ist das, was im Film passieren würde. Das absolute Klischee. Möchten Sie einen Tee?«

»Eigentlich lieber einen Schnaps«, sagte Ron und folgte ihr in die Küche. Nancy nahm zwei Katzen aus dem Waschbecken und setzte Wasser auf. Auf dem Tisch standen noch immer die verwaisten Gurkensandwiches. »Cynthia ist wirklich seltsam«, sagte er. »Meine Mutter und ich haben sie gestern in der Stadt getroffen, wie zufällig. Wir haben zusammen einen Kaffee getrunken; sie versteht sich wirklich gut mit meiner Mutter, und gerade als ich dachte, jetzt werden die Dinge normal, Leute gehen eben Kaffee trinken ... da ist sie wieder verschwunden. Wir waren bei der Kuchentheke, Mama und ich, um noch ein Stück Kuchen auszusuchen. Doch Cynthia saß nicht mehr am Tisch, als wir wiederkamen. Und ich habe ihre Nummer immer noch nicht. Ich meine, bei Ihnen weiß ich wenigstens, woran ich bin. Sie kochen Tee und helfen bei Mr. Widow aus, Sie rennen herum und fangen Katzen ein und fluchen und schwitzen und hinterlassen nasse Spuren auf dem Teppich ... Cynthia hinterlässt nicht mal Spuren. Als würde sie sich bemühen, vorsichtig aufzutreten. Wie eine Katze. Bei Ihnen weiß ich genau, woran ich bin. Keine Geheimnisse. Keine übertriebene ätherische Schönheit. Manchmal ist das ganz erholsam.«

»Oh, danke«, murmelte Nancy. »Mit der Abwesenheit von Schönheit gebe ich mir große Mühe.«

»Ich meinte nicht ...«

»Schon gut«, sagte Nancy und goss Earl Grey – und Schnaps – in zwei Tassen. »Prost!«

Aber dann kippte sie ihre Tasse in einen Blumenkübel, sagte »entschuldige« und goss sich nur Tee ein.

Ron musterte sie seltsam.

»Ich hatte für den Moment vergessen, dass ich ... eine Unverträglichkeit gegen Schnaps habe«, sagte Nancy.

»Na dann«, sagte er, »können wir es so machen: Ich trinke den Schnaps und Sie den Earl Grey. Ich habe nämlich eine Unverträglichkeit gegen parfümierten englischen Tee.«

Eine halbe Stunde später saßen sie wieder im Wohnzimmer. Ron hatte Nancy geholfen, die Schneematschspuren zu beseitigen; er schien keine Lust zu haben, nach Hause zu gehen, und Nancy wusste, dass sie ihn nicht wegschicken würde. Sie wusste nur nicht, warum. Lag es daran, dass sie noch immer dieselbe war wie vor ihrem Ausflug in die Mülltonne? War sie dabei, systematisch Dinge über Roderick von Lindenthal herauszufinden? Ihn zum Reden zu bringen?

Oder behielt sie ihn da und fütterte ihn, weil er war wie eine zugelaufene Katze? Weil sie ihn, tatsächlich, auf ganz persönlicher Ebene, ohne Hintergedanken, *mochte?*

»Warum wollten Sie Mr. Widow sprechen?«, fragte Nancy.

»Ach ja, das hatte ich fast vergessen.« Er stellte die Tasse ins Bücherregal, wo Hamlet auf Shakespeares Werken lag und die Nase beim Schnapsgeruch rümpfte.

»Seine Katzen. Die acht. Es sind nur noch sechs. Zwei sind seit gestern verschwunden. Ich habe überall gesucht und gerufen ... Friseuse und Fritteuse. Ich meine: Figaro und Fritteuse. Sie sind einfach weg. Sie sind sicher nach Hause gekommen, oder?«

Nancy schüttelte langsam den Kopf. »Das sind sie nicht. Wissen Sie, der Grund dafür, dass wir die Katzen eingefangen haben, dass sie im Haus bleiben sollen, ist, dass sie auch hier verschwinden. Nach und nach. Jemand lässt sie verschwinden.«

Und dann erzählte sie Ron die ganze Geschichte, angefangen von Hannahs Auftauchen und den Zetteln im Garten (allerdings nichts von der Handschrift) bis zu Mr. Widows mäßig erfolgreichem Telefonat mit der Polizei. Obwohl es ja nur Tee war, den sie getrunken hatte, fühlte sie sich ein wenig leicht und seltsam, ein wenig beschwipst. Als könnte sie ihm genau an diesem Abend alles erzählen. Später würde sie den Mut zu solchen Vertrautheiten nicht mehr haben.

»Verrückt«, meinte Ron. »Wer entführt denn Katzen?«

»Mr. Widow hat Geld«, sagte Nancy. »Vermutlich würden manche Menschen auch die Hamster reicher Leute entführen, um an ihr Geld zu kommen.«

»Deshalb ist die Enkelin da. Ja?«

»Um Hamster zu entführen?«, fragte Nancy.

»Sie wissen, was ich meine. Wegen des Geldes.«

Nancy zuckte die Schultern. »Möglich. Aber ich weiß nicht, wie eilig Mr. Widow es mit dem Sterben hat. Ich hoffe, nicht so eilig. Und ich will Hannah auch nicht unrecht tun. Sie ist ein liebes Kind. Sagt Mr. Widow.«

»Schrecklich«, murmelte Ron. »Wenn Leute ihre Angehörigen nur wegen des Geldes sehen wollen.«

Nancy antwortete nicht, sah ihn nur an, und nach einer Weile bemerkte er ihren Blick.

»Ich, oh. Sie meinen, ich und meine Mutter ...« Er wand sich. »Das ist etwas ganz anderes ...«

»Ist es das?«

Ron stand auf und ließ seine Hand an den Rücken der alten, leinengebundenen Bücher im Regal entlanggleiten. »Sie ist jetzt sehr glücklich«, sagte er. »Gerade jetzt. Sie steht vor einer ihrer Staffeleien und kleckst Farbe auf die Leinwand. Sie wartet nicht auf mich. Vielleicht ist das okay. Ich meine, ich habe genug Leinwände, ich habe da eine billige Quelle ... Ich habe genügend Staffeleien. Und genug

Platz. Sie soll ruhig eine Weile malen. Bisher hat sie in ihrem Leben nie etwas … produziert. Immer nur konsumiert. Das jetzt … es tut ihr gut, vermutlich.« Er sah sich im Wohnzimmer um. »Wissen Sie, das ist komisch. Wir beide, hier. Und Mr. Widow …«

»Ist mit Hannah essen. Kommt spät zurück.«

»Ja, und meine Mutter ist auch nicht hier. Es ist fast, als wären die Erwachsenen aus dem Haus und die Teenager alleine. Man kann plötzlich Dinge tun, die man sonst nie tut … Darf ich Sie etwas völlig Verrücktes fragen?«

Nancy nickte. Wie er so dastand, die Hand auf den Buchrücken, nur noch einen der drei Pullover an, im goldenen Licht des Kaminfeuers, das Nancy angezündet hatte, war er beinahe schön. Nicht wie Kai, sondern anders. Sie spürte ein leises Kribbeln in sich, als er sich räusperte, um die verrückte Frage zu stellen.

»Dürfte ich …«, begann er und stockte.

»Ja?«

»Solange wir alleine sind, dürfte ich Papier und einen Bleistift leihen? Dürfte ich … ein bisschen *zeichnen?* Ich habe im Moment nie Ruhe dazu, verstehen Sie, ich werde fast wahnsinnig. Ich setze mich ganz still an den Küchentisch und zeichne, ich störe Sie nicht, versprochen.«

»Natürlich«, sagte Nancy mit einem Seufzen, das er hoffentlich nicht hörte. »Zeichnen Sie.«

Und dann saß er also am Tisch und zeichnete – Nilpferde in allen möglichen Stellungen –, und sie räumte das Geschirr auf und sah ihm ab und zu über die Schulter und versuchte, nicht enttäuscht zu sein. Himmel, warum sollte sie enttäuscht sein? Dieser Mann hatte eine Affäre mit Cynthia und mit den Nilpferden seiner Bilder, möglicherweise noch mit dem Geld seiner Mutter, aber er war nicht interessiert an ihr. Und sie war nie interessiert an *irgendwem* gewesen.

All die Männer – es war ein Job gewesen, ein Spiel vielleicht, ein Sport im weiteren Sinne, sie zu gewinnen. Weiter nichts. Sie hatte nie einen von ihnen geliebt.

Den letzten, den, der nicht mehr lebte, hatte sie gemocht. Nur gemocht. Aber schon das war vielleicht zu viel gewesen, vielleicht war es deswegen schiefgelaufen. Man sollte sich nicht erlauben, jemanden zu sehr zu mögen. Oder gar zu lieben. Sie versuchte, das Baby in ihrem Bauch nicht zu lieben, damit ihm nichts geschah.

Ein unmögliches Unterfangen, natürlich.

Schließlich war das Geschirr weggeräumt, es gab nichts mehr zu tun im Haus, und sie beschloss, noch einmal die Katzen zu rufen. Inzwischen hatten sie sich vielleicht von dem Schrecken darüber erholt, zwangsweise nach drinnen transportiert zu werden. Nancy würde es von oben versuchen, aus ihrem Schlafzimmerfenster. Von dort aus würde man das Klappern des Löffels weiter hören, sicher auch vorne, auf der Straße.

Sie bewaffnete sich mit Dose und Löffel und stieg die Treppenstufen hinauf, während unten im gelben, warmen Licht Ron saß und versunken war in seine Bleistiftlinien. Als wäre dies ein Alltag: Er zeichnete Nilpferde, sie klapperte mit Katzenfutterdosen. Warum nicht.

Als sie oben die Tür zu ihrem Zimmer öffnete, wehte ihr eiskalte Luft entgegen. Das Fenster stand weit offen. Sie musste es zum Lüften offen gelassen haben. Obwohl sie sich nicht daran erinnern konnte; gewöhnlich kippte sie es nur. Auf dem schmalen Bett hatte sich die Kaffeekatze zusammengerollt und war dabei halb unter die Decke gerutscht, vermutlich hatte auch sie bei dem offenen Fenster gefroren. Jetzt streckte sie sich, roch offenbar das Katzenfutter und landete auf Nancys Schulter.

»Hier bist du!«, sagte Nancy. »Wir müssen die anderen rufen. Und das verdammte Fenster zumachen.«

Sie beugte sich hinaus und klapperte mit Löffel und Dose, und tatsächlich: Nach einer kleinen Weile wurden die Sträucher und das Gras dort unten im Garten lebendig, das Geäst spuckte Katzen aus, die genug davon hatten, auf ihrer Freiheit zu bestehen, und jetzt frierend und hungrig Richtung Terrassentür strömten. Nancy lächelte erleichtert. Dann sah sie die Bewegung im Baum.

Es war derselbe Baum, in dem Cynthia in ihrem Traum gesessen hatte.

Und dort saß sie jetzt wieder, kein Zweifel. Sie sah zu Nancy empor, strich sich die goldblonden Locken aus der Stirn und lächelte. Nancy bemühte sich, ihre Wut und ihre Angst hinunterzuschlucken.

»Hast du die Erpresserbriefe geschrieben?«, rief sie.

Cynthia schüttelte den Kopf.

Ihre schlanke Hand mit den knallroten Nägeln, die Nancy zwar in der Dunkelheit nicht sah, aber ahnte, streichelte die Katze neben ihr im Baum – die letzte Katze, die nicht zur Terrassentür gelaufen war, um hereingelassen zu werden: die Königin von Saba. Sie legte den Kopf gegen Cynthias Arm, und Nancy sah ihr Schnurren, obgleich sie es nicht hörte.

»Was willst du?«, rief Nancy.

Cynthia antwortete nicht, lächelte nur geheimnisvoll. Genau wie die Königin.

Da drehte Nancy sich um und rannte die Treppen wieder hinunter. Im Wohnzimmer öffnete sie die Terrassentür, bis die Katzen hereingeströmt waren, gab ihnen in der Küche ihr zweites Abendbrot, so schnell es ging, und warf die leeren Dosen in die Spüle.

»So«, sagte sie zu Ron. »Könnten Sie mal kurz mit nach oben kommen? Und aus dem Fenster meines Schlafzimmers gucken?«

»Wie bitte?« Er drehte sich um, die vordere Hälfte eines

Nilpferdes auf dem Papier, das über einem Leuchtturm schwebte.

»Ich muss wissen, ob Sie im Garten eine Person im Baum sehen«, sagte Nancy.

»Kann ich nicht hier durch die Terrassentür gucken?«, meinte Ron, der sein Nilpferd nicht verlassen wollte.

Nancy schüttelte den Kopf.

»Ich habe das bestimmte Gefühl, dass man diese Person nur und ausschließlich von meinem Fenster aus sieht«, sagte sie. »Fragen Sie mich nicht, warum.«

»Warum?«, fragte Ron.

Aber er folgte ihr ergeben die steile, alte Treppe hinauf in ihr Zimmer. Dann trat er ans offene Fenster und starrte in die Nacht.

»Nein«, sagte er. »Da ist niemand.«

»Also sehe nur ich sie«, murmelte Nancy. Sie stellte sich neben ihn und sah ebenfalls hinaus. Aber da war niemand mehr. Die Äste des Baumes – die Äste aller Bäume in Mr. Widows Garten – waren leer. Bis auf die Königin von Saba, die ganz alleine in einer Astgabel thronte, eine riesige tote Ratte im Maul. Die Ratte zuckte noch ein paarmal mit den Pfoten und rührte sich dann nicht mehr, die Königin musste sie eben erst erlegt haben. Also konnte sie vorher noch nicht auf dem Baum gesessen haben. Oder?

Gab es in Mr. Widows Garten eine unbekannte Art kletternder oder fliegender Ratten? (Und, falls ja, waren sie verwandt mit Rons fliegenden Nilpferden?)

Nancy schloss das Fenster.

»Da liegt ein Zettel unter ihrem Bett«, sagte Ron. »Nicht, dass er verloren geht.«

Er bückte sich, holte ein Stück Papier unter dem Bett hervor und setzte sich auf die Bettkante.

Nancy ließ sich neben ihn fallen und nahm ihm das Papier weg.

»Eher durchs Fenster reingeweht«, sagte sie leise. »Vorher war er jedenfalls nicht hier.« Sie schluckte. »Glaube ich.«

Die Schrift auf dem Zettel war schön, geschwungen und sehr weiblich.

*Zehntausend Euro wären ein guter Anfang,* stand darauf. *Sonntag, 24 Uhr, Stadtpark. Ihren Katzen geht es soweit gut. Noch. Wenn Sie nicht erscheinen oder die Polizei mitbringen, werden Sie sie allerdings nicht wiedersehen. Und Sie können sich darauf verlassen, dass in diesem Fall noch mehr Katzen verschwinden werden. Sie sind sehr zutraulich und begleiten mich immer gerne.*

# 9

ICH MEINE, GRANDPA, da holst du dir eine vollkommen fremde Person ins Haus, und dann verschwinden Dinge, und du *wunderst* dich?«

»Hannah-Kind. Es ist ja nicht so, als ob irgendwelche Silberlöffel verschwunden wären.«

Ein heiseres Auflachen, gar nicht mehr so kindlich eigentlich. »Bist du sicher? Hast du die Silberlöffel gezählt?«

»Hannah. Du bist lächerlich. Ich zähle meine Silberlöffel allein deshalb nicht, weil ich keine habe. Was soll ich mit Silberlöffeln?«

»Du hast Wertgegenstände. Jede Menge. Die alten Bücher. Uhren. Wertvolle Möbel. Antique Tudor ... was weiß ich. Diese Kommode im Wohnzimmer, die ist doch ein Vermögen wert.«

Mr. Widow lachte. »Ach? Glaubst du?«

»Grandpa, nimm mich nicht auf den Arm. Mama hast du nichts von dem ganzen Kram mitgegeben, als sie damals ausgezogen ist, und das hatte doch seinen Grund, oder nicht? Du wolltest nicht, dass deine Museumsstücke in irgendeiner Studentenbude anschimmeln oder mit Rotwein übergossen und, was weiß ich, aus Versehen angezündet werden.«

»Möbel in Rotwein, flambiert. Ich wusste, dass Nicht-Briten seltsame Dinge essen.« Mr. Widow lachte wieder. »Nein, im Ernst, Hannah. Ich habe den Wert dieser Möbel nie schätzen lassen. Ich habe sie selbst geerbt, und ich ... Nun ja, ich hänge an ihnen. An diesen alten, staubigen Dingern. Ja, tatsächlich. Aber das hat nichts mit ihrem Wert zu tun. Und Nancy hat bisher nicht versucht, die Kommode im Wohnzimmer wegzutragen. Es geht um Katzen, Hannah. Lebewesen. Auch wenn du nicht unbedingt ein Katzenmensch bist, versuch es zu verstehen.«

»Ich verstehe es doch! Ich verstehe deine Sorgen vollkommen! Ich sage nur: Ich denke, es ist kein Wunder. Und ich denke, ich weiß, wer dahintersteckt. Auch aus Katzen lässt sich noch Geld machen. Diese *Putzfrau,* die du dir da an Land gezogen hast ... sieh es ein, Grandpa! Die ist aus einem einzigen Grund hier! Um an dein Geld zu kommen! Junge Frau kümmert sich aufopfernd um älteren Herrn, älterer Herr stirbt, junge Frau erbt sein Geld, hoppla. Die Geschichte ist doch bekannt.«

»Ist sie das«, sagte Mr. Widow nachdenklich. »Ist sie das.«

Nancy drehte sich um und ging leise durchs Wohnzimmer zur Terrassentür. Sie hatte verschlafen. Und aus der Küche hatten ihr, noch ehe sie die Tür geöffnet hatte, die Stimmen von Mr. Widow und seiner Enkeltochter entgegengeklungen. Vielleicht war es dumm gewesen, stehen zu bleiben und zu lauschen. Sie wusste ohnehin, was Hannah von ihr dachte. Es hatte nicht geholfen, es so deutlich zu hören.

Sie setzte sich im Garten auf die Bank, auf der sie vor Unzeiten mit Mr. Widow gesessen und zu Abend gegessen hatte, in eine Decke gewickelt, warm und behaglich. Jetzt fror sie. Sie sah den Baum von unten an, den Baum, in dessen Ästen Cynthia manchmal saß. Es war ein ganz normaler Baum. Sie fragte sich einen unsinnigen Moment lang, ob es helfen würde, ihn zu fällen.

Gestern hatte sie schon geschlafen, als Mr. Widow und Hannah zurückgekommen waren. Ron war kurz nach der Sache mit dem Zettel gegangen, einen Stapel Nilpferdskizzen unter dem Arm, und sie hatte Mr. Widow den Zettel auf den Küchentisch gelegt, mit einem weiteren Zettel, auf den sie geschrieben hatte, dass die den ersten Zettel im Garten gefunden hatte. *Im Garten,* hatte sie geschrieben, nicht in ihrem Zimmer. Auf ihrem eigenen Zettel hatte sie ihre Schrift verstellt. Druckbuchstaben, klein, eng, alles andere als geschwungene Kringel. Denn die Schrift auf dem ersten Zettel war noch immer ihre.

Es war alles zu verrückt.

Sie hörte die Haustür zuschlagen und ein Auto starten. Hannah. Hatte Hannah denn ein Auto hier?

Kurz darauf öffnete Mr. Widow die Terrassentür.

»Ach, hier sind Sie«, sagte er verwundert. »Was tun Sie da?«

»Ich schnappe frische Luft, um wach zu werden«, antwortete Nancy. »Gestern Abend ... Sie haben den Zettel gefunden? Ich habe mich wohl ein bisschen zu sehr ... erschreckt. Ich fühle mich, als hätte ich allein von dem Schreck einen Kater.«

Mr. Widow lächelte, und sein Lächeln sah ehrlich und freundlich aus.

»Ja«, sagte er. »Er sitzt auf ihrem Kopf.«

Nancy griff nach oben und fischte Pelzmütze herunter, den sie bisher für eine Dame gehalten hatte. Sie schämte sich ein wenig ob ihrer Unaufmerksamkeit.

»Mr. Widow ... dieser Zettel ...«

»Ja, ziemlich abstrus«, sagte Mr. Widow und setzte sich neben sie, die Hände auf den Stock gelegt. »Aber ich werde hingehen.«

Nancy nickte, und eine Weile saßen sie schweigend nebeneinander und froren beide.

»Ich würde auch hingehen, wenn jemand, der mir nahesteht, freigekauft werden müsste«, meinte Nancy schließlich. »Aber es kann gefährlich sein, glauben Sie nicht? Nehmen Sie mich mit?«

Mr. Widow musterte sie eine Weile. »Nein. Ich glaube, ich muss das allein tun.«

»Es wird nicht aufhören«, sagte Nancy leise. »Wenn Sie diesen irren Betrag zahlen, haben diese Leute die Bestätigung, dass ihr Konzept aufgeht. Wer immer es ist. Dann werden sie immer mehr verlangen.«

»O nein«, sagte Mr. Widow bestimmt. »Sonntagnacht werde ich wissen, wer sie sind. Meinen Sie denn, dass es mehrere sind?«

»Keine Ahnung«, sagte Nancy und fühlte sich ertappt, obwohl es nichts zu ertappen gab. »Aber die werden sich Ihnen nicht zu erkennen geben.«

»Vielleicht erkenne ich sie trotzdem«, sagte Mr. Widow. »Jeder hat so seine Methoden. Und ich habe so meine Katzen.«

»Und Sie denken, dass die Katzen, die Sie zum Treffen mitbringen, die Entführer später wiedererkennen«, sagte der Polizist hinter dem Schreibtisch eine Stunde später. »Aber Sie können ja schlecht durch die Stadt laufen und die Katzen an jedem Menschen auf der Straße schnuppern lassen?«

»Katzen erkennen niemanden am Geruch«, sagte Mr. Widow und seufzte. »Sie merken sich das Bewegungsmuster der Person. Und ich plane nicht, durch die ganze Stadt zu laufen. Sehe ich so aus?« Er hämmerte mit dem Stock ein paar Mal auf den Boden. »Ich denke, dass sich der Entführer unter unseren Kunden befindet. Das ist ein sehr beschränkter Personenkreis.«

Nancy rutschte unruhig auf dem harten Stuhl herum. Sie war noch nie in einem Polizeibüro gewesen. Sie hatte es sich immer vorgestellt, wie es wäre, eines Tages einen dieser hellen, weiß ausgeleuchteten Räume zu betreten, die man aus Filmen kennt. Fragen an den Kopf geworfen zu bekommen. Zu hören, wie sich ein Schlüssel in einem Schloss dreht, den Satz mit dem Anwalt zu sagen, ebenfalls nur bekannt aus Filmen.

Nun saß sie hier, vor einer Tasse lauwarmen Filterkaffees, und alles war ganz anders als in Filmen. Die Wände waren gelb gestrichen, die Grünpflanzen waren grün, und die Polizisten vor allem anderen Bürokraten. Sie hatten bereits vier Anträge ausgefüllt, seit sie hier waren.

Dennoch war Nancy nervös.

Jemand würde hereinkommen, der anders war – wenn sie es am allerwenigsten erwartete. Jemand, der sie ansah und Bescheid wusste. Der durch ihre schwarz gefärbten kurzen Haare hindurchsah, durch die von der reichen alten Dame geerbten, stilvollen Kleider, durch die harmlosen kleinen Billigperlenohrringe. Jemand, der sie nur einmal mustern und dann mit dem Kopf nicken würde.

*Aha. Sie sind es. Bitte folgen Sie mir. Ich glaube, ich muss Ihnen nichts erklären.*

»Nancy?«, fragte Mr. Widow. »Träumen Sie? Sie müssen hier noch Ihre Personalien angeben.«

Er schob ihr ein Blatt Papier hin, und sie nahm den Kugelschreiber. »Ich? Aber ich bin doch nur Ihre Begleiterin.«

»Eben. Geburtsdatum, Ort, Name ... mehr ist es ja nicht.«

Er beobachtete aufmerksam, wie sie das Papier ausfüllte, und sie bemühte sich sehr, ihren Fingern das Zittern zu verbieten. Verdammt, verifizierten die ihre Angaben im Computer? Sie erfand einen Ort, den es nicht gab, erfand ein Geburtsdatum, das nicht das ihre war, und schob den Zettel mit einem freundlichen Lächeln zurück.

»Ich denke«, sagte der freundliche Polizist hinter dem Schreibtisch, »wir sollten in der Sache eng mit dem Fundbüro zusammenarbeiten. Sobald eine Katze abgegeben wird ...«

»Was?« Mr. Widow sprang auf – oder er versuchte es und kam mühsam und mit Hilfe seines Stocks auf die Beine.

»Ich dachte, Sie hätten jetzt begriffen, dass es sich um eine

Entführung handelt, einen kriminellen Akt! Die Katzen schweben möglicherweise in Lebensgefahr! Sie müssen mir jemanden mitgeben, der mich begleitet, Sonntagnacht. Ungesehen, natürlich. Sie müssen …«

»Ich muss im Moment nur eines«, sagte der Polizist. »Diese Katze aus der Palme entfernen.« Und er drehte sich um und pflückte die Königin von Saba von der kleinen Zierpalme, auf der sie sich gerade in Pose gesetzt hatte. Die Königin von Saba fauchte, und der Polizist ließ sie auf den Fußboden fallen. »Himmel, für dieses Tier braucht man ja einen Waffenschein. Sind Sie sicher, dass Ihre Katzen in der Öffentlichkeit nicht der Maulkorbpflicht unterliegen?«

»Nun lassen Sie doch«, sagte eine Kollegin, die dabei war, Akten zu sortieren. »Das sind Katzen, Schmidt, keine Pitbulls.« Sie streckte die Hand aus, und die Königin gestattete ihr, sie zu streicheln.

»Begleiten *Sie* mich?«, bat Mr. Widow. »Sonntagnacht?« Doch die Polizistin schüttelte den Kopf. »Ich fürchte, ich kann das nicht eigenmächtig entscheiden«, sagte sie. »Aber was kostet es eigentlich, bei Ihnen eine Katze zu entleihen? Ich habe immer zu wenig Zeit für meine Kinder. Die Katze hätte Zeit. Es würde reichen, sie nachmittags zu haben. Von eins bis sechs.«

»Wir sehen, was sich machen lässt«, sagte Mr. Widow.

»Danke«, sagte die Polizistin. »Es könnte übrigens sein, dass ich Sonntagnacht in der Nähe des Anglerteichs im Stadtpark spazieren gehe. Rein zufällig.«

Mr. Widow nickte, und Nancy nahm seinen Arm, um ihn hinauszuführen. In der Tür drehte sie sich noch einmal um. »Wenn Sie Pelzmütze länger behalten möchten, müssen Sie Leihgebühren für ihn bezahlen«, sagte sie zu dem Polizisten, der ihre Daten notiert hatte.

»Wie?« Er tastete verwirrt in seinem Haar herum, schrie leise auf vor Schreck und schüttelte Pelzmütze ab, der beleidigt auf Nancys Arm sprang. Dann verließen sie die Polizeiwache.

»Bei Scotland Yard wäre das anders gelaufen«, knurrte Mr. Widow. »Dieser Polizist hier hat noch nicht mal die Aussage der Katzen aufgenommen. Stümper.«

Nancys Gedanken kreisten um den Sonntag, doch es war erst Samstag, und auf ihrer Liste standen noch eine Menge Erledigungen.

Sie musste eine Katze von einem Künstler zurückfordern, der die Leihzeit bereits um drei Tage überzogen hatte, Hans alias Liebchen aus dem Hinterhof der merkwürdigen Liebenden holen, dem Schriftsteller eine frische Katze bringen und die Buchbloggerin besuchen, die ein neues Video mit Katze drehen wollte ... Und die ganze Zeit über schwangen Hannahs Worte in ihrem Hinterkopf mit. *Grandpa. Da holst du dir eine vollkommen fremde Person ins Haus, und dann verschwinden Dinge, und du wunderst dich?*

Er hatte nichts darüber gesagt. Kein Wort. Er ließ sie einfach weiterarbeiten. Wartete er auf eine Gelegenheit, sie zur Rede zu stellen? Sie bei irgendetwas zu erwischen und zu kündigen? Sie ging wie auf einem Hochseil, wie auf Glasscherben, wie durch den Nebel.

Und sie hatte Angst. Auch und vor allem vor Sonntagnacht.

In dem Studentenhinterhof voller kaputter Fahrräder wartete der junge Mann mit den langen Haaren mit Hans im Arm. »Hier haben Sie Liebchen wieder«, sagte er leise und voller Sehnsucht in der Stimme. »Ich habe ihm etwas Neues beigebracht. Er kann jetzt *Es waren zwei Königskinder* singen.«

»Ach«, sagte Nancy.

Der langhaarige junge Mann nickte mit melancholischem Enthusiasmus, eine Kombination, die wahrscheinlich nur bei Hinterhof-Liebenden vorkommt.»Liebchen?«, sagte er aufmunternd und streichelte Hans, der auf Nancys Arm hing.

Hans öffnete das rosa Maul weit – und gähnte ausführlich, wobei er etwas wie ein mehrsilbiges gelangweiltes Grunzen von sich gab.»Sehen Sie?«, fragte der junge Mann stolz.

»Äh«, sagte Nancy.

»Na ja, wir üben noch. Das war eben erst die erste Zeile. Aber Hauptsache, man erkennt die Melodie«, sagte der junge Mann.»Sie wissen schon. Als eine Art ... Botschaft.« Nancy sah an den Fenstern der Häuser rings um den Hof empor. Hinter einem von ihnen stand die Königstochter, die nicht zu ihrem Königssohn kommen konnte. Sie hätte einfach nur die Treppe hinunterzugehen brauchen, dann hätte sie ihn in die Arme schließen können. Nancy seufzte synchron mit Hans.

Im Auto kringelte er sich auf dem Beifahrersitz zusammen und schoss einen bösen Blick aus seinen hellblauen Augen auf Nancy ab. *Du hast gesagt, wenn ich den Quatsch mit dem Halsband mitmache, findet die Sache ein Ende. Und jetzt? Jetzt singe ich alte Volkslieder. Zum Kotzen.*

»Du singst doch gar nicht«, antwortete Nancy und startete den Motor.»Überhaupt, sei froh, dass du nicht entführt worden bist. Du hast ja keine Ahnung, was zu Hause los ist.«

*Entführt?*, fragte Hans und stellte die weißen, flauschigen Ohren auf. *O ja, bitte, kann ich entführt werden? Von mir aus in die Hölle oder auf den Mond. Irgendwohin, wo es keine seufzenden Verliebten gibt.*

»Hab dich nicht so«, meinte Nancy und lachte.»Die neue lila Seidenschleife steht dir übrigens ganz ausgezeichnet.«

»Mama hat gesagt, wir dürfen uns eine Katze aussuchen«, flötete eine Kinderstimme hinter Nancy, und sie fuhr
herum und hätte beinahe einen Radfahrer geplättet, als der
Wagen ins Schlingern geriet. Auf der Rückbank des Nachtkatzenbusses sahen vier Kinder in verschiedenen Größen
von drei bis ungefähr zwölf Jahren, die sich bisher so still
verhalten haben mussten wie … Katzen. »Eine Leihkatze.
Wo sind die Katzen denn alle?«
»Moment, Moment«, sagte Nancy. »Wie kommt ihr hier
rein? Welche Mama?«
»Wir haben nur eine«, sagte ein anderes Kind. »Sie arbeitet bei der Polizei und fängt Verbrecher. Aber sie hat uns
noch nie einen mitgebracht. Katzen bringen einem die
Sachen mit, die sie fangen, oder? Wir haben den Bus hier
gesehen, und wir wohnen da drüben, und Mama hatte das
am Telefon gesagt, und dass es da so einen Katzenverleih
gibt, also sind wir mal hier rein, war ja offen.«
»Und jetzt wollen wir unsere Leihkatze!«, rief das dritte
Kind.
»Katze, Katze, Katze!«, rief das vierte, das kleinste.
»Na, dann sucht euch mal eine aus«, sagte Nancy. »Wo-
bei, eigentlich ist es ja so, dass die Katze aussucht …«
*Ist gebongt*, sagte Hans. *Bloß weg von dem Liebespaar.*
*Ich nehme die Kinder und jage mit ihnen Verbrecher. Kannst*
*mich hierlassen.*
»Dieser Kater würde gerne mit euch spielen«, sagte
Nancy, sozusagen übersetzend. »Er findet Verbrecherjag-
den sehr interessant. Er heißt … Sherlock Holmes.«
»Oh, super«, sagte der älteste Junge. »Dann nehmen wir
ihn und besuchen Mama. Da können wir ihr gleich zeigen,
was für eine Katze wir bekommen haben.«
Sie waren aus dem Auto gehüpft, ehe Nancy etwas tun
konnte, Hans-Liebchen-Sherlock auf dem Arm des kleins-
ten Mädchens. »Moment«, sagte sie. »Ich dachte, es geht

darum, dass eure Mutter *keine* Zeit für euch hat und ihr stattdessen die Katze …«

Weg waren sie.

Nancy grinste und gab Gas.

Wenn alles so hätte bleiben können. Ein Leben voll von unsinnigen Begebenheiten und eingebildeten Gesprächen mit Katzen, Kindern und Kaminfeuer in Mr. Widows Wohnzimmer. Sogar Gurkensandwiches ohne Geschmack. Wenn alles so hätte bleiben können.

Aber Sonntag kam.

Und die Polizei würde die Daten kontrollieren und merken, dass es Nancy Müller nicht gab.

Der Schriftsteller machte gerade Spiegeleier, die Bloggerin drehte einen Film über den Zusammenhang zwischen High Fantasy und Haarspray, und der Künstler öffnete nicht auf Nancys Klingeln. Sie fand nur eine Umsonstpostkarte an seiner Wohnungstür, mit Tesafilm befestigt.

Es stand nichts darauf, aber die Karte warb für eine Ausstellung, bei der Skulpturen verschiedener moderner Künstler gezeigt wurden. Der Künstler aus dem siebzehnten Stock war einer von ihnen.

*Haariger Realismus – die Welt im Schafspelz. Eine Hommage an Meret Oppeheim,* las Nancy.

Sie war nicht kunstbewandert, aber Meret Oppenheim hatte irgendetwas mit einer Tasse und einem Löffel angestellt, so dass Fell darauf gewachsen war, daran erinnerte sie sich aus Schulzeiten. Vielleicht hatte die Dame ihr Geschirr auch einfach sehr lange nicht abgewaschen …

Sie steckte die Karte ein und wollte eben gehen, um das betreffende Museum zu suchen, da merkte sie, dass die Tür angelehnt war.

Vorsichtig drückte sie die Tür auf und betrat die Wohnung.

Sie war unmöbliert, nur vollgestellt mit Pappkartons und an die Wand gelehnten Leinwänden. Auf dem Fußboden fand sie Teller mit verschiedenen Butterbrotresten und Kaffeetassen, die zwar noch kein Fell entwickelt hatten, aber auf dem besten Weg waren. Und zwischen all dem standen auf kleinen selbstgezimmerten Holzsäulen Skulpturen. Als wäre die Wohnung selbst eine skurrile Art von Museum. Die Skulpturen stellten Katzen dar, ohne Ausnahme. Aber sie waren alle misslungen. Eine hatte seltsam geknickte Ohren, bei einer anderen waren Teile des Gipses herausgebrochen, bei einer dritten waren dem Erschaffer die Augen irgendwie verrutscht, und die Katze schielte. An einigen Skulpturen klebte Fell – Stücke eines räudigen alten Pelzmantels, fellartige Flaumfedern, ja, sogar Kresse wuchs auf einer der Katzen. Es gab auch mehrere Installationen aus Licht und Kabeln, eine davon verschmort durch einen Kurzschluss. Keines der Kunstwerke wirkte vollendet, bei allen hatte der Künstler irgendwann aufgegeben.

Die Katze, die Nancy abholen sollte, hatte Modell gestanden, so viel wusste sie. Und jetzt wusste sie auch, warum der Künstler sie noch nicht zurückgegeben hatte: Er war nie mit irgendeiner Skulptur fertig geworden. Doch, sagte sie sich dann, er musste mit einer fertig geworden sein, denn jetzt war er ja ganz offenbar in der Ausstellung.

Vielleicht hatte er es so eilig gehabt, dass er einfach vergessen hatte, das Modell zurückzugeben. Nancy streichelte die abnorm hässliche Kressekatze einmal sanft über den Kopf und verließ die Wohnung.

Das Museum lag ein paar Straßenzüge weiter und wirkte klein zwischen den Wolkenkratzern des Viertels, so klein wie Mr. Widows Haus. Aber es passte zur Umgebung, seine Abstraktheit schmiegte sich gläsern in die Abstraktheit der Stadt, seine Seitenwände wurden eins mit dem weißen

Schnee, die Kunst hatte sich angepasst und war kalt geworden. Winterkunst.

Nancy erinnerte sich erst, als sie in der Eingangshalle stand, die sich nach oben im Nichts verlor.

Sie war schon einmal hier gewesen. Vor ungefähr einem halben Jahr. Bei Dunkelheit. Die Dinge hatten damals ein anderes Gesicht gehabt.

An jenem Abend hatte sie das Gebäude an Kais Arm betreten – allerdings durch irgendeinen Seiteneingang – und am Arm eines anderen Mannes verlassen. Am Arm eines jungen Mannes in einem schönen Anzug aus sehr weichem Stoff. Kein Künstler. Ein junger Teilhaber der Firma, die hier irgendeine Ausstellung afrikanischer oder australischer oder jedenfalls weitgereister Werke sponserte. Nancy erinnerte sich nicht mehr genau an die Bilder, nur noch an die Weichheit des Anzugs, an dessen Schulter sie ihre Wange gelegt hatte, später, im Taxi nach Hause. Zu ihm nach Hause.

Sie hatte über dem obligatorischen schwarzen Minikleid nur einen leichten tiefgrünen Sommermantel getragen, ein Nichts von Mantel über einem Nichts von Kleid, und sie hatte den ganzen Abend sehr hochtrabende Gespräche geführt, alte Brocken ihrer abgebrochenen Gymnasialbildung herausgekramt und hin und wieder ein anerkennendes Lächeln von Kai oder einem seiner Jungs geerntet, das sie warm und stolz gemacht hatte. War doch eine gute Idee, sie damals von der Straße aufzulesen, hatte in Kais Lächeln gestanden. Trotz der Differenzen der letzten Zeiten.

Und dann das Taxi … Er hatte sie in dieser Nacht nicht berührt, nur zu einem späten Glas wahnsinnig teuren Rotwein in seinem Haus eingeladen. Es war alles langsam vorangeschritten.

Vielleicht hatte sie ihn für diese Langsamkeit, diese Höflichkeit vor allem anderen gemocht.

*Wer bist du?*
*Willst du nicht wissen.*
Sie hatte versucht, ihn nicht zu belügen. Nicht ihn. Nicht dieses Mal.

Ein knappes halbes Jahr später war er tot gewesen.

Und sie hatte in einer Mülltonne mit acht kleinen Katzen gesessen, ein winziges neues Leben in ihrem Körper, das sie behalten und beschützen – für das sie ein besserer Mensch werden wollte.

Sie riss sich zusammen, vergewisserte sich in einem der großen Wandspiegel, dass sie nichts war als Mr. Widows stilvoll altmodisch gekleidete Assistentin, der man weder das Baby noch ihre Vergangenheit ansah, und reihte sich in die Schlange am Eintrittskartenschalter ein.

Der *haarige Realismus* füllte eine ganze Halle.

Die Werke standen auf weißen Sockeln, ähnlich wie in der Wohnung des Künstlers, nur eckiger und stabiler, oder sie belegten, besetzten und bestanden Teile des ebenfalls weißen Bodens.

Nancy bewunderte ein Kanu samt Rudern und Ruderern aus Fuchspelz und ging verwundert um einen Glaskasten voller schmutziger Stückchen toter Stofftiere herum *(Kaninchengrab, nach Beuys)*, besah sich ein Fahrrad im Strickmantel (Stiftung des städtischen Hausfrauen-Guerilla-Strickclubs e.V.) und guckte sich einen Film an, der gleichzeitig auf sieben übereinandergestellten alten Fernsehern lief und den Haarwuchs eines nackt geborenen Maulwurfs in Zeitraffer sowie den gleichzeitigen Haarausfall eines bekannten Schauspielers zeigte.

In der Mitte des riesigen Raumes hatte sich eine Menschentraube gebildet. Nancy trat zu den Leuten und versuchte, über ihre Köpfe zu sehen, während sie dem Gemurmel von »extravagant!«, »unheimlich« und »so echt«

lauschte. »Der Symbolgehalt dieser lebensechten Plastik ist enorm«, hörte sie jemanden sagen. »Die Erschaffung quasi künstlichen Lebens in der Kälte unserer Zeit, gesegnet zum Glück mit einem warmen Pelz, ist eine Metapher für …«

Den Rest hörte sie nicht, denn jetzt teilte sich die Menge, mehr durch Zufall, und sie stand vor dem kleinen Kunstwerk auf seinem Sockel. Es war – eine Katze.

Eine mittelgroße, mittelbraune, völlig normale Katze. Sie war wirklich gut getroffen, täuschend echt saß sie da und sah mit geschlossenen Augen in sich hinein. Selbst die Atembewegungen hatte der Künstler durch irgendeine Art von verborgener Maschinerie völlig realistisch nachgebildet.

Er, der Künstler, stand neben seiner Katze und lächelte ins Blitzlichtgewitter. »Danke, danke, aber das verdiene ich gar nicht«, murmelte er. »Ich habe lediglich eine Katze gemacht …«

»Verkaufen Sie dieses Kunstwerk?«, fragte jemand. »Ich würde gerne mit Ihnen über den Preis …«

Der junge Künstler schüttelte den Kopf. »Tut mir leid.«

Die Menschentraube wogte zurück und schloss sich wieder um ihn und das Kunstwerk, und Nancy schlenderte weiter und wartete darauf, dass die Traube sich auflöste. Es dauerte eine geschlagene Stunde. Dann erst verlief sich die Menge, da es von weit her, aus dem Museumsrestaurant, nach Mittagessen und frisch gemahlenem Kaffee zu duften begann. Der junge Künstler fiel erschöpft auf eine Bank, die mitten im Raum stand, und packte sein Butterbrot aus. Nancy setzte sich neben ihn.

»Ich komme von Mr. Widows Katzenverleih«, sagte sie, bemüht um einen Tonfall zwischen Sanftheit und Strenge. »Sie haben noch eine Katze von uns.«

Der Künstler nickte und strich seine Rastalocken unter die lila Baskenmütze, die er trug.

»Lazy Joe«, sagte er. »Ja. Ich wollte schon anrufen und
verlängern …«

»Wo ist er?«, fragte Nancy.

»Da«, sagte der Künstler und deutete auf den Sockel mit
der Skulptur.

»Da?«, echote Nancy.

Der Künstler kaute nachdenklich auf seinem Brot herum.
»Ganz genau. Er macht seinem Namen alle Ehre. Dieser
Kater ist sogar zu faul zum Gähnen. Mit dem Zeichnen und
Modellieren hat es irgendwie nicht so geklappt, wie ich
wollte. Und dann rückte der Ausstellungstermin immer
näher, und ich hatte eine Katze versprochen …« Er zuckte
die Schultern.

Nancy sprang auf. »Wollen Sie damit sagen, das Kunstwerk auf dem Sockel …«

»Ist der Kater. Exakt.« Der Künstler griff in seine Brot-
dose, schob sich eine Hand voll Brekkies in den Mund, bemerkte den Irrtum und fluchte. »Das ist Joes Mittagessen …
Es ist im Übrigen nicht ganz gelogen mit dem Kunstwerk,
wissen Sie. Die Natur erschafft die wunderbarsten Kunstwerke. Könnten Sie Lazy Joe eventuell erst Ende der Woche
abholen? Sie brauchen sich keine Sorgen um ihn zu machen, wir bleiben immer nur bis nachmittags, dann erfinde
ich irgendeinen Defekt, den ich zu Hause an ihm reparieren
muss. Ich zahle nach, sagen Sie Widow das.«

Ehe Nancy die Ausstellung verließ, entdeckte sie noch einen
zweiten Ausstellungsraum, ein wenig versteckt hinter dem
ersten. Und dort hing in einer Ecke an langen Fäden etwas
ihr gut Bekanntes von der Decke: ein großes, aufblasbares
Nilpferd. Es hatte jetzt Fell. Grünes Fell. Zwischen den einzelnen Haaren entdeckte Nancy Kleeblätter.

Auf dem kleinen Schildchen an der nächsten weißen
Wand stand: *Ron Linden – Œuvre #2026.*

»Du hättest ihm ruhig einen Namen geben können«, sagte sie laut und lächelte in sich hinein.

»Oh, es hatte einen«, sagte Ron hinter ihr. »Aber die Museumsleute mochten ihn nicht. Sie fanden ihn unpassend. Ich meine, Paul Klee hat seine Kunstwerke auch einfach irgendwie genannt.« Er seufze.

Nancy drehte sich um. Ron saß in einer Ecke des Raums auf einem Stuhl, einen Museumskatalog in den Händen und trug ein kleines weißes *Mitarbeiter*-Schildchen an seinem dezenten schwarzen Rollkragenpullover. Keine unförmigen Wollungetüme diesmal. Beinahe schade.

»Ich helfe aus«, sagte er erklärend. »Mit irgendwas muss man ja Geld verdienen zwischendurch.«

»Und wie hieß das Nilpferd?«, fragte Nancy.

»Ralph«, antwortete Ron. »Ich fand das hübsch. Aber es war ihnen zu wenig abgehoben. Ich habe ihnen dann Wolf vorgeschlagen, das hört sich ja fast gleich an, aber Œuvre soundso war ihnen lieber.«

»Und woher kommt das grüne Fell? Ist das selbst gemacht?«

»Nein«, sagte Ron bescheiden. »Das ist Rollrasen. So ging es am schnellsten. Ich brauchte doch irgendetwas, was in die Fellausstellung passt, die Gelegenheit war einmalig, ein anderer Künstler hatte abgesagt.« Er sah sich um. »Haben Sie meine Mutter gesehen? Sie wollte einen Sekt trinken und etwas Torte zu Mittag essen im Museumsrestaurant, aber wenn man nicht gut auf sie aufpasst, stellt sie vielleicht etwas an. Kauft Kunst oder so. Das tut sie häufiger, die Villa zu Hause ist voll von *Sperrmüll*, wie mein Vater immer sagt.«

Nancy sah sich um. Im ersten Raum stand eine rundliche ältere Dame mit schwarzer Dauerwelle, roter Stoffblume im Haar und Pelzmantel. Sie stand ganz still und ließ sich fotografieren, und erst als der Fotograf den Raum verlassen hatte, bewegte sie sich wieder.

Der Fotograf kam an ihnen vorbei und sagte zu seinem Kollegen etwas von:»Ganz ähnlich wie in Amerika«, und:»Die Katze und die dicke Frau im Pelz sind am besten«. Nancy grinste still in sich hinein. Ehe sie Ron erklären konnte, was seine Mutter da tat, strömte ein neuer Schwall Besucher in die Räumlichkeiten, und sie waren nicht länger allein.

»Ich würde mich gerne irgendwann noch mal mit Ihnen unterhalten«, sagte Ron.»Aber jetzt ist es schlecht. Ich muss Ihnen unbedingt etwas erzählen, was heute Morgen passiert ist ... Können Sie Sonntagabend? Wir können uns allerdings nicht bei mir treffen, da ist ja meine Mutter.«

»Sonntagabend verfolge ich Mr. Widow durch den Stadtpark, wie es aussieht«, murmelte Nancy.»Vorher vielleicht ... ja«, sagte sie lauter.»Geht. Aber auch nicht bei uns.«

»Dann irgendeine Kneipe?«

Nancy dachte daran, dass die Kneipen, die sie besucht hatte, seit sie vor einem Jahr in die Stadt gekommen war, alle in einem anderen Viertel lagen: in einem zentraleren, hipperen Viertel, das sie wenn möglich nie wieder betreten würde. Das Einzige, was sie hier in der Nähe kannte, war das altmodische Café. Ron schien den gleichen Gedanken zu haben, denn er sagte:

»Wir könnten uns in *Das Café* treffen.«

»Wie bitte?«

»*Das Café*. Es heißt so. Ich war schon mit meiner Mutter in *Das Café*, es ist sehr gemütlich.«

»Ja, aber ... müsste es nicht *Dem Café* heißen?«

»Nein«, sagte Ron entschieden.»Über der Tür steht eindeutig *Das Café*.«

Nancy nickte.»Gut ... dann warte ich am Sonntag um neun vor *Das Café*.«

»Warten Sie lieber drinnen in *Das Café*«, sagte er ernst.»Die Straße von *Das Café* ist ein ziemlicher Windkanal.«

*Das Café* war schummerig und beinahe schwarzweiß, als Nancy es am Sonntagabend betrat, aber schwarzweiß auf die Sepiaart. Als wäre es nur ein altes, verblichenes Foto seiner selbst.

Sie hatten bis Mitternacht auf, es stand in schönen, geschwungenen Buchstaben an der Eingangstür.

Nancy fand einen freien Tisch in einer Ecke am Fenster, einen Tisch mit einer kleinen Schirmlampe, die behagliches Licht verströmte. Sie hatte Glück mit dem Tisch: Es war voll, voller noch als am Nachmittag. Die Leute, die hier saßen, wirkten im Sepialicht wie aus einer anderen Zeit. Oder so, als hätten sie an diesem Ort Zuflucht gefunden vor der Realität ihres eigenen Jahrhunderts.

Niemand hatte ein Handy am Ohr. Niemand saß wie in anderen Cafés und Kneipen vor einem aufgeklappten Laptop. Niemand machte Selfies oder fotografierte sein Essen.

In der Luft hingen die leisen Klänge eines dezenten Jazzstücks, zwischen denen eine junge Bedienung mit hoch aufgetürmten schwarzen Haaren ein Tablett balancierte. Die strenge alte Dame war nicht da, und Nancy dachte, sie hatte *Das Café* sicher um sechs Uhr zum Ende der Tagesschicht verlassen – bis sie sie an dem Glücksspielautomaten im hinteren, dunkleren Teil von *Das Café* entdeckte. Dort saß sie mit ihren straff zurückgekämmten grauen Haaren auf einem Barhocker, rauchte und war vertieft in einen Glücksspielautomaten – auch er ein Relikt aus einem vorigen Jahrhundert.

Auf dem Tisch vor Nancy saß die Kaffeekatze und entschäumte Nancys Bier, indem sie den Schaum wegleckte. »Es ist ungesund und politisch unkorrekt, Katzen Bierschaum zu geben«, sagte Nancy zu ihr. »Wenn jemand so etwas in einem Roman schreiben würde, wäre das Internet sofort voller böser Kommentare von allen möglichen Lesern. Ein Glück, dass das Bier wenigstens alkoholfrei ist.«

In diesem Moment öffnete sich die Tür des Cafés, das Klingeln der dort aufgehängten Ladenglocke ließ Nancy und die Kaffeekatze hochschrecken, und das Bierglas kippte um. Als Nancy es gerettet hatte, stand Ron an ihrem Tisch. »Sie sind nass«, sagte er.

»Ach, nur eine kleine Erfrischung«, sagte Nancy. »Irgendwo habe ich gelesen, dass Bier gut für den Teint ist.« Sie beugte sich über den Tisch, an den er sich jetzt gesetzt hatte, beide Hände auf der Tischplatte wie ein nervöser Schüler. »Was also ist am Samstagmorgen passiert?«, fragte Nancy.

Ron holte tief Luft. Schob die Kerzen und das Glas mit Dekorationsmüll (kleine Winteräpfel, Zimtstangen, eine Plastikhagebutte) auf dem Tisch hin und her. Holte noch einmal Luft.

»Halten Sie sich fest. Cynthia stand am Samstagmorgen in der Küche, als ich die Tür aufgemacht habe, und war dabei, Kaffee zu kochen. Sie hat mit uns gefrühstückt, als wäre es ganz selbstverständlich. Und als meine Mutter zu ihren Katzenbildern ging, um weiterzumalen, standen wir zu zweit oben im Wintergarten. Wir haben auf die Stadt runtergeguckt, und es hat wieder geschneit, nur in ganz leichten, vereinzelten Flocken ... wie schwerelose weiße Nilpferde.«

Nancy sagte nichts über hinkende Vergleiche.

»Und plötzlich hat sie meine Hand genommen und mich gefragt, ob – lachen Sie jetzt nicht! –, ob ich sie heiraten will. Einfach so, aus dem Nichts heraus.«

Nancy verschluckte sich an ihrem Kaffee und hustete. Sie hustete eine ganze Weile, bis sie Ron schließlich ansah, sich den Mund abwischte und fragte: »Was haben Sie gesagt?«

»Was hätten *Sie* denn geantwortet?« Er lächelte.

»Ich? Ich will Ihre Cynthia nicht heiraten. Ich hätte gesagt, sie soll aus Mr. Widows Baum verschwinden. Nein, vergessen Sie das. Was *haben* Sie ihr geantwortet?«

»Na, ja, selbstverständlich.« Er grinste. »Ich liebe sie. Ich meine, ich warte ständig darauf, dass sie auftaucht, ich zähle die Stunden ... Ich träume von ihr. Aber ich dachte, sie meint es nicht ernst. Sie spielt nur, Sie verstehen schon. Und dann steht sie da und fragt, ob ich sie heiraten will! Verrückt.« Er schüttelte den Kopf. »Ich stelle mir vor, wie wir das später unseren Kindern erzählen. ›Damals, weißt du, da wusste ich noch nichts über eure Mutter, ich habe sie einfach geheiratet. Es war sehr romantisch ...‹«

»Eben«, sagte Nancy. »Sie wissen nichts über ...«

Doch er hörte nicht zu. »Wir werden in ganz kleinem Rahmen heiraten«, fuhr er fort. »Meine Mutter ist ja sowieso da. Ihre Eltern sind wohl schwierig, die möchte sie nicht dabeihaben. Es gibt eine kleine Kirche gar nicht weit von hier, Sie kennen sie vielleicht, so ein moderner Bau mit einem quadratischen Turm, ganz aus Glas, wie ein geometrischer Eiszapfen ... Da werden wir uns am nächsten Sonntag die Hände reichen. Ich muss natürlich noch die Ringe besorgen. Ich dachte, Sie hätten vielleicht einen Tipp. Überhaupt Tipps. Was ziehe ich an? Muss ich die Blumen kaufen, oder tut sie das? Sie hat nur gesagt, sie wünscht sich eine Hochzeitsreise. Meine Mutter bleibt hier und passt auf die Lagerhalle auf und malt, und wir fahren für eine Woche ins Ausland.«

»Und Sie beide fahren auf eine kleine, unbekannte Südseeinsel«, sagte Nancy und winkte der hochaufgesteckten Bedienung mit ihrem leeren Bierglas. Am liebsten hätte sie es mit Schnaps gefüllt zurückgehabt, aber das Leben ist kein Wunschkonzert.

»Raten Sie schon wieder? Oder kennen Sie Cynthia?« Er musterte sie, beinahe misstrauisch.

»Oh, ich ... ich rate natürlich. Wie immer.«

Sie sah ihn eine Weile an, wie er so dasaß, in Sepia und unförmiger Strickwolle voller Katzenhaare.

Sie hatte Worte auf der Zunge, die sie nicht sagen durfte. Tun Sie nur so, oder sind Sie so blöd? Wie oft haben Sie Cynthia gesehen? Drei, vier Mal? Und jetzt wollen Sie sie heiraten?

»Sie wissen nicht einmal, was sie von Beruf ist«, murmelte sie. »Ihren Nachnamen. Oder wo sie wohnt.«

»Doch, inzwischen schon.« Er lächelte. »Ich dachte mir, dass Sie das fragen. Sie machen sich immer noch Sorgen um mich, was? Das ist irgendwie rührend. Ich habe sie drei oder vier Mal gesehen, und Sie machen sich Sorgen. Cynthia hat mir ihre Wohnung gezeigt, gleich nach dem Frühstück gestern, ehe ich zu der Ausstellung ins Museum musste. Sie sagt, sie hat sich entschieden, sie wollte es eine Weile nicht wahrhaben, aber sie hat sich Hals über Kopf verliebt, und jetzt soll ich alles über sie erfahren, was ich wissen will, möglichst schnell, damit uns beiden nichts mehr im Weg steht. Dann sind wir in ein Taxi gestiegen und zu ihr gefahren. Sie lebt in einer winzigen Einraumwohnung in einem Wolkenkratzer ziemlich zentral, sie arbeitet als Stewardess, was ihr Aussehen erklärt, und auch, dass sie oft eine Zeitlang weg ist ... und sie heißt mit Nachnamen Vincentero, ihre Großeltern kommen aus Spanien.« Er hatte sehr schnell gesprochen und lehnte sich nun mit dem Grinsen eines Schuljungen zurück, der seine Lektion gelernt hat und eine Eins erwartet. »Zufrieden?«

Nancy nickte. *Und haben Sie nachgesehen, ob irgendwo eine Cynthia Vincentero gemeldet ist? Und wie heißt die Fluggesellschaft?*

Sie fragte nicht. Sie sagte: »Ich kenne einen sehr guten Juwelier. Wegen der Ringe. Wenn Sie wollen, schreibe ich Ihnen seine Adresse auf. Unsere Katzen arbeiten dort manchmal als Schaufensterpuppen.«

Ron nickte.

Und dann sprachen sie eine Weile über Katzen und Juweliere und die Verrücktheiten des Lebens, der Abend schritt voran, Biergläser wurden geleert, sie sprachen über Mütter und ältere Herren und ihre Enkeltöchter, die Zeit glitt vorbei, sie teilten eine Pizza und sprachen über fliegende Nilpferde.

Irgendwann ging Nancy aufs Klo und sah beim Händewaschen ihr Spiegelbild an.

*Du magst ihn,* sagte sie zu dem Spiegelbild.

*Natürlich,* antwortete das Spiegelbild.

*Aber dann kannst du ihn nicht ins Verderben laufen lassen.*

*Ich weiß nicht,* sagte das Spiegelbild. *Es ist noch eine Woche Zeit bis zu dieser wahnsinnigen Verabredung in der Kirche mit dem Eiszapfenturm. Eine Woche, um herauszufinden, was ich tun muss.*

*Bring Cynthia um,* sagte sie zu ihrem Spiegelbild.

*Aber das,* sagte das Spiegelbild, *wäre Selbstmord. Oder nicht?*

*Vielleicht wäre es gut, du würdest dich in psychiatrische Behandlung begeben,* sagte Nancy. *Früher hattest du immer alles unter Kontrolle. Oder eigentlich hatte Kai alles unter Kontrolle. Du solltest dich jemandem anvertrauen.*

*Ich mich?,* fragte das Spiegelbild. *Oder du dich?*

*Wir müssen los,* sagte die Kaffeekatze, die auf ihrer Schulter saß, zum Spiegelbild der Kaffeekatze. *Mr. Widow wird in einer halben Stunde mit einem Umschlag voller Geld im Stadtpark warten.*

*Und vielleicht brauchst du nur genügend Geld, um alles hinter dir zu lassen – auch diese komische Frau mit den goldblonden Haaren und den roten Lippen? Die Erinnerung an Kai? Die Stadt? Mit genügend Geld wäre es möglich, denkst du nicht?*

»Ich gehe nur in den Park, um auf Mr. Widow aufzupassen«, flüsterte Nancy. »Und du redest sowieso nicht, ich stelle mir das nur vor.«

Ron saß noch immer versunken in seine eigenen Gedanken am Tisch, als sie zurückkam.

»Ich glaube, ich muss gehen«, sagte Nancy. »Sie erinnern sich an den Zettel? Um Mitternacht wartet jemand im Stadtpark auf Mr. Widow und zehntausend Euro.«

»Er geht da wirklich hin?«, fragte Ron. Seltsam, bisher hatte keiner von ihnen das Thema angeschnitten, wie eine giftige Torte.

»Ja, und er will alleine gehen«, sagte Nancy. »Aber ich lasse ihn nicht.«

»Dann komme ich auch mit.« Ron stand entschlossen auf. »Ich kann Sie jetzt genauso wenig alleine in den Park gehen lassen!«

»O doch, das können Sie sehr gut«, sagte Nancy. »Da draußen im Park ist es für fliegende Nilpferde und ihre Erschaffer jetzt zu kalt. Und viel zu dunkel. Gehen Sie nach Hause und passen Sie auf Ihre Mutter und die geliehenen Katzen auf, ja?«

Sie umarmte ihn zum Abschied. Zum ersten Mal. Sein Wollpullover roch nach Wollpullover und sein Schal nach Schal. Und ein bisschen nach Bier und Hund. Er war so sehr das, was er war, und nichts anderes. Kein doppelter Boden. Beinahe schien es beunruhigend.

Der Park war definitiv zu dunkel für Nilpferde.

Er war zu dunkel für irgendetwas, er war das Gegenteil von hell erleuchteten Museen, von Rollrasen mit Kleeblättern, von dem warmen Licht in Mr. Widows Haus.

Und er war zu kalt für jedes Leben. Kälter noch als die Pole.

Die Bäume waren nur Schatten, keine echten Bäume in dieser Nacht. Eisbären wären erfroren.

Nancy stand zitternd im Wind, den Mantel dicht um sich gezogen, und sie konnte sich nur einen Ort vorstellen, der noch kälter war als dieser Nachtpark: die Kirche mit dem Eiszapfenturm, in der Ron Linden versuchen würde, sein Leben zu zerstören.

Sie wartete am südlichen Eingang des weitläufigen Parks hinter einem immergrünen Eibengehölz, jetzt ein pechschwarzes Ungeheuer. Beinahe hoffte sie, Mr. Widow würde gar nicht kommen. Aber er kam.

Er trug eine Katze um den Hals, ähnlich wie Nancy die Kaffeekatze. Nancy glaubte, den blinden Timothy zu erkennen. Die Kaffeekatze war das Einzige, was Nancy wirklich wärmte; es war klug, nachts in einer Großstadt Katzen zu tragen statt beispielsweise Kaschmir oder Wolle.

Mr. Widow stützte sich schwer auf seinen Stock und bewegte sich langsamer und unsicherer als in jener Nacht vor zwei Wochen, als er Nancy in der Mülltonne gefunden hatte. Immer wieder blieb er stehen, sah sich um, legte den Kopf lauschend auf die Seite, humpelte weiter.

Er durchquerte das hoch aufragende Parktor mit seinen antiken Eisenstäben, ein Tor, das immer offen stand, und ging die Meander des kiesbestreuten Weges zwischen den Rasenflächen entlang. Nancy folgte ihm in gebührendem Abstand. Am Ende der großen Rasenflächen lag der See, in den die Eisangler mit der Axt ihre Löcher hieben. Nancy dachte an Angelika und daran, wie sie und Mr. Widow vor einer Ewigkeit zusammen hier zwischen bunten Lampions gestanden und Glühwein getrunken hatten. Es musste wunderbar sein, so geliebt zu werden, dass jemand einen Gedenkstein in seinen Garten stellte und die Einkaufsliste mit einem besprach, selbst wenn man lange tot war!

Woran sie nur gestorben war?

Nancy hörte ein Rascheln zur Rechten, irgendwo in den Büschen, die vereinzelt auf dem Rasen standen wie wartende Ballspieler, und sie hielt einen Moment inne. Nein, da war nichts. Nichts und niemand. Vielleicht war es ein Tier gewesen. Eines, das trotz der Kälte nachts unterwegs war, ein kleines Tier mit Muff oder tragbarer Heizung.

Oder nur der Wind.

Einmal drehte Mr. Widow sich um, und Nancy verschmolz mit einem schlafenden Kiosk, der zu Sommerzeiten Eis verkaufte. Sie schloss die Augen und dachte für einen Moment an das Eis und die Kinder und den Sommer und daran, wie sie in einer anderen Stadt, sehr weit weg, selbst ein Kind gewesen war und mit ihren Eltern auf einem Parkrasen wie diesem Ball gespielt hatte.

Sie hatte ihre Eltern seit über zehn Jahren nicht gesehen.

An irgendeinem Punkt war alles schiefgegangen, sie wusste nicht einmal, warum oder wann genau. An irgendeinem Punkt war sie kein kleines Mädchen mit Zöpfen mehr gewesen, das lachend einem Ball nachjagte, und an irgendeinem Punkt war der Sommer vorüber gewesen. Ganz plötzlich.

Und Parks waren Umschlagplätze geworden und Parkbänke dazu da, darauf Kippen auszudrücken. Und später … die Dunkelheit unter Bäumen im Sommer war immer ein guter Tarnmantel gewesen, auch für Küsse, auch für geflüsterte Gespräche mit Männern wie dem, den sie im Museum kennengelernt hatte, für ein Kichern zu zweit … Aber das Kinderlachen auf den Wiesen von damals hatte sie nie wiedergefunden.

Sie öffnete die Augen.

Mr. Widows Gestalt war schon so weit fort, so winzig geworden in der Ferne, dass sie ihn kaum noch ausmachen konnte. Sie beeilte sich, ihm nachzugehen, ihre Schritte auf dem Kies knirschend, als ginge sie über zerstoßenes Eis.

Sie fand ihn am See, er stand dort am Ufer und sah über die glatte Fläche hinaus, in die zwischen totem Schilf ein kleiner Steg hineinragte. Auch der runde Holzpavillon am Ufer träumte vom Sommer, oder vielleicht vom nächsten Eisanglerwettbewerb und vom Duft von Glühwein, Maroni und Orangen.

Nancy beobachtete, wie Mr. Widow auf den Steg hinausging, an seinem Ende stehen blieb und den Gehstock dreimal auf die Holzbohlen stieß, als wäre dies ein geheimes Erkennungszeichen.

»Hallo?«, rief er in die Nacht hinaus. Die Eisfläche des Sees erzitterte unter seinem Ruf, und Nancy sah sich um, beinahe erwartend, dass Geister aus der Tiefe heraufstiegen und das Eis durchbrachen. Doch nichts geschah.

»Ich stehe hier und warte, verdammt!«, rief Mr. Widow. Seine Stimme war heiser und brüchig, aber noch immer so laut und selbstbewusst, dass Nancy lächelte. »Ich habe einen Umschlag in der Tasche, und ich möchte verdammt noch mal meine Katzen zurück! Alle, die fehlen! Und wenn Sie sich nicht trauen, jetzt hier auf der Bildfläche zu erscheinen, muss ich Ihnen sagen, dass Sie ein Feigling sind! Ein erbärmlicher, bedauernswerter Feigling!«

Er drehte sich einmal um die eigene Achse, doch sein Blick fand niemanden, auch Nancy nicht, die hinter dem Pavillon am Boden kauerte, neben einem Schild mit Reklame für frische Waffeln.

»Machen Sie sich lustig über mich?«, rief Mr. Widow. »Sitzen Sie irgendwo und sehen mich und lachen? Ja, ja, ich weiß schon, die alte Welt erfriert. Die, in der es Katzen und Bücher gibt und Bäume in Gärten. Alles, was von dieser Welt bleibt, sind ein alter Mann und sein Geld. Und wenn Sie etwas davon haben wollen, los jetzt! Ich warte nicht ewig hier.«

Mr. Widows Worte hallten weit über das Eis, doch es

kam keine Antwort. Wer auch immer Mr. Widow um Mitternacht am Sonntag in den Park beordert hatte, war nicht hier.

Beinahe spürte Nancy Erleichterung.

Aber dann vernahm sie ein seltsames Geräusch, ein leises, weit entferntes ... Miauen. Es kam von der anderen Seite des Sees. Mr. Widow hatte es auch gehört, denn er reckte den Kopf, und der blinde Timothy auf seinen Schultern setzte sich auf und stellte lauschend die Ohren hoch. Das Miauen wurde lauter, steigerte sich zu einem Singen, dem Singen eines oder mehrerer Kater irgendwo drüben am anderen Ufer.

Und jetzt sah Nancy, dass dort jemand stand und winkte. Ein Mensch. Mehr konnte sie auf die Entfernung und in der Dunkelheit nicht erkennen.

Mr. Widow murmelte etwas, das entfernt an einen englischen Fluch erinnerte, bückte sich – und begann, hinunter aufs Eis zu klettern. Vom Ufer aus wäre es schwierig gewesen, denn an dieser Stelle wurde es von einem breiten Schilfgürtel gesäumt. Nancy unterdrückte den Impuls, auf den Steg hinauszurennen und Mr. Widow bei seiner unsinnigen Kletterei zu helfen. Aber es war besser, er sah sie nicht.

Jetzt hatte er es geschafft, er stand auf dem gefrorenen See, und jetzt – jetzt machte er sich auf den Weg hinüber zu dem Ufer, von dem noch immer der Katzengesang kam. Mr. Widow hielt etwas in der Hand, etwas wie einen großformatigen Umschlag. Das Geld, dachte Nancy.

Es war ausreichend kalt, sagte sie sich, das Eis hielt, der Winter währte schon lange genug. Andererseits gab es Menschen, die es zu Angelzwecken aufhackten, und sie wusste nicht, wo. Den ganzen Abend lang war Schnee in leisen Flocken gefallen und bedeckte jetzt das Eis, bedeckte auch jede dünne Eisschicht, die vielleicht erst gerade über dem einen oder anderen Loch entstanden war ...

Die Katzen drüben sangen jetzt zu mehreren.

Mr. Widow humpelte an seinem Stock voran, glitt beinahe aus, humpelte weiter.

Der Mond wälzte sich schweigend über den eisigen Himmel.

Da brachte ein Schrei die Nacht zum Bersten.

»Mr. Widow! Niiiicht! Nicht aufs Eis!«

Es war der Schrei eines kleinen Jungen. Hauke.

Nancy sprang auf, kümmerte sich nicht mehr um irgendeine Art von Deckung, sah sich um und entdeckte ihn schließlich: Hauke stand mit einer Angel in der Hand im Schilf, kaum zu sehen zwischen den hohen Halmen. Neben ihm stand noch ein zweites Kind, ein kleineres und schmäleres Kind, das mit beiden Armen winkte. Mr. Widow drehte sich um, zögerte – und ging weiter, ging unbeirrt in Richtung des Katzengesangs.

»Kommen Sie zurück!«, brüllte Hauke und bahnte sich einen Weg durchs Schilf, die Angel wie eine Machete nutzend, was weder der Angel guttat noch besonders effektiv war. Das andere Kind folgte, und schließlich spuckte das Schilf sie doch aus: Sie waren auf dem Eis.

Nancy rannte auf den Steg hinaus, kletterte ebenfalls hinunter und stockte. Hauke und das zweite Kind waren ihr ein Stück voraus, und sie erkannte das Kind: Es war ein Mädchen, zierlich, schmächtig, hübsch.

Elise.

Hauke trug außer der Angel noch einen Eimer, Elise hatte ihre kleinen Hände in einem Muff aus weißem Kunstpelz vergraben und ihr langes Haar unter einer dicken Strickmütze versteckt.

»Da vorne sind die Löcher!«, schrie Hauke. »Widow! Bleiben Sie stehen! Sind Sie verrückt geworden?«

Aber Mr. Widow blieb nicht stehen, er humpelte jetzt sogar noch schneller, als hätten Hauke und er eine Wette abgeschlossen, wer zuerst das Ufer drüben erreichte. Hauke und Elise rannten und schlitterten ihm nach – es war ein seltsames Rennen, das dort mitten in der tiefsten, schwärzesten Nacht auf dem See im Park stattfand.

Mr. Widow war beinahe auf der anderen Seite, als Nancy sich endlich aus ihrer Starre löste und in Bewegung setzte. Die Gestalt am gegenüberliegenden Ufer stand nicht mehr da, natürlich, sie war nicht so dumm, Mr. Widow persönlich die Hand zu schütteln. Wahrscheinlich hinterließ sie eine weitere Botschaft, eine Anweisung, wo er den Umschlag deponieren sollte. Wobei sie das schon im letzten Brief hätte tun können, das Ganze hatte etwas Unentschlossenes, Stümperhaftes. Ein nicht vollkommen durchdachter Kinderstreich.

Die Katzen sangen noch immer. Aber sie waren nirgendwo zu sehen, sie waren nicht frei, sonst wären sie Mr. Widow entgegengelaufen, selbst aufs Eis hinaus. Die Kaffeekatze auf Nancys Schulter stimmte mit ein in den fernen Gesang, und auch der blinde Timothy bei Mr. Widow schien zu singen: ein nächtliches Konzert der Wiedersehensfreude, schräg, unmelodisch, wunderbar und voller freudiger Erwartung.

Nur noch wenige Meter trennten Mr. Widow vom Ufer, Nancy sah es im Licht des verschwommenen Mondes. Neben ihm begann das Schilf, vor ihm lag ein Weg über glattes Eis, schilflos. Da knackte das Eis.

Nancy spürte das Vibrieren, das durch den ganzen See lief, die Unruhe des Eises unter den eigenen Füßen. Gleichzeitig zogen Wolken vor den Mond, als wäre mit dem Eis auch das wenige Licht zerbrochen.

Mr. Widow schien die Arme auszubreiten, strauchelte, kämpfte einen wilden Moment um sein Gleichgewicht – und schon in dieser Sekunde wusste Nancy, wo der Riss im Eis entstanden war. Unter ihm. Direkt unter ihm.

Sie erstarrte, zum zweiten Mal in dieser Nacht. Vor ihr erstarrten Hauke und Elise.

Und dann sah Nancy Mr. Widow versinken. Ganz langsam, wie in Zeitlupe. Der Umschlag fiel aus seiner Hand, doch den Stock hielt er noch fest. Es war zu dunkel, um Details zu erkennen: wie, ob er sich im letzten Moment umdrehte. Ob er gehört hatte, gewusst hatte, dass ihm jemand folgte. Ob, falls er sich umgedreht hatte, Angst in seinem Gesicht stand oder Überraschung – oder etwas gänzlich anderes. Aus irgendeinem Grund stellte Nancy sich vor, dass er lachte. Über sich selbst und die abstruse Welt und die komische Figur, die er beim Einbrechen abgab.

Nancy rannte jetzt.

Zu spät, viel zu spät. Sie hörte ein Rascheln im Schilf, war unsicher, woher es kam, sah die Kinder ebenfalls rennen. Etwas blitzte. Aber der Himmel war gewitterfrei, und es folgte kein Donner.

Als sie dort ankam, wo der alte Herr versunken war, war nichts mehr von ihm zu sehen.

Was deutlich zu sehen war, war die Abbruchkante des dicken Eises. Hier befanden sich keine Eisanglerlöcher. Es sah vielmehr aus, als hätte jemand das Eis in einer langen Linie angesägt. Hauke und Elise standen stumm daneben.

Nancy kniete sich hin und fischte mit beiden Armen im eisigen Wasser herum, ohne etwas zu finden, hektisch, keuchend. Sie glaubte kurz, ein Stück des Umschlags zu erkennen, der in der Tiefe verschwand, vollgesogen mit Wasser, aber der Umschlag mit dem Geld interessierte sie nicht

»Einen Stock«, flüsterte sie. »Wir brauchen einen langen Stock. Wir brauchen …«

»Wir brauchen Hilfe«, sagte Hauke. »Die Polizei oder die Feuerwehr.«

Er zog ein Telefon aus der Jackentasche und tippte mit zitternden Fingern auf die Tasten.

»Eins, eins, null«, sagte Nancy.»Glaube ich.«

Der Gesang der Katzen war versiegt. Der Mond sickerte wieder aus den Wolken hervor. An dem Ufer, zu dem Mr. Widow unterwegs gewesen war, saß jetzt eine Katze. Eine einzige große Katze. Nancy erkannte sie. Ihn. Es war der blinde Timothy. Er hatte es von Mr. Widows Schulter an Land geschafft. Nur er.

»Was zum Teufel macht ihr beiden mitten in der Nacht auf dem Eis?«, fragte Nancy, während sinnlose Tränen begannen, über ihre Wangen zu laufen.»War das hier ein dummer Streich?«

Hauke antwortete nicht, er war mit dem Handy beschäftigt.

»Nein«, sagte Elise.»Wir angeln. Unsere Eltern wissen das nicht. Nachts kann man die Fische mit Lichtschwimmern anlocken, sagt Hauke. Aber die gingen nicht, und denn war auf einmal Mr. Widow da, und …« Sie verstummte und stürzte sich schluchzend in Nancys Arme.»Und was machen Sie hier?«

»Auf Mr. Widow aufpassen«, antwortete Nancy kläglich.»Ich fürchte nur, es hat nicht besonders gut funktioniert.«

Eine halbe Stunde später war der Stadtpark voller Licht und Menschen.

Die Feuerwehr suchte mit Stangen im See, und die Polizei stellte alle möglichen sinnigen oder sinnlosen Fragen. Eine Polizistin, der vier Kinder in Pyjama und Wintermänteln hinterherliefen, machte sich selbst lauthals Vorwürfe, dass sie das absonderliche Treffen eines alten Herrn mit den Entführern seiner Katzen vergessen hatte, weil sie zu Hause mit einer entliehenen Katze und ihren Kindern zu behaglich vor dem Fernseher eingeschlafen war.

Nancy hätte es sehr schwer gefunden, zu erklären, warum sie hier war. Genau wie Hauke und Elise. Sie war mit den Kindern unsichtbar geworden, als das Licht und die Menschen gekommen waren; sie saßen gemeinsam mit dem blinden Timothy und der Kaffeekatze hinter einem schlafenden Sommerpavillon, obwohl sie alle drei wussten, dass das vermutlich nicht richtig war.

Aber auch von dort aus bekamen sie mit, dass weder die Feuerwehr noch die Polizei im See einen alten Herrn fand, tot oder lebendig.

Mr. Widow war, unerklärlicherweise, verschwunden.

Genau wie die singenden Katzen und ihr Entführer.

# 10

NANCY TRAT ERST im Morgengrauen durch das Tor zum Haus von Mr. Widow. Hauke und Elise lagen seit Stunden in ihren Betten; Nancy hatte die beiden wie streunende Kätzchen vor ihren jeweiligen Türen abgesetzt, hatte geklingelt und sich dann aber aus dem Staub gemacht. Sie selbst wusste, dass sie keinen Schlaf finden würde. Und wo sollte sie überhaupt schlafen? War ihr Bett im Widowschen Haus noch ihr Bett? War irgendetwas noch wie vor dieser Nacht?

Sie war, dachte sie, als sie jetzt vor Mr. Widows Tür (oder der Tür seiner Katzen) stand, die Haushaltshilfe eines Verschwundenen. Sie war angestellt bei einem Menschen, den es nicht mehr gab. Und in ihrem übermüdeten, unterkühlten Geisteszustand fragte sie sich für einen Moment, ob es ihn je gegeben hatte. Ob es möglich war, dass der ganze skurrile, liebenswerte Mr. Widow nur ihrem Wunschdenken entsprungen war.

Nein. Unsinn.

Wenn es Mr. Widow nie gegeben hätte, hätte sie nicht für ihn eingekauft, und dann stünde kein nicht-zurückgegebener Einkaufswagen im Vorgarten. Sie warf dem Wagen einen dankbaren Blick zu. Dann schloss sie die Haustür auf, streifte die Schuhe ab, tappte leise über den Perserteppich, schlich die Treppen hoch. Wie eine Katze, dachte sie, ich bewege mich wie eine von ihnen. Die Kaffeekatze auf ihrer Schulter jedoch schlief. Nancy legte sie auf ihr Kopfkissen und fiel selbst daneben, fiel lang ausgestreckt auf ihr Bett und in eine große, traumlose Schwärze. Wie Winterwasser unter dem Eis.

Als sie aufwachte, saß ein goldener Morgen in den kahlen Ästen im Garten – selbst in dem Baum, in dem manchmal nachts jemand anderer saß. Der Morgen glitzerte auf dem Schnee und ließ die Hagebutten und ein paar alte Rosenblüten rot und rosafarben strahlen. Nancy stand eine Weile am Fenster und dachte darüber nach, wie schön alles war. Der halb verwilderte Garten, das unwirklich altmodische Haus, seine samtenen Bewohner.

Alles war zu schön, um von Dauer zu sein.

Sie würde jetzt dort hinausgehen und etwas entscheiden müssen ...

Sie zog sich an und tappte hinunter in die Küche, um die Katzen zu füttern. Aber jemand hatte die Katzen bereits gefüttert, sie saßen auf dem Boden, dem Tisch und den Stühlen, an ihren jeweiligen Lieblingsplätzen, und waren mit ihrem Frühstück beschäftigt. Nur die Königin von Saba fehlte.

»Hannah«, sagte Nancy laut. »Hannah ist hier.«

Sie ging ins Wohnzimmer, und ihr fiel sofort auf, dass die hohe Bibliothekarsleiter, die sonst unauffällig in einer Ecke stand, ein Stück weitergerollt worden war. Die Rollen führten das obere Ende der Leiter an einem der oberen Bücherborde entlang, wie man es in alten englischen Filmen sah. Bisher hatte Nancy nie auf die Leiter geachtet, sie war einfach da gewesen, die Art Eckengegenstand, der Staub sammelt und irgendwann vom Sehzentrum bei der Betrachtung eines Raumes einfach weggekürzt wird.

Nun stand sie an einer anderen Stelle, als hätte jemand (Hannah?) ein bestimmtes Buch in einem der oberen Regale gesucht. Nancy blieb stehen und legte den Kopf in den Nacken. Auf halber Höhe der Leiter saß eine Katze, die ein unbequemes Gesicht machte, Nancy erinnerte sich vage, dass sie Akrobat hieß, aber die Katze wirkte auf der Leiter

234

eher, als hieße sie Höhenangst. Leitern sind nicht für Katzen gemacht.

Es stand in jedem Fall kein Mensch auf der Leiter. Aber dann hörte Nancy ein Räuspern von oben, und ihr Blick wanderte an der Leiter entlang in die gegenüberliegende Ecke. Dort befand sich ein Mensch. Er saß auf dem obersten Regalbrett, an einer Stelle, an der keine Bücher standen. Es war genug Platz vom Regalbrett bis zu Decke, um dort zu sitzen, allerdings sah es nicht aus, als täte der Mensch es absichtlich.

Es war Mr. Widow. Neben ihm lagen ein Buch und die Königin von Saba.

»Verzeihung«, sagte er, »aber könnten Sie die Leiter herüberschieben? Ich bin mit meinem Fuß ungünstig dagegengekommen, und sie ist weggerollt. Mir war nicht klar, dass das so schnell geschehen kann: Ich habe eine Weile ganz nett hier gesessen und gelesen, aber nun würde ich gerne herunterkommen und einen Tee trinken. Sie wollen sicherlich auch frühstücken, nicht wahr.«

Nancy schnappte nach Luft.

»Ich, ich, ich ...«, stotterte sie. »Wo waren Sie?«

»Eben auf Seite 34«, antwortete Mr. Widow. »Ich hätte mich nie auf dieses Brett setzen sollen. Es sah so verlockend bequem aus. Würde es Ihnen etwas ausmachen, jetzt die Leiter ...?«

Nancy gab der Leiter einen Schubs, und sie rollte zu Mr. Widows Standort hinüber.

»Sie waren verschwunden«, sagte sie. »Die Polizei und die Feuerwehr haben den ganzen Stadtparksee nach Ihnen abgesucht! Sie sind doch eingebrochen ... hört man ...«

Sie beschloss, dass es besser war, wenn Mr. Widow nichts davon erfuhr, dass sie nachts da gewesen war.

»Ich zähle mich selbst nicht zur Gattung der Einbrecher«, sagte Mr. Widow.

»Die haben gesagt, Sie wären vermutlich erfroren, aber dann waren Sie gar nicht da, also, kein Körper, und ...« Nancy verhedderte sich und stockte. »Ich verstehe das nicht«, sagte sie und nahm die Katze Akrobat von der Leiter. »Ich verstehe das alles überhaupt nicht.«

»Ich im Moment auch nicht«, sagte Mr. Widow und kletterte sehr langsam und sehr mühevoll die Sprossen hinunter. In Nancys Kopf flackerte die Frage auf, was er da oben gesucht hatte, bei der Strapaze, die es für ihn bedeutete, hinaufzukommen. Aber sie vergaß diese Frage wieder, es gab zu viele andere Fragen, ein ganzes Knäuel von ihnen verstopfte ihren Kopf.

Schließlich saßen sie inmitten der Katzen in der Küche und tranken Tee, und Nancy fand an diesem Morgen, dass es nichts Besseres gab als von Mr. Widow am Vortag (oder am Vorvortag) selbstgebackene, staubtrockene englische Scones mit bitterer Orangenmarmelade. Sie fühlte sich wie ein Kind, das lange geweint hat, weil es verloren gegangen war, und das nun gefunden worden ist: zitterig, glücklich mit einem Rest übrig gebliebenen Unglücks, einem Überhang der ausgestandenen Angst.

»Widow, ja, Warm-Innenraum-Dose-Offen-Winter. Was? Ja, wie Fenster«, sagte Mr. Widow gerade ins Telefon, während er mit einer Hand die Königin von Saba streichelte. »Ich wollte Ihnen nur mitteilen, dass ich nicht verschwunden bin. Wie? Wenn alle Leute dauernd anriefen, um Ihnen mitzuteilen, dass sie nicht verschwunden sind, dann hätten Sie ...? Aber Sie suchen schließlich nicht alle Leute die ganze Nacht in einem See, oder? Ja, der Widow. Ja, ich war bei Ihnen. Entführte Katzen. Genau. Bitte? Junger Mann, das will ich überhört haben.« Er knallte den Hörer auf die Gabel.

»Ich frage mich, wer die Polizei überhaupt gerufen hat«, sagte Mr. Widow. »Die sagen, es war ein anonymer Anruf. Von einer Frau.«

»Einem kleinen Jungen«, verbesserte Nancy. »Ich meine, es könnte doch auch ein kleiner Junge gewesen sein. Wenn es eine hohe Stimme war. Wie von einer Frau. Ich meine ...«
Mr. Widow kniff die Augen zusammen und musterte sie eine Weile. »Möglich«, sagte er.

»Und ... waren Sie also nicht da? Mit dem Lösegeld? Sie haben doch gesagt, Sie würden hingehen?«

»Ich war im Stadtpark. Mit dem Lösegeld«, sagte Mr. Widow bedächtig. »Nur nicht am See. Ich war am nördlichen Tor und bin da eine Weile herumgelaufen, aber ich habe niemanden gefunden.«

Warum, dachte Nancy, log er? Oder log er nicht? Hatte sie jemand ganz anderen gesehen? Wer war letzte Nacht ins Eis eingebrochen? Und wo war derjenige jetzt?

»Sie haben keine Katzen singen gehört?«, fragte sie.

»Katzen? Singen?«

»Na ja, ich dachte bloß ... Wenn der Entführer die Katzen mitgebracht hätte, dann hätten sie vielleicht gesungen.« Ihr fiel etwas ein, und sie sah sich suchend um. »Wo ist eigentlich der blinde Timothy?«

»Sitzt da auf der großen Schüssel mit dem Müsli«, sagte Mr. Widow. »Oh. Ich fürchte, er hat die Schüssel mit dem Katzenklo verwechselt. Fühlt sich Müsli an wie Katzenstreu?« Er seufzte.

Timothy, mit einem zufriedenen Gesicht, streckte sich gerade und stieg von der Müslischale. Und Nancy wurde klar, dass sie Timothy nichts fragen und er nichts antworten konnte, weil sie seinen Blick nicht sah. Er besaß keinen Blick. Seine Augen waren milchig trüb und gaben nicht preis, wo er in der letzten Nacht gewesen war und was er dort erlebt hatte.

»Sie haben also Ihr Geld wieder mitgebracht?«, fragte Nancy. Mr. Widow schüttelte den Kopf. »Das ist das einzig Seltsame«, sagte er. »Es ist aus meiner Manteltasche verschwunden. Irgendjemand hat es unbemerkt herausgenommen. Ich frage mich, wer das war.«

Doch ehe er sich antworten konnte, öffnete und schloss jemand die Haustür. Sehr leise. Dann betraten Schritte das Haus. Nancy und Mr. Widow lauschten beide. Die Schritte gingen durchs Wohnzimmer, verstummten, kamen dann auf die Küche zu.

Die Tür wurde geöffnet.

»Hallo, Hannah«, sagte Mr. Widow.

Hannah sah ihn an wie einen Geist. »Grandpa!«, flüsterte sie. »Du bist ... da?«

»Ja, ich weiß schon, die Polizei verbreitet irgendwelche wilden Gerüchte, ich wäre untergegangen oder verschwunden oder sonst was«, sagte Mr. Widow. »Aber hier bin ich, quick und lebendig. Trink doch einen Tee mit uns, mein Kind.«

»Ich ...« Hannah machte einen merkwürdigen Schritt rückwärts, beinahe so, als wollte sie sich umdrehen und fliehen. Doch dann blieb sie stehen und lächelte vorsichtig. Wahrscheinlich fühlte sie sich ähnlich wie Nancy zuvor, hin- und hergerissen zwischen Erleichterung und Unglauben.

»Oder ich träume nur«, murmelte sie. »Die Polizei hat mich aus dem Bett geklingelt und mir tausend Fragen gestellt, und jetzt sitzt du einfach hier ... Grandpa, das musst du mir erklären. Es ging um das Lösegeld für die Katzen, oder? Zehntausend Euro. Himmel. Wolltest du das wirklich den Entführern geben?«

»Er war gar nicht in der Nähe des Sees«, sagte Nancy.

»Na, Sie müssen es ja wissen«, zischte Hannah.

»Ich ...«

»Waren Sie da? In der Nacht?«

»Nein!«, rief Nancy. »Mr. Widow hat gesagt, ich soll ihn nicht zum Park begleiten, und deshalb habe ich ihn nicht begleitet.« Sie wollte einfach nicht, dass Mr. Widow sich von ihr beschattet fühlte, doch sie spürte jetzt schon, dass es unklug gewesen war, mit der Ich-war-gar-nicht-dort-Geschichte anzufangen. Andererseits war es nur eine Lüge in einem Geflecht von vielen, es kam nicht mehr darauf an.

Ihr Leben war über die Jahre ein kunstvolles Makramee aus Lügen gewesen, doch in letzter Zeit war es nur noch ein wüster, unentwirrbarer Knoten. Oder ein Spinnennetz, in dem sie selber zusehends verzweifelt zappelte.

»Ich glaube, der Müll muss rausgebracht werden, ich habe gerade das Müllauto draußen gehört«, sagte Hannah aus dem Blauen heraus. »Nancy, wenn Sie so nett wären?«

Nancy zuckte die Schultern und entwand dem Mülleimer den Müllsack. Sie verließ die Küche und schleifte den knisternden Sack ein Stück weit, ließ ihn dann stehen und kehrte auf Zehenspitzen zur Küchentür zurück.

»Komisch«, hörte sie Hannah sagen. »Komisch, dass deine Haushaltshilfe so sicher ist, dass sie nachts nicht im Park war.« Nancy sah durchs Schlüsselloch und kam sich vor wie in einem billigen Spionagefilm. Aber Schlüssellöcher sind nun mal meistens die einzigen Löcher in Türen.

Sie konnte den Tisch sehen, zwei darauf schlafende Katzen und Hannas Hand, die jetzt etwas vor Mr. Widow legte. Ein Blatt Papier. Nein. Ein Foto.

Mr. Widow studierte es eine Weile und nickte dann. »Das ist sie. Ja. Auf dem Eis.« Nancy erinnerte sich an das Blitzlicht und fluchte innerlich. »Aber das bedeutet«, sagte Mr. Widow, »dass du auch da warst, Hannah.«

»Ja. War ich.« Nancy hörte Hannas Eifer, er klang wie der Eifer eines Erstklässlers, der sich unbedingt ein Fleißbildchen verdienen will. »Ich habe gesehen, wie du eingebrochen bist. Es war schrecklich. Ich stand im Schilf, ein bisschen versteckt, ich wollte sehen, was passiert, damit ich dir notfalls helfen kann ...«

»Dann hast *du* die Polizei gerufen? Du warst die junge Frau am Telefon, von der der Polizist mir erzählt hat?«

»Exakt«, sagte Hannah.

Ertappt, dachte Nancy. Hauke hat sie angerufen. Du lügst ja genauso wie wir alle.

»Grandpa«, sagte Hannah. »Du hättest tot sein können! Hast du dich mal gefragt, wo das Geld ist? Aus dem Umschlag? Du hast ihn losgelassen, als du eingebrochen bist ...«

»Ich bin nicht eingebrochen. Ich war gar nicht da. Ich weiß nicht, wen du gesehen hast, Hannah-Kind. Das Geld hatte ich bei mir, aber ich war an einer ganz anderen Stelle des Parks, das habe ich Nancy schon gesagt. Es ist allerdings wirklich weg. Jemand muss es aus meiner Manteltasche genommen haben.«

»Dann such mal«, sagte Hannah. Sie schien sich nicht zu fragen, wer der Mr. Widow auf dem Eis gewesen war. Als käme es darauf gar nicht an. »Such mal nach dem Geld, Grandpa. Ich habe einen Verdacht, dass du es finden wirst.«

»Wie? Wo denn?«

»Diese Haushaltshilfe von dir«, sagte Hannah. »Die dich so aufopfernd pflegt. Die du offenbar so sehr ins Herz geschlossen hast, dass du blind für die Wahrheit bist. Sie heißt nicht Nancy Müller, Grandpa. Zu hundert Prozent nicht. Ich habe etwas über sie herausgefunden. Neulich war ein Brief an sie in deinem Briefkasten ...«

»Du hast ihre Post geöffnet?«

»Ich hatte einen Verdacht. Und er war richtig. Der Brief war adressiert an Nancy Müller, aber der Beginn lautete: *Nancy, was für ein interessanter neuer Name! Die Frisur ist auch nicht schlecht.* Ich habe ihn so oft gelesen, ich kann ihn auswendig, diesen verdammten Brief. Grandpa, ich will dich nur vor etwas warnen, das dich mehr kosten könnte als zehntausend Euro! Mehr als Geld überhaupt. Ein Leben.«

Mr. Widow schien zu schlucken.»Wie ... ging der Brief weiter?«

»*Gut gemacht*«, sagte Hannah.»*Ich hätte nicht gedacht, dass du auf eigene Faust so effektiv arbeitest. Der alte Mann ist perfekt, und der Künstler ist auch nicht schlecht. Die Katzensache scheint ja eine Goldgrube zu sein, was das Kennenlernen von betuchten Mitmenschen angeht. Wir treffen uns am Mittwoch um 17 Uhr in dem Café, du weißt schon. Kai.*«

»Es heißt in *Das Café*«, verbesserte Mr. Widow.

Dann schwiegen sie eine ganze Weile, und Nancy dachte, dass Mittwoch war, und dann sagte Mr. Widow:»Und du glaubst, jemand steckt einen solchen Brief in meinen Briefkasten?«

»Es war wohl jemand, der davon ausgeht, dass du zu altmodisch bist, um anderer Leute Post zu lesen«, sagte Hannah kinderzufrieden.»Mit mir hat er nicht gerechnet. Also, was wirst du tun? Die Polizei anrufen?«

»O nein, *nicht* die Polizei«, sagte Mr. Widow.

»Du schmeißt sie raus und lässt sie laufen? Ich weiß nicht. Kommt mir falsch vor.«

»Ich schmeiße überhaupt niemanden raus«, sagte Mr. Widow.»Ich würde gerne erst abwarten und sehen, was passiert. Und jetzt muss ich mit Nancy den Tag planen. Wir haben drei oder vier Lieferungen zu erledigen.«

»Grandpa!«, Nancy hörte, wie ein Stuhl heftig zurückgeschoben wurde.»Was soll denn *noch* passieren? Die Katzen verschwinden nach und nach, du brichst ins Eis ein ...«

»Ich bin nicht eingebrochen«, wiederholte Mr. Widow störrisch.»Und wo die Katzen sind, kriegen wir auch noch raus. Danke, dass du mich gewarnt hast, aber ich würde es vorziehen, du läsest nicht anderer Leute Briefe. Ich bin ein erwachsener Mensch, ich kann alleine entscheiden, was ich tue und lasse.«

»Da bin ich mir nicht so sicher«, knurrte Hannah. »Du wirst langsam zu alt, um noch die Verantwortung für dein Leben zu tragen.«

»Willst du mich entmündigen lassen?«

»Ich frage mich, ob es nötig ist, um dich zu schützen. Grandpa, ich ... Mama denkt doch genauso! Wir telefonieren täglich und ...«

»Dann grüße sie von mir«, sagte Mr. Widow. »Und jetzt habe ich zu tun. Wenn du willst, können wir uns morgen zum Abendessen treffen.«

Nancy raste zurück zu dem Müllsack, schleifte ihn hinaus und sah das Müllauto gerade noch in der Ferne um die Ecke biegen. Hannah hatte es also tatsächlich gehört, nicht nur gesagt, um Nancy loszuwerden. Sie blieb mit dem Müllsack stehen und starrte in den kalten Tag, dessen gleißendes Licht in ihren Augen schmerzte.

Hinter ihr kam Hannah aus dem Haus gestürmt. Sie riss das Tor auf, knallte es hinter sich zu und stapfte die Straße entlang, ohne sich ein einziges Mal umzudrehen.

Nancy ging nicht direkt in die Küche zurück. Sie ging in ihr Zimmer hinauf und sah sich sehr aufmerksam um.

Sie hob die Kissen auf dem Bett hoch und sah in alle Schubladen. In einer, die leicht offen stand, schliefen zwei kleine Kätzchen, die Pfoten und Schnauzen voller blauer Tinte, da sie offenbar eine alte Patrone zerkaut hatten. Sonst war nichts Interessantes zu entdecken. Nancy sah unter den Teppich, in den Kleiderschrank und am Ende sogar unter die Matratze, obwohl ihr das lächerlich vorkam.

Aber genau dort, unter der Matratze, lag, was sie gesucht hatte: zehn Stapel akkurat gebündelter Geldscheine. Sie brauchte nicht zu zählen, um zu wissen, dass es genau zehntausend Euro waren. Aber Hannah war nicht in ihrem Zimmer gewesen.

Sie setzte sich auf den einzigen Stuhl im Raum und sah eine Weile durchs Fenster, hinunter auf den schönen, toten Garten, durch den tausend Katzenspuren führten wie ein Labyrinth.

»Wenn ich ihm sage, dass ich keine Ahnung habe, wie das Geld da hinkommt«, murmelte sie. »Dann wird er mir das nicht glauben.«

*Das ist durchaus möglich,* sagte der Blick der Kaffeekatze, landete auf ihrem Schoß und begann, sich die Pfoten zu putzen. *Aber wäre Kai wirklich so blöd, einen Brief an dich in Mr. Widows Briefkasten zu stecken? Ich meine, ich kenne ihn ja nicht. Aber das kommt mir komisch vor.*

Gegen Mittag befand sich Nancy mit dem Nachtkatzenbus auf dem Weg zu einer Frauenselbsthilfegruppe, im Gepäck eine Liste an anderen Erledigungen sowie mehrere Katzen, im Kopf Mr. Widows Blick. Sie hatte ihn nicht deuten können.

Er hatte kein Wort über Hannahs Anschuldigungen verloren. Er hatte ihr auch den Brief von Kai nicht gegeben, das Foto nicht gezeigt, nichts. Nur sein Blick war noch etwas aufmerksamer als sonst.

Als sie ihn verlassen hatte, hatte er im Garten neben dem Gedenkstein seiner Frau gestanden und kleine Schneebälle in einer ordentlichen Reihe daraufgelegt, während ein paar Katzen über ihm durch die Äste turnten und versuchten, Vögel zu fangen. Vielleicht wusste Angelika die Wahrheit.

Die Wahrheit über alles.

Dann wusste sie definitiv mehr als Nancy.

Sie rief mit dem von Mr. Widow dauergeliehenen Firmen-

handy, das sie sonst nie benutzte, an einer roten Ampel
Hauke an.

»Er ist wieder ent-schwunden«, sagte sie knapp.

»Gut«, sagte Hauke. »Ich brauch Timothy. Morgen, zum
Üben. Ich komm vorbei. Am Sonntag ist dieser zweite
Wett...«

»Hauke. Vergiss jetzt das Wettangeln«, sagte Nancy eindringlich. »Warum wart ihr nachts da? Das war doch gelogen, das mit dem Angeln und dem Licht.«

»Was? Nein. Ich lüge nie.«

»Ich dauernd«, sagte Nancy. »Und die meisten anderen
Menschen auch, glaube ich. Hauke, bitte. Das ist wichtig.
Was ... Hamlet, geh vom Lenkrad! Was war der wahre
Grund?«

»Na ja, ich soll das eigentlich nicht sagen«, sagte Hauke.
»Und ich muss jetzt Schluss machen, die Hofpause ist gleich
aus.«

»Du darfst das Handy in der Schule sowieso nicht dabeihaben, wetten«, sagte Nancy. »Erzähl mich nicht, dass dich
das kümmert. Hauke, *was* sollst du nicht sagen?«

Hauke seufzte, oder er pustete jedenfalls in dem Versuch,
seufzend zu klingen, ins Telefon.

»Da war diese Frau, die mich angerufen hat. Die hat gesagt, ich soll zum See kommen und sie schickt ein Taxi, und
meine Mutter soll das nicht merken. Und dass Mr. Widow
in Schwierigkeiten ist, aber es ist total geheim, und ich
könnte Geld kriegen, wenn ich hinkomme und helfe, weil
sie mich braucht, sie kann ihm alleine nicht helfen. Aber
wir haben gar nichts gekriegt. Elise war auch da. Die hat sie
auch angerufen.«

»Wozu?«, fragte Nancy, doch die Frage war nicht an
Hauke gerichtet. »Hauke? Versprich mir, dass du nie, nie
mehr in ein Taxi steigst, das jemand Fremdes dir schickt,
schon gar nicht ... Akrobat, komm jetzt aus dem Hand-

schuhfach! Schon gar nicht nachts! Auch wenn du ein verwegener und furchtloser Held sein willst. Bist.«

»Und wieso soll ich Ihnen jetzt was versprechen? Sie sind auch eine Fremde am Telefon«, sagte Hauke und legte auf.

Nancy fühlte sich wattig und nervös, als sie Elises Mutter anrief, und Elises Mutter klang wattig und nervös, als sie ans Telefon ging. »Sie wollen *was*? Elise sprechen?«, fragte sie. »Aber sie spricht doch nicht.«

»Gestern hat sie mit mir gesprochen. Wie ein Wasserfall.« Nancy schüttelte den Kopf. Vermutlich war es ein Fehler, »gestern« zu erwähnen.

»Elise ist gar nicht hier«, sagte Elises Mutter. »Es ist etwas sehr Komisches passiert; ihr Vater hat mich angerufen und mir gesagt, dass sie nachts plötzlich bei ihm aufgetaucht ist, er hat nur am Ende der Straße ein Taxi wegfahren sehen, und Elise war irgendwie verwirrt, ist dann aber schlafen gegangen. Obwohl sie ihren Koffer gar nicht bei sich hatte, das war ungünstig; er hatte zum Glück noch einen Schlafanzug von der Woche davor auf der Wäscheleine, aber alles andere war ja noch bei ihrer Großmutter, wo sie eigentlich hätte sein sollen, und die hatte nicht mal gemerkt, dass Elise nachts abgehauen war. Aber sie sagt, sie hätten sich nicht gestritten oder …«

»Kann es sein«, sagte Nancy, »dass Elise irgendwo war – egal, wo –, und auf dem Rückweg einfach vergessen hatte, wo sie gerade wohnt?«

»Wie bitte? Wo soll sie denn nachts gewesen sein?«

»Wenn sie nachts irgendwo wäre«, sagte Nancy, »und, sagen wir, ins Eis einbräche. Würde das überhaupt jemand merken? Sie sind ja so beschäftigt mit dem Stundenzählen und Schlafanzügeorganisieren, dass Sie sonst gar nichts mehr mitbekommen! Meine Eltern hätten mich mit elf nachts nicht entwischen lassen, und wenn, dann hätten sie mich gesucht.«

Sie haben mich gesucht, dachte sie. Aber da war ich sechzehn. Auf einmal sehnte sie sich danach, wieder elf zu sein und Eltern zu haben, die sie zu streng fand.

»Halten Sie sich da raus«, sagte Elises Mutter spitz. »Wer sind Sie überhaupt?«

»Die Frau von dem verrückten Katzenverleih«, fauchte Nancy. »Die mit den Katzen, die immer gegen Türen rennen, weil sie sich nicht merken können, in welcher Wohnung sie sind. Seien Sie froh, dass Ihre Tochter nicht gegen Türen rennt. Aber sie können ihr ausrichten, dass es Mr. Widow gutgeht. Das wird sie interessieren.«

Nancy hätte wirklich gerne den Hörer auf die Gabel geworfen. Ein Handy mit einem zarten Klick aufzulegen, hatte etwas sehr Unbefriedigendes. Warum hupten eigentlich die Autos hinter ihr alle so nervtötend? Ihr Blick fiel auf die Ampel, die gerade wieder von Grün auf Rot umsprang. Ach so. Vielleicht war es ein Symbol für ihr Leben.

Die Frauenselbsthilfegruppe traf sich in einem Geburtshaus, in einem Raum mit fliederfarbenen Wänden und Feng-Shui-Mobiles in den Fenstern. Wobei sie sich selbst halfen, blieb unklar. Nancy lieferte einen alten Siamkater und eine irgendwie grünstichige Katze namens Misosuppe ab und machte sich aus dem Staub, ehe sie dazu aufgefordert werden konnte, sich zu den anderen Frauen auf den Boden zu setzen und über ihre Probleme zu sprechen. Die Katzen sollten die Atmosphäre noch entspannter machen, aber Nancy hatte jetzt keinen Nerv für Entspannung. Sie musste einen Entführer finden und ihr Leben auf die Reihe bekommen, möglichst ohne im Gefängnis zu landen, da schien ihr Entspannung fehl am Platz.

»Ich hole die Katzen in zwei Stunden wieder ab«, sagte

sie. Die Frauen nickten, halb schon in irgendeiner (entspan-
nenden) Yogaposition. Das Letzte, was Nancy sah, ehe sie
den Raum verließ, war Misosuppe, der die Ecke einer Yoga-
matte ankaute und kleine rosa Plastikfetzen ausspuckte.

Als Nancy wiederkam, saß die Leiterin der Gruppe erschöpft auf der Türschwelle. Neben ihr fraßen die Katzen
die Reste einer Art Topfpalme, die ein bisschen aussah wie
Katzengras.

»Und? War das Treffens schön entspannt?«, erkundigte
sich Nancy höflich.

»Oh, das nicht«, antwortete die Frau mit einem kleinen
Seufzen. »Aber wir haben gemerkt, wie entspannt unser Leben sonst ist. So ohne umfallende Blumentöpfe und Haare
auf dem Kuchen. Wie viele von diesen Tieren haben Sie im
Verleih? Vierzig? Stimmt das?«

»Nicht mehr«, sagte Nancy melancholisch und wandte
sich zum Gehen.«

Der nächste Termin, den Nancy auf ihrer Liste hatte, war
ein Treffen mit dem Manager eines Konzerns, der irgendwelche Elektrogeräte herstellte und mitten in der Stadt
einen Wolkenkratzer besaß, für den »Kratzer« schon eine
kaum zu verantwortende Verniedlichung war. Eher war es
ein Wolkenzerschneider, ein Wolkenbezwinger, ein Wolken-
vernichter, er stach mit der akkuraten Glätte seiner ange-
schrägten Spitze in den weichen Nebel über der Stadt wie in
das Fleisch eines verletzlichen Tieres, und Sonnenlicht
tropfte durch die Öffnung wie Blut. Nancy dachte an Blut,
das aus einem Menschen tropfte, an ein Bett, ein Zeitungsbild und wandte sich ab. Sie musste aufhören, solche Erinnerungen zu haben.

Der verdammte Brief. Hannah hätte ihn nie finden dürfen!

Der Manager hatte an diesem Tag persönliche Gespräche mit einem Großteil seiner Angestellten, weil das Klima in der Firma schlecht war, und leider war er nicht der Top-of-the-top-Manager, sondern nur ein Topmanager, und deshalb musste dieser Tag gut laufen.

»Man soll, heißt es von ganz oben, menschlich zu seinen Angestellten sein«, hatte er bei seinem Auswahltermin bei Mr. Widow gesagt. »Früher hieß es: Leistung, Leistung, Leistung, aber jetzt war der große Boss in einem Seminar auf der anderen Seite der Erdkugel, und plötzlich ist Menschlichkeit gefragt. Ich bitte Sie, wie soll jemand so schnell umlernen? Wie ist man menschlich? Wie wirkt man menschlich? Ich weiß es nicht. Wenn ich es nicht bin, nicht so wirke, wird vielleicht mir gekündigt statt den Angestellten. Es ist jetzt nämlich eine harte Konkurrenz zwischen uns und einem anderen Konzern ausgebrochen, die Arbeiter gehen dahin, wo man menschlicher ist … Ich habe angefangen, schon keine Luft mehr zu bekommen, wenn ich mein Büro betrete. Diese Enge in der Brust … die Angst … Und da hat mein Arzt gesagt, er würde mir gern ein ungewöhnliches Medikament verschreiben. Eine Katze. Deshalb bin ich hier …«

Dr. Uhlenbek hatte natürlich nicht wissen können, dass es ausgerechnet Pelzmütze war, der sich zu dem gebügelten, glattrasierten Mann hingezogen fühlte – oder möglicherweise auch nur zu den Pfefferminzbonbons in seiner Jacketttasche. Niemand wusste, wieso, aber Pelzmütze hatte eine Schwäche für Pfefferminzbonbons. Er hatte sich bei jenem Besuch des Managers ganz gesittet auf dessen Schoß gesetzt. Weil er von dort aus am besten mit der Pfote Bonbons aus der Tasche angeln konnte.

An diesem Tag fuhr der Kater mit Nancy im Fahrstuhl bis ins drittoberste Stockwerk des Wolkenzerschneiders, während die anderen Katzen nach getaner Arbeit behaglich auf Seidenkissen im Nachtkatzenbus dösten.

Der Fahrstuhl bewegte sich ähnlich wie der im Haus der Eiskaiserin sozusagen im freien Flug nach oben. In die riesige Halle, die bis zum zehnten Stockwerk reichte, hätten Mr. Widows Haus und sein Garten bequem hineingepasst.

Pelzmütze hatte sich auf Nancys Kopf gesetzt und vergrub besorgt die Krallen in ihrem Haar, als er durch die gläsernen Fahrstuhlwände sah. Nancy nahm ihn erst ganz oben von ihrem Kopf, kämmte sich mit dem hierzu eingesteckten Taschenkamm und betrat kurze Zeit später das geräumige Büro des wichtigen Herrn.

Er saß hinter einem kleinen, sehr modernen Schreibtisch, auf dem nur ein einziger Aktenordner lag, sah sie durch eine randlose Brille an und seufzte. »Der Tag der Menschlichkeit beginnt«, sagte er. »Na, geben Sie die Katze schon her. In zehn Minuten kommt der erste Mensch. Kaffee?« Er drückte auf einen Knopf an der chromglänzenden italienischen Espressomaschine, die neben ihm auf einem eigenen Tisch thronte, und die Maschine begann mit lautem Röhren, frische Bohnen im oberen Teil zu malen und Milch im unteren Teil aufzuschäumen. Ehrlich gesagt sah sie so wertvoll aus, dass sie vielleicht auch erst im Moment des Knopfdrucks begann, die Bohnen *anzupflanzen* und die Kuh zu melken, die im Hinterzimmer stand; man wusste nie bei diesen Dingern.

Nancy nahm die kugelförmige Designertasse entgegen und setzte sich auf einen hohen dreibeinigen Hocker unter ein schwarz-weißes Gemälde aus riesigen Punkten und handbreiten Streifen. Als sie ihren Blick von dem Gemälde abwandte, war Pelzmütze dem Manager auf den Kopf gesprungen, da er offenbar keine Pfefferminzbonbons in der Jacketttasche hatte.

Der Manager sah irritiert aus, doch Nancy lächelte ihm aufmunternd zu. »Er steht Ihnen«, sagte sie.

»Nehmen Sie die Katze da runter«, sagte der Manager und schien zu Eis erstarrt.

»Hat Mr. Widow Ihnen denn nicht gesagt, dass der Kater Pelzmütze heißt?«, fragte Nancy. »Und dass das seinen Grund hat? Ich kann ihn nicht runternehmen. Er wäre tödlich beleidigt. Er mag Ihren Kopf. Möglicherweise ähneln Sie der Hutablage in Mr. Widows Haus. Nehmen Sie es als Kompliment.« Sie leerte die Tasse mit einem Zug und stellte sie ab. »Vielen Dank für den Kaffee. Ich werde dann mal gehen, damit Sie in Ruhe Ihre Gespräche führen können … Gegen sechs hole ich den Kater wieder ab, so war es ausgemacht.«

Der Schwanz des Katers baumelte dem Topmanager direkt links von der Nase, als der erste Angestellte das Büro betrat. »Sie … sehen verändert aus«, hörte Nancy den Mann sagen. Man merkte deutlich, wie er sich das Lachen verkneifen musste.

»Ja«, knurrte der Manager. »Ich habe einen Kater.«

Die Tür schloss sich hinter Kater, Angestelltem und Topmanager, doch da die Tür aus Glas war, konnte Nancy beobachten, wie das Gespräch verlief, und ein paar Minuten blieb sie noch draußen stehen. Pelzmütze baumelte weiter mit seinem Schwanz, stand irgendwann auf, gähnte und rollte sich auf dem Managerkopf neu zusammen, während der Mund unter ihm sprach, und der Angestellte hatte Mühe, nicht loszuprusten, hielt sich aber tapfer.

Als er herauskam, trat Nancy hinter eine abstrakte Steinskulptur, die den weitläufigen Flur zierte. Der Mann begegnete vor der Glastür dem nächsten Kollegen, der einen Gesprächstermin hatte, schüttelte den Kopf und sagte: »Heute wirst du Spaß mit dem Alten haben. Er passt auf die Katze seiner Kinder auf. Wusstest du, dass der Kinder hat? Und eine Katze? Macht ihn irgendwie …«

»… menschlich?«, fragte der Kollege.

»Nein«, sagte der Erste. »Idiotisch. Ich werde den Laden

250

nie mehr betreten, ohne an diese Katze auf seinem Kopf zu denken … Vermutlich lach ich mich ab jetzt bei der Arbeit jeden Tag tot.« Er zuckte die Schultern. »Mein Cousin überlegt, sich hier zu bewerben. Oder drüben bei der Konkurrenz. Aber ich sag dir was, die Konkurrenz hat garantiert keinen so idiotischen Chef. Ich werde meinem Cousin sagen, er soll sich hier bewerben. Spaß am Arbeitsplatz und so.«

Nancy lächelte leise in sich hinein, als sie das Gebäude verließ.

Und als sie jetzt daran emporsah, zerstach es keine Wolken mehr, denn der Himmel war wolkenfrei. Die Sonne schien.

»Wenn Katzen auf diese unsinnige Weise alles heilen können«, flüsterte Nancy. »Vielleicht können sie dann auch mein Leben irgendwie reparieren?«

Sie schloss die Augen und sah vor sich, wie sie das Zeitungsbild in ihrem Kopf zusammenknüllte und Mr. Widows vierzig Katzen zum Spielen hinwarf. Sie waren alle wieder da. Und jetzt schlugen sie nach dem Bild, jagten es hierhin und dorthin, und schließlich fiel es in einen offenen Gully und verschwand in der Tiefe. Weg.

Als sie die Katzen der Selbsthilfegruppesache im Nachtkatzenbus nach Hause brachte, war Mr. Widow dabei, im Garten ein Stückchen kalte Erde umzugraben. Er hatte dazu eine Spitzhacke an seinem Gehstock befestigt, und es schien ein langwieriges Unterfangen zu sein.

Aber er sah entschlossen aus.

»Was tun Sie da?«, fragte Nancy.

»Ich pflanze neue Katzenminze«, antwortete Mr. Widow und nickte mit dem Kinn zu drei kleinen Töpfen hinüber, die auf dem Gartentisch standen und in denen grünes Fusselzeug wuchs. »Ich dachte, falls die abhandengekommenen Katzen doch in der Nähe sind«, sagte er.»Dann lockt die Katzenminze sie vielleicht an. Sie lieben den Geruch von dem Zeug, weiß der Teufel, weshalb.«

»Aber ...«, begann Nancy.

»Halten Sie mich nicht davon ab«, knurrte Mr. Widow. »Ich weiß, es ist Unsinn, ich weiß, das Zeug erfriert nach einem Tag, ich weiß, die Katzen können es sowieso nicht riechen, weil sie irgendwo am anderen Ende der Stadt sind und vielleicht auch gar nicht mehr am Leben. Ich weiß das alles. Hannah hat auch schon versucht, mich zur Vernunft zu bringen. Sie ist jetzt drinnen und ordnet die Papiere in meinem Büro. Sie will unbedingt helfen. Vernunft in den Haushalt bringen, Vernunft in mein Leben. Wozu ist Vernunft gut?«

»Ich wollte Sie auch gar nicht davon abhalten, die Minze zu pflanzen«, sagte Nancy.»Ich wollte nur sagen: Kann ich das nicht machen? Ich kann mich besser bücken als Sie.«

»Na, von mir aus«, knurrte Mr. Widow.»Wenn Sie nicht anfangen, meine Papiere zu ordnen.

»Ich hasse Papiere«, sagte Nancy.

Um fünf Uhr stand sie vor *Das Café* und sah durch die Fenster hinein. Es war voll wie immer, aber Kai war nicht da. Sie ging hinein, ließ sich von der kakaoduftigen Wärme durchströmen und sah sich genauer um. Aber er war wirklich nicht da. Dr. Uhlenbek war da. Und, verdammt, Hannah. Sie saß allein an einem Tisch ganz hinten. Nancy nickte ihr von Ferne zu, und als der Doktor ihr winkte, bahnte sie sich einen Weg durchs Gedränge bis zu seinem Tisch, wo eine altrosafarbene Troddellampe ein halb gegessenes Stück Marzipantorte beleuchtete.

»Wie geht's meinen Patienten?«, fragte er und zog einen Stuhl für Nancy zurück.

»Ich kann nicht bleiben«, sagte Nancy. »Ich muss gleich einen der Patienten von seiner Therapie erlösen. Er hat jetzt den ganzen Tag mit einer Katze auf dem Kopf herumgesessen, und seine Untergebenen hatten eine ziemlich heitere Zeit. Ich glaube, im Grunde mögen sie ihn, im Grunde war er immer schon ein netter Idiot, es wusste bisher nur keiner. Aber Elises Eltern sind wirklich eine harte Maus. Nuss, ich meinte Nuss.« Sie setzte sich doch noch und beugte sich zu Dr. Uhlenbek hinüber. »War Mr. Widow gestern Nacht im Stadtpark am See, und ist er über das Eis gegangen, um Lösegeld für die entführten Katzen zu bezahlen?«, flüsterte sie. »Er behauptet, er wäre nicht da gewesen, aber ich … ich bin ihm nachgegangen, weil ich mir Sorgen gemacht habe. Ich wollte es ihm zuerst nicht sagen … Er ist eingebrochen, ich habe es gesehen, aber dann saß er zu Hause. Sie wissen doch, wo er wirklich in der Nacht war. Sie wissen alles über Mr. Widow. Sie sind sein Freund.«

Dr. Uhlenbek spießte bedächtig ein Stück Marzipan auf die Gabel und betrachtete es eine Weile. »Ich unterliege der ärztlichen Schweigepflicht«, sagte er dann.

»Mein Gott, Sie sind doch nicht Elise!«, zischte Nancy ärgerlich. Aber dann fügte sie rasch hinzu: »Entschuldigung. Sie haben natürlich recht«, weil sie merkte, dass sie sich angehört hatte wie Hannah.

»Was wollen Sie von Mr. Widow?«, fragte Dr. Uhlenbek. »Was versprechen Sie sich?«

»Das weiß ich nicht«, antwortete Nancy.

»Doch«, sagte Dr. Uhlenbek. »Das wissen Sie ganz genau. Sie wollen es sich nur nicht eingestehen.«

Nancy sah auf die Tischdecke, weiß mit blassgrüner Blätterstickerei, und sagte nichts.

»Er war auf dem Eis«, sagte Dr. Uhlenbek. »Er ist ein schlauer alter Fuchs, wissen Sie. Verrückt, aber schlau.

Schlauer, als die meisten denken. Unterschätzen Sie ihn nicht. Und unterschätzen Sie sich selber auch nicht, meine Liebe. Das kann gefährlich sein. Warum sind Sie hier, wenn Sie gar nicht bleiben wollen?«

Weil in Mr. Widows Postkasten ein Brief an mich lag, in dem stand, ich sollte um 17 Uhr hier sein, dachte Nancy. Weil ich wissen wollte, ob der Brief echt war. Ob Kai wirklich hier wartet. »Ich ... habe jemanden gesucht«, sagte sie und stand auf, »den ich gar nicht finden wollte.«

Um Viertel vor sechs, überpünktlich, wie es zu Mr. Widows Katzenverleih eben passte, stand Nancy wieder vor der gläsernen Tür des Topmanager-Büros in schwindelnder Fahrstuhlhöhe.

Der Mann, der jetzt mit dem Manager sprach, sah nicht aus wie ein Firmenangestellter. Er trug einen quietschgrünen Pullover unter einem verschlissenen altmodischen Jackett, himmelblaue Sportschuhe und eine Umhängetasche, die offenbar aus Stücken von Autoreifen bestand.

Und er lachte herzhaft und ungeniert, als der Kater Pelzmütze seine Pfoten über die Augen des Managers legte.

Als er aus dem Büro kam, entdeckte er Nancy sofort hinter der Skulptur und schüttelte ihr kräftig die Hand.

»Sie brauchen sich nicht zu verstecken, Mädchen«, sagte er und lachte wieder. »Der Alte hat sowieso nicht mehr alle Tassen im Schrank. Sind Sie die Nächste, ja?«

»Die Nächste ... was?«

»Na, die Nächste, die sich dafür bewirbt, das Kunstwerk für die Halle zu machen ... Nein, sind Sie nicht, sonst wüssten Sie davon. Er hat es offiziell ausgeschrieben. Seit einer Stunde geben sich hier die Künstler der Stadt die Klinke in die Hand.«

»Auch das noch«, murmelte Nancy. »Armer Kerl.«

»Mein Konzept hat ihm nicht schlecht gefallen«, meinte

der Typ im quietschgrünen Pullover. »Ich denke an ein riiiiiiesiges Schiff, das allerdings kein Heck hat, sondern einen Bug an jeder Seite, der symbolisiert, dass die Gesellschaft nicht weiß, in welche Richtung sie eigentlich will ... ist natürlich nicht ganz billig, so ein riesiges Schiff hierherzubringen. Man muss es auseinandernehmen und vor Ort wieder aufbauen ...« Er senkte die Stimme. »Ich hab von meinem Onkel zwei Schiffe geerbt, beide kaputt, völlig nutzlos«, flüsterte er. »Aber vorne sind sie noch heil, die krieg ich also umsonst, zwei Mal einen heilen Bug.«

Nancy nickte. »Sie können meine Hand jetzt ... loslassen?«

»Na dann«, sagte der Typ siegesgewiss. »Bis bald. Wenn ich mein Schiffsobjekt baue, sehen wir uns ja wieder. Sind Sie die Sekretärin? Oder putzen Sie hier nach Feierabend? Egal. Wir sehn uns.« Er zwinkerte ihr zu und trat in den Fahrstuhl.

*Aus* dem Fahrstuhl trat, gleichzeitig, jemand anderer: eine pummelige ältere Dame mit schwarzen Locken, einer roten Stoffblume im Haar und einem silbernen Pelzmantel.

»Frau von Lindenthal?«, fragte Nancy verwundert.

Sie nickte, strahlte und zog jemanden hinter sich her, der natürlich Ron war.

»Roderick wird sich für den Auftrag hier bewerben«, erklärte sie. »Die brauchen eine Skulptur für die Halle ... da ist eine Menge Geld drin.«

Ron zuckte hilflos die Schultern. »Sie glaubt mir nicht, dass sie einen wirklich bekannten Künstler suchen, der das macht«, sagte er leise. »Einen namhaften Künstler.«

»Na, einen hübschen Namen hast du doch«, sagte seine Mutter und lachte. »Wenn du das *von* mal drinlässt und nicht immer so bescheiden tust? Wer lässt sich nicht gerne seine Empfangshalle durch einen Von Lindenthal aufhübschen?«

»Ich glaube nicht«, widersprach Ron zaghaft, »dass es um *aufhübschen* geht, Mama. Es geht um Kunst.« Er sah sich um. »Cynthia wollte uns eigentlich hier treffen. Psychologischer Beistand, wissen Sie. Der Typ soll ziemlich ätzend und bossig sein.«

»Mir schien er eher von der hilflosen Sorte«, murmelte Nancy.

»Cynthia ist jedenfalls nicht da«, stellte Rons Mutter fest.

»Nein«, sagte Nancy und fragte sich, ob sie nicht doch hier war. Genau an dem Fleck, wo Nancy selber stand.

Ron holte tief Luft und trat durch die Tür, und offenbar sah er erst jetzt, dass der dort hinter dem Schreibtisch eine Katze auf dem Kopf hatte, denn Nancy sah ihn nach Luft schnappen.

Der Mann unter der Katze sah müde aus. Erschöpft. So, als könnte er kein einziges Lachen mehr ertragen. Er trank einen Schluck Kaffee und schien Ron zu begrüßen, und Ron setzte sich, auf eine Ecke des Stuhls, sprungbereit, wollpulloverunförmig, schüchtern. Nancy hörte nicht, was er sagte oder was der Manager sagte, sie sah nur, wie ihre Münder sich bewegten. Rons Mutter redete auf sie ein, und sie nickte ab und zu und ließ die Worte an sich vorbeiplätschern, während sie Ron die Daumen drückte. Psychologischer Beistand. Er schien ihn zu brauchen.

Ron, sie sah es deutlich, lachte nicht über die Katze auf dem Kopf seines Gegenübers. Er schien gemeinsam mit dem Gegenüber zu seufzen.

*Sie haben das gleiche Problem mit den Katzen wie ich,* sagte er, oder jedenfalls stellte Nancy sich vor, dass er das sagte. *Mir tanzen sie auch auf der Nase herum. Danke für den Kaffee …*

*Oh,* sagte der Manager und lächelte zum ersten Mal seit ein paar Stunden wieder.

Und dann stieg der Kater Pelzmütze um, stieg vom Kopf des Managers hinunter, trank Rons halben Milchkaffee aus und setzte sich auf Rons Kopf, wo er sich ein paar Mal um sich selber drehte und beschloss, einzuschlafen. Seinen Schwanz hängte er dazu gemütlich über Rons rechtes Auge.

Der Manager lächelte zum zweiten Mal innerhalb von fünf Minuten.

Sie unterhielten sich noch immer, Ron gestikulierte und malte irgendetwas in die Luft, was einem Nilpferd sehr nahe kam. Einem fliegenden Nilpferd. Der Manager nickte. Schließlich schob er Ron ein Blatt Papier über den Tisch, und Ron schrieb oder zeichnete etwas darauf und schob es zurück. Wieder ein Nicken. Sie standen beide auf und schüttelten sich die Hände, dann öffnete sich die Tür, und Ron trat hinaus, etwas perplex.

»Den Kater«, sagte der Manager. »Sie müssen den Kater hierlassen.«

»Nein«, sagte Nancy. »Ich bin schon hier, um ihn abzuholen. Geben Sie ihn mir.«

Sie nahm Pelzmütze auf den Arm, der sehr nach italienischem Espresso roch, und irgendwie verabschiedete sie sich von dem Manager, der in sein Büro zurückging, um mit irgendwem zu telefonieren, und dann gingen sie gemeinsam den Flur entlang und stiegen in den Fahrstuhl. Schweigend.

Erst als er losfuhr, sagte Ron in das Schweigen: »Ich hab den Job.«

»*Was?*«, fragten Nancy und seine Mutter gleichzeitig.

»Ja. Er mochte mich. Ich glaube, es lag an dem Kater. Er mochte mich, und ich werde ein riiiesengroßes fliegendes Nilpferd für die Halle konstruieren, du meine Güte, das gibt richtiges Geld, ich werde noch zum Steuerzahler in diesem Land.« Und Nancy dachte, dass er jetzt sagen würde:

257

Wenn ich das Cynthia erzähle! Aber er sagte gar nichts über Cynthia, stand nur im abwärtsrasenden Fahrstuhl und strahlte ein bisschen idiotisch.

Da umarmte sie ihn.

Sie konnte nichts dagegen tun, es geschah einfach – sie legte die Arme um ihn und drückte ihr Gesicht in den kratzigen, unförmigen Wollpullover, unter dem er noch mindestens zwei andere Pullover trug, und sie dachte, während sie das tat, dass sie sehr, sehr lange niemanden mehr auf diese Art umarmt hatte: eine Art Umarmung, die nichts wollte, als zu umarmen. Keine Hintergedanken. Keine Umarmung wie die auf Empfängen, von denen man mit bis dato fremden Männern nach Hause ging, keine genau berechnete Umarmung, nach der ein Kuss kam oder man jemanden, in dem kein Kuss kam, zappeln ließ. Keine Umarmung, die einen Gegenwert in Zahlen hatte und von der sie Kai und den Jungs berichten würde. Eine vollkommen private Umarmung, nur so, weil sie sich für Ron freute. Er erwiderte sie.

Doch dann blieb der Fahrstuhl stehen, weil sie leider angekommen waren. Die Fahrstuhltüren öffneten sich, Nancy ließ Ron los, Ron ließ Nancy los, und Nancy sagte: »Wir könnten irgendwo hingehen und das feiern. Dass du ... Sie ... den Job haben.«

»Du ist auch ein hübsches Wort«, sagte Ron. Er sah sich um. »Cynthia wartet vielleicht hier unten irgendwo«, murmelte er, aber nicht mit dem größtmöglichen Elan.

Doch jemand anderer wartete, stand in der Halle, und Nancy begriff, dass die Umarmung im Fahrstuhl alles andere als privat gewesen war, weil der Fahrstuhl aus Glas bestand. Wie ein gläserner Sarg.

Der Jemand, der wartete, kam jetzt auf sie zu. Er trug eine tadellos sitzende marineblaue Sportjacke, enge, dunkle Jeans und ein ernstes Gesicht.

»Da bist du ja«, sagte er, nahm Nancy am Arm und zog
sie sanft mit sich fort.

Es war Kai.

Sie warf einen letzten Blick über die Schulter zurück zu
Ron und seiner Mutter, schickte ihnen ein entschuldigendes
und zugleich verzweifeltes Lächeln – dann beeilte sie sich,
mit Kai Schritt zu halten, der sie nach draußen zog.

»Ich war eine Weile ziemlich sauer«, sagte er. Sie standen
jetzt zwischen den Gebäuden, in einem schmalen, irgendwie zu dunklen Durchgang, im Windschatten zwar, aber
auch im optischen Schatten der Welt, niemand sah sie
hier, niemand würde ihr helfen, wenn – wenn was? Wenn
Kai sie verprügelte, erstach, erschoss, entführte? Es fühlte
sich ein wenig dumm und melodramatisch an, das zu
denken.

»Ich war sauer, als du abgehauen bist. Ohne ein Wort.
Aber das ist vorbei. Wir haben dich ja bald gefunden. Und
dir eine Weile zugesehen. Du machst das sehr geschickt.«

Sie wand sich, und er ließ ihren Arm los. Doch sie blieb
stehen, wo sie stand. Er brauchte ihn nicht festzuhalten,
sein Blick hielt sie fest. Die ganze Vergangenheit lag darin,
jede Minute ihrer Jahre zu zweit. Es war wie zurückfallen.
An einen Ort, an den sie gehörte. Sie hatte versucht, ihn
zu verlassen, aber sie gehörte dorthin, sie gehörte zu Kai,
die Bindung war zu stark. Es würde nichts nützen, sich zu
wehren.

»Kai«, wisperte sie, kaum hörte sie sich selbst. So unsicher und winzig hatte ihre Stimme lange nicht geklungen.
»Wer ist die Frau im Baum?«

»Frau im Baum? Na, ich denke, du?« Er lächelte jetzt,
bewundernd. Und sie fühlte sich geschmeichelt. Absurd.
»Es war ein kluger Schachzug, die Haare abzuschneiden
und dann eine Perücke zu benutzen, die genauso aussieht

wie deine frühere Frisur. Wirklich, ich habe gestaunt. Die Idee hätte von mir sein können.«

»Kai, ich … besitze keine Perücke.«

»Ach, nein? Aber in deinem Zimmer bei Widow liegt eine. Goldblonde Locken, halblang. Sie liegt im Kleiderschrank unter den Sachen, die du von dieser alten Dame geerbt hast, die einer Katze vorliest, weil sich keine Socke für sie interessiert. Der Lippenstift liegt daneben. Aber das weißt du ja.«

»Weiß ich das?«

Er hob ihr Kinn leicht an, um ihr besser in die Augen sehen zu können. Seine eigenen Augen waren hellblau und wunderschön wie Halbedelsteine im Wasser eines klaren Bachs. »Alles in Ordnung mit dir? Du erinnerst dich noch daran, wer ich bin?« Er lachte leise. »Ich bin der, der dich von der Straße aufgelesen hat. Die kleine, hässliche Kettenraucherin, Pillenschluckerin, achtzehn und verbraucht, Haut wie Asche, Haare wie Stroh, keinen Muskel am Körper, keine Vitamine im Blut und keinen sinnvollen Gedanken im Hirn. Das hast du doch nicht vergessen?«

»Nein.« Sie sah weg.

»Kai«, sagte sie dann leise. »Es war nicht in Ordnung, dass … er sterben musste. Du weißt schon, wer. Es ist so sehr schiefgegangen. Ich wollte das nicht. Ich mochte ihn. Deshalb bin ich weg.« Wie kläglich das klang! Als hätte sie eine peinliche Schwäche für Regenwürmer oder Amöben und hielt es nicht aus, wenn sie zertreten wurden. Aber sie sah den jungen Mann noch vor sich, wie er dalag und einfach tot war. Seine ganze Schuld hatte darin bestanden, zu viel Geld zu haben und zu gutgläubig zu sein. »Ich wollte mit all dem nichts mehr zu tun haben«, flüsterte sie.

»Aber du hast es dir anders überlegt, du wirst natürlich weiter für mich – für uns – arbeiten«, sagte Kai. »Zum

Glück. Es war ein Unfall. Ich wollte auch nicht, dass er stirbt. So was passiert. Kollateralschaden.«

Wie er dieses Wort sagte! So sanft! Es war nicht schlimm, dachte sie, es war eben passiert, sie brauchte kein schlechtes Gewissen zu haben … Etwas kratzte sie an der Stirn, etwas drohte von ihrem Kopf zu rutschen, und auf einmal dachte sie: *Da sitzt eine Katze auf meinem Kopf.*

*Ich bin Teil von Mister Widows Katzenverleih, daher die Katze, ich bin Nancy Müller, die selbständig denkt.*

*Und diese Gedanken, die ich eben vorher hatte, waren gar nicht meine eigenen. Sie sind das, was Kai mich denken lässt.*

*Kai ist ein Arschloch. Ein manipulatives und kriminelles Arschloch.*

*Leider auch ein gefährliches Arschloch.*

*Das Baby in meinem Bauch ist das Kind eines Mannes, den Kai – versehentlich – umgebracht hat. Versehentlich oder weil es egal war.*

Sie sah ihn wieder an. Sie wollte tausend Dinge sagen. Ihn anschreien. Ihm sagen, was sie dachte. Die Katze Pelzmütze auf ihrem Kopf rutschte schon wieder und krallte sich schmerzhaft an Nancys linkem Ohr fest. Als wollte sie sie warnen. Als könnte sie da oben Nancys Gedanken lesen und wollte ihr mitteilen: *Sag das nicht!* Und so war alles, was sie sagte: »Ich saß nie in einem Baum.«

»Natürlich hast du da gesessen.«

»Vielleicht drehe ich langsam durch«, sagte Nancy, »aber ich kann mich tatsächlich nicht daran erinnern, in einem Baum gesessen zu haben. Und ich kann nicht gleichzeitig in einem Taxi vor einer Lagerhalle voller Nilpferde gesessen und draußen gestanden und mir selbst nachgesehen haben. Es geht nicht, Kai. Mein Kopf platzt, wenn ich das denke. Es …« Sie hörte sich schwach an, schwach und sehr naiv. Aber diesmal war es gewollt. Pelzmützes Warnung hatte sie wachgerüttelt. Sie musste sich schwach und naiv anhören, damit Kai nicht begriff, dass sie es nicht war. Nicht mehr. Er nahm sie wieder am Arm, zärtlich, zog sie an sich, und sie roch seinen Eukalyptusatem und sein Sportlermännerdeo. Und hoffte, dass er die Veränderung an ihrem Körper nicht spürte. Das Kind. War da überhaupt eine spürbare Veränderung? So früh?

»Wenn du das Gefühl hast, dass du verrückt wirst«, sagte er leise, »ist es höchste Zeit, dass du zu mir zurückkommst.«

Er roch wirklich gut. Es wäre schön, seine Stimme zu hören, die ihr nachts ins Ohr flüsterte, dass sie schön war. Dass das ausreichte.

»Du hast lange genug bei diesem Greis gewohnt. Wir müssen die Sache demnächst abschließen, und du brauchst jemanden, der dir mehr Halt gibt. Auch wenn du das alleine bisher gut hinbekommen hast, wir sind doch immer noch ein Team, oder nicht? Es war nie anders. Die Jungs sagen auch, dass sie dich vermissen. Und wir haben eine Menge zu tun, ich meine, wir müssen deine ganze Sammlung abarbeiten, was?« Er lachte. »Die Vorlesefrau zum Beispiel, wie oft warst du da, um ihr eine Katze vorbeizubringen? Wir wissen von zwei Mal. Du weißt also inzwischen, wo die Schlüssel hängen. Hast du den Alarm abgecheckt? Die Eltern von diesem kleinen Mädchen. Sie sind dumm, das wird einfach. Allerdings, na ja, ganz schön gewagt, die Kleine nachts per Telefon in den Park zu bestellen. Und dann der Maler … Aber natürlich zuerst dein verrückter Katzenopa.«

»Er heißt Mr. Widow«, sagte Nancy.

Pelzmütze jagte ihre Krallen in Nancys Nacken.

Hatte sie eben gedacht, dass Kai gut roch? Entschuldigung, er stank. Nach zu viel Deo. Und sie wollte sich nicht fallenlassen, nicht in diese Arme. Sie wollte kein einziges

My Verantwortung abgeben. Sie war gerne selbständig. Sie konnte verdammt noch mal alleine entscheiden, was richtig war und was falsch. Kai war falsch. Hundertprozentig. Sie würde ihn weiterreden lassen und auf keinen Fall mehr etwas denken wie: Er riecht gut. »Die Sache nachts im Park war ziemlich gefährlich«, murmelte er und strich ihr sacht über die Wange.

»Ich meine, wenn er wirklich tot gewesen wäre ... Wäre es nicht zu früh gewesen, ihn zu beseitigen? Stehst du denn schon im Testament?«

»Ja, nee. Ich ... arbeite noch daran.« Nancy löste sich behutsam von ihm. »Ich muss jetzt gehen Er wartet auf mich.«

»Moment. Ich habe noch ein paar Fragen. Wozu die Katzenentführungsgeschichte? Ist es eine Art Test? Ich finde, das ist ein bisschen too much.«

»Ich habe keine Katze entführt«, knurrte Nancy. »Keine einzige. Steckt ihr dahinter?«

»Tun wir nicht«, sagte Kai. Er schien einen Moment lang tatsächlich verwirrt, zog die Augenbrauen hoch und sah beinahe so hilflos aus wie der Manager mit dem Kater auf dem Kopf, und das machte ihn wieder für Sekunden anziehend. Sie stellte sich auf die Zehenspitzen und küsste ihn, ganz kurz, ein Abschiedskuss, aber er hielt sie fest und küsste sie richtig, und es dauerte eine ganze Weile, bis sie atemlos wieder auf beiden Beinen stand, nicht mehr auf Zehenspitzen. »Kai.«

»Ja?« Dieses schelmische Grinsen. Dieser verschlagene Zug um seine Mundwinkel. Diese Augen. Pelzmütze fuhr ein paar Krallen aus. *Bleib vernünftig!*

»Ich gehe jetzt«, sagte sie.

Und er nickte. Er würde sie gehen lassen. Er glaubte ihr, dass sie noch immer die Naive war, die Abhängige. Er glaubte ihr, dass sie versuchen würde, sich in Mr. Widows

Testament zu drängen. Mein Gott, was er alles glaubte! Beinahe lachte sie.

»Eins noch!«, bat sie. »Warum hast du einen Brief an mich geschrieben und ihn in Mr. Widows Briefkasten gesteckt, so dass jeder ihn öffnen konnte? Einen Brief mit einer Verabredung, zu der du gar nicht gekommen bist?«

»Einen Brief? Das habe ich nicht«, sagte er. »Cynthia, du drehst wirklich durch. Das habe ich nicht.«

Als Nancy Pelzmütze eine Stunde später auf die Hutablage legte, war das Haus seltsam still.

Sie fand Mr. Widow in einem Sessel vor dem Kamin, der flackernde Lichtflecken auf die hohen Bücherwände und die beiseitegerollte Bibliothekarsleiter malte. Nancy sah zu dem leeren Regel empor, das stabil und breit genug war für einen Menschen, der dort sitzen und lesen wollte.

Mr. Widow las auch jetzt. In seinem Schoß lag ein aufgeschlagenes Buch mit einem kleinen weißen Zettel als Lesezeichen.

Nancy trat näher ans Feuer. Es konnte sie nicht verbrennen, es war ein künstliches Feuer, die Backsteine der Kaminumrandung waren aus Kunststoff und nicht mit der Wand verankert, nur nahe herangerückt. Sie sagten sich gegenseitig, sie würden Feuer machen, Nancy und Mr. Widow, aber es bedeutete lediglich, dass sie auf einen Knopf der Fernbedienung drückte.

Nancy stellte das elektrische Knistern leiser und setzte sich auf die Sessellehne neben Mr. Widow.

»Haben die Katzen schon zu Abend gegessen?«, fragte sie.

Er drehte den Kopf sehr, sehr langsam in ihre Richtung, schwerfällig. Seine Augen waren halb geschlossen. Und jetzt bemerkte sie das Glas in seiner Hand, ein Schnapsglas.

264

»Ich weiß es nicht«, sagte er. »Sie sind nicht mehr da.«
»Wie bitte?« Nancy setzte sich kerzengerade hin. »Sie …
was?«

Sie sah sich um. Pelzmütze lag auf der Hutablage und
putzte sich. Abgesehen davon war keine einzige Katze im
Wohnzimmer oder im Flur zu sehen, keine Katze vor dem
Fenster, keine Katze auf Mr. Widows Knien. Nicht einmal
die Königin von Saba, die Mr. Widow als ihr Privateigen-
tum zu betrachten schien.

Mr. Widow nahm den Zettel, den Nancy für ein Lesezeichen gehalten hatte, und gab ihn ihr.

Darauf stand in großer, geschwungener Schrift:

*Dumm, dass das mit der Geldübergabe nicht geklappt
hat. Ich sehe mich daher gezwungen, drastischere
Schritte zu ergreifen. Ich gebe Ihnen drei Tage, Widow.
Drei Tage, um Ihren gesamten Besitz zu Geld zu
machen. Nehmen Sie eine Hypothek auf das Haus auf.
Veräußern Sie die alten Möbel. Keine Ahnung, tun Sie,
was Sie wollen. Noch leben alle Katzen. Aber wenn Sie
nicht morgen eine kleine Anzahlung leisten, wird von
nun an jeden Tag eine sterben. Die Felle schicke ich
Ihnen gratis, das geht aufs Haus.*

*Als Zeichen Ihres guten Willens hinterlegen Sie bitte
morgen früh vor 7 Uhr einen schwarzen Umschlag im
Briefkasten des alten Bahnwärterhäuschens am Bahnübergang Süd.*

*Und kommen Sie diesmal allein. Ohne Kinder.*

»Das ist schrecklich«, flüsterte Nancy. »Haben Sie die Polizei angerufen?«

»Wozu«, sagte Mr. Widow leise und trank den letzten
Schluck aus seinem Schnapsglas.

»Haben Sie Hannah davon erzählt?«

Er schüttelte den Kopf. »Noch nicht. Was soll's. Hannah mag keine Katzen.« Er knallte das Schnapsglas auf den Beistelltisch neben sich, und Nancy dachte, er würde sich aus seinem Sessel hochstemmen, um irgendetwas Wütendes, Energisches zu tun. Vielleicht stieg er auf die Leiter und setzte sich auf das Bücherregal, um von dort aus eine Rede über die Wichtigkeit von Katzen zu halten.

Aber er tat gar nichts. Er war eingeschlafen.

Sie hörte seine gleichmäßigen Atemzüge und sah, wie sich sein Brustkorb unter der alten Weste mit den angelaufenen Silberknöpfen hob und senkte, langsam, aber stetig. Sie würde ihn ins Bett bringen müssen. Er war nichts als ein alter, alter Mann. Und er würde ohnehin sterben, einfach so, sehr bald. Als sie ihn auf ihre Arme hob und spürte, wie leicht er war, rollte eine Träne über Nancys Wange und fiel auf Mr. Widows schlafendes Gesicht, ohne ihn zu wecken.

# 11

Erstens steht in dem Brief nicht, was der Umschlag enthalten soll«, sagte Ron. »Zweitens ist es Unsinn, dass er schwarz sein muss. Und drittens haben Bahnwärterhäuschen keine Briefkästen.«

Nancy nickte. Sie saß mit Ron zusammen auf einer Bank in seinem Wintergarten, oben auf dem Dach der Lagerhalle. Seine Mutter schlief längst, die meisten Menschen schliefen, nur die Sterne über der Stadt waren wach.

»Es hört sich an wie ein Piratenspiel. *Ein schwarzer Umschlag, ich gebe Ihnen drei Tage, drastische Maßnahmen.*« Ron schüttelte den Kopf. »Kinder? Kinder sind grausam. Das mit den Katzen, von denen jeden Tag eine sterben muss, das könnte gut von einem Kind stammen.«

Nancy trank einen Schluck Tee aus der Thermoskanne, die sie mit aufs Dach genommen hatten. Sie war eine ganze Weile in Mr. Widows Haus umhergetigert und hatte überlegt, was sie tun sollte, und schließlich hatte sie in *Das Café* nachgesehen, ob Dr. Uhlenbek noch oder wieder dortsaß, was er natürlich nicht tat. Da war sie hierhergekommen. Es war der einzige andere Ort, an dem es vielleicht Hilfe gab.

»Also doch Hauke?«, fragte Nancy. »Dann war er in der Nacht nicht wegen eines Anrufs da? Er hat ihn erfunden? Und Elise auch? Nein, das ist doch Quatsch. Das glaube ich nicht.« Sie sah in die Sterne hinauf und zog die alte Wolldecke zurecht, die Ron ihr gegeben hatte. Drei Katzen saßen darauf, sozusagen um sie zu beschweren, das war sehr praktisch. Die Katzen schienen nur praktische Dinge zu tun, wenn Nancy in der Nähe war, sonst waren sie damit beschäftigt, Ron den letzten Nerv zu rauben. Zwei von ihnen waren, das hatte er Nancy erzählt, am Vortag durch eine Farbpfütze gelaufen und dann über eine fertige Leinwand gewandert, die ein zartpastellenes Gemälde einer Almwiese enthielt – mit ruhendem Nilpferd. Leider war die Farbpfütze magentafarben gewesen (das lag an den Farbvorlieben von Rons Mutter) und die Abdrücke der Katzenpfoten daher auf der hellblau-weiß-grünlichen Almwiese besonders gut zu sehen.

»Ist eigentlich Cynthia noch aufgetaucht?«, fragte Nancy.

»Nein. Aber sie hat angerufen, dass etwas dazwischengekommen ist, und sie hat sich furchtbar gefreut, dass ich den Auftrag habe. Sie will mich morgen treffen.«

»Morgen früh? Am Bahnübergang?«, murmelte Nancy, aber er sprach schon weiter.

»Ihr Freund hat Sie ziemlich schnell abgeschleppt. In diesem Büro-Dinosaurier. Aber irgendwas war komisch zwischen Ihnen. Haben Sie gerade eine kleine Krise?«

»O nein, wir … Er ist nicht mein Freund.«

»Aber Sie haben ihn geküsst!«

»*Das* haben Sie beobachtet?«

»Ich …« Sie sah es nicht, weil es zu dunkel war, aber vermutlich wurde er rot. »Ich habe es nur zufällig gesehen. Ich hatte überlegt, ob der Weg zwischen den beiden Hochhäusern eine Abkürzung zur U-Bahn wäre, aber Sie haben ihn blockiert, da bin ich mit meiner Mutter außenrum gegangen.«

»Alles klar«, sagte Nancy und glättete den Zettel mit der geschwungenen Schrift. »Was würden Sie an meiner Stelle tun?«

»Mitgehen und das Bahnwärterhaus beobachten. Soll ich Sie begleiten?«

Sie schüttelte etwas zu schnell und zu heftig den Kopf.

»Sie haben doch eine Menge zu tun, mit dem Auftrag

und ... Cynthia ... Bleiben Sie bei Ihrer Mutter und den anderen Nilpferden.«

Sie suchte im Dunkeln seine Hand und drückte sie, ganz kurz nur, dann nahm sie die Katzen von der Decke und stand auf.

Die drei Katzen sickerten zu Ron hinüber und machten es sich auf ihm bequem, und er seufzte ergeben. »Ich kann leider nicht aufstehen, um Sie nach unten zu begleiten. Die Katzen sind sonst beleidigt und machen ein Riesentheater, das würde meine Mutter wecken ...«

»Schon gut«, sagte Nancy. »Ich finde den Weg allein.«

Aber das, dachte sie, war in letzter Zeit ein immer falscherer Satz.

In dieser Nacht saß niemand im Baum. Dennoch fühlte sich Nancy seltsam, da auch die Kaffeekatze fehlte.

Unter den Kleidern im Schrank lag tatsächlich die Perücke. Und der Lippenstift. Sie stopfte beides in ihren Mantel und beschloss, es bei nächster Gelegenheit irgendwo außerhalb des Hauses zu entsorgen.

Sie schlief kurz und unruhig und weckte Mr. Widow um Viertel vor sechs. Er sah verkatert aus, obwohl Pelzmütze noch immer auf der Hutablage schlief.

»Wir bekommen heute noch Besuch von einem alten General der Bundeswehr«, murmelte Mr. Widow, während er sich mühsam aus dem Bett hievte. »Der bekommt auch eine Katze auf Rezept. Er hat ein Katzenfell bestellt, um seine Nieren zu wärmen, und Doktor Uhlenbek hat ...«

»Mr. Widow«, sagte Nancy eindringlich. »Sie haben eine Verabredung mit dem Bahnübergang Süd. In einer Stunde. Ich fahre Sie hin.«

Mr. Widow griff sich an den Kopf. »Oh, verdammt«, sagte er. Sie sah die Erinnerung hinter seinen Augen fallen wie Münzen in Schlitze von Spielautomaten; sah die Rädchen mit den verschiedenen Symbolen rattern. Am Ende standen sie alle auf Regenwolke.

»Geld«, sagte Nancy. »Sie müssen den Umschlag mit Geld füllen. Eine Anzahlung, hieß es doch.«

Die Räder hinter Mr. Widows Augen drehten sich abermals, und diesmal blieben sie auf dem Münzsymbol stehen.

Nancy erwartete den Satz *Wir müssen zur Bank,* doch Mr. Widow sagte: »Noch mal zehntausend, was? Das habe ich gerade noch im Haus. Füttern Sie schon mal die Katzen ... die Katze.«

»Wir haben theoretisch noch mehr«, sagte Nancy. »Alle im Moment verliehenen. Die Polizistin hat Hans noch nicht zurückgegeben, obwohl sie hätte sollen, und Elise müsste die drei Kätzchen heute bringen. Dann sind da Memphis und zwei Kätzchen im Zoo, die sechs Katzen bei Ron Linden, Fussel ist bei dem schüchternen Araber ... und der Schriftsteller hat auch noch eine.«

»Was versuchen Sie mir zu sagen?«, fragte Mr. Widow auf der Bettkante sitzend, auf den Stock gestützt. »Dass es nicht so schlimm ist, wenn die anderen nicht zurückkommen?«

»Nein, ich ... ich weiß nicht«, stotterte Nancy. »Ich glaube, ich wollte Sie trösten.«

Aber in Wirklichkeit, dachte sie, während sie Pelzmütze Rührei mit Lachs in einer Hutschachtel servierte, hatte sie nur versucht, sich selbst zu trösten.

Mr. Widow erlaubte ihr nur, ihn bis auf fünfhundert Meter an den Bahnübergang heranzufahren.

»Den Rest«, sagte er, »muss ich selbst zurücklegen. Allein, so stand es in dem Brief. *Kommen Sie diesmal allein.* Nicht, dass ich letztes Mal nicht allein gekommen wäre.« Er sah sie streng an. »Sie folgen mir nicht. Verstanden!«

»Verstanden.« Nancy nickte.

Die Gegend um den Bahnübergang war ähnlich unbelebt wie die bei Rons Lagerhalle, das Leben der Stadt raste in der Ferne vorbei, hier bei den alten Geleisen herrschten Ruhe und Unkraut, das fleckige Weiß junger Birken neben den Schienen verschmolz mit dem fleckigen Weiß des schmutzigen, halbgaren Schnees. Nancy sah eine kleine streunende Katze in der Ferne über die Bahnstrecke huschen, sagte aber nichts, damit Mr. Widow nicht versuchte, sie mit nach Hause zu nehmen. Es gab also noch streunende Katzen, dachte Nancy. Es gab noch echtes Leben in dieser Stadt, außerhalb von Mr. Widows Haus: Leben, das nicht zwischen Hochglanz-Espressomaschinen und Glasfahrstühlen erstickt war.

Selbst wenn Mr. Widow verschwand, würde etwas bleiben – etwas Aufrührerisches, Ungezähmtes.

Sie beobachtete, wie Mr. Widow zwischen den hohen braunen Unkrautstauden an den Schienen entlangwanderte, Schritt für Schritt, mit seinem Stock tastend wie auf dem Eis. Es gab keinen Weg, der Bus stand am Ende einer ungeteerten Sackgasse, und Mr. Widow ging einfach über den Schotter, auf dem Kopf die Katze Pelzmütze, die er nicht alleine hatte zu Hause lassen wollen.

Er sah sich alle zehn Meter um, sie hatte keine Chance, ihm unbemerkt zu folgen. Dann bogen die Bahnschienen ab, und sie sah ihn nicht mehr. Sie stieg aus.

In ihrer Manteltasche steckten die Perücke und der rote Lippenstift.

Beim letzten Mal war es das Eis gewesen. Mr. Widow hatte nicht das Geld abgeben sollen, darum war es nicht gegangen. Wer immer ihn in den Park bestellt hatte, hatte gewollt, dass er ins Eis einbrach.

Und diesmal? Nancy setzte Fuß vor Fuß, balancierte auf den Schienen wie ein Kind.

Bei der Biegung der Gleise schlug sie sich ins tote Unterholz. Mr. Widow, jetzt beim Übergang angekommen, sah sie nicht. Neben der Tür des verlassenen Wärterhäuschens war eine kleine Holzkiste angebracht, stümperhaft festgenagelt, nicht ganz gerade. Eine Kiste anstelle eines Briefkastens, als wäre die Kiste jemandem erst später als Notlösung eingefallen. Mr. Widow sah sich noch einmal um und steckte dann den Umschlag, den Nancy für ihn schwarz angemalt hatte, in der Kiste, die eigens dafür einen Schlitz zu haben schien.

Dann trat er den Rückweg an, ging aber nicht weit. Stattdessen tauchte auch er ins Unterholz und kam nicht wieder zum Vorschein. Er wartete. Genau wie Nancy. Und dann sah sie, dass noch eine dritte Person wartete: Auf der gegenüberliegenden Seite des Schienenstrangs hockte diese Person in dunkler Jeans und olivgrüner Kapuzenjacke, gut getarnt, jedoch nicht perfekt. Sie hätte die giftgrünen Turnschuhe vielleicht ausziehen sollen.

Nancy selbst trug nicht mehr die Turnschuhe aus dem Discounter (die auch grün gewesen waren – ein Zufall?), sondern schlichte schwarze, ein Fundstück aus Mr. Widows Schuhschrank, hinterlassen von Angelika. Die grünen Turnschuhe dort drüben sahen ehrlich gesagt so aus, als *wären* es ihre. Sie waren vom gleichen Discounter. Mehr erkannte sie nicht von der Person; die halbtoten Blätter eines Busches bedeckten ihr Gesicht.

So warteten sie zu dritt darauf, dass irgendwer kam und den Umschlag an sich nahm.

Es kam niemand.

Lange Zeit.

Dann kam doch jemand, eine vierte Person. Sie schlich auf der anderen Seite durch die Büsche, und noch ehe sie die Deckung verließ, hüpfte eine weiße Katze von ihrem Arm, um sich auf dem Boden ausgiebig zu strecken. So als hätte sie zu lange in einem zu kleinen Raum gesessen, einem Auto oder … im dunklen Keller eines Katzenentführers. Nancy hielt den Atem an.

Die vierte Person richtete sich jetzt auf, streckte sich ebenfalls und sah sich um. Sie trug eine dunkelblaue Uniform und einen braunen Pferdeschwanz. Es war die Polizistin, die eine Katze geliehen hatte. »Sherlock!«, rief sie leise. »Komm zurück! Wir müssen uns versteckt halten, das haben wir Widow versprochen!«

Mr. Widow hatte also doch noch die Polizei angerufen. Oder einfach diese Frau. Jetzt befanden sich am Bahnübergang schon vier Leute, es war wie auf einem Spielfeld: Die Schienen und die alte Straße bildeten ein Kreuz, und in jeder der überwucherten Ecken wartete ein Spieler auf seinen Einsatz.

Hans, den der neue Name kaltließ, begann, im Wind hin und her peitschende Gräser zu jagen, und hinter der Frau tauchten Kinder unterschiedlicher Größe auf.

»Wo ist jetzt der Verbrecher?«, fragte das älteste.

»Sch, sch!«, machte ihre Mutter und legte den Finger an die Lippen.

»Da, da!«, rief das allerkleinste und zeigte die Gleise entlang, ungefähr in Richtung der Person mit dem Tarnmuster.

»Sch!«, machte die Mutter.

»Ich sehe mal nach, ob er da was reingesteckt hat!«, sagte das zweitgrößte Kind, ein Junge mit verwegener Igelfrisur. Das zweitkleinste Kind, ein Mädchen von etwa vier Jahren, folgte ihm mit wehendem rosa Mantel und wehenden blonden Zöpfen, als er zum alten Bahnwärterhäuschen hinüberrannte. »Nicht …!«, begann ihre Mutter, aber es war zu spät, die beiden hatten bereits den Umschlag aus dem Kasten geangelt.

»Gruselig, der ist echt schwarz«, hörte Nancy den Jungen sagen, und das Mädchen sagte:»Das ist nicht gruselig, das ist cool. Schwarz und Pink sind in.«

»In was?«, fragte er Junge.

»Im Trend, du Idiot. Wollen wir mal gucken?«

»Steckt das Ding wieder in den verdammten Kasten!«, rief ihre Mutter, bemüht, ihrer Stimme Gehör zu verschaffen und gleichzeitig so zu tun, als hätte sie nur geflüstert. Doch das Mädchen rupfte schon die Umschlagklappe ab. »Guck mal! Geld! Wahnsinnig viele Scheine! Wir sind reich!«

»Das ist doch nicht unser Geld«, bemerkte der Junge.

»Allerdings ...« Seine Augen begannen zu leuchten. »Wir könnten ein bisschen was davon leihen.« Er griff sich ein paar Scheine, breitete die Arme aus und begann, übermütig auf den Schienen zu balancieren, in jeder ausgestreckten Hand ein Bündel Geld.

»Verdammt, so war das nicht gedacht, das Geld muss *dableiben*«, hörte Nancy Mr. Widow knurren, der jetzt aus dem toten Gestrüpp auftauchte wie aus einem Meer. Er betrat die Schienen zum zweiten Mal und streckte den Arm aus, um den balancierenden Jungen herunterzuholen.

Und in diesem Moment kam der Zug.

Das Erste, was Nancy von ihm hörte, war ein hohes, feines Singen auf den Schienen, die der Zug in Schwingung versetzte. Es vibrierte bis hinunter in ihre Zehenspitzen. Dann folgte das Dröhnen. Die verdammte Zugstrecke war überhaupt nicht stillgelegt! Das Einzige, was stillgelegt war, war der beschrankte Übergang, vermutlich, weil die Straße nicht mehr befahren wurde. Es war eine Falle gewesen, genau wie das Eis, Nancy hatte es ja geahnt.

Sie sah sich um; der Zug donnerte heran wie ein Ungeheuer aus einem Zukunftsroman.

»Mr. Widoooow!«, schrie sie.

Aber er hörte sie nicht. Der Zug war zu laut. Nancy sah,

wie die Polizistin einen Satz vorwärts machte, ihren Sohn am Arm packte und Mr. Widow am anderen – dann verbarg Nancy das Gesicht in den Händen. Sie spürte den eisigen Wind, den der Zug mitbrachte, spürte die Wucht, mit der er vorbeirauschte, die schiere, ungeheure Kraft ...

Dann war er fort, es wurde wieder still, der Eiswind legte sich. Nancy nahm langsam die Hände vom Gesicht und spähte durch Äste und Totstauden. Da lagen sie, neben den Schienen: Mr. Widow, die Polizistin und die beiden Kinder. Sie lagen zwischen Matsch und toten Stauden, zwischen Schotter und Sand, reglos.

Aber dann regten sie sich doch.

Und rappelten sich auf. Mr. Widow fluchte leise. Die Polizistin nahm ihre Kinder in den Arm, alle vier, die jetzt bei ihr standen, verschreckt und zitterig wie Küken.

»Wo ist der verflixte Umschlag?«, hörte Nancy Mr. Widow fragen.

Doch der schwarze Umschlag, den der Junge offenbar hatte fallen lassen, war nirgends zu sehen. Genauso wenig wie der Kater Hans. Nur Pelzmütze saß jetzt auf dem Kopf der Polizistin und sah verwirrt aus, und auf den Schienen lagen, wild verstreut, ein paar einzelne Geldscheine.

Nancy machte sich auf den Weg zurück zum Wagen, ehe Mr. Widow sie sah.

War der Katzenentführer da gewesen? Die Person mit den grünen Turnschuhen? Hatte sie das Geld im unbeobachteten Augenblick der Zugdurchfahrt irgendwie an sich genommen?

Als Mr. Widow in den Nachtkatzenbus stieg, tat sie, als hätte sie die ganze Zeit über hinter dem Steuer gesessen und gewartet.

»Und?«, fragte sie. »War jemand da? Haben Sie jemanden gesehen?«

»Etwas zu viele Leute, ehrlich gesagt«, murmelte Mr. Widow, legte den Kopf an die kühle Autoscheibe und schloss die Augen. »Das war mehr ein Kindergeburtstag als eine Geldübergabe. Fahren Sie, Nancy.« Er vergrub die Finger in Pelzmütze, der untypischerweise auf seinem Schoß saß, und seufzte. »Ich will nach Hause. Ich brauche dringend einen Earl Grey und ein Scone. Zu Hause ... ich fürchte, ich muss mich darum kümmern, den Wert des Hauses und der Möbel schätzen zu lassen. Ich fürchte, wir haben bald kein Zuhause mehr. Ist vielleicht doch an der Zeit, die Welt zu verlassen, was?«

Vor dem noch ungeschätzten alten Haus zwischen den hohen Bürogebäuden saß ein bulliger Mann im Rollstuhl. Er trug eine Ausgehuniform, und seine Brust war dekoriert mit bunten Ansteckern. Orden.

»Haben wir schon Fasching?«, fragte Nancy höflich. »Als was genau gehen Sie?«

»Als gar nichts«, antwortete der Herr indigniert und streckte eine Hand aus, um die von Mr. Widow zu schütteln, nicht die von Nancy. »Hasenklee. Friedrich Herbert Hasenklee, seinerzeit General. Sie waren so freundlich, mir fernmündlich ein Treffen zuzusichern.« Er sah auf die Uhr. »Vor einer halben Stunde.«

»Ach, der Herr General«, sagte Mr. Widow. »Ja, wir hatten leider einen Notfall.«

»Sie liefern Katzen auch notfallmäßig?«

»Selbstverständlich«, sagte Mr. Widow würdevoll. »Wir sind der einzige Dienst, der Katzen in dieser Stadt notfallmäßig liefert, wir haben *jede Menge* zu tun. Kommen Sie doch herein. Das ist Nancy, meine Hilfe für alles ... Sie kann Sie schieben.«

»Oh, ich nehme an, mein Norbert ist schneller als Ihre Nancy«, erwiderte der General und klopfte liebevoll auf einen der Rollstuhlreifen. »Norbert ist mein Wunderfahrzeug. Hier.« Er drückte auf einen Knopf, und tatsächlich rollte Norbert so rasch durchs Tor und den Weg entlang wie ein mittlerer Familienwagen. Für die drei Stufen vor der Eingangstür drückte der General einen zweiten Knopf, und Norbert fuhr eine Art metallener Füße aus, die »Steigfunktion«, wie der General stolz erklärte. »Norbert ist ein Bergsteiger.« Er fuhr die Füße per dritten Knopf wieder ein und rollte kurz darauf ins Innere des Hauses. »Also? Wo sind die Katzenfelle zur Erwärmung der Niere? Sie züchten, habe ich gehört? Es ist quasi eine richtige Katzen*farm?*«

»Nun, nein«, sagt Mr. Widow. »Bei uns im Haus finden Sie nur lebendige Katzen.«

»Oh. Sie schlachten und verarbeiten auf Bestellung?«

Nancy schluckte, aber Mr. Widow lächelte nur. »Sicher«, sagte er. »Wir schlachten aber nur die ganz aufsässigen Kunden. Im Moment haben wir leider eine etwas eingeschränkte Auswahl.« Er setzte Pelzmütze vor dem General auf den Tisch.

»Nur eine Katze?«, fragte der General.

»Nur einen Menschen«, sagte Mr. Widow – zu Pelzmütze. »Möchtest du seine Nieren wärmen?«

»Sie können doch jemandem, der Katzen schlachten will, nicht …«, wisperte Nancy, doch Mr. Widow winkte ab. Pelzmütze hingegen warf Nancy einen Blick zu, in dem ein Lachen lag.

*Ist der niedlich,* sagte er. *Ist das ein echter General? Darf ich mit dem spielen? Das mit dem Zug eben hat mich erschreckt, weißt du, ich könnte etwas Ruhe gebrauchen.*

*Hast du gesehen, wer sich den Umschlag geschnappt hat?,* fragte Nancy mit ihrem eigenen Blick und vergaß den General. *Und wo ist Hans?*

*Das mit dem Blick musst du noch üben,* sagten Pelzmützes Augen. *Du sprichst etwas undeutlich. Ich habe nicht gesehen, wer in den Rumtopf getappt ist. War da ein Rumtopf am Bahnübergang? Und ... eine Gans?*

»Du weißt sehr genau, was ich meinte«, knurrte Nancy.

Mr. Widow und der General sahen sie seltsam an.

»Nichts, nichts«, sagte Nancy rasch. »Ich meinte, der Kater weiß sehr genau, was er will. Er scheint mit Ihnen kommen zu wollen. Als Nierenwärmer.«

Pelzmütze nickte huldvoll und sprang auf den Kopf des Generals.

»Na, das ist doch ... er soll doch ... Die Nieren sind doch hinten am Rücken!«, rief der General.

Mr. Widow verdrehte die Augen. »Noch nie was von Akupressur gehört? Ihre Nieren werden schon noch wärmer werden. Sie haben da Reflexzonen auf dem Kopf, und Pelzmütze bearbeitet gerade die Nieren-Zone. Mehr als drei Tage können Sie ihn allerdings nicht behalten. Er ist vorgemerkt für einen Autoverleih, die Katzen für Probefahrten brauchen, um die Reißfestigkeit ihrer Sitzbezüge zu testen. Unterschreiben Sie nur noch hier ...« Er schob dem General das große ledergebundene Buch hin, und der General unterschrieb, völlig perplex. Nancy merkte, dass es ihr zunehmend leichterfiel, ernst zu bleiben. Sie hatte sich wirklich an den Katzenverleih gewöhnt.

War dies das Ende des Verleihs? War der General der letzte Kunde? Er wendete den elektrischen Rollstuhl Norbert, ließ ihn die Stufen hinabklettern und sauste mit seinem dezent surrenden Motor zum Tor. Dort drehte er sich um und winkte. »Hier ist Post für Sie!«, rief er.

Als Mr. Widow und Nancy ihn erreicht hatten, hielt er eine lange Grillgabel in der Hand, die er aus irgendeiner Tasche an Norbert gezogen hatte, und piekte damit den Umschlag auf, der innen am Tor unter einem Stein gewartet hatte. Er reichte ihn Mr. Widow, der ihn aufriss, und Nancy sah über seine gebeugte Schulter.

*So, so,* stand in der geschwungenen Schrift auf dem Papier im Umschlag. *Also mit Begleitung und Polizei, ja? War ja ein gelungenes Treffen. Sie zeigen sich leider nicht besonders kooperativ.* In dem Umschlag steckte außer dem Brief noch ein Büschel Haare. Katzenhaare.

Schwarz. Blauschwarz, eigentlich. »Die Königin!«, flüsterte Mr. Widow. »Das ist Fell von der Königin von Saba.«

Er nickte grimmig und knüllte den Brief zusammen. »Wenn die ihr etwas getan haben, bringe ich sie um«, erklärte er, und es klang sehr ernst. »Ich bringe sie um.«

»Konkurrenz?«, fragte der General verständnisvoll. »Ein anderer Verleih, mit dem Sie Ärger haben? Oh, übrigens, falls es Sie tröstet: Meine Nieren fühlen sich schon viel wärmer an. Zum ersten Mal seit Wochen schmerzen sie nicht mehr. Was immer Ihre Konkurrenz tut, Sie sind gut. Auf jeden Fall. Empfehlenswert. Ich werde Sie auf Facebook liken.«

»Sie werden was?«, fragte Mr. Widow.

Doch da war der General schon losgefahren, die Straße entlang davon. Der elektrische Rollstuhl reihte sich wie selbstverständlich in den Stadtverkehr ein.

Hannah schimpfte.

Sie machte ihren täglichen Besuch kurz nach dem General und fiel aus allerlei Wolken, als sie hörte, was geschehen war. Die ganze Sache sei viel zu gefährlich gewesen, sagte sie, Mr. Widow hätte sie gleich anrufen sollen, ja, auch morgens um sechs, sie hätte den Umschlag für ihn zum Bahnübergang gebracht, er solle ab jetzt zu Hause bleiben und sie das regeln lassen, und ob er unbedingt vor seiner Zeit sterben wolle?

Dann umarmte sie ihren Großvater und verbarg ein kleines Schluchzen in seinem Mantel. Sie standen im Garten, neben Angelikas Gedenkstein, weil Mr. Widow fand, dass sie bei der familiären Krisenbesprechung dabei sein sollte. »Hannah, Kind«, sagte er jetzt und strich ihr sanft übers Haar. »Das *ist* meine Zeit. Alle Menschen treten irgendwann ab.«

»Nein!«, sagte Hannah und wischte sich etwas aus den Augen. »Ich meine, ja. Aber doch nicht, indem sie sich von einem Zug überfahren lassen oder ins Eis einbrechen. Du lässt nichts unversucht, was, Grandpa?«

Sie lächelte durch einen Schleier aus noch nicht ganz fortgewischten Tränen.

»Okay, lass uns vernünftig denken. Erstens sollten wir noch einmal nach Hinweisen suchen. Diese Katzen können doch nicht alle spurlos verschwunden sein. Zweitens brauchst du jemanden, der das Haus schätzt. Für so was gibt es doch Profis, ich setze mich hin und finde das raus und bestelle einen her. Eiltermin. Und Nancy könnte uns allen einen Kaffee machen, damit wir besser denken können.«

»Mr. Widow trinkt Tee«, murmelte Nancy. »Earl Grey, dreieinhalb Minuten gezogen.«

Ehe sie ins Haus ging, hob sie rasch noch ein buntes Blatt auf, das der letzte Herbst vergessen hatte, und legte es oben auf den Gedenkstein. Vielleicht konnte nur Angelika die Situation entwirren.

Und tatsächlich, Zufall oder nicht: Als Nancy das Blatt losließ, machte sich ein neuer Gedanke in ihrem Kopf breit.

»Spurlos verschwunden …«, murmelte sie. Nein. Nichts auf der Welt verschwand spurlos. Und wie fand man eine Spur? Ganz einfach, man fragte einen Hund.

Ron hatte einen Hund. Den großen schwarzen, auf den momentan Dr. Uhlenbek aufpasste. Misty.

»Wenn ich den Tee gemacht habe, muss ich noch mal

weg«, sagte sie. »Kümmern Sie sich um den Schätzer, Mr. Widow? Ich habe einen Außentermin.«

»Kann ich nicht mit Ihnen ...«, begann Mr. Widow, doch Hannah schüttelte energisch den Kopf.

»Du bleibst hier und ruhst dich aus. Angelika würde dasselbe sagen.«

Vor der Haustür stand eine unglaublich fette, kurzatmige Frau mit einem rosa Rezeptausdruck in der Hand. »Ich ... habe ein Rezept für eine ... Katze«, sagte sie, mühsam Luft zusammensammelnd.

»Eine Katze gegen ... Adipositas. Weil ich mich ... mit einer Katze ... mehr bewege ... sagt der Doktor.«

»Das kann schon sein«, sagte Nancy. »Aber wir haben leider keine Katzen mehr.«

»Was?«, fragte die fette Frau und riss entsetzt die Augenbrauen hoch. »Wann werden denn ... wieder welche ... geliefert? Ich bin den ganzen Weg ... hierher ... zu Fuß gekommen. Zwei ... Kilometer! Doktor Uhlenbek hat ... gesagt, ich muss ... zu Fuß kommen, sonst ... bekomme ich keine ... Katze.«

»Ja, das ist wahr«, sagte Nancy. »Und nun gehen Sie schön langsam wieder zu Fuß zurück nach Hause und kommen morgen früh wieder. Es geht vielen Kunden so, dass sie mehrfach kommen müssen, tut mir leid. Das ist in der Branche normal.«

Die fette Frau nickte ergeben.

Wenn sie von jetzt an jeden Tag zwei Kilometer hin und zwei zurück lief, um vielleicht eine Katze zu bekommen, dachte Nancy, dann wäre sie vermutlich schon therapiert, ehe sie die Katze überhaupt bekam.

Ron stand in einem Durcheinander aus Pappkartons, Styroporplatten, halb eingerolltem Hühnerdraht und Farbeimern in der Lagerhalle. Die Staffeleien waren alle an den Rand gerückt worden, und seine Mutter saß mit den sechs Katzen an einem kleinen Klapptisch und beobachtete sein Treiben interessiert, während sie und die Katzen sich gemeinsam um den Inhalt eines großen offenen Pappkartons voller Torte kümmerten.

»Cynthia?«, fragte er, als Nancy sich räusperte. »Tut mir leid, ich kann jetzt nicht. Ich muss mit der Skulptur für diese Empfangshalle anfangen. Du könntest dich ja eine kleine Weile mit Mama unterhalten, dann habe ich sofort Zeit für dich.«

»Ich bin nicht Cynthia«, sagte Nancy. »Ich bin Nancy. Und ich brauche Ihre Hilfe. Jetzt. Ehrlich gesagt, ich brauche Ihren Hund. Kann ich ihn leihen?«

»Hund?«, fragte Rons Mutter entsetzt zwischen zwei Bissen Torte. »Ron hat doch gar keinen Hund! Er hat acht Katzen! Von denen zwei bedauerlicherweise verloren gegangen sind.«

»Eben«, sagte Nancy. »Wir brauchen den Hund, den er nicht hat, um die beiden verlorenen Katzen zu suchen. Und eine ganze Menge andere verlorene Katzen. Also? Sagen Sie einfach, es ist okay, dann fahre ich zu Doktor Uhlenbek und hole den Hund.«

»Nein«, sagte Ron. »Ich komme mit. Wenn Sie mir kurz helfen könnten, dieses Hühnergitter loszuwerden? Es hat sich in mir verheddert.«

Misty, Rons Hund, freute sich, wie sich nur Hunde freuen können. Eine Katze, dachte Nancy, zeigt nie, dass sie sich freut, allerhöchstens lächelt sie huldvoll, und wenn sie sich schnurrend gegen die Beine eines Menschen wirft, ist das nur der nächste Schritt zu einer Dose Katzenfutter. Misty zeigte seine Freude würdelos und unbeherrscht. Er rannte vor und zurück, vor und zurück, vergewisserte sich immer wieder, dass sie ihm folgten, jaulte und sprang abwechselnd an Ron, Nancy und Dr. Uhlenbek hoch, der ebenfalls mitgekommen war.

An seiner Praxistür hing jetzt ein Schild mit der Aufschrift: *FELINER NOTFALL.*

Sie hatten Misty einmal durch den Vorgarten des Widowschen Hauses geführt, wo er an allen bekatzenhaarten Büschen gerochen hatte, und nun waren sie auf dem Weg – ja, auf dem Weg wohin? Zunächst in Richtung Innenstadt; eine kleine Karawane, die an den dezent bunten Blechschlangen der Autos vorüber durch den weißen Winter wanderte.

Die Karawane enthielt auch zwei Katzen. Sie saßen auf Rons Schultern, sie waren einfach mitgekommen, ohne zu fragen.

»Tut mir leid wegen Ihrer Mutter und der Sache mit dem Hund«, sagte Nancy. »Ich hätte das geschickter einfädeln sollen, aber ich war so aufgeregt ... Sie werden ihr das irgendwie erklären müssen.«

»Ach, das ist vielleicht ganz gut so.« Ron ging in die Knie und wuschelte Misty durchs Fell, der gleich darauf wieder vorauslief, ausgelassen, bellend, glücklich, sein Herrchen für eine Weile wiederzuhaben. »Es wird Zeit, dass meine Mutter nach Hause fährt«, sagte Ron. »Bevor ich mich zu sehr an sie gewöhne. Verrückt, was? Meine ganze Kindheit über konnte ich mich nicht an diese Frau gewöhnen, aber jetzt?« Er breitete hilflos die Arme aus. »Wie sie da vor einer Staffelei steht und die Zunge zwischen die Zähne klemmt und absolut scheußliche Bilder von Katzen malt. Oder wie sie mit den Katzen im Wintergarten auf der Bank sitzt und auf die Stadt hinuntersieht, ein bisschen wie die Königin der Welt und ein bisschen melancholisch ... das hat etwas Rührendes. Ich habe sogar angefangen, mich an die Katzen zu gewöhnen. Sie versuchen immer noch, mir auf die Nerven zu gehen, aber es macht ihnen keinen so großen Spaß mehr, seit ich mich weniger darüber aufrege. Fast scheinen sie das zu bedauern.« Er grinste. »Ich hoffe, wir finden sie. Die anderen Katzen. Mr. Widow hängt so sehr an ihnen.«

»Ich glaube, am Anfang waren sie eine Art Ersatz für seine tote Frau«, meinte Nancy. »Angelika. Er liebt sie immer noch sehr, fragt sie um Rat, spricht mit ihr, solche Sachen. Er hatte die Katzen schon vor ihrem Tod, aber als sie gestorben ist, wurden es explosiv mehr.«

Dr. Uhlenbek war ein wenig zurückgefallen, er trug mehr Kilo und mehr Jahre spazieren als Nancy und Ron, hatte er gesagt, und schließlich waren sie nicht auf einer Verfolgungsjagd. Es war schön, dachte Nancy, sozusagen allein mit Ron durch die Straßen zu wandern. Irgendwie war es ein bisschen wie im Fahrstuhl, als sie sich umarmt hatten.

»Apropos Katzen«, sagte Nancy. »Würde es Ihnen etwas ausmachen, mir eine abzugeben? Ich fühle mich so nervös ohne.«

Ron reichte ihr das kleinere Tier, eine gelbe Katze mit lila Flecken, die sich schnurrend um Nancys Hals kringelte. Sie war allerdings etwas kratzig, denn das Lila war Farbe, die ihr Fell verklebte. Ron bemerkte ihren Blick. »Ich kann nichts dafür«, sagte er. »Das ist einfach Banane. Die Katze. Sie heißt Banane, und sie frisst die Dinger auch, aber man muss sie für sie frittieren, das weiß ich von Mr. Widow. Und sie hat eine Vorliebe für merkwürdige Farben. Sie wollte unbedingt bei diesem letzten Bild helfen. Es zeigte einen Sonnenuntergang über der Nordsee, mit einem ...«

»Nilpferd«, sagte Nancy.

»Woher wissen Sie das?«

»Ach, ich rate nur. Wie immer. Ihre Mutter jedenfalls wird nach Hause fahren, wenn Sie Misty wieder zu sich holen?«

»Vielleicht. Sie hasst Hunde. Aber sie hasste auch Staffeleien und moderne Bilder, bevor sie herkam. Vielleicht verliebt sie sich unsterblich in Misty und zieht endgültig ein.« Er zuckte hilflos die Schultern. »Ich hoffe nicht. Sie gehört in das Landhaus, zwischen die alten Bäume, zu den Pferden und den Sektempfängen. Von mir aus kann sie mich ja ab und zu besuchen. Ich meine, ist das nicht komisch? Ich wollte nur, dass sie kommt und ein bisschen Geld hierlässt. Aber jetzt will ich das Geld gar nicht mehr wirklich. Ich habe meinen Auftrag ... das reicht. Und ich habe angefangen, die alte Dame ganz geldunabhängig zu mögen. Manche Leute müssen vielleicht alt werden, damit man sie mag. Wie ist das mit Ihren Eltern?«

»Die sind auch älter als früher, nehme ich an«, sagte Nancy vorsichtig.

»Finden sie es gut, was Sie machen? Den Katzenverleih?«

»Ich habe sie schon ziemlich lange nicht gesehen«, meinte Nancy und legte sich die Katze bequemer um den Hals. »Meine Mutter mag Katzen, glaube ich, aber mein Vater ist allergisch gegen so ziemlich alle Tiere. Hunde, Katzen, Kaninchen – alles, was Fell hat.«

»Sie hätten es mit einem Nilpferd versuchen sollen«, sagte Ron ernst. »Ich habe noch nie von jemandem gehört, der allergisch gegen Nilpferde ist.«

Misty blieb jetzt vor einem Hoteleingang stehen. Eine riesige rote Fußmatte bedeckte den Gehweg vor dem Eingang, flankiert von zwei Topfbäumchen, und man erwartete einen Portier vor der Drehtür, doch da war keiner. Nancy sah an dem Gebäude empor. Mindestens zwanzig Stockwerke hoch und schmal, Billigbau. Dies war kein Sternehotel, es versuchte lediglich, ein bisschen so zu tun.

»Hierher führt die Spur der Katzen?«, fragte sie verwundert.

Da bellte Misty, quetschte sich durch die gläserne Drehtür nach drinnen, lief mehrmals im Kreis, während ein junges Mädchen am Empfang versuchte, ihn zu verscheuchen, und kam dann wieder herausgeschossen. Dann lief er weiter und bog ab – als hätte er im Hotel neue Anweisungen bekommen. Sie folgten ihm, vorbei an hellbunten Schaufenstern, Cafés, Ampeln, Menschen, wieder auf die Vorstadt zu. Misty blieb jetzt kein einziges Mal mehr stehen, zielstrebig, die feuchte Nase dicht am Boden, trottete er voran.

»Braaaver Hund«, lobte Ron. »Guuuter Hund. Nancy? Wo wohnen Ihre Eltern denn?«

»Weit weg«, sagte Nancy. »Manchmal denke ich, ich würde sie gerne wiedersehen. Wenn ich eine Wohnung hätte, würde ich sie einladen und ihnen erzählen, was ich alles erreicht habe, seit ich damals abgehauen bin. Auf was sie alles stolz sein können. Aber es gibt nichts. Eine Weile hatte ich einen Job, der ganz gut lief … Der Mann, mit dem Sie mich in der Gasse bei diesem Firmenbüroding gesehen haben. Mit dem habe ich mal zusammengearbeitet. Aber das ist vorbei.«

»Was *haben* Sie denn gemacht?«, fragte Ron.

»Alternatives Finanz- und Gütermanagement, ist kompliziert und langweilig. Moment. Wo führt uns Misty denn hin? Ron? Haben Sie nicht gemerkt, dass wir zu Ihnen nach Hause gehen?«

Er sah sich um. Die Straßen waren stiller geworden, etliche Wohnungen in den niedrigen Häusern zu beiden Seiten schienen leerzustehen. Alte Flaschen, leere Blumentöpfe, nie abgeholte Mülltüten bestimmten das Bild der schattigen, kalten Hauseingänge. Ein paar Straßen weiter musste sich Rons Lagerhalle befinden, wo momentan vor allem ein unfertiges Nilpferd und seine Mutter lagerten.

Misty hatte es jetzt eilig, er lief rascher, bellte lauter,

schien nahe am Ziel – sie kamen kaum hinterher. Dr. Uhlenbek war weit zurückgeblieben.

Dann blieb Misty sitzen und wartete hechelnd auf Ron und Nancy. Hinter ihm spiegelte sich der Winter in gesplitterten Scheiben, die graue Häuserzeile hier war tot wie der Grasstreifen davor, die vergilbten Spitzenvorhänge in den alten Fenstern hingen vermutlich seit Jahren benutzerlos, bewohnerlos in einem Traum von früher.

»Eine irgendwie traurige Gegend, finden Sie nicht?«, flüsterte Nancy. Sie war stehen geblieben und merkte, dass sie Rons Hand genommen hatte.

»Man kann die Wohnungen noch mieten«, sagte er. »Ein paar sind auch bewohnt. Ich hatte mir überlegte, so eine Wohnung zu nehmen und umzubauen. Aber dann habe ich die Lagerhalle gefunden. In ein paar Jahren wird das hier alles sowieso abgerissen. Auch die Halle. Sie gehört mir ja nicht. Die wollen das ganze Viertel planieren und ein Einkaufscenter hinstellen, glaube ich. Na ja, gibt Arbeitsplätze.«

Er drückte Nancys Hand kurz und ließ sie dann los. »Dann werde ich über alle Berge sein«, sagte er. »Ich finde irgendwo was anderes, vielleicht völlig woanders. Auf einer Paradiesinsel. In einer Prärie. Mal sehen.«

»Und Cynthia? Geht mit in die Prärie? Im schwarzen Minikleid?«

»Ich werde sie fragen«, sagte Ron ernst. »Misty, warte!«

Misty war plötzlich wieder losgejagt; Ron wollte dem Hund nachrennen, und Nancy wäre ihm nachgerannt, aber keiner von ihnen kam zum Rennen. Denn in diesem Moment bog vor ihnen ein Auto in die schmale Straße ein, näherte sich und hielt mit quietschenden Bremsen. Es war ein silberner Mercedes. Nancy blieb stocksteif stehen.

Jemand kurbelte das Fenster herunter.

Es war Hannah Widow.

»Steigen Sie ein«, sagte sie knapp.

»Wie bitte?«

»Ich bin losgefahren, um Sie zu suchen. Schön, dass Sie mit Hunden und fremden Männern spazieren gehen, während zu Hause die Welt Ihres Arbeitgebers zusammenbricht. Steigen Sie ein.«

»Es ist ja nett, dass Sie Taxi spielen, aber ich begreife nicht ...«, begann Nancy. Sie fühlte sich ertappt, obwohl sie nicht wusste, wobei.

»Es ist wichtig, verdammt. Es ist wichtig, dass Sie genau jetzt mitkommen!«, sagte Hannah. »Bei Mr. Widow wartet jemand, der Sie sprechen möchte.«

Nancy machte einen Schritt zurück. »Wer?«

»Steigen Sie ein«, bat, nein, befahl Hannah Widow zum dritten Mal. »Wir müssen ein paar Dinge klären. Und zwar jetzt. Ohne weiteren Aufschub.«

»Sie sind mir gefolgt«, sagte Nancy. »In diesem Mercedes. Durch die halbe Stadt.«

Hannah seufzte. »Ich bin dem Wagen meines Großvaters gefolgt. Ich hatte ihn lange nicht gesehen und wollte wissen, was er so treibt. Und was seine Angestellte so treibt. Steigen Sie jetzt ein, oder muss ich Sie gewaltsam ins Auto zerren wie in einem schlechten Krimi?«

»Wenn das hier ein Krimi sein soll, ist er sehr schlecht«, knurrte Nancy und öffnete die Beifahrertür. »Ron?« Sie sah zu ihm hoch. »Kommen Sie mit?«

»Ich komme mit«, sagte Dr. Uhlenbek, der jetzt endlich neben dem Wagen angekommen war. Er ließ sich schnaufend auf die Hinterbank fallen, ehe Hannah etwas dagegen haben konnte. Sie nickte nur und gab Gas.

Nancy sah im Rückspiegel, wie Ron mit hängenden Armen dastand und ihnen nachsah, verwirrt, verstört. Er musste Misty weiterfolgen! Ihn weiter die Spur suchen lassen! Sie hoffte, dass er das tat und den Hund nicht aus lauter Verwirrung mit nach Hause nahm.

»Fühlt sich fast an, als würden Sie uns entführen«, sagte Nancy und lachte nervös.

»Ich gehöre nicht zu den Leuten in dieser Geschichte, die für Entführungen zuständig sind«, sagte Hannah.

»Sie glauben, dass ich …? So ein Unsinn«, sagte Nancy und bemühte sich, noch einmal zu lachen. »Dann rufen Sie doch die Polizei, wenn Sie so sicher sind.«

»Das habe ich getan«, sagte Hannah ernst. »Sie warten zu Hause auf Sie, wenn mich nicht alles täuscht.«

Nancy fragte sich, ob sie wegrennen sollte. Der silberne Mercedes hielt direkt vor dem Tor, hinter dem der kleine, gepflegte Gartenweg zu Mr. Widows Haus führte, und vielleicht hätte sie es schaffen können, hinauszuspringen und die Straße hinunterzurennen, ehe Hannah oder Dr. Uhlenbek sie daran hindern konnte. Das Schweigen im Auto war zäh und floss auf den Asphalt, als Hannah ihre Tür öffnete und ausstieg.

Jetzt. Renn *jetzt*.

Nancy rannte nicht. Sie stieg aus und ging zwischen Hannah und dem Doktor zum Haus. Als trüge sie bereits Handschellen und würde von zwei Beamten flankiert.

Alles war schiefgegangen. Mehr als alles. Aber vielleicht war es gut so.

Drinnen im Wohnzimmer saßen Mr. Widow und die freundliche Polizistin, die die Katze Hans alias Liebchen alias Sherlock geliehen hatte, sowie ein uniformierter Kollege und ein Herr, den Nancy noch nie gesehen hatte, vor dem künstlichen Kamin und tranken Tee. Mr. Widow hatte ein Fotoalbum auf den Knien, in denen Katzen in allen möglichen Lebenslagen zu sehen waren, und alle drei hatten sich darübergebeugt und schienen sich sehr angeregt zu unterhalten. Jetzt sahen sie auf, und es wurde auch im Widowschen Wohnzimmer still.

»Was ist denn um Gottes willen passiert?«, frage Dr. Uhlenbek. »Widow? Sind die Katzen aufgetaucht?«

Mr. Widow schüttelte den Kopf.

»Hannah?«, sagte er nur.

»Mein Großvater wollte nicht ohne Sie mit fremden Leuten in Ihr Zimmer gehen«, sagte Hannah zu Nancy. »Alte britische Höflichkeit. Also? Bitte folgen Sie mir.«

Die ganze Gruppe stieg die Treppe hinauf in den ersten Stock, zum Schluss Mr. Widow und Dr. Uhlenbek, der ihn stützte. Nancy wagte nicht, Mr. Widow selbst ihren Arm anzubieten.

»Als Herr Stachow sich die Möbel in den Zimmern angesehen hat, wegen der Schätzung ihres Wertes«, erklärte Hannah, die die Gruppe anführte, »hat er auch in Ihr Zimmer geguckt, obwohl mein Großvater ja nun der Meinung ist, das hätte er nicht tun sollen, es wäre unhöflich gewesen ... Na ja, und ich stand zufällig daneben. Herr Stachow war schon wieder draußen, da habe ich gesehen, dass etwas unter der Matratze hervorguckt. Ein Umschlag. Ich habe ihn dortgelassen, damit Sie sich das Ganze selbst ansehen können. Ich bin mir sicher, es lohnt sich.«

»Das hoffe ich«, knurrte der namenlose Kollege der freundlichen Polizistin. »Sie machen es ja verdammt spannend.«

»Wir schulden Mr. Widow einen Gefallen, glaube ich«, sagte die Polizistin. »Ich habe Ihnen doch von der merkwürdigen Sache mit dem Zug erzählt. Wir hätten seine Katzenentführungsgeschichte von Anfang an ernster nehmen sollen.«

»Hätten wir?«, knurrte der Kollege zweifelnd.

Sie standen jetzt vor der Tür zu Nancys winzigem Zimmer.

»Die erste Lösegeldforderung für die entführten Katzen meines Großvaters«, sagte Hannah, »nannte zehntausend Euro. Ganz genau zehntausend. Und mein Großvater hatte sie in einem Umschlag bei sich, im Park. Er hat die Entführer allerdings nicht getroffen, wie Sie wissen. Trotzdem ist das Geld verschwunden. Jemand muss es ihm aus der Manteltasche genommen haben. Samt Umschlag.«

Nancy seufzte, trat vor und öffnete selbst die Zimmertür. »Bitte«, sagte sie niedergeschlagen.

Die freundliche Polizistin zog den Umschlag unter der Matratze hervor und reichte ihn ihrem Kollegen. Er griff hinein, tastete, verzog das Gesicht, *sah* hinein, drehte ihn um und schüttelte. Es fiel nichts heraus.

»Das Ding ist leer«, sagte er.

»Nein!«, rief Hannah. »Das ... das glaube ich nicht. Sehen Sie noch einmal nach! Es sind zehntausend Euro in dem Umschlag! In Zweihunderterscheinen!«

Die Polizistin nahm den Umschlag und sah ebenfalls hinein, doch auch sie schüttelte den Kopf. »Sie irren sich.«

»Dann sehen Sie im Schrank nach! Irgendwo hier ist das Geld! Außerdem liegt unter den Kleidern eine Perücke, was ich auch seltsam finde. Oder ist das normal, Perücken in seinem Kleiderschrank zu verstecken?«

»Wir haben keinen Durchsuchungsbefehl.«

»Verdammt, dann suche ich!«, rief Hannah, riss den Schrank auf und hob den kläglichen Stapel mit Nancys Kleidern hoch. Es war nichts darunter. Keine Perücke. Kein roter Lippenstift. Rein gar nichts. Hannah schüttelte die Kleider einzeln aus. Und auch diesmal fiel nichts zu Boden.

»Aber vorhin war das Geld noch da!«, rief Hannah. »Bestimmt!«

Mr. Widow wandte sich dem fremden Mann, Herrn Stachow, zu, der gekommen war, um das Haus zu schätzen. »Haben Sie das Geld gesehen?«

»Nein«, sagte der. »Tut mir leid. Ich bin nach diesem Zimmer einfach weitergegangen, da drüben in Ihr Schlafzimmer rein, Frau Widow hat vielleicht den Umschlag gefunden, aber sie hat nichts darüber zu mir gesagt. Erst als wir wieder bei Ihnen unten im Erdgeschoss waren.« Er zuckte die Schultern.

»Kann es sein, dass Sie sich manchmal Dinge einbilden?«, fragte die freundliche Polizistin Hannah in einem ziemlich bemüht freundlichen Tonfall.

»Nein!«, rief Hannah. Sie schrie fast. »Das Geld war da! Hundertprozentig! Sie hat es rausgenommen!«

»Wie denn?«, fragte jetzt der Schätzer. »Entschuldigung, aber diese junge Dame hier war doch bis eben gar nicht im Haus.«

»Ich denke, wir gehen dann mal wieder, oder«, sagte der zweite Polizist, schon auf dem Weg die Treppe nach unten. »Wir haben noch anderes zu tun, als leere Umschläge und keine Perücken zu finden.«

Als die Haustür hinter den beiden Beamten ins Schloss fiel, starrte Hannah ihnen genauso perplex nach wie Ron kurz zuvor dem Mercedes.

»Grandpa«, sagte sie tonlos. Ihr Gesicht war blass. Grau beinahe. Dann sackte sie auf einem Stuhl in sich zusammen.

»Hannah, Kind«, sagte Mr. Widow und legte ihr eine Hand auf die Schulter. »Ich glaube, du brauchst eine Mütze voll Schlaf, Ruhe und einen guten Tee. Uhlenbek, sehen Sie zu, dass sie gut in ihr Hotel rüberkommt?«

Dr. Uhlenbek nickte. »Natürlich. Kommen Sie, Fräulein Widow. Aber wir sollten uns heute Abend noch mal auf ein Gläschen treffen, Widow.« Er zwinkerte. »Ich muss Ihnen eine sehr interessante Geschichte erzählen, die ich heute mit einem Hund erlebt habe.«

Hannah ließ sich hinausführen wie eine Kranke. Beinahe tat sie Nancy leid. Alle glaubten jetzt, dass Hannah Dinge erfand, um Nancy schlechtzumachen. Oder dass sie durchdrehte.

Nur Nancy selbst wusste, dass Hannah die Wahrheit sagte.

An diesem Abend, nach Gurkensandwiches, Tee und frittierten Bananen, gingen Mr. Widow und Dr. Uhlenbek noch einmal hinaus. Spazieren, sagten sie. Nur ein kleines Stück.

Nancy nickte müde. Sie wollte nichts, als in ihr Bett zu fallen. Sie hatte aufgehört, die Welt zu begreifen. Wenn sie Rons Telefonnummer gehabt hätte, hätte sie ihn angerufen. Aber vermutlich saß er jetzt in der Lagerhalle mit seiner Freundin Cynthia zusammen und plante eine Hochzeitsreise.

Nein, das tat er nicht, weil es nicht ging, sie war Cynthia. Sie war nicht Cynthia. Sie schlief. Beinahe. Auf ihrem Bauch, ungefähr dort, wo das Baby sich versteckt hielt, schlief die lilafarbbespritzte Katze Banane, die Ron von Mr. Widow geliehen und ihr zurückgeliehen hatte.

»Verschwinde bloß nicht nachts«, flüsterte sie. Dann schlief sie wirklich.

Und dann kam der nächste Morgen.

Das Haus war still. Sehr still. Bis auf ein leises Miau vor Nancys geschlossener Tür. Banane saß davor und wollte hinaus. Das sollte man auch mal jemandem erzählen, dachte Nancy mit schlafumnebeltem Kopf, dass man von einer miauenden Banane geweckt wird. Die Kaffeekatze hatte immer allein hinaus- (oder herein-)gefunden. Oder jemand hatte nachts die Tür zu Nancys Zimmer geöffnet, um die Kaffeekatze hinaus- (oder herein-)zulassen.

Als Nancy zusammen mit Banane hinunter in die Küche tappte, bot sich ihr ein unerwartetes Bild:

Am Küchentisch saß ganz rechts die junge Frau aus dem Hinterhof voller Fahrräder, unauffällig, graubraun gekleidet, mit einem Halstuch voller winziger weißer Blümchen, die Hände schüchtern auf dem Tisch gefaltet wie in einem Gebet aus Nervosität.

Ganz links saß der dünne junge Mann mit den langen strähnigen Haaren, in einer schwarzen Regenjacke und schwarzen Hosen, genauso unauffällig wie die junge Frau, nur dass er eher ein unauffälliger Schatten zu sein schien. Er hatte die Hände in die zu engen Hosentaschen der zu engen schwarzen Hose gesteckt und sah auf seine Füße hinab, während die junge Frau auf die Tischplatte sah. Sie schienen schon eine ganze Weile so zu sitzen.

Jetzt, als Nancy mit Banane auf dem Arm die Küche betrat, sahen sie auf.

»Ich bin gekommen, um Liebchen …«, begannen beide, merkten, dass sie gleichzeitig gesprochen hatten und verstummten verschämt. Aber die Stille, die jetzt eintrat, war ebenfalls peinlich, und so beendeten sie beide doch noch ihren Satz, und zwar genau gleichzeitig. »… auszuleihen.«

»Guten Morgen«, sagte Nancy, setzte Banane zwischen die beiden jungen Leute und strich sich durchs noch ungekämmte Haar. »Ich war so früh … nicht auf Kunden eingestellt. Entschuldigung. Aber Hans, ich meine Liebchen, ist nicht da. Es ist überhaupt keine Katze da. Außer Banane hier, die eigentlich ausgeliehen und nur zufällig hier ist. Wegen der Sache mit Misty. Aber Misty ist ein Hund.«

»Aha«, sagte die junge Frau.

»Natürlich«, sagte der junge Mann höflich und nickte.

»Wie sind Sie hereingekommen?«, fragte Nancy und füllte Wasser in den Kocher, um Tee zu machen. Wenn Mr. Widow aufstand, würde er sich freuen, wenn jemand Tee gemacht hatte.

»Die Tür war offen«, sagte der junge Mann.

»Oder besser gesagt, angelehnt«, sagte die junge Frau.

»Und sie schlug im Wind hin und her«, sagte der Mann.

»Das ist komisch«, sagte Nancy. »Mr. Widow schläft, und die Tür steht offen?«

»Er scheint nicht da zu sein«, sagte die junge Frau. »Nur ein Einkaufswagen war da. Also, vor der Tür.«

»Da dachten wir, wir warten darauf, dass Sie kommen. Wir wussten ja, dass Sie irgendwo sein müssen.«

»Mr. Widow schläft noch«, sagte Nancy. »Moment.«

Sie lief die Treppe wieder nach oben, irgendetwas am Benehmen der beiden jungen Leute war ausgesprochen seltsam – sie hätten ja auch sagen können, sie würden auf Mr. Widow warten, aber sie hatten gesagt, sie warteten auf Nancy.

Sie klopfte an Mr. Widows Schlafzimmertür. Keine Antwort. Sie klopfte noch einmal.

Und dann trat sie ein.

Das Bett war ordentlich gemacht. Es lag niemand darin. Es hatte, wie es aussah, die ganze Nacht niemand daringelegen. Nancy rannte wieder nach unten. Im Flur waren weder Mr. Widows Stiefel noch sein Mantel noch sein Stock.

Mr. Widow hatte mit Dr. Uhlenbek einen Abendspaziergang gemacht, nachdem Nancy schlafen gegangen war, und war nicht zurückgekommen.

Sie nahm das Telefon von seinem Tischchen und wählte die gespeicherte Nummer des Doktors.

»Ist er bei Ihnen?«, fragte sie ohne Umschweife.

»Wie – wer? Wer ist da?«, fragte Dr. Uhlenbek verschlafen. Nancy sah auf die Uhr. Himmel, es war erst halb sieben.

»Mr. Widow. Hat er bei Ihnen übernachtet, aus irgendeinem Grund?«

»Nein«, sagte der Doktor. »Er ist nach unserem Spaziergang nach Hause gegangen. Warum? Moment, wollen Sie
sagen, er ist *nicht* zu Hause?«

»Genau das will ich damit sagen«, sagte Nancy und legte
auf.

Sie riss die Küchentür zum zweiten Mal an diesem Tag
auf. Die seltsamen jungen Leute saßen immer noch am
Tisch.

»Das hier«, sagte die junge Frau, »lag übrigens im Garten. Mit einem Stein beschwert. Ich … ich war im Wohnzimmer, auf der Suche nach Mr. Widow, ich meine, ich
wollte nicht herumschnüffeln … und dann lag da dieses
Papier.«

Sie schob es über das Holz des alten Küchentisches. »Ich
fürchte, wir … Entschuldigung … wir haben es wohl beide
gelesen.«

Die Schrift darauf war groß, weiblich und geschwungen.
Sogar noch etwas größer und geschwungener als auf dem
letzten Zettel. Und ein wenig zitterig. Als wäre jemand in
Eile oder nervös gewesen, als er diese Buchstaben geschrieben hatte.

*Wir sollen Sie schön von Mr. Widow grüßen, las Nancy. Er
befindet sich seit dieser Nacht in unserer Obhut. Wir gehen
davon aus, dass dies doch ein effektiverer Schritt ist, als
dauernd nur Katzen herzuholen. Kein Mensch interessiert
sich für Katzen. Mr. Widow ist bedauerlicherweise noch
nicht bereit dazu, die von uns vorbereiteten Papiere zu un-
terzeichnen, aber er wird es in Bälde tun. Dann werden Sie
eine Vollmacht dazu erhalten, sein Haus und seinen irdi-
schen Besitz zu veräußern, die er ohnehin nur noch kurze
Zeit nutzen könnte. Es ist also nur recht und billig, wenn
sie in den Besitz anderer Menschen übergehen, die mehr
damit anfangen können. Machen Sie sich bereit, rasch einen*

*Käufer für das Haus zu finden. Bezüglich der Übergabe dieser Summe – einer Übergabe, die diesmal besser funktionieren sollte – werden Sie noch von uns hören. Sollten Sie sich bemüßigt fühlen, Ihre Freunde bei der Polizei zu informieren, wird Mr. Widow keine sehr schöne Zeit bei uns verbringen.*

»Was sollen wir tun?«, fragte die junge Frau, die Nancy aufmerksam beim Lesen zugesehen hatte.

Nancy sah von ihr zu dem jungen Mann. Der Wasserkocher klingelte.

»Zuallererst«, sagte sie mit leicht belegter Stimme, »tun wir das, was Mr. Widow zuallererst getan hätte. Tee aufgießen und die Katze füttern.«

# 12

DER WERT DES Hauses und des Mobiliars belief sich, so der Schätzer, auf nahezu 1,5 Millionen. Nancy telefonierte mit ihm. Er würde, sagte er, das Ganze noch schriftlich rüberschicken, wollte aber zuerst eine Anzahlung für seine Arbeit.

»Ich komme im Moment nicht an Geld«, sagte Nancy gequält. »Ich habe nur den Rest meines Gehalts.« Und dann erzählte sie dem Schätzer, wo Mr. Widow war, oder besser gesagt, wo er nicht war.

»Sie müssen die Polizei …«, begann er.

»Aber wenn dann alles nur noch schlimmer wird?«

»Haben Sie Angst vor der Polizei? Sie sind doch die mit dem Umschlag unter dem Bett, oder?« Der Schätzer schien am anderen Ende der Leitung den Kopf zu schütteln. »Ich dachte, Sie hätten nichts zu verbergen.« Damit legte er auf.

Krisensitzung in einer Küche.

Anwesend: acht Katzen (eine davon gelb mit lila Punkten), ein Maler, eine adelige Person fortgeschrittenen Alters, ein Schriftsteller, ein schüchterner Mann mit Schnurrbart, zwei sehr unauffällige Studenten, ein Arzt und ein kleiner Junge, der sagt, er sei rein zufällig da, wobei auffällt, dass er immer dann kommt, wenn etwas passiert.

Als Ron als Letzter vor der Tür stand und Nancy ihm öffnete, kam sie sich seltsamerweise vor, als veranstaltete sie eine Party in einem Haus, das ihr nicht gehörte, einer Art WG, in der sie die Fußböden nicht mit Wein bekleckern durfte, obwohl der Besitzer möglicherweise längere Zeit nicht nach den Fußböden sehen würde. Sie umarmte Ron, beinahe, und dann umarmte sie ihn wirklich, wozu sie sich auf die Zehenspitzen stellte, der Wind wehte Eiswintergedanken von draußen herein, und sie flüsterte, noch immer auf Zehenspitzen: »Ich bin so froh, dass Sie gekommen sind. Was für ein Glück, dass Mr. Widow die Telefonnummer aller Kunden in diesem wunderbar ordentlichen Buch hat, was? Ich hätte früher daran denken können … Nur den General habe ich nicht erreicht. Und den Künstler, keine Ahnung, vielleicht stellt sich der gerade selbst in irgendeinem Museum aus?«

Ron hielt sie fest und sagte: »Sie weinen ja, weinen Sie doch nicht, wir finden ihn«, und da musste sie sich wirklich zusammenreißen, um nicht loszuheulen wie ein kleines Kind. Denn neben dem WG-Gefühl, neben einer gewissen Küchen-Party-Aufregung war da vor allem eines in ihr: Verzweiflung.

Sie hätte all diese Leute nicht angerufen, wäre da nicht die Verzweiflung gewesen.

Und die Angst. Sie hatte tatsächlich Angst um Mr. Widow. Obwohl oder gerade weil sie ihre eigene Rolle in der ganzen Geschichte nicht begriff.

Und dann saßen sie also alle um Mr. Widows Küchentisch, und obwohl es wenige waren, zu wenige, war es gut, dass Katzen da waren. Mr. Widows Haus ohne Katzen fühlte sich an wie das Geräusch, das eine Gabel machte, die man über einen Porzellanteller zog. Ron hatte den Rest seiner entliehenen Katzen mitgebracht, der schüchterne Araber mit dem schönen Schnurrbart und dem fernöstlichen Akzent war mit Fussel, der Perserkatze, erschienen, und der Schriftsteller saß da und streichelte den großen roten Kater Caesar, der die letzte Woche bei ihm verbracht und noch etwas Eigelb vom Frühstück in den Schnurrhaaren hatte.

»Der Zoodirektor hat seine Wildkatzen immer noch nicht wieder eingefangen«, sagte Nancy.»Deshalb müssen Memphis und die beiden Kleinen noch eine Weile bleiben. Wer uns jetzt noch fehlt, ist …« Sie sah auf eine Liste.

»Elise«, sagte Hauke.

»Warum bist du überhaupt hier?«, fragte Nancy.»Dich habe ich nicht angerufen. Die Rückholaktion betrifft nur Leute, die gerade eine Katze haben. Sonst gibt es ja nichts zurückzuholen.«

»Ich wollte den blinden Timothy noch mal ausleihen«, sagte Hauke.»Wegen üben. Sonntag ist das Angelding. Was ist denn nun überhaupt los? Wo sind sie alle?«

Und da stand Nancy auf und hielt so etwas wie eine kleine Ansprache. Sie hatte das noch nie getan, und alle waren sehr still und lauschten. Sie erzählte ihnen von der Entführung der Katzen und den Briefen im Garten, von Mr. Widow und dem letzten Brief, und dann sah sie wieder auf eine Liste – eine To-do-Liste, die Mr. Widow für den heutigen Tag geschrieben hatte.

»Um elf Uhr müssen acht Katzen im städtischen Theater abgegeben werden«, erklärte sie.»Deshalb habe ich die noch verliehenen Katzen zurückgerufen.«

»Aber Mr. Widow ist entführt worden«, sagte die schüchterne junge Frau.»Wollen Sie einfach so weitermachen, als wäre nichts passiert?«

»Ganz genau das«, sagte Nancy.»Zumindest nach außen hin. Verstehen Sie? Wir machen weiter wie bisher und beobachten genau, was geschieht. Weil wir dann am ehesten etwas herausfinden.«

»Wir?«, fragte der schüchterne junge Mann.

»Natürlich wir«, sagte Hauke sofort.»Wenn wir alle helfen, kriegen wir diesen Verbrecher. Der wird natürlich ungeduldig, wenn einfach alles weitergeht wie immer, und dann folgt er uns, ganz bestimmt, und dann sehen wir ihn und: *Zack! Zack! Zack!*« Er machte ein paar ziemlich improvisierte Karatebewegungen, wobei seine Hände gefährlich nahe an der Keksschale auf dem Tisch vorbeisausten. Dann schloss er seine Vorstellung mit einer würgenden Bewegung, röchelte theatralisch und ließ den Kopf zur Seite hängen.

»Ja, so ähnlich machen wir das«, sagte Nancy. »Vielleicht nicht ganz so. Währenddessen brauche ich jemanden, der auf das Haus aufpasst.«

»Das Haus?«, fragte der ängstliche Araber. »Ja, glauben Sie denn, das kommt auch noch abhanden?« Er hielt sich die ganze Zeit an der Katze Fussel fest wie an einem Schutzschild. Er schien nicht mehr allergisch gegen sie zu sein. Zu Beginn des Treffens hatte er sich in eine Ecke der Küche gesetzt, sehr weit weg von allen anderen, aber nun zog er seinen Stuhl heran. Die Geschichte war zu spannend, spannender, als seine Angst vor Menschen groß war.

»Wir müssen den Entführer irgendwie bei Laune halten«, sagte Nancy. »Und ich dachte … na ja, wir könnten versuchen, eine Art Anzahlung … Wenn Sie können, bezahlen Sie Ihre Katzen jetzt. Bar. Und das Geld tue ich in einen Umschlag und lege es in den Garten. Immerhin scheint er – wer auch immer es ist – von irgendwoher in den Garten zu kommen.«

»Eigentlich gibt es nur zwei Wege«, sagte Rons Mutter mit leuchtenden Detektivaugen. »Durchs Haus. Oder übers Dach. An drei Seiten schließen Hochhäuser an den Garten an. Da kommt man weder durch noch drüber. Und die Seiten der Hochhäuser haben zu Mr. Widows Garten hin keine Fenster.«

»Sehr klug beobachtet«, lobte Dr. Uhlenbek. »Natürlich könnte der Entführer auch in einem … nun ja, Flugobjekt über den Garten geschwebt sein. Theoretisch. Und die Botschaften abgeworfen haben. Dann hätte er mit den Steinen aber sehr genau zielen müssen. Oder er ist aus dem Flugobjekt ausgestiegen, hat die Botschaften abgelegt, beschwert und ist wieder eingestiegen ...«

»Also, auf keinen Fall war das Flugobjekt ein Nilpferd«, sagte Ron.

Alle sahen ihn verständnislos an.

»Na ja, ich male so was«, erklärte er. »Fliegende Nilpferde. Aber sie würden niemals an einer Entführung teilnehmen.«

»Äh«, sagte Dr. Uhlenbek.

»Hören Sie nicht auf meinen Sohn«, bemerkte Rons Mutter. »So sind Künstler eben.« Sie tätschelte Rons Arm, ein wenig stolz, selbst auf Rons Verrücktheiten. »Er hat sogar mich in ein Happening eingebaut, können Sie sich das vorstellen?«

»Wie ... äh ... hieß das Happening?«, erkundigte sich Nancy vorsichtig.

»Œuvre MMM oder Meine malende Mutter«, antwortete Frau von Lindenthal. »Ist das nicht ein hübscher Titel? Er hat es in Fotografien dokumentiert. Es bestand daraus, eine ältere Dame mit acht Katzen zu konfrontieren und zu sehen, was passiert. Er hat dazu extra – extra für mich! – acht Katzen hier ausgeliehen, obwohl er doch eigentlich einen Hund hat! Der Hund ist jetzt wieder zu Hause, da das Happening beendet ist. Das Ergebnis und der eigentliche Höhepunkt bestehen darin, dass die ältere Dame – also die Hauptperson – also ich – angefangen hat, höchst experimentelle Bilder von den Katzen zu malen. Ist das nicht ein tolles Happening? Es wird demnächst eine Ausstellung mit den Fotos geben ... Ich glaube, es existiert auch ein Film.« Sie streichelte den Perserkater auf dem Schoß des Arabers neben ihr, der eine Fusselwolke in die Luft entließ, und nieste.

Ron zwinkerte Nancy zu. Er hatte es also geschafft, seiner Mutter die Wahrheit zu sagen, ohne dass sie sauer war wegen der Schwindelei. Das grenzte wirklich an Kunst. Ron, dachte Nancy, war offenbar genauso gut im Lügen wie im Darstellen fliegender lila Nilpferde ... Misty war in Richtung der Lagerhalle gegangen. Misty war der Spur von Mr. Widows Katzen gefolgt. Ron war mit Cynthia liiert.

Auf einmal fand sie die ganze Geschichte gar nicht mehr so lustig, und sie betrachtete Ron mit einem gewissen nagenden Unbehagen. Ron, den Naiven, Unschuldigen, von dem sie die ganze Zeit das Gefühl hatte, sie müsste ihn retten: vor den Katzen, die ihm auf der Nase herumtanzten, vor seiner Mutter, vor Kais Plänen. Möglicherweise vor ihr selbst.

War es in Wirklichkeit ganz anders? War er tatsächlich mit einem wie auch immer gearteten Flugobjekt in Mr. Widows Garten eingedrungen, um Botschaften zu hinterlassen? Zählte er darauf, dass diese Idee so abstrus war, dass sie sowieso jeder für einen Witz hielt?

»Ich könnte hierbleiben und das Haus bewachen«, sagte der schüchterne langhaarige Student mit einem Ausdruck großer Tapferkeit im Gesicht, als hätte er sich mindestens dazu bereit erklärt, aus einem fliegenden Nilpferd zu springen. Er erhob sich feierlich. »Eigentlich habe ich Vorlesungen, aber wenn es um meine Katze geht, um Liebchen, die entführt wurde ...«

»Liebchen ist meine Katze«, widersprach die schüchterne Studentin und stand ebenfalls auf.

»Sie gehört *mir*«, sagte der Student.

»Mir«, sagte die Studentin.

Sie funkelten sich über den Tisch hinweg an, und zum ersten Mal sahen die beiden froh und lebendig aus. Es schien ihnen gutzutun, sich zu streiten. »Wenn Sie *leise* streiten, können Sie bleiben und das Haus bewachen«, sagte Nancy. Sie sah den Schnurrbartmann an. »Am besten ist es wohl aber, Sie bleiben auch, um die beiden Streithähne zu bewachen. Ron, kann ich deine Katzen für die Theatersache leihen? Und auch Fussel und Caesar?« Der Araber nickte, und der Schriftsteller seufzte. »Vielleicht kann ich darüber hinterher endlich einen Roman schreiben, der sich verkauft.«

»Den druckt keiner«, sagte Dr. Uhlenbek. »Viel zu absurd.«

»Nehmen Sie die Katzen ruhig«, sagte Ron. »Aber könnte ich mitkommen? Zum Theater? Es würde mich auf rein künstlerischer Basis interessieren.«

Nancy nickte und fragte sich, was sie aus diesem Wunsch schließen sollte.

»Das Stück, in dem die Katzen als Komparsen auftreten, geht nicht um Nilpferde«, gab sie zu bedenken.

»Das ist okay«, sagte Ron großzügig. »Und letztendlich geht alles auf der Welt um Nilpferde. Man merkt es nur nicht auf den ersten Blick. Die Nilpferde werden aus politischen Gründen getarnt, wenn Sie verstehen. Etwas anderes symbolisiert sie.«

»Das Stück, es ist *Die Zauberflöte*«, sagte Dr. Uhlenbek, der mit Nancy zusammen auf Mr. Widows Liste sah.

»Sag ich doch«, murmelte Ron. »Nilpferde.«

In diesem Moment nahm Nancy eine Bewegung am Küchenfenster wahr und fuhr herum. Die anderen folgten ihrem Blick.

Dort standen, aufrecht auf den Hinterbeinen, zwei große braune Katzen mit etwas kurz geratenen Schwänzen und wenig Hals und streckten die Vorderpfoten in die Höhe, als glaubten sie, sie könnten das Fenster auf diese Weise überlisten, aufzugehen.

»Das sind keine von Mr. Widows Katzen«, stellte Dr. Uhlenbek fest.

»Nein«, sagte Nancy und erhob sich, um das Fenster

vorsichtig zu öffnen. Die beiden Kurzschwanzkatzen kamen herein, sahen sich kurz um, sprangen dann auf den Tisch und aßen in Sekunden die dort befindliche Schokoladenkeksschale leer. Danach machten sie es sich in einer Ecke auf ein paar Kissen bequem, rollten die Kurzschwänze um die Vorderpfoten und schlossen beide die Augen. Sie wirkten erschöpft, aber sehr zufrieden, als hätten sie nach tagelangem Umherirren genau das gefunden, was sie gesucht hatten.

»Das sind überhaupt keine Hauskatzen«, sagte der junge Mann mit den traurigen langen Haaren. »Ich studiere Biologie. Das sind ... Wildkatzen!«

»Wenn mich nicht alles täuscht«, sagte Nancy. »Sind das die Wildkatzen, die der Zoodirektor vermisst. Sie scheinen es nicht so zu haben mit der Jagd in freier Natur. Sieht aus, als hätten sie beschlossen, dem Leben zwischen Fichten, Wind und Felsen ade zu sagen und sich ein behagliches Plätzchen zu suchen, wo man regelmäßig gefüttert wird.«

Um 11.30 Uhr betraten Nancy, acht Katzen und Ron das städtische Theater durch den Bühneneingang. Die restlichen Teilnehmer der Krisensitzung in Mr. Widows Haus hatten versprochen, die Umgebung nach Spuren von Mr. Widow abzusuchen und sich zu melden, falls sie etwas entdeckten. Der Pförtner nickte Nancy, Ron und die Katzen durch, und sie verirrten sich kurz in einem Labyrinth aus schwarz gestrichenen Gängen, Toiletten und Requisitenansammlungen, bis sie das richtige Stück Hinterbühnengebäude gefunden hatten und angewiesen wurden, in einer der Umkleideräume zu warten. Das schummrige Halbdunkel zwischen Schminktischen, Spiegeln, alten ausrangierten Stühlen, wild durcheinanderhängenden Hüten, Federboas, Handschuhen und irgendwo angepinnten alten Zeitungsausschnitten hatte etwas Unwirkliches. All das war Teil einer Glitzerwelt aus Schein und Nichtsein, einer einzigen Verlockung. Die Realität, schienen die Spiegel zu sagen, kann draußen am Eingang abgegeben werden. Hier zählt nur der Traum. Die Maske. Die durchschaubare und doch perfekte Lüge. Das bunte Licht einer selbstgemachten zweiten Wirklichkeit, einem Ersatz für die echte Welt, der viel, viel besser ist. Komm, verliere dich darin.

»Einen kleinen Moment dauert es noch, fürchte ich«, sagte jemand mit tiefer, rauchiger Stimme, und Ron und Nancy fuhren herum. Im Zwielicht stand jetzt eine glitzernde Gestalt mit paillettenbesetztem Kleid und eng anliegender, ebenfalls glitzernder Kopfbedeckung, die einer Badekappe glich und seitlich durch eine lange, schillernd grüne Feder geschmückt war. Sie (oder er) stellte ein Tablett auf den Schminktisch vor Nancy. »Es wartet sich besser, wenn man nicht auf dem Trockenen sitzt.« Damit reichte eine silbern behandschuhte Hand Nancy ein Sektglas und Ron ein anderes, und die Gestalt nickte und verschwand wieder im unübersichtlichen dämmerigen Durcheinander zwischen Schminktischen, Spiegeln und Vorhängen.

»Verrückt«, sagte Nancy.

»Na dann Prost«, sagte Ron.

Nancy zögerte. Sie hatte lange nichts mehr getrunken. Es wäre nicht gut für das Baby. Außerdem war sie im Dienst. Andererseits würde bis zum Ende der Aufführung genügend Zeit vergehen, um wieder fahrtauglich zu sein. Und ein einziger Schluck Sekt ... konnte ein Baby etwas gegen *einen* Schluck Sekt haben? Nach der Aufregung des Morgens wirklich notwendig.

Sie hob das Glas und ließ es gegen das von Ron klirren, aber es klirrte nicht. Die Gläser, Theatergläser, waren aus Kunststoff. Zusammensteckbar, wurf- und sturzfest, sie sah es jetzt. Schein und Sein.

Der Sekt hingegen schien echt zu sein. Sie leerte das Glas

in einem Zug und spürte dem angenehmen Perlen und Kribbeln hinten auf der Zunge noch eine Weile nach. Die Zeiten, in denen sie Sekt bei Empfängen getrunken hatte – in denen sie schön gewesen war –, würden sie wiederkommen? Sie war vor dieser Art der Schönheit davongelaufen. Kai, dachte sie. Wäre ich immer noch schön, wenn ich mich von dir in andere Kleider stecken ließe? Warum war die Perücke zwei Mal da gewesen? Erst unter ihren Kleidern, dann, von ihr entfernt, in ihrer Manteltasche, und dann, als Hannah sie gesehen hatte, schon wieder unter ihren Kleidern? Es ergab keinen Sinn. Nichts ergab Sinn. Ihr war seltsam zumute, ein wenig duselig. Die Farben der Schminkkästchen und der Kopfbedeckungen um sie herum leuchteten ein wenig zu verlockend. Wenn man einfach hierbleiben könnte, in der Unterwelt der Unwahrheiten, und nie mehr ans Tageslicht hinauszutreten brauchte!

Ron bückte sich zu einem der Schminkspiegel und zog eine Grimasse, und Nancy lachte und machte es ihm nach. Sie saßen auf klapprigen Drehstühlen – oder waren es drehbare Klappstühle? – und lauschten den fernen Ansagen irgendwelcher Techniker, den raschen Schritten eiliger Schauspieler, die als Schatten an der offenen Tür des Raums vorbeihuschten und noch irgendetwas suchten, irgendetwas fanden, irgendwohin rannten. Die Katzen waren bereits unterwegs über Tische und Schränke, balancierten auf Spiegelkanten entlang, glitten durch den Glitzerdämmer, erforschten dunkle Winkel und schienen sich sehr wohl zu fühlen.

»Das Leben ist ein einziges Schauspiel«, sagte Nancy. »Irgendein berühmter Mensch hat das sicher schon mal gesagt ... Alle spielen ständig jemanden. Oder?«

»Wie? Wen denn?«, fragte Ron und spielte mit einem roten Lippenstift herum.

Nancy beobachtete ihn prüfend. Vielleicht war die ein-

fältige Antwort *auch* nur Teil eines Stücks, das er ihr vor-
spielte.

»Warum ist Ihr Hund in Richtung der Lagerhalle gelaufen, als er die verlorenen Katzen suchen sollte?«

»Weil es in der Lagerhalle nach Katzen riecht? Keine
Ahnung. Danach, als Sie alle in diesem Mercedes davonge-
rast sind, hat er die Spur verloren. So sah es jedenfalls aus.«
Ron zuckte mit den Schultern.

Banane streckte ihren Kopf um die Ecke eines Spiegels
und nieste. Ihre Nase war jetzt silbern. Sie hatte irgendwo
einen offenen Schminkkasten gefunden. Die anderen hatten
sich jetzt auf dem Schrank in eine hübsche Reihe gesetzt.
Sie sahen aus wie aus Pappmaschee.

»Wie heißen sie überhaupt?«, fragte Nancy.

Ron kniff die Augen zusammen und zählte auf: »Das
Dunkle ganz links ist Surabaya-Johnny – er mag das Lied.
Das Schwarz-Weiße ist Edelgard, der kleine Einäugige daneben Napoleon, das plüschige Graublaue ist Brombeertörtchen und da, ganz am Rand, das brau-braun Gefleckte,
das ist Hasso.«

»Hasso?«

Ron nickte. »Sie glaubt, sie wäre ein Hund. Sie bellt sogar. Aber ich denke, sie hat nur einen ziemlich festsitzenden
chronischen Husten. Hat wohl früher in einem Raucher-
haushalt gelebt, meinte Mr. Widow.«

»Rrruff«, sagte Hasso.

»Und es kann nicht zufällig sein, dass da mehr Katze in
der Lagerhalle sind?«

»Meerkatzen? Sie meinen, die mit diesem langen
Schwanz? Um Gottes willen«, sagte Ron, »Nilpferde, Katzen, der Hund und meine Mutter reichen mir. Ich bin doch
kein Zoo.«

»Sie wissen genau, was ich meine. Die entführten Katzen.
Sie …«

Aber Nancy kam nicht weiter, denn in diesem Moment stürmte jemand in den Umkleideraum und schüttelte erst Ron und dann ihr die Hand. Es war eine seltsame Gestalt in einem gefiederten Kostüm, in die Stirn hatte sie eine Maske mit Schnabel geschoben wie eine Sonnenbrille, und jetzt sagte sie, oder besser er: »Wir müssen anfangen. Gut, dass Sie da sind. Wo sind die Ka… ach da.«

Alle acht Katzen waren jetzt wie auf ein Zeichen hin auf Rons Schoß und seine Schultern gesprungen, und Nancy dachte einen Moment lang: Er hat sie dressiert. Er stellt sich die ganze Zeit über dumm, aber es ist ihm wirklich gelungen, die Katzen zu dressieren.

Dann stand Ron auf, schwankte etwas hilflos und holte schließlich eine Packung Salamischeiben aus der Tasche, um sie auf dem Fußboden zu verfüttern und so die Schulterkatzen loszuwerden. *Er* hat sie nicht dressiert, dachte Nancy. *Sie* haben ihn dressiert.

Es war ihr unmöglich, diesem Menschen zu misstrauen, der da auf dem Boden hockte und sich mit Salami verteidigte.

»… sind ein Zeichen der dusteren Macht der Königin«, sagte die gefiederte Gestalt eben. Sie hatte mehr gesagt, aber Nancy hatte nicht zugehört, und nun wusste sie immer noch nicht, was die Katzen auf der Bühne tun sollten. »Es sind also Ihre Katzen? Dann kommen Sie am besten mit auf die Bühne. Auf Sie hören sie ja – Sie kennen sich mit Katzen sicher besser aus als die Königin der Nacht.«

Damit nahm der Gefiederte, Papageno wahrscheinlich, Ron am Arm und half ihm hoch oder zog ihn auf die Beine. »Wir müssen jetzt«, sagte er. »Bei der Generalprobe können wir nicht zu spät beginnen. Vor allem, da Zuschauer da sind. Wir verkaufen immer auch Karten für die Generalprobe, Sie verstehen. Sie« – er wandte sich an Nancy – »Sie können im Zuschauerraum warten. Sind Sie Mr. Widows

Assistentin?« Ehe Nancy antworten konnte, wurde sie zu einer Tür geschoben – »hier entlang bitte!« –, eine Weile wieder durch unübersichtliche Gänge geführt – und fand sich schließlich im Zuschauerraum wieder.

Tatsächlich saßen etwa dreißig Zuschauer in den roten Plüschsesseln und starrten erwartungsvoll zum ebenfalls roten Vorhang hoch. Nancy klappte einen der Sessel in der ersten Reihe herunter, der protestierend quietschte, und setzte sich.

Offenbar hielten die Theaterleute Ron für Mr. Widow. Sie hoffte nur, dass er genügend Salamischeiben bei sich hatte, um die Katzen auch während der Aufführung in Schach zu halten.

Jetzt schob eine geheime Macht den Vorhang beiseite, eine sehr merkwürdige Ouvertüre erscholl aus dem Orchestergraben, akustisch vergleichbar mit einer Mischung aus Gießkannenkonzert, Schmalgeige und Elektrounfall. Diese Aufführung war wirklich modern.

»Was tut der Bahnschalter da auf der Bühne?«, flüsterte Nancy ihrem Sitznachbarn zu. »Und warum stehen da so viele Leute auf der Bühne an?«

Der Nachbar kritzelte eifrig auf einen Block und sah nur kurz auf, offenbar war er von der Presse.

»Warum die anstehen? Na, das ist die Schlange«, antwortete er, »gegen die Prinz Tamino zu Beginn kämpfen muss. Etwas albern, aber na ja.«

Nancy schüttelte den Kopf. Sie wünschte, Mr. Widow wäre da gewesen, um mit ihr den Kopf zu schütteln. Sie fühlte sich wie eine sehr alte Person, die eine andere sehr alte Person vermisst, mit der sie gemeinsam über die Jugend lästern kann.

Sie beobachtete, wie die Königin der Nacht auftrat, und *da waren die Katzen.* Sie saßen zu Beginn auf den Schultern der Königin der Nacht, aber dort wollten sie nicht bleiben, denn der Stoff ihres Gewandes war glatt, glänzend und offenbar ungemütlich. So rutschten die Katzen daran herunter und begannen, über die Bühne auszuschwärmen, und Nancy dachte, dass jemand etwas tun musste, weil sie ins Publikum springen würden. Das dachte offenbar auch der Intendant, denn jetzt wurde Ron von der Seite auf die Bühne geschickt. Beinahe hätte Nancy ihn nicht erkannt, denn er erschien als Assistent Papagenos, ebenfalls im Federkostüm, und trug ein Silbertablett voller allerliebster kristallener Sahneschüsselchen. Das Probenpublikum lachte, als die acht Katzen sich ordentlich vor dem Tablett versammelten, um die Schüsseln auszulecken.

Als Ron das leere Tablett jedoch wieder hochhob, kletterten die Katzen auf ihn, und zwar alle, zwei davon in Rons Haare, und er schien Schwierigkeiten mit dem Gleichgewicht (und mit dem Tablett) zu haben. Der Intendant hatte jetzt keine Lust mehr auf Publikumslacher, man hörte ihn hinter der Bühne rufen, Ron solle zurückkommen, nur konnte Ron nicht zurückkommen, denn er sah nichts: Eine der Katzen hing ihm sozusagen ins Gesicht. Es entspann sich ein kleines Gerangel am Rande der Bühne, während die Königin der Nacht sang und die Handlung irgendwie weiterging. Schließlich war Ron verschwunden, kam aber in der nächsten Szene zurück; er rannte einmal quer über die Bühne, verfolgt von den Katzen, die mehr Sahne witterten.

»Das hier entwickelt sich immer mehr zu einer reinen Slapstick-Sache«, sagte der Journalist neben Nancy missbilligend. »Die Musik ist ja schon gewagt. Das modernste daran ist angeblich, dass sie den Part für die singende Säge auf einer Kreissäge spielen. Und statt des vorgesehenen Beckens nutzen sie eine kleine Badewanne. Eine sehr eigensinnige, neue Interpretation der ohnehin schon postmodernen Musik.«

Seltsamerweise war Nancy sich gar nicht mehr sicher, ob er das wirklich alles sagte, und auch nicht, ob Ron jetzt über die Bühne zurückrannte oder ob sie sich das nur einbildete. Das Geschehen dort oben war irgendwie unübersichtlich geworden, die Scheinwerferlichter schienen die Kostüme und Gesichter zu verzerren, die Umrisse flossen ineinander, egal, wie angestrengt Nancy auch blinzelte. Sie schloss einen Moment die Augen, was sehr angenehm war. Sie war verdammt müde.

Es war alles zu viel in letzter Zeit.

Katzen, Entführungen, Geld, Umschläge, Briefkästen, Bahnübergänge, Eisflächen, noch mehr Katzen ... Und sie hatte nicht gefrühstückt. Alkohol auf nüchternen Magen. Na prima, das hatte sie doch vor über zehn Jahren aufgegeben, oder war sie auf dem Weg zurück?

Sie öffnete die Augen erst eine ganze Weile später, und jetzt war Ron wirklich in Schwierigkeiten. Die Katzen hatten entdeckt, dass man mit den Federn seines Kostüms hervorragend spielen konnte, besser noch als mit denen des echten Papageno, denn die Federn an Rons Kostüm waren länger. Und vielleicht war Sahne daraufgetropft.

Nancy sah, wie Papageno in Sarastros Labyrinth herumirrte, einem Spiegelkabinett voller Winkel und falscher Türen, und wie Ron ihm nachirrte. Papageno wies ihn an, auf eine Leiter zu steigen, um über die Mauern zu sehen und den Weg zu finden. Doch das war ein Fehler, denn kaum war Ron oben, hatten die Katzen ihn eingeholt und sprangen nach den wunderbar hin- und herschwankenden langen Federn an seinem Anzug, und jetzt, jetzt hatten sie ein Büschel davon zwischen den Zähnen, ein anderes zwischen den Pfoten, und sie zogen ... Die Leiter schwankte. Ron schwankte. Die Pappmaschee-Mauer des Spiegellabyrinths schwankte.

Nancy wollte aufstehen, doch ehe sie auf die Beine kam, lief jemand anders leichtfüßig durch das Labyrinth auf der

Bühne: Es war einer der drei singenden Knaben, die den Helden immer wieder beistehen. Jedoch war dies ein von Mozart nicht vorgesehener vierter Knabe.

Er hatte schulterlanges, blond gelocktes Haar über seinem Knabenkostüm und einen knabenuntypisch rot geschminkten Mund. Eine Knäbin. Und nun war sie da, hielt die Leiter und reichte Ron eine Hand, um ihm hinunterzuhelfen. Die Handlung konnte weitergehen. Papageno fand den schwarzen Diener Monostatos zwischen den Mauern, Pamina tauchte auf – aber der vierte Knabe blieb Teil der Aufführung, blieb an Rons Seite und half ihm, die Katzen der Königin der Nacht immer wieder zu zähmen.

Wobei dieser vierte Knabe sich nicht unbedingt mit Katzen auskannte, dachte Nancy, er – oder sie – hatte nur einen ausreichenden Vorrat von Wurststückchen in der Tasche seines weiten weißen Gewandes. Die anderen Schauspieler waren inzwischen jedoch zu verwirrt vom Auftauchen der Knäbin, des Papageno-Assistenten und der acht Katzen, es war einfach zu viel Zusätzliches, das nicht ins Stück gehörte, und so verloren sie den Faden.

Pamina verließ genervt die Bühne, und da Tamino irgendwem am Ende in die Arme fallen musste, fiel er Papageno in die Arme. Papagena ging ebenfalls beleidigt ab, die Katzen sangen ein eigenes Musikstück, und das Publikum applaudierte verwundert, aber beeindruckt. »Das ist doch tatsächlich mal ganz was anderes«, bemerkte der Journalist neben Nancy. »Doch, doch, ganz sehenswert.«

»Nein, Moment«, flüsterte Nancy. »Das ist alles überhaupt nicht wahr. Die fliegen jetzt. Die fliegen auf der Bühne. Das kann nicht sein. Ich träume.«

»Auch möglich«, sagte der Journalist und klappte seinen Block zu.

Nancys Kopf war schwer und schwerelos zugleich. Sie flog. Sie flog mit den Schauspielern, drehte eine Schleife über der Bühne, spürte Rons Hand in ihrer und verbeugte sich gemeinsam mit allen anderen. Ein Glück, dass sie rechtzeitig das Ersatzkostüm der drei Knaben gefunden hatte, um Ron und die Leiter zu retten. Der weiße Stoff schlackerte weit und unangenehm warm um ihre Füße, sie schwitzte im Scheinwerferlicht, sie verbeugte sich noch einmal und spürte, wie Ron sie umarmte.

»Danke«, flüsterte er. »Danke, dass du mich in diesem ganzen verrückten Chaos gefunden und gerettet hast. Wie kommst du überhaupt hierher?«

»Ich bin dir gefolgt«, hörte sie sich flüstern. Oder flüsterte das jemand anderer? »Ich folge dir häufiger, als du denkst. Jemand muss doch auf dich aufpassen. Ich kann es kaum noch erwarten, aus dieser verdammten Kirche zu kommen und in den nächsten Zug zu steigen ... und dann in den Flieger ... Zeit, dass wir aus dieser Stadt abhauen, oder? Alles hinter uns lassen.«

»Meine Mutter hat uns eine großzügige Spende überwiesen, für die Hochzeitsreise«, flüsterte Ron.

Und dann küsste er sie. Nancy spürte seine Lippen ...

Sie fuhr hoch.

Nein.

Sie küsste niemanden.

Sie saß noch immer in der ersten Reihe eines nun leeren Saals. Vor ihr fegte jemand die letzten Reste von abgefallenen Pailletten und Federn von der Bühne. Sie glaubte, gerade noch mitzubekommen, wie eine Person in Weiß mit blondem, schulterlangem Haar in einem der Seitenabgänge verschwand, als hätte sie eben noch um die Ecke gesehen, vielleicht, um jemanden im Zuschauerraum zu beobachten. Aber vielleicht war auch gar niemand dort gewesen.

Nancy erhob sich langsam und schüttelte den Kopf. Ein dumpfer Schmerz pochte hinter ihren Schläfen. Sie sah auf das von Mr. Widow entliehene Handy. Sie hatte drei Stunden in diesem quasi sauerstoffleeren Saal verbracht, natürlich hatte sie Kopfschmerzen. Und der Sekt war ein Fehler gewesen, sie war tatsächlich weggenickt. Was für ein wirrer Traum! Sie fragte sich, wann er begonnen hatte. War Ron wirklich auf der Bühne gewesen? War Cynthia da gewesen? War sie Ron wirklich bis hierher gefolgt? Nancy hatte gedacht, dass die Entführer von Mr. Widow, wer immer sie waren, schon wüssten, wie sie Kontakt mit ihr, Nancy aufnahmen. Sie schienen so ziemlich alles zu wissen. Waren auch sie da gewesen, vielleicht sogar ... noch da? Sie sah sich im Saal um und fand zwischen Goldstuck und rotem Klapp-Plüsch niemanden, doch das hieß nicht, dass da nicht jemand war.

Sie fühlte sich beobachtet. Sie wusste nicht mehr, wo sich der Durchgang zwischen Hinter-der-Bühne und Vor-der-Bühne befand, und verließ den Zuschauerraum durch den offiziellen Ausgang, um den Intendanten zu suchen. Sie hatte ihn noch nicht gefragt, wann die Katzen denn nun zur Aufführung da sein sollten. Und wie oft.

Im Foyer des Theaters, in das sie gelangte, standen noch einzelne Grüppchen von Besuchern an den Stehtischen herum und sprachen leise und gesittet über die Aufführung, doch Nancys schmerzender Kopf konnte in dem Stimmenbrei wenig Sinnvolles identifizieren. »Der vierte Knabe war der hübscheste«, hörte sie jemanden sagen und stockte. Es hatte ihn also gegeben. Ihn – oder sie.

Cynthia.

Sie musste Ron finden.

Aber zunächst fand sie nur etwas anderes. In der Tasche ihres Mantels nämlich.

Sie fand, auf der Suche nach einem Papiertaschentuch, die blonde Perücke und den roten Lippenstift. Eine Weile starrte sie die beiden Gegenstände einfach an, dann steckte sie sie wieder ein. Aber da war noch etwas. Ein Briefumschlag. Er war ganz bestimmt vor der Vorstellung nicht in ihrer Tasche gewesen. Sie öffnete ihn und erwartete ein Blatt Papier mit ihrer eigenen Schrift, groß, schnörkelig, weiblich.

Doch der Umschlag enthielt eine computergeschriebene Vollmacht von Mr. Widow, auf sein Konto zuzugreifen und sich um die Veräußerung seines Hauses und »aller darin befindlicher Gegenstände« zu kümmern. Die Vollmacht war von Mr. Widow unterschrieben und ordentlich mit Datum versehen, allerdings nicht mit einem Ort.

Nancy legte die Arme auf einen freien Stehtisch und den Kopf darauf. Sie verstand langsam, warum Vogelstrauße ihre Köpfe in den Sand steckten, wenn Gefahr drohte. Sie wünschte, sie hätte einen Eimer Sand gehabt.

»Junge Frau, kann ich Ihnen helfen?«, fragte da jemand hinter ihr. Sie fuhr herum.

Vor ihr saß, in seinem Highspeed-Rollstuhl, General Hasenklee. Pelzmütze lag behaglich auf seinem Kopf und blinzelte.

*Wir verstehen uns ganz gut,* sagten die Augen des Katers. *Aber du siehst aus, als würdest du im Moment nicht mal dich selbst verstehen.*

»Eine wunderbare Aufführung«, sagte der General. »Erfrischend anders. Aber warum sehen Sie so besorgt aus?«

»Ich suche acht Katzen«, sagte Nancy.

Der General hob eine Augenbraue. »Nur acht?«, fragte er. »Ich dachte, es wären mehr. Ich bin gerade Ihrem Freund begegnet. Er hat behauptet, dass der Großteil der Widowschen Katzen verschwunden wäre. Außerdem meinte er, er müsste gehen, weil er irgendwas mit einem Nashorn vorhatte ... Keine Ahnung, was das nun wieder bedeutet. Er meinte jedenfalls, er würde die Katzen für Sie an der Garderobe hinterlegen, und dass Sie morgen Abend um sechs zur Premiere wieder da sein sollten.«

»Danke«, murmelte Nancy. »Wie kommt es, dass Sie vor der Premiere schon hier sind?«

»Oh, ich habe ein Abo für Theaterproben. Ein Probe-Abo.«

»Aha«, sagte Nancy schwach. »Und da gehen Sie in jede Generalprobe?«

»Natürlich«, sagte Hasenklee streng. »Ich bin der General.«

Nancy fand die Katzen in eine ausführliche Unterhaltung mit der Garderobiere vertieft. Sie saßen alle acht aufgereiht auf dem langen, schmalen Tisch, auf den sonst die Garderobennummern gelegt werden, jene geheimnisvollen kleinen Metallplättchen, die man stets mit der Hoffnung dort hinlegt, man bekäme ein ganz anderes Kleidungsstück zurück, als man abgegeben hat, ein Jackett mit einem Portemonnaie voller Geldscheine, einen Pelzmantel mit dem Schlüssel einer Münchner Innenstadtwohnung in der Tasche, eine Handtasche mit einem abgabefertigen Sensationsmanuskript … Auf jenem langen, schmalen Tisch jedenfalls saßen die Katzen und sprachen mit der Garderobiere, die dahinter stand, oder möglicherweise sprachen sie auch mit den Lachsschnittchen, die die Garderobiere an sie verfütterte. Übrig gebliebene, etwas betagte Lachsschnittchen von der Pause am vorigen Abend. Aber Lachs altert nicht, wie jede Katze weiß: Er reift.

»Wir müssen los«, sagte Nancy. »Ich hätte gerne meine Katzen wieder.«

Die Garderobiere nickte. »Haben Sie die Garderobenmarke?«

»Für die Katzen?«

»Natürlich. Ich habe sie nicht einzeln an Haken gehängt, weil mir das zu kompliziert erschien …« Die Garderobiere, Mitte sechzig, mitteldick, mitteldauerwellig, sah Nancy ernst durch eine mittelsehrdicke Brille an. Dann breitete sich ein langsames Grinsen über ihr Gesicht. »Nehmen Sie Ihre Katzen schon mit, junge Frau«, sagte sie. »Ich gebe zu, ich hätte sie gerne behalten …«

»Sie können sie ausleihen«, sagte Nancy. »Also, wenn die Katzen einverstanden sind. Kommen Sie bei Gelegenheit mal vorbei. Mr. Widows Katzenverleih. Sie finden uns im Telefonbuch.«

»Nicht im Internet?«

»Nein«, sagte Nancy. »Der Katzenverleih und Mr. Widow leben noch im Papierzeitalter. Sie wissen schon, gleich nach der Stein- und Bronzezeit.« Sie nahm Banane auf den Arm, und die anderen Katzen folgten – nicht, weil Nancy sie rief, sondern, weil keine Lachsschnittchen mehr da waren.

Während sie mit ihrem samtpfötigen Gefolge durchs Foyer zum Ausgang ging, dachte Nancy, dass sie möglicherweise gelogen hatte. Mr. Widow lebte vielleicht nicht mehr im Papierzeitalter. Er lebte möglicherweise gar nicht mehr.

Wer auch immer ihn entführt hatte, hatte Nancy eine auf ihren Namen ausgestellte Vollmacht über Mr. Widows Besitz besorgt. Mr. Widow war damit nicht mehr interessant für die Entführer. Genauso wenig wie seine Katzen. Wer jetzt interessant für sie war, war Nancy.

Nancy hatte, theoretisch, alle Karten in der Hand.

Und, theoretisch, das Geld.

Aber als sie in den Nachtkatzenbus kletterte, dachte sie weder an das Geld noch daran, dass es klug wäre, Angst vor den Typen zu haben, die überall zugleich zu sein schienen und ihr den Umschlag in die Tasche gesteckt hatten. Sie dachte an Mr. Widows faltiges, lebensgezeichnetes Gesicht. An das Glänzen seiner golden gemusterten uraltmodischen Seidenweste. Daran, wie er in zweieinhalb Metern Höhe im Regal gesessen und ein Buch gelesen hatte.

Sie vermisste ihn bereits jetzt.

Ihm durfte nichts passiert sein. Ihm nicht und den Katzen nicht. »Wenn ihr ihnen was getan habt, bringe ich euch um«, wisperte Nancy in den Rückspiegel. »Sie sind hier, irgendwo, richtig? Sie beobachten mich. Vielleicht haben Sie Glück, und ich mache das Geld flüssig. Aber nicht jetzt. Nicht sofort. Dann hauen Sie nämlich mit der Knete ab und ich sehe Widow und die Katzen trotzdem nie wieder, richtig? Weil ein paar dämliche Katzen und ein alter Mann Sie einen Dreck kümmern. Bevor ich irgendwelches Geld in die Hand nehme, finde ich eine Spur. Da sind alle diese Leute, die mir helfen. Alle die von heute Morgen. Ich hätte nie gedacht, dass mir mal so viele Leute helfen, einfach so, aus freien Stücken …«

Im Rückspiegel glänzte etwas in einem Wintersonnenstrahl. Ein silberner Mercedes.

Als sie den Nachtkatzenbus geparkt hatte und an den unendlich hohen Fassaden vorbei zu Mr. Widows Haus ging, fühlte sie sich wieder vollkommen nüchtern. Sie freute sich auf eine Tasse Tee in Mr. Widows Küche. Sie würde die Katzen versorgen (die schon seit mindestens einer halben Stunde nichts mehr gegessen hatten), Tee kochen und mit den schüchternen jungen Studenten sprechen, die vielleicht etwas in Erfahrung gebracht hatten.

»Nach Hause«, sagte sie leise zu Banane, die ihre silbern gepuderte Nase an Nancys Wange rieb. »Wir gehen nach Hause.«

Als Nancy vor dem Gartentor stand, fuhr ein Auto an ihr vorbei, ungewöhnlich langsam, beschleunigte dann aber; und sie drehte sich um und sah noch, wie der silberne Mercedes in eine Seitengasse einbog und verschwand.

Hannah, dachte sie. Warum fuhr Hannah durch die Gegend und folgte ihr? Sollte es eine Drohung sein? Hannah, dachte sie weiter, wusste nichts von Mr. Widows Verschwinden. Sie würde es ihr mitteilen müssen. Früher oder später. Sie entschied sich für später.

Sie öffnete das Tor, ging den kleinen Weg entlang, schloss die Tür auf. Was war eigentlich, wenn der Mensch, der die Briefe in den Garten gebracht hatte, einfach durchs Haus gegangen war, weil er (oder sie) einen Schlüssel besaß? Sie kannte genau drei Personen mit einem Schlüssel zu Mr. Widows Haus: Mr. Widow, Hannah – und sie selbst.

Die Katzen brauchten keinen Schlüssel, sie kletterten an den Ranken empor aufs Dach und liefen hinüber, um in den Garten zu gelangen. Für die Öffnung der Türen und Fenster hatten sie Bedienstete auf zwei Beinen.

Im Flur hingen zwei Jacken, die zuvor nicht dort gehangen hatten: eine schwarze Herrenregenjacke, sportlich-elegant, und eine taillierte Damenjacke, weiß mit dunkelblauen Ärmelumschlägen, maritim, wertvoll. Aus der Küche drangen leise Stimmen zu Nancy.

Nancy kniete sich hin, streichelte die Katzen, die sich vor der Tür zum Wohnzimmer versammelt hatten, und flüsterte: »Keinen Mucks, okay? Wir gehen da jetzt alle rein und lauschen.«

Surabaya-Johnny drehte seinen dunkel gemusterten Kopf und gähnte, so dass alle seine spitzen weißen Zähne blitzten.

*Ich hab die Waffe im Anschlag*, sagte sein Blick. *Falls es die Entführer sind. Es wird mich ein wenig langweilen, aber ich werde ihn erledigen.*

Der winzige Napoleon streckte seine Krallen. Ebenfalls bewaffnet. Oder nur behaglich. Brombeertörtchen rieb ihren flauschigen blaugrauen Kopf an Nancys Knie. *Du beschützt uns doch?*, schien sie zu fragen. *Falls er uns der Vollständigkeit halber auch noch entführt?* Der große rote Caesar gab ein kurzes Schnurren von sich und leckte Brom-

beertörtchen einmal kurz und beruhigend über den Kopf.
Zwei Verliebte.

»Natürlich«, wisperte Nancy.

Sie öffnete die Tür zum Wohnzimmer, so leise sie konnte,
und überquerte den Perserteppich auf Zehenspitzen. Die
Katzen flossen ihr durch die Tür nach und verteilten sich
auf Sesseln, Regalen und Tischchen, quecksilberhaft wie
immer. Und vollkommen lautlos. Sie alle stellten die Ohren
auf – acht lebende Statuen, man hätte sie in einem Museum
aufstellen können wie Lazy Joe, unter dem Titel *Das Große
Lauschen*.

Da waren eine tiefe und eine höhere Stimme in der Küche. Sie sprachen wirklich sehr leise. Als wollten sie vielleicht vom Flur aus gar nicht gehört werden. Nancy trat
näher, kniete sich hin und sah durchs Schlüsselloch wie
schon einmal.

Kai, dachte sie. Kai und die Person im Baum, die sich
Cynthia nennt. Es war vollkommen klar.

Aber in der Küche saßen weder Kai noch Cynthia.

Dort saßen Dr. Uhlenbek und Hannah.

»... Schließfach 551, Hauptbahnhof«, murmelte Dr. Uhlenbek. Er sah auf ein Blatt Papier in seiner Hand, und
offenbar las er den Text darauf nicht zum ersten Mal. »Sie
werden also hingehen.«

»Natürlich«, sagte Hannah.

Von den beiden schüchternen Studenten und dem Araber
war nichts zu sehen. Vermutlich hatte Hannah sie nach
Hause geschickt.

»Wollen Sie die Wahrheit hören?«, fragte Hannah. »Die
Wahrheit über Nancy Müller?«

Nancy merkte, wie sich alle Muskeln in ihrem Körper
anspannten wie die einer Katze, die im nächsten Moment
springt, um ihr Opfer zu erlegen. Tür aufreißen, ein Satz zu
Hannah, sie packen wie eine Ratte, am Genick vielleicht, es

wäre alles eine einzige Bewegung. Katzen schütteln Ratten und beißen sie dann tot. Mit Mäusen spielen sie, mit Ratten meistens nicht. Ratten sind zu groß und zu gefährlich. Nancy duckte sich, um mehr Kraft in den Sprung zu legen. Hannah durfte nicht weitersprechen. Sie durfte Dr. Uhlenbek nichts sagen. Kein einziges weiteres Wort würde über ihre Lippen kommen. Sie hatte sich mit ihrer Art bei allen unbeliebt gemacht, jeder wäre froh, sie los zu sein in dieser Geschichte, sie, Nancy, war die Sympathieträgerin.

Oder nicht?

Wenn Hannah jetzt die Wahrheit sagte und Dr. Uhlenbek ihr glaubte, war alles vorbei. Dann würden die Sympathien sich wenden. Und niemand musste Hannah lieben, es reichte, wenn sie ihr glaubten.

Sie würden ihr glauben. Alle. Nancy spürte, wie ihre Nackenhaare sich aufstellten und ihre Schnurrhaare zitterten. Sie holte tief Luft, leckte sich über die spitzen Eckzähne – und stand schwer atmend vor der Küchentür, still.

Nein. Sie war *keine Katze*.

Für einen Moment hatte sie das tatsächlich vergessen.

»Nancy Müller macht also eine Weltreise. Wir können unmöglich alle Nancy Müllers überprüfen, davon gibt es Tausende ... Aber da ist ein anderer Anhaltspunkt. Die Perücke. Und ich habe vorher schon eine gefunden, sie scheint mehrere zu besitzen: Perücken mit blondem, schulterlangem Haar. Damals im Park, da lag auch so ein Ding im Schnee. Vor zwei Wochen, Dr. Uhlenbek, ist ein durchaus gut betuchter junger Mann in seiner Wohnung erstochen worden, die Zeitungen haben das berichtet. Jemand hatte die Wohnung leer geräumt. Offenbar hat er die Einbrecher erwischt, was nicht gut für ihn ausging. Sie sind nie geschnappt worden. Das Seltsame ist, dass sie einen Schlüssel besaßen. Der Mann traf sich in den Wochen davor häufig mit einer hübschen jungen Frau, die schulterlanges blondes Haar hatte und immer sehr rot geschminkte Lippen. Hübsch, wirklich. Der Lippenstift unter den Kleidern ... in Nancys Zimmer ... Sie werden jetzt sagen, es gibt tausend junge Frauen mit blonden Haaren und roten Lippen.«

»Es gibt tausend junge Frauen mit blonden Haaren und roten Lippen«, sagte Dr. Uhlenbek.

»Richtig.« Hannah nickte, legte die Hände zusammen wie im Gebet, schien sich kurz zu sammeln und sah dann wieder auf. Sie hatten nichts Kindliches mehr an sich, sie war jetzt vollkommen ernst und erwachsen.

»Die Sache ist, dass da noch ein Mann im Spiel ist. Und ein paar Kollegen, oder wie auch immer man es nennen möchte. Es scheint eine Art ... Bande zu sein. Nach dem, was die Polizei weiß. Das Muster ist immer gleich, sie haben das in mehreren Städten abgezogen. Kann man alles nachrecherchieren, wenn man die richtigen Artikel in den Archiven im Netz findet. Sie schicken die hübsche junge Frau voraus, als Geliebte, als gute Freundin, als Babysitter oder als Haushaltshilfe.« Sie machte eine kleine Pause. »Bis sie gut genug Bescheid weiß, um ihnen die Tür zu öffnen. Sei es mit einem eigenen Schlüssel oder weil sie weiß, wie man die Alarmanlage außer Kraft setzt und durchs Fenster einsteigt. Alles schon passiert. Erben ist übrigens auch so eine Masche von denen. Und heiraten. Es gibt die Bande seit Jahren. Aber sie schlüpft der Polizei immer wieder durch die Finger. Obwohl die Frau fast immer gleich aussieht: die blonden Haare, der rote Lippenstift. Ein Markenzeichen. Viel zu gefährlich natürlich, wenn man gesucht wird. Trotzdem. Als hätte der Mann, der laut Zeitungen der Chef der Bande ist, eine Art ... Obsession. Als müsste die Frau, die er einsetzt, immer gleich aussehen. Oder vielleicht ...« Sie lächelte. »Ist sie das Ergebnis seiner Marktforschung. Junge, schlanke Frauen mit blonden Haaren, roten Lippen und einem schwarzen Minikleid – das gehört nämlich auch dazu – ziehen einfach am besten.«

»Und da schließen Sie messerscharf, dass die Person mit den kurzen schwarzen Haaren, die hier eingezogen ist und sich nie die Lippen schminkt, die gesuchte sein muss«, sagte Dr. Uhlenbek, lehnte sich im Stuhl zurück und spielte mit einer Zigarette, die er jedoch nicht anzündete.

»Sie redet im Schlaf«, sagte Hannah knapp.

»Was?«

Beinahe hätte Nancy hinter der Tür dasselbe gefragt.

»Jep.« Hannah nickte. »Ich war mal bis spät abends hier, nachts, könnte man sagen. Und da miaute diese Katze in ihrem Zimmer. Mein Großvater wollte sie rauslassen – er sagte, er tue das immer. ›Nancy‹, sagte er, hat einen so festen Schlaf, sie scheint etwas Schlimmes erlebt zu haben, sie verarbeitet es im Traum.‹ Arme, arme Nancy! Ich sag Ihnen was, bei den meisten Männern zieht die Blonde im kleinen Schwarzen. Bei meinem Großvater zieht die sanfte junge Frau mit den schlimmen Erlebnissen. Er sieht jede Nacht nach ihr. Weil er sich Sorgen macht. Zweimal ist sie nachts geschlafwandelt und in einen Baum geklettert, da draußen … Er hat es von drinnen gesehen, aber sie hatte es schon geschafft, wieder runterzuklettern und zurück ins Bett zu finden, ehe er sich angezogen hatte, um sie zu retten. Stellen Sie sich das vor, er wäre in den Baum geklettert, er, Mitte achtzig, herzkrank, steifes Bein … um eine Frau Ende zwanzig zu retten!

Aber zurück zu mir … Ich gehe also an dem Abend nach oben, damit er sich das sparen kann, und mache die Tür auf, und da liegt sie im Bett und murmelt. Und ich bleibe ein bisschen stehen und lausche. ›Kai‹, sagt sie. Und noch einen Namen. Den Namen des Toten aus der Zeitung. Dass es ihr leidtut, sagt sie. Dass sie nicht wollte, dass er stirbt. Ich glaube, sie war es, die ihn erstochen hat, aber das ist vielleicht nicht einmal wichtig … Sie spricht weiter mit diesem Kai, der scheint ihr Chef zu sein, oder ihr Freund, und sie erzählt wirres Zeug von früher …« Hannah holte tief Luft. Nancy holte keine Luft. Nancy atmete überhaupt nicht.

Sie stand vor der Tür und fühlte sich eiskalt. Nicht wie ein lebendiges Wesen, das atmen musste. Vielleicht wie eine Statue in einer Ausstellung. Vielleicht konnte man sie einfach wegtragen und irgendwo abstellen. In den Garten neben Angelikas Stein. Auf einen Schrottplatz. Vor ein Gericht. Sie war aus Stein.

»Haben Sie sie darauf angesprochen?«

»Noch nicht. Ich hatte ein bisschen Angst davor. Mein Großvater hängt an ihr. Wirklich. Aber jetzt …« Sie stand auf und begann, in der Küche auf und ab zu gehen. »Ich meine, es ist alles irgendwie fast schon *zu* klar. Als müsste noch irgendwo ein Haken sein. Da ist dieser Typ, der ermordet wird. Seine Affäre, blond und in Schwarz, verschwindet. Keiner seiner Freunde kannte sie, keiner wusste etwas über sie, außer, dass sie einen Haustürschlüssel hatte. Bis dahin kann man das alles bei der Polizei erfragen. Die Blonde verschwindet. Und einen Tag später taucht Nancy auf und erzählt meinem Großvater irgendwas von einer Weltreise, die sie gerade macht, und dass ihr Portemonnaie gestohlen wurde. Sie hat nichts mehr, um sich auszuweisen, und braucht dringend ein Dach über dem Kopf und eine Verdienstmöglichkeit. Und bleibt. Reist nie weiter. Ich … Halten Sie mich für verrückt, aber ich habe einen Brief geschrieben. Und mit Kai unterzeichnet. Drin stand, dass er sie treffen will. In *Das Café*. Ich war da, um nachzusehen, ob sie kommt – und sie ist gekommen. Nur dass kein Kai da war.«

»Ich glaube, ich war da«, sagte Dr. Uhlenbek ernst. »Statt Kai.«

»Ja. Sie hat mit Ihnen geredet. Sie haben mich nicht gesehen. Ich meine, vielleicht ist es lächerlich, dass ich hier Detektiv spiele, aber ... vielleicht verstehen Sie mich ein bisschen?«

Dr. Uhlenbek nickte langsam. »Schon.«

»Wenn Nancy keinen Kai kennen würde«, fuhr Hannah fort. »Oder wenn sie von ihm weggewollt hätte, dann wäre sie nicht zu diesem Treffen gekommen. Richtig?«

Dr. Uhlenbek nickte wieder. »Ja. Leider richtig.«

»Das Verrückte ist aber: Es war, als hätte ich ihn gerufen. Diesen Kai. Danach nämlich bringt Nancy eine Katze ins Bürogebäude eines größeren Unternehmens – ich bin ihr gefolgt –, und als sie mit dem Fahrstuhl nach unten fährt, taucht dieser aalglatte Typ auf, mit dem sie hinausgeht, um in einer filmreif dunklen Ecke mit ihm zu reden. Kai.« Sie blieb stehen. »Ich weiß, was sie will. Erben. Aber diese beiden verkorksten Treffen mit dem sogenannten Entführer ... Mein Großvater hätte bei beiden – wie sagt man so schön – draufgehen können. Es war eine Methode, ihn vor der Zeit sterben zu lassen. Damit seine fürsorgliche Haushaltshilfe an das Erbe kommt. Offenbar steht sie bereits im Testament. Ich habe es nicht gefunden, aber es muss so sein, sie scheint so sicher.«

Hannah lachte ein unfrohes Lachen. »Die zehntausend Euro übrigens. Und die Perücke, die unter den Kleidern im Schrank lag, zusammen mit dem roten Lippenstift ...« Sie lachte wieder.

»Was ist mit den Sachen?«, fragte Dr. Uhlenbek. »Warum lachen Sie?«

»Weil ich sie gefunden habe. Im Zimmer meines Großvaters. Er war es. Er hat das Zeug aus Nancys Schlafzimmer weggenommen, wahrscheinlich, als ich gerade mit der Polizei telefoniert habe und abgelenkt war. Er hat versucht, Nancy zu entlasten. Gerade er.«

»Hm«, sagte Dr. Uhlenbek nur und betrachtete das Blatt Papier in seiner Hand. Dann nahm er ein zweites Blatt Papier vom Tisch. »Wo, sagten Sie, war das?«

»Die beiden Studenten und dieser Ausländer haben es gefunden und mir gegeben, als ich hergekommen bin. Sie meinten, es hätte im Garten gelegen. Beschwert mit einem Stein.«

»Und Sie haben nicht gesehen, wie es da hingekommen ist? Die beiden sollten doch aufpassen.«

»Tja«, sagte Hannah. »Wo die Liebe hinfällt. Ich fürchte, sie hatten drinnen im Haus was anderes zu tun.« Sie klang bitter, wie jemand, dem diese Erfahrung fehlt. Jemand, mit dem nie jemand in einem Haus etwas anderes zu tun haben wollte.

Dr. Uhlenbek hielt das Papier nahe an seine Augen und studierte es eine Weile durch die Gläser seiner Brille. »Die Unterschrift sieht echt aus«, sagte er. »So schreibt er, der alte Widow, ja. Er bevollmächtigt Sie also, sein Haus und seinen Besitz zu veräußern, um das Geld flüssig zu machen. Und dann sollen Sie es in dieses Schließfach am Bahnhof legen. Dann und nur dann sehen wir ihn wieder, unseren alten Katzennarr. Und natürlich seine Katzen.«

Hannah nahm das Stück Papier, das die Vollmacht enthielt.

»Was werden Sie tun?«, fragte Dr. Uhlenbek.

»Zur Bank gehen«, antwortete Hannah ernst. »Es dauert zu lange, einen Käufer für das Haus zu finden. Das Schnellste ist es, eine Hypothek darauf aufzunehmen. So können wir das Geld flüssig machen. Für die Entführer. Zusätzlich muss ich den Rest von seinem Konto abheben.«

»Da geht es hin, Ihr späteres Erbe«, sagte Dr. Uhlenbek. »Tja.«

»Tja«, sagte Hannah. Und dann leise, ganz leise, kaum hörbar hinter der Küchentür, wo die steinerne Nancy stand.

»Die Wahrheit ist, ich mag keine Katzen. Wirklich nicht. Aber ich liebe meinen Großvater. Und ich werde alles tun, um ihn zu retten. Ich hatte gehofft, zu erben. Natürlich. Wer hofft das nicht? Jetzt schäme ich mich dafür. Geld ist, Sie müssen es zugeben, im weiteren Sinne auch nur bedrucktes Papier.«

Da verwandelte sich Nancy, da es nötig war, von Stein zurück in ein Stück bewegliches Fleisch. Sie drehte sich um und ging, ganz langsam, ganz leise über den Perserteppich, auf dem der Perserkater Fussel lag, zur Tür. Aber sie ging nicht zur Haustür, sondern zur Terrassentür. Sie wusste selbst nicht genau, weshalb.

Einen Moment lang betrachtete sie den Baum und die Astgabel, in der sie gesessen hatte.

Schlafwandlerin!

Und Mr. Widow hatte sie herunterholen wollen. Sie retten. Wie damals aus der Mülltonne. Mr. Widow hatte nachts nach ihr gesehen. Deshalb war die Kaffeekatze immer von selbst durch die Tür gekommen. Erst in der Nacht, in der kein Mr. Widow mehr da gewesen war, war die Tür verschlossen geblieben, und Banane hatte sie mit ihrem Maunzen geweckt.

Mr. Widow hatte das Geld und die Perücke aus ihrem Zimmer geholt, damit Hannah und die Polizei nichts gegen sie in der Hand hatten.

Nein, bei jemandem wie Mr. Widow zogen das kleine Schwarze, die langen Beine und die blonden Haare nicht. Bei Mr. Widow zog die sanfte, hilflose kleine Person, die Katzen liebte.

Mr. Widow hatte sich, auf seine alten Tage und auf eine gewisse unerklärliche Weise vielleicht … verliebt. Nicht auf die Art, auf die man liebt, wenn man jemanden ins Bett kriegen will. Auf eine andere, stillere Art.

Nancy packte die Ranken neben der Tür, kletterte hinauf und war kurz darauf auf dem Dach. Das jahrelange Fitnesstraining, das Kai ihr aufgebürdet hatte, war auch nach ein paar Wochen Trainingspause noch zu spüren. Sie lief geduckt über das alte braune Schindeldach, huschte zur gegenüberliegenden Seite wie eine Katze. Da unten, irgendwo da unten im Garten, saßen die Katzen vielleicht jetzt und sahen ihr nach, verwundert. Oder gar nicht verwundert. Weil sie immer alles gewusst hatten, mehr gewusst als sie selbst.

Sie stieg durch den alten Efeu an der Vorderseite des Hauses hinunter und rannte gleich darauf die Straße entlang. Sie rannte, dachte sie, auch wie eine Katze. Leise, rasch, ungesehen. Sie war nur ein Schatten.

Als der Abend kam und der Wind stärker wurde, saß sie in einem Hinterhof, umgeben von Metallwänden. Hier war es ein wenig wärmer. Aber nur ein wenig. Die zahlreichen Schichten von Pappe unter ihr isolierten ganz gut. Dennoch zitterte sie in ihrem geerbten Mantel. Vielleicht, dachte sie, hätte sie eine Katze mitnehmen sollen. Aber Katzen nahm man nicht mit, sie waren es, die aussuchten, wohin sie gingen. Sie kamen mit – oder nicht.

Und die Katzen waren nicht mitgekommen.

Sie schlang die Arme um die Knie und legte den Kopf darauf.

Sie würde Mr. Widow finden.

Nachdem sie dem Gespräch in Mr. Widows Küche gelauscht hatte, hatte sie den Rest des Tages mit Suchen zugebracht, aber eigentlich hatte sie gar nicht richtig gesucht, sie war nur planlos durch die Stadt gelaufen; zu den Orten, an denen sie bisher Katzen abgeliefert hatte. Und natürlich war kein Mr. Widow dort gewesen.

Morgen. Morgen würde sie damit beginnen, ihn wirklich zu finden.

»Wo immer ihr ihn hinverschleppt habt«, flüsterte sie. »Kai. Verdammt. Vergiss das Schließfach. Hannah kriegt das Geld nicht so schnell zusammen, auch bei der Bank dauern die Dinge ihre Zeit. Hast du ihn deshalb zwei Vollmachten unterschreiben lassen? Eine für Hannah und eine für mich? Weil du gedacht hast, es ginge dann irgendwie schneller? Das ist ... ziemlich verrückt, weißt du?«

Aber vermutlich war es verrückter, auf einem Packen alter Kartons zu sitzen und mit jemandem zu sprechen, der nicht da war. Sie rollte sich zu einer kleinen Kugel zusammen, zog die Fleecedecke über sich, die sie von ihrem letzten Geld in einem Discounter erstanden hatte. Es war immer noch zu kalt. Vielleicht zu kalt, um die Nacht zu überleben. Sogar sehr wahrscheinlich.

Sie dachte an das Baby. »Wenn wir erfrieren, erfrieren wir zusammen«, wisperte sie. »Das ist dann vielleicht weniger schlimm als alleine.« Und sie sang ihm, ganz leise, ein Gutenachtlied.

Wenigstens würde niemand darauf kommen, in einer Papiertonne in einem Hinterhof nach einer verlorengegangenen jungen Frau zu suchen.

Niemand bis auf Mr. Widow.

# 13

SIE ERWACHTE DAVON, dass jemand sie mit etwas Feuchtem anstupste. Etwas wie einem Spülschwamm; einem alten und geruchsintensiven Spülschwamm.

Offenbar war sie nicht gestorben, denn das Jenseits bestand möglicherweise aus Wolken und ätherischem Licht, möglicherweise auch aus einem großen Nichts, auf keinen Fall aber aus alten und geruchsintensiven Spülschwämmen. Sie war zu steif gefroren, um sich zu bewegen, und der Spülschwamm fuhr über ihr ganzes Gesicht, wurde dann ersetzt durch einen warmen Waschlappen ...

Irgendwie kam Nancy doch hoch und fand in die Realität zurück. Sie saß auf einem Stapel alter Kartons in einer Mülltonne, und ein großer schwarzer Hund leckte ihr Gesicht ab. Der Spülschwamm war wohl seine Nase gewesen, der Waschlappen die große rosa Zunge. Von oben schien ein grelles, blendendes Licht in die Mülltonne, obwohl außerhalb des Lichts offenbar noch immer Nacht war.

»Nancy!«, sagte jemand hinter dem Hund. »Was tun Sie denn hier?«

Nancy fand ihre Stimme erst nach ein paar Anläufen wieder. »Hatten Sie jemand anderen erwartet?«, fragte sie und nieste.

»Kommen Sie da raus«, sagte die Stimme, und als ein Arm sie packte und zog, da gehörte er Ron Linden, der vor der Tonne stand. Auf seinen Schultern saßen mehrere Katzen, und an seiner Seite stand jetzt Misty, der schwarze Hund, der die Tonne ebenfalls verlassen hatte.

»Verrückt«, murmelte Ron und schüttelte den Kopf sehr

oft. »Völlig verrückt. Diese Katzen haben so lange vor der Lagerhalle gesungen, bis ich rausgegangen bin, und dann wollten sie, dass ich mitkomme. Die haben sich aufgeführt, als wären sie selber Hunde, wie gesagt, völlig verrückt, und Misty ist mitgekommen, er scheint Katzen zu mögen ... vielleicht nur auf Brot und scharf angebraten, aber jedenfalls ist er hier ... und er hat Sie in der Tonne gefunden. Was haben Sie da drin gemacht?«

»Nicht besonders viel«, sagte Nancy kleinlaut. »Hat Hannah Widow Ihnen nichts erzählt? Ich dachte, sie ruft alle Kunden des Verleihs an ...«

»Nein. Was denn erzählt?«

»Ach ...« Nancy versuchte, die Muskeln in ihren Beinen wieder zu spüren. »Jedenfalls habe ich kein Zimmer mehr bei Mr. Widow. Ich ... dachte, ich könnte in der Tonne übernachten. Windgeschützt und so.«

»Klar«, sagte Ron. »In meinem Gefrierfach ist es auch ziemlich windgeschützt. Möchten Sie lieber dort schlafen? Im Gegensatz zu dieser Papiertonne ist Vanilleeis drin, das ist vielleicht eine bessere Gesellschaft als Pappkartons.«

»Ich ...«

Er fasste sie unterm Arm. »Los jetzt. Sie sind blaugefroren. Beinahe lila. Man könnte Sie für ein fliegendes Nilpferd halten. In der Lagerhalle in meinem alten Ofen brennt ein Feuer, da können wir Sie auftauen. Und dann übernachten Sie eben bei uns, bis sich der Rest geklärt hat. Irgendein Plätzchen wird sich schon finden, notfalls die freischwebende Hängematte.«

Aber er grinste dabei.


Nancy sagte den ganzen Weg über nichts. Sie wusste nicht, was sie hätte sagen sollen. Ein paar Mal öffnete sie den Mund und holte Luft, wollte beginnen, ihm alles erzählen, aber dann machte sie den Mund wieder zu und schluckte nur die kalte Nacht hinunter. Es war natürlich Wahnsinn, ihm zu erzählen, was Hannah Dr. Uhlenbek erzählt hatte. Es war Wahnsinn, über früher und über Wahrheiten zu sprechen. Und vor Cynthia hatte sie ihn schon einmal gewarnt. Er hatte ihr nicht geglaubt. Ron, dachte sie, glaubte nur das, was er glauben wollte. Und er lebte in einer eigenen Welt, in der nur das, was er glaubte, wahr war. Eine von ihm selbst erschaffene Welt aus Dachgärten und fliegenden Dickhäutern, eine Spielzeugwelt für Erwachsene.

Aber warum war Misty in Richtung der Lagerhalle gelaufen, als er der Spur der vermissten Katzen gefolgt war? Gab es Dinge in Rons Spielzeugwelt, die Nancy besser herausfand, ehe es zu spät war? Wohnte inmitten dieses bunten, fliegenden Universums ein kleiner Wahnsinn, der auf merkwürdige, stümperhafte Weise Lösegeldübergaben plante, die zum Scheitern verurteilt waren? Ron brauchte Geld, um das bunte Universum aufrechtzuerhalten. Dringend. Nur deshalb hatte er seine Mutter eingeladen, und ... Heiratete er nur deshalb Cynthia? Damit seine Mutter froh war und ihnen für die Hochzeitsreise das nötige Kleingeld gab? Er hatte so was in der Richtung gesagt ... Plante er, es gar nicht für Hochzeitsreisen auszugeben?

Beinahe musste sie lachen, als sie so neben ihm her durch die Kälte wanderte.

Sie heiratete ihn wegen des Geldes, und er heiratete sie vielleicht wegen desselben Geldes. Die Frage war in diesem Fall, wer sich schneller damit aus dem Staub machte.

Nancy öffnete wieder den Mund, um etwas zu sagen.

Doch dann sagte Ron etwas: »Na also«, sagte er. »Da sind wir.«

Und er öffnete die Flügeltüren der Lagerhalle und zog sie in eine so wunderbare Wärme, dass sie alle anderen Gedanken vergaß.

Gegen ein Uhr nachts saßen vor dem kleinen Ofen, den Roderick von Linden in eine alte Lagerhalle in einem stillen Vorort eingebaut hatte, zwei Menschen, hielten Teetassen mit schadhaften Rändern umklammert und sahen ins Feuer, ein echtes Feuer, kein aufgeklebtes elektrisches wie bei Mr. Widow. Zu Füßen der beiden Menschen lag ein großer schwarzer Hund und schnarchte, und in einem äußeren Ring um die beiden lagen sieben Katzen, als hätte jemand sie sorgfältig dorthin arrangiert. Sie alle sahen satt und zufrieden aus, und falls der Teller auf dem Fußboden einmal Wurstbrote beherbergt hatte, so beherbergte er jetzt keine mehr.

Die Menschen vor dem Ofen waren so still wie die Nacht, so still wie die gut verschraubten Farbdosen und -flaschen in der Halle, so still wie das riesige Drahtgestell, das neuerdings den Raum zwischen den Staffeleien belegte: ein regloses dinosaurierartiges Ding aus Hühnergitter und gebogenen Stangen, dem an einer Seite eine violette Pappmaschee-Haut zu wachsen begann.

»Das ist das Nilpferd«, sagte der größere Mensch ganz plötzlich. »Das ich mache.«

»Sie machen nur Nilpferde.«

»Das stimmt nicht. Einmal habe ich ein Nashorn gemacht. Aber da war ich betrunken.« Ron nahm eine Flasche, die neben ihm stand, und goss einen Schluck Rum in seinen Tee. »Sie auch?«

Nancy schüttelte den Kopf. »Der Sekt vor dem Theater ... davon ist mir irgendwie sehr komisch geworden. Ich glaube, ich sollte eine Weile gar nichts trinken.«

*War ich im Theater auf der Bühne? Habe ich Sie vor den Katzen gerettet? Obwohl ich das Gefühl hatte, das alles von außen zu betrachten?* Sie fragte auch das nicht.

»Ich brauche einen Schluck«, sagte Ron. »Ich bin ein bisschen nervös. Deshalb konnte ich auch nicht schlafen, verstehen Sie. Meine Mutter träumt längst da oben in ihrer Ferienwohnungssauna die schönsten Träume, aber ich kriege kein Auge zu … Zwei Tage noch. Verdammt, in zwei Tagen heirate ich! Am Sonntag. Danach gebe ich das Nilpferd für diese Empfangshalle ab, und dann steige ich in einen Flieger und bin einfach weg. *Wusch,* verschwunden. Für eine Weile jedenfalls.«

Er schloss die Augen und legte sich zurück, einfach auf den harten, farbverkleksten Boden der Lagerhalle. Nancy schob ein paar Katzen beiseite und legte sich neben ihn, die Arme unter dem Kopf verschränkt. Über ihnen im staubigen Dunkel flogen das geflügelte Fahrrad und das Auto in Begleitung von einem Schwarm kleinerer, verschiedenfarbiger Nilpferde durch die Nacht.

»Sie sind auch geflogen, was«, sagte Ron. »Rausgeflogen. Bei Mr. Widow.«

»Nein«, widersprach Nancy sanft. »Widow ist nicht da. Hannah ist jetzt die Herrin im Haus. Seine Enkeltochter. Sie kann mich nicht leiden. Sie glaubt, ich bin nur auf sein Geld aus.«

»Und?«, fragte Ron und trank, im Liegen, einen Schluck Rum aus der Flasche. »Sind Sie?«

Nancy drehte sich auf die Seite und betrachtete die Gestalt neben sich, die da in mehreren Schichten von Wollpullovern auf dem Betonboden lag, während ein schwarzer Hundekopf sich an ihr Knie schmiegte und drei Katzen ihre Haare sortierten. »Worauf sind Sie denn aus?«

»Im Leben, meinen Sie?« Ron trank noch einen Schluck Flaschenrum. »Hm, erstens auf eine gewisse Freiheit, nehme ich an. Ab und zu ein bisschen malen …«

»Dazu müssen Sie nicht in ein Flugzeug steigen.«

»Doch!«, sagte Ron. »Ich habe das Gefühl, hier kommt mir die Freiheit langsam abhanden. Zu viele Katzen, zu viele Dinge, die passieren, zu viel Mutter … und dieser Auftrag. Ich meine, es ist gut, ihn zu haben. Das Geld zu verdienen. Nur was, wenn ich von jetzt an dauernd Aufträge bekomme? Das heißt, ich müsste dann wirklich arbeiten. Mit Zeitdruck. Wie … wie ein Maurer oder ein Tischler. Ich wollte immer erfolgreich sein. Ein erfolgreicher Künstler.« Er schwieg eine Weile. »Aber jetzt denke ich, ich sollte abhauen«, sagte er schließlich leise. »Ehe ich aus Versehen doch erfolgreich werde.« Er stellte die Flasche weg. »Sie haben meine Frage nicht beantwortet. Was wollten Sie bei Mr. Widow.«

»Ich will immer noch etwas«, sagte Nancy. »Ihn finden.«

Und auf einmal wusste sie, was sie tun musste. Jetzt, im Warmen, mit Tee und Wurstbroten im Magen, konnte sie endlich wieder denken. Sie strich sanft über Mistys Schnauze, die sie auf Rons Knie gebettet hatte.

»Ron«, sagte sie ernst. »Ich meine, ich weiß, ich arbeite bei einem Katzenverleih. Aber kann ich mir morgen früh für ein paar Stunden Ihren Hund ausleihen?«

Ron sah sie eine Weile nachdenklich an. Er wusste, was sie wollte. Er wusste, dass Misty sie vielleicht zu den entführten Katzen führen würde. Würde der Hund Nancy hierherführen? Genau hierher zurück?

»O-kaay«, sagte er schließlich gedehnt.

»Worüber haben Sie eben nachgedacht? Darüber, ob man mir einen Hund anvertrauen kann?«

»Nein«, sagte Ron. »Ich habe darüber nachgedacht, dass ich Ihr Gesicht gerne zeichnen würde.«

»Aber ich bin kein Nilpferd.«

»Eben«, sagte er mit einem durchaus ernsten Seufzen. »Das ist das Problem.«

Und dann richtete er sich halb auf dem Ellbogen auf, so dass sich ihre Gesichter ganz nahe waren, und es war exakt die Sekunde im Film, in der sich die Leute nicht küssen, weil irgendetwas dazwischenkommt. Es kam nichts dazwischen. Auch keine Katze. Ron wandte sich einfach wieder ab.

»Eben dachte ich etwas«, sagte er. »Aber es war ein Irrtum.«

»Was denn? Was dachten Sie?«

»Dass Sie jemandem ähnlich sehen. Wie gesagt, ein Irrtum.«

Nancy war drauf und dran, ihre Hand auszustrecken und leicht über seine Wange zu streichen. Durch sein Haar zu fahren. Seinen Mund mit einem sachten Finger zu berühren. Oder sonst etwas, das dem Abend eine Wendung gegeben hätte. Sie wusste genau, was sie tun musste, es war eine Sportart, die man nicht verlernte.

Wie viele reiche junge Männer hatte sie auf diese Weise herumgekriegt? Wie viele Wohnungsschlüssel und Alarmanlagencodewörter erküsst, erstreichelt, erschlafen und erschlichen? Wie viel Geld hatten Kai und seine Jungs über die Jahre an ihr verdient? Mein Gott, dachte sie, jahrelang war sie zufrieden damit gewesen, dass Kai stolz auf sie war, dass Kai sie lobte, ihr sagte, dass sie begehrenswert und schön war. Als wäre sie selbst ein Hund und seine Worte, seine Geste, seine Hände auf ihrer Haut ... ja, eigentlich: Hundekuchen.

Sie hob die Hand – und ließ sie wieder sinken.

»Kann ich hier schlafen? Irgendwo hier in der Halle auf dem Fußboden? Nur heute Nacht?«

»Ich habe eine Matratze«, sagte er. »Die können Sie zwischen sich und den Fußboden legen, wenn Sie möchten. Wenn ich ein Gentleman wäre wie Mr. Widow, würde ich Ihnen natürlich mein Bett anbieten und selbst auf der Matratze schlafen. Aber erstens bin ich nicht Mr. Widow, und zweitens ...« Er grinste, ein wenig verlegen. »... zweitens kommt Cynthia manchmal überraschend nachts zu Besuch.

Wenn sie Sie statt mir in meinem Bett findet, wäre das …
etwas komisch.«

In dieser Nacht, dachte Nancy, würde Cynthia nicht zu
ihm kommen.

Als der Morgen heraufzog über der Lagerhalle, lag Nancy
auf einer alten Matratze unter ihrer Fleecedecke, einem geliehenen alten Wollumhang und sieben Katzen, oben auf
dem Holzfußboden der umlaufenden Galerie. Unten auf
dem Betonboden war es trotz des Ofens zu kalt zum Schlafen. Ron und Misty schliefen offenbar in einem der Holz-
verschläge auf der Galerie.

Nancy blinzelte. Schlief er denn noch? Und wenn er
schlief, träumte er von Cynthia? Träumte er von fliegenden
Nilpferden? Von der großen Freiheit des Künstlers? Oder
träumte er von Geldscheinen in einem Schließfach am
Hauptbahnhof?

Sie setzte sich auf und sah über das Geländer der Galerie.

Unten stand Rons Mutter und kleckste mit großem
Schwung Farbe auf eine Leinwand. Pastellgelb. Sie ging zur
nächsten Staffelei, malte auch dort ein paar gelbe Striche,
wechselte wieder die Leinwand – bis sie bei der letzten der
sieben Staffeleien angekommen war. Danach säuberte sie
den Pinsel, drückte ultramarinblaue Farbe darauf und begann ihre Runde von neuem. Sie trug eine Papierschürze
über ihrem Kleid und ein paar Spritzer Gelb in ihrer schwarzen Dauerwelle. Die rote Stoffrose wurde von einem älteren
Klecks Lila gekrönt.

Frau von Lindenthal pfiff, während sie malte, und ab und
zu griff sie in die Tasche der Papierschürze und warf ein
paar Speckstückchen irgendwohin wie Konfetti, woraufhin
ein kleines Rudel Katzen an die Stelle stürzte. Die Katzen
und die alte Dame schienen eine Menge Spaß an der Sache
zu haben. Nancy seufzte. Es musste schön sein, so unbe-

schwert mit Farbe zu klecksen. Das war sie, die große künstlerische Freiheit, von der auch Ron träumte.

Aber ohne Geld gab es keine Freiheit.

Geld, verdammt, Geld! Irgendwo da draußen rannte Hannah herum und veräußerte vielleicht genau in diesem Moment Mr. Widows Haus. Und hielt so viel Geld in Händen, dass sie es kaum tragen konnte, Geld, das sie in ein Schließfach legen würde. Und Mr. Widow käme zurück, von wo auch immer, und hätte kein Haus mehr. Keinen Garten. Gar nichts. Nur sein Leben – das bisschen Leben, das ihm noch blieb – und seine Katzen. Das wäre das Ende.

Das Gewicht der Hochhäuser in der Stadt würde den alten Herrn zerquetschen, dachte Nancy, die eisige Luft in den Windkanälen, die sich Straßen schimpften, würde ihn erfrieren lassen. Sie musste ihn finden, ehe Hannah das Haus loswurde und jemand es kaufte, um es abzureißen und an seine Stelle einen weiteren riesigen eisigen Block zu stellen. Hannah, da war sie sich sicher, würde nicht mit der Wimper zucken und alles unterschreiben. Sie dachte vielleicht, Mr. Widow wäre in einem Heim für alte Leute ohnehin besser aufgehoben. Hannah begriff nicht, wie wichtig das Haus war. Sie begriff gar nichts.

Nancy stand leise auf, faltete die Decken und strich ihre zerknitterte Kleidung glatt.

Dann sah sie sich um. Die Tür zu Rons Schlaf-Verschlag stand offen, und dahinter war niemand zu sehen.

Sie fand ihn im Wintergarten auf dem Dach. Ihn und Misty.

Der Hund rannte laut kläffend zwischen den Topfbäumen umher, während Ron auf einem kleinen Podest stand. Er trug ein merkwürdiges Ding auf dem Rücken und machte mit den Armen rhythmische Auf-und-ab-Bewegungen, und um all das herum fielen langsam und leise weiße Schneeflocken nieder. Aus der umgebauten Sauna quoll heroische Musik, irgendetwas Wagnereskes, möglicherweise sogar Wagner.

Nancy blieb einen Moment stehen und betrachtete das seltsame Bild:

Das auf Rons Rücken war eine Art Propeller, den man offenbar dadurch antrieb, dass man abwechselnd an zwei kleinen Ketten zog. Möglicherweise sollte es Teil einer Flugmaschine werden, bestand allerdings aus zu vielen Blättern und glich mehr dem Oberteil einer Weihnachtspyramide als einem Hubschrauberstück. Als Ron erschöpft innehielt und die Rotorblätter stillstanden, sah Nancy, dass sie abwechselnd mit blauer Blümchentapete und cremeweißem Rüschenstoff bespannt waren, oder vielmehr mit Fetzen cremeweißen Rüschenstoffs. Nein, sagte sie sich, das waren keine Stofffetzen. Das waren ... alte Damenunterhosen. Die Sorte, in die ausladende adelige Mütter hineinpassen.

Ron ließ die beiden Ketten los, die Nancy jetzt auch vorkamen, als handelte es sich um Schmuckstücke ausladender adeliger Mütter – und kletterte von dem Podest, um den Hund zu sich zu rufen, ihn zu streicheln und dann eine orange Abschleppleine an seinem Halsband zu befestigen. Als er sich bückte, sprang eine kleine Katze von der Mitte des Weihnachtspyramiden-Rotor-Dings; eine blassgelbe Katze mit violetten und, neuerdings, ultramarinblauen Tupfen.

»Banane!«, rief Nancy, und Ron fuhr hoch.

»Nancy. Guten Morgen. Saß dieses Vieh etwa die ganze Zeit auf dem Propeller?« Er starrte Banane feindselig an und schüttelte den Kopf. »Kein Wunder, dass es nicht funktioniert hat. Haben Sie schon gefrühstückt?«

»Ich wollte eigentlich nur den Hund abholen ... und danke sagen. Danke für gestern Nacht ...«

Er nickte und strich sich etwas ultramarinblaue Farbe aus der Stirn. »Meine Mutter malt so großräumig«, sagte er

entschuldigend und betrachtete die Farbe an seiner Hand.
»Es ist im Moment etwas gefährlich, an ihr vorbeizugehen.« Und auf einmal machte er einen Schritt auf sie zu und nahm ihre Hände in seine, eine Geste, mit der sie nicht gerechnet hatte.

»Nancy. Nachher, wenn Sie Misty zurückbringen ... werde ich nicht da sein. Ich bin mit Cynthia in *Das Café* verabredet, sie hat vorhin angerufen. Und überhaupt, wir haben noch eine solche Menge Dinge zu planen wegen der Hochzeit und unserer Reise ... und wie alles wird, und wie wir die Lagerhalle untervermieten für die Zeit, und ob wir überhaupt zurückkommen und ... Es kann sein, dass wir uns nicht mehr sehen, bevor wir losfliegen.«

»Sie planen aber nicht, mit diesem Ding da zu fliegen?«

Er lachte. »Nein. Mit einem ganz normalen Flugzeug. Das hier ist Teil eines Kunstwerks. Was ich sagen wollte ...« Er runzelte die Stirn. »Was wollte ich sagen?«

»Ich glaube, Sie waren dabei, eine Art Abschiedsrede zu halten.«

»Ja, richtig.« Er strich sich wieder über die Stirn und verteilte die vorher weggewischte Farbe neu darauf.

»Ich ... Wir haben uns nie wirklich kennengelernt, aber ich wollte sagen, ich mag Sie ... und ich wünsche Ihnen ... na ja, alles Gute.«

»Ich habe gar nicht Geburtstag«, sagte Nancy. Eine Art feuchtblauer Melancholie machte sich in ihr breit. Ein bisschen ähnelte sie dem Farbschmierer auf Rons Stirn, und sie ahnte, dass sie genauso schwer loszuwerden war.

»Alles Gute! Und finden Sie den alten Widow wieder«, fuhr Ron fort. »Er muss ja irgendwo stecken. Die Katzen auch. Ich glaube, dass sich alles auflöst.«

»Auflöst? Wie beunruhigend ...«

»Der Knoten. Dass der Knoten in den Dingen sich auflöst. Wenn wir erst mal auf unserer Reise sind, löst es sich,

bestimmt. Ich denke, ich fange ein ganz neues Leben an ...
Und wenn wir uns anders kennengelernt hätten ... wenn
ich nicht Cynthia ... also ... nehmen Sie die Leine«, sagte er
plötzlich und drückte ihr das Ende des Abschleppseils in die
Hand.

»Danke«, sagte Nancy.

Und dann, ganz plötzlich, trat sie noch einen Schritt an
ihn heran und sah ihn an, ihre Gesichter waren nur Zentimeter voneinander entfernt. Wie nachts. Nur dass es jetzt
heller war. Er musste sie erkennen. Er musste. Bei so wenig
Entfernung waren Frisuren nebensächlich, war Make-up
unwichtig. Oder nicht? Sah er wirklich nur, was er sehen
wollte? Und was sah sie? Sah sie jemals, was sie sehen
wollte?

»Sehe ich *ihr* ähnlich?«, flüsterte sie. »War es das, was Sie
gestern dachten? Kann es sein, dass ich Cynthia ähnlich
sehe?«

Erstaunen trat in seine Augen. »Nein«, sagte er, sofort
und ohne zu zögern. »Kein bisschen. Aber nehmen Sie es
nicht tragisch. Nicht jeder muss aussehen wie Cynthia. Ich
mag Sie so, wie Sie sind. Dieser Typ, der Sie vom Fahrstuhl
abgeholt hat ... jagen Sie den zum Teufel. Bitte. Ich mochte
ihn überhaupt nicht.«

Damit drehte er sich um und kletterte zurück auf das
Podest.

Auf der obersten Stufe der Treppe, die vom Dach hinunter in die Halle führte, drehte Nancy sich noch einmal um.
Da stand er, Ron Linden, Roderick von Lindenthal, stand
auf einem Podest aus alten Brettern, ganz aufrecht, ein nicht
besonders groß gewachsener, schmächtiger Held in drei
unförmigen Wollpullovern übereinander. Die wagnereske
Musik steigerte sich zu einem Höhepunkt, und Ron hob die
Arme, um an den Ketten zu ziehen. Der Propeller begann
sich zu drehen.

Beinahe glaubte sie, er würde wirklich abheben.

Sie drehte sich um und ging mit Misty und gefolgt von der Katze Banane die Stufen hinunter, um nicht zu sehen, dass Ron nicht flog. Um sich einbilden zu können, dass er es tat.

Rons Mutter hob nur kurz den Arm zu einem Gruß, als Nancy an ihr vorbeikam, und stellte keine Fragen. Auf allen Bildern, die sie malte, waren im Übrigen Katzen zu sehen. Katzen in den unmöglichsten Farben – zunächst pastellen, dann aber hatte sie mit anderen, wilderen Farben darübergemalt, und die Katzen wirkten beinahe aufmüpfig.

Sie alle – alle Katzen von Rons Mutter – flogen.

Genau wie die Nilpferde ihres Sohnes.

Misty war ein sehr gutmütiger Hund. Er begleitete Nancy, ohne zu murren, lief brav bei Fuß, ganz ohne dass sie das Abschleppseil brauchte, um ihn abzuschleppen, es hing lose und schmutzig knallorange zwischen ihnen. Banane begleitete Nancy, allerdings auf eigensinnigere Art und Weise, sie wollte eine Weile getragen werden und dann eine Weile woanders hingehen, so dass Nancy sie ständig locken und bitten musste, zurückzukommen. Die übrigen Katzen ließ sie vorerst in der Obhut von Rons Mutter, oder sie ließ Rons Mutter in der Obhut der Katzen, je nachdem.

Was war eigentlich mit Misty? Wenn Nancy ihn zurückbrachte, Ron aber fort war, wer würde sich um den Hund kümmern? Hatte Ron heimlich gehofft, sie würde Misty behalten?

Schließlich blieb der Hund sitzen und sah Nancy mit einem treuen Seufzen in den Augen an. Das Schlimme war: Sein Blick war der von Ron. Ziemlich exakt. Diese Mischung aus Naivität und Amüsement über die Verrücktheiten der Umgebung. Selbst Mistys Fell glich Rons über-

einandergezogenen Wollpullovern, auch Misty war etwas
unförmig, auch aus seinem Rumpf ragten unten dünne, weniger wollige Beine. Der Unterschied war nur, dass er keine
alten Jeans trug.

Nancy wusste, dass es zu riskant war – dennoch war der
Plan, mit dem Hund bis ganz zurück zu Mr. Widows Haus zu
gehen, um ihn noch einmal im Vorgarten an den Spuren der
Katzen riechen zu lassen. Damit Misty auf jeden Fall wusste,
was sie von ihm wollte. Und diesmal würde kein silberner
Mercedes sie kurz vor dem Ende der Spur ablenken.

Diesmal bog der silberne Mercedes vor ihr aus einer Seitenstraße und fuhr in die gleiche Richtung, in die Nancy
unterwegs war. Fuhr zu Mr. Widows altem ehrwürdigem
Haus in seiner Glas- und Stahlnische.

Er hielt direkt davor. Nancy presste sich an die glatte
Wand eines Bürokomplexes und wagte kaum zu atmen.
Doch die Person, die aus dem Mercedes stieg, sah nicht in
ihre Richtung. Sie ging direkt durch das Tor, klingelte und
verschwand gleich darauf im Haus. Es war eine alte Dame
in einem silbergrauen oder grausilbernen Mantel gewesen;
eine weite Kapuze hatte ihr Haar vor dem Schnee geschützt,
so dass niemand sah, ob sie schwarze Dauerwellenlocken
und eine rote Stoffblume darin trug. Doch Nancy war sich
ziemlich sicher.

Frau von Lindenthal.

Während sie sich dem Haus näherte, rechnete sie: Die
Zeit hatte ungefähr gereicht, um mit dem Malen aufzu-
hören, sich rudimentär zu säubern, in einen silbernen Mercedes zu springen und Nancy auf anderen Straßen zu über-
holen. Immerhin war sie selbst zu Fuß eine ganze Weile
unterwegs gewesen.

Aber was tat Rons Mutter hier? Hatte Hannah sie doch
noch angerufen, sie und alle anderen Kunden des Katzenverleihs, um sie persönlich vor Nancy zu warnen?

Nein, sagte sich Nancy. Die Frage war falsch gestellt. Sie musste heißen: Was tat Rons Mutter in einem silbernen Mercedes? Was hatte sie vor einer Woche darin getan? Und: Wusste Ron, dass sie es tat?

Verdammt, sie hätte nie gedacht ...

Durchs Küchenfenster sah Nancy schemenhaft zwei Gestalten, die auf und ab gingen und sich unterhielten. Sie blickten beide nicht zur Straße, und Nancy schlüpfte mit Misty und Banane durchs Tor und presste sich gleich darauf wieder an eine Hauswand, diesmal an eine alte, freundliche Backsteinwand. Misty schnüffelte zwischen den Büschen vor ihren Füßen herum, Nancy hielt die Abschleppleine kurz, damit der Hund nahe genug an der Wand blieb und man ihn aus dem Küchenfenster nicht sehen konnte.

In einem der Büsche hockten die beiden zahmen Wildkatzen und sahen misstrauisch zur Tür, auf der Treppe wartete mit einem ähnlichen Blick der Perserkater Fussel. Offenbar waren sie sich nicht sicher, ob aus diesem Haus noch Mahlzeiten zu erwarten waren, drinnen wurden wohl keine mehr serviert für Katzen. Die drei wirkten ein wenig ängstlich. Als hätten sie in den letzten Stunden mit Dingen wie Besen oder Staubsaugern Bekanntschaft gemacht. Der Rest der Katzen hatte sich in Rons Lagerhalle abgesetzt. Nancy schluckte. Wie rasch sich alles ändern konnte!

Sie beobachtete, wie Banane zu den Wildkatzen ging, kurz ihre Nase an deren Nasen rieb und eine Weile in ein stummes, ernstes Trigespräch mit ihnen vertieft zu sein schien. Dann kam sie zurück zu Nancy, und ihre Augen sagten: *Mr. Widow ist noch nicht wieder da. Nur Hannah ist da. Aber das ist vielleicht nicht gut für Katzen.*

Nancy nickte und streichelte Banane, wobei kleine Stücke von Farbe aus ihrem Fell fielen: lila und ultramarinblau. Es machte sich ganz hübsch auf der dünnen Schneeschicht, die über dem Gras lag. *Schnell! Hinter den Einkaufswagen!,* sagte Banane da, und Nancy duckte sich hinter den Wagen, in den jemand, wahrscheinlich Hannah, eine alte karierte Decke gelegt hatte, die voller Katzenhaare war. Vermutlich plante Hannah, Wagen und Katzendecke gemeinsam zu entsorgen; in diesem Moment jedoch waren sie das perfekte Versteck. Seltsam, die Worte der Katze, »hinter den Einkaufswagen!«, hallten in Nancys Ohren nach, als hätte wirklich jemand gesprochen, etwas heiser und tief, beinahe zu tief für so eine kleine Katze. Aber es war niemand sonst in der Nähe.

Nancy rief den Hund, duckte sich zusammen mit Misty hinter die Mülltonne – und begriff Sekunden später, warum.

Ein Wagen hielt direkt neben dem silbernen Mercedes vor Mr. Widows Haus, und heraus sprang Elises Vater. Ihm nach kletterte, langsam und umständlich, mit den drei Leihkätzchen im Arm, Elise. Sie hatten die Frist um fast eine Woche überzogen, dachte Nancy, und ausgerechnet jetzt brachten sie sie zurück! Jetzt, wo niemand mehr da war, um irgendwelche Katzen zu begrüßen, zu kraulen und in Empfang zu nehmen. Was würde Hannah mit den Kätzchen tun? Nancy merkte, dass sie Angst um sie hatte.

Elises Vater drückte auf den alten Messing-Klingelknopf, und kurze Zeit später öffnete ein Arm die Tür zu Mr. Widows Haus. Mehr sah Nancy nicht.

»Tut mir leid«, hörte sie Hannah sagen, »Mr. Widow ist nicht hier. Er ist mitsamt seinen Katzen entführt worden. Ja, wirklich. Kein Witz. Ich bin seine Enkelin. Sie sind hier, um die Katzen zurückzugeben?«

»Mehr oder weniger«, sagte Elises Vater. »Elises Mutter hatte einen Anruf auf dem AB, gestern, irgendetwas mit einer Katzenrückholaktion. Sie hat dann gleich ihren Onkel angerufen, bei dem Elise war, weil ihre Mutter gerade einen Kongress hatte, da haben wir dann die Ferienbesuchszeit des Onkels getauscht mit jetzt, na ja, und die Kätzchen hatten sich bei dem Onkel verlaufen. Er hat sie schließlich in seiner Waschmaschine wiedergefunden, zum Glück, bevor er sie gewaschen hatte ...« Er lachte nervös. »Sie haben wohl die runde Tür für die runde Katzenklappe gehalten, die sich in der Wohnung von Elises Großmutter befindet ...«

»Ich würde mich bei so vielen Wohnungen auch verlaufen, ich könnte mir da gar keine Zimmer mehr merken«, sagte Hauke, der plötzlich aus dem Nichts auftauchte. Das Nichts war in seinem Fall ein dichtes dunkelgrünes Buchsbaumgebüsch. Beobachtete Hauke aus irgendeinem Grund die Widowsche Vordertür? Verfolgte auch Hauke eine Fährte?

»Äh, ja«, sagte Hannah. »Nun, leider, leider ist wie gesagt mein Großvater nicht hier. Sie müssen die Kätzchen wieder mitnehmen.«

»Was?«, rief Elises Vater entsetzt. »Ich dachte, wir werden sie endlich los ... Entschuldigen Sie, aber diese ganze Katzentherapie hat rein gar nichts genützt, Elise spricht immer noch nicht mit Erwachsenen. Sie spricht mit den Katzen, sie spricht manchmal mit Kindern, aber nie mit uns.«

*Mit mir,* dachte Nancy, *hat sie gesprochen. Vielleicht hat sie mich für eine Katze gehalten.*

»Wir müssen jetzt nach Hause, die Hausaufgaben erledigen, bevor ich wieder wegmuss und die Babysitterin für Elise kommt«, sagte Elises Vater und fuhr seiner Tochter übers Haar. »Stimmt's, Mäuschen? Wann ...« Er wandte sich an Hannah. »Kommt Mr. Widow denn wieder?«

»Er ist entführt worden, Mann«, sagte Hauke. »Das heißt, dass wir nicht wissen, wann er wiederkommt. Oder ob überhaupt. Wenn Hannah hier das Geld nicht rechtzeitig in irgendein Handschuhfach legt ...«

»Gepäckfach«, sagte Hannah.

»Sag ich doch«, meinte Hauke. »Dann ermorden die Mr. Widow vielleicht und machen aus den Katzen Hackfleisch. Und ich habe am Sonntag keine Katze, die mir beim Eisangelwettbewerb hilft. Dabei muss ich den diesmal gewinnen! Ich brauch echt Geld, für eine neue Angel nämlich. Der blinde Timothy hatte es schon fast gelernt, und jetzt das.« Er trat gegen ein winterlich braunes Grasbüschel.

»Der blinde Timothy kann angeln?«, fragte jemand hinter der kleinen Gruppe. Langsam wurde es eine ganze Versammlung dort vor Mr. Widows Tür. Diesmal war es die Eiskaiserin, die der Katze Kuh einmal die Woche vorlas. Sie hatte eben ihren eigenen Wagen geparkt und war durchs Tor gekommen, und jetzt sah sie verwirrt von einem zum anderen. Ihre weißen Haare waren zu einem Schneeberg auf ihrem Kopf aufgetürmt, sie trug einen wertvollen und wunderschönen weichen, gemusterten Wollmantel und ein Buch unter dem Arm.

»Entschuldigen Sie, ich wollte eine Katze zum Vorlesen ausleihen«, sagte sie zu Hannah. »Und da eine Weile niemand ans Telefon ging, um sie zu liefern, bin ich selbst gekommen. Ich habe dieses Buch wiedergefunden, es ist ein wirklich spannendes Buch, aber es alleine zu lesen, macht wirklich keinen Spaß. Meine Wohnung wird immer so kalt, wenn ich alleine dasitze und lese. Mit einer Katze ist es viel wärmer. Entschuldigen Sie, das interessiert natürlich keinen ...«

Sie ging in die Knie, etwas steif und mühsam, und streckte die Hand aus, um die Wildkatzen zu locken. »Kooommt, meine Schönen!«, gurrte sie. »Voorleesen!«

Doch die Wildkatzen machten Buckel und fauchten, nervös von all den Leuten und dem Durcheinander. Banane, die vor dem Haus herumstolziert war, rannte zurück zur

Mülltonne und versteckte sich hinter Nancy. Der Kater Fussel kletterte an den Ranken hoch und saß gleich darauf auf dem Dach des Hauses.

Da richtete sich die alte Dame auf und strich seufzend ihr weißes Haar glatt. »Sie müssen freiwillig kommen, sagt Mr. Widow immer.«

»Ich vermiete sowieso nicht mehr«, erklärte Hannah. »Tut mir leid, aber Mr. Widow und seine Katzen sind ...«

»... entführt worden!«, rief Hauke. »Und möglicherweise blutig ermordet!«

»Ich kümmere mich jetzt um seinen Nachlass«, sagte Hannah. »Nein. Ich meine, um sein Haus.«

»Wo ist denn dieses nette Mädchen mit den kurzen schwarzen Haaren, dem ich meine alten Sachen vererbt habe?«, fragte die Eiskönigin. »Stacey oder Tracey oder ... Frenzi?«

»Nancy«, sagte Hannah. »Sie ist untergetaucht, nachdem rausgekommen ist, dass alles, was sie gesagt hat, von vorne bis hinten gelogen war. Sie hatte sich wohl nur bei meinem Großvater eingeschlichen, um an sein Erbe zu kommen. Wir wissen noch nicht, ob sie etwas mit seiner Entführung zu tun hat, aber es ist wahrscheinlich. Der Polizei ist sie schon aus anderen Städten bekannt, und sie wird schon eine ganze Weile gesucht, zusammen mit einer Clique von Einbrechern und Betrügern ... Sie ist dafür zuständig, die Häuser auszukundschaften, in denen später ein Bruch stattfindet. Oder in denen eben geerbt wird. Ihr Name, ihr Aussehen, ihre Geschichte davon, dass sie auf Weltreise ist und ihr Portemonnaie geklaut wurde, das war alles erfunden. Erlogen.«

»Schade«, sagte die Eiskaiserin. »Ich fand sie nett.«

»Es ist ihr Beruf, nett zu sein«, sagte Hannah. »Denken Sie mal darüber nach, das Schloss an Ihrer Wohnungstür zu wechseln.«

»Also, wir gehen jetzt«, sagte Elises Vater und sah auf seinem Handy nach der Uhrzeit. Er nahm Elise an der Hand und wollte sie mit sich ziehen, doch Elise blieb stehen. Sie sah die Eiskaiserin an, wie sie da so mit ihrem Buch unter dem Arm zwischen den schneefeuchten Sträuchern stand. Ihr Blick war sehr konzentriert, so als müsste sie die alte Dame fotografisch genau zeichnen und sich jede Einzelheit merken: das Muster ihres Mantels, die weißen Strähnen ihrer Haare, die winzigen Falten in ihrem Gesicht, den Buchrücken mit der silbrig glänzenden Schrift auf dem roten Hintergrund.

Dann trat sie auf die Eiskaiserin zu, nahm ihre Hand und stellte sich neben sie.

»Was soll das denn jetzt wieder?«, fragte ihr Vater. »Elise, bitte kommt jetzt. Wir müssen …«

Elise schüttelte den Kopf. Die Eiskaiserin sah verwundert zu ihr hinunter. Die drei Kätzchen krochen über Elises Jacke nach oben, marschierten über Elises Schultern und hüpften hinüber zu der alten Dame.

»Ach so, gut«, sagte Elises Vater. »Dann nehmen Sie einfach unsere Katzen. Sie können ihnen vorsingen oder was immer Sie tun wollten. «

Elise ließ die Hand der alten Dame nicht los. »Ich gehe mit«, sagte sie.

Ihr Vater erstarrte. »Wie?«

»Ich gehe mit zum Vorlesen. Ich kriege gerne vorgelesen. Du liest nie«, sagte Elise. Sie klang wie ein ganz normales, trotziges Kind und schob die Unterlippe ein wenig vor, entschlossen.

»Ich kann dir heute Abend im Bett vorlesen, wenn ich von meinem Meeting zurück bin, aber jetzt musst du die Hausaufgaben …«, begann ihr Vater. »Warte. Du sprichst. Elise? Du sprichst ja!« Er ging in die Knie und schlang seine Arme um Elise, und sie brauchte eine Weile, um sich freizukämpfen.»Papa, du kommst erst um zehn oder elf von dem Meeting«, sagte sie.»Ich gehe mit *ihr* mit. Die Katzen verlaufen sich bei dir sowieso.«

»Sie könnten bei mir bleiben«, sagte die Eiskaiserin. »Und sich an alles gewöhnen.«

»Für immer?«, fragte Elise. Und dann, leise:»Und ich?«

»Du kommst und besuchst sie«, schlug die Eiskaiserin vor.»Ich habe Zeit. Wenn du willst, kannst du jeden Tag nach der Schule kommen. Ich lese so gerne vor, aber die meisten Leute haben keine Zeit, zuzuhören.«

»Warum hast du all diese Wochen nicht mit mir und Mama gesprochen?«, fragte Elises Vater.»Und mit anderen Leuten?«

»Die meisten Leute haben keine Zeit, zuzuhören«, sagte Elise. Und dann ging sie mit der Eiskaiserin davon, durch das Tor, und stieg mit ihr in ein eisweißes Auto.

»Dann bringe ich dich heute Abend nach Hause«, hörte Nancy die Eiskaiserin noch sagen.»Wo wohnst du denn?«

»Das ändert sich viermal die Woche«, sagte Elise. Damit waren sie verschwunden.

Hauke und Elises Vater standen einen Moment etwas dumm vor dem Haus herum.»Ich kann sie doch nicht einfach wegfahren lassen«, sagte Elises Vater, vielleicht zu sich selbst.»Ich bin doch ihr Vater. Ich muss doch fünfzig Prozent der Zeit auf sie aufpassen. Wir haben das ganz genau geteilt, es muss gerecht sein.«

»Nö«, sagte Hauke.»Gerecht ist doch eh nie was. Ich hätte gerne ein Haupt-Zuhause, wenn ich Elise wäre. Sie kann Sie doch besuchen. Manchmal. Wenn Sie wirklich Zeit haben.« Er zuckte die Schultern.»Ich gehe jetzt zum See und angle Eis«, sagte er und schnappte sich eine Wildkatze, die ihn kratzte.»Los jetzt, kommt freiwillig mit!«, befahl er der Katze.»Es gibt Fisch, also freu dich.«

So zog er ab, zu Fuß, die quengelnde Katze unter dem Arm, über der Schulter die Angelrute. Elises Vater folgte, und wenig später sah Nancy seinen Wagen davonfahren.

»So«, sagte Hannah. »Sie sind alle ziemlich verrückt, was? Aber glaubst du, einer von ihnen ist so verrückt, dass er jemanden entführt?«

Die Person im Haus antwortete etwas, was Nancy nicht verstand.

»Aber wo steckt er?«, rief Hannah. »Ich meine, alles war so klar. Die ganze Katzenentführungsgeschichte. Und die Briefe. Ich dachte, ich hätte alles begriffen. Alles unter Kontrolle. Aber jetzt? Wo sind die Katzen? Wo, verdammt noch mal, sind sie?«

Hannah hörte eine Weile Worten des anderen Menschen drinnen zu und lachte dann. »Ja. Natürlich. Eigentlich ist es egal. Wir haben die Vollmacht. Wir haben das Geld morgen in der Hand. Spätestens übermorgen. Ich sollte einfach aufhören, darüber nachzudenken, wo Grandpa ist. Ich werde ihn vermutlich nicht wiedersehen.«

Damit schloss sie die Tür mit einem energischen Klick.

Nancy atmete tief durch. Dann legte sie die Arme um Misty und verbarg ihr Gesicht für Sekunden in seinem schwarzen wollpulloverartigen Fell. Er roch nach Farbe, nassem Hund und Holzfeuer. Ungefähr genauso roch Ron, wenn man ihm sehr nahe kam.

»Los jetzt«, wisperte sie. »Such! Such die Katzen!«

Misty bellte und schubberte seinen Kopf an Banane, die nicht schubberfest war und umfiel.

»Nicht die Katzen, die hier sind«, flüsterte Nancy. »Such die verschwundenen Katzen! Such, such!«

Kurz darauf schlüpfte sie hinter Misty wieder durchs Gartentor.

Und dann schlugen sie den Weg ein, den Misty sie schon einmal geführt hatte.

Es hatte aufgehört zu schneien. Dafür war der Wind schärfer geworden. Der Winter schien endlos, die ganze Stadt war gefangen in einem einzigen Winter wie in einer Eiszeit. Nancy fragte sich, wie Mr. Widows Vorgarten im Frühjahr aussah, wenn die ersten Krokusse und Narzissen zwischen dem Buchsbaumgrün hervorlugten wie Farbflecken im Sonnenschein. Wenn Hannah das Haus verkaufte, würde es keine Krokusse geben. Dann wären die alten Mauern im Frühjahr längst eingerissen, das Grundstück verwandelt in eine eilige Baugrube, auf die irgendein gutbetuchtes Unternehmen stolz ein neues vielstöckiges Gebäude setzen würde.

Misty führte sie an der Abschleppleine auf Umwegen zuerst in Richtung Innenstadt und dann wieder zurück, genau wie beim letzten Mal. Als sie diesmal das stille, ausgestorbene Viertel betraten, ging Nancy langsamer, bremste Misty ein wenig und sah sich aufmerksam um. Nein. Kein silberner Mercedes. Kein Verfolger. Keine Verfolgerin. Nur verlassene Häuser, die schon lange kein Leben mehr gespürt hatten.

Misty zog Nancy um eine Ecke in einen Hinterhof. Also doch nicht Rons Lagerhalle, dachte Nancy. Sie war erleichtert. Oder war dies nur wieder einer der Umwege, den die Katzen genommen hatten und den deshalb auch Misty nahm?

In dem Hof gab es eine Außentreppe, und diese Außentreppe lief Misty nun hinauf. Zu einer der verlassenen Wohnungen, einer Wohnung im ersten Stock. Und jetzt bellte Misty. Laut und aufgeregt. Aber bis auf sein Bellen, das von den Wänden des Hofes widerhallte, blieb alles still.

Keine Katze maunzte, sang oder schrie.

Niemand antwortete dem Bellen.

Auch kein Mensch.

Zögernd folgte Nancy dem Hund die Treppe hinauf. Auf dem oberen Absatz, vor der Wohnungstür, standen zwei oder drei Dutzend leere, teilweise mit Schnee gefüllte Katzenfutterdosen.

Die Wohnungstür stand einen Spaltbreit offen. Nancy holte tief Luft und stieß sie auf. Ein kleiner Vorflur. Ein Wohnzimmer. Eine Küche. Mehr leere Dosen. Auch ein paar volle. Zwei Katzenklos mit benutzter Streu. Ein Sofa, ein Teppich, alles alt, gebraucht, voller Katzenhaare und Kratzspuren. Keine Bilder an den Wänden. Nicht einmal Lampen.

Und auch sonst nichts. Gar nichts.

Die Katzen, dachte Nancy, waren hier gewesen, aber sie waren nicht mehr da.

Misty rannte eine Weile von Raum zu Raum, schnüffelte und bellte, und ab und zu nieste er, wenn er zu viel von der Fährte in Haarform einatmete.

Banane stolzierte währenddessen über die Fensterbretter, mit hoch erhobenem Schwanz lief sie jedes Fensterbrett einmal ab, als wollte sie ausprobieren, wie es für ihre Kollegen gewesen war, hier eingesperrt zu sein. Aus welchen Perspektiven sie die Freiheit gesehen hatten. Nancy ging ihr nach. Vom Wohnzimmer aus sah man nur den Hof: Schnee, Asphalt, bestenfalls einen frierenden Spatzen. Kein besonders interessantes Katzenfernsehen. Von der kleinen Küche aus, in der es nichts gab außer einem Waschbecken, sah man nach vorne auf die Straße: Schnee, Asphalt, bestenfalls ein frierendes Auto. Auch nicht viel besser.

Nancy spürte, wie die Melancholie der eingesperrten

Katzen schwer auf ihren Schultern lastete und sie langsam, aber sicher in den Fußboden hineindrückte. Sie schüttelte sich und stellte sich gerader hin.

»Irgendwo *müssen* sie sein«, sagte sie laut. »Moment. Sie haben die Katzen woanders versteckt, nachdem Misty in die Nähe dieser Wohnung gekommen ist. Das war erst vorgestern.«

Sie ging zurück zur Tür, trat hinaus auf den Treppenabsatz und sah sich noch einmal um. Nein, die übrigen Wohnungen, die auf den Hof hinausgingen, schienen nicht bewohnter zu sein als diese. Niemand konnte etwas von den entführten Katzen bemerkt haben, dies war der perfekte verlassene Ort für Katzenentführer. Und dann sah sie sich die Tür genauer an. Die Tür nämlich war nicht einfach offen. Sie war aufge*brochen*. Jemand hatte die Katzen gewaltsam aus dieser Wohnung geholt.

Nancy spürte, wie ihre Finger feucht wurden vor Aufregung. Schweiß trat ihr auf die Stirn. Sie ging zurück in die Wohnung rief nach Misty, der nicht kam.

Dafür fand sie das Ende seiner Abschleppleine. Es hatte sich mehrfach ums Sofa gewickelt, und Nancy entheddert es und zog den Hund zu sich. »Hör zu«, sagte sie streng. »Die Spur führt hier tausendmal hin und her, das begreife ich. Aber es ist nicht notwendig, dass du alle tausend Hin und Hers abläufst, verstanden? Die Spur muss wieder *aus der Wohnung hinaus*führen.«

Da Misty nicht reagierte, hob sie ihn schließlich über die Türschwelle auf den Außentreppenabsatz. »Such, Misty! Such! Wohin sind die Katzen von hier aus gegangen?«

Misty legte den Kopf schief, ließ die Ohren ratlos baumeln und japste dann, als hätte er begriffen. Er lief die Treppe wieder hinunter, und Nancy folgte ihm zusammen mit Banane.

»Genau, zurück«, sagte Nancy. »Braver Hund. Zurück.«

Und da lief Misty, die Schnauze am Boden, auf einem kleinen Umweg zu Mr. Widows Haus zurück.

Nancy hätte schreien können, als sie in der altbekannten Straße ankamen.

»Nein!«, sagte sie. »Dummer Hund! Du sollst nicht wirklich zurücklaufen, sondern dahin, wohin die Spur führt!«

Misty setzte sich trotzig auf den Bürgersteig vor dem Haus und sah sie an, ganz ähnlich, wie Elise zuvor ihren Vater angesehen hatte. Nancy seufzte.

Der silberne Mercedes war nicht da, die Straße vor Mr. Widows Haus war tatsächlich autofrei.

Aber das hieß natürlich nicht, dass Hannah nicht da war.

Misty stellte sich vors Tor und bellte.

»Nein! Sch!«, machte Nancy. »Komm her!«

Doch der Hund kam nicht. Es kam auch niemand anderer. Niemand öffnete die Haustür. Niemand öffnete ein Fenster. Niemand öffnete irgendwas.

»Es ist keiner da«, flüsterte Nancy. »Kann das sein?

*Natürlich ist keiner da, sagte Bananes etwas genervter Blick. Gehen wir jetzt rein oder nicht? Ich habe Hunger. In Mr. Widows Kühlschrank stehen noch mehrere Packungen Milch und Eierschachteln. Wir können Bananenpfannkuchen machen.*

Natürlich entsprangen all diese Worte nur Nancys eigenen Gedanken. Aber die Worte, die Banane ein paar Stunden zuvor zu ihr gesagt hatte, diese Worte hingen noch deutlich in Nancys Kopf. *Duck dich hinter die Mülltonne.* Diese Worte waren keine gedachten Worte, sie hatten eine Stimme gehabt. Diese Worte hatte sie nicht gefühlt, sondern gehört. Wirklich gehört.

Wie konnte das sein?

Sie öffnete das Tor und stand kurz darauf vor Mr. Widows Vordertür. Hannah hatte das Schloss auswechseln lassen. Natürlich.

Aber das Küchenfenster war gekippt. Nancy sah sich um. Niemand war auf der Straße zu sehen. Sie hatte eine gewisse Übung in diesen Dingen. Sie zog sich aufs Fensterbrett hoch, kniete wenig später darauf, streckte den Arm durch den Schlitz und löste den Mechanismus drinnen. Es knackte, als sie das Fenster mit Gewalt ganz öffnete; dieses Schloss war jetzt vermutlich im Eimer. Aber das war unwichtig. Nur ein winziger Zweig im Scheiterhaufen des von ihr ohnehin angehäuften Fegefeuers der Gesetzeswidrigkeiten.

Sie war mit einem Satz in der Küche, gefolgt von Misty und Banane. Und während Banane sofort auf den Kühlschrank zustrebte, senkte Misty die Nase auf den Boden, schnüffelte eine Weile im Kreis, verwirrt von so viel Katzenduft. Dann trottete er ins Wohnzimmer, über den Perserteppich und am unechten Kaminfeuer vorbei, das jetzt kalt und aus war.

In einer Ecke blieb er vor der Bücherwand stehen, setzte sich und bellte.

Es war genau die Ecke, in der Nancy Mr. Widow in drei Metern Höhe auf seinem Regal gefunden hatte, in ein Buch vertieft, auf einem leeren Regalbrett sitzend. Die Leiter war wieder zur Seite gerollt, aber diesmal saß natürlich kein Mr. Widow dort oben. Das Regalbrett war einfach leer. Trotzdem bellte Misty.

»Hier ist nichts«, sagte Nancy. »Oder bewahrt Mr. Widow Hundefutter zwischen seinen Büchern auf? So wie Lords in englischen Romanen Schnaps zwischen den Büchern horten? Hinter einer geheimen Klappe? Das glaubst du doch selber nicht.«

Moment. Nancy trat einen Schritt zurück und kniff die Augen zusammen, katzenhaft. Dann ließ sie ihren Blick über die Bücherwand gleiten. Überall Bücher. Bücher, Bücher und Bücher ... Nur dort oben, wo Mr. Widow gesessen hatte, standen keine. Sie rollte die Bibliothekarsleiter heran, verdammt, sie musste sich beeilen, Hannah konnte jeden Moment wiederkommen, woher auch immer. Doch noch blieb alles still, selbst Misty hatte aufgehört zu kläffen und beobachtete stattdessen, was Nancy tat.

Banane hatte sich neben ihn gesetzt und den Kopf im gleichen Winkel schief gelegt wie der Hund. Die beiden schienen sich aneinander zu gewöhnen.

Nancy stieg auf der Leiter bis ganz oben und setzte ein Knie hinüber auf das leere Regalbrett. Und dann sah sie es. Sie sah den Hebel. Er war ganz klein, von unten nicht zu entdecken, in eine Ecke des Regals geschmiegt. Nancy drückte ihn nach oben. Nichts geschah.

Dann drückte sie ihn vorsichtig nach unten. Und da knirschte etwas. Etwas regte sich. Die Leiter unter ihr zitterte. Das Regalbrett zitterte ebenfalls. Nancy drückte den Hebel mit ihrem ganzen Gewicht weiter hinunter, bis es ein kleines Klicken gab. Etwas schob die Bibliothekarsleiter auf ihren Rollen zur Seite, und Nancy verlor das Gleichgewicht. Sie landete mit einem Krachen drei Meter weiter unten auf dem Teppich, fluchte, rieb sich ihr Knie und sah auf. Verdammt. Das Baby. Sie lauschte nach innen. Es sagte nichts, aber das tat es ja sonst auch nicht.

Vor ihr, wo eben noch die Leiter gewesen war, hatte sich ein Stück des Regals zur Seite geklappt. Wie eine zusätzliche, schmale Tür. Die Bücher, die Bretter, all das war offenbar Teil der Tür.

»Eine Geheimtür«, flüsterte sie. »Natürlich. Eine Geheimtür in einem Bücherregal. Direkt aus dem Herzen des englischen Kriminalromans.«

Hinter der Geheimtür führte eine dunkle, steile Treppe nach unten.

Was sie entdeckt hatte, war nichts anderes als die Kellertür des Widowschen Hauses. Sie hatte vorher nie darüber nachgedacht, dass das Gebäude auch einen Keller haben könnte.

Nancy legte sich Banane um den Hals, pfiff Misty, der bei ihrem Sturz die Flucht ergriffen hatte, und stieg zusammen mit beiden die Stufen hinunter, vorsichtig tastend, Fuß vor Fuß.

Sie spürte, dass sie am ganzen Körper zitterte. Angst, Aufregung, Unglauben ... all das mischte sich in ihr, und sie fragte sich, ob dies überhaupt noch wirklich geschah. Vielleicht träumte sie. Es war alles zu romanhaft, um real zu sein.

Doch dann war sie am Fuß der Treppe angekommen, und jemand sagte: »Machen Sie doch Licht. Sie sehen ja gar nichts.«

Nancy zuckte zusammen.

Gleichzeitig ging das Licht an, und sie hörte, wie oben die Tür mit Wucht ins Schloss fiel.

Nancy hatte die Augen geschlossen vor der plötzlichen Helligkeit.

Sie spürte Bananes beruhigende Wärme an ihrem Hals.

Sie hörte Misty hecheln.

Und sie hörte noch etwas.

Leise Pfoten. Angehaltenen Atem. Ein sich näherndes Schnurren.

Dann landete etwas Pelziges in ihren Armen.

Sie wusste, was es war, ohne die Augen zu öffnen.

»Kaffeekatze«, flüsterte sie.

»Morrrau!«, sagte die Kaffeekatze und schmiegte sich an sie. Banane um Nancys Hals fühlte sich ein wenig beleidigt an.

Und jetzt musste Nancy die Augen doch öffnen, denn kein Mensch kann sein Leben lang mit geschlossenen Augen und zwei Katzen auf sich am Fuße einer geheimen Kellertreppe in einem zu klischeehaft britischen Haus stehen.

Sie machte die Augen also auf. Und vor ihr stand Mr. Widow, auf dem Gesicht ein feines Lächeln, auf den Schultern die Katze Kuh und den blinden Timothy, im Arm Hans, der kein Liebchen-Halsband mehr trug. Hinter ihm sahen Dutzende von gelben, grünen, karamellfarbenen Augen Nancy an. Die Katzen saßen auf Sesseln, Stühlen und Sofas, auf Teppichen und Kissen, zwischen Topfpalmen und geschnitzten Beistelltischchen in Elefantenform.

Die Einrichtung glich der oben, dies war wie ein zweites Wohnzimmer unter der Erde. Etwas südländischer. An den Wänden hingen alte Masken und balinesische Stabpuppen, geknüpfte Teppiche und antike – oder einfach nur rostige – Dolche. Es roch nach frischer Minze und Earl Grey.

»Das hier unten«, sagte Mr. Widow, der Nancys umherwandernden Blick bemerkte, »ist sozusagen unsere Kolonie.«

»Aha«, sagte Nancy. Etwas anderes fiel ihr nicht ein. Dann fiel ihr doch etwas ein. Eine Frage. Eine ganze Menge Fragen.

»Mr. Widow«, sagte sie, »was ist passiert? Wer hält Sie hier fest? Wo ist derjenige? Wie kommen die Katzen hierher? Und …?«

»Immer ruhig, meine Liebe«, sagte Mr. Widow, legte eine Hand auf ihren Arm und führte sie sanft, aber sehr bestimmt zu einem Sessel mit orientalischem Muster. Sie ließ sich von ihm in die weichen Polster drücken.

»Ich mache uns einen Tee«, sagte er. »Und ich habe noch ein paar Scones. Aber um vielleicht eine Ihrer vielen Fragen zu beantworten: Die Katzen habe ich gefunden und mitgenommen. Es war keine hübsche Wohnung, in der man sie eingesperrt hatte. Ich weiß auch noch nicht, wer es war.

Was meine Entführung betrifft ...« Er seufzte. »Ich musste ... und muss ... ein paar Dinge herausfinden, verstehen Sie. Dinge über Hannah, über Sie und über andere Menschen. Es ging nicht anders. Verzeihen Sie mir die Verwirrung, die ich da oben angerichtet habe, aber ... ich fürchte, ich habe mich selbst entführt.«

# 14

Es war seltsam, plötzlich wieder mit Mr. Widow Tee zu trinken, in einem alten Sessel ihm gegenüberzusitzen und die Kaffeekatze auf dem Schoß zu haben. Selbst die steinharten Scones mit der ungenießbaren Orangenmarmelade hatte Nancy vermisst. Als wären Jahre vergangen, seit sie mit Mr. Widow oben im Haus so am Tisch gesessen hatte.

Der Tisch hier, ein niedriger Beistelltisch, wurde von einer Lampe erhellt, deren troddelbesetzten Schirm eine indische Tänzerin aus dunklem Tropenholz hielt. Zu den Scones gab es Bananen auf einem kleinen rosa-silbern bemalten Porzellanteller.

»Ich meine, wir sind in der Kolonie«, sagte Mr. Widow. »Es muss also Bananen geben. Leider gibt es auch jede Menge Küchenschaben. Aber das gehört eben dazu in den Tropen. Es beschäftigt die Katzen. Ich habe ihnen erlaubt, mit den Küchenschaben zu spielen.«

Er lächelte fein. Nancy hegte keine Zweifel, dass das Spielen mit den Katzen für die Küchenschaben eher ungünstig ausging, und sie warf einen raschen Kontrollblick auf den Teetisch, aber keines der Nahrungsmittel sah aus, als hätte Mr. Widow es aus Schabenresten hergestellt.

Mr. Widow trank den Tee in seiner filigranen Porzellantasse aus, lehnte sich in seinem Sessel zurück, kraulte die Königin von Saba, die über ihm auf der Sessellehne saß, und rückte dann seine Brille zurecht, um Nancy ausgiebig zu betrachten. Wie ein Kunstwerk.

»Also«, sagte er schließlich. »Beginnen wir damit, uns Wahrheiten zu erzählen.«

Nancy schluckte.

»Ich sollte Ihnen den Vortritt lassen, denn Sie sind die Lady hier.«

»Ich …« Nancy wand sich. »Das Problem ist … ich bin mir nicht sicher, was die Wahrheit ist. Gut. Wahrheit eins – ich heiße nicht so, wie ich heiße. Aber das wissen Sie. Oder?«

Mr. Widow nickte. »Das weiß ich, seit ich Sie in der Mülltonne gefunden habe. Es war offensichtlich. Menschen, die behaupten, Müller zu heißen und Weltreisen zu machen, traue ich nicht über den Weg. Wissen Sie, das Komische ist, dass ich Ihnen getraut habe. Nicht Ihrem Namen oder Ihren Geschichten. Ihnen. Als Person.«

Da schluckte Nancy wieder, doch der Kloß in ihrem Hals ließ sich nicht wegschlucken. »Es ist nicht wahr«, sagte sie, ganz leise. »Was Hannah denkt. Dass ich nur an Ihr Geld wollte. Dass ich deshalb hier bin. Ich wusste nicht, dass Sie mich in dieser Mülltonne finden. Wie hätte ich das wissen sollen? Ich wollte weg von Kai und seinen Jungs. Da war dieser Typ, es war in der Zeitung, er hat Kai … uns … beim letzten Bruch dazwischengefunkt. Er hätte nicht zu Hause sein dürfen. Er hatte mir gesagt, er würde an diesem Abend zu einer späten Besprechung mit Kollegen aus dem Unternehmen gehen, ich sollte zu Hause auf ihn warten, also, ich wohnte sozusagen bei ihm … vorübergehend … Wir wollten hinterher noch ein Glas zusammen trinken. Entweder hat er etwas gemerkt, oder er hatte etwas zu Hause vergessen, auf jeden Fall ist er losgegangen und nach einer Viertelstunde direkt wiedergekommen. Er hat uns erwischt und wollte die Polizei rufen. Da hat Kai das Küchenmesser genommen und ihn bedroht, aber er ließ sich nicht bedrohen, es gab ein Gerangel um das Messer … Ich wollte sie davon abhalten, ich habe versucht, sie auseinanderzuziehen … Und dann hielt ich das Messer in der Hand, und der

Typ war tot. Aber ich habe ihn nicht umgebracht. Ich meine, ich wollte es nicht. Verstehen Sie? Verstehen Sie das? Kai ist abgehauen, und ich habe vom Telefon in der Wohnung die Sanis angerufen, und dann bin ich hinten raus durch die Gartentür, ich kannte mich ja aus ... Aber ich bin noch einmal zurückgegangen, ich wollte sehen, ob er vielleicht doch noch lebt, ob sie ihn retten können. Aber er lebte nicht mehr, als sie kamen. Sie haben ihn nur noch mitgenommen wie einen Gegenstand. Und die Polizei verständigt.

Zuerst wollte ich nur weg, abhauen, ich habe meinen Koffer mit allen Klamotten geschnappt, mit denen ich quasi bei dem Typen eingezogen war, und bin durch die Hintertür raus. Ich wollte in Kais Wohnung, wo ich ja meistens auch wohnte, aber dann war plötzlich klar, dass ich dahin nicht zurückgehe. Nie wieder. Dass ich nicht zu Kai zurückgehe.

Dass ich eigentlich gar nicht vor der Polizei auf der Flucht war, sondern vielmehr vor ihm. Und weil er ja alle Klamotten im Koffer kannte, habe ich mir was Neues bei irgendeinem Discounter gekauft, der irgendeine Nacht-Einkaufsaktion hatte, und ich habe mir auf einem Parkhausklo die Haare abgeschnitten und gefärbt. Ja. Und danach wusste ich nicht weiter. Ich hatte nicht genug Geld für eine Zugfahrkarte und zu viel Angst, schwarzzufahren, weil sie ja vielleicht nach einer flüchtigen jungen Frau suchten ...« Sie zuckte die Schultern. »Bei Ihnen«, sagte sie nach einer Weile, »war es schön. Wirklich schön. Ich hätte mich daran gewöhnen können, bei Ihnen zu bleiben.«

Sie sah auf ihre Schuhe hinunter; sie trug wieder die quietschgrünen Billigsportschuhe, die noch nie zum Rest der klassischen geerbten Garderobe gepasst hatten.

»Hannah hat gesagt, ich saß im Baum draußen«, murmelte sie. »Nachts. Und dass Sie mich retten wollten. Dass ich geschlafwandelt bin. Ich wusste nicht, dass ich das gemacht habe. Wirklich nicht. Ich ... ich habe jemand anderen dort sitzen sehen. Oder geträumt, dass dort jemand saß. Eine Frau, die so aussah wie ich früher.« Sie sah auf. »Und es ist meine Schrift. Auf den Briefen der Entführer. Denen, die im Garten und im Vorgarten lagen, mit Steinen beschwert. Es ist meine Schrift. Aber ich kann mich nicht erinnern, dass ich die Briefe geschrieben und dort hingelegt habe.

Und dann ist Kai aufgetaucht, und er hat mir gesagt, ich hätte das gut gemacht. Dass ich Sie gefunden und mich bei Ihnen – es hört sich so schrecklich an! – mich bei Ihnen eingeschlichen habe. Es ist auch Unsinn. Ich habe nicht ...« Sie zuckte die Schultern. »Ich weiß nicht, was ich getan habe. Habe ich versucht, Sie nachts aufs Eis zu locken? Oder vor einen Zug? Ich bin Ihnen gefolgt, aber ich kann doch nicht gleichzeitig woanders gewesen sein ... oder doch ...? Ich weiß nicht mehr, was ich mir einbilde und was nicht. Die Frau, die aussieht wie ich früher, ist auch bei Ron aufgetaucht. Dem Maler. Sie versucht, ihn zu heiraten. Absurd!«

Sie lachte, und dann ging das Lachen ohne Warnung in ein Schluchzen über, das sie durch und durch schüttelte, es war wie eine Naturgewalt; sie konnte nichts dagegen tun. Die Kaffeekatze auf ihrem Schoß wurde nass von ihren Tränen, und sie wischte sich die Nase mit irgendetwas ab, das sie gerade fand, und da war es der Schwanz von Banane, bei der sie sich halb erstickt entschuldigte.

»Na, na«, murmelte Mr. Widow und reichte ihr eine Ecke der Tischdecke. »Na, na. Wer wird denn gleich. Aber wohin soll das denn. Ich weiß, ich weiß. Ist ja gut. Na, na, na.«

Nancy sah ihn durch eine Flut von weiteren Tränen an, er verschwamm darin wie ein Wasserfarbenbild. »Hannah weiß das«, flüsterte sie. »Hannah weiß das alles. Dass ich die Briefe in den Garten gelegt habe. Und sie hat es allen gesagt.«

Mr. Widow zog eine Augenbraue hoch. »Es stimmt nicht«, sagte er.

»Was?« Nancy wischte sich noch einmal über die Augen, diesmal mit dem Ärmel.

»Es stimmt nicht, dass Sie die Briefe geschrieben haben.«

»Nein?«

»Sie haben doch gesagt, Sie erinnern sich nicht daran.« Nancy schüttelte den Kopf. »Nein. Überhaupt nicht.«

»Na, dann wird es wohl auch nicht passiert sein«, sagte Mr. Widow und schälte eine weitere Banane. »Hier. Bananen helfen gegen alles.«

»Ich … ich kann mir schlecht damit die Nase putzen …«, schniefte Nancy, nahm die Banane aber. Banane, die Katze Banane, sprang von ihrer Schulter und biss hinein.

»Ich habe gesehen, wer die letzten Briefe in den Garten gelegt hat«, sagte Mr. Widow. »Es war eine junge Frau mit blonden Locken und rot geschminktem Mund, und sie hatte nicht ihr Gesicht. Ähnlich, nur nicht dasselbe. Sie hat ihren Haustürschlüssel auf den Couchtisch gelegt, während sie kurz auf der Toilette war. So sicher fühlte sie sich. Sie dachte, hier würden alle fest schlafen. Na ja, da habe ich mir erlaubt, mir den Schlüssel heimlich ein wenig anzusehen. Es war ein vom Schlüsseldienst nachgemachter Schlüssel. Mit Firmenaufdruck. Nicht Ihrer, wenn Sie verstehen. Und so ganz, wissen Sie, stimmte die Schrift auch nie mit Ihrer überein. Ich habe es verglichen.«

»Sie hatten etwas von mir? Ein Stück … Schrift?«

»Natürlich. Sie haben am ersten Tag diesen Einkaufszettel geschrieben. Wenn man die neben die Briefe legt, sieht man, dass die Schrift nur nachgemacht ist. Es ist einfach.«

»Oh«, machte Nancy nur. Es war ein ganz kleines, leises Oh, aber es bedeutete die Welt. Sie hatte die Briefe nicht geschrieben. Es gab jemand anderen. Es gab tatsächlich jemand anderen.

Sie legte die Handflächen an die Wangen und saß eine Weile nur so da.

»Aber warum?«, murmelte sie schließlich. »Warum sollte sich jemand als ich verkleiden? Ich verstehe es immer noch nicht.«

»Ich auch nicht, nicht ganz«, sagte Mr. Widow. »Aber jetzt bin ich an der Reihe. Mit dem Wahrheitenerzählen.«

Nancy nickte.

»Nehmen Sie doch dieses Scone mit Orangenmarmelade. Ich habe es extra für Sie geschmiert«, sagte Mr. Widow. »Wissen Sie, ich habe zwei Vollmachten ausgestellt. Das haben Sie bemerkt?«

»Ja, doch wer hat mir die Vollmacht im Theater in den Mantel gesteckt?«

»Ich. Sie haben mich nicht gesehen. Das ist aber unwichtig. Wichtig ist – haben Sie sich je gefragt, warum es zwei Vollmachten gibt?«

»Ja. Ich habe mir nicht geantwortet.«

»Dabei ist die Antwort ganz einfach«, sagte Mr. Widow. »Ich wollte sehen, was Hannah und was Sie damit tun. Es ist wie in diesen Märchen, Sie wissen schon, drei Prinzen bekommen die gleichen Voraussetzungen, treffen das gleiche komische Männchen im Wald, kriegen die gleiche Aufgabe oder sonst was. Früher, als Hannah klein war, wollte sie immer, dass man ihr diese grauslichen Märchen vorlas. Es war eine schöne Zeit, damals … Ich habe sie selten besucht, ihre Mutter und ich sind nie besonders gut miteinander ausgekommen. Meine Tochter, also, Hannahs Mutter … Sie war froh, als sie dieses verrückte Katzenhaus verlassen und ausziehen konnte, hat sie gesagt. Aber im Sessel zu sitzen, die kleine Hannah auf dem Schoß, und ihr vorzulesen … das war wirklich schön.« Er seufzte.»Wo war ich?«

»Bei den beiden Vollmachten.«

»Ach ja. Sie haben tatsächlich völlig unterschiedlich reagiert. Eigentlich vorher schon. Auf meine Entführung. Sie haben geplant, den Entführern eine lächerlich geringe Anzahlung zu geben, damit mir nichts geschieht. Und dann haben Sie die Katzen ins Theater gebracht. Weil es auf meiner To-do-Liste stand. Mit der Vollmacht haben Sie gar nichts gemacht. Sie hätten ja nach der Aufführung direkt zur Bank gehen können.«

»Ich wollte nicht … das Haus … Ich meine, ich wollte Sie schon auslösen, aber ich dachte, wir könnten alle zusammen herausfinden, wo Sie stecken. Ohne dafür Ihr Haus verkaufen zu müssen. Sie brauchen doch das Haus, es ist wie eine Insel in dieser Stadt. Alle Leute brauchen das Haus. Und den Katzenverleih. Ich …« Sie brach ab.»Das klingt blöd. So unecht. Ich würde es an Ihrer Stelle auch nicht glauben. Hannah hat richtig reagiert, oder? Sie hat sofort versucht, das Geld lockerzumachen, um Sie freizubekommen. Morgen hat sie es vielleicht schon in bar.«

»Sie wollten herausfinden, wo ich stecke«, wiederholte Mr. Widow.»Und Sie haben es herausgefunden.«

»Stimmt«, sagte Nancy, beinahe erstaunt.

»Hannah …« Er zögerte.»Ich habe den Verdacht, dass Hannah mit dem Geld nicht unbedingt vorhat, ihren Großvater auszulösen. Es könnte sein, dass sie einfach damit … verschwindet.« Er sprach jetzt ganz leise, kaum hörbar. »Deshalb muss ich noch eine Weile entführt bleiben, verstehen Sie?«

Nancy nickte.

»Aber es gibt noch mehr Fragen, Mr. Widow. Was war am See? Wem bin ich da nachgegangen, wenn Sie gar nicht dort waren? Warum verfolgt mich Rons Mutter in einem

Wagen, den auch Hannah manchmal fährt? Die beiden scheinen sich ja zu kennen, sie war neulich länger hier …«

Mr. Widow seufzte.»Gut, gut, ich war am See. Ich habe nur gesagt, ich wäre nicht dort gewesen.«

»Und warum?«

»Ach, ich weiß auch nicht. Ich wollte einfach sehen, was Sie sagen. Was Hannah sagt. Es war so: Ich war auf dem Eis. Und da war eine Person am anderen Ufer, die wollte, dass ich zu ihr komme. Dass ich einbreche. Denke ich. Aber ich bin nicht eingebrochen. Ich habe das Eis knacken gehört und bin zur Seite gesprungen, na ja, was man so springen nennt mit Mitte achzig.« Er lachte.»In dem Moment war mir klar, dass das Ganze eine Falle war. Und zwar eine ziemlich tödliche. Dem, der am anderen Ufer wartete, dem ging es nicht um zehntausend Euro. Dem war es egal, ob die zehntausend Euro in meinem Umschlag mit mir versanken. Dem ging es um viel mehr. Um mein Leben. Genau da habe ich verstanden, wie ernst das alles war. Und ich habe beschlossen, kurzzeitig unterzugehen. Es war dunkel genug, sonst hätte ich die Idee vielleicht nie gehabt … Ich habe mich hingekniet, ganz langsam, so dass ich von Ferne kleiner wurde. Dann habe ich mich auf das Eis gesetzt und mich seitwärts in die Büsche geschlagen. Also, nicht in die Büsche – ins Schilf. Ich dachte eigentlich nicht einmal, dass es funktioniert. Aber offenbar sah es echt aus. Verrückt. Ich bin durch das Schilf zum Ufer geschlichen, und das ist alles. Ich habe mir nicht mal die Füße nass gemacht. Aber ich habe das schwarze Wasser gesehen, vor der Kante des Eises. Und ich habe gesehen, dass da jemand nachgeholfen hatte, damit das Eis bricht. Das hat gereicht … Der Umschlag, der untergegangen ist, war übrigens leer. Das Geld steckte in meiner Tasche.«

»Aber wie ist der Umschlag mit den zehntausend Euro unter meine Matratze gekommen?«

»Keine Ahnung«, sagte Mr. Widow. »Das war nicht mein Umschlag. Ich würde sagen, da draußen ist jemand unterwegs, dem sehr viel daran gelegen ist, dass Sie hinter Gitter wandern, weil Sie eine wirre Katzenentführung geplant haben. Und daran, dass Sie das auch noch selber glauben.«

Wenig später saßen sie beide einen Raum weiter, im Schlafzimmer der Kolonie, wo die Knäufe des Bettes selbstverständlich geschnitzte Löwenköpfe waren. Doch sie saßen nicht auf dem Bett, sondern auf zwei Klappstühlen unter dem Kellerfenster.

Es war der perfekte Platz, um alles zu belauschen, was an der Widowschen Haustür vor sich ging.

Nancy begriff jetzt auch, wer die Worte »duck dich« zu ihr gesagt hatte. Keineswegs die Katze Banane, sondern Mr. Widow mit verstellter Stimme. Sie hätte es gleich merken müssen, aber die wenigsten Menschen vermuten hinter ganz gewöhnlichen Kellerfenstern flüsternde alte Herren, die sich selbst entführt haben.

»Er findet doch nach Hause, oder?«, fragte Mr. Widow besorgt und nickte zum Fenster hin.

Oberhalb des Fensterschachts stand Misty etwas ratlos im kalten Wintergras herum. Ein Rotkehlchen hopste vor seiner Nase in einem Busch auf und ab, aber Misty schien mit den Gedanken noch in der Kellerwohnung zu sein; er wirkte zerstreut. Sie hatten ihn von der Leine befreit und durch die Vordertür herausgelassen, und seitdem saß er dort.

Dass Nancy bei Mr. Widow blieb, verstand sich von selbst. Sie sollte, so Mr. Widow, ebenfalls eine Weile verschwunden bleiben, und in jedem Fall war Mr. Widows Kellerkolonie gemütlicher als eine Papiertonne.

Die Königin von Saba thronte auf dem Löwenkopfbett,

putzte sich und scheuchte ab und zu andere Katzen, die aufs Bett wollten, mit einem glühenden Blick hinunter. Von Zeit zu Zeit stolzierte sie auch zu einem der Löwenköpfe hinunter, um ihren eigenen Kopf daran zu reiben. *Endlich,* sagte ihr Blick, *bin ich in der richtigen Gesellschaft. Die Löwen sind sehr nett. Vor allem widersprechen sie niemals, wenn man sich mit ihnen unterhält. Sie scheinen in allem meiner Meinung zu sein. Vorhin sprachen wir über meine erstaunliche Schönheit ...*

Draußen kamen in diesem Moment vier Leute durch das Tor, die allesamt keine Löwen waren. Sie kamen leicht zeitversetzt, eilten geschäftig auf die Tür zu und klingelten, und danach standen sie dort herum und schienen ungeduldig auf den Zehenspitzen zu wippen, während niemand ihnen öffnete: drei Erwachsene und ein kleiner Junge. Leider sah man nicht besonders viel durch das Kellerfenster, nur Personen, die direkt davorstanden, den Einkaufswagen und ein kleines Stückchen Weg vor der Haustür.

»So ein Mist«, sagte der kleine Junge, der natürlich Hauke war – man hörte durch das gekippte Kellerfenster jedes Wort. »Ich brauch doch immer noch 'ne Katze! Können die den Widow nicht mal wieder nach Hause holen? Wer soll morgen mit mir angeln?« Er hob einen Stein auf und warf ihn ärgerlich irgendwohin, und er landete, leider, außerhalb des Tors auf einem Auto, was Nancy zwar nicht sah, aber an Haukes gemurmeltem Kommentar ablas.

»Autsch«, sagte jemand weiter weg, vermutlich der Mann im Auto. Es war der Schriftsteller mit der Vorliebe für gebratene Eier mit Speck. »Das gibt eine Beule im Dach.«

»Ach, heilt auch wieder«, meinte Hauke leichthin. »Brauchen Sie auch dringend eine Katze?«

»Ich kann ohne Katze nicht denken«, sagte der Schriftsteller, dessen Stimme jetzt näher war. »Mir fällt einfach nichts ein. Nicht mal die seichten Frauenromane tagsüber gehen voran. Ich schreibe gerade eine wuuunderschöne Liebesgeschichte über einen Musiker und eine Musikkritikerin, die sich auf Mallorca in einem Ferienhaus kennenlernen, das in einem Garten voller blühender Blumen steht … Das mit der Musik fiel mir ein, weil die Katze, die ich zuletzt hatte, nachts immer so laut sang. Und nun sitzen die beiden da im Garten unter einer überschäumenden Bougainvillea in Knallrosa und sehen sich tief in die Augen und sind sich ganz nahe, und sie beugen sich vor und … Ja, keine Ahnung, was jetzt passiert. Dazu brauche ich eine Katze, damit die Idee mir kommt.«

»Ich könnte Ihnen vielleicht helfen«, sagte eine junge Frau, die ebenfalls vor Mr. Widows Tür stand. »Ich wollte auch eine Katze leihen, für einen Film. Na ja, wenn das sowieso nicht geht, ich kenne mich ein bisschen aus mit Büchern.«

»Ach ja?«, fragte der Schriftsteller. »Und Sie machen Filme? Sind Sie Regisseurin? Wie interessant! Interessieren Sie sich zufällig für die Filmrechte an meinem tatsächlich wertvollen, noch nie da gewesenen, avantgardistischen Jahrhundertwerk?«

»Äh«, sagte die junge Frau. Nancy erkannte erst jetzt ihre Stimme: Es war die Buchbloggerin mit dem Pizzakartonproblem in ihrer Wohnung.

»Sie können die Rechte haben, es gibt nur ein Problem«, sagte der Schriftsteller und bückte sich, um Misty zu streicheln. »Es ist noch nicht geschrieben. Was tut denn der Hund hier?«

»Woofff«, sagte Misty, und es hörte sich so an, als leckte er etwas auf, vielleicht Ei vom Schuh des Schriftstellers.

»Ist denn gar niemand da?«, fragte die vierte Person, die die Tür erst jetzt keuchend erreichte. Es war die sehr, sehr übergewichtige Frau, der Dr. Uhlenbek eine Katze verschrieben hatte.

Dr. Uhlenbek, dachte Nancy, der zusammen mit Mr. Widow und Misty die entführten Katzen in der leeren Wohnung gefunden und das Schloss aufgebrochen hatte – Dr. Uhlenbek, der das niemandem erzählt hatte und der Mr. Widows Geheimnis der Eigenentführung teilte. Die ganze Sache schien den alten Herren ungemeinen Spaß zu machen.

»Nein, aber Sie können vielleicht den Hund nehmen«, schlug Hauke vor.

»Auf dem Rezept steht aber ›Katze‹«, keuchte die fette Frau. »Gott, jetzt bin ich wieder den ganzen Weg von zu Hause aus gelaufen, und dann das!«

»Der Hund ist sehr nett«, sagte der Schriftsteller aufmunternd. »Gucken Sie, er putzt sogar Schuhe. Bei anderen Rezepten kann man doch auch einfach ein Generikum nehmen. Ich meine, eine Pille, die den gleichen Wirkstoff hat und von einer anderen Firma ist. Das macht doch keinen Unterschied.«

»Sie meinen, Hunde enthalten den gleichen Wirkstoff wie Katzen, sie sind nur von einer anderen Firma?«, fragte die fette Frau verwundert.

»Die sagen, Nancy hätte die Katzen und den Widow entführt«, unterbrach Hauke sie. »Glaubt das eigentlich einer von Ihnen? Widows Enkeltochter hat Sie doch garantiert alle angerufen.«

»Ich hatte gehofft, Sie haben sie schon geschnappt«, gab der Schriftsteller zu. »Und alles wäre wieder normal.«

»Und Sie glauben wirklich, Nancy war das? Kann ja sein, dass sie darüber geschwindelt hat, wie sie heißt. Aber das ist doch kein Verbrechen, oder?«, fragte Hauke. »Ich heiß auch nicht Hauke. Ich fand es nur schick, mir mal einen ausgefallenen Namen zu geben.«

»Echt?«, fragte der Schriftsteller. »Wie heißt du denn?«

»Ach, ganz langweilig normal«, sagte Hauke. »Wie drei andere Kinder in meiner Klasse in der Waldorfschule. Adalbert Amadeus.«

In diesem Moment kam ein fünfter Kunde durchs Tor und gleich darauf ein sechster.

»Ich wollte nur mal fragen«, sagten beide, beinahe synchron, »ob Mr. Widow wieder aufgetaucht ist.«

Die Stimmen gehörten dem schüchterne Araber mit dem beeindruckenden Schnurrbart und General Hasenklee.

»Er ist *nicht* aufgetaucht«, antwortete Hauke. »Und Nancy ist jetzt auch weg. Ich bin mir sicher, die sind irgendwo zusammen. Und Nancy war das überhaupt nicht mit der Entführung, von gar nirgendwem. Nancy is' cool. Elise mag sie auch. Elise sagt, wir müssen sie finden und ihr helfen; sie hätte geträumt, wie ein lila Nilpferd Nancy verfolgt, ein fliegendes Nilpferd, und sie fressen will. Aber Elise sagt natürlich auch viel, wenn der Tag lang ist.« Er seufzte. »Frauen.«

»Nancy wird wieder auftauchen. Von selbst«, sagte die Buchbloggerin. »Ich habe noch nie jemanden gesehen, der so sehr danach aussah, als bekäme er – sie – die Dinge alleine geregelt. Ich wünschte, ich wäre so.« Sie seufzte ebenfalls. Sehr tief. »Aber Ihnen könnte ich vielleicht helfen«, sagte sie dann zu dem Schriftsteller.

»Mir?«

»Ja, mit Ihrem Frauenroman. Ich kenne mich wie gesagt aus. Ich habe in den letzten Jahren für meinen Blog so viele Frauenromane gelesen, ich kann die inzwischen blind im Tiefschlaf schreiben«, meinte die Bloggerin mit einem Grinsen in der Stimmte. »Sie sind doch immer gleich.«

»Ja, das ist das Beruhigende, das mögen die Frauenromanfrauen«, sagte der Schriftsteller. Er zögerte, und Nancy dachte daran, dass er eigentlich schüchtern war, jedenfalls Frauen gegenüber.

»Wir könnten uns hier um die Ecke einen Platz in *Das Café* suchen«, meinte er.

»Heißt es nicht in dem Café?«, fragte die Bloggerin.

»Nein, über der Tür steht eindeutig *Das Café*. Es ist ganz gemütlich in *Das Café*.« Der Schriftsteller nickte.

»Machen die Leute von *Das Café* denn guten Kuchen?«, fragte die Bloggerin. »Ich lebe seit Monaten von Fertigpizza.«

»Die Besitzerin macht die beste Sahnetorte der Welt«, sagte der Schriftsteller. Und in *Das Café* erzählen Sie mir das Ende meines Romans. Und alles über Ihre Filme. Die Idee gefällt mir. Äh. Ich meine: die Idee.«

Und er sagte noch mehr, doch seine Stimme entfernte sich den kurzen Gartenweg entlang, und mit ihm die Stimme der Bloggerin. Die Stimmen klangen beinahe ... untergehakt. Einen Moment war es still vor Mr. Widows Haustür.

»Wenn Sie möchten, könnten wir beide den Hund nach Hause begleiten und dabei ein wenig spazieren gehen«, sagte dann der Araber zu der übergewichtigen Frau. Man hörte, wie viel Mut er dazu aufbringen musste. »Wissen Sie denn, wo der Hund wohnt?«, fragte die übergewichtige Frau.

»Nun, ich hoffe, der Hund weiß es«, sagte der Araber. »Hier liegt so ein praktisches Abschleppseil. Das könnten wir als Leine benutzen ...«

»Na toll!«, rief Hauke, als auch diese beiden ihre Stimmen durch das alte Eisentor mitnahmen. »Und wer hilft mir jetzt angeln üben? Und wer hilft mir jetzt, Nancy zu finden und Mr. Widow und den blinden Timothy und alle anderen?«

Da war nur noch ein anderer Mensch im Vorgarten. General Hasenklee.

»Hannah hat nämlich eine Vollmacht über Widows Vermögen«, sagte Hauke bedeutsam. »Das kann nicht gutgehen. Eine Generalvollmacht.«

»Was?«, fragte der General entrüstet. »Eine Generalvollmacht ohne General? Man hätte mich fragen müssen.« Er wendete den Rollstuhl. »Los, gehen wir angeln. Dabei kannst du mir die Sache mit dieser Stacey erklären. Wenn du fürs Eisangelnüben unbedingt eine Katze brauchst, bitte.« Damit griff er auf seinen Kopf, wo offenbar Pelzmütze schlief. »Ich kann dir meinen Nierenwärmer leihen.«

»Nierenwärmer?«, fragte Hauke, schon auf dem Weg zum Tor.

»Ja, man trägt die jetzt auf dem Kopf«, sagte der General. »Wusste ich auch bis vor kurzem nicht …«

Und dann waren sie fort, allesamt.

»Na, da haben sich ja eine Menge Leute gefunden«, sagte Mr. Widow auf seinem Klappstuhl im Keller zufrieden.

»Wussten Sie, dass die sich finden?«, fragte Nancy.

»Ich nicht«, sagte Mr. Widow. »Die Katzen wussten es. Auf die ist Verlass.«

An diesem Abend kam Hannah spät zurück, sie hörten sie oben mit jemandem telefonieren. Rons Mutter, dachte Nancy. Sie verstanden nur wenig von dem, was gesagt wurde hinter ihrer Bücherregaltür, offenbar gab es eine Verzögerung, was das Geld betraf. Hannah würde das Geld erst am Montag in Händen halten, sie klang ärgerlich, erschöpft und ein wenig verzweifelt. Nancy sah, dass sie Mr. Widow leidtat.

Egal, was sie tat, für ihn würde sie immer das kleine Mädchen bleiben, das ihn mehr liebte, als seine Tochter es getan hatte. Das kleine Mädchen, das auf seinem Schoß saß und sich Märchen vorlesen ließ.

»Morgen ist Sonntag«, sagte Nancy, als sie schließlich zu

Bett gingen.«Am Sonntag heiratet eine Person mit einer blonden Perücke Ron Linden und wird versuchen, mit dem Geld für die Hochzeitsreise abzuhauen. Oder Schlimmeres.«

»Wir werden da sein«, sagte Mr. Widow.»In der Kirche. Machen Sie sich keine Sorgen.«

Dann lagen sie beide in dem großen Bett mit den geschnitzten Löwenköpfen, jeder auf einer Seite, zwischen ihnen zehn oder zwölf Katzen. Die Königin von Saba hatte sich schließlich dazu herabgelassen, noch ein paar andere mit aufs Bett zu lassen – es schlief sich wahrscheinlich besser in Gesellschaft von mehr Untertanen. Die Kaffeekatze putzte Nancys Haare, ehe sie einschlief, während Banane versuchte, Nancys Füße zu einer Ebene zurechtzutrampeln, auf der sie sich niederlassen konnte. Es war schön, zu Hause zu sein.

Und dann ging das Licht an, grell und unerwartet, und jemand stand neben dem Bett.

»Guter Hund«, sagte Kai.»Dummer, braver guter Hund. Du hattest recht, sie sind hier. Was für ein Glück, dass die Verlobte deines verrückten Herrchens dich auch bei Dunkelheit noch ausführen darf.«

Hätte um halb elf Uhr abends jemand durch das Kellerfenster eines alten, kleinen Hauses zwischen zwei hoch aufragenden nachtschwarzen Gebäudefelsen sehen können, so hätte sich ihm ein merkwürdiges Bild geboten: Auf einem Bett mit Löwenkopfpfosten saß ein alter Herr in einem gold-rot gestreiften Schlafanzug neben einer jungen Frau in Unterwäsche, und ihnen gegenüber, auf Klappstühlen, saß ein offenbar aus einem Sportkatalog ausgeschnittener gut durchtrainierter Mann mit einer kleinen schwarzen Pistole, die er auf den alten Herrn gerichtet hielt, sowie eine dünne

Person in einem schwarzen Minikleid und hohen schwarzen Stiefeln, die ihr blondes Haar nervös alle drei Minuten aus der Stirn pustete und die sehr rot geschminkten Lippen zusammenpresste. Auch die dünne blonde Person hielt eine Waffe auf das Bett gerichtet, möglicherweise auf eine der über dreißig Katzen, die dort ebenfalls saßen und sie anstarrten, sehr aufrecht, wie ein kampfbereites Heer. Zwischen den beiden mit ihren filmreifen Pistolen saß ein großer schwarzer Hund und kaute auf einem sehr harten Scone herum, wobei er ab und zu ein wenig Orangenschale ausspuckte.

All das sah aber natürlich niemand, da er dazu hätte um die Ecke gucken müssen.

Hätte allerdings jemand mit guten Ohren dort vor Mr. Widows Tür gesessen, beispielsweise ein herumspionierender kleiner Junge, so hätte er durch das gekippte Fenster jedenfalls gehört, wie der Mann aus dem Sportkatalog sagte:

»Also. Um es noch einmal zusammenzufassen. Sie haben sich entführt, und außer Ihnen und Nancy weiß nur dieser Arzt davon. Hm. Eine ziemlich perfekte Entführung. So perfekt, dass wir sie noch ein wenig fortsetzen werden. Allerdings an einem Ort, den weder der dumme Hund noch der kluge Doktor kennen. Verzeihen Sie meine Unhöflichkeit, aber dieser Keller ist …«

»Das ist die Kolonie«, verbesserte Mr. Widow. Er saß sehr aufrecht und würdevoll auf dem Bett, im Rücken das große Kopfkissen, wie auf einem Thron. »Jeder richtige Brite besitzt Ländereien in einer Kolonie, und dies ist meine. Ich ziehe Bananen auf der Fensterbank. Drüben im Wohnzimmer. Ich habe extra eine Wärme- und eine UV-Lampe angebracht.«

»Bananen«, wiederholte Kai, aus dem Konzept gebracht.

»Also, die … Kolonie ist zu nah am Geschehen. Wir werden

Sie daher an einen Ort bringen, der etwas ruhiger und höher gelegen ist. Nennen Sie es von mir aus die *Berg*kolonie.«

»Ein Ort mit guter Luft und Erholungswert ist immer zu begrüßen«, sagte Mr. Widow ernst. »Gerade für die Katzen ist so ein Ortswechsel gesund und jagdlich interessant. Mein Urgroßvater ging auf einer Hillstation in Indien noch auf Elefantenjagd. Gibt es Teeplantagen?«

»Nein«, antwortete Kai schroff. »Es ist eine Wohnung im neunzehnten Stock. Sie sind ab jetzt nicht mehr in Ihrer eigenen Gewalt, sondern in unserer. Sag mal, Darling, dringt das, was ich sage, zu diesem verrückten alten Kauz durch? Wir übernehmen die Rolle der Entführer. Ist das irgendwie klargeworden?«

Er fuchtelte mit der Pistole in der Luft herum, und Nancy hielt beschwichtigend beide Hände hoch. »Natürlich. Alle Anwesenden haben dich verstanden.«

»Der Hund nicht«, sagte Kai und grinste. »Der ist genauso blöd wie der Maler, dem er gehört. Sie muss ihn morgen heiraten. Die Arme.« Er nickte zu der Frau hinüber, die neben ihm stand und noch kein Wort gesagt hatte.

»War gar nicht so leicht, einen Ersatz für dich zu finden«, sagte Kai. »Aber dann auch wieder nicht so schwer.«

»Wie heißt sie wirklich?«

»Ist das wichtig? Jetzt heißt sie Cynthia, wie du. Obwohl sie jünger ist. Vielleicht war es sowieso an der Zeit, dich auszuwechseln. Zuvorkommenderweise hast du dich selbst ausgewechselt. Ich gebe zu, ich habe mich am Anfang wirklich geärgert. Ich war gekränkt. Immerhin habe ich dich aus der Gosse gezogen und dich neu erfunden, ich habe wirklich einiges für dich getan. Aber so ist es am besten, nehme ich an. Es ist in letzter Zeit zu gefährlich geworden, die Polizei weiß sehr viel mehr, als in irgendwelchen Zeitungen steht. Zu viel. Sie suchen eine blonde Frau mit roten Lippen, die eine Vorliebe für kurze schwarze Minikleider und

Stiefel hat ... Sie sollen sie haben. Die gesuchte Frau ist jetzt häufig genug unauffällig auffällig an allen möglichen Orten aufgetaucht, und sie werden sie leider ziemlich bald verhaften.«

Da sagte seine Kollegin zum ersten Mal etwas. »Nicht mich«, sagte sie. Nancy erinnerte sich an die Stimme nachts im Baum. Natürlich war es ihre. Sie war Nancys Stimme kein bisschen ähnlich. Sie war jünger, ganz bestimmt. Jünger und dümmer. Sie glaubte, was Nancy vor zehn Jahren geglaubt hatte. Dass Kai sie bewunderte. Dass er sie vielleicht sogar liebte.

»Nein, nicht dich«, sagte Kai. »Das wäre ja ungerecht. Wer hat denn all die Jahre Schlüssel besorgt und Alarmsysteme geknackt? Sie verhaften schon die Richtige. Ich dachte übrigens wirklich, Darling, dass du hinter der Katzenentführung steckst.« Er zwinkerte Nancy zu.

»Aber ihr steckt dahinter. Mr. Widow hat gesehen, wie deine neue Cynthia Briefe im Garten plaziert hat.«

»Jetzt, ja. Anfangs war es nicht Cynthia. Wir ... haben da eine fruchtbare Zusammenarbeit aufgebaut.«

Nancy spürte die tröstende Wärme der Kaffeekatze an ihrem leider unbekleideten Bauch, in dem, gut verborgen, das Kind schlief, das nicht Kais war.

*Jetzt*, dachte sie. *Jetzt klärt sich endlich alles, der ganze Knoten platzt wie ein Geschwür. Nur nützt es nichts mehr.*

Komisch, sie verspürte gar keine Angst. Weder vor den beiden Pistolen noch vor der Aussicht, verhaftet zu werden. Keine Angst für sich selbst, nur ein gewisses Bedauern, dass ihre kurze Zeit bei Mr. Widow vorüber war. Endgültig. Und, ja, sie hatte Angst um Mr. Widow und seine Katzen. Um jede einzelne.

»Zusammenarbeit?«, fragte sie.

»Die Zusammenarbeit mit Ihrer Enkelin«, sagte Kai zu Mr. Widow. »Der Beginn der ganzen Katzenentführungsge-

380

schichte war wirklich stümperhaft, aber die Idee, es Nancy in die Schuhe zu schieben, hatte durchaus seine Brillanz. Wir haben uns getroffen, als wir beide ihr gefolgt sind, der neu erfundenen Nancy Müller. Ich habe zu spät begriffen, dass die Übergaben nur dem einen Zweck dienten: dass jene berühmt-berüchtigte Nancy mit der Polizei nach Hause geht. Nein, einem doppelten Zweck – darin liegt die Brillanz: Dass Mr. Widow hier gar nicht mehr nach Hause geht. Sonst gibt es ja nichts zu erben. Aber Sie haben leider einen Unfall auf dem Eis und einen Zug überlebt. Das war … irgendwie beinahe ungezogen von Ihnen.« Kai lachte und wedelte mit der Pistole wie mit einem mahnenden Zeigefinger. »Wissen Sie, Sie dürfen uns das nicht übelnehmen. Sie haben so viel Geld, und Sie sind so alt, steinalt, ich meine, gucken Sie sich um, dieses Haus ist ein Museum … Die jüngere Generation braucht das Geld viel eher. Sie werden das einsehen. Es wird bei der dritten Geldübergabe morgen also wieder zu einer Panne kommen. Diesmal aber zu einer wirklichen. Aber wir sind keine Unmenschen. Sie hängen an Ihren Katzen, und Sie dürfen sie alle mitnehmen in Ihr persönliches kleines, stickiges Paradies. Ich bin mir sicher, es ist voller Sofas und Bücherregale.«

»Du willst nicht im Ernst dreißig Katzen und einen alten Herrn erschießen«, sagte Nancy und spürte, wie ihr Mund sehr trocken wurde.

»Zu viel Munition, das ist wahr«, sagte Kai. »Aber vielleicht finden wir eine bessere Methode. Es wird jedenfalls ein beeindruckender Anblick. Für so was sitzt man lebenslang.« Er lächelte fein. »Viel Spaß beim Sitzen, Darling. Das ist dann der zweite Mord, den du begehst.«

»Ich habe den Typen von letztem Mal nicht erstochen! Ich …«

*Ich werde sein Kind bekommen.* Sie sagte es nicht. Aber sie spürte dieses Kind in sich, so winzig es auch war, es gab ihr Kraft. Sie würde dies hier durchstehen, irgendwie. Für das Kind. Für Mr. Widow. Für die Katzen.

»Aber Nancy«, sagte Kai sanft, ging um das Bett herum und setzte sich neben sie, um einen Arm um sie zu legen. »Deine Fingerabdrücke sind überall an der Tatwaffe. Sie werden auch an der Pistole sein. Du bist doch nicht dumm. Du weißt doch, wie der Laden läuft.«

In diesem Moment machte die Kaffeekatze einen Satz, sozusagen einen Kaffeesatz, und landete in Kais jetzt sehr nahem Gesicht. Er schrie auf und taumelte zurück, und für einen Moment dachte Nancy, sie würde es schaffen, ihm die Waffe wegzuschnappen, aber der Moment währte nur kurz.

Kai rappelte sich hoch, hielt die Pistole wieder fest und fauchte keuchend: »Noch einmal, Katzenvieh …!«

Die drei langen, blutig roten Kratzer auf seinem schönen Gesicht standen ihm eigentlich ganz gut.

»Steht Hannah überhaupt im Testament?«, fragte sie leise.

Mr. Widow nickte. »Schon. Aber nicht nur.«

»Sie werden das noch ein wenig ändern müssen, wahr, wahr«, sagte Kai.

»Ich sehe keinen Grund …«

»Ich schon.« Kai griff sich wahllos eine Katze, er erwischte den blinden Timothy, und hielt ihn am Nackenfell hoch. »Sonst sterben die Katzen vor ihrer Zeit, und zwar stückweise. Ohren, Schwänze …«

»Hör auf, du bist ja krank«, sagte Nancy.

»Wohingegen, wenn Sie das Testament ändern, dann überlege ich mir vielleicht die Sache mit den Katzen noch mal. Vielleicht lasse ich sie dann allesamt laufen. Kommt drauf an, wie kooperativ Sie sind.« Kai setzte den blinden Timothy wieder ab, der das Bett erklomm und verwirrt sitzen blieb.

Nancy wünschte, sie hätte ihn auf Kai werfen können. Ihn und alle anderen Katzen.

Sie wünschte, sie wäre selbst in diesem Moment eine Katze gewesen, eine menschengroße Riesenkatze. Sie hätte ihn angesprungen und ihm ihre Krallen tief ins Fleisch gerammt, sie hätte ihn gepackt und geschüttelt wie eine zu groß geratene Ratte, sie hätte ...

»Hören Sie doch auf zu knurren«, flüsterte Mr. Widow. »Das bringt jetzt auch nichts. Sie erschrecken bloß die anderen.«

Tatsächlich hatten einige Katzen sich geduckt und die Nackenhaare gesträubt, und Nancy biss sich auf die Lippen. Vermutlich war es nicht gut, die Katzen in Panik zu versetzen.

»Wir gehen jetzt«, sagte Kai und glättete sein Sportjackett. »Ziehen Sie sich was Anständiges an und kommen Sie. Wir haben hier schon viel zu viel Zeit vertrödelt. Zwei von meinen Jungs warten draußen im Wagen. Die Papiere nehmen wir mit, das Testament können Sie auch drüben in der anderen Wohnung für uns ändern, ich bringe es gern für Sie zurück in Ihr Arbeitszimmer.«

Nancy half Mr. Widow vom Bett auf.

»Warten Sie«, sagte der kurz darauf, halb im Schlafanzug, halb schon in seinem Hemd. »Wenn Hannah die Katzen entführt hat. Wenn Hannah erbt. Und wenn Hannah mit Ihnen zusammenarbeitet – warum brauchen Sie dann diese Entführung überhaupt noch? Sie haben doch die Vollmacht bereits. Ich meine: Hannah hat sie. Sie braucht bloß das Geld zu nehmen und mit Ihnen zu teilen.«

»Ja, aber wir haben unsere Zweifel daran, dass sie das tut«, sagte Kai sanft. »Sie ist etwas eigensinnig, Ihre Enkelin. Und wenn man ihr ein bisschen hinterherspioniert, hört man, dass sie andere Dinge vorhat. Wie zum Beispiel ganz alleine mit dem Geld zu verschwinden. Wir haben also über einen Kontakt die Presse informiert. Morgen früh wird ein Rudel Zeitungsreporter vor Ihrem Haus stehen und mit Hannah darüber reden wollen, wie sie die heroische Befreiung ihres Großvaters durchzuführen plant, denn dann kann sie nicht mehr ausweichen. Reporter kleben ja an einem wie die Fliegen an der Kuh, sie wird keine Chance haben, abzuhauen. Und die Polizei wird nach den Presseheinis auch vor Ort sein, zwei Fliegen mit keiner Klappe. Montag ist die Übergabe. Das mit dem Schließfach haben wir ein bisschen geändert, wir treffen uns draußen vor der Stadt auf einem Feld ... Das heißt, du triffst dich. Nancy. Du triffst dich mit Hannah, und dann erschießt du aus lauter Nervosität den alten Herrn. Du musst nicht selbst schießen, keine Angst. Da gibt es genug Möglichkeiten, von der Seite an das Feld zu kommen als Schütze ... alles gut durchgeplant. Aber einen Tag müssen wir noch warten.«

Mr. Widow nickte. »Verstehe«, sagte er. »Ja, ja, ich verstehe.«

Aber Nancy sah, dass er nur versucht hatte, Zeit zu schinden. Er hatte nichts gewonnen, am allerwenigsten Zeit. Die seine lief ab, langsam, aber unwiederbringlich, wie goldener Sand in einer altmodischen Sanduhr, goldener, warmer Sand in der Sonne. Was blieb, wenn der Sand durchgelaufen war? Nur die Kälte der Stadt.

Hätte ein spionierender kleiner Junge im Vorgarten gesessen, hätte er jetzt gesehen, wie Mr. Widow seiner Kolonie einen letzten Blick zuwarf, und gehört, wie er sich von ihr verabschiedete.

Da aber der kleine herumspionierende Junge, der vielleicht in der Nähe gewesen war, um ungefähr halb neun Uhr zu sehr gefroren hatte und nach Hause gegangen war, hörte niemand seine Abschiedsworte.

Vor dem Haus stand ein Wagen. Kein silberner Mercedes, sondern ein großer weißer Lieferwagen, unauffällig, ein Lieferwagen wie tausend andere. Nancy sah die wartenden Männer darin, »meine Jungs«, wie Kai sagte. Sie hatte diese Männer einmal gut gekannt, sie hatte mit ihnen getrunken und Erfolge gefeiert; Gott, wie lange schien das her.

Alles ging zu Ende.

Und dennoch war da etwas in ihr, das war glücklich. Glücklich darüber, dass sie nicht wahnsinnig geworden und niemals zwei Personen gewesen war. Dass sie nie Mr. Widows Katzen entführt oder ihn hintergangen hatte. Dass die neu erfundene Nancy Müller tatsächlich in Ordnung war. Eine Betrügerin, natürlich, was ihren Namen anbetraf, aber nicht, was ihr Herz anging. Hauke Amadeus hatte schon recht: Was waren denn Namen?

Ob man nun Hauke hieß oder Amadeus, Figaro oder Friseuse, Ron oder Roderick – oder *Das Café*. Es war letztendlich egal. Was zählte, war das, was man fand, wenn man hinter die Namen sah.

Am Gartentor drehte sich Nancy noch einmal um und warf dem Haus einen Abschiedsblick zu: seinen rankenbewachsenen Mauern, seinen Fenstern, hinter denen das Licht so warm geschienen hatte – und dann stieß sie beinahe mit jemandem zusammen und sah wieder nach vorn.

Dort stand jemand. Als sie durch das Tor gingen – die neue Cynthia hatte Nancy untergehakt und drückte ihr eine Pistole in die Rippen, Kai tat dasselbe mit Mr. Widow – trat die junge Frau auf sie zu. Neben ihr saß ein sehr fusseliger kniehoher Hund.

Misty, der vor ihnen hergelaufen war, und der Fusselhund schnüffelten kurz aneinander und besprachen dann bei den Büschen die neuesten Hundenachrichten der Stadt, doch die junge Frau blieb vor Mr. Widow stehen.

»Das ist ja schön, dass Sie noch wach sind!«, sagte sie.

»Ich wollte früher kommen, vor sechs, aber mein Zug hatte Verspätung, und wir haben alle Anschlüsse verpasst ... Ich brauche eine Katze.«

Offenbar sah sie die Pistole in Kais Hand nicht. Nein, natürlich sah sie sie nicht, Kai wusste, was er tat, er hielt Mr. Widow so, als würde er ihm nur beim Gehen behilflich sein.

Nancy fragte sich, ob sie schreien sollte. *Hilfe!* Oder irgendwas in der Richtung. Aber die junge Frau sah sehr unbewaffnet und auch nicht besonders stark aus. Und die Straße war um diese Zeit autofrei, die Bürogebäude darin verlassen.

Keine Chance.

»Ich habe gelesen, dass Sie Katzen verleihen«, fuhr die Frau fort und strich nervös über ihre Jacke, auf der eine Reihe grüner Kätzchen aufgenäht war, die quer über ihren Busen marschierten. »Eigentlich brauche ich einen Tiger. Sie haben nicht vielleicht eine sehr, sehr große Katze ...?«

Sie ließ ihren Blick über die Katzen gleiten, die ihnen aus dem Haus gefolgt waren. Es waren mehr als dreißig.

»Machen Sie gerade einen Nachtspaziergang mit den Katzen?«

»So ähnlich«, sagte Mr. Widow.

»Katzen brauchen viel frische Luft, gerade im Winter«, sagte Kai.

»Nun, ich komme wegen einer alten Frau, die ihre Kindheit in einem Zirkus verbracht hat. Ihr Vater war der Zirkusdirektor. Und ihr letzter Wunsche, bevor sie stirbt, ist es, noch einmal einen Tiger zu streicheln. Sie ist bettlägrig, liegt in der Klinik. Und ich dachte, eine Katze ... na ja, sie bemerkt vielleicht den Unterschied nicht mehr. Ich bin vom Institut für letzte Wünsche. Sie verstehen.«

»Nein«, sagte Mr. Widow. »Tiger haben wir keine, aber mehrere Tigerkatzen ...«

Er sah Nancy an, dann die Katzen, dann wieder Nancy. Sie nickte kaum merklich; sie las in seinen Augen den gleichen Gedanken, den sie selber hatte: möglichst viele Katzen rausboxen.

»Wenn Sie statt eines Tigers etwa ein Dutzend Tigerkatzen nehmen«, sagte sie deshalb, »kommt es auf das Gleiche heraus. Das Gewicht auf dem Bett der alten Frau dürfte das gleiche sein. Sie spürt, dass da etwas Großes, Schweres, Warmes, Lebendiges auf ihrem Bett liegt. Und eine der Katzen kann sie streicheln. Ist das nicht ein guter Kompromiss?«

»Hm«, sagte die Frau mit den aufgenähten grünen Jackenkatzen. »Möglich ...«

»Nehmen Sie die Tigerkatzen«, sagte Mr. Widow. »Egal, die Frau ist alt. Nehmen Sie irgendwelche Katzen. So viele Sie wollen. Nehmen Sie den Bus, der dort steht. Das ist der Nachtkatzenbus. Sie können ihn ausleihen. Ich glaube, der Schlüssel liegt drin, meine Assistentin vergisst ihn manchmal da. Sie können ...«

»Jetzt haben wir aber genug geredet«, sagte Kai und stieß Mr. Widow ganz sachte vorwärts. »Alles Schriftliche und Finanzielle regeln wir später per Post, dazu ist es jetzt einfach zu spät am Tag. Wir wollten doch zum Spazierengehen zum Stadtpark fahren! Wir sollten wirklich langsam in unser eigenes Auto steigen.«

Nancy sah aus dem Fenster des Busses, wie die junge Frau mit zehn Katzen in den Nachtkatzenbus kletterte. Sie hatte ein Wurstbrot in der Hand, daher blieben die Katzen zunächst bei ihr.

Ihr Hund fand allerdings, es wäre sein Wurstbrot.

Misty interessierte sich nicht für die Wurst. Er sah dem Wagen nach, in dem Nancy, Mr. Widow und der Rest der Katzen jetzt saßen. Dann rannte er los, folgte ihnen mit heraushängender Zunge. Doch kein so dummer Hund. Nancy dachte an Ron. An seine Pullover, die Mistys Fell so ähnelten in ihrer Unförmigkeit. Sie würde ihn nicht wiedersehen. Selbst wenn er keine Hochzeitsreise machte. Sie würde dann längst irgendwo auf einem Polizeirevier sitzen, oder bereits in einer Zelle. Niemand würde ihr ihre Geschichte glauben.

Sie sah Misty in der Ferne kleiner werden. Dann bog der Wagen um die Ecke und hatte den Hund abgehängt.

# 15

DIE »LUXUSWOHNUNG«, WIE Kai sie nannte, lag in einem nagelneu errichteten Hochhaus am Stadtrand, so nagelneu, dass noch niemand eingezogen war. Die Baukräne standen noch auf dem Gelände, Wasser tropfte aus Röhren in halb überfrorene Pfützen, kältesteifer Matsch mit Fahrzeugspuren bestimmte das Bild.

»Für die Gäste nur das Beste«, sagte Kai, als sie in den Fahrstuhl stiegen, an dessen Spiegeln noch die Schutzfolie klebte.

»Sehr zuvorkommend, dass du uns extra ein neues Haus gebaut hast«, murmelte Nancy.

Sie musste, dachte sie, irgendetwas tun. Sie konnte sich doch nicht abtransportieren lassen wie ein Lamm, wie ein Stück Schlachtvieh. Aber ihr Gehirn war gelähmt, ihre Gedanken bewegten sich nicht von der Stelle. Sicher gab es einen Ausweg, irgendeine kluge Idee, die man haben konnte, um Kais Waffe und Kais Komplizin und Kais Jungs alle auf einen Schlag loszuwerden, irgendeinen lächerlichen einfachen Weg aus dieser Situation. Sie ahnte, dass er ihr einfallen würde, wenn es zu spät war.

Die Katzen sangen, als der Fahrstuhl losfuhr. Sie hoben alle gleichzeitig zu einem vielstimmigen, klagenden Miaaaaou an, ein Grabgesang; aber wahrscheinlich drehte ihnen nur die Beschleunigung die Mägen um. Nancy hielt sich die Ohren zu und sah Kai an, weil er sich dann vielleicht auch die Ohren zuhielt, und in diesem Fall müsste er die Pistole aus ihren Rippen nehmen, wo sie sich gerade befand ... Er lächelte und hielt sich die Ohren nicht zu. Netter Versuch.

Der Fahrstuhl hielt.

Kai, Cynthia und Kais Jungs eskortierten sie einen langen Gang entlang, von dem eine Menge Türen zu einzelnen Büroräumen führte, und eine davon schloss Kai auf. »Bitte sehr. Okay, es ist keine richtige Wohnung, es soll wohl auch ein Büro werden, aber es gibt alles: fließend Wasser, Toilette, Heizung. Für einen hübschen Sonntag sollte das reichen. Es gibt auch eine kleine Einbauküche. Hier ...« Er machte eine weit ausladende Handbewegung, leider mit der Hand, in der er nicht die Waffe hielt. »Wasserkocher, Kaffee, Tee ...«

»Earl Grey?«, fragte Mr. Widow.

»Auch das«, sagte Kai. »Zucker und Milch.« Er öffnete einen kleinen Kühlschrank. »Obst, Butter, Brot, Käse ... ach, und vierzig Dosen Katzenfutter. Alles frei Haus.«

»Warum kümmert es dich?«, fragte Nancy. »Wenn du sowieso alle hier erschießen willst, um reinen Tisch zu machen?«

»Alle bis auf dich, Darling«, sagte Kai und lächelte. Dann legte er wieder einen Arm um sie. »Aber möglicherweise war das ja auch nicht so ganz ernst gemeint. Du weißt doch, ich mache manchmal Witze. Okay, okay, hört zu, wenn ihr euch anständig benehmt und der alte Herr jetzt die Testamentsänderung unterschreibt, geschieht keinem hier etwas. Ja?«

Die Kaffeekatze fauchte, und Nancy warf ihr einen bittenden Blick zu. Kratz ihn jetzt nicht.

Sie überwand ihre Abscheu und schmiegte sich für Sekunden an Kai, schenkte ihm einen Augenaufschlag, fragend, demonstrativ besorgt. »Du weißt ja selbst nicht, was du hier tust«, flüsterte sie. »Du verlierst die Kontrolle, weil der Fang zu groß ist. Mach dich nicht unglücklich, Kai. Bleib vernünftig. So wie jetzt, ja? Das vorhin im Keller, das warst nicht du ...«

»Mag sein, ich habe mich vorhin ein bisschen geärgert«, sagte Kai. »Ich werde nicht gern an der Nase herumgeführt. Leute, die sich selbst kidnappen ... werfen mich aus der Bahn.« Er grinste, wieder selbstsicher, charmant. Aber da war ein gefährlich unstetes Flackern in seinen Augen.

»Ich werde alles gestehen, wenn sie mich verhaften«, sagte Nancy. »Du brauchst wirklich niemanden zu erschießen. Ich meine, alleine die Schweinerei. Wer will das alles wegmachen? Der alte Herr lebt noch eine Weile weiter, und Hannah erbt dann. Das bisschen Warten ... Außerdem wird er aus lauter Dankbarkeit, zu überleben, sicher eine größere Spendensumme abzweigen ...«

»Natürlich«, sagte Mr. Widow.

»Groß genug, damit ihr damit abhauen könnt«, fügte Nancy hinzu. »Was weiß ich, wohin.«

»Mal sehen«, sagte Kai.

»Ich meine, eigentlich ist diese ganze Kidnapperei doch gar nicht mehr nötig«, flüsterte Nancy. »Denk doch mal logisch. Ihr habt das Geld doch schon. Oder die Vollmacht. Du könntest mich auch einfach so zur Polizei schleifen. Oder ich gehe selbst hin und gebe zu, dass ich die Katzen ...«

»Jetzt ist aber Schluss«, sagte Kai und stieß sie weg. »Hör auf, mir einen Knopf an die Backe zu reden. Du hast früher nie selbst gedacht, jetzt fang nicht damit an, kapiert? Wir machen alles nach Plan.«

Er knallte die Mappe auf den Tisch, die Mr. Widows Testament enthielt; Hannah hatte sie also bereits gefunden in den Tiefen des Widowschen Büros.

»Ändern Sie das«, sagte er und gab Mr. Widow einen Kugelschreiber. »Hier. Jetzt. Hannah Widow – Alleinerbin. Schreiben Sie. Na los.«

»Ja, ja«, sagte Mr. Widow. »Immer mit der Ruhe, mein Junge, ein alter Mann ist kein ICE.«

Er lächelte freundlich, voller Würde. Er ließ sich nicht herumkommandieren.

Doch seine Hand zitterte, als er den Kugelschreiber hielt.

Und dann waren sie allein.

Kai schloss die Tür zweimal ab.

»Wir sehen uns morgen«, hatte er noch gesagt, »dann löse ich Cynthia aus. Sie hat einen Termin in der Kirche, zu einer gewissen Hochzeit, um danach die Reisekasse zu übernehmen. Sie wird wohl nur mit der Reisekasse verreisen, ohne ihren Mann. So ist das Leben ...«

Allein war natürlich gelogen, sie waren keineswegs allein: An der Fensterfront lehnte jetzt die neue Cynthia, noch immer die Waffe in der Hand, und am gegenüberliegenden Ende des Raumes saß auf einem kleinen Hocker einer von Kais Jungs. Axel, Nancy erinnerte sich. Ein schweigsamer Typ, mehr die Sorte *Bodyguard*. Er hatte über die Jahre fünf oder sechs Sätze mit ihr gewechselt, er war bullig und riesig und hatte ein so ausdrucksloses Gesicht, dass man hinter seiner Stirn kaum Gedanken vermutete; aber wenn er irgendwo wartete, löste er Schachrätsel.

Mr. Widow tat, was er immer tat: Er fütterte die Katzen, die den unzeitgemäßen Nachtimbiss begrüßten, und kochte Tee. Tee in Teebeuteln.

Als er sich zu Nancy an den kleinen Tisch setzte, schüttelte er sich.

»Beuteltee gehört nach Australien«, murmelte er. »Da hat alles Beutel, die Kängurus, die Beutelratten ... aber hier ist nicht Australien. Hoffentlich hüpft uns der Tee nicht weg.«

Er trank einen Schluck und verzog das Gesicht. »Kann weghüpfen«, sagte er.

Und dann legten sie sich vollkommen angezogen auf das einzige Bett und taten so, als schliefen sie. Aber keiner von ihnen bekam ein Auge zu.

*So ist es also, entführt zu sein. Man macht sich ja selten Gedanken darüber.*

Nancy starrte an die Decke und jonglierte mit Ideen. Vor der gläsernen Fensterfront gab es einen Balkon. Das war schön im neunzehnten Stock, gute Aussicht über die Stadt und so weiter, nutzte aber wenig. Im Büro nebenan gab es noch einen Balkon. Das nutzte genauso wenig. Erstens kam man nicht hinüber, und zweitens wurden sie bewacht. Drittens war die Tür des nächsten Büros, die zum Flur, wahrscheinlich genauso abgeschlossen.

Morgen war Sonntag. Um wie viel Uhr war die verflixte Hochzeit? Neunzehnter Stock, Aussicht, Balkon, Sonntag, Kirche, Balkon, Aussicht ... Sie merkte, dass ihr die Augen zufielen, und konnte nichts mehr dagegen tun.

Sie träumte.

Sie stand auf einem Feld, zur Linken die letzten Ausläufer der Stadt, doch auch das Feld war nichts, was man Natur nennen konnte, es war winterlich grau, die Erdrillen gefroren, kein Grashalm in Sicht. Hinter ihr wuchs ein Wald aus schwarzen Fichten, in Reih und Glied angepflanzt, ein tierfreier Wald zur Herstellung von Büromöbeln. Nancy fror. Sie sah an sich hinab und merkte, dass sie hohe schwarze Stiefel mit Absätzen trug und ein passendes schwarzes Minikleid, das schwarze Minikleid, das sie früher getragen hatte, genau dasselbe, Kai musste es aufbewahrt haben. Darüber eine enge, sehr kurze schwarze Jacke mit einem kleinen Pelzkragen, der nicht wärmte, sondern nur an tote Tiere erinnerte. Sie spürte die Enden der blonden Haare auf den Schultern. Sie trug die Perücke, und sie wusste, dass ihre Lippen rot geschminkt waren, tiefrot, zu rot: Flittchen-rot, Vampir-rot, Lippenstiftreklame-rot. Es war ein Symbol. Immer schon gewesen. Kai schien Symbole zu mögen.

Ihr gegenüber, vielleicht dreißig Meter entfernt, stand

Mr. Widow. Sie sah ihn erst jetzt, als hätte er sich eben dort materialisiert. Vielleicht war es der Nebel, der plötzlich tief auf den Feldern stand, welcher ihn bisher verborgen hatte. Es schien früher Morgen zu sein oder später Abend, auf jeden Fall eine unhelle Zeit, eine Nebelzeit. Eine Zeit, in der man die Farben gerade noch oder gerade nicht mehr ganz sah. Zu Mr. Widows Füßen saßen, standen, lagen die Katzen. Sie waren unnatürlich groß, allesamt so groß wie Misty oder noch größer, und dann sah Nancy, dass es Tiger waren, keine Katzen. Mr. Widow trug seine warm-goldene Weste über einem steifen weißen Hemd, stützte sich auf seinen Gehstock und sah ihr ganz ruhig entgegen.

Dann spuckten die Nebel noch jemanden aus, jemanden, der seitlich von Nancy und Mr. Widow stand und mit ihnen ein gleichschenkliges Dreieck bildete. Hannah. Hannah mit ihrer kindlich propperen Figur und dem blonden Pferdeschwanz. Sie hielt einen Umschlag hoch, merkwürdigerweise war er nicht größer als Nancys Daumen.

»Er ist so klein, damit das ganze Geld hineinpasst!«, rief Hannah durch das Zwielicht. »Es ist auf einem Stick in Nilpferdform gespeichert!«

Nancy nickte. Hinter Hannah sah sie jetzt in der Ferne die blinkenden Lichter einer ganzen Flotte von Polizeiautos. Hannah ging einen Schritt auf sie zu, dann noch einen und noch einen, den winzigen Umschlag in der ausgestreckten Hand. »Ich übergebe Ihnen jetzt dieses Geld!«, schrie sie, so laut, dass es auch die Polizisten sicher hörten. »Und dafür will ich meinen Großvater und die Katzen wiederhaben!«

Nancy schwitzte. Auch sie hatte beide Arme ausgestreckt. In den Händen hielt sie eine Pistole. Sie hatte ihre Mündung auf Mr. Widow gerichtet. Aber sie wusste, dass der Schuss von hinten kommen würde. Aus dem Möbelholzwald.

Wenn Hannah bei ihr ankam, würde der Schuss fallen, sie wusste es genau. Hannah durfte also nicht bei ihr ankommen. Nancy begann, rückwärts zu gehen, doch die hohen Absätze ihrer Stiefel durchbrachen die Eiskruste auf der Erde des Feldes, sanken ein und machten das Gehen beschwerlich.

Hannah war nur noch ein paar Meter weit entfernt.

»Nicht!«, flüsterte sie. »Nein! Bleib stehen!«

Dann schwenkte sie die Pistole und fügte hinzu: »Oder ich schieße.«

Doch schon während sie es sagte, löste sich der Schuss, sie kam irgendwie an den Abzug, ohne es zu wollen, und sie sah Hannah nach hinten fallen. Gleichzeitig knallte ein zweiter Schuss, es klang eigentlich eher wie ein Knallbonbon, Nancy riss den Kopf herum und sah auch Mr. Widow fallen.

Da setzten sich die Tiger in Bewegung. Alle auf einmal. Sie strömten wie eine Masse aus Streifenpelz und Muskeln über das Feld auf Nancy zu, ihre Reißzähne und Krallen blitzend, sie kamen, um ihren Herrn zu rächen, sie würden Nancy zerfleischen, obwohl sie nicht Schuld war an seinem Tod, und nun näherten sich auch die Polizisten, zu Fuß jetzt, eine riesige Truppe von ihnen. Sie stand einen Moment starr. Dann lief sie den Tigern entgegen.

Das Seltsame war – sie spürte gar nicht, wie sie von ihnen zerfleischt wurde. Sie warf sich mit einer Art Hechtsprung in den Haufen der gestreiften Körper und zerfloss einfach darin, löste sich auf, wurde eins mit einer amorphen Tigermasse. Vielleicht war dies alles Kunst, dachte sie noch, vielleicht würde es in einem weißen Museumsraum ausgestellt werden, ein zerfließendes Tigerobjekt ...

Dann wachte sie auf. Einen Moment lang lag sie still und spürte, dass Tränen über ihr Gesicht liefen. Mr. Widow war tot. Er war nicht mehr da, und er würde nie wiederkommen. Es war ihre Schuld, natürlich. Hätte sie nie sein Haus betreten, wäre nichts von alledem geschehen.

Sie drehte den Kopf. Und da lag Mr. Widow neben ihr, angezogen, sehr still. Doch sein Brustkorb unter der goldfarbenen Weste hob und senkte sich sacht.

Er schlief.

Und plötzlich wusste Nancy, glasklar, dass sie sich dies hier nicht gefallen lassen würde. Dass sie etwas tun würde, irgendetwas, selbst wenn es etwas völlig Verrücktes wäre. Sie würde zum ersten Mal in ihrem Leben kämpfen.

Im Traum war sie mit den Tigern verschmolzen, womöglich konnte sie es auch in der Realität tun.

Sie setzte sich ganz leise auf, und da sah sie etwas Merkwürdiges im Mondlicht, das durch die große Fensterfront fiel: Axel, der große, breitschultrige Bodyguard-Typ, kniete auf dem Boden, dort in seiner Ecke zwischen Fenster und Wand, und streckte die Hand nach einem Kätzchen aus, das einen Meter von ihm entfernt neben dem Bettpfosten hockte und ihn aus glitzrigen Augen anstarrte. Es war eines der Kätzchen vom Mülltonnen-Wurf, eines derer, die bei Mr. Widow geblieben waren, ein kleines schwarzes Knäuel namens Teatime, weil es immer vor allen anderen zum Tee erschien und hungrig maunzte. Jetzt beäugte Teatime die riesige, fleischige Hand, die sich ihm entgegenreckte, voller Misstrauen. Auf der Hand lag ein Stück Keks. Ein sehr kleines, hellbraunes, verlockendes Stückchen Butterkeks. Katzen haben, im Gegensatz zu Hunden, keinen Geschmackssinn für süße Dinge, aber sie haben durchaus einen für Butter.

»Koooomm!«, lockte Axel, der Hühne, mit gebeugtem Rücken kniend, seine Stimme ein leises Gurren. »Koooom schön her!«

*Tu's nicht!*, wollte Nancy rufen. Doch sie rief nicht, ihr

Mund war trocken. Starr beobachtete sie, was geschah. In der zweiten Hand hielt Axel die Pistole. Neben ihm auf dem Boden lag ein Küchenmesser. Es sah scharf aus. Frisch geschliffen.

Man braucht keine Küchenmesser, um Butterkekse zu zerteilen. Es musste zu einem anderen Zweck dort liegen.

Teatime tapste auf seinen winzigen schwarzen Pfoten mit den rosa Ballen zwei Schrittchen nach vorn. Hielt inne. Tapste noch zwei Schritte vorwärts. Nancy merkte, dass sie den Atem angehalten hatte. Sie konnte sich immer noch nicht rühren, nicht schreien, nichts.

»Sooo ist's brav«, wisperte Axel. Sie sah die Muskelpakete an seinen Schultern spielen, als er sich weiter hinabbeugte, sah seinen stierähnlichen Nacken, sein streichholzkurzes Haar.

Und jetzt war Teatime da, war bei der riesigen Hand, stieg mit den Vorderpfötchen hinauf und fraß den Keks. Er schleppte ihn nicht weg, er fraß ihn von der Hand. *Dummes Tier. Dummes, dummes Tier, so dumm sind doch nur Hunde?*

Die riesige Hand schloss sich sachte um ihn und hob ihn vor Axels breites Gesicht.

»Mau?«, sagte Teamtime, ein leises, fragendes Geräusch. *Was willst du von mir?*

Über Axels Gesicht lief ein Lächeln wie kleine Wellen. Er sah kurz hinüber zu Cynthia, die auf dem Boden in der gegenüberliegenden Ecke saß, die Pistole in beiden Händen, und in einer Art leichtem Halbdämmer an die Decke sah. Sie schlief nicht, Kai hatte ihr ganz bestimmt verboten zu schlafen, aber sie sah aus, als träumte sie mit offenen Augen. Sie musste müde sein, Nancy sah, wie ihr Kopf immer wieder nach vorn zu kippen drohte. Und jetzt kippte er wirklich. Sank auf ihre Brust. Sie umklammerte die Pistole nach wie vor, doch sie schlief.

Auch Axel sah es. Sein Lächeln wurde breiter. Irgendwie erleichtert.

Als sollte Cynthia nicht sehen, was er jetzt tat, als wäre es etwas, was besser gar niemand sah.

Er klemmte die Pistole zwischen die Knie, nahm das Küchenmesser und besah es sich kurz. Dann setzte er Teatime auf den Boden, wo das Kätzchen einfach sitzen blieb, holte etwas aus der Tasche – Nancy schnappte nach Luft. Eine Salami. Axel schnitt sorgfältig eine hauchdünne Scheibe ab, steckte Messer und Wurst weg und bot Teatime auch die Salamischeibe auf der Hand an.

Als das Kätzchen diesmal fraß, saß es auf seiner Hand. Er hob es wieder hoch und streichelte es mit dem großen Zeigefinger seiner anderen Hand. Für einige Sekunden hielt er es ganz nahe an seine Wange, so dass er das weiche Fell spürte, und irgendetwas flüsterte er jetzt, unverständliche, gurrende Worte.

Teamtime hatte sein Wurstmahl beendet und schmiegte sich an die große Wange.

Ein winzig kleines Schnurren entrann seiner Kehle, und Axel lächelte. In seinem Gesicht stand nur eines zu lesen: vollkommenes Glück.

Da kniete er, der muskelbepackte Hühne, und schmuste mit einer Katze, die nur halb so groß war wie seine Hand, da kniete er im Mondlicht und war glücklich und hoffte, dass niemand ihn sah.

Nancy merkte, dass sie lächelte. Und dann merkte sie, dass die Pistole nicht mehr zwischen Axels Knien klemmte. Er hatte sie vergessen, sie war auf den Boden geglitten und lag nun direkt vor ihm, schwarz glänzend in der Nacht. Cynthia schlief.

Nancy verbot sich zu atmen.

Axel kraulte Teatime vorsichtig unter dem winzigen Kinn.

Die Zeit stand still.

Aber schließlich, endlich, bewegte sich Axel noch ein wenig dort auf dem Boden, setzte sich bequemer hin, während Teatime seinen Zeigefinger umklammerte und spielerisch hineinbiss – und die Pistole rutschte ein wenig weiter von ihm weg.

*Jetzt,* dachte Nancy. Aber wie? Wenn ich eine Katze werden könnte ... nur für eine halbe Minute ... ein Tiger, wie im Traum ...

Sie streckte langsam, in Zeitlupe, ihren Arm aus und schlug die Decke zurück. Zentimeter für Zentimeter. Dann spannte sie all ihre Muskeln an. Zwischen dem Fußende des Bettes und der Fensterfront, wo Axel saß, lagen etwa zwei Meter.

Mr. Widow und die meisten Katzen schliefen noch immer, gleichmäßig atmend, tief und fest. Cynthia nicht, Cynthia würde beim leisesten Geräusch erwachen. Am Fußende des Bettes lagen Banane und die Kaffeekatze, und Nancy sah, dass sie wach waren. Sie spürte ihre Blicke auf sich und erwiderte sie.

*Helft mir jetzt,* bat sie.

*Wie denn?,* fragten die Katzen.

*Ich weiß es nicht,* erwiderte Nancy. *Aber helft mir.*

Sie dachte daran, wie sie im Lift geknurrt hatte und die Katzen beinahe mit eingefallen waren. Wie Mr. Widow gesagt hatte, sie sollte sie nicht beunruhigen. *Warum eigentlich nicht?,* dachte sie. War es nicht vielleicht das Beste, die Katzen im richtigen Moment zu beunruhigen? Sie waren keine Tiger, aber die Wucht eines Angriffs von dreißig Katzen war auch nicht zu unterschätzen ...

Sie sprang.

Nicht so elegant wie eine Katze, nicht so lautlos, so würdevoll, so perfekt. Doch mit genauso viel Willen. Sie musste es schaffen. Es war die einzige Chance. Die Chance ihres Lebens.

Axel fuhr hoch, als sie vor ihm landete, mehr eigentlich auf ihm als vor ihm, aber ehe er reagieren konnte, hielt sie seine Pistole in der Hand, stieß sich von ihm ab wie von einem Schwimmbeckenrand und saß ein Stück entfernt von ihm auf dem Boden, keuchend, die Waffe in der Hand, die Mündung auf ihn gerichtet.

Axel ließ das Kätzchen fallen, das sich aber nicht fallen lassen wollte und sich erschrocken fauchend an seinem Daumen festkrallte.

»Hey, hey, hey«, sagte er und streckte die kätzchenlose Hand beruhigend nach Nancy aus. »Ganz ruhig, ja? Du kannst nicht schießen, das weiß ich. Gib schön die Pistole wieder her.«

»Krieg ich dann zur Belohnung einen Keks?«, fragte Nancy giftig.

Axel schüttelte Teatime ab, der mit steil aufgerichtetem Schwanz beleidigt davonstolzierte.

»Zur Belohnung drehe ich dir nicht den Hals um, du kleine Schlampe«, zischte Axel, jetzt doch sauer, vielleicht sogar ein wenig ängstlich; doch weiter kamen sie mit diesem intellektuellen Gespräch nicht, denn nun war Cynthia wach genug, um den Abzug ihrer eigenen Waffe zu bedienen, und das tat sie. Der Schuss hallte durch den kahlen Raum und verfing sich in seinen eigenen Echos, er war ohrenbetäubend. Niemand in diesem Raum schlief noch.

Nancy sah, wie Dutzende von glänzenden Augen angingen wie Lampen, sie sah, wie Mr. Widow sich hochrappelte und verwirrt um sich blickte, wie er nach dem Gehstock neben dem Bett tastete – die Kugel war ins Fußende des Bettes eingeschlagen.

*Verdammt,* dachte Nancy, im Gegensatz zu ihr konnte Cynthia tatsächlich mit der Waffe umgehen, Kai musste sie trainiert haben, und nun hob sie die ausgestreckten Arme und schoss ein zweites Mal.

Diesmal zielte sie auf die Katze auf dem unteren Teil des Bettes. Die Königin von Saba.

Nancy schnappte nach Luft, Mr. Widow schrie: »Neeeein!«, Axel brüllte auch irgendetwas, und mehrere Katzen setzten zu einem klagenden Miau an.

Dann fiel die Königin von Saba mit einem grässlichen Jaulen nach hinten.

Nancy spürte, wie sie wieder zu knurren begann. *Versetzen Sie die Katzen nicht in Panik.* Aber genau das war das einzig Richtige. Und genau dies war der Moment, in dem die Katzen sich in Tiger verwandelten, in eine amorphe Tigermasse, deren Teil Nancy wurde. Sie brauchte die Waffe nicht mehr. Sie ließ sie über den Fußboden schlittern, hinüber zu Mr. Widow. Dann griffen sie alle gleichzeitig an, waren mit wenigen Sätzen bei Cynthia und begruben sie unter ihren Körpern, den pelzigen schwarz-weißen, gelben, roten, weißen, grauen Körpern, Nancy war mittendrin, sie warfen Cynthia mit ihrer geballten Kraft und Wut zu Boden. Cynthia schrie und bedeckte das Gesicht mit den Armen, versuchte, sich zu schützen, schrie schriller …

Nancy war sich unsicher, ob sie in diesem Moment Krallen hatte oder ob sie Cynthia mit Menschenhänden niederrang, während die Katzen den Rest erledigten. Dann ließen sie von ihr ab.

Und Nancy trat zurück, keuchend. In keiner Weise beschämt.

Cynthia saß klein zusammengekrümmt in der Ecke, das Gesicht noch immer unter den Armen, und diese Arme waren übersät mit roten, blutigen Kratzern.

Die Pistole befand sich nicht mehr in ihrer Hand. Sie war unter der Wucht des Angriffs aus ihren Fingern geschleudert worden und lag jetzt auf dem Boden, zu weit entfernt, als dass Cynthia sie hätte greifen können. Zu weit entfernt auch für Axel – er hätte quer durchs Zimmer gehen müssen, und das ließ er, denn Mr. Widow hatte die andere Pistole aufgehoben und spielte etwas ratlos damit herum.

»Wen soll ich erschießen?«, fragte er wie ein eifriger Schüler.

»Niemanden«, sagte Nancy. »Aber Sie könnten das Ding auf diese Frau richten. Das da unten ist der Abzug.«

»Ich weiß«, sagte Mr. Widow indigniert. »Ich lese Krimis. Und natürlich erschieße ich keinen, das wäre unhöflich. Es war nur so dahingesagt.«

Aber etwas Gefährliches blitzte in seinen Augen, Nancy sah es genau. Der Schuss auf die Königin von Saba hatte seinen Blick schärfer und kälter gemacht.

Und dann maunzte es vom Bett, und etwas Seltsames geschah. Die Königin von Saba erhob sich. Ganz langsam und so würdevoll wie nie zuvor.

Sie war sehr lebendig.

Nancy ging hinüber zum Lichtschalter. Doch auch bei Licht blieb die Königin lebendig. Nancy sah kein Blut in ihrem Fell, was natürlich daran liegen konnte, dass das Fell bläulich schwarz war. Es konnte aber auch daran liegen, dass Cynthias zweite Kugel in die Matratze des Bettes eingeschlagen war und Matratzen selten bluten.

Man sah die Einschussstelle deutlich.

Nancy atmete auf.

Die Königin bedachte sie mit einem äußerst pikierten Blick. *Ich verstehe nicht,* sagte dieser Blick, *warum ihr alle so einen Lärm macht und meine Nachtruhe stört.*

»*The queen*«, erklärte Mr. Widow mit einem liebevollen Lächeln und streichelte das blauschwarze Fell, »*is not amused.*«


»Komisch, was«, sagte Nancy, nachdem die anschließende angespannte Stille zu lange gedauert hatte. »Irgendwie haben sich hier die Vorzeichen geändert.«

Die Katzen waren eigentlich gar nicht still. Aus ihren vielen Kehlen drang noch immer ein leises, singendes Knurren, das jeden Moment zu einem Fauchen, zu einer erneuten Explosion von Krallen und Zähnen werden konnte. Cynthia hob ihren Kopf, sehr vorsichtig. Auch ihr Gesicht war sehenswert zerkratzt.

»Schließen Sie die Tür auf«, sagte Mr. Widow. Es war der Befehl eines Königs, und sein Blick hatte durchaus Ähnlichkeit mit dem der Königin von Saba.

Doch Axel schüttelte den Kopf. »Wir haben keinen Schlüssel. Nur der Chef hat einen.«

»Wir sollten sie durchsuchen«, sagte Mr. Widow. »Die lügen bestimmt.«

Aber Nancy fand beim Durchsuchen der Kleidung von beiden keinen Schlüssel. Während sie Cynthia durchsuchte, machte Axel einen kurzen Versuch, Mr. Widow die Pistole einfach wegzunehmen. Mr. Widow sagte: »na, na«, und drückte ab, und Nancy erschrak genauso wie Axel. Das Projektil durchbrach die Fensterscheibe kurz neben dem Platz, an dem Axel eben noch gewesen war. »Oh«, sagte Mr. Widow. »Das Ding funktioniert ja tatsächlich.«

Danach versuchte auch Axel nicht mehr, sich ihm zu nähern.

»Sie haben Sie ja nicht mehr alle«, sagte er kopfschüttelnd. »Mann, Opa! So was kann gefährlich sein!«

»Ich weiß«, sagte Mr. Widow und zielte auf Axels Gesicht. Axel machte einen Schritt rückwärts.

Nancy verbiss sich ein Grinsen und drehte sich wieder zu Cynthia um, die ein Handy in der Hand hielt. Sie hatte es geschafft, das Ding herauszuziehen, als Nancy abgelenkt gewesen war, und war jetzt dabei, eine Nummer einzutippen. Vermutlich Kais Nummer.

Nancy nahm ihr das Handy weg und warf es so rasch auf den Boden, wie eine Katze eine Maus fängt. Bei Axel hatte

403

sie keines gefunden, offenbar war das das Diensthandy von beiden.

Mr. Widow stand auf und kam herüber, und dann rammte er seinen Gehstock von oben in das kleine Gerät, das mit einem hilflosen Knacken Geist und Körper aufgab.

»So«, sagte er zufrieden. »Jetzt können Sie Ihren Herrn Chef wohl nicht mehr anrufen.«

Nancy starrte ihn an. Kai hatte ihr das eigene Diensthandy schon abgenommen, und Mr. Widow hatte keines bei sich, das wusste sie.

»Sie haben eben«, sagte sie leise, »die einzige Verbindung zur Außenwelt zerstört, die wir haben.«

»Hm«, sagte Mr. Widow nachdenklich. »Da könnten Sie recht haben.«

Eine Weile sagte niemand etwas.

Dann murmelte Cynthia: »Geben Sie auf. Kai kommt um acht Uhr, um mich auszulösen. Dann ist es aus für Sie beide.«

»Kann man die Tür nicht aufschießen?«, fragte Nancy verzweifelt.

Aber man konnte, das stellte sie in der nächsten Stunde fest, die Tür weder aufschießen noch aufbrechen. Zwei Stunden später waren sie immer noch nicht weitergekommen, hatten allerdings Axel und Cynthia in das kleine Badezimmer gesperrt, was den beiden aber relativ egal zu sein schien und dazu führte, dass Nancy sich jetzt nicht mehr aufs Klo traute.

»Wir müssen hier raus, verdammt!«, knurrte Mr. Widow. »Es ist jetzt fünf Uhr morgens. Wir haben nur noch drei Stunden.«

»Miaaaau«, sagte eine der Katzen vom Fenster her, es war der Kater Hamlet, und er hatte recht. Das Fenster war der einzige Ausweg, der ihnen blieb. Aber ein Fenster, selbst wenn es solch eine hübsche, großzügige Fensterfront mit

Balkon ist, nutzt recht wenig, wenn man sich im neunzehnten Stock befindet.

»Da drüben ist eine Feuerleiter«, sagte Mr. Widow ärgerlich. »Wenn er uns im Büro nebenan eingesperrt hätte, könnten wir vom Balkon auf die Feuerleiter klettern. Vielleicht.«

»Wenn wir von Balkon zu Balkon kämen«, sagte Nancy. »Man bräuchte eine Art Brücke ... eine Leiter. Man könnte eine Leiter hinüberschieben.«

»Wir haben keine Leiter«, sagte Mr. Widow, und das war auch wieder wahr.

Eine Weile schwiegen sie beide und seufzten nur ab und zu.

Dann sagte Mr. Widow: »Gut. In diesem Fall geht es nicht anders. Wir nehmen eine Katze.«

»Als Leiter?« Nancy lachte unfroh.

»Nein, als Botschafter. Eine Katze muss rüber zum anderen Balkon und auf die Feuerleiter. Eine Katze mit einer Botschaft um den Hals. Stift und Papier liegen hier noch herum. Immerhin.«

»Trauen Sie denn einer Ihrer Katzen zu, von Balkon zu Balkon zu springen? Ich meine, es sind Katzen, keine Eichhörnchen ...«

»Springen wird keine, das ist zu riskant«, sagte Mr. Widow bedächtig. »Wir werden sie werfen.«

Sie warteten, bis sich eine Katze freiwillig meldete, und das war Banane, die auf Mr. Widows Frage hin als Erste maunzte, was auch Zufall sein konnte.

Mr. Widow band ihr sein taubenblaues Stofftaschentuch um den Hals und befestigte daran einen Zettel mit der höflichen Bitte, sie zu befreien, der Adresse und der Anmerkung, dass sie ohne Leiter nicht aus dem neunzehnten Stock herunterkämen.

Kurz darauf standen sie mit Banane auf dem windigen, eiskalten Balkon.

Nancy schluckte. Banane schien auch zu schlucken. Mr. Widow zählte bis drei – und Nancy holte weit aus und schleuderte die Katze von sich.

Sie schloss die Augen, als sie sie losließ.

Als sie die Augen wieder öffnete, war Banane tatsächlich heil drüben gelandete, schüttelte sich, gab einen empörten Laut von sich und sah sich um. Dann entdeckte sie die Feuerleiter direkt neben dem Balkon, begriff und war mit einem Satz drüben. Es war schwierig für sie, auf den glatten Metallgitterstufen Halt zu finden, aber sie schlug sich tapfer, und Mr. Widow und Nancy sahen gemeinsam mit einer Handvoll anderer Katzen zu, wie die kleine gelbliche Katze mit den blauen und violetten Farbflecken im Fell im Licht der Straßenlaternen die rote Feuerleiter hinunterkletterte. Es war ein filmreifes Bild.

Nachdem sie Banane unten über den gefrorenen Matsch huschen sahen, verloren sie sie aus den Augen.

»Jetzt«, sagte Mr. Widow, »können wir nichts mehr tun außer warten. Hoffentlich findet sie einen Polizisten oder sonst jemand Nützlichen.«

Und so gingen sie zurück ins Zimmer, tranken Tee und warteten.

Es war halb acht Uhr, und der Wintermorgen zog zögernd herauf, und Nancy hatte die Hoffnung eigentlich aufgegeben, als sich über das Baustellen-Matschfeld eine kleine Gestalt näherte.

»Das gibt's doch nicht«, sagte Mr. Widow und rückte seine Brille zurecht. »Hauke.«

»Wo hat sie ausgerechnet Hauke …?«, begann Nancy und stockte. Da kam noch jemand hinter Hauke. Jemand in einem elektrischen Rollstuhl, der über den Matsch eine ziemlich holperige Fahrt hatte. Und dieser jemand trug eine Aluleiter.

Es sah sehr unbequem und mühsam aus, in einem Rollstuhl zu sitzen und eine Leiter über dem Arm zu tragen. Vor allem, wenn man dabei noch eine Katze auf dem Kopf hatte anstelle einer Mütze.

Die beiden waren jetzt vor dem Haus unten angekommen, und Nancy und Mr. Widow traten auf den Balkon, um besser sehen zu könne, was sie taten. Hauke nahm die Leiter und legte sie an die Wand. Natürlich war das sinnlos, und Hauke schüttelte selbst den Kopf und schien nachzudenken.

»Banane muss den Weg zurück nach Hause gefunden haben«, murmelte Mr. Widow ungläubig. »Die beiden hingen wohl schon wieder in der Nähe rum. So früh am Morgen!«

»Aber wo ist Banane?«, fragte Nancy.

»Da!« Mr. Widow zeigte nach unten. »Steigt aus einem Taxi. Was ist *das?*«

Er beugte sich beängstigend weit über das Balkongeländer, um mehr zu sehen. Aus dem Taxi, das am Rand des Matschfeldes hielt, stieg in diesem Moment eine alte Dame, in deren schwarzer Dauerwelle eine leuchtend rote Seidenblume steckte. Mit ihr quollen mehrere Quadratmeter violetten Stoffs aus dem Auto.

»Das«, sagte Nancy, »ist Frau von Lindenthal. Nur was …?«

Hauke schien sich auch zu fragen, was sie da hatte, denn er rannte hinüber und gestikulierte wild, ehe er zurückkam.

»Gucken Sie!«, rief Mr. Widow. »Jetzt hat er es begriffen! Er versucht, mit der Leiter die Feuerleiter hochzuklettern. Oje, sie ist zu schwer für ihn, und er muss sie über dem Kopf halten wegen der Windungen … Himmel, das geht nicht gut!«

Aber die kleine Gestalt dort unten sah sehr entschlossen aus. Nancy drückte die Daumen so sehr, dass es weh tat, während sie Hauke und der Aluleiter zusah, die sich die Windungen der roten Feuerleiter hochquälten. Zweimal blieb Hauke stehen und winkte, und der General winkte von unten die ganze Zeit über.

»Warum rufen die nicht einfach die Polizei oder die Feuerwehr?«, fragte Mr. Widow.

Nancy zuckte die Schultern.

Es dauerte, doch endlich, endlich kam Hauke auf ihrer Höhe an. Er machte eine kurze Verschnaufpause und grinste zu ihnen herüber, der Schweiß rann ihm in kleinen Bächen über die Stirn, aber er hatte nie seliger ausgesehen. Aus der untersten Tasche seiner Multifunktionshose ragte etwas, das verdächtig nach einer zusammenklappbaren Angel aussah. Zum Glück versuchte er jedoch nicht, Nancy und Mr. Widow zu angeln, er schob die Aluleiter von der Feuerleiter hinüber zum ersten Balkon und kletterte darüber, es war nur ein halber Meter, den es zu überwinden galt. Dann schob er die Aluleiter von seinem Balkon zu ihrem Balkon, und diesmal waren gute zwei Meter dazwischen. Die Leiter reichte gerade so.

»O mein Gott«, sagte Nancy.

Denn jetzt kam Hauke. Er kam zu ihnen herübergekrochen auf jenem wackeligen Konstrukt, langsam wie eine große Schnecke in Multifunktionshosen, und dann war er da.

»Guten Morgen«, sagte er mit einem Strahlen auf dem Gesicht, das der Wintersonne durchaus Konkurrenz machte. »Was kann ich für Sie tun?«

»Hast du ein Handy?«, fragte Mr. Widow. Hauke tastete seine vielen Taschen ab und schüttelte den Kopf. »Nee. Ich hab eine Dose Würmer, Angelhaken und ... Was ist das?

Oh, in dieser Tasche sind die Schulbrote vom Freitag. Leberwurst. Na ja, jetzt sieht es eher schon nach Lebendwurst aus. Etwas grünlich.«

»Das heißt, wir müssen im Ernst jetzt über diese Leiter da hinüberklettern?« Mr. Widow seufzte. »Ich weiß nicht, ob meine alten Knochen das noch mitmachen.«

»Müssen Sie nicht«, sagte Nancy. »Ich klettere rüber und gehe mit runter und sage dem General, er soll die Polizei rufen.«

»Der hat auch kein Handy«, meinte Hauke. »Nur so einen Funkfernsprecher mit 'ner Kurbel, aber ich glaub ihm nicht, dass man das Ding noch benutzen kann.«

»Frau von Lindenthal. Die muss eins haben.«

»Nee.« Hauke grinste. »Findet sie unklassisch oder so. Hat sie gesagt, als der Taxifahrer sich vorhin darüber aufregte, das er seins vergessen hat und die Funksprechanlage kaputt ist.«

»Der Taxifahrer hat auch kein …? Scheiße«, sagte Nancy. »Entschuldigung. Aber wie viel Pech kann man haben?« Sie seufzte. »Also alle über die Leiter. Fangen wir mit den Katzen an.

Sie setzte die Kaffeekatze auf die Aluleiter, und obwohl sie Angst hatte, ihre Krallen könnten abrutschen, meisterte die Kaffeekatze die Leiter ganz gut; sie balancierte elegant über den äußeren Aluminiumholm, hoch erhobenen Haupts, und landete mit einem samtweichen Sprung auf dem Nachbarbalkon und, danach, ohne Leiterhilfe, auf der Feuerleiter.

*Kommt alle!*, sagte ihr Blick zurück. *Es ist ganz leicht! Definitiv besser, als geworfen zu werden. Geworfen werden hat etwas Würdeloses, nicht wahr?*

Als Nächstes balancierte das schwarze Kätzchen Teatime hinüber, für das der Leiterholm fast so breit war wie ein Gehweg, dann kam Hamlet, dann die Katze Kuh, der blinde Timothy ... selbst er schaffte es ohne Probleme, denn Hauke, der vor ihm zurückgeklettert war, wedelte mit der Leberwurstbrottüte. Vermutlich folgte Timothy dem Geruch.

Und schließlich waren alle Katzen drüben, alle bis auf die Königin, die sich in Mr. Widows Arme schmiegte. »Gehen Sie schon«, sagte Mr. Widow zu Nancy. »Es ist gleich acht. Um acht kommt Ihr feiner Herr Kai.«

»Gehen Sie als Erster.«

»O nein. Ein Gentleman lässt der Dame den Vortritt.«

»Danke«, sagte Nancy. »Wir machen es nach Alter. Der Ältere darf zuerst.«

»*Ladies first*, wie ich schon sagte.«

»Alter vor Schönheit«, beharrte Nancy.

»Links vor rechts«, sagte Mr. Widow. »Sie stehen zufällig gerade links von mir.«

Nancy biss sich auf die Lippen. Mr. Widow hatte Angst. Es wäre unnatürlich gewesen, keine Angst zu haben. Sie selbst hatte ebenfalls welche, so sehr, dass ihr eiskalt war und glühend heiß zugleich. In neunzehn Stockwerken Höhe über eine wackelige waagerechte Aluleiter zu klettern, gehörte nicht zu den Hobbys, deren Ausübung sie sich je gewünscht hatte. »Gut«, sagte sie schließlich. »Beten Sie für mich. Zu wem auch immer.«

Dann kroch sie wie eine große Nacktschnecke mit quietschgrünen Turnschuhen zur anderen Seite der Leiter.

Als sie drüben war und zu Mr. Widow zurücksah, schlug die Uhr einer Kirche, die irgendwo da unten im Hochhausmeer untergegangen war, acht Mal. Gleich darauf klingelte es an der Tür, und noch während es klingelte, schloss jemand bereits auf.

»Überraschung!«, rief Kai. »Guten Morgen, ihr Lieben! Habt ihr gut ge... « Er verstummte schlagartig. »Was zum ...?«

Und in diesem Moment wusste Nancy, dass es zu spät war.

Dass Kai Mr. Widow zurückholen würde. Er brauchte nur mit zwei langen Schritten das Zimmer zu durchqueren, durch die Balkontür zu treten, Mr. Widow am Kragen zu packen und nach drinnen zu ziehen. Seine einzige wirklich wertvolle Geisel war ihm noch nicht durch die Lappen gegangen, und er wusste, dass er sie nicht verlieren durfte.

Aber auch die Geisel wusste, wie wertvoll sie war.

Mr. Widow stieg auf die Leiter, saß jetzt auf allen vieren darauf und versuchte, vorwärtszukriechen, den Gehstock unter einen Arm geklemmt. Eine Nacktschnecke in goldener Weste und Brille, eine alte, britische Nacktschnecke in neunzehn Stockwerken Höhe über der tödlichen Wintertiefe. Hauke tastete nach Nancys Hand. Da zischte und fauchte auf einmal etwas unter ihnen wie eine riesige Katze, doch Nancy sah nur Mr. Widow an.

Kai stand jetzt auf dem Balkon, streckte den Arm aus …

Und plötzlich tauchte noch etwas auf. Keine weitere Nacktschnecke, Nacktschnecken hatte es für einen Tag genug gegeben zwischen diesen beiden Balkons. Nein, was diesmal auftauchte, war eine riesige violette Wolke. Sie brachte das Zischen und Fauchen mit.

Nancy blinzelte: Es war keine Wolke. Es war ein fliegendes lila Nilpferd.

In der Gondel darunter saß Ron Lindens Mutter und zog mit erstem Stolz an irgendwelchen Ketten, die die Klappen über ihr betätigten, aus denen heiße Luft in den nilpferdförmigen Ballon strömte.

Ron musste das Drahtgestell verworfen haben, oder sie hatte das Drahtgestell in der Lagerhalle gelassen und nur diese Gondel und den Stoff mitgebracht.

In jedem Fall war sie da und schwebte nun genau neben

der Leiter. Käme sie nur etwas näher heran, dachte Nancy, dann könnte Mr. Widow von der Leiter auf den Ballon umsteigen. Es fehlten nur dreißig, vierzig Zentimeter – doch dann drehte der Wind und blies das aufblasbare Nilpferd davon. Es wurden fünfzig, sechzig, siebzig Zentimeter … All das geschah in Sekunden. In einer Sekunde. In genau der, in der auch Kai nur dastand und starrte, zu überrascht, um sich zu rühren.

In der nächsten Sekunde jedoch zog Hauke mit einer raschen Bewegung die Angel aus der Multifunktionshosentasche, warf sie aus und angelte die Gondel heran. Als hätte er es die ganze Zeit über genauso geplant. Was möglich war. Hauke, dachte Nancy, hatte mit Frau Lindenthal gesprochen, vorhin noch. Er hatte gewusst, dass sie den Ballon mitgebracht hatte. Und er hatte sie, verdammt noch mal, trotzdem über die Leiter klettern lassen. Hauke liebte das Abenteuer.

Und Mr. Widow, der das Abenteuer vielleicht nicht ganz so sehr liebte, verlor genau in diesem Moment das Gleichgewicht und fiel.

Es war der richtige Moment.

Er fiel in die Gondel.

Ron Lindens Mutter zog an der Kette, und der Ballon stieg ein wenig höher. Die Katze Banane saß bereits darin und sah sehr stolz aus.

In diesem Moment glaubte Nancy nicht mehr, dass Rons Mutter die Person war, die mit Hannah gemeinsame Sache machte.

Das fliegende lila Nilpferd mit seiner kleinen Gondel setzte sich gemächlich in Bewegung und entschwebte in Richtung Innenstadt.

Kais Schuss, denn natürlich hatte auch er eine Waffe, traf es nicht mehr.

»Wo ist Ron?«, schrie Nancy dem Nilpferd nach.

Und es antwortete. Wenngleich mit der Stimme von Rons Mutter. »Auf dem Weg zur Kirche!«, rief sie. »Der heiratet doch gleich!«

*Wer,* dachte Nancy, *heiratet denn* morgens?

Jemand, antwortete sie sich selbst, der an diesem Tag noch eine weite Reise vorhatte. Oder jemand, der vorhatte, das Geld, das für diese weite Reise gedacht war, in Sicherheit zu bringen.

In dem nun katzenlosen Büro hörte Nancy Kai herumschreien. Er schrie Cynthia an.

»Reiß dich zusammen Und hör auf zu heulen! Du hast gleich einen Auftritt in einer Kirche als glückliche Braut! Jetzt wasch dir das Gesicht, verdammt, und sieh zu, dass du dein Make-up wieder hinbekommst! Ich rufe dir ein Taxi, das Kleid liegt zu Hause bereit, los! Um den verrückten Engländer und seinen Nilpferdverleih kümmere ich mich. Der kommt nicht weit.«

»Katzenverleih«, hörte Nancy Axel sagen. »Er verleiht Katzen.«

Sekunden später war sie auf der Feuerleiter und rannte die rotmetallenen Wendel hinunter, zusammen mit Hauke und einer ziemlichen Menge von befreiten Katzen.

Sie hatten ein Ziel.

Und sie mussten früher dort sein als eine gewisse andere Person.

»Wir nehmen das Taxi«, sagte der General, als sie gemeinsam mit Hauke unten ankam. »Ich habe ihm gesagt, es soll warten.«

Der Taxifahrer trat in aller Seelenruhe seine Zigarette aus und hievte erst den General und dann den zusammengeklappten Rollstuhl in seinen Wagen. »Ich nehm an, Sie steigen selber ein?«, fragte er Nancy mit leicht gelangweiltem Gesicht. Nancy nickte. Nach ihr quetschten sich

Hauke und ungefähr zwanzig Katzen ins Taxi, das nun sozusagen lückenlos gefüllt war. Die Katzen saßen auf Füßen, Knien und Schultern, lagen auf der Hutablage und den Kopfstützen der Sitze wie fellige Überzüge.

»Das ... ist jetzt wahrscheinlich eine etwas ungewöhnliche Fuhre«, sagte Nancy. »Sie haben ja gerade auch ein paar sehr ungewöhnliche Vorkommnisse erlebt. Können Sie trotzdem so schnell wie möglich fahren?«

»Erstens haben Sie keine Ahnung, was für Taxifahrer ungewöhnlich ist«, sagte der Taxifahrer gelangweilt. »Zweitens kostet es extra, und drittens müssen Sie mir schon sagen, wohin, junge Frau.«

# 16

LANDSCHAFTSBILD MIT NILPFERD: Im Morgendunst liegt eine Stadt, die Häuser breiten sich endlos unter dem Himmel dahin, es gibt vielleicht nichts als die Stadt, Straßen an Straßen, Häuserfronten wie Gletscher, die die frühe, orangerote Sonne spiegeln. Weiß ist die Stadt, hingetupft wie von Turner, ihre Parks und Grünflächen bedeckt von einer dunstigen Schicht Schnee, gerade genug, um kein Grün sehen zu lassen, als wollte die Stadt alles Leben verbergen vor einem, der vielleicht darübersegelt.

Darüber segelt, wie gesagt, ein Nilpferd.

Ein violettes Nilpferd, etwas sehr rund an den runden Stellen, etwas seltsam zusammennäht an den kantigen, aber durchaus als Nilpferd zu erkennen. Unter seinem Bauch hängt eine Gondel aus Leinen und Draht, faltbar, sehr praktisch, doch das sieht man nur von nahem.

Und wenn man noch näher kommt, sieht man, dass in der Gondel ein alter Herr, eine Katze und eine ältere Dame sitzen. Man sieht außerdem, dass unten jemand dem Nilpferd folgt, durch die Straßen, jemand in einem Auto, der immer wieder anhält, aussteigt, die Hand über die Augen legt und den Kurs des Nilpferdes zu berechnen versucht.

Es ist ein unberechenbarer Kurs. Er folgt nur den Launen des Windes.

Und jetzt holt der dort unten, ein Mann in einem Sportjackett und mit gutsitzendem Lächeln, etwas kleines Schwarzes aus der Tasche, richtet es auf das Nilpferd und schießt. Ist es denn erlaubt, so früh am Morgen und in der Stadt Nilpferde zu jagen? Stehen Nilpferde nicht ganzjährig

415

unter Schutz? Niemand fragt den Mann das, am wenigsten er selbst.

Er zielt und schießt, doch er schießt daneben, das Nilpferd ist gerade jetzt ein Stückchen nach rechts abgebogen, mehr zum Stadtpark hin, dem größten Park zwischen den Häusern, es schaukelt sacht und schwebt weiter – sinkt dabei ein wenig. Der Mann springt wieder ins Auto, flucht und gibt Gas. Neben ihm sitzt ein bulliger zweiter Mann, und wenn man es nicht besser wüsste, könnte man denken, er müsste sich die ganze Zeit über das Lachen verkneifen. Hinten sitzt auch noch einer, der genauso qualvoll nicht-lachend aus dem Fenster sieht.

»Dann schieß doch selber. Hol du sie vom Himmel, wenn du mich so lustig findest«, knurrt der erste Mann. Und jetzt sind wir nahe genug, um ihn zu erkennen, nahe genug, um in die Erzählzeit zu wechseln und dem Mann einen Namen zu geben: Kai.

Kai brachte den Wagen mit quietschenden Reifen noch einmal zum Stehen, doch diesmal zerrte er den protestierenden Axel vom Beifahrersitz. »Bitte! Schieß!«

Axel hob die Hände, abwehrend. »Ich schieße nicht auf alte Damen in Gondeln.«

»Aber ich schieße auf Leute, die blöde Bemerkungen machen«, knurrte Kai, und da hatte Axel die Waffe doch in der Hand und schoss.

Da das lila Nilpferd jetzt weiter nach unten gesunken war, ganz von selbst, traf Axel sein Ziel. Das Projektil durchbohrte die leuchtend violette Nilpferdhaut, und die Luft entwich mit einem kleinen Zischen, das nur die Insassen der Gondel hörten.

»Das war's dann also«, sagte Mr. Widow mit leisem Bedauern. »Trotzdem. Vielen Dank für den Versuch.«

»Was war was?«, fragte die resolute Dame ihm gegenüber, deren Namen ihm ständig entfiel. »Nichts da. Wir landen lediglich. Und das hatte ich sowieso vor.« Sie sah nach unten. »Na also, wir landen im Stadtpark. Besser geht es doch gar nicht.«

Die Katze Banane, die auf ihrem Schoß saß, stützte die Vorderpfoten auf den Rand der Gondel auf und sah mit leisem Bedauern den Vögeln hinterher. Sicherlich wäre sie gerne noch länger geflogen, denn welche Katze wünscht sich nicht, einmal mit den Vögeln den Himmel zu teilen. Sich einmal nicht von den gefiederten Fleischportionen auslachen zu lassen, wenn sie entfliehen.

Die Gondel kam ein wenig unsanft auf der schneebepuderten Wiese im Stadtpark auf und klappte zusammen. Der Faltmechanismus war nicht für Landungen geeignet.

Die Insassen befreiten sich aus dem Wirrwarr von Stoff und Metallstreben und standen nun auf der Wiese, und eigentlich war die Wiese eher sehr matschig als schneebepudert. Aber bis auf die Tatsache, dass Frau von Lindenthals hohe Absätze darin versanken, war das nicht weiter wichtig. Banane bekam beim Überqueren der Parkwiese außerdem einen braunen Bauch, was jedoch zu ihrem Namen passte, es ließ sie eigentlich noch bananiger aussehen als ohnehin schon.

Als sie den Parkweg erreichten, standen dort Kai und seine beiden Jungs und sahen ihnen entgegen

Aber sie standen mitten in einer kleinen Menschenmenge aus Joggern und morgendlichen Sonntagsspaziergängern, die sich alle bei der Landung des violetten Nilpferdes hier versammelt hatten. Ein paar machten Fotos mit ihren Handys, und alle wollten etwas über das Nilpferd wissen.

»Das hat mein Sohn gemacht«, sagte Frau von Lindenthal. »Er ist Künstler. Das hier sollte in der Eingangshalle eines großen Bürogebäudes stehen, na ja, er wird es wohl reparieren müssen ... Wir holen es später ab. Jetzt« – sie sah sich mit Würde in der Runde um – »wäre es nett, wenn Sie uns durchließen. Wir brauchen ein Taxi. Wir müssen zur Kirche.«

Kai und seine Jungs blickten dem Taxi eine Weile stumm hinterher.

Dann fluchte Kai.

Und dann knurrte er: »Gut. Zur Kirche. Hannah hat die Vollmacht. Wir kommen noch an das Geld, Ihr werdet sehen. Und sie ... sie wird sitzen. Dafür sorgen wir noch. Das treulose Flittchen. Axel, verdammt, setz deinen Arsch in Bewegung! Woran denkst du denn die ganze Zeit? An eine neue Flamme oder was?«

Er hörte allerdings nicht mehr, was Axel antwortete, denn er selbst war schon unterwegs, zurück zum Wagen.

»Ich denk nach«, murmelte Axel und strich sich über den bulligen Nacken, »ob ich mir 'ne Auszeit nehm, auf 'ne blöde Insel ziehe und mir 'ne Katze anschaffe. Könnte ja erst mal eine entleihen. Zur Probe.«

Vor der modernen, kantigen, wenig anheimelnden Kirche wartete eine kleine Menschenmenge. Nancy erkannte den Künstler, der die Katze auf einen Sockel gesetzt hatte. Er hatte offenbar eine ganze Menge anderer künstlerisch aktiver oder passiver junger Leute mitgebracht, die Ron alle heiraten sehen wollten. Manche trugen Blumen in den Händen, die kleine Tochter von irgendwem auch einen Korb voller Blütenblätter. Sie steckten alle in wenig feinen Wintermänteln, Wollschals und bunten Mützen, aber es war eine fröhliche Bande.

Nancy schluckte.

Wie schön es wäre, dachte sie, wenn Ron auf diese Weise,

zwischen diesen Blütenblättern, wirklich die Frau seines Lebens heiraten würde!

»Was machen wir hier überhaupt?«, fragte der General.

»Ich glaube, wir halten jemanden vom Heiraten ab«, sagte Hauke. Der General nickte. »Ich habe nie begriffen, warum jemand das Junggesellendasein aufgeben will«, brummte er. »Aber wo ist der, den wir abhalten?«

Auch Nancy sah kein Brautpaar. Ihre Hände waren schweißnass vor Aufregung, und ihre Stimme klang ganz fremd, als sie die Worte »Wo sind sie?« herausbrachte.

Der Katzenkünstler drehte sich um, erkannte sie und lächelte. »Noch beim Standesamt«, sagte er.

Natürlich. Noch beim Standesamt.

Alle hatten immer nur von der Kirche gesprochen, aber das eigentlich wichtige Ereignis war das Standesamt. Sie sah die Kaffeekatze an, die auf ihrem Arm saß.

*Wenn sie ihn mit gefälschten Papieren heiratet, ist das doch gar nicht rechtskräftig,* sagten die klugen Augen der Katze. Dann gähnte sie und streckte sich. *Also ist das völlig nebensächlich.*

*Und um ihre Finger an das Geld zu kriegen, muss sie warten, bis sie losgezuckelt sind auf ihre Hochzeitsreise. Dann räumt sie das Konto ab und lässt ihn in Honolulu oder in einem Niagarafall sitzen.* Sie gähnte wieder. *Es ist sozusagen eine Niagarafalle.*

Katzen sind herzlos.

»Aber ich will nicht, dass er allein in Honolulu sitzt, ohne Geld«, flüsterte Nancy. »Er ist völlig lebensuntüchtig. Jemand muss ihm helfen!«

*Mamilein wird's schon richten,* sagte die Kaffeekatze und stieg auf Nancys Schulter um, vielleicht, um das Gespräch zu beenden.

»Haben Sie etwas zu mir gesagt?«, fragte ein Herr, der neben Nancy in der Menge stand.

»Oh, ich … nein, nein, ich habe nur laut gedacht«, murmelte Nancy verlegen.

Moment. Ein Herr. Das war kein Künstler. Sie sah genauer hin und schluckte. Es war ein Polizist. Und neben ihm stand eine Polizistin. Die nette Polizistin mit den vier Kindern. Die vier Kinder waren auch da.

»Sie sind hier!«, sagte die Polizistin. »Oh, und Sie haben die Katzen mitgebracht!«

»Äh, ja«, sagte Nancy, denn sie stand wirklich in einem ziemlichen Gewusel von Katzen. Der blinde Timothy fraß gerade ein paar heruntergefallene Blütenblätter, die er vielleicht für Brekkies hielt, und die Königin von Saba hatte auf dem Zylinder eines der Künstler Platz genommen, so dass sie wie gewöhnlich auf alle anderen hinabsehen konnte. Sie war sonst nie irgendwo ohne Mr. Widow – Nancy hoffte nur, dass er gut gelandet war. Vielleicht saß er schon zu Hause und wartete auf sie …

Und wenn nicht? Wenn Kai es geschafft hatte, das lila Nilpferd vom Himmel zu holen? Wenn Mr. Widow und Rons Mutter etwas Ernsthaftes passiert war? Plötzlich hatte sie ein schrecklich schlechtes Gewissen. Sie hätte nicht hierherkommen dürfen, sie hätte dem Nilpferd folgen sollen. Sie hätte …

»Hören Sie nicht zu?«, fragte die Polizistin.

»Was haben Sie denn gesagt?«

»Ich sagte: Waren die Katzen nicht verschwunden?« Die Polizistin hatte Hans gefunden oder er sie, und jetzt saß er unter dem Namen Sherlock Homes in ihrem Arm und wurde gleichzeitig von vier Kindern gestreichelt, die sich um sie scharten.

»Sie sind wieder aufgetaucht«, sagte Nancy. »Es ist eine ziemlich komplizierte Geschichte. Das Problem ist, sie ist noch nicht zu Ende. Ich …« Sie stellte sich auf die Zehenspitzen, um über die Köpfe der Leute zu sehen, die inzwischen vor sie gesickert waren. »Da kommen sie. Oder?«

Tatsächlich, dort kam eine blumengeschmückte Kutsche die Straße entlang. Eine Kutsche. Nancy schluckte. Zwei weiße Pferde zogen die Kutsche, vermutlich von Rons Mutter bestellt: eine Märchenhochzeit.

Standen irgendwo in der Menge auch Rons Vater und Brüder, um der Märchenhochzeit beizuwohnen? Wenn Ron es hätte aussuchen können, dachte sie, hätten zwei Nilpferde die Kutsche gezogen.

Aber er konnte sich immer noch nicht gegen seine Mutter durchsetzen. Oder womöglich hatte der Zoodirektor etwas dagegen gehabt.

Die Kutsche hielt, und Ron stieg aus, im Anzug. Er sah eigentlich gut aus im Anzug. Aber sehr ungewohnt, denn zur Abwechslung hatte er, auch oben herum, eine Form. Und er wirkte kleiner und schmächtiger als sonst. Er war noch nie eine eindrucksvolle Erscheinung gewesen. Er reichte seiner Braut die Hand und half ihr aus der Kutsche, und Nancy schluckte schon wieder. Sie war wunderschön. Sie war perfekt. Sie war eine Sahnetorte mit Baiserstückchen, und die Katzen flossen durch die Menge nach vorne, um sie anzustarren, dann aber enttäuscht festzustellen, dass das Kleid doch aus Stoff bestand und nicht aus Sahne. Die Torte trug lange weiße Handschuhe und einen Schleier, in dem winzige Röschen steckten. Unter dem Schleier sah man wenigstens die Kratzer nicht. Sie ließ sich von Ron zum Eingang der Kirche führen, langsam, um nicht auf den Saum des Kleides zu treten. Hinten trug jemand ihre Schleppe. Ein guter Freund der Familie, im Frack, größer, kräftiger, ansehnlicher als der Bräutigam. Kai.

Er wagte es wirklich, hier aufzutauchen.

Aber Kai hatte immer alles gewagt, er war einfach immer zu dreist gewesen, um gefasst zu werden. Jeder andere hätte das Aussehen seines Lockvogels nach den einzelnen Aktionen geändert, Kai hatte auf blond und rote Lippen bestanden. Ein Markenzeichen. Er war kein Kleinganove, er war ein Mann von Kaliber.

Aber natürlich war er ein Kleinganove.

Er war gar nichts. Er war den Staub nicht wert, auf dem er ging.

Sie wusste es jetzt. Nancy richtete sie auf, stand ganz gerade da und sah dem Gespann entgegen. Sie würde etwas tun, das er nicht erwartete. Etwas Großartiges, das alle seine Pläne durchkreuzte.

Leider wusste sie im Moment nicht, was.

Und dann geschah noch etwas, nämlich hielt ein silberner Mercedes hinter der Kutsche, und heraus sprangen Hannah und eine ältere Dame in einem wertvollen grauen Mantel, die Nancy noch nie gesehen hatte, obgleich sie ihr vage bekannt vorkam. Irgendwem sah sie ähnlich. Sie hatte halblanges blondes Haar, sehr glatt, und ein volles Gesicht ... Sie sah *Hannah* ähnlich. Das war es. Aber sie war mindestens siebzig.

Irgendetwas, dachte Nancy, sollte ich in diesem Moment begreifen. Doch sie begriff nichts. Es war zu viel los. Der Schwanz der Kaffeekatze strich ihr übers Gesicht, und sie wischte ihn weg, aber dann merkte sie, dass die Kaffeekatze sie auf etwas aufmerksam machen wollte. Hannah und die ältere Dame kamen herüber zu der Menschenmenge, und sie sprachen jetzt mit den beiden Polizisten.

Sie waren mit diesen Polizisten verabredet. Nancy tauchte ein wenig weg, durch die Menge. Es war klar, was Hannah mit der Polizei wollte. Das hier zielte darauf ab, Nancy doch noch zu verhaften. Sie würden sie nicht mehr bei einer gefälschten Geldübergabe dranbekommen, dieser Plan war geplatzt, aber sie schienen einen anderen zu haben.

Verdammt.

Vorhin hatte die nette Polizistin entweder noch nichts über Nancy gewusst, oder sie hatte nur so freundlich getan ... Nancy sah sich um. All diese netten Leute. Wenn sie hörten, wer Nancy war, was sie getan hatte, jahrelang, dann würden sie sich in ihre Feinde verwandeln. Sie hörte den Ruf aus ihren Mündern wie aus einem einzigen: »Verhaftet Sie! Betrügerin, Mörderin! Verhaftet Sie!«

Da war er wieder, der Schwanz der Kaffeekatze, und wischte über ihre Augen, wischte die Vision weg. Nancy merkte, dass sie zitterte. »Maaau«, sagte die Kaffeekatze.

»Wo denn?«, fragte Nancy. »Was denn?«

Die Kaffeekatze sprang von ihrem Arm und verschwand im Gedränge, und Nancy folgte ihr unter tausend Entschuldigungen für ihr Drängeln. Sie schlüpfte zwischen Armen, Beinen und Bäuchen hindurch, und dann fand sie sich bei einem Seiteneingang der Kirche wieder. Dort standen nur wenige Leute herum, rauchende Leute, die zum Rauchen beiseitegetreten waren, weil es hier einen Aschenbecher gab. Ein paar Leute kamen aus dem Seiteneingang heraus und strichen ihre Kleider glatt. Da verstand Nancy. Hier befanden sich die Toiletten, die Kirche war modern genug, um welche zu haben. Die Katze war schon in den Vorraum von DAMEN gelaufen.

»Was wollen wir hier?«, flüsterte Nancy und hob die Kaffeekatze hoch. »Ich muss nicht aufs Klo!«

Die Kaffeekatze machte einen Satz und landete mit beiden Vorderpfoten auf dem Ende eines weißen Satinbandes, das unter einer der beiden Kabinentüren herauslugte und sich eben bewegt hatte. »Schön, dass du jetzt Bänder fängst, aber ...«

Moment. Ein weißes Satinband? War da nicht auch der Saum eines sehr weißen Kleides zu sehen?

Nancy öffnete die Tür der Damentoilette einen Spaltbreit und sah nach draußen. Dort, bei den Rauchern, stand nun auch der Bräutigam, er schien eben gekommen zu sein. Er wippte ungeduldig mit dem Fuß im schwarzen, unbequem wirkenden Lackschuh. Er wartete, eindeutig, auf seine Braut.

Hier war jemand nervös geworden.

Nancy schloss die Tür des Vorraums. Dann kramte sie eine Münze aus ihrer Tasche und drehte das Schloss der Kabinentür auf, unter der das Weiß hervorlugte. Es war die einzige besetzte Toilette.

Und dann stand sie vor der wunderschönen Braut, der Sahnetorte, dem Traum in Weiß.

Die Sahnetorte hatte sich in ein Häufchen Elend verwandelt.

Sie saß auf dem Klodeckel, nur in Unterwäsche, und zog hektisch an einer Zigarette. Das weiße Kleid lag ihr zu Füßen, samt Schleier mit Röschen und Handschuhen. Sogar die weißen Schuhe hatte sie ausgezogen, sie saß mit angezogenen Knien und barfuß da, ihr Haar, dunkelbraun und lang, hing ihr strähnig ums Gesicht, der Lippenstift und die Wimperntusche waren verschmiert, und die Katzenkratzer auf Stirn und Wangen leuchteten ungesund rot.

Nancy schloss die Klotür wieder ab.

»Scheiße«, sagte Cynthia und sah auf. Sah sie an. Da waren Tränen in ihren Augen. »Polizei! Die wissen Bescheid, garantiert! Und wenn nicht ... die merken was. Sicher. Scheiße. Ich kann das nicht.«

»Und Kai?«, fragte Nancy sanft und kniete sich vor Cynthia hin, um sie besser ansehen zu können.

»Kai ... Kai sagt, ich schaffe das. Nur noch ein paar Tage, ein bisschen Zug fahren und Flugzeug fliegen und turteln, dann bin ich weg mit dem Geld, und er trifft mich da ... Aber ich kann das nicht. Nein, ich kann das nicht. Ich liebe ihn, verstehst du das?«

»Wen? Ron?«

»Quatsch. Kai.«

»Oh«, sagte Nancy.

Dann schwieg sie eine Weile. Und dann sagte Nancy: »Den Fehler habe ich auch mal gemacht. Ich weiß, wie es sich anfühlt. Aber glaub mir, das ist er nicht wert.«

»Er hat … er hat mich erst schön gemacht. Verstehst du das? Ich war ein Nichts …«

»Lass dir das nicht erzählen«, sagte Nancy. »Das Nichts ist Kai. Er kann nämlich gar nichts tun ohne seinen Lockvogel.«

Cynthia schwieg eine Weile, und schließlich sagte sie: »Ich heiße Heidi.«

»Was?« Nancy biss sich auf die Lippen, um nicht loszuprusten.

»Doch. Wirklich.« Cynthia grinste ein bisschen. »Und jetzt?«, fragte sie dann.

»Ich würde sagen: Hau ab«, meinte Nancy.

»Ist es dazu nicht zu spät?«

»Wieso? Du hast nichts gemacht. Außer ein bisschen im Baum zu sitzen und ein paar Katzen mit einer Waffe zu bedrohen.« Gott, sie hörte sich so erwachsen und so weise an! Wie damals gegenüber der Bloggerin. Ein schönes Gefühl. »Heidi, hau ab. Sonst geht es dir eines Tages wie mir, und du stehst vor einem Sofa und hast ein Messer in der Hand. Und auf dem Sofa liegt ein Toter, und du hast ihn nicht umgebracht, aber später werden nur und ausschließlich deine Fingerabdrücke auf dem Messer sein, weil dein fehlerloser Fiancé schlau genug ist, Handschuhe zu tragen. Hau ab. Jetzt. Genau jetzt.«

Cynthia-Heidi zog die Nase hoch, trat die Zigarette aus und nickte einmal, ganz kurz. »Aber«, sagte sie. Und dann nichts mehr. Und dann: »Wie?«

Nancy lächelte. »Es ist einfach«, sagte sie. »Wir haben, glaube ich, die gleiche Kleidergröße.«

Fünf Minuten später standen sie zu zweit im Vorraum des Damenklos vor dem Spiegel.

Und sie umarmten sich, ganz schnell. Als würden sie sich kennen.

»Mach's gut«, flüsterte Nancy. »Du hast da draußen ein ziemlich ganzes Leben vor dir.«

»Eins noch. Da draußen sind ... so viele ...«

»Leute?«

»Nein. Katzen. Kann ich ... kann ich eine von den Katzen mitnehmen? Nur geliehen. Da ist so ein wunderschöner roter Kater ... Ich bring ihn zurück zu Mr. Widow. Bestimmt. «

»Frag ihn.«

»Mr. Widow? Aber der ist doch gar nicht da!«

»Den Kater«, sagte Nancy. »Bei uns suchen die Katzen aus, mit wem sie mitgehen.«

Als die Kirchenglocken erklangen, führte Ron Linden – oder Roderick von Lindenthal – seine Braut an der weiß behandschuhten Hand den Gang einer sehr modernen Kirche entlang zum sehr modernen Altar, der eher einem Steinklotz in einem Schwimmbad glich.

Die Bänke zur Linken und Rechten waren voller Menschen, bunter und nichtbunter Menschen, die ihnen nachsahen und seufzten.

Und hinter dem Schleppenträger im Frack marschierten an die dreißig Katzen zum Altar.

Falls einige von ihnen bis vor kurzem noch in einer Lagerhalle geschlafen hatten, so hatte jemand sie inzwischen abgeholt, denn sie waren alle da: Brombeertörtchen, die ihren flauschigen Kopf am Bein des Pfarrers rieb und auf seinen Arm wollte, der einäugige Napoleon, Edelgard, Hasso, der ein bisschen bellte ... Die Königin von Saba, die auf den Altar sprang und sich zwischen den brennenden

Kerzen postierte, Friseuse und Fritteuse, der blinde Timothy, der mit einer abstrakten steinernen Statue schmuste. Und Banane, die gleich begann, den Blumenstrauß am Rand des Altars zu putzen, da er ihr unordentlich vorkam.

Als die Braut diese spezielle Katze sah, atmete sie auf, und ein glückliches Lächeln huschte über ihr Gesicht, doch das merkte keiner. Denn niemand sah ihr Gesicht unter dem Schleier, es waren einfach zu viel Stoff und zu viele kleine rosa Röschen im Weg.

Die Hochzeit nahm ihren Lauf, Lieder wurden gesungen, Gebete gesprochen, eine Predigt ohne Inhalt gehalten, und schließlich sagte der Pfarrer die Worte, die Inhalt jeder Filmhochzeit sind:

»Wollen Sie, Roderick von Lindenthal, die hier anwesende Cynthia Radowsky ...«

Und in diesem Moment lüftete die Braut ihren Schleier.

Das gehörte nicht zur Choreographie des Ganzen, noch war kein Kuss geplant, und alle Anwesenden sahen ein wenig irritiert aus. Vor allem, weil die Braut nicht nur den Schleier hob.

Sie hob noch etwas. Sie hob die blonde Perücke von ihrem Kopf. Darunter hatte sie kurzes schwarzes Haar. Mit einer raschen Bewegung wischte sie den tiefroten Lippenstift von ihren Lippen und stellte sich noch ein wenig gerader hin.

»Nancy«, sagte Ron.

»Entschuldigen Sie«, sagte der Pfarrer. »Ich verstehe nicht ...«

»Du hättest beinahe, beinahe die falsche Person geheiratet«, sagte Nancy mit einem Lächeln.

»Miauuuu«, sagte die Kaffeekatze, die von irgendwoher auf ihre Schulter sprang.

»Ich ... ich ... wie ... Wo ist Cynthia?«, fragte Ron.

»Nirgendwo«, sagte Nancy. »Es gibt keine Cynthia.

Oder, eigentlich bin ich Cynthia Radowsky. Es war mal mein Name.«

»Was genau wird das hier?«, fragte der Pfarrer. »Ist das eine Art Hochzeitsgag? Ich möchte Sie doch bitten, solche Spielchen auf später zu verschieben. Ich würde jetzt gerne fortfahren.«

»Ich verstehe nicht …«, begann Ron.

Nancy seufzte, nahm seine Hand und drückte sie ganz kurz. »Die Person, die versucht hat, dich zu heiraten, ist eine Trickbetrügerin«, flüsterte sie. »Ich erkläre es dir später ausführlicher. Aber nicht hier. Wichtig ist, dass du *nicht heiratest*.«

»Ach«, sagte Ron perplex.

»Ja, weil sonst … sonst wärst du quasi … in die Niagarafalle getappt.«

»Aber wo ist sie?« Er hatte jetzt Tränen in den Augen, und Nancy fühlte sich schrecklich.

»Abgehauen. Ich habe sie auf der Toilette gefunden und ihr meine Kleider gegeben. Sie war ziemlich aufgelöst, weil die Polizei hier ist. Und ich glaube, sie wollte dir eigentlich nicht schaden. Ich glaube, sie mochte dich.«

In diesem Moment sprang jemand in der Kirche auf.

»Das ist die Person, die meinen Großvater und seine Katzen entführt hat! Von der ich Ihnen berichtet habe!«, rief der Jemand. Hannah. Nancy erstarrte. »Verhaften Sie sie!«

Es entstand ein kleiner Tumult, als die Polizisten, es waren nun vier, nach vorne drängten.

Doch ehe sie irgendwen festnehmen konnten, stand noch jemand auf, mühsam und sehr langsam, und rief etwas. Das war Mr. Widow.

»Ich bin hier!«, rief er und schwenkte seinen Gehstock, während die Dame neben ihm ihn stützte. Die Dame war Rons Mutter.

»Mama!«, rief Ron. »Wo warst du die ganze Zeit? Wir haben beim Standesamt auf dich gewartet!«

»Ich bin in deinem Nilpferd geflogen«, erklärte Rons Mutter ein wenig gekränkt. »Du sagtest gestern, irgendwer müsse es ausprobieren.«

»Moment«, sagte ein Polizist. »Sie sind gar nicht entführt worden? Und die Katzen?«

»Die sind doch auch hier«, sagte seine Kollegin, die noch immer Hans auf dem Arm hatte.

»Es handelt sich bei all dem um ein – wie soll ich sagen – Missverständnis«, erklärte Mr. Widow. »Meine Enkelin hat eine rege Phantasie.«

»Aber natürlich waren die Katzen entführt!«, schrie Hannah außer sich und rot im Gesicht; wirklich, wie ein fünfjähriges Kind, dachte Nancy. Die ältere Dame an ihrer Seite klopfte ihr beschwichtigend auf den Rücken, doch Hannah war nicht zu bremsen. »Sie waren in einer Wohnung ganz in der Nähe von der Halle, in der dieser Künstler … haust! Und die Schrift auf den Entführerbriefen, das ist die von Nancy, Sie müssen sie verhaften! Sie hat auch einen Wagen gestohlen. Einen Einkaufswagen. Und die Katzen *waren entführt!*«

»Ja, Darling«, sagte Mr. Widow sanft in die verwirrte Stille, die in der Kirche jetzt herrschte. »Weil du sie entführt hast. Wir wollen lieber nicht mehr darüber sprechen. So besonders gut war die Schrift nun auch nicht nachgemacht.«

Er stand jetzt im Mittelgang der Kirche und ging langsam, auf seinen Stock gestützt zu der Bank, in der Hannah und die ältere Dame saßen. Dann streckte er eine zitternde Hand aus, an Hannah vorbei, und legte sie auf die Hand der alten Dame, deren Gesicht ein wenig entgleiste. Sie sah unter ihren Lebensfalten aus wie ein schuldbewusstes, kleines, fieses Kind.

»Angelika«, sagte Mr. Widow. »Wollen wir nicht aufhören mit den Spielchen? Wenn du Geld brauchst, warum sagst du es dann nicht einfach? Statt mit unserer Enkelin merkwürdige Entführungsgeschichten zu planen und mich aufs Glatteis zu locken? Ich hätte es dir gegeben. Ich habe nie aufgehört, dich zu lieben, auch nachdem du damals gegangen bist. Auch als du gesagt hast, ich wäre verrückt.«

Nancy schnappte nach Luft. »Angelika«, flüsterte sie. »Ich dachte, die wäre tot? Er hat diesen Gedenkstein in seinem Garten, mit dem er spricht ...«

»Mir scheint, hier spinnen alle ein bisschen«, wisperte Ron.

»Außer uns«, sagte Nancy.

»Natürlich«, sagte Ron und drückte ihre Hand diesmal von sich aus. »Außer uns.«

»Es war nicht besonders nett, dass ihr versucht habt, einen Zug über mich rollen zu lassen«, fuhr Mr. Widow fort. »Wie gesagt, trotz all unserer Querelen – ich weiß, die Katzen waren zu viel für dich –, aber trotz alledem, ich habe nie aufgehört, dich zu lieben. Jetzt, weißt du. In genau diesem Moment höre ich damit auf. Und übrigens sind die Vollmachten, die ich ausgestellt habe, nichts wert. Die Unterschrift ist etwas krakelig, bei der Bank ist das wohl nicht aufgefallen, aber jeder, der das Papier anfechten möchte, hat leichtes Spiel. Da steht Windows, nicht Widow. Also schmeiß das Papier weg.«

Und er drehte sich um, als wären die Hochzeitsgäste ein Theaterpublikum, und lächelte triumphierend. Weshalb die Hochzeitsgäste klatschten.

»Mach doch, was du willst«, sagte Angelika, nur hörte das niemand, und vielleicht sagte sie auch etwas ganz anderes. Sie zog Hannah mit sich hoch, und beide eilten durch den Gang dem Ausgang der Kirche entgegen.

Draußen hatte es zu regnen begonnen. Zum ersten Mal seit Wochen schneite es nicht, sondern es regnete. Angelika und ihre Enkelin würden relativ nass werden, denn keiner von ihnen besaß einen Schirm.

»Sie könnten natürlich noch jemanden verhaften, diese Polizisten«, sagte Nancy leise zu Ron und sah sich um nach ihrem Schleppenträger.
Aber der war spurlos verschwunden.

»So«, sagte Rons Mutter in die von neuem entstandene Stille hinein. »Jetzt, wo wir schon mal alle hier sind, muss auch geheiratet werden, oder nicht? Ron, kannst du nicht ... ich meine, die Dame und du, ihr kennt euch doch ...«
»Ja«, sagte Ron.
»Nein«, sagte Nancy. »Ich meine, wir kennen uns. Ein wenig. Aber ich heirate nicht einfach irgendwen, und Ron tut das auch nicht, richtig?«
»Ich weiß nicht ...«, murmelte Ron.
Nancy trat ihm auf den Fuß. »Jetzt mach ein Mal, was du willst«, sagte sie. »Nicht, was deine Mutter will.«
»Ich ... ich will ... ich will jetzt einen Schnaps«, sagte Ron.
Da applaudierte das Kirchenpublikum noch einmal, und dann standen alle auf, denn die Hochzeit war ganz offenbar beendet. Der Pfarrer schüttelte den Kopf. Man sah, dass er begann, sehr, sehr ärgerlich zu werden. Es kam jedoch etwas dazwischen. Das Etwas hatte graublaues Fell und es endlich geschafft, am Talar des Pfarrers hochzuklettern bis auf seine Schulter, wo es nun saß und sein Köpfchen an der Wange des Pfarrers rieb: Blaubeertörtchen.
Der Pfarrer streichelte die kleine Katze beinahe reflexartig, merkte, was er tat, hielt inne und nahm die Katze von seiner Schulter. Sie sah ihn fragend an, und hätte Nancy es

nicht besser gewusst, sie hätte schwören können, Blaubeer-törtchen bedachte den ärgerlichen Pfarrer mit einem Augenaufschlag. Da seufzte der Pfarrer, lächelte, nahm sie richtig auf den Arm und streichelte sie weiter. Und dann folgte er dem Rest der Menschenmenge aus der Kirche hinaus in den strömenden Regen.

Da niemand geheiratet hatte, fiel das Hochzeitsessen mit der Hochzeitstorte in dem gebuchten Restaurant aus. Ron murmelte etwas davon, dass er darüber sehr froh wäre und dass seine Mutter es hoffentlich überleben würde. Doch irgendetwas musste geschehen mit der bunten Menschen-menge. Mit den Blumen, den Leuten, den Katzen. Und, übrigens, dem Hund. Auch Misty war da, denn Misty war immer da, wo das Leben war. Oder da, wo Ron war.

»Am besten, Sie kommen alle einfach mit in mein be-scheidenes Heim«, sagte Mr. Widow nach kurzem Über-legen. »Wir können dort feiern.«

»Haben wir denn überhaupt etwas zu feiern?«, fragte irgendjemand. »Wo es doch keine Hochzeit gibt?«

»Oh, wir haben jede Menge zu feiern«, sagte Mr. Widow. »Die Ent-entführung der Katzen, meine Rückkehr nach Hause, das Fortbestehen des Katzenverleihs und auch ein bisschen unsere Lebensrettung durch mutige ältere Damen, kleine Jungen und Nilpferde.«

»Und einen heldenhaften General, ohne den sich das al-les niemals zum Guten gewendet hätte«, sagte der General, der neben ihnen im Rollstuhl saß. Neben ihm stand Hauke.

»Natürlich. Nur sagen Sie mir eines«, bat Mr. Widow. »Warum haben Sie nicht einfach die Polizei oder die Feuer-wehr gerufen, als sie den Zettel an Bananes Halstuch ge-lesen hatten?«

»Warum vermieten Sie nicht Fahrräder statt Katzen?«, fragte der General mit einem Zwinkern.

»Ich könnte das tun«, antwortete Mr. Widow nachdenklich. »Aber es würde nicht halb so viel Spaß machen.«

»Sehen Sie«, sagten Frau von Lindenthal und Hauke gleichzeitig.

Und so saßen an diesem Sonntag eine Menge Leute in Mr. Widows Wohnzimmer zwischen den Bücherwänden und standen im Garten herum zwischen den Bäumen und tranken Sekt, den irgendwer rasch irgendwo besorgt hatte, und aßen Chips.

Zum ersten, wirklich allerersten Mal befanden sich mehr Menschen in Mr. Widows altem Haus als Katzen. Das führte dazu, dass jede Katze mindestens zwei Bewunderer hatte, die sie kraulten und fütterten, und die Katzen begrüßten diese Änderung des Betreuungsschlüssels sichtlich.

Die Chips, die Nancy in hübschen Schalen herumreichte, waren sehr klein und hart und schmeckten ein bisschen nach Fleisch, aber Sorten von Chips gibt es ja viele, und niemand sagte etwas darüber, die Leute hatten sich so viel zu erzählen, dass sie ohnehin nicht darauf achteten, was sie nebenher aßen.

Da war es gut, dachte Nancy, dass es in Mr. Widows Küchenschrank einen so umfangreichen Vorrat an Brekkies gab.

Irgendwann in dem Durcheinander ließ Nancy sich auf eine Sessellehne sinken, und in dem Sessel saß zufälligerweise Ron.

»Nancy«, sagte er leise. »Kann ich dich eigentlich noch Nancy nennen? So, wie ich das verstanden habe, bist du eigentlich Cynthia, aber Cynthia war jemand anderer, und das ist ein bisschen verwirrend ...«

»Sehr«, sagte sie. »Ich glaube, ich bleibe bei Nancy.«

»Schön«, meinte Ron und seufzte. »Dann bleibe ich auch bei Nancy.«

Und er sagte es auf eine so verträumte Art und Weise, dass er es vielleicht anders meinte, aber sie musste in diesem Augenblick wieder aufstehen, um jemandem zu zeigen, wo der Sekt stand.

Als alle gegangen waren und der Abend heranzog, saß Nancy allein mit Mr. Widow auf der kleinen Bank an der Hauswand und sah in den Garten, wo ein paar Katzen durch die Bäume streiften, auf der Jagd nach unvorsichtigem Nachtgetier. Nein, ganz allein waren sie nicht, Dr. Uhlenbek saß bei ihnen, denn auch er war immer dort, wo das Leben war.

»Ich glaube, das ist es gewesen«, sagte Mr. Widow leise.

»Was gewesen?«, fragte Nancy.

»Alles«, sagte Mr. Widow. »Ich fühle, dass es das war. Ich habe keine Kraft mehr. Wenn ich nicht sitzen würde, würde ich umkippen. Aber es ist in Ordnung so.«

»O nein, Widow, alter Knabe«, sagte Dr. Uhlenbek. »Ich wollte dich schon lange zum Durchquecken in der Klinik haben, wir kriegen dich schon repariert. Aber du hast immer gesagt, du hättest niemanden, der auf die Katzen aufpasst. Jetzt hast du jemanden, wie es aussieht.«

»Lass mal«, sagte Mr. Widow, »manche Dinge sind zu alt, um repariert zu werden.«

»Montag um acht«, sagte Dr. Uhlenbek. »In der Klinik. Du bist da angemeldet.«

Nancy drückte seine Hand. »Gehen Sie hin. Meinetwegen. Bitte. Und außerdem dürfen Sie nicht sterben. Es gibt niemanden, der erben könnte. Hannah ist weg. Für immer, denke ich.«

»Was ist mit Ihnen?«, fragte Dr. Uhlenbek.

»Ich will nichts erben«, sagte Nancy sofort. »Um Gottes willen. Und irgendwann demnächst kommt die Polizei noch auf einige Dinge. Sie suchen doch Kai und seine Leute immer noch. Ich denke, ich werde für eine Weile ins Gefängnis gehen. Ich bin bereit dazu. Dumm ist nur … kann man im Gefängnis ein Kind bekommen?«

»Ein Kind«, sagte Mr. Widow, wenig überrascht. «Ja, Nein. Wenn Sie das vorhaben, bleiben Sie besser hier. Und Sie müssen ja auch auf die Katzen aufpassen, falls ich tatsächlich in die Klinik gehe. Das Kind kann Ihnen beim Aufpassen helfen.«

Nancy ertappte sich bei einem Lächeln. »Sie kommen zwar nicht blind auf die Welt wie Kätzchen, aber ziemlich klein«, sagte sie. »Menschen, meine ich. Sie müssen erst aufpassen lernen.«

»Ach so«, brummte Mr. Widow. »Ja, ich erinnere mich. Sie lassen das mit dem Gefängnis jedenfalls, verstanden? Sie sind nicht blond wie die gesuchte Frau, und Sie waren die letzten zehn Jahre über meine Assistentin im Katzenverleih.«

»Nein.« Nancy schüttelte den Kopf. »Bitte. Keine Lügen mehr. Ich komme sonst ganz durcheinander, was die Wahrheit ist und was nicht.«

»Was Wahrheiten betrifft … dieser Ron, der Maler. Sind Sie ein bisschen verliebt in ihn?«

»Das«, sagte Nancy und kraulte die Kaffeekatze und Banane, die beide auf ihrem Schoß saßen, »muss ich erst noch herausfinden. Ein bisschen Zeit haben wir noch, bis die Polizei mich findet.«

Ein schöner Schluss.

Aber am Sonntag war natürlich noch etwas zu erledigen.

Als die Dämmerung sich über die Stadt legte, versammelten sich eine Menge Menschen im Stadtpark. Bunte Lampions hingen in den Bäumen, über einem kleinen Ofen wurden Esskastanien geröstet, und obwohl der Schnee schon geschmolzen oder besser gesagt weggeregnet war, kehrte die Winterstimmung noch einmal für einen Abend zurück.

Zwischen den Bäumen am See hing ein großes Plakat mit den Worten:

ZWEITER GROSSER
EISANGELWETTSTREIT
DES WINTERS

Nancy stand mit Elise und der alten Vorleserin ein wenig abseits vom Ufer, trank Kinderpunsch und sah den Männern zu, die ihre Angeln in den Eislöchern versenkten. Hauke angelte sehr nahe am Schilf, sein Loch reichte sogar bis zwischen die Halme hinein, und die erwachsenen Angler bedachten ihn mit mitleidigen Blicken. »Er traut sich nicht weiter raus aufs Eis«, hörte Nancy jemanden sagen. »Angeblich war da doch so eine Geschichte, wo jemand nachts Kinder aufs Eis gelockt hat, weil er Zeugen brauchte für ... Wie war das? Für ein Verbrechen, das er jemand anderem in die Schuhe schieben wollte? Total wirre Sache, jedenfalls heißt es, dieser arme Kleine sei dabei gewesen. Wahrscheinlich hat er seitdem Angst ...«

»Natürlich traut sich Hauke weiter raus«, sagte Elise und spuckte ein wenig Kastanienschale aus. »Der weiß schon, was er tut.«

»So? Was tut er denn?«, fragte Nancy.

»Na, gewinnen natürlich«, antwortete Elise selbstverständlich.

Einige Dinge hatten sich geändert, es gab eine neue Regelung in Elises kompliziertem Leben: Sie war jetzt jeden Tag nach der Schule bei der Vorleserin, was beiden gefiel, und abends bei ihrer Mutter. Sieben Tage die Woche. Das konnten sich auch die Kätzchen merken. Elise hatte sie Tick, Trick und Track getauft und behalten; niemand hatte etwas dagegen gehabt. Manchmal kam Elises Vater zu Besuch, wenn er wirklich Zeit hatte.

Elise sprach wieder mit den Erwachsenen. Aber nicht immer. Das war in Ordnung so, sagte Dr. Uhlenbek.

»Da ist der General!«, sagte die Vorleserin und winkte. Der General kam in seinem Rollstuhl zu ihnen geschossen, salutierte und rief: »Amüsiert euch! Generalanweisung!« Damit sauste er wieder davon. Am Schilfgürtel nahm er die Katze Pelzmütze vom Kopf, setzte sie auf die nasse Wiese und raschelte eine Weile mit irgendeiner Tüte herum.

Nancy ließ ihren Blick über die Menschen und das Seeufer schweifen, über die gelb-grün-rot-blau-violetten Lampions in den Parkbäumen und das orange flackernde Lagerfeuer weiter weg, an dem ein paar Kinder Stockbrot grillten, und sie dachte, dass sie die Stadt vielleicht doch mochte, auf ihre Weise. Es war nicht alles Glas und Stahl und Chrom, ab und zu, hier und da, gab es Ecken, die noch lebten und atmeten.

Und weil Misty immer da war, wo das Leben war, und weil er immer da war, wo Ron war, kamen Ron und Misty jetzt über die Wiese heran, Ron in seinen unförmigen Wollpullovern und Misty in seinem unförmigen Fell. Sie hatten Nancy noch nicht gesehen, und sie winkte, und dann sah sie kurz wieder hinüber zu Hauke. Zum Schilf.

Die Katze Pelzmütze huschte gerade mit etwas Großem, Länglichem im Maul, von den meisten unbemerkt, hinein in den braungrünen Halmdschungel und kam ohne das Längliche wieder heraus.

»Moment«, sagte Nancy. »Was …?«

Da holte Hauke seine Angel ein und gab einen triumphierenden Schrei von sich. Am Haken hing ein riesiger Hecht.

»Ich hab ihn!«, schrie Hauke und hielt den Fisch hoch. »Ich habe den größten Fisch des Winters geangelt! Hat irgendwer so einen großen Fisch gefangen?«

Kurz darauf drängten sich alle, Angler wie Zuschauer, um den Preisrichter, der den Hecht begutachtete.

»Aber der ist tiefgefroren«, sagte er verwundert.

Hauke warf dem General einen bösen Blick zu.

»Na ja«, sagte er dann. »Wundert Sie das, bei den Wassertemperaturen?«

In dem Moment sprang Misty hoch, schnappte sich den Fisch und floh damit über die schlammige Wiese, verfolgt von der Katze Pelzmütze. So konnte leider niemand mehr sagen, ob der Hecht tatsächlich tiefgefroren oder nur sehr kalt gewesen war, und am Ende der Veranstaltung bekam Hauke einen Sonderpreis für den jüngsten Angler, immerhin. Er sagte, er würde erwägen, einen Fischverleih zu eröffnen für Angler, die Fische zum Vorzeigen bräuchten.

»Du bist genauso ein Kleinganove wie Kai«, sagte Nancy zu ihm. »Pass bloß auf, was aus dir wird.«

»Ach, Elise hält mich schon von der schiefen Bahn ab«, meinte Hauke und grinste. »Notfalls mit Gewalt.«

Und Elise warf eine Esskastanie nach ihm, was die Sache bestätigte.

»Ich wollte die ganze Zeit noch etwas fragen«, sagte die Vorleserin. »Wie haben Sie eigentlich die Information raus-… na ja …geschmuggelt, dass Sie Hilfe brauchen? Ich kenne bisher erst die halbe Geschichte.«

»Wir haben Banane geworfen«, antwortete Nancy und grinste.

»Muss es nicht heißen: Wir haben *eine* Banane geworfen?«

»Nein«, sagte Ron und fasste wie zufällig nach Nancys Hand. »Sie haben Banane geworfen. Aber hier ist es zu kalt, und die Angler packen auch zusammen. Wir könnten uns alle in *Das Café* weiter unterhalten.«

Ungefähr eine Woche später stand vor der Tür einer alten Lagerhalle eine junge Frau mit einem sehr eleganten schwarzen Fellkragen. Bei näherem Hinsehen entpuppte sich der Kragen allerdings als lebendig und schnurrend, denn er bestand aus drei Katzen. Eine davon war blind, hatte sich ein wenig geirrt und glaubte die ganze Zeit, sie wäre auf ein Kissen vor Mr. Widows Kamin geklettert, das aus unerfindlichen Gründen schwankte.

»Ron?«, rief die junge Frau ins Innere der Halle, wo es nach Klebstoff, Farbe und, vielleicht, Nilpferden roch.

»Nancy?«, rief es aus der Halle zurück. »Ich komme gleich. Ich muss nur noch diesen Zahn an das neue Nilpferd schweißen. Seit meine Mutter weg ist, komme ich endlich wieder zu etwas, das muss man ausnutzen ...«

Dann öffnete sich die Tür, und Ron tauchte auf, lila Farbspritzer im Haar, einen Schweißbrenner in der Hand.

»Es gibt Neuigkeiten«, sagte Nancy. »Ich meine, ich komme nur zufällig vorbei, weil ich spazieren gehe und die ... die Katzen lüfte. Ja. Aber da dachte ich, ich kann dir auch die Neuigkeiten erzählen. Erstens – Mr. Widow ist nicht mehr da. Und ich trete sein Erbe an.«

»Oh«, sagte Ron. »Ist er ...?«

Nancy schüttelte den Kopf. »I wo. Es geht ihm blendend. Sie haben in der Klinik jetzt festgestellt, dass er seit langem Betablocker braucht für sein Herz, und seit er die nimmt, sagt er, fühlt er sich wie ein neuer Mensch. Er hat beschlossen, seinen Besitz zu vererben, bevor er stirbt. Um seine Ruhe zu haben. Und vorhin ist er losgefahren. Zum Flugplatz. Er macht eine Weltreise. Ganz allein. Er wollte immer eine Weltreise mit Angelika machen, hat er gesagt, und nun macht er sie allein.«

»Oh«, sagte Ron wieder.

Nancy spürte, wie warm ihre Wangen waren und dass sie strahlte. Es fühlte sich gut an. Eigentlich, dachte sie, hätte sie traurig sein sollen, weil Mr. Widow fort war, aber sie konnte nicht traurig sein, die Sonne schien, und überhaupt würde Mr. Widow ja wiederkommen. Vielleicht. Irgendwann. Möglicherweise.

»Er hat gesagt, er fängt mit England an. Weltreisemäßig«, fuhr sie fort. »Da war er nämlich noch nie, obwohl er es so liebt. Und obwohl er immer darauf bestanden hat, dass Hannah ihn Grandpa nennt.«

»Oh«, sagte Ron zum dritten Mal.

»Außerdem habe ich gerade Radio gehört. Du wirst es nicht glauben. Ein gewisser Typ hat zusammen mit seiner Komplizin, einer jungen Frau mit blondem Haar und rot geschminkten Lippen, einen weiteren Einbruch in einem Ort südlich von hier begangen. Sie sind beide nicht geschnappt, aber gesehen worden. Sag jetzt nicht ›Oh‹. Weißt du, was das heißt? Erstens, er hat schon wieder eine Dumme gefunden. Zweitens: Sie suchen mich nicht mehr. Es ist vielleicht nicht okay, und ich sollte mich bei der Polizei melden, wegen der ganzen Sache, die ich dir erzählt habe …«

»Oh«, sagte Ron. »Nein.«

»O nein?«

»O nein, das solltest du nicht.« Er legte das Schweißgerät auf dem Boden ab und zog sie in seine Arme. »Du musst doch auf Mr. Widows Katzen aufpassen, genau wie er gesagt hat. Und was war nun das Erbe? Bist du reich?«

Sie grinste, noch einmal, noch breiter. »Ich bin Alleinerbin.«

»Muss ich dich heiraten?« Er legt die Stirn in Falten. »Es wäre gut für meine Malerei …«

»Nein«, sagte Nancy. »Ich bin die alleinige Erbin … der Katzen.«

»Wie?«

»Ich erbe die Katzen. Das ist alles. Und das ist auch gut so. Ich führe den Katzenverleih weiter, in Mr. Widows

Haus, das wiederum den Katzen gehört. Und jetzt mach mal eine Mal- und Schweiß- und Nilpferd-Pause. Das ist nämlich die eigentliche Neuigkeit: Draußen ist der Frühling ausgebrochen! Der Wind ist immer noch lausig kalt, aber in Mr. Widows Garten blühen alle möglichen kleinen störrischen bunten Blumen. Sogar in dem Einkaufswagen, in den irgendwie Erde geraten ist – vielleicht ist es auch die verrottete alte Decke –, jedenfalls ist er jetzt voller Schneeglöckchen. Und ich wollte dir noch was erzählen. Es hat mit Babys zu tun, magst du eigentlich Babys?«

»Na ja«, sagte Ron. »Nicht so sehr wie Nilpferde, aber sie sind okay.«

»Gut«, sagte Nancy. »Dann setz Pelzmütze auf und komm.«

# 0

JUNGE FRAU? SCHLAFEN Sie mit offenen Augen?«
Ich schüttle mich. »Nein. Nein, ich war nur …
irgendwie … in Ihrer Geschichte versunken.«

Ich sehe in meine Teetasse, die lange, lange leer ist.

Draußen hat der Regen aufgehört, der Nebel ist fortgezogen. Eine zögernde Sonne scheint auf die Teeplantagen,
und, Teufel auch, sie sind erstaunlich grün.

»Ein schönes Ende«, sage ich. »Wirklich. Wenn Geschichten in Wahrheit auch alle so schön enden würden …«

Mr. Widow wiegt nachdenklich den Kopf. »Sie frieren
nicht mehr«, stellt er fest.

»Die Sonne scheint ja jetzt«, sage ich. »Obwohl es nicht
mehr lohnt für die Sonne. Ist ja schon fast Abend.«

Mr. Widow lächelt. »Es lohnt immer«, sagt er und sieht
seine faltigen, sehnigen Hände an. Natürlich, auch in seinem
Leben ist fast Abend, und dennoch macht er eine Weltreise.

Und erfindet wunderbare Geschichten, die Regentage
rascher vergehen lassen.

»Diese Stadt aus Stahl und Glas«, sage ich. »Welche war
das? New York? Frankfurt? Moskau?«

»Es spielt keine Rolle«, sagt Mr. Widow. »Die Geschichte
kann in jeder Stadt passiert sein. Es ist nur eine Geschichte,
Sie haben es selbst gesagt.«

»Ja«, sage ich. »Schade eigentlich.«

Ich suche ein paar zerfledderte Scheine zusammen, um
den Tee zu bezahlen, aber dann fällt mein Blick wieder aus
dem Fenster.

»Da … da draußen!«, höre ich mich stammeln. »Da …
landet ein fliegendes Nilpferd in den Teefeldern!«

Mr. Widow setzt seine Brille auf und folgt meinem Blick. Und einen Moment lang betrachten wir beide das, was da sanft zu Boden sinkt zwischen den Reihen der niedrigen grünen Büsche. Es ist ein Nilpferd, ganz eindeutig. Wobei sein Grau einen leichten Stich ins Violette hat.

Und etwas hängt darunter, etwas wie ein Korb, der setzt zuerst auf dem Boden auf.

Jemand klettert heraus, während das Nilpferd wackelt und dann leise in sich zusammensinkt. Es ist ein nilpferdförmiger Ballon.

Die Gestalt, die aus dem Korb geklettert ist, sieht sich um, streicht über ihren extravagant aufgebauschten gelbroten Seidenrock, rückt die zyklamfarbene Jacke zurecht und kommt dann langsam auf den Ort und das Café zu. Es ist eine ältere Dame.

»Ja«, sagt Mr. Widow mit einem Seufzen. »Das ist eine Bekannte von mir. Sie ist mit diesem Ding unterwegs. Ihr Sohn hat es gebaut, na ja. Sie macht eine Weltreise damit, und ab und zu treffen wir uns.« Er steht auf, wobei er sich auf seinen Stock stützen muss, doch als ich ihm helfen will, winkt er ab.

»Es ist Abend«, sagt er mit einem Lächeln. »Noch nicht Nacht.«

Und dann geht er.

Er hat mich mit der Rechnung für den Tee sitzenlassen.

Als ich bezahlt habe und draußen nach Mr. Widow Ausschau halte, ihm und der alten Dame und dem Nilpferdballon, sind sie alle drei nirgends mehr zu entdecken.

Vielleicht waren sie nie da?

Ich nehme an, es spielt keine Rolle, genau wie der Name der Stadt. Hauptsache, ich friere nicht mehr.

*Die bewegende Geschichte
einer tragisch-schönen Liebe!*

ANTONIA MICHAELIS

# Das Institut der letzten Wünsche

Roman

Die verträumte Mathilda arbeitet für eine Organisation, die sterbenden Menschen ihre letzten Wünsche erfüllt. Ein letztes Mal Schneeflocken spüren mitten im Hochsommer, Maria Callas live erleben oder in einem stillgelegten Vergnügungspark Riesenrad fahren – alles kein Problem, kleine Tricks inbegriffen. Das ändert sich, als Mathilda Birger begegnet. Denn er wünscht sich, vor seinem Tod noch einmal seine große Liebe Doreen und ihr gemeinsames Kind wiederzusehen. Mathilda soll sie für ihn suchen – nur will sie Doreen eigentlich gar nicht finden, denn sie hat sich auf den ersten Blick in Birger verliebt.

»Antonia Michaelis gehört zu Deutschlands besten Geschichtenerzählern, die mit viel Gefühl das Herz rühren und Romane voller Poesie schreiben.«
*www.literaturmarkt.info*